Das Buch

Mit *Das Volk des Feuers* führen Kathleen O'Neal Gear und W. Michael Gear ihren großangelegten Zyklus über die Frühgeschichte der nordamerikanischen Indianer fort, der mit *Im Zeichen des Wolfes* begann. Trockenheit und Hunger bedrohen die Nachkommen der ersten Einwohner Nordamerikas. Verzweifelt und zu allem bereit, kämpfen sie ums Überleben. Eine kleine Gruppe von Mutigen nimmt das Schicksal der Menschen in die Hand – sie will den Traum ihrer Vorfahren retten, die endlich eine neue Heimat in den Rocky Mountains gefunden haben. Streit, Haß und Machtgier erschweren die Rettung der bedrohten Stämme. »Kleiner Tänzer«, der Rothand-Sprößling, der beim »Volk der kleinen Büffel« aufgewachsen ist, wird vom legendären »Wolfsträumer« zum Retter erkoren. Entflammt von der Prophezeiung einer furchteinflößenden Vision, setzt sich der junge Träumer über seine Widersacher hinweg. Er und die Kriegerin Tangara schließen sich zusammen, um ihre Völker einer verheißungsvollen Bestimmung entgegenzuführen. Spannend und unterhaltsam vermitteln die Autoren das Bild einer fernen exotischen Kultur, indem sie Facts und Fiction in aufregender Weise kombinieren. Fundierte Sachkenntnisse und archäologische Entdeckungen sowie die Rekonstruktion kultureller Bräuche der Paläoindianer machen diese hervorragend recherchierte Geschichte der Ureinwohner Nordamerikas zu einem Lesevergnügen ersten Ranges.

Die Autoren

Kathleen O'Neal Gear, führende Archäologin in den USA, veröffentlichte bereits über zwanzig Sachbücher, die sich mit der prähistorischen Geschichte Amerikas befassen.
W. Michael Gear studierte Anthropologie an der Colorado State University und arbeitete als Archäologe. Beide leben in Wyoming.

Kathleen O'Neal Gear und W. Michael Gear im Wilhelm Heyne Verlag:
Im Zeichen des Wolfes (01/8796), *Das Volk des Feuers* (01/9084), *Das Volk der Erde* (01/9610), *Das Volk vom Fluß* (01/9947), *Das Volk an der Küste* (01/10338), *Das Volk an den Seen* (01/10588), *Das Volk der Stille* (01/13029), *Das Volk der Blitze* (01/13181), *Das Volk des Nebels* (01/13212) und *Das Volk der Masken* (01/13305).

W. & K. GEAR

DAS VOLK DES FEUERS

Roman

Aus dem Englischen
von Dagmar Roth

WILHELM HEYNE VERLAG
MÜNCHEN

HEYNE ALLGEMEINE REIHE
Nr. 01/9084

Titel der Originalausgabe
PEOPLE OF THE FIRE

12. Auflage

Printed in Germany
Umschlagillustration: Royo/Norma, Barcelona
Umschlaggestaltung: Nele Schütz Design, München
Gesamtherstellung: Elsnerdruck, Berlin

ISBN 3-453-07535-8

Für Gaydell und Roy und
die anderen des
Backpocket Ranch Collier Clans,
die uns drängten,
uns in diese Arbeit zu stürzen!

DANK

Diese Reihe über die Vorgeschichte unseres Landes wäre ohne die Hilfe der folgenden Menschen nicht möglich gewesen: Michael Seidman, der während seiner Zeit als Executive Editor bei Tor Books auf die Idee kam, eine Romanreihe über das prähistorische Amerika, geschrieben von Archäologen, herauszugeben. Tappan King, der dieses Manuskript bearbeitete, hat seine Arbeit prima gemacht und die noch ungeschliffenen Stellen zur Überarbeitung herausgesucht.

Ray Leicht, Wyoming State Archaeologist beim Bureau of Land Management, versorgte uns mit Informationen und Unterstützung.

Marv und Patricia Hatcher, Prinicipal Investigators bei Pronghorn Anthropological Associates halfen mit dem Fotokopieren von Stapeln archäologischer Berichte, zusammengetragen aus dem gesamten Westen.

Dr. George Frison von der University of Wyoming schulden wir größte Dankbarkeit für die Veröffentlichung von vielen seiner Beobachtungen über Jagdmethoden und Waffen der Paläoindianer und für die Mitteilung seiner persönlichen Ansichten über die archaischen Bergbewohner. Phyllis Boardman und der Torrey Lake Ranch gebührt Dank für den Zugang zu Petroglyphen. Jo Hubbard ebnete den Weg. Walter William's *The Spirit and the Flesh* bot unschätzbare Informationen über Berdachen; Dale Walker machte uns auf dieses Buch aufmerksam. Jim Miller und John Albanese verdienen besondere Erwähnung für ihre Untersuchungen und Interpretationen der Geologie des Holozän. (Wir haben uns an alle Vorlesungen in den Grabungsstellen erinnert!) Katherine Cook und Katherine Perry lasen das Manuskript und gaben hilfreiche Kommentare. Burt und Rose Crow vom Ramshorn Inn hatten stets Guinness für uns zur Hand, wenn wir einen Ort brauchten zum Brainstorming. Irene Keinert und Justin Bridges von Wind River Knives fotografierten archäologische Schätze. Und schließlich möchten wir noch allen Archäologenkollegen danken für all die Jahre, die wir bei einem Bier oder am flackernden Lagerfeuer zusammengesessen und uns unterhalten haben. Ihr wißt schon, wen wir meinen. Wenn ihr eine eurer Lieblingsideen hier wiederfindet, gabt ihr der Sache ein anderes Gesicht.

FEUERTÄNZER

Alles vernichtendes Feuer, dröhnend wie Donnerhall, mit dem Wind vermählt, erfüllte die Welt. Gelbrot, rasend, tosten die Flammen empor und schlugen in unbarmherziger Wut auf Kleiner Tänzer ein.

Prasselnd und brausend verschlang ihn das Feuer. Er versuchte, die entsetzliche Hitze zu ignorieren, hob in einer verzweifelten Geste die Arme, um sein Gesicht vor den versengenden Flammen zu schützen. Das Feuer verhöhnte ihn. Flammenwände bewegten sich drohend auf ihn zu als suchten sie Vergeltung, dann wichen sie wieder zurück, schwankten in einem furchtbaren Tanz hin und her.

»*Wir sind Eins.*« Worte bildeten sich im brüllenden Donner des flammenden Infernos. »*Die ganze Welt ist das Große Eine. Wir alle sind ein Traum. Komm mit mir … Tanze mit mir.*«

Krampfhaft schloß er die Augen. In sinnloser Verweigerung schüttelte er den Kopf.

»*Befreie dich selbst, mein Junge. Tanze mit mir. Werde eins mit mir. Wage es. Vergiß deine Angst. Vertraue auf dich selbst.*«

Entflammt durch die Kraft einer vernichtenden Prophezeiung bietet ein junger Mann die ganze Macht eines Zeitalters des Feuers auf, um neue Hoffnung für sein Volk zu erkämpfen. Dies ist die wahre Geschichte der heroischen Vorfahren der Ureinwohner Amerikas.

Hauptpersonen

In einem verdörrten, unversöhnlichen Land kämpfte eine kleine Gruppe von Pionieren für die Zukunft eines Volkes:

KLEINER TÄNZER – Der junge Träumer, dessen furchteinflößenden magischen Mächte den Lauf der Geschichte veränderten.

WEISSES KALB – Die alte Medizinfrau, die Kleiner Tänzer lehrte, seine visionären Träume umzusetzen.

REIZENDE WAPITI – Das Mädchen, das Kleiner Tänzers Herz gewann, aber stets fürchten mußte, ihn an sein vorbestimmtes Schicksal zu verlieren.

SCHWERER BIBER – Der falsche Träumer, der wegen seines unstillbaren Machthungers sein Volk zu brutaler Roheit zwang.

ZWEI RAUCHWOLKEN – Der Außenseiter, gepeinigt von verbotener Liebe; hinter seiner Sanftheit verbarg sich große innere Stärke.

TANGARA – Die junge Kriegerin, die ihren ganzen Mut zur Verteidigung der Visionen des Träumers einsetzte.

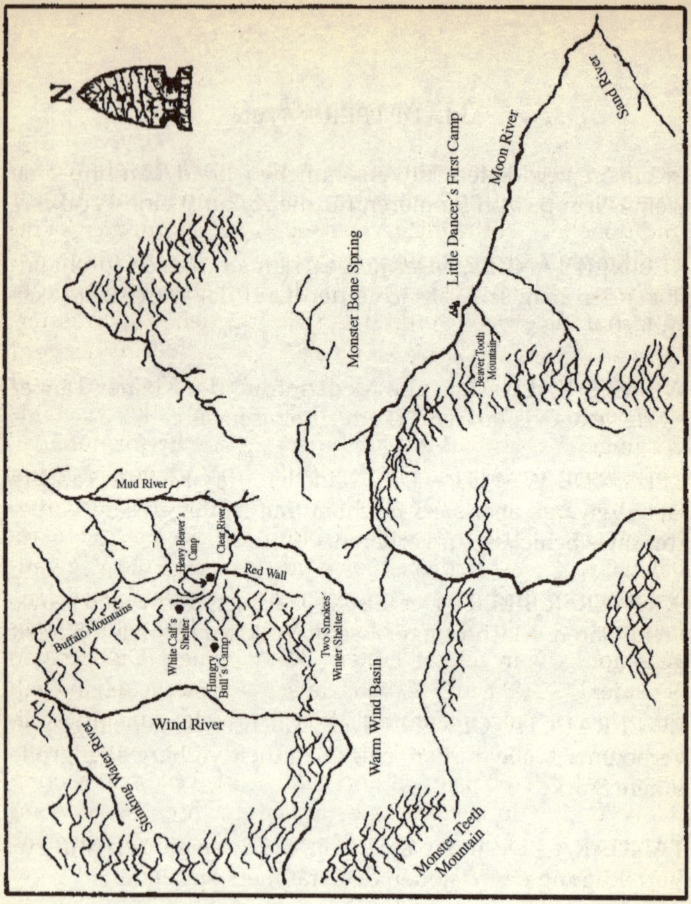
N
Sand River
Moon River
Little Dancer´s First Camp
Monster Bone Spring
Beaver Tooth Mountain
Mud River
Heavy Beaver´s Camp
Clear River
Red Wall
Buffalo Mountains
White Calf´s Shelter
Hungry Bull´s Camp
Two Smokes´ Winter Shelter
Warm Wind Basin
Wind River
Stinking Water River
Monster Teeth Mountain

Vorwort

Als die ersten Menschen in die westliche Hemisphäre eindrangen, erlebte die Kultur der Paläoindianer, eine Kultur traditioneller Großwildjäger, fast überall in Nordamerika ihre Blütezeit. Die beutegierigen Menschen beschleunigten – zusätzlich zu den Auswirkungen der klimatischen Veränderungen und der weit verbreiteten Tierseuchen – das Aussterben von Tieren wie das Mammut, Riesenfaultier, Wildpferd und Kamel in verheerendem Ausmaß. Die Menschen und ihre Beutetiere akklimatisierten sich an die stufenweise bis vor ungefähr achttausend Jahren erfolgende Erwärmung.

Geologischen Aufzeichnungen zufolge handelte es sich um eine dramatische Klimaänderung: das Altithermal. Eine Reihe von Dürreperioden trocknete Nordamerika aus, die regionalen Grundwasserspiegel fielen um zwanzig Fuß. Vegetationszonen verlagerten sich, der Mutterboden erodierte, Erosionskanäle fraßen sich tief in die Erde. Die Baumgrenze verschob sich in immer höhere Bergregionen. Die riesigen Seen des Great Basin trockneten aus und hinterließen in Utah und Nevada Salzebenen und Wüstengebiete. Aus destabilisiertem Muttergestein entstanden gigantische Dünenfelder, die zu wandern begannen und bald große Teile von Montana, Wyoming und Nebraska bedeckten, während vom Wind fortgetragener Löß über dem amerikanischen Mittelwesten niederging. Infolge der Trockenheit starb das saftige Gras auf dem Weideland; die Zahl der Büffelherden nahm beängstigend ab. In dieser Zeit mußten sich die Menschen mit Not und Hunger auseinandersetzen. Jäger begannen sich von den Sippen abzusondern, zogen in Gruppen umher und bekriegten sich schließlich untereinander – stets auf der Suche nach den zurückweichenden Herden jagdbarer Tiere.

Trotz dieser lebensfeindlichen Umwelt wurde in dieser Zeit der Keim zur Geburt einer neuen nordamerikanischen Kultur gelegt.

Einleitung

»Mein Gott! Ich hatte keine Ahnung, daß die Buddelei eine so verdammt staubige Angelegenheit ist.« Die Schaufel des blonden Mannes krachte bei dem Versuch, sie vollzuladen, mit einem dumpfen Laut auf den Fels. Er richtete sich auf, seine Muskeln strafften sich, und er warf mit der Schaufel lockere Erde in das Gittersieb des grauhaarigen Mannes. Die merkwürdige Vorrichtung ruhte auf zwei wackligen Beinen und bestand aus einem flachen Behälter aus Eisengewebe, das über dem Behälterboden von einem Metallband zusammengehalten wurde.

Das Sieb gab ein zischendes Geräusch von sich, Kieselsteine und Geröll polterten auf die Drahtmaschen des Netzes.

»Ja, ordentlich viel Staub. So ist das nun mal in diesen Felsspalten.« Er verstummte. »Sonst scheint's hier nichts zu geben. Grab weiter.«

Der ältere Mann zog ein rotes Taschentuch aus der Tasche und putzte sich die Nase. Er trug ein altes kariertes Hemd, Bluejeans schlotterten um seine mageren Hüften. Während er wartete, fingerte er eine Zigarette aus der Tasche und zündete sie mit einem Feuerzeug an.

Mit geübtem Blick sah er sich in der Felsspalte um und schätzte ihre Ausdehnung ab. »Wette, hier drin liegen zehn Fuß Erdmaterial.«

Der braungebrannte Blonde, schätzungsweise Ende Zwanzig, zeigte beeindruckende Muskeln an Armen und Rücken. Er stand bis zur Hüfte in einem unregelmäßig ausgehobenen Loch und hieb mit der Schaufel auf den mit Felsen durchsetzten Boden im rückwärtigen Teil des Kalksteinüberhangs ein. Er arbeitete mit bloßem Oberkörper und trug ebenfalls eine Levis, die von einem genieteten Ledergürtel im Westernstil gehalten wurde. Der runde Abdruck einer Kautabakdose beulte seine Gesäßtasche aus.

»Verdammter Staub. Und diese ganze Holzkohle.«

»Indianerfeuer, Pete! Indianerfeuer! Schau dir mal die Decke von dem Ding hier an, dann siehst du den ganzen Ruß. Daran erkennt man es. Und am Eingang wächst riesiger wilder Roggen. Die Rothäute aßen dieses Zeug, deshalb haben sie hier Samen ausgestreut.« Der junge Mann warf wieder eine Schaufel voll Erde in das Sieb. Mit dem Spaten begann er an der Felswand herumzukratzen, um wieder eine Schaufelladung zusammenzubekommen. Als das nichts brachte, schlug er auf das Gestein ein, bis plötzlich eine große, flache Felsplatte von der Wand abbrach.

»Burt? Bist du sicher, daß wir wegen der Buddelei keine Schwierigkeiten kriegen?«

»Ach was!« Der ältere Mann räusperte sich und spuckte auf die dunkle Erde.

»Zum Teufel, ich grabe seit Jahren nach Speer- und Pfeilspitzen. Bisher hat mir noch niemand Ärger gemacht.« Er machte eine weitausholende Geste, dann krallte er seine Hände in die Erde im Sieb und leerte es mit einer schnellen Armbewegung aus. »Uns erwischen? Die Leute vom Forstdienst sind selten mit dem Kettenfahrzeug unterwegs. Und wir sind weitab von der Straße.«

»Trotzdem. Was passiert, wenn sie uns erwischen?« Pete straffte die Muskeln und beförderte die schwere Felsplatte aus dem Loch.

Angestrengt hielt er einen Augenblick inne und wischte sich den in Strömen von seiner Stirn laufenden Schweiß ab.

»Dann sagen sie, wir sollen machen, daß wir wegkommen – und daß es gesetzwidrig sei. Sie müssen sich um andere, wichtigere Dinge kümmern … Holz verkaufen, damit der Staat Geld verdient, und die vielen Waldbrände in der Gegend bekämpfen. Die nehmen uns nicht fest.

Gäben eine verdammt schlechte Figur dabei ab. Sähe doch so aus, als würden sie auf unbescholtenen Bürgern herumhacken. Schließlich gehe ich jeden Sonntag in die Kirche.«

Burt hob eine weitere Schaufel mit Erde und streute den Inhalt in das Sieb. »He! Sieh dir das an. Perlen aus Knochen. Siehst du, wie sie die poliert haben?«

Er stopfte den Fund in einen Sack. »Ja, an solchen Plätzen

muß man weiterarbeiten, dann findet man auf die Schnelle mal eine Menge Pfeilspitzen. Die meisten, die im Freien rumliegen, hat schon irgendeiner aufgesammelt.«

»Ha.« Der Blonde beugte sich vor und blickte nachdenklich blinzelnd auf die flache Felsplatte, die er aus dem Loch gehoben hatte. Mit der Hand wischte er darüber und säuberte die Rillen.

Verblüfft starrte er auf die Wand. »Sieh dir das an. Irgend etwas ist in diese Wand eingemeißelt. Sieht aus wie eine Spirale … aber ich habe das Ding in zwei Teile gehackt.«

»Was? Eine Spirale?« Der grauhaarige Mann bückte sich und warf einen argwöhnischen Blick auf den Stein. »So eine hab' ich noch nie gesehen. Meist ist darauf Viehzeug oder ähnliches abgebildet. Verdammt schade, daß das Ding kaputtgegangen ist.

Sonst könnten wir es herausmeißeln. Gäbe eine hübsche Kaminplatte ab. Vielleicht können wir's zusammenkleben oder so. Das nächste Mal bringen wir einen Meißel mit. Probieren wir mal, ob wir die andere Hälfte herausschlagen können. Wenn sie wieder auseinanderbricht, dann, zum Teufel, kann man's auch nicht ändern.«

»Und der Forstdienst kümmert sich überhaupt nicht um solche Sachen?«

»Nee. Und falls doch, wir machen doch bloß Kleingeld. Was sind schon die paar hundert Dollar, wenn wir mal ein paar Pfeilspitzen verkaufen? In Utah drüben gibt's Burschen, die schlagen dreißigtausend aus einer Anasazi-Schüssel raus.«

»Wette, denen brummen sie einige Jährchen dafür auf.«

»Yeah, vielleicht. Aber ich kann mich erinnern, daß vor etlichen Jahren ein paar Typen in den Felsen südlich von hier eine Mumie gefunden haben. Du weißt schon, so 'ne Art zähe, vertrocknete Leiche. So 'n Ding, wie's die Ägypter haben. Eines Abends waren die Jungs besoffen, banden dem Ding ein Seil um den Hals und ließen es am nächsten Telefonmasten baumeln. Dafür haben sie nur ein paar hundert Dollar Geldstrafe gekriegt und Bewährung.«

»Verdammt! Ich hab' mehr gekriegt für 'ne Schlägerei in

der Bar!« Der ältere Mann grinste und zeigte dabei seine braunen Zähne. »Siehste, Kleiner, 'ne Schlägerei ist schlimmer als das bißchen Buddeln.«

Eine Weile arbeiteten sie schweigend weiter. Der Jüngere schaufelte Erde hinauf zu dem älteren Mann und lauschte dabei dem Zischen des Siebes.

»Und wie ist das mit den Geologen? Sind die nicht stocksauer, wenn alle diese Fundstellen ausgeräumt werden?«

»Die Archäologen.«

»Ha?«

»Die Archäologen. Nicht die Geologen. Na ja, die meckern und jammern. Aber wer hört schon auf die? In den Büchern stehen 'ne Menge Gesetze, aber bei all dem Mist, den die in Washington zur Zeit so verzapfen, wer zum Teufel schert sich da schon um 'nen Haufen toter Indianer?«

»Haalt! Ein Treffer!« Der ältere Mann fischte eine weiße Geschoßspitze aus Hornstein aus dem Sieb, hielt sie ans Licht und säuberte sie mit dem Daumen von der Erde.

»Was ist das?« fragte Pete, als er sie schließlich zu sehen bekam.

Mit funkelnden Augen hielt er die Spitze hoch.

»Sieht aus wie die Spitzen vom Medicine Lodge Creek. Wahrscheinlich an die achttausend Jahre alt. Könnte so ihre, na, fünfundsiebzig bis achtzig Dollar wert sein.«

»Wow!« Grinsend befühlte Pete den Stein. He, die verkaufe ich nicht. Das ist meine erste!«

»Yeah, kannst sie behalten.« Burt schüttelte den Kopf. »Verfluchte Regierungsheinis. Machen Gesetze gegen alles und jeden. Aber wenn's drauf ankommt, kümmern sie sich um gar nichts. Da unten in der Reservation kreischen die Rothäute empört auf, und niemand schreitet ein. Aber was soll's? Die Roten kreischen doch dauernd.

Behaupten die doch glatt, wir legen sie rein mit ihren Vorfahren.

Zum Teufel, die meisten von denen wissen noch nicht mal, wer ihr Vater ist.«

»Haben wir hier eine gute Stelle erwischt?«

»Ja, das ist 'ne gute. Hier können wir 'ne ganze Weile graben. Hier steckt Geld drin. Das spüre ich. Das ist so sicher, wie wenn man in eine Bar reinkommt und weiß, welche Weiber man aufs Kreuz legen kann.« Burt blinzelte und grinste anzüglich.

»Das erzähle ich Louise.«

»Den Teufel wirst du. Sonst serviere ich dir deine Eier auf 'nem Silbertablett.«

Pete lachte in sich hinein. »Bloß weil so ein alter Sack wie du ihn nicht mehr hoch kriegt, wenn's drauf ankommt.«

Er grub weiter, klirrend schlug seine Schaufel auf die Felsen. Die Schatten in der Felsspalte wurden länger, und Burt mußte wegen des nachlassenden Lichts sein Sieb von dem stetig wachsenden Erdhaufen forttragen.

»He!« Pete wich einen Schritt zurück. »Hab' einen Knochen getroffen. Verdammt, jetzt hab ich ihn mit der Schaufel in zwei Teile zerlegt!«

Burt trat hinzu und blickte ihm über die Schulter. »'ne Grabstätte? Oder nur ein Büffelhaxen?«

»Zu dünn für 'nen Büffel, oder was meinst du?« Er wich zurück und gab den Blick frei für die erfahrenen Augen seines Lehrmeisters.

»Ah, das ist ein Menschenknochen. Davon hab' ich schon genug gesehen. Du mußt ihn da rausholen. Das ist ein Schienbein.«

Pete zog daran, aber nichts passierte. Er blickte auf. »Von irgendwelchen Gespenstern, die einen verfolgen, hast du noch nichts gehört?«

»Wovon redest du? Also nee. Du hast zu viele von diesen Horrorfilmen mit den Untoten gesehen. Zum Teufel, schaufle die Erde weg, so ungefähr in der Höhe, wo der Oberschenkel sein müßte, und quatsch nicht rum.«

Mit klirrender Schaufel kämpfte Pete gegen den Stein. Mit vor Anstrengung heraushängender Zunge grub er unter der überhängenden Wand. Er kratzte den letzten Rest Erde weg und zerrte an dem Knochen. Nichts rührte sich. Unter Aufbietung all seiner Kraft zog er ruckartig so lange, bis er einen lauten Knacks vernahm und hinterrücks auf die Erde fiel. Er stand auf und hielt seine Trophäe hoch.

»Ach du große Scheiße! Sieh dir das an, das Knie ist total verwachsen! Muß ein Krüppel gewesen sein. Zu schade, daß ich das Schienbein entzweigeschlagen habe.«

»Yeah, die hatten damals kaum so was wie 'nen Arzt. He, stell dir mal vor, du hast hier Geronimos kaputtes Knie vor dir!«

Pete grinste. »Scheiße! Weil du auch Bescheid weißt, hab' ich nichts davon. Sieht aus, als wär's fast dunkel. Ich bin heut abend mit Lorena verabredet. Hilf mir aus diesem dämlichen Loch raus.«

»Ja, glaub auch, 's wird Zeit. Behältst du das Bein?«

»Darauf kannste wetten. Bei der nächsten Party, die ich zu Hause schmeiße, wird das einen Mordsgesprächsstoff liefern. Vielleicht feil' ich 'ne Rille rein, wo ich es auseinandergehauen hab und mache daraus eine Zigarettenspitze. Dem alten Ding werd ich's schon zeigen.«

»Okay, aber ich krieg' den Schädel, falls wir den finden. Schädel bringen Geld. Ich nehme das Bein und unser Zeug, trag du die kaputte Spirale.«

Pete schaute in den Sonnenuntergang. Der Himmel leuchtete in grellem Blutrot. »Bestimmt bleibt's trocken. Komisch, wie sich die Welt verändert. Diese Trockenheit im Mittelwesten. Muß dieses verfluchte Treibhaus-Zeug sein. Im Yellowstone hat's gebrannt und jetzt brennt's in Washington und Oregon. Bin sicher, das hält uns die Forstleute für eine Weile vom Hals.«

»So 'n Quatsch. Es gibt keinen gottverdammten ›Treibhauseffekt‹. Das wirst du auch noch merken.« Burt spuckte ins Gras. »Das erzählt dir die Regierung bloß, weil sie dir angst machen will.«

Sie mußten zweimal hin- und herlaufen, bis sie die Artefakte und die Ausrüstung auf ihrem kleinen Laster verstaut hatten.

Grinsend ließ Pete den Verschluß einer Dose mit warmem Bier knallen und reichte sie Burt. Anschließend öffnete er sich selbst eine und kletterte auf den Fahrersitz. Der Achtzylinder erwachte dröhnend zum Leben.

Der alte Mann schaute zurück. »Zu schade, daß die Spirale kaputtgegangen ist.«

»Bist du sicher, daß uns das kein Pech bringt? Du weißt schon, irgend so 'ne Hexerei, so 'n indianischer Zauber?«

»Zum Teufel nein, das ist doch nur alberner Aberglaube. Was kann uns so ein Ding schon anhaben?« Burt trank einen Schluck Bier.

»Ja, das da oben ist eine große Höhle. Bin sicher, dort können wir jahrelang graben. Die können wir vollständig ausräumen. Bringt gutes Geld. Das rieche ich!«

I

DIE QUALEN DES KINDES

Für eine Macht ist die Zeit vollkommen bedeutungslos. Alles ist Teil der Spirale – sei es die Wanderung des Universums, der Kreislauf des Sternennetzes oder der Weg von Vater Sonne am Himmel.

Und wo liegt der Ursprung der Macht? Wie die Stürme wird sie geboren aus der Erde und dem Himmel und dem Wasser und der Macht von Vater Sonne und dem Großen Weisen im Himmel – dem Schöpfer. Von allen Quellen einer uns bekannten Macht ist das Wolfsbündel die Allermächtigste auf Erden. Zu der Zeit, als der Erste Mann – der Wolfsträumer – das Volk von der Ersten Welt in diese Welt führte, erwachte das Wolfsbündel zum Leben. Aus einem Traum geboren, säugte es sich am Geist des Volkes. Weil das Volk daran glaubte, wuchs seine Kraft … genährt von unzähligen Händen, die es ehrfurchtsvoll hielten … gestärkt von dem Geist, den Tausende von Lungen ihm einhauchten; es ist unsere Seele, unsere Macht als menschliche Wesen.

Das Volk trug es bei sich, geschützt in dem heiligen Wolfsfell. Die Menschen behüteten es vor Regen, Schnee und Staub. Männer und Frauen wurden unter seiner Macht geboren … oder starben, während sie es in den Armen hielten. Manchmal sog es das Blut der Sterbenden auf, um sich vor Entweihung oder Schändung zu bewahren. Ein Teil ihrer Seelen wurde eins mit dem Wolfsbündel wie auch die Seelen der Felsen und Bäume und Tiere und des Volkes selbst. Nichts auf Erden ist heiliger als das Wolfsbündel. Es ist die Macht … der Traum, der dem Volk Leben einhaucht.

Sie hat mich zu dir geführt. Die Macht des Wolfsbündels. Ich weiß nicht, warum. Aber die Kreise drehen sich, und die Erde wandelt sich. Irgend etwas versucht, das vom Großen Weisen im

Himmel geschaffene Sternennetz aufzutrennen. Die Kreise … immer die Kreise, und Zeit ist bedeutungslos für eine Macht. Wer weiß, wieviel Zeit uns noch bleibt?

Ich erlebte einen Traum. Dort, in diesem Traum, in der Vision, sprach ich mit dem Wolfsbündel und hörte den Befehl des Ersten Mannes. Ich gehorchte … Ich kam zu dir … und zum Wolfsbündel.«

WEISSES KALB ZU GESTUTZTE FEDER

Prolog

Im Körper des alten Mannes tobte der Schmerz – ein Gefühl, als würde ihm die scharfe Schneide eines Hornsteinmessers die Seele aus dem Rückgrat trennen. Wie lange schon? Wie lange dauert es noch, bis sie die dünnen Lebensfäden durchschneidet?

Gestutzte Feder versuchte, sich bequemer hinzusetzen, um seinen schmerzenden Rücken zu entlasten. Die Hitze im Innern des Zeltes schien zuzunehmen, drohte ihn zu ersticken. Ein feiner Schweißfilm bildete sich auf seiner runzligen Stirn. Um durch einen Luftzug die Hitze erträglicher zu machen, rollte er die Zeltbedeckung hinauf und ließ nur die oberen Häute zum Schutz vor der Sonne aufgespannt; aber es half nicht viel.

Er kämpfte gegen den ihn ständig peinigenden Schmerz an. Müde hob er die Hände und betrachtete blinzelnd die knotigen Knochen unter der runzligen, dünnen, lederartigen Haut. Alt, so alt. Sein Haar schimmerte weiß. Die Flechten, die sein verwittertes Gesicht umrahmten, wurden immer kürzer. In seinen tief in die Höhlen gesunkenen Augen sammelten sich die auf seiner Seele lastenden Schatten.

Ich sehe aus wie ein erfrorener Kadaver im Frühling – vertrocknet, zusammengeschrumpft über spröden Knochen. Nicht einmal genug für die Maden zum Beißen ist von mir übrig.

Bereit zu einer Bestandsaufnahme seines Daseins saß er in seinem Zelt, umgeben von den letzten Überbleibseln seines langen Lebens – alles war da, alles, bis auf das heilige Wolfsbündel. Sein Platz auf dem kleinen Dreifuß aus Weidenholz war leer. Vor dem Türbehang jaulten und knurrten die Hunde. Die gedämpften Stimmen der Angehörigen des Rothand-Stammes, seines Volkes, drangen durch die trockene Luft an sein Ohr. Selbst hier, hoch oben in den Bergen, versengte die unaufhörliche Dürre das Land. Wie lange hatte es nicht mehr geregnet? Die Trockenheit bedeutete Krieg.

Auf den weiten Hochebenen im Osten waren die Büffel selten geworden, deshalb war das Kleine-Büffel-Volk auf der Suche nach den Herden auf die hochgelegenen Wiesen gekommen, wo sich die vom Regen vollgesogenen Wolken an den Gipfeln rieben und entluden.

Das Kleine-Büffel-Volk wollte dieses Land vereinnahmen. Die beiden Völker konnten unmöglich miteinander auskommen. Die Jäger aus dem Flachland begehrten Fleisch und verschmähten die vom Rothand-Volk gerne gegessenen Wurzeln und Samen. Mit Hilfe einer Macht lockten die Jäger aus dem Flachland die Büffel – die ihnen Kleidung, Häute für Hütten und Zelte gaben und von deren Fleisch sie sich ausschließlich ernährten, denn sie rösteten sogar die Eingeweide – in den Hinterhalt. Ihre Sprache ergab keinen Sinn, sondern hörte sich an wie das Gackern eines Waldhuhns. Noch schlimmer, sie spuckten auf das Rothand-Volk und nannten die Stammesangehörigen verächtlich Pflanzenfresser.

Immer wieder hatte der Rothand-Stamm das Kleine-Büffel-Volk in die Ebenen und Flußtäler im Süden und Osten zurückgetrieben. Nur der Wapitihirsch kannte die Berge so gut wie das Rothand-Volk. Wer die Fährten und Pfade in den Bergen kontrollierte, kontrollierte das Land. Zur Zeit ihrer fortgesetzten Überfälle auf das Kleine-Büffel-Volk hatte das Rothand-Volk in der Sprache der Kleinen-Büffel einen neuen Namen erhalten: *Anit'ah* – ›Feind‹.

Nachdenklich starrte Gestutzte Feder auf die vom Rauch verfärbten Häute über seinem Kopf. Er kannte die Form einer jeden der schlanken Zeltstangen, denn er hatte sie mit eigener Hand zugeschnitten, kannte jeden der von Klares Wasser überaus sorgfältig genähten Stiche. Eine Fliege summte hinter dem Zelt, wo er seine Notdurft zu verrichten pflegte. Es wurde Zeit, das Lager wieder zu verlegen, Zeit, damit Sonnenvater die Abfälle und Exkremente zersetzen konnte. Jeder Bestandteil der Kreise, auch Fliegen und Käfer, mußte essen. Das Symbol der Kreise hatte er in langer und anstrengender Arbeit in die Felsplatten gemeißelt, darum bemüht, den beständigen Großen Tanz des Großen Weisen im Himmel, der vom Sternennetz aus alles beobachtete, nachzubilden.

Nur dieses Mal will ich nicht mehr gehen. Hier, das ist das Ende.

Gestutzte Feders letztes Lager. Ein guter Ort ... ein Platz zum Sterben hoch oben in den Bergen, wo die Seele frei ist und ungehindert zu den Sternen und zum Großen Weisen hinaufsteigen kann.

Als hätte dieser ihn verstanden, verstärkte sich der krampfartige Schmerz in seinem Leib, raubte ihm Kraft und Atem, und versuchte, seine Seele seinem Körper zu entreißen. Sein Körper verfiel zusehends, wurde magerer und magerer, bis auf die harte Schwellung, die er auf der rechten Seite unter seinen Rippen spürte. Die Schwellung wuchs, und er wurde immer weniger.

Und mir bleibt nur der letzte Traum ...

Wehmütig lächelnd erinnerte er sich an das Gesicht von Klares Wasser, an den Schimmer der Jugend auf ihren vollen Wangen. Sie war die eigentliche Medizinfrau gewesen. Sie war es gewesen, die schlagartig verharren konnte, deren Augen völlig leer blickten.

Nach ihrer Trance hatte sie ihm vom Wolfsmann erzählt, der ihr ins Ohr geflüstert hatte.

Er hatte zugehört ... immer nur zugehört, und dem Volk gesagt, was zu tun sei. Nie hatte jemand den geringsten Verdacht geschöpft, daß die Macht zu seiner Tochter gekommen war. Nie hatte jemand geargwöhnt, er ließe sich vom Rat von Klares Wasser leiten. Sie hatte gesehen.

Und nun war sie fort, geflohen vor ihrem Mann Blutbär. Mitten in der Nacht hatte sie heimlich das Lager verlassen, begleitet von dem Berdachen Zwei Rauchwolken, der Pflanzen beobachtete, Gräser pflückte und Halme kaute.

Draußen vor seinem Zelt erklang ärgerliches Fluchen und warnte ihn rechtzeitig. Das Rascheln von Mokassins im Gras ließ ihm gerade ausreichend Zeit, sich zu sammeln, da riß eine kräftige Hand auch schon den Türbehang zur Seite.

»Wo ist sie, Alter?«

Lächelnd blickte Gestutzte Feder in Blutbärs zornglühende Gesichtszüge. Das harte Gesicht seines Schwiegersohns war hochrot angelaufen, die dunklen Augen spuckten Feuer. Der muskulöse, hitzköpfige Blutbär bot immer Anlaß zur Sorge. In der kurzen Zeit, die er mit Klares Wasser verheiratet war, hatte er sie mehr als einmal geschlagen.

Wegen ihres gequälten Wimmerns und den unüberhörbaren Geräuschen der gewalttätigen Paarung, die des Nachts aus seinem Zelt drangen, hatten die Menschen schamerfüllt die Köpfe abgewandt.

Er war hilflos gewesen – ein alter Medizinmann ohne Macht. Klares Wasser hatte außer ihm keine Verwandten, die gegen diese unwürdige Behandlung hätten protestieren, Gerechtigkeit hätten fordern können. Und die Drohungen eines Medizinmannes machten auf Blutbär keinerlei Eindruck.

»Sie ist fort.«

Blutbär beugte sich vor, seine schwarzen Augen brannten. »Das weiß ich, dummer alter Narr. *Wo* ist sie hingegangen?«

Gestutzte Feder griff nach dem noch zur Hälfte mit Wasser gefüllten Kürbis und hielt ihn Blutbär entgegen. »Komm, setz dich. Du bist Gast in meinem Zelt. Trink und ...«

Blutbär schmetterte den Kürbis beiseite. Das Wasser spritzte durch die aufgeplatzte Schale und durchnäßte die heiligen Bündel. *»Wo, Alter?«*

Angesichts dieses brutalen Akts der Zerstörung zuckte Gestutzte Feder erschrocken zusammen. Blinzelnd blickte er auf. »Du weißt, Blutbär, du tust dir selbst keinen Gefallen. Wenn du mich anschreist, schadest du dir nur. Ich sterbe, und alle wissen das.

Der Jähzorn hat dich sogar deiner Gerissenheit beraubt.«

»Ich werde ...«

»Schweig und hör mich an. Du bist Zielscheibe des Spottes. Deine Frau ist mit einem anderen Mann davongelaufen. Das Volk ...«

Eine harte Hand umklammerte seine Kehle. Blutbärs heißer Atem wärmte seine Haut, die funkelnden Augen suchten die seinen. »Mit welchem Mann, Gestutzte Feder? Rede sofort, oder du redest nie wieder.«

In Blutbärs hochrotem Gesicht blitzte reine Mordlust.

»Laß mich … los«, krächzte Gestutzte Feder mit herausquellender Zunge. Kaum merklich lockerte sich Blutbärs brutaler Griff.

»Mit wem?«

»Mit Zwei Rauchwolken.«

»*Er ist Berdache! Ein Mann, der Männer liebt!* Warum sollte sie mit ihm davonlaufen … mit *ihm?*«

Gestutzte Feder versuchte zu schlucken. Doch der Würgegriff preßte ihm den Speichel aus dem Mund, ließ ihn über sein Kinn und über Blutbärs eisenharte Finger tropfen.

»*Warum? Verflucht seist du!*«

»Begreifst du immer noch nicht?« Gestutzte Feder schloß die Augen, genoß das Gefühl von Blutbärs nachlassendem Griff.

Durfte er sich noch immer an Erinnerungen erfreuen, wenn sein Geist zum Großen Weisen im Himmel aufstieg? Oder würde sich die Seele ebenso wie der Körper verflüchtigen, verrotten, von diesem und jenem Getier gefressen werden?

Die rohe Hand ließ von seiner Kehle ab. »Sag es mir.«

»Sie hat geträumt. Wegen dieses Traumes hat sie sich dir zugewandt.

Schon dein bloßer Anblick erfüllte sie mit Abscheu. Wußtest du das?« Er schaute auf, nicht überrascht über die anmaßende Ungläubigkeit in Blutbärs Augen. »Ja, für sie warst du nicht besser als ein bärbeißiger Lagerköter.«

»Sie kam sehr bereitwillig zu einem Lagerköter, Alter. Sie wußte, ich würde das Rothand-Volk führen, sie sah, daß ich …«

»Narr! Es war ein Geistertraum. Ich verstand nicht die Hälfte davon.

Kein Mensch kann über Geisterträume mutmaßen. Sie verlangen ihre eigene Erklärung der Dinge. Sie träumte … und der Traum sagte ihr, du mußt das Kind zeugen. Sobald ihre Blutung ausblieb, ging sie mit Zwei Rauchwolken fort. Nein. Du brauchst mir gar nicht zu drohen. Ich weiß nicht, wohin sie gegangen ist, auch nicht, warum.

Ich weiß auch nicht, welche Rolle Zwei Rauchwolken dabei spielt.

Aber ich weiß, er ist ein guter Mensch. Vielleicht braucht sie ihn, damit er sich um das Baby kümmert. Vielleicht braucht sie seine Hilfe auch aus anderen Gründen. Er ist Berdache. Berdachen haben Kenntnis von Geistermächten.«

»Ich glaube, du weißt genau, wo sie ist. Sag es mir, Alter! *Sag es mir!*«

»Glaub, was du willst. Ihr Verschwinden ist eine völlig neue Erfahrung für dich, davon bin ich überzeugt.«

Der Schlag traf ihn völlig überraschend und hallte erschreckend laut im Zelt wider. Seine Wucht schleuderte Gestutzte Feders Kopf zur Seite, grelle Blitze zuckten hinter seinen alten Augen.

»Sicher«, stöhnte Gestutzte Feder unter Schmerzen. »Du kannst viele Angehörige des Kleinen-Büffel-Volkes töten und dich damit brüsten. Du kannst auch mich töten. Aber beim Rothand-Volk bist du ruiniert. Am Ende. Dort draußen vor dem Zelt stehen sie und hören dich. Sie sind Zeugen deines Jähzorns. Du möchtest ihr Anführer sein ... aber können die Leute die Anordnungen eines Mannes befolgen, der seine Frau und sein Kind nicht von einem Berdachen fernhalten kann? Können sie einem Mann folgen, der im Zorn einen sterbenden alten Mann umbringen will? Nein ... Klares Wasser und ich, wir haben deine Macht zerbrochen.«

Blutbärs Mundwinkel zuckten und bebten. Er rang verzweifelt um seine Selbstbeherrschung. Bei diesem Anblick lernte Gestutzte Feder wahre Furcht kennen.

»Wo ist das Bündel ... das Wolfsbündel?«

»Sie hat es mitgenommen.«

»Es gehört dem Volk!«

»Die Geistermacht gebot es ihr ... irgend etwas in ihrem Traum.«

»Ich finde sie. Ich finde mein Kind. Verstehst du mich? Das schwöre ich auf das Wolfsbündel, das sie gestohlen hat. *Ich werde mein Kind finden!*«

»Das Kind? Oder geht es dir nur um das Wolfsbündel? Ich

glaube kaum, daß du dir Sorgen um das Kind machst. Ich liege im Sterben.

Ich habe nichts weiter zu sagen.«

Unter Blutbärs straff gespannten Wangen zuckten die Muskeln vor unterdrückter Gewalttätigkeit, seine Zähne knirschten vernehmlich.

»Dann stirb, *Alter!*«

Blutbär blickte zu Boden, zögerte zuerst, doch dann versetzte er Gestutzte Feder einen Fußtritt in den Magen. »So, das bringt dich nicht um. Aber ein kleines Andenken schadet nicht.«

Und fort war er, förmlich explodierend im Licht jenseits des Zeltes.

Gestutzte Feder krümmte sich stöhnend vornüber. Krämpfe brannten in seinem Leib. Als er sich aufrichtete, fühlte er ein Ziehen, einen Wärmestrom tief in seinem Innern. Ein sonderbares Prickeln durchlief ihn, und er fühlte sich aufgedunsen und benommen.

Er merkte kaum, wie er nach vorne fiel. Ihm war, als starrten ihn Gesichter von der Seite an. Die Decken unter seinen kalten Wangen fühlten sich feucht an, wie durchnäßt, als hätte jemand Wasser darüber vergossen. Schwindel überfiel ihn. Die Leute drängten herein und versuchten, ihm zu helfen. Doch sie stellten Fragen, die er kaum verstand.

»Das Wolfsbündel?« Ein Schrei durchdrang den Nebelschleier in seinem Kopf. *»Ohne das Wolfsbündel können wir nicht leben!«*

Klares Wasser hatte es mitgenommen. Geistertraum … Klares Wasser wußte, was sie tat. Seine Gedanken verflüchtigten sich wie Rauch im nächtlichen Himmel. Auflösung. Auflösung. Düsterkeit.

»Sieht aus, als hättest du wieder ungewollt einen Fehler gemacht, Blutbär. Du hast mich doch getötet.« Leise kicherte er.

Nebelschleier verdunkelten sein Bewußtsein und umwogten ihn sanft. Er fühlte sich wie eine von Wolken eingehüllte Bergspitze.

Plötzlich begann er sich zu erheben, aufzusteigen, über seinen zerbrechlichen Körper hinauszugehen.

Kommst du? fragte eine sanfte Stimme.

»Wer? Wer spricht da?«

Sie nennen mich Wolfsträumer ... den Sonnenmann ... ein neuer Weg liegt vor dir. Ein neuer Weg ...

Was geschehen muß, geschieht. Menschliche Seelen fließen wie die Strömung eines Flusses – oftmals zornig, schlagen sie weiß, tosend und wild gegen widerspenstige Felsen, die ihnen den Weg versperren. Dann wieder wandern menschliche Seelen friedlich, langsam und ruhig, kräuseln kaum die Oberfläche des lauen Wassers. Manchmal, in der anderen Jahreszeit, strömen sie eingehüllt in blauweißem Eis dahin, eingeschlossen in geheimnisvolle Dunkelheit.

Um das Wolfsbündel versammelten sich Seelen, nichtsahnend von den Stromschnellen hinter der letzten Biegung.

»*Du mußt Geduld haben*«, flüsterte Wolfsträumers Stimme durch den Dunst.

»*Ich weiß*«, antwortete das Wolfsbündel.

Kapitel 1

Warm und dumpf lastete die Hitze der Nacht im Zelt. Vergeblich zerrte der raschelnde trockene Wind an den rauchgeschwärzten Lederhäuten. Die Zelthäute waren fest heruntergezogen und im harten Lehm verankert worden, damit ein möglichst hermetisch abgeschlossener Raum entstand. So konnten sich keine feindseligen Geister darunter hindurchwinden und sich in ein neues Zuhause hineinstehlen. Während einer Geburt ergriff das Volk stets diese Vorsichtsmaßnahme, denn neugeborene Kinder besaßen keine Seele und boten einen warmen Zufluchtsort für alles Böse. Um weitere Gefahren durch üble Mächte abzuwenden, waren Salbeihaufen – Salbei galt als Lebenspender – aufgeschichtet worden.

Die sorgsam zermahlenen Blätter durchsetzten die trockene Luft mit einer würzigen Schärfe.

Der Junge draußen in der Dunkelheit kroch zu der Stelle, an der sich eine zerschlissene Naht gerade so weit geöffnet hatte, daß er einen Blick in das Innere des Zeltes werfen konnte.

Ein Feuer aus Pappelholz glühte und qualmte in der stickigen Hitze des Zeltes und spendete in der dunklen Nacht spärliches Licht.

Warme, dampfende Luft drang durch die Öffnung nach außen und biß dem Jungen in die Augen. Der Geruch von gegerbten Häuten, Rauch und Salbei, vermischt mit Gerüchen von Schweiß, Holz und Angst, stieg ihm in die Nase. Den zarten, bitteren Duft der Kräuter einatmend schaute er zu.

Tanzende Hirschkuh schrie auf. Sie lag nackt auf schweißgetränkten Decken, die glatten Züge ihres jungen Gesichts zu einer Grimasse verzerrt. Ihr Bauch verkrampfte sich unter den Wehen und versuchte, das Kind aus dem sicheren Gefängnis ihres Schoßes zu zwängen. Zwischen ihren Brüsten lag ein Geburtsbündel, eine Figur in der Form einer Schildkröte – des magischen Tieres, das niemals krank wurde. Die Schildkröte bedeutete Gesundheit und Glück. Sie verschwand mit dem Kommen der Winterstürme, verkroch sich tief in die Erdenmutter und kehrte erst zurück, wenn Vater Sonne den Frühling und das Leben in die Welt brachte. Der Fetisch auf Tanzende Hirschkuhs Brust war aus sorgfältig genähtem Antilopenleder gefertigt und mit Salbei, Zweigstückchen, Federn und anderen Zeichen der Mächte ausgestopft worden.

Auf ihren Bauch waren verschiedene Muster gezeichnet, damit sich die Geistermacht der Geburt auf den Mittelpunkt konzentrierte. Die wichtigste Zeichnung, ein leuchtend gelber Streifen, verlief ausgehend vom Geburtsbündel zwischen ihren vollen Brüsten hinunter zu einem Punkt im Gewirr ihres schwarzen Schamhaares. Der Pfad des Lichts würde das Kind auf seinem Weg in die Welt leiten.

Der Junge starrte wie gebannt auf dieses Schauspiel und spürte die Macht des Gesangs der im Zelt versammelten Frauen. Obgleich er sich vor der Entdeckung fürchtete, konnte er sich von den faszinierenden Vorgängen nicht abwenden. Er wußte, seine Mutter würde ihn bestrafen – und Zwei Rauchwolken würde bestimmt voller Sorge nach ihm suchen, sobald er seine Abwesenheit entdeckte.

Eine Nacht der Hitze, eine Nacht des Schmerzes. Über die Wölbung von Tanzende Hirschkuhs geschwollenem Leib hinweg blickten sich zwei Frauen an – die eine jung, die andere alt. Sorge prägte ihre angespannten Gesichter.

Das graue Haar der alten Frau glänzte matt im flackernden Licht.

Das Muster ihrer Falten verwob sich mit dem Gitterwerk der Schatten, die auf ihr runzliges Gesicht fielen. Sie hatte ihren Mund zu einem schmalen Strich zusammengepreßt und ließ ihre wachsamen Augen über die sich anstrengende Frau gleiten. Sie beugte ihren vom Alter gekrümmten Rükken vor, ihr bloßer Oberkörper war schweißnaß, und ihre langen welken Brüste hingen schlaff und leer über die Falten ihres Bauches. Narben wellten die runzlige Haut ihrer Schultern, stumme Zeugen ihrer zahlreichen Opfer an die Geisterwelt, die sie sich selbst auferlegt hatte. Die Leute nannten diese Frau Wildkirsche, nach den Bäumen mit den bittersüßen Früchten, die im Hochland wuchsen.

Der Junge beobachtete seine Mutter, Salbeiwurzel, deren ängstlicher Blick unentwegt auf Tanzende Hirschkuhs fiebernden Leib gerichtet war. Zwar kannte er den angespannten Ausdruck der Sorge in den Gesichtern aller Angehörigen seines Volkes, der tiefe Furchen wie Trockenrinnen draußen im Land in ihre Gesichter gegraben hatte, aber die hilflose Besorgnis, die seine Mutter offenbarte, machte ihm angst. Tanzende Hirschkuh schrie erneut auf, und seine Gedärme zogen sich zusammen wie in der Sonne trocknende Sehnen.

Arme Tanzende Hirschkuh. Langläufer, ihr Mann, war zum Jagen in die Ausläufer der Buffalo Mountains gegangen. Er war nie zurückgekehrt.

Wildkirsche holte tief Luft, griff in einen kunstvoll genähten Beutel, entnahm daraus feuchten Salbei und streute ihn auf die rotglühenden Kohlen. Der Wohlgeruch des Lebens stieg in kräuselnden Rauchschwaden auf.

Leise sang sie ein monotones Lied. »Komm, Kleines. Komm, tritt ins Leben und preise das Land und die Sonne und die Pflanzen und die Tiere. Komm, begleite uns auf dem Weg zum Sternennetz, der zu allem Guten führt. Hör unser Lied. Vernimm unsere Freude. Komm, Kleines. Komm heraus in die Welt und mache uns lächeln.«

Tanzende Hirschkuh stöhnte. Die Muskeln ihrer kräftigen braunen Beine spannten sich. Verzweifelt rang sie nach Luft. Mit fest geschlossenen Augen und mit vor Anstrengung gebleckten Zähnen atmete sie scharf aus. Schweißtropfen hinterließen glänzende Spuren auf ihrem bebenden Fleisch.

Salbeiwurzel hielt Tanzende Hirschkuhs Hände fest in den ihren.

»Ruhig. Atme ganz ruhig. Es dauert nicht mehr lange.«

Die Krämpfe gingen vorüber, und Tanzende Hirschkuh entspannte sich.

Keuchend blickte sie zu der unaufhörlich singenden alten Frau auf.

»So lange dauert es doch sonst nicht. Wildkirsche, ist alles in Ordnung? Oder muß ich sterben?«

Die alte Frau beendete ihren Singsang und zuckte lächelnd mit den Achseln. »Ich habe viele Kinder geboren und schwerere Geburten durchgemacht als diese. Für dich ist es das erste Mal. Deine Muskeln müssen sich richtig dehnen, aber sie wissen noch nicht, wie. Nichts ist gerissen. Es kommt nur Wasser heraus – du wirst gewaschen, verstehst du, der Weg wird gesäubert. Das ist alles.«

Mit einem beruhigenden Lachen blickte sie sich um. »Genau wie bei Salbeiwurzel. Sie hat mich und Hornmark fast einen ganzen Tag lang beschäftigt.«

Salbeiwurzel lächelte wehmütig. »Ich erinnere mich. Trotzdem brachte ich einen kräftigen Sohn zur Welt.«

Erst als Tanzende Hirschkuh die Augen schloß und beruhigt nickte, verdüsterte sich Salbeiwurzels Miene. Die Anspannung hing wie Winternebel in der Luft, spiegelte sich im Ausdruck der Gesichter und in Wildkirsches brennenden Augen. Der Junge hatte das Gefühl, die Anspannung gleite wie eine mit Wasser vollgesogene rohe Haut durch den Spalt im Zelt und hüllte auch ihn vollkommen ein.

Leise nahm Wildkirsche ihren Gesang wieder auf, holte noch eine Handvoll Salbeiblätter aus dem Beutel und verteilte sie über dem Feuer. Sogleich war das Hüttenzelt von dem in klebrigen Schwaden aufsteigenden Duft erfüllt.

Tanzende Hirschkuh schrie auf, offensichtlich gequält von schmerzhaften Krämpfen in ihrem Leib.

»Sollen wir Schwerer Biber holen?« Salbeiwurzels Augen verschmolzen mit Wildkirsches Blick.

Als der Name des Geisterträumers fiel, zuckte der Junge draußen erschrocken zusammen. In seinem Kopf flüsterte eine Stimme: *»Nein.«*

Wie ein Schatten zog er sich in die Nacht zurück, teilte mit vorsichtigen Händen den aufgeschichteten Salbei und kroch von seinem Guckloch weg. Befreit von dem Strauchwerk sprintete er leichtfüßig durch das Lager, ohne auf die bellenden Hunde zu achten. Vor ihm auf dem zu einer harten Unterlage getrampelten Lehmboden standen dicht gedrängt die Zelte. Die unteren Enden der Häute waren über die abgeschälten Holzstangen hochgerollt, damit die nächtliche Brise hindurchblasen und den auf ihren mit Gras gepolsterten Lagern schlafenden Bewohnern Kühlung verschaffen konnte. Hier und da warf das Glimmen eines verlöschenden Feuers einen rötlichen Schimmer auf die an Dreifußgestellen hängenden Kochsäcke. Die schwarzen Ringe der Herdstellen bildeten sichtbare Punkte über der Kohlenglut.

Pappeln erhoben sich geheimnisvollen Silhouetten gleich in den Nachthimmel; die gespenstischen Wolkenbilder enthüllten hin und wieder das glitzernde Volk der Sterne. In den Bäumen erklang der gedämpfte Ruf einer Eule.

»*Wolfsbündel*«, flüsterte die Stimme in seinem Kopf.

Noch bevor er das Zelt erreichte, entdeckte er Zwei Rauchwolken, der durch das Lager humpelte. Niemand sonst ging wie der Berdache.

»Zwei Rauchwolken?« Er änderte die Richtung und fiel in einen leichten Trab.

»Da bist du ja! Ich bin halbtot vor Sorge um dich. Dein Vater ist auf die Jagd gegangen, deine Mutter ist ...«

»Ich brauche dich. Ich glaube, wir benötigen das Wolfsbündel.«

»Das Wolfsbündel?« Herausfordernd hob Zwei Rauchwolken den Kopf, seine vertrauten Gesichtszüge blieben in den Schatten der Nacht verborgen. In leisem zurückhaltenden Ton fragte er mit seinem Anit'ah-Akzent: »Warum brauchen *wir* das Wolfsbündel, Kleiner Tänzer?«

Er zögerte. »Ich wollte nur ... also, eine Stimme hat zu mir gesprochen.«

»Eine Stimme? Die in deinem Kopf zu dir spricht?«

»Ja. Bitte hol das heilige Bündel«, bat er. Tanzende Hirschkuhs Baby kommt nicht. Mutter und Wildkirsche machen sich Sorgen.

Tanzende Hirschkuh hat Angst, sterben zu müssen. Wildkirsche hat nichts gesagt, aber ich *fühlte* es. Du weißt schon, was sie nicht gesagt hat. Der Ausdruck in ihren Augen. Ich dachte, das Wolfsbündel ...«

»Da hattest du den richtigen Gedanken. Komm mit. Sehen wir, was wir machen können.«

Zwei Rauchwolken verlagerte das Gewicht auf sein gesundes Bein, drehte sich um und eilte mit wackligen Schritten hinüber zu ihrem Zelt. Die fransenbesetzten Röcke wiegten im Rhythmus seines humpelnden Gangs.

Kleiner Tänzer war der Berdache stets ein Rätsel geblieben. Kein anderer Mann seines Volkes trug Frauenkleider. Als Antwort auf die Fragen des Kindes hatte Zwei Rauchwolken wehmütig gelächelt und nur gesagt, er sei ein Berdache – ein Mensch zwischen den Welten. Eine Frau im Körper eines Mannes.

Der Berdache lebte beim Volk, solange Kleiner Tänzer sich erinnern konnte. Er wohnte stets in ihrer Hütte – ein merkwürdiger, schweigsamer Mann, der von den Anit'ah zu ihnen gekommen war.

Geduldig ertrug er sein Los, ungeachtet der Anspielungen, des Geschwätzes und dem offenen Gespött der Leute. Allein und abgesondert von den anderen half Zwei Rauchwolken Kleiner Tänzers Mutter bei der Hausarbeit, schabte Häute und kochte Mahlzeiten.

Bereitwillig übernahm er alle Pflichten einer Zweitfrau.

Kleiner Tänzers Vater, Hungriger Bulle, der größte Jäger des Volkes, verhielt sich höflich zu Zwei Rauchwolken. Seine durchaus vorhandene Mißbilligung wurde durch eine tiefe Anteilnahme gemildert, deren Ursache der Junge nie ergründen konnte. Ein Geheimnis umschwebte den Berdachen wie wirbelnder Qualm ein vom Regen benetztes Feuer.

Kleiner Tänzer störte das nicht im geringsten. In den acht Sommern seines Lebens war Zwei Rauchwolken stets sein bester Freund gewesen. Wenn Kleiner Tänzer ihm von den Stimmen berichtet hatte, die er oft vernahm, hatte er aufmerksam zugehört. Schalten seine Mutter oder sein Vater ihn, lief er zu Zwei Rauchwolken wie andere Kinder zu ihren Großeltern.

»Du bist also um das Geburtszelt herumgeschlichen?«

Kleiner Tänzer erstarrte. »Ich ...«

»Du weißt genau, Männer dürfen niemals in die Nähe eines Geburtszeltes. Das ist ein Ort der Frauen. Was ist, wenn du durch deine Gegenwart die Macht verändert hast?«

Beschämt senkte Kleiner Tänzer den Blick auf den Lehmboden. »Ich bin kein Mann. Ich bin nur ein Junge. Ich bin kein Mann, solange ich mir keinen Namen verdient und mich als Mann bewiesen habe.«

»Und du glaubst nicht, daß sogar ein Junge eine Veränderung auslösen könnte?«

»Das hat mir die Stimme nicht gesagt. Wenn ich einer Macht nahe komme, merke ich das.«

»Tatsächlich?«

Nach einem ausgedehnten Schweigen fügte Kleiner Tänzer hinzu:

»Es ist so ein Gefühl. Wie … ja, wie die Stille zwischen Blitz und Donner. Nur länger. Bloß ein Gefühl, nichts weiter. Und manchmal diese Stimme.«

Vor dem Zelt seiner Familie blieb er stehen und wartete. Gebückt verschwand Zwei Rauchwolken im Zelt. Der Junge hörte das Rascheln und Scharren, als der Berdache das Wolfsbündel vorsichtig aus dem schützenden schweren Leder wickelte.

Dann tauchte Zwei Rauchwolken wieder unter dem niedrigen Eingang auf. Er wiegte das sorgfältig in ein wunderschön gegerbtes Wolfsfell eingeschlagene heilige Bündel in den Armen. Die Pelzhaare leuchteten silbrig-grau im matten Sternenlicht.

»Wenn du mir nicht glaubst, warum hast du dann das Bündel geholt?«

Er zeigte auf das Paket im grauen Fell, das Zwei Rauchwolken gegen seine Brust gedrückt trug. Statt einer Antwort strich der Berdache nur sanft mit der Hand darüber und eilte zum Geburtszelt.

»Sag's mir. Warum?«

Zwei Rauchwolken stieß einen langen Seufzer aus. »Eines Tages, Kleiner Tänzer, erzähle ich es dir«

»Aber ich will es jetzt wissen. Ich verstehe nicht, warum …«

»Du hast die Adler gesehen, die hoch oben auf den Felsklippen ihre Horste bauen. Du bist hinaufgeklettert und hast einen Blick auf die gerade ausgebrüteten Jungvögel geworfen.«

»Ja, und der Adler ist im Besitz einer Macht. Ich habe das gefühlt. Ich weiß, wie gerade ausgebrütete Vögel aussehen, ganz flaumig und ...«

»Würdest du einen dieser flaumigen Jungvögel aus dem Nest stoßen?

Würdest du von ihm, nur weil es ein Adler ist, erwarten, daß er sofort fliegen kann? Wegen seiner Macht?«

»Ich ... Nein.«

»Dann stoße dich nicht selbst aus dem Nest, bevor deine Flügel kräftig genug sind, dich zu tragen.«

Bestürzt und verblüfft versuchte Kleiner Tänzer, den Sinn dieser Worte zu erfassen. *Heißt das, auch ich besitze Macht?* Diese Frage verwirrte ihn, doch eine Wärme begann unter seinem Herzen zu strahlen. Für den Bruchteil eines Augenblicks schien ihn und das Bündel, das Zwei Rauchwolken so fest an sein Herz drückte, ein unerklärliches Strömen zu verbinden. Aber das Gefühl zerbrach wie ein zertretener Salbeizweig, als Tanzende Hirschkuhs jämmerlicher Schrei durch die Wände des Zeltes drang.

»Warte hier draußen – und laß dich nicht sehen, wenn ich bitten darf.« Dann rief er laut: »Salbeiwurzel? Ich bin's, Zwei Rauchwolken. Ich kann helfen.«

Kleiner Tänzer rannte bereits zu seinem Guckloch, duckte sich hinter den Salbei und kauerte sich vor die kleine Öffnung.

Er sah den ängstlichen Blick, den seine Mutter Wildkirsche zuwarf.

Mit gedämpfter Stimme sagte sie: »Es ist der Berdache. Er weiß eine Menge. Bei seinen eigenen Leuten ...«

»Ich weiß.« Wildkirsche reckte das Kinn. »Die Anit'ah sagen, ein Berdache ist mit einer Geistermacht im Bunde. Was mich betrifft, ich glaube das.« Sie hob die Stimme. »Komm rein, Zwei Rauchwolken.« Leiser fügte sie hinzu: »Bei der Gnade der Großen Macht, wir können jede Hilfe brauchen, die wir kriegen können ... außer Schwerer Biber.«

Zwei Rauchwolken duckte sich in das Dämmerlicht des Zeltes, das Bündel noch immer an sein Herz gepreßt. »Falls ihr nichts dagegen habt, vertraue ich auf das Wolfsbündel.«

Ehrfürchtig hob er das heilige Bündel hoch, eine stumme Bitte stand in seinen sanften Augen.

»Das Wolfsbündel?« Wildkirsche legte den Kopf schief und kratzte ihr schlaffes Kinn. »Ja … vielleicht.«

Tanzende Hirschkuh blickte auf. Eine neue Furcht blitzte in ihren Augen auf, als sie Zwei Rauchwolken erkannte. »Nein! Kein Mann.

Nicht hier, wo …«

»Schsch!« machte Salbeiwurzel besänftigend. »Er kennt sich aus mit der Macht.«

»Schwerer Biber soll kommen!« Die Angst in ihren Augen vertiefte sich.

»Ich bin Berdache«, wandte Zwei Rauchwolken ein. Ich mache das nicht zum erstenmal.«

»Vertrau ihm«, drängte Wildkirsche.

Tanzende Hirschkuh blieb keine Zeit für eine Antwort; eine neue Wehe peinigte sie. Wildkirsche nickte kurz zu dem Berdachen hinüber und machte ihm Platz.

Zwei Rauchwolken ließ sich dicht neben der wimmernden Frau nieder.

Mit vorsichtigen Fingern öffnete er das Wolfsfell und breitete es als schützende Unterlage aus, damit das heilige Bündel nicht mit der Erde in Berührung kam. Er stimmte den melodischen Gesang der Anit'ah an. Kleiner Tänzer beugte sich vor und preßte ein Auge dicht an das Guckloch, damit ihm möglichst nichts entging.

Von außen sah das Wolfsbündel nicht sehr beeindruckend aus, nur wie ein eng zusammengeschnürter Lederbeutel, am spitzen unteren Ende dunkelrot gefärbt. Oben hatte man es weiß gelassen, aber mit an Adern erinnernden Linien bemalt. *Ein Herz!* Das war es also, ein Herzfetisch.

Zwei Rauchwolken nahm Salbei aus dem Beutel, den er bei sich trug, tauchte ihn in den am Dreifuß hängenden Wassersack und besprenkelte damit das Feuer. Hinter seinem Rücken wechselten Wildkirsche und Salbeiwurzel beunruhigte Blicke.

»Hier, daraus muß Tee zubereitet werden.« Er streckte eine Hand aus und reichte Wildkirsche gereinigten Phlox. »Sie muß ein wenig davon trinken, mit dem Rest reibt ihr sie ein. Salbeiwurzel, du wäschst sie bis hinunter zu der Stelle, an der das Baby kommt«

Er hob das Wolfsbündel über die Feuerstelle und sang mit geschlossenen Augen und entzückter Miene ein Lied in der Sprache der Anit'ah.

Von seinem Beobachtungsposten aus starrte Kleiner Tänzer in das Zelt hinein. Ihn überwältigte ein plötzliches Schwindelgefühl, seine Seele stieg beim Klang der betörenden Melodie empor. Das vertraute Gefühl der magischen Macht hüllte ihn ein.

In seinem Taumel nahm er kaum wahr, wie Zwei Rauchwolken mit dem Wolfsbündel Tanzende Hirschkuhs mit Schweißperlen bedeckte Stirn berührte. Die Frau wurde ruhiger, atmete leichter. Anschließend berührte Zwei Rauchwolken mit dem Bündel die Herzgegend der Frau, knapp über der Schildkrötenfigur, dann führte er es hinunter zu dem vorstehenden Nabel und weiter über den gelben Streifen zum Hügel ihres Schambeins.

Tanzende Hirschkuh seufzte entspannt.

Der Tee war fertig. Salbeiwurzel füllte etwas von der Flüssigkeit in einen aus Büffelhorn gefertigten Löffel und träufelte sie der Frau zwischen die Lippen. Angewidert verzog Tanzende Hirschkuh das Gesicht zu einer Grimasse.

Zwei Rauchwolken legte das Wolfsbündel wieder auf das schützende Fell und tauchte seine Hände in den Sack mit dem dampfenden Tee.

»So haben es mich meine Leute gelehrt. Phloxtee beruhigt das Fleisch.«

Mit tropfnassen Händen begann er den schweren Leib der Frau zu massieren. Nach einem auffordernden Nicken von Zwei Rauchwolken folgte Salbeiwurzel seinem Beispiel und arbeitete sich nach unten vor. Tanzende Hirschkuh entfuhr ein erneuter Schrei, eine weitere Preßwehe folterte ihren Körper.

»Nicht so stark«, warnte Zwei Rauchwolken. Seine Hände tasteten behutsam über den bebenden Körper der Frau. »Nur vorsichtig Druck ausüben. Zuviel kann in ihrem Innern etwas reißen lassen. Und nicht jede Blutung kann gestoppt werden.«

»Wir haben es auch schon mit Massage versucht«, erklärte Wildkirsche.

»Es schien aber nicht zu helfen.«

Zwei Rauchwolken nickte, sein Blick wanderte hinüber zum Wolfsbündel. »Vielleicht hilft das.« Mit diesen Worten ergriff er das Bündel und berührte damit Tanzende Hirschkuhs Nabel, der hervorstand wie ein Astknorren.

Tanzende Hirschkuh schrie. Ihr Körper erschauerte unter einer neuen Wehe.

»Da.« Wildkirsche nickte, krabbelte zwischen Tanzende Hirschkuhs Beine und brachte sie in die richtige Stellung. »Da kommt Flüssigkeit. Ein kleines bißchen Blut.«

Zwei Rauchwolken hielt das Bündel weiter über den Nabel und sang mit geschlossenen Augen weiter.

»Das Kind kommt«, rief Wildkirsche.

Kleiner Tänzer reckte den Hals, um besser sehen zu können. Vor lauter Aufregung überhörte er die sich nähernden leisen Schritte.

Entsetzt zuckte er zusammen, als sich plötzlich der Türbehang hob und Schwerer Biber in der Türöffnung erschien. Sein Blick fiel auf Zwei Rauchwolken und das Wolfsbündel. Wie angewurzelt blieb der Geisterträumer stehen.

Einen Augenblick lang drückte sein Gesicht maßlose Verwunderung aus, doch sofort erfüllte eine dumpfe Wut seine schwarzen Augen und sein glattes, plattes Gesicht verzerrte sich.

»*Was* geht hier vor?«

Salbeiwurzel warf einen Blick über ihre Schulter, Angst flackerte in ihren Augen auf. »Das Baby kommt.«

Zwei Rauchwolken hörte nicht auf zu singen.

»Nur noch ein bißchen«, drängte Wildkirsche mit schmeichelnder Stimme und hielt die Hände bereit.

In seinem Versteck kauernd spürte der Junge, wie sich Finsternis mit der Macht vermischte und herumwirbelte. Schwerer Biber! Er fühlte genau diesen kaum wahrnehmbaren Zorn und Haß, der wie eine schweflige Brise, die auf einer saftigen Wiese Gras und Blumen welken und ersticken läßt, in ihm brannte. Das Wolfsbündel behielt seinen machtvollen Glanz trotz des zerstörerischen Elements.

»Ah-ha! Presse!« rief Wildkirsche und griff nach etwas, das Kleiner Tänzer nicht sehen konnte. »Es ist da.«

Tanzende Hirschkuh erbebte, und ihr Bauch wurde flach. Wildkirsche hob das Neugeborene hoch. Streifig und feucht lag es in ihren Händen. Der kreischende Schrei des neuen Lebens erfüllte das Zelt.

Zwei Rauchwolken atmete tief ein und senkte den Kopf. Er drückte das Wolfsbündel an seine Brust, streichelte es ehrfürchtig und sprach flüsternd ein Dankgebet.

»Es ist ein Mädchen«, wisperte Salbeiwurzel und warf einen verstohlenen Blick hinüber zu Schwerer Biber.

»Und warum überrascht mich das nicht?« sagte Schwerer Biber, sich drohend unter der niedrigen Decke des Zeltes aufbauend. Der brutale Ausdruck in seinen Augen ließ Kleiner Tänzer wie unter einem eisigen Hauch erschauern.

»Noch ein Mädchen? Und noch dazu unter dem Einfluß einer bösen Geistermacht geboren!« Schwerer Biber verschränkte die Arme. »Ein wunderbares Geschenk für unser Volk.«

Tanzende Hirschkuh bewegte die spröden Lippen, brachte aber keinen Laut heraus, sondern starrte mit angstgeweiteten Augen auf den Geisterträumer.

Sanft sagte Zwei Rauchwolken mit seinem unüberhörbaren Akzent: »Das Wolfsbündel ist nicht böse. Es ist …«

»Genau das, was ich von den Anit'ah erwarte – und von solchen deiner Sorte. Was *bist* du? Eine Frau im Körper eines Mannes, wie du behauptest? Wenn ich jemals von einem Verfluchten gehört habe, dann bist du das. Und du wagst es, das Geburtszelt zu besudeln?«

Zwei Rauchwolken schloß die Augen. Sein Gesicht zeigte unendlichen Schmerz.

»Laß ihn in Ruhe.« Salbeiwurzel wandte sich in kauernder Stellung um. »Das Wolfsbündel hat das Kind geholt.«

»Ein Mädchen! Ein weiterer überflüssiger Mund zu füttern, und die Männer leiden Hunger.«

»Das sagst *du*!« Salbeiwurzels Gesicht lief rot an. »Du kannst nicht den Frauen die Schuld am Hunger geben. Auch wir gehören zum Volk! Warum lenkst du deinen Haß auf uns? Welchen Zweck verfolgst du damit? Willst du das Volk auseinanderreißen? Wenn du so weitermachst, wirst du noch Erfolg damit haben. Wir sind doch keine Tiere!«

»Oh? Und du glaubst, der Große Weise im Himmel hat nicht ...«

»Ich glaube, deine Träume sind falsch.«

Im Zelt breitete sich lähmendes Schweigen aus. Erst jetzt wurde Salbeiwurzel bewußt, was sie gesagt hatte.

Draußen kauerte Kleiner Tänzer in der dunklen Nacht. Bei den Worten seiner Mutter erstarrte er, ein Keuchen entrang sich seiner Kehle. Sofort wandten sich aller Augen in seine Richtung.

»Wer ist da?« fragte Schwerer Biber erstaunt. »Noch ein Verunreiniger des Geburtszeltes?« Er streckte die Hand nach dem Türfell aus, doch im selben Augenblick war Kleiner Tänzer schon auf den Beinen, sprang über die Salbeihaufen und rannte blitzschnell in die Dunkelheit.

Mit hämmerndem Herzen schlich er um das Zelt des alten Zwei Wapitis und hörte dessen röchelndes Schnarchen. Dann kehrte er auf leisen Sohlen zurück und näherte sich wieder seinem Beobachtungsposten. Schwerer Biber betrat gerade das Zelt.

»Irgendein ganz Schneller – oder irgend *etwas*. Du willst mir also erzählen, das Wolfsbündel sei nichts Böses.«

Die Worte drangen bis zu Kleiner Tänzer, der sich auf den Bauch gelegt hatte und mit schlängelnden Bewegungen hinter einen Pappelstamm kroch.

Der Türbehang war nicht wieder an seinen angestammten Platz zurückgefallen, und er konnte in die Hütte hineinsehen.

»Es ist nicht böse. Es ist die Seele der ...« Zwei Rauchwolken verstummte verzagt.

»Der Anit'ah?« beharrte Schwerer Biber und starrte den Berdachen drohend an.

»Seine Macht hilft allen Völkern, Geistermann. Gerade du

solltest von allen Menschen am ehesten wissen, daß ... Warte! *Was machst du?«*

Schwerer Biber entriß Zwei Rauchwolken das Bündel und wich rasch einen Schritt zurück, um dessen danach greifenden Händen zu entkommen. Mit einem gemeinen Fluch warf er das Bündel hinaus in die Nacht. Im Dämmerlicht des Feuers sah Kleiner Tänzer das Entsetzen in Zwei Rauchwolkens verzerrtem Gesicht. Er fühlte den Schrei aus der Seele des Berdachen. Zwei Rauchwolkens Miene spiegelte seine in Stücke gerissene Seele wider. In einer nutzlosen Geste streckte er die Hand der Nacht entgegen.

Mit einem leisen Plumpsen landete das Wolfsbündel auf dem zertretenen Gras des Lagers.

Kleiner Tänzers Seele begann sich zu drehen, eine scheußliche Übelkeit stieg in ihm hoch. Noch bevor er gegen den Brechreiz ankämpfen konnte, übergab er sich.

Wie aus weiter Ferne hörte er Zwei Rauchwolkens entsetzten Aufschrei.

Von Schwerer Bibers lautem Fluch waren die Leute erwacht.

Stimmengewirr erhob sich. Niemand wußte, was er davon zu halten hatte. Einige der jüngeren Männer eilten aus den Zelten und suchten in der Dunkelheit nach Anit'ah, der vermeintlichen Ursache dieser nächtlichen Störung. Männer und Frauen warfen sich rasch die Kleider über und eilten hinaus ins Freie. Sie sahen zu Schwerer Bibers hochaufragender Silhouette vor dem Feuer des Geburtszeltes hinüber.

»Das Kind muß vernichtet werden.« Schwerer Biber wandte sich um und blickte die Frauen im Zelt nacheinander an. »Hast du mich verstanden, Tanzende Hirschkuh? Das ist dein Werk ... euer aller Werk. Das Volk ist bereits von Verdorbenheit durchsetzt. Es ist besudelt von Frauen, die die Medizin der Männer gegen die Männer richten. Dieses ... dieses Kind ist durch den bösen Zauber der Anit'ah und der schändlichen Geister verdorben, welche auch immer das sein mögen, die während seiner Geburt dort draußen vor dem Zelt lauerten. Ich verdamme euch alle! Ihr seid unrein!«

»Nein!« schrie Tanzende Hirschkuh im Zelt. »Nicht mein Kind. Nicht mein Baby!«

»*Töte es!*« donnerte Schwerer Biber. »Dies Kind ist *deine* Verunreinigung.«

Salbeiwurzel duckte sich durch den Eingang und stellte sich vor ihn hin. »Ich frage mich bloß, worin die Verunreinigung besteht?

Ich fühle mich überhaupt nicht beschmutzt … außer durch deine Gegenwart!«

»*Nicht!*« Wildkirsche packte Salbeiwurzels Arm und zog sie weg. »Er ist ein Geisterträumer. Bitte ihn um Verzeihung.«

Kleiner Tänzer sah, wie seine Mutter zusammenzuckte. Ihre Wut flaute ab, das verriet ihm die veränderte Haltung ihres angespannten Körpers. »Ich … verzeih mir.«

In Schwerer Bibers Gesicht arbeitete es, eine seltsame Mischung aus Vergnügen und Verteidigung. »Das Kind muß sterben.« Mit diesen Worten drehte er sich um, hob einen Fuß und trat Zwei Rauchwolken mit dem Gesicht in den Schmutz, bevor er mit stolzierendem Schritt in der Nacht verschwand.

Unter den Zuschauern erhob sich leises Gemurmel, das aber rasch wieder verstummte.

Wie betäubt blieb Kleiner Tänzer liegen. Fröstelnd blinzelte er zum Schauplatz hinüber. Zwei Rauchwolken hob den Kopf. Im flackernden Feuerschein glänzten Tränenspuren auf seinem Gesicht.

Es war windstill geworden. Die Luft lag schwer und stikkig über dem Lager. Durch die plötzliche Stille drang das Wimmern von Tanzende Hirschkuhs Baby.

In ihrer Felsenhöhle hoch oben in den Buffalo Mountains legte sich der Traum leicht wie Morgentau auf den Schlaf von Weißes Kalb.

Gleich einem von Frost überzogenen Bild verwob sich der Traum mit ihrem Geist. Über ihr setzten die Sterne ihren ewigen Weg über den Himmel fort, blind für die stille Höhle in den so tief unter ihnen liegenden Bergen. Kojoten heulten, und ihre Stimmen vereinten sich zu einem Chor, als sie über den Kadaver eines Wapitikalbes herfielen. Unbemerkt glitten gespenstische Eulen mit leisen Schwingen über die fahlen Wiesen, während flinke Mäuse im Gras raschelnd nach jungen Samen suchten.

Die Nacht lebte, während Weißes Kalb träumte …

Sie wanderte in einem Land grellen Lichts, machte einen müden Schritt nach dem anderen – das uralte Ritual des Reisenden. Ein Wind, heiß wie der von glühenden Kochsteinen aufsteigende Luftzug, blies ihr ins Gesicht und trocknete ihre empfindliche Haut aus.

Hier wartete die schlummernde Anima, ruhelos, verdörrend, sterbend.

»So ist es noch nie gewesen.« Beim Klang ihrer krächzenden Stimme verzog sie das Gesicht. *Die alten Geschichten berichteten von Wasser, von so vielen Büffeln, daß ein kräftiger Mann seinen Speer in jede Richtung werfen konnte und stets ein Tier getroffen hat.*

Die alten Geschichten berichteten von Gras, das bis hinauf zur Hüfte eines Mannes reichte. Und jetzt? Quellen, aus denen der Großvater meines Großvaters trank, sind nur noch Schlammlöcher. Nur die Alten wissen noch davon. Nur die Hüter der Legenden.

Aber die Legenden wandeln sich. Die Menschen verändern sich. Sogar die Namen der Orte ändern sich. Alles … ändert sich …

Der altvertraute Schmerz stach und hämmerte in ihrem rechten Hüftgelenk. Tief in ihren vom Alter geplagten Beinen fraßen sich die Fesseln der Ermattung durch jede Faser ihrer Muskeln wie große schwarze Ameisen in das von Parasiten befallene Herz einer abgestorbenen Föhre. Der Schmerz in ihren Füßen war stärker geworden, und der heiße Boden brannte wie Feuer unter ihren Sohlen.

»Verdammt, zu alt für so ein Unternehmen.« brummte sie. »Sollte ein hübsches Zelt haben … kräftige Söhne und Töchter, die mir Fleisch bringen. Sollte faul herumsitzen, schwatzen und Späße machen können. Die alten Geschichten erzählen, damit sie nicht in Vergessenheit geraten.«

Doch sie hatte eine Vision. Während sie auf den hohen Gipfeln der Buffalo Mountains betete und fastete, war etwas mit ihr geschehen. Vier Tage hatte sie weder Nahrung noch Wasser zu sich genommen, in der Kälte der Nacht gefroren, sich von den Strahlen der aufgehenden Sonne rösten lassen; zitternd hatte sie ihre Seele gereinigt.

Nackt hatte sie auf dem höchsten Punkt gesessen und nach der Quelle jenes Rufes gesucht, der sie ihr Leben lang gedrängt hatte.

Jedesmal, wenn sie zurückgewichen war und versucht hatte, ein normales Leben zu führen, war der Ruf wieder erklungen, gebieterisch, hatte sie dazu getrieben, ihre Männer und Kinder zu verlassen. Jedesmal war sie zu den hochgelegenen Orten zurückgekehrt, um den Ursprung der Macht zu suchen.

So war sie auch dieses Mal dem Ruf gefolgt, bis sich am vierten Tag das Bild eines gutaussehenden, hochgewachsenen Mannes in den Wolken formte, seine Züge von den gleißenden Strahlen der Sonne beleuchtet. Seine Macht hatte im Schweigen gesungen, die Wolken zu Zwergen schrumpfen lassen, seine Gegenwart hatte sie mit Wärme und Sonnenlicht erfüllt.

Voller Ehrfurcht beobachtete sie ihn. Er lächelte ihr zu, hob einen Arm und zeigte nach Südosten in Richtung der Ebenen, wo ihre Vorfahren seit der Zeit des Ersten Mannes gelebt hatten.

So schnell wie es aufgetaucht war, verschwand das Bild wieder und an seiner Stelle erschien ein Wolf mit gelb glühenden Augen.

Mit rasendem Herzen hatte sie blinzelnd auf die bauschigen weißen Formationen einer riesigen Gewitterwolke gestarrt. Zitternd vor Schwäche kletterte sie den Berg hinunter, zog ihre Kleider an und aß, bevor sie sich auf die Reise begab.

»Wolfsträumer«, murmelte sie. »Er hat mich hierhergeführt.«

Sie holte tief Luft, schüttelte den Kopf, ging langsamer und blieb schließlich stehen. Sie schnalzte mit der Zunge, die in ihrem trockenen Mund fast am Gaumen klebte, und schielte hinauf in den weißen Glanz der unbarmherzigen Sonne.

Eine alte Frau allein in der unermeßlichen Weite und Hitze, so verharrte sie, den Rücken gebeugt vom Gewicht einer sperrigen Trage, die auf ihr Hüftgelenk drückte und deren Riemen ihr in die Stirn schnitten. Mit angehaltenem Atem spähte sie in alle Richtungen. Die weit entfernten Felsklippen schimmerten wie ein Geistertraum – zerklüftete Konturen zitterten im Licht. Selbst das blaue Himmelsgewölbe war verblaßt, hatte sich stetig verflüchtigt, war versengt. Außer dem ruhelosen Wispern der knochentrockenen Brise hörte sie nur das Zirpen einer Heuschrecke in der unendlichen Leere. Sogar der Gesang der Vögel war in der Hitze des Tages verstummt.

Der Geist des Landes roch nach Hitze, nach Unterwerfung. Stechend stieg ihr der Staubgeruch in die Nase.

Jahrelang der Sonne ausgesetzt, war ihr Gesicht zu einer faltigen ockerfarbenen Hülse verbrannt. Schmerz, Hunger, Sorgen und Triumphe eines langen Lebens hatten ein gestochen scharfes Faltenmuster eingegraben. Ihre Augen, wissend und mächtig, brannten über den breiten Backenknochen, fast verborgen von den Hängefalten ihrer braunen Haut. Der vorstehende Unterkiefer verriet den Verlust fast aller Zähne bis auf die von der Abnutzung glatt polierten gelben Schneidezähne. Graue Haarsträhnen hatten sich aus ihren kurzen Zöpfen gelöst.

Ihre Brust hob und senkte sich schwer. Sie räusperte sich, um den vom Durst zähen Speichel aus der Kehle zu lösen, und spuckte auf den grauweißen Lehm. Mit heißen Fingern griff der Wind nach ihr und zerrte an den spärlichen Fransen, die an ihrem abgetragenen schmutzigen Kleid noch übrig waren. Er ließ die Lumpen flattern und riß an der Naht, die durchscheinend dünn ihr ausgemergeltes Gesäß umspannte. Um ihre Schultern hatte sie ein Stück Büffeldarm geschlungen, dessen Krümmung über ihre Hüfte hing. Er war prall gefüllt mit lauwarmem Wasser. Sie nahm das eine Ende und hob den Darm, bis ein feuchtes Rinnsal zwischen ihre braunen Lippen tröpfelte.

Sie schmatzte genießerisch. Nachdenklich richtete sich ihr Blick auf den verschwimmenden Horizont, wo silbrige Schatten tanzten und flimmerten.

»Ich kann es nicht ändern. Schließlich habe ich meine Wahl schon vor Jahren getroffen.« Sie kicherte in sich hinein: ein Laut wie Salbei auf Leder. Sie verlagerte die Trage auf ihrem Rücken und lockerte den Riemen an den Stellen, wo er zu schmerzhaft in die Stirn schnitt. Erschöpft setzte sie ihren Marsch fort. Unter ihren zerfetzten Mokassins knirschte borstiges Gras – herbstlich braun verfärbt, obwohl kaum das Frühjahr zu Ende gegangen war.

Zu ihrer Rechten schnitt ein zerklüfteter Arroyo in das Tal – eine rissige Wunde in der vertrockneten Erde. Die spröden, vertikal ansteigenden Wände der Trockenrinne zeigten von der Dürre gezeichnete Muster. Die Bruchstelle der abgesunkenen Erde war wie zum Schmuck mit herausragenden roten Wurzeln besetzt. Ein unüberwindliches Hindernis. Der Einschnitt fiel zwei Mann tief zum kieselbesetzten Boden ab, der in den mittäglichen Schatten verborgen lag. Jenseits der ausgetrockneten Flußebene zu ihrer Linken erhob sich eine Reihe grauweißer und lederbrauner Spitzkuppen, versengt von Vater Sonnes Kraft.

»Madenkrabbelndes Pech«, grunzte sie und blieb stehen. Vor ihr gähnte ein Abgrund, ein weiterer ausgetrockneter Nebenfluß mit jäh abfallenden Wänden auf dem Weg zur Mündung in das Hauptflußbett.

Sie trat näher und blickte in die Spalte hinunter. Früher einmal, vor langer Zeit, hätte sie Anlauf genommen und die enge Schlucht mit einem Satz übersprungen. Nun seufzte sie resigniert. Es blieb ihr nichts anderes übrig, sie mußte mit ihren alten, müden Knochen einen langen Umweg in Kauf nehmen.

Die harte weiße Erde reflektierte das Licht unbarmherzig. Die Hitze überrollte sie, bösartig brannte Vater Sonne auf sie herunter. Je mehr sie schwitzte, um so rascher entzog ihr der Wind die Feuchtigkeit.

»Ah!« Blinzelnd blickte sie in das grelle Licht. Sie starrte hinüber auf eigenartig geformte Felsen, die sich aus der flimmernden Luft herauskristallisierten. Eine Reihe Sandsteinplatten ragte wie eine mißgebildete Wirbelsäule aus dem Bergkamm hervor und warf zitternde Schatten auf die mit Salbei gesprenkelten Hänge. »Jetzt weiß ich, wo ich bin. Ganz in der Nähe befinden sich die Monster Bone Springs. Bis zum Abend müßte ich es bis zu den Quellen schaffen. Gab immer gutes Wasser dort.«

Seufzend beugte sie den Rücken unter ihrer Last und schlurfte weiter.

Sie näherte sich dem zerklüfteten Kamm, mußte aber wegen weiterer, tief in das Land eingegrabener Rinnen abermals einen Umweg machen. Kein bißchen kümmerliches Gras wuchs hier. Es war Dornenpflanzen mit fleischigen Blättern gewichen, die sich teilweise bereits ebenfalls zurückzogen. Ihre Wurzeln krallten sich notdürftig in noch nicht erodierte Erde.

Die Sonne hatte sich gen Westen geneigt. Der Schatten der alten Frau wurde länger. Mühsam schleppte sie sich weiter. Vor ihr erhoben sich die abgerundeten Umrisse der Berg- und Hügelkämme vor dem messingfarbenen Himmel.

Sie verharrte. Schlagartig wurde sie sich einer Veränderung bewußt. Nein, gleichgültig, wie lange es her gewesen sein mochte, daran würde sie sich erinnern. Die Landschaft sah aus, als ob die Monsterkinder bei ihrem Kampf um die Welt die Hänge eingeschnitten und lange, parallel laufende Furchen in verzweigten Mustern um die Salbeisträucher in den Erdboden gekerbt hätten. Der Mutterboden war weggeschwemmt worden und hatte sich in Ödland verwandelt, nachdem die Pflanzen, die einmal die Erde gefestigt hatten, während der Dürreperiode vertrocknet waren.

Mit schiefgelegtem Kopf betrachtete sie den ausgewaschenen Erdboden, wobei sie den Teil des Bodens, der mit Kieselsteinen bedeckt war, besonders eingehend prüfte.

»Müßte mit Gras bewachsen sein«, erinnerte sie sich. Abschätzend schweifte ihr Blick über die erodierten Hänge. Hier war das Dornengestrüpp, sonst alles erstickend, teilweise unter den Massen erodierter Erde begraben, die von den Hängen herabgespült worden war.

Sie zog die Nase hoch und hastete weiter. »Wird bald dunkel. Muß zusehen, daß ich zu den Monster Bone Springs komme und mein Lager aufschlage. Früher ließ es sich dort gut schlafen.«

Die Schatten wurden zunehmend länger. Der tiefe, dunkle Arroyo neben ihr blieb ein schwieriges Hindernis. Schritt für Schritt tastete sie sich über Felsvorsprünge in den Canyon hinunter und trottete am Fuß der Schlucht weiter. Während sie sich zu erinnern versuchte, wie weit es zu den Monster Bone Springs war, breiteten sich plötzlich die kahlen Kuppen vor ihr aus.

Sie tastete sich einen Hang hinauf und versuchte, das Dickicht des riesigen Salbeis zu umgehen, dessen Widerhaken an den Blattspitzen nur auf sie zu warten schienen. Sie schlurfte um die letzte Biegung und erblickte die ihr wohlbekannte Sandsteinkette, die zu den Monster Bone Springs führte. Am Fuß der Felskette erwarteten sie undurchdringliche Salbeisträucher, die im kristallklaren Licht des Nachmittags blaugrün glänzten.

Langsam atmete sie aus, nahm einen letzten Schluck aus ihrem Wasserdarmsack und schleppte sich auf zitternden Beinen erschöpft weiter. Vor ihr lagen die Monster Bone Springs, seit undenklichen Zeiten ein Lagerplatz ihres Volkes. Hier hatte ihr Volk die letzten der riesigen Bestien getötet, die man nun Monster nannte.

In den Legenden wurde erzählt, diese Tiere hätten zwei Schwänze gehabt, einen vorne und einen hinten. Und sie hatte die Zähne gesehen, lang, gebogen, größer als ein Mann.

Das letzte Mal war sie hier um die verlassenen Feuerlöcher gestreift, hatte die geborstenen Knochen gesehen und eine der langen Speerspitzen aus Stein mit den eingekerbten Rillen aufgehoben. Jetzt schien all das weggespült worden zu sein.

Undeutliche Reste von Holzkohlenfeuern und erodierte Erde, leicht oxydiert von den längst erloschenen Feuern, kennzeichneten die alten Kochstellen. Holzkohleteilchen waren in den Arroyo gewaschen worden. In unregelmäßige Formen zerbrochene, rot verfärbte Feuersteine lagen wie von Aasfressern abgenagte Knochen verstreut auf dem Boden. Selbst die großen Steinsplitterhaufen – abgeschlagene Abfallspäne von der Werkzeugherstellung – waren weggewaschen worden.

Als sie den Felsüberhang wiederentdeckte, dachte sie zuerst, es handele sich nur um einen weiteren Sandsteinfindling. Aber beim Näherkommen erkannte sie die abgeflachte, kegelförmig ausgebildete, von Salbei überwucherte menschliche Behausung. Eine schäbige und ärmliche Unterkunft. Sie könnte kaum zwei Menschen Schutz vor Regen bieten – falls es je wieder regnen würde.

Sie verlangsamte ihre Schritte und biß sich auf die Unterlippe.

Wer lebte hier? Die Antwort auf diese Frage konnte lebensentscheidend sein. Und sie hing am Leben.

»Niemand lebt ewig«, brummte sie. »Man bildet sich das nur manchmal ein.« Unbeirrt setzte sie ihren Weg fort und blickte trotz ihrer Vorsicht neugierig auf die Knochen der Monster, die dem Ort seinen Namen gegeben hatten. Einer davon ragte aus dem Boden und verlief in einem schrägen Winkel in die Salbeisträucher.

Das Ende – im Durchmesser so mächtig wie der Oberschenkel eines kräftigen Mannes – war zersplittert, vertrocknet wie der Rest der Welt. Lange Knochensplitter lagen verstreut im dunkelgrauen Salbeigestrüpp. Ein paar alte Holzkohleflecke färbten die Erde schwarz, die schwach rötliche Tönung der Oxydation umgab sie. Diese Feuerstellen würde man immer erkennen.

Doch die Welt veränderte sich.

»Hallo!« schrie sie und hielt dabei die Hände trichterförmig an den Mund. »Wer ist da?«

Nichts rührte sich. Ein unheimliches Gefühl, als habe sich alles ins Gegenteil verkehrt, berührte ihren Geist gleich den Schwingen einer durch die Nacht fliegenden Fledermaus.

Der Schrei eines Kindes durchbrach die Stille.

Der Traum hatte sie wieder eingeholt. Weißes Kalb schreckte hoch und blinzelte in die nächtliche Düsternis ihrer Felshöhle. Ihr Inneres verkrampfte sich. Sie empfand ein körperliches Unbehagen, als ob sich irgend etwas nicht mehr an seinem angestammten Platz befände. Mühsam kämpfte sie gegen den Brechreiz an. Stille lag über der Nacht. Was war geschehen? Das Gefühl der Übelkeit war durchdrungen vom Mißbrauch einer Macht. Aber wessen? Wo?

Ihr Mund war trocken. Sie griff nach dem Wassersack und trank schlückchenweise. Anschließend setzte sie sich auf und rieb ihre alten Beine. Sie spürte den Nachtkrampf der von den Jahren geplagten Muskeln. Acht Jahre waren vergangen, seit eine Macht sie zu dem Kind und dem Berdachen geführt hatte. Was war geschehen?

Sie blickte durch den Türbehang ihrer Höhle. Ihre Augen folgten den vertrauten Umrissen der Gipfel vor dem Nachthimmel.

Suchend hielt sie Ausschau nach den von den Wolken hervorgezauberten dunklen Figuren. Als habe er darauf gewartet, durchbrach der Mond den Horizont im Osten.

Steif und aufrecht stand sie da. Das fahle Licht des Mondes fiel durch die Wolken und spielte leicht über das bauschige Weiß. Und wieder sah sie ihn. Das Bild des jungen Mannes aus ihren Geisterträumen formte sich aus den sich türmenden Wolkengebilden und nahm Gestalt an. Halb Mensch, halb Wolf, schien das von den Wolken gesponnene Bild nach Südosten zu deuten – in Richtung auf das Land ihres Volkes.

Geschockt von Schwerer Bibers Entheiligung erbebte das Wolfsbündel und klagte seinen Schmerz in die Kreise und Windungen der Zeit. Die Stimmen Tausender, die es voll Ehrfurcht berührt und einen Teil ihrer Seele in seiner Hülle zurückgelassen hatten, winselten und stöhnten.

Die Macht pulsierte, erinnerte sich an die Beleidigung, zog sich von der Welt der Menschen zurück und wirbelte in einem Sog hinunter in das schwelende Innerste ihres Wesens.

»Erinnere dich, die Spirale … Kreise innerhalb von Kreisen, vereinigt, doch sich nie berührend. Die Zeit ist noch nicht gekommen. Aber sie wird kommen … sie wird kommen …«

Und das Wolfsbündel wartete.

Kapitel 2

»Du mußt das nicht tun.« Salbeiwurzel bückte sich unter der Tür des Geburtszeltes und begegnete dem Blick von Tanzende Hirschkuh, die das Kind an ihre Brust drückte. Tanzende Hirschkuh warf einen verstohlenen Blick zu Schwerer Biber hinüber. Mit vor der breiten Brust gekreuzten Armen stand er herrisch vor seinem Zelt. Das Sonnenlicht offenbarte ihn schonungslos als einen Mann mittleren Alters, klein und mit plumpem, dicklichem Körper. Sein breites Gesicht mit den schweren Backen zeigte keinerlei Regung. Seine Nase wirkte gegen seine schrägen Backenknochen stumpf und flach. Eine tiefe Narbe lief quer über seine hohe breite Stirn – Zeugnis eines Kriegsspeeres der Anit'ah.

»Wir haben nicht genug zu essen«, flüsterte Tanzende Hirschkuh kläglich und zuckte unter dem Schmerz in ihren Lenden zusammen, als sie sich im schräg einfallenden Morgenlicht aufrichtete.

»Ich sage trotzdem, tu es nicht. Es wird sich alles finden.« Der wütende Knoten in Salbeiwurzels Magen zog sich knurrend zusammen.

Von der letzten Beute war fast nichts mehr übrig, nur noch ein paar dünne Streifen Trockenfleisch – ausreichend für höchstens ein oder zwei Mahlzeiten. Zusätzlich hatten sie einige Wurzeln gesammelt, gerade genug für eine Brühe. Selbst die Frauen waren hinausgegangen, um etwas Eßbares aufzustöbern. Sie durchstreiften das Unterholz und hielten Ausschau nach Kaninchen oder Ziesellöchern, die so nah am Fluß lagen, daß sie mit Wasser überflutet werden konnten, um ein paar dieser Tiere hervorzuscheuchen. Aber deshalb ein Kind töten ... Tanzende Hirschkuhs Mund preßte sich zu einem dünnen Strich zusammen. »Mein Baby ... ist ein Mädchen.« Wieder glitt ihr Blick hinüber zu Schwerer Biber, der noch immer vor seinem Zelt stand.

»Und er weiß es.«

»Es ist *deine* Entscheidung! Er kann dich nicht zwingen, dein eigenes Kind zu töten«

»Bitte.« Tanzende Hirschkuhs flehende Stimme schnitt

schmerzlich in Salbeiwurzels Herz. »Ich weiß, was du denkst. Aber solange Langläufer nicht zurück ist ... Verstehst du, ich möchte keinen Ärger.«

»Ich halte zu dir. Ich teile mein restliches Trockenfleisch mit dir«, versprach Salbeiwurzel. Dabei zweifelte sie keinen Augenblick daran, daß Langläufer von den Anit'ah getötet worden war.

Beschwörend legte sie eine Hand auf Tanzende Hirschkuhs Schulter.

»Vertrau mir. Was glaubst du, wie du dich fühlen würdest, wenn du dein Baby getötet hättest und Hungriger Bulle oder ein anderer Mann käme von der Jagd zurück, und würde verkünden, die Jäger hätten eine Herde umzingelt und genügend Tiere getötet, um uns alle mit Fleisch zu versorgen?«

Tanzende Hirschkuh biß sich auf die Unterlippe. Ihr angstvoller Blick ruhte unverwandt auf Schwerer Biber, dessen Gegenwart sie fürchtete wie eine ansteckende Krankheit. »Und was dann? Wie lange dauert es, bis sie die nächste Beute machen? Nein. Alles ist so unsicher. Aber ich werde ihn zu gegebener Zeit daran erinnern, daß er mir befohlen hat, mein Kind zu töten. Alles geschieht für das Volk. Dieses Wesen da« – sie deutete auf den Säugling – »hat noch keine Seele. Es hat noch keinen Namen. Es ist ein Tier.«

Salbeiwurzel schloß die Augen. Sie hörte die Entschlossenheit in Tanzende Hirschkuhs Stimme. »Es ist deine ...« *letzte Verbindung zu Langläufer.* Aber sie vollendete den Satz nicht. Sie brachte es nicht übers Herz, Tanzende Hirschkuh in noch tieferen Kummer zu stürzen.

Tanzende Hirschkuh warf ihr einen verzweifelten Blick zu. »Du hast genug für mich getan. Du ... und dein Berdache!«

Der anklagende Ton in ihrer Stimme verletzte Salbeiwurzel. »Wir haben nur ...«

»Bitte. Laß mich vorbei, Salbeiwurzel. Je schneller ich das Ganze hinter mich bringe, um so leichter fällt es mir.«

Sie trat zur Seite. Mit ausdruckslosem Gesicht beobachtete sie, wie Tanzende Hirschkuh den Pfad zum Hügel hinaufging, eine einsame, gebrochene Frau. Salbeiwurzel zuckte zusammen, als Tanzende Hirschkuh das Kind hoch über den Kopf hob und auf die trockenen, vom Wasser abgeschliffenen Flußsteine schmetterte. Der Wind trug das knackende Geräusch, das der Aufprall des winzigen Körpers erzeugte, mit sich fort.

Ohne eine Regung zu zeigen, drehte sich Schwerer Biber um und ging in sein Zelt. Mit leeren Augen starrten die Leute hinauf zu der auf dem Hügel kauernden Gestalt.

»Was ist nur aus uns geworden?« flüsterte Salbeiwurzel tonlos.

»Das macht der Hunger.« Wie aus dem Boden gewachsen tauchte plötzlich Wildkirsche neben ihr auf und faßte sie am Ellbogen. »Sie hat es also getan.«

»Sie wollte sich Schwerer Biber nicht widersetzen.«

Wildkirsche nickte, ihre Augen verengten sich zu schmalen Schlitzen. »Er bringt seine eigenen Leute um, und niemandem fällt anscheinend eine bessere Lösung ein. So sind die Zeiten, zu wenig Regen. Unser Volk fällt schneller auseinander als unsere schäbig gewordenen Zelte.« Um ihren Worten Nachdruck zu verleihen, spuckte sie aus. »Du hast ihn ja letzte Nacht gehört. Gleich nach Sonnenaufgang hat er sie sich wieder vorgenommen. Er hat mit ihr gesprochen, als sei jedes Unglück und jedes Übel, unter dem unser Volk leidet, ihre Schuld. Er sagte zu ihr, wäre sie nicht schwanger geworden, dann wäre Langläufer wahrscheinlich gar nicht zur Jagd in das Land der Anit'ah aufgebrochen. Er hat sie auch gefragt, wem sie denn das Fleisch wegzunehmen gedenke, um ihr Baby zu füttern. ›Welchen Mund wirst du berauben?‹ Das waren seine Worte.«

Salbeiwurzel knirschte mit den Zähnen. Tränen der Enttäuschung und der Wut brannten heiß in ihren Augen. »Hornmark hat niemals solche Sachen gesagt.«

Wildkirsche nickte knapp und schielte hinauf zu der mit hängenden Schultern oben auf dem Hügel stehenden Gestalt. »Vergiß diesen Vorfall nie, Mädchen. Das Volk stirbt, einer nach dem anderen.

Schwerer Biber hat erklärt, kleine Mädchen seien für das

Überleben des Stammes nicht notwendig. Er gibt uns die Schuld an der Trockenheit und dem Mangel an Wild. Sieh dich um. Siehst du in diesen Tagen auch nur die leiseste Spur von Glanz in den Augen des Volkes? Wir lösen uns auf wie der Rauch eines verlöschenden Feuers.«

Wildkirsche zwängte sich an ihr vorbei und humpelte hinüber zu ihrem schäbigen, rauchgeschwärzten Zelt.

Salbeiwurzel warf einen letzten Blick auf Tanzende Hirschkuh, die gebeugt auf dem Hügel stand. Selbst aus dieser Entfernung sah sie, wie sich die Schultern der Frau beim Weinen hoben und senkten. Sie wandte sich ab. Ihr Blick traf auf den Schwerer Bibers, der in der schattigen Tiefe seines Zeltes hockte. Die Augen des Geisterträumers glühten wie im Fieber.

»Wie der Rauch eines verlöschenden Feuers«, wiederholte sie leise und benommen.

Kleiner Tänzer beobachtete, wie Schwerer Biber das Lager verließ.

Träge schlenderte der Mann von den Zelten weg in Richtung Moon River, hinüber zu den Hängen mit den verstreut stehenden Salbeisträuchern, die hinauf zu den Hochlandterrassen führten.

»Dort oben träumt er. Er ruft die Büffel«, brummte Zwei Wapitis vor sich hin. Der alte Mann hatte es sich vor seiner Behausung gemütlich gemacht, seine alten Hände bearbeiteten einen Hornstein zu einer filigranen Speerspitze. Mit einem strahlenden Lächeln blickte er hinauf zur Sonne. »Ein guter Mann, dieser Schwerer Biber.

Gestern nacht hat er einen Geist verjagt. Er reinigt das Volk.«

Einen Geist? Der Geist war ich, alter Mann. Ein toller Geisterträumer.

Kleiner Tänzers Interesse an dem Alten erlosch. Er hatte seine Mutter entdeckt. Mit Stöcken stocherte sie in den Steinen des Kochfeuers und ließ sie in einen aufgehängten Sack fallen, um aus dem letzten Rest Trockenfleisch eine Brühe zuzubereiten. Nach dieser Mahlzeit blieben ihnen nur noch die Häute, die sie zu Mokassins und Zeltwänden verarbeiten wollten. Ein jämmerliches Essen. Zum Verhungern.

Langsam ging Kleiner Tänzer hinüber zum Zelt. Sein Magen knurrte.

Er blickte hinauf in die Bäume und erinnerte sich an die allgemeine Aufregung, als sie die Vogeleier in einer Entfernung von zwei Tagesmärschen unten am Fluß gefunden hatten. Inzwischen waren die Nester längst geplündert. Trotzdem verlegte Schwerer Biber das Lager nicht an eine andere Stelle, sondern versprach statt dessen, die Büffel zu rufen – und tötete Babys.

Das Entsetzen über den Tod des Kindes würde anhalten. Seine innere Leere fraß an ihm. Erstaunt fragte er sich, was schmerzhafter war: der Hunger oder das Gefühl, das er empfunden hatte, als Schwerer Biber das Wolfsbündel hinaus in die Nacht geschleudert hatte. Nichts würde mehr so sein wie vor diesem Frevel.

Er kauerte sich dicht neben das Zelt und lugte unter den Wänden hindurch. Er sah Zwei Rauchwolkens schmerzerfülltes Gesicht. Liebevoll drückte der Berdache das Wolfsbündel an sich.

So muß ein Mensch aussehen, dessen Seele tot ist, so teilnahmslos, so angsterfüllt vor der Zukunft.

»Hol eine Hornschüssel und nimm dir ein bißchen Brühe«, unterbrach die drängende Stimme seiner Mutter seinen Gedankengang.

Er gehorchte und genoß die warme Feuchtigkeit in seinem Mund. Mit einem wehmütigen Blick schielte er auf die Abdeckhäute des Zeltes. Dabei erinnerte er sich an den bitteren Winter, als sie fast verhungert waren. Doch sein Vater, Hungriger Bulle, hatte damals die Jäger zu einer kleinen Büffelherde geführt.

»Woran denkst du?«

Er sah zu ihr auf und entdeckte die tiefe Sorge in ihren Augen. »Daß Schwerer Biber das Volk ausrottet. Wir sollten von hier fort.« Sie antwortete nicht, sondern griff nach einer zweiten Hornschüssel und tauchte sie in die Brühe. »Bring das dem Berdachen.«

Er paßte sorgfältig auf, daß er beim Bücken unter der Zelttür nichts verschüttete. Zwei Rauchwolken blickte nicht einmal auf.

Kleiner Tänzer stellte die Schüssel neben ihn und verließ rasch das Zelt.

Draußen sagte seine Mutter zu ihm: »Du weißt, Schwerer Biber mag uns nicht. Was hattest du eigentlich gestern nacht vor dem Geburtszelt zu suchen?«

Er senkte die Augen und zupfte geistesabwesend an seinen Fingern.

»Das *warst* doch du, oder?«

Er blieb stumm.

»Wenn sich ein Junge von oben bis unten schmutzig macht, ist er irgendwo herumgekrochen. Hast du dir auch nur einen Augenblick darüber Gedanken gemacht, welche Wirkung deine Anwesenheit auf die Macht haben könnte?«

»Nein. Aber die Stimme hat nicht ...«

»Ich will nichts hören von Stimmen. Tanzende Hirschkuh hätte gestern nacht sterben können. Das Baby hätte ...« Sie seufzte. Es hörte sich an, als würde ihre Seele weinen. »Na ja, was soll's.«

»Die Macht hatte recht.«

Er spürte den bohrenden Blick ihrer Augen.

»Und du kennst dich gut aus mit Mächten, Kleiner?«

Sein Mund wurde trocken. »Ich habe sie gespürt. Ich fühlte das Wolfsbündel. Die Macht von Zwei Rauchwolken hat geholfen. Sie hat das Baby befreit. Ich fühlte das genau.«

Er spürte förmlich, wie sich ihr Blick verhärtete. »Und was hast du noch gefühlt?«

Er schluckte schwer, sein Herz begann zu rasen. »Ich fühlte Schwerer Biber. Er ist ein schlechter Mann. Falsch. Und dann, als er das Wolfsbündel hinauswarf ...«

»Ja?«

»Mir wurde ... schlecht.«

»Du siehst auch jetzt nicht besonders gut aus.« Sie reichte ihm noch eine Schüssel. »Hör auf zu schmollen.«

Beim teilnahmslosen Klang ihrer Stimme sah er auf. Ihr auf ihn gerichteter Blick machte ihm angst.

Sie strich ihm über das lange Haar. Ihre Augen wanderten in die Richtung, in der Schwerer Biber den Hang hinaufkletterte. »Wenn du deine Suppe getrunken hast, legst du dich hin und versuchst zu schlafen. Das hilft. Schlaf zögert den Hunger hinaus.«

Er nickte gehorsam, hob das Horngefäß an die Lippen und trank genießerisch, das Gefühl seines sich straffenden Bauches auskostend.

Ein Mann, der ohne sein Volk leben muß, lebt nicht gut – darüber dachte Blutbär nach, während er mißmutig auf seine zerfledderten Mokassins hinunterstarrte. Gelangweilt fingerte er an dem Loch herum, das er in die Sohle gelaufen hatte. Die über seine Schultern geworfene Büffellederjacke ähnelte nur noch einem Fetzen. An manchen Stellen waren die Haare völlig abgeschabt. Er hatte die Haut schlecht gegerbt; er verstand nichts davon, hatte nicht die geringste Ahnung, wie man eine Haut richtig behandelte, damit sie haltbar wurde.

Ein Mann allein kann nur mitnehmen, was er und sein Hund tragen können. Im Laufe der letzten paar Jahre bedeutete jede Beute ein Fest. Anfangs ein mittelmäßiger Jäger, hatte er seine Fähigkeiten verfeinert, bis er wie der Schatten einer Eule zwischen den Salbeisträuchern hindurchhuschte. Trotzdem, ein einzelner Mann konnte keinen Hinterhalt legen, keine Treibjagd oder die anderen Vorteile einer Jagd mit mehreren Jägern ausnutzen.

Er mußte statt dessen überaus vorsichtig herumkriechen, um aus jedem Terrain, bei jedem Wind, das Bestmögliche zu seinen Gunsten herauszuholen. Die Jahre lehrten ihn, Hinterlist und Heimtücke äußerst gerissen einzusetzen.

Trotzdem standen seine Rippen vor. Seine Muskeln bildeten sich zurück. Das Knurren seines Magens wurde zwar ab und zu nach einem Beutezug durch ein gierig verschlungenes Festmahl gelindert, aber innerhalb weniger Tage war von dem Kadaver nur noch ein abgenagter Knochen übrig. Der Hunger verfolgte ihn, lauerte über ihm wie ein Phantom. Er zermahlte Knochen, um an das Mark heranzukommen und kochte die schleimigen Überreste. Dann schöpfte er das sich oben absetzende Wasser ab und trank das Gebräu, die scharfkantigen Knochenstücke spuckte er aus.

Er saß oben auf einem Hügel, von wo er das ausgedehnte Becken des Mud River überschauen konnte. Sein Blick glitt hinüber zu den Buffalo Mountains. Er erinnerte sich an die warmen, freundlichen Behausungen seines Volkes. Mit jedem Herzschlag stieg die Leere noch schmerzlicher in seine pochenden Schläfen.

Er hatte eine Gruppe von Kriegern auf der Suche nach Klares Wasser angeführt. Solange diese ergebnislose Verfolgung dauerte, hatten ihn die Augen der Krieger mißtrauisch und anklagend angeblickt. Jede Nacht flüsterten sie miteinander. Alle waren demoralisiert vom Diebstahl des Wolfsbündels. Der resignierte Ausdruck auf dem Gesicht jedes Mannes spiegelte die innersten Gedanken der Leute wider: Das Wolfsbündel hat das Rothand-Volk verlassen. Der Mann, der uns anführt, hat es vertrieben. Blutbär hat den Geistermann getötet. *Er* zerstörte die Große Macht des Volkes.

Natürlich mußten sie unter diesen Umständen bei der Suche nach Klares Wasser und Zwei Rauchwolken versagen. In ihren Herzen brannte kein Feuer mehr. Einer nach dem andern verschwand in der Nacht und kehrte in das Lager zurück. Sie erzählten von Mißerfolg, von Niederlage. Als Klares Wasser fortging, nahm sie die Seele des Rothand-Volkes mit sich.

»Ich finde es«, versprach er. »Eines Tages werde ich das Wolfsbündel finden. Und dann kehre ich zurück. Hörst du mich, mein Volk? Ich kehre zu dem Rothand-Volk zurück … und bringe euch die Seele wieder, die Klares Wasser und Zwei Rauchwolken geraubt haben.«

Vorher gab es für ihn kein Zurück. Schon beim bloßen Gedanken an den Blick ihrer Augen fröstelte ihn; die Art, wie sie ihn ansehen würden, konnte er nicht ertragen.

Er hob den Blick zum endlos blauen Himmelsgewölbe. Kopfschüttelnd stand Blutbär auf und streckte die geballte Faust hoch über seinen Kopf. Das Gesicht der blendenden Sonne zugewandt schwor er:

»Bei meinem Blut und meiner Seele bitte ich dich, meinen Wunsch zu erfüllen. Gib mir das Wolfsbündel! Gib mir ein Zeichen ... einen Hinweis, wo ich es finde! Dann, Großer Weiser, werfe ich mich vor dir in den Staub. Hör mich an. Erhöre mein Flehen. Ich gebe mein Leben für das Wolfsbündel. Alles, was mir lieb und wert ist, würde ich dafür geben!«

Stille senkte sich über ihn, der Wind ließ nach. Im Salbeidickicht war kein Laut zu hören. Nicht einmal der Ruf einer Wiesenlerche brach das Schweigen.

»Erhöre mich!« Seine Mundwinkel zuckten. Er schielte hinauf zur alles versengenden Sonne. Einem Beutel entnahm er ein scharfes Hornsteinmesser. Er kauerte sich nieder und legte seine linke Hand auf einen runden Quarzit. Nur ganz kurz blickte er hinunter, gerade lange genug, um die scharfe Messerklinge genau auf das Endgelenk seines kleinen Fingers zu legen.

Der beißende Schmerz des Messers befriedigte ihn. Die warme Blutspur auf Schneide und Griff schickte einen Schauder der Erregung durch seinen bebenden Körper. Er durchsägte die Sehnen und Bänder. Sein Gesicht wurde hart wie vom Blitz gespaltenes Holz, und er schnitt das letzte bißchen noch angewachsene Haut ab.

Den Schmerz ignorierend, griff er nach dem auf dem blutverschmierten Stein liegenden Fleischstückchen und hob es hoch. »Ich opfere mich selbst! Mit meinem Fleisch verbinde ich mich mit dir! Nimm von mir, was du willst, *aber gib mir das Wolfsbündel!«*

Mit aller Kraft warf er die Spitze seines kleinen Fingers hinauf in die Luft. Im brennenden Glanz der Sonne verlor er sie aus den Augen.

Er taumelte, die Welt verschwamm vor seinen Augen. Die gleißenden Sonnenstrahlen schimmerten durch die Tränen in seinen Augen und zersplitterten in alle Regenbogenfarben. Für einen Moment schien sich aus diesem Bild ein Mann herauszukristallisieren, ein Mann aus Licht, der nachdenklich auf ihn herunterstarrte. Er blinzelte; das Bild des Sonnenmannes brannte dunkel gegen seine festgeschlossenen Augenlider. Als er die Augen öffnete und nichts sah als das grell strahlende Gestirn, rannen Tränen über seine Wangen.

Ein plötzlicher Windhauch kühlte die Spuren seiner Tränen.

Zirpend erhob sich eine Heuschrecke in die mittägliche Luft. Ein Vogel trällerte im Salbeidickicht.

Hatte ihn die Geisterwelt erhört? War nach all den Jahren des Spotts endlich etwas geschehen? Er spürte Blut auf seine Mokassins tropfen. Mit gesenktem Blick starrte er verwirrt auf seinen vor Schmerz pochenden Finger.

War tatsächlich etwas geschehen? Oder bildete er sich das nur ein?

Er suchte und suchte, doch er fand die abgetrennte Spitze seines Fingers nicht.

Schmerz ... Schmerz ... *Schmerz* ... Seit jenem lange zurückliegenden Tag hatte sich Zwei Rauchwolken nicht mehr so erbärmlich und verletzt gefühlt. Acht lange Sommer waren vergangen, seit er und Klares Wasser vor Blutbär und dem Rothand-Volk geflohen waren. Jetzt welkte seine Seele, als würde sie im Feuer brennen.

Auf der anderen Seite des Zeltes schlief Kleiner Tänzer. Gedämpfte Laute kamen über seine Lippen, das Echo quälender Träume. Ja, der Junge wußte. Geboren unter dem Wolfsbündel, fühlte Kleiner Tänzer die entsetzliche Beleidigung. Die Macht seiner Mutter lebte in ihm fort, eine fast schmerzhaft empfundene Gegenwart, die ständig nach Erleichterung strebte.

»Ich habe dem Wolfsbündel ein Versprechen gegeben«, flüsterte Zwei Rauchwolken.

In seinen Händen spürte er das heilige Bündel, verwundet durch die Entweihung, die ihm zugefügt worden war. Die Vergeltung, das wußte er, lauerte bereits am Horizont. Er fühlte sie. Mächtig und bedrohlich lag sie in der Luft, verkündete das Herannahen eines Sturmes.

Es lag in seiner Verantwortung. Müde blinzelnd erinnerte er sich an Tanzende Hirschkuh, an den furchtbaren Augenblick, als sie ihr Kind auf die Steine geschmettert hatte. Ein Kind gerettet, ein Kind genommen. War es damit zu Ende? Oder würde das beleidigte Wolfsbündel noch mehr Opfer verlangen? Eine weitere schreckliche Vergeltung für Zwei Rauchwolkens Versagen?

Das letzte Mal hatte es sein Bein – und das Leben von Klares Wasser – zur Begleichung seiner Schuld gefordert.

Seine Gedanken wanderten zurück zu jenem Tag vor acht Sommern.

Noch einmal durchlebte er den Schmerz …

Er war nur ein Berdache und sie eine Geisterfrau. Sie wußten nichts von der Jagd, hatten keine Erfahrung und keine Vorstellung, wie man eine Falle aufbaute. Nur erfahrene Jäger verstanden die Bisons, erahnten ihr Verhalten. Eines Tages hatte Klares Wasser eine kleine Herde ausfindig gemacht. Er hatte die Idee gehabt, die Tiere zwischen den Uferwänden eines ausgetrockneten Flußbettes etwas oberhalb ihres Weideplatzes einzukesseln.

Sie hineinzutreiben, war nicht schwer gewesen. Es lief genauso ab, wie er es aus den Erzählungen der Jäger kannte. Sie drängten die Tiere behutsam vor sich her. Die Büffel hielten sich immer etwas außerhalb der Reichweite der Speere, bis ihnen der Weg durch die abfallenden Uferwände versperrt wurde.

Klares Wasser hatte sich rasch umgeblickt, blitzschnell erkennend, daß die Büffel vor dem Betreten des Arroyo zurückscheuten. »Jetzt!« hatte sie geschrien. »Hetze sie! Erschrecke sie!«

Und er war gegen die riesigen Ungeheuer angestürmt, voller Angst vor ihren langen schwarzen Hörnern, die im Sonnenlicht wie Lanzen funkelten. Die Tiere sahen sanft, fast dumm aus. Brüllend bewegten sie sich im Kreis. Wurde ein Tier von der Wucht der Herde gegen die Erdwand gedrückt, stieß es mit den Hörnern wütend nach den Nachbarn. Fliegenschwärme stiegen aus den Locken der verfilzten Haare auf und summten im aufgewirbelten Staub.

Die Leitkuh hatte sich umgedreht und ihn angesehen, den

Kopf wie zum Angriff gesenkt, und er war voller Angst zur Seite gesprungen. Als sie ihn ausweichen sah, raste die Kuh blindlings auf das plötzlich entstandene Tor zur Freiheit zu.

Er öffnete die Augen und warf einen jämmerlichen Blick hinüber zu Kleiner Tänzer. Hilfesuchend hob er die Hand von dem auf seinem Schoß liegenden Wolfsbündel, als wolle er sie nach dem Jungen ausstrecken.

Wegen seiner Unerfahrenheit mußte die einzige Frau sterben, die er je geliebt hatte.

Zwei Rauchwolken erinnerte sich an den Schmerz, einen Schmerz, der seine Seele auszudörren schien. Auf dem Boden liegend hatte er versucht zu schlucken, aber seine Zunge war angeschwollen und trocken. Er preßte die Augenlider fest zusammen, um die brennende Qual in seinem Bein zu lindern. Der Schweiß tropfte ihm heiß und salzig über das Gesicht. Wimmernd hatte er nach dem ersten Versuch, sich zu erheben, aufgegeben. Doch noch einmal krallten sich seine zitternden Finger in den grauen Sand des Arroyo. Die Anstrengung bohrte glühende Speere durch sein zerfetztes Bein. Der Schmerzensschrei stieg aus seiner Kehle wie ein lebendiges Wesen, und er fiel auf der trockenen Erde schlaff in sich zusammen. Mit stechenden Lungen schnappte er nach Luft. Der intensive Geruch der Erde stieg ihm modrig in die Nase.

Das Kind. Ich muß zurück zu dem Kind!

Voller Widerwillen gegen den Modergeruch starrte Zwei Rauchwolken auf den Kies im Hauptkanal – zertreten und zerwühlt von den stampfenden Hufen verrückt gewordener Büffel.

»Meine Schuld«, stöhnte er. »Was verstehe ich von der Treibjagd auf Büffel?«.

Und ohne mich muß das Kind sterben … allein … verhungern. Vielleicht kommt vorher ein Kojote, stößt mit seiner langen Schnauze in das Bündel und bleckt die Zähne, um … Nein, nicht daran denken. Ich schaffe es. Ich muß. Außer mir hat er niemanden …

»Niemanden.« Schon bei der Vorstellung, einen Blick auf den Körper von Klares Wasser zu werfen, packte ihn das Entsetzen. Es war auch so schon schlimm genug. Er biß die Zähne fest zusammen, stützte sich auf, half mit den Armen nach und hätte sich fast übergeben, als er sich nach vorn stemmte. Das zerfetzte Bein zog er hinter sich her.

In seinem Kopf drehte sich alles. Tief sog er die Luft ein, um sein rasendes Herz zu beruhigen.

»Alles meine Schuld.«

Er ließ sich die letzten Momente noch einmal durch den Kopf gehen – den letzten verzweifelten Augenblick, als der Büffel ihn unter wütendem Augenrollen angriff. Silberne Speichelfäden rannen ihm aus den Winkeln des Maules. Er fühlte das Beben der Erde unter den hämmernden, unaufhaltsam stampfenden Hufen. Das Sonnenlicht funkelte auf den schwarzen Hörnern. Er roch den Staub, der um das braunlockige Fell des Büffels wirbelte.

Mit dem Widerhall des schrillen Schreis von Klares Wasser in seinem Kopf würde er sterben. Er würde zum Großen Weisen aufsteigen und noch einmal ihr hoffnungsloses Unterfangen erleben, die wilde Flucht der Tiere aufzuhalten. Sie hatte wie verrückt mit ihrem Kleid gewedelt, um die durchgehenden Tiere zu erschrecken.

Als sie die Gefahr erkannte, drehte sie sich um, um zu fliehen – doch zu spät.

Die Abfolge der Bilder verlangsamte sich, fast wie in einem Geistertraum. Die Beine von Klares Wasser schienen wie gelähmt, ihre Reaktionen so kurz nach der Geburt schwerfällig. Plötzlich brach ein Büffelkalb mit angstvoll geweiteten Augen nach links aus und raste an Klares Wasser vorbei. Verzweifelt brüllte es sein Entsetzen in die Welt hinaus.

Die riesige Kuh wirbelte herum und änderte die Laufrichtung. Sie folgte den Schreien ihres Kalbes. Mit gesenktem Kopf, die Hinterbeine fest in den Boden gerammt, die Muskeln der Flanken bis zum Zerreißen angespannt, preschte sie los.

Hilflos hatte Zwei Rauchwolken beobachtet, wie die wütende Kuh ihren Kopf hochgeworfen und gleich darauf gesenkt hatte. Die Hornspitze stieß aufwärts, durchbohrte den Körper von Klares Wasser im Kreuz und zerfetzte die Haut unter den von der Muttermilch schweren Brüsten der jungen Frau. Für den Bruchteil einer Sekunde trafen seine Augen die ihren. Ungläubiges Entsetzen war darin zu lesen.

Der gewaltige Leib des rasend gewordenen Büffels verdeckte, was dann geschah.

Er erinnerte sich nur noch an den unvermittelten Anprall auf seinen eigenen Körper, wie er von hinten gepackt wurde, als er sich zur Flucht umwandte. Danach Schmerz ... und Stille ... und ... Er rief sich das Leuchten der darauf folgenden Vision in die Erinnerung zurück, ein Trugbild schob sich vor seine klare Sicht und die Welt verschwamm. In den tiefsten Tiefen seines Geistes hörte er ein Baby weinen; das mitleiderregende Wimmern erdrückte seine Seele.

Grauer Nebel umwogte ihn, kühlte die stechende Hitze der Sonne in seinem Rücken und pulsierte mit dem Schmerz, der seine Nerven verbrannte wie weißglühende Kohlen die Haut.

Wie lange hatte er dort gelegen? Wie oft hatte er das Bewußtsein verloren? Die undeutliche Erinnerung an jene Nacht, an Kälte und Schmerzen durchzuckte seinen Kopf.

Irgendwann war etwas geschehen. Jemand hatte seinen Kopf bewegt.

Trotz der ihn folternden Schmerzblitze bemerkte er die Gegenwart eines Menschen. Stöhnend versuchte Zwei Rauchwolken die Wellen des Schmerzes zu durchdringen.

»Anit'ah?« Dieses Wort war ihm vertraut. Feind.

»Anit'ah, kannst du mich hören?«

»Ich ...« Der krächzende Klang seiner eigenen Stimme erschreckte ihn.

»Trink. Langsam.«

Warme Finger öffneten seine aufgesprungenen Lippen, drängten sich zwischen seine Zähne und zwängten seine Kiefer auseinander. Wasser träufelte auf seine Zunge. Verzweifelt leckte er an seinem Gaumen.

Noch mehr Wasser reizte seine Kehle, dann konnte er trinken.

Genußvoll gab er sich der köstlichen Flüssigkeit hin.

Er versuchte, sich umzudrehen – der Schmerz betäubte ihn.

»Halt still. Dein Bein. Sieht schlimm aus. Warte eine Minute. Trink noch etwas.«

Dieses Mal erkannte er den gegen seine Lippen gepreßten Gegenstand. Ein Wassersack aus Büffeldarm. Er trank in gierigen Schlucken.

»Und jetzt will ich mir dein Bein ansehen.«

Er fühlte sanfte Hände den Saum seines Berdachengewandes hochheben. Weiße Feuerblitze zuckten auf, als die Finger ihn berührten, und er schrie gellend auf. Das Kleid wurde höher geschoben, und er hörte ein verblüfftes Schnauben.

»Du bist ein Mann? Und trägst ein ... Ah! Ein Berdache!«

»Muß zurück ins Lager«, flüsterte er. Meine Schuld. Muß das Kind retten. Muß ... zurück ...«

»Dem Kind geht es gut. Ich muß etwas wegen deines Beines unternehmen. Es wird weh tun.«

Sachkundig berührten die Hände sein Fleisch. Wieder begann ihn der graue Nebel zu umhüllen, ihn unwiderstehlich hinabzuziehen in die Dunkelheit ... weg von diesem unerträglichen Schmerz ... Sie hatte sein Bein gerettet. Die alte Frau hatte ihn geheilt.

Später war sie fortgegangen, und er hatte bei den Monster Bone Springs gewartet. Sie kam mit herumwandernden Jägern zurück.

Anschließend hatte sie ihn hierhergebracht. Jetzt saß er in diesem Lager und litt. Er sehnte sich zurück in die Buffalo Mountains, wo er aufgewachsen war und seinen Platz unter Menschen eingenommen hatte, die ihn nicht wie ein Tier behandelten.

Behutsam hob Zwei Rauchwolken das Wolfsbündel und drückte es sanft an seine Wange. Doch er fühlte keine Spur der dem heiligen Bündel früher innewohnenden Macht. Singend legte er Balsamgräser auf die Kohlen des Morgenfeuers, hob das Bündel viermal durch den reinigenden Rauch und erwies ihm fortwährend singend seine Ergebenheit. Mit ehrfürchtiger Hingabe strich er über die abgewetzten Stellen des Wolfsbündels und hüllte es fachgerecht in das schützende Wolfsfell.

Eiskalte Finger strichen über seinen Rücken. Die Macht war beleidigt worden. Wer würde leiden müssen, um die Kreise wieder zu schließen? Die Macht hatte sich stets als unberechenbar erwiesen. Einmal herausgefordert, konnte sie überall zuschlagen.

Ängstlich blickte er hinüber zu dem Jungen.

Mit feinen Ranken dehnte sich das Wolfsbündel aus und legte sich verzweigend um Schwerer Bibers Seele. Wie Morgennebel die Seitentäler eines Flusses, so erforschte es die Beschaffenheit der Seele dieses Mannes. Wie das Sternennetz über dem Himmel wölbte es sich über den schlafenden Mann. Unmerklich begann sich das Netz zusammenzuziehen und umklammerte Schwerer Bibers Leben.

Von den Sternen herab flüsterte Wolfsträumer: »Die Zeit ist noch nicht gekommen. Noch dient er unseren Zwecken.«

»Er versucht, menschliche Wesen aus der ihnen gehörenden Welt zu vertreiben. Er wird *die Welt teilen. Wenn er seinen Willen durchsetzt, werden Menschen wichtiger sein als die Erde, die Sonne und die Tiere sogar – die Frauen.«*

»Die Zeit ist noch nicht reif. Unsere Saat treibt erst Schößlinge.«

»Vielleicht ist der Junge nicht stark genug. Er könnte ein Scharlatan sein.« Das Wolfsbündel zögerte. »Dieser Schwere Biber ist böse.«

»Vertraue den Kreisen.«

»Es wäre leicht, ihn jetzt zu töten, seine Seele über die Felsen und Erdkrumen zu verstreuen und mit dem aus dem Wind geborenen Staub treiben zu lassen.«

»Dann würdest du selbst die Spiralen verändern. Vertraue der Harmonie, vertraue dem Weg des Großen Weisen im Himmel.«

Zögernd löste das Wolfsbündel Schwerer Bibers Seele aus seinem umschlingenden Netz.

Kapitel 3

Langsam ging Weißes Kalb den Pfad entlang. Unzählige Wapitihirsche, Dickhornschafe und Büffel hatten diesen Saumpfad ausgetreten. Hier und da versperrte ein umgestürzter Baum den Weg und zwang sie zu einem Umweg.

Tiere denken anders als Menschen. Die Wildwechsel führten von einem Weideplatz zum nächsten; oder zu einem Zufluchtsort im dichten Unterholz; oder vielleicht zu einer Wasserstelle.

Menschliche Wesen bewegen sich geradliniger fort, stets geradewegs auf ein Ziel zu.

Sie dachte über diesen Unterschied nach, eventuell könnte sie daraus eine Lehre ziehen. Wer war der Klügere? Der Mensch, der große Entfernungen zurücklegte und lange gerade Wege auf der kürzesten Route suchte, oder die Tiere, die sich nur von der Befriedigung ihrer elementarsten Bedürfnisse treiben ließen?

Sie blieb stehen. Vor ihr wand sich der Pfad einen mit dichtem Gestrüpp bewachsenen Hang hinunter. Ein Eichhörnchen schimpfte über den Eindringling. Sie blickte zu dem zusammengekauert auf einem Ast hockenden Tier hinauf, dessen Schwanz steil über den Rücken hinausragte.

»Du kannst mich mal«, brummte sie.

Sofort sprang das Tier ein paar Föhrenäste höher hinauf und stellte sich auf die Hinterbeine. Zornig keckerte es zu ihr herunter.

Weißes Kalb wandte sich abrupt vom Hügelkamm ab. Sofort drang ihr der Geruch der Föhren schwer in die Nase. Seit vier Jahren hatte sie diese Route nicht mehr beschritten. Nur der Große Weise im Himmel wußte, welche Veränderungen in dieser Zeit vorgegangen waren. Es konnte eine lange Reise werden.

Von einem verborgenen Platz im Schatten beobachtete Tangara die alte Frau. Erstaunt fragte sie sich, wer sie wohl sein mochte.

Die Zauberin, Weißes Kalb? Ein kurzer Anflug von Angst

ergriff ihre acht Jahre alte Seele. Welches Böse entstand, wenn man eine Hexe beobachtete?

Tangara war wie gelähmt. Sie konnte sich nicht einmal rühren, um ihre widerspenstigen Haarsträhnen aus dem Gesicht zu streichen.

Sie fühlte sich schmutzig und unordentlich. Regungslos verharrte sie. Trotz ihrer Jugend hatte sie schon viel gelernt, so auch Tiere zu beobachten, ohne von ihnen entdeckt zu werden. Man mußte sich vollkommen bewegungslos verhalten. Die Wapitis zum Beispiel bemerkten selbst die flüchtigste Bewegung; sie besaßen fast Zauberkräfte, was ihre Fähigkeiten zu sehen, zu riechen und zu hören anging. Einmal war sie sogar gezwungen gewesen, so still zu liegen wie eine Tote, als ein Grizzlybär zum Greifen nahe vor ihr herumstrich. Damals hatte sie nur der Wind gerettet, der ihr den herben Geruch des Bären gerade noch rechtzeitig in die Nase geweht hatte.

Aber Tangara wußte seit frühester Kindheit, daß sie etwas Besonderes war. Die Spiele der anderen Mädchen hatten sie nie interessiert, aber der Wald übte eine magische Anziehungskraft auf sie aus.

Anmutig sprang sie über die glatten Stämme umgestürzter Bäume und kletterte waghalsig auf den Felsen herum. Ein Sturz hätte ihren sofortigen Tod bedeutet.

Sosehr ihre Mutter deswegen auch mit ihr schimpfte, sie konnte die kleine Tochter nicht im Lager festhalten. Nicht, wenn die Bäume und die Tiere sie riefen.

Naserümpfend sah sie die alte Frau zwischen den Bäumen verschwinden. Kein Mensch würde ihr glauben, daß sie eine Zauberin gesehen hatte. Schon gar nicht Grille oder Reizende Wapiti.

Geräuschlos wie ein sich anpirschender Rotluchs kroch Tangara aus ihrem Versteck und rannte den Pfad hinunter zum Lager, so schnell, wie nur Tangara rennen konnte.

Kleiner Tänzer rollte sich zusammen und hoffte, der Schlaf würde seine Magenkrämpfe lindern. Die Fäden beunruhigender Träume spannen sich immer tiefer in seinen Geist.

Erinnerungen an Dinge, die er erlebt hatte, wiederholten sich vor seinem geistigen Auge. Nie würde er den Anblick vergessen, wie Tanzende Hirschkuh das Baby auf die harten Steine geschmettert hatte, wie es hilflos zappelte und zitterte und schließlich ganz still liegenblieb. Von seinem Versteck im Salbeidickicht aus hatte er die Qual auf Tanzende Hirschkuhs Gesicht erkennen können.

Und über all dem Schrecklichen hatte Schwerer Bibers spöttisches Lächeln geschwebt.

Das Bild wandelte sich. Beim Laut des dumpfen Knalls, mit dem das Wolfsbündel auf dem Boden aufgeschlagen war, verstärkten sich die Krämpfe in seinen Eingeweiden.

»Nein!« schrie er in der Erinnerung an die Leere, die seine junge Seele zu verschlingen drohte.

»Das Volk stirbt«, hörte er eine Stimme sagen. »Wie der Rauch eines verlöschenden Feuers werden wir uns auflösen, immer weniger und weniger werden.«

Eine alte Frau ging unter den Bäumen entlang. Sie humpelte mit Hilfe eines Gehstocks. Ein Tragegurt sicherte die schwere Last, unter der sich ihr Rücken beugte. Windböen zerrten an ihren grauen Zöpfen. Sie sah Kleiner Tänzer an. In ihren tiefliegenden dunklen Augen glühte eine Macht.

Wieder verlagerten sich die Bilder. Er tanzte, und die Welt drehte sich unter ihm. Ein Mann mit wutverzerrtem Gesicht warf etwas zum Himmel hinauf. Ein plötzlich auftauchendes gleißendes Licht blendete ihn.

Er spürte den Hunger pulsieren wie Wellen, die gegen die Steine im Moon River schlugen. Saugende Gier umspülte ihn, trug ihn fort mit der Strömung und drehte ihn im gurgelnden Strudel.

»Aufhören! *Aufhören*!« Er schrie auf; der Knoten in seinem Magen wuchs, umfaßte das ganze Volk. Nagender Hunger, zäh wie undurchtrennbare Ranken, umschlang würgend die hoch oben auf den Kuppen wartenden Menschen; er fraß sich in ihre Bäuche, während sie nach frischen Spuren jagdbarer Tiere suchten. Er litt für all diese Menschen, fühlte das stete Auszehren ihrer Körper, den Energieverlust, der ihr Fleisch welken ließ.

»*Ernähre uns. Nähre mich*«, wimmerte er im Traum. Der Magenkrampf wurde immer schlimmer.

Wir kommen. Erinnere dich stets an diesen Tag ... wir sind du.

Er schreckte hoch. Die Stimme klang so nahe. Ein seltsames, noch nie erlebtes Bewußtsein ergriff ihn. Ein zugleich vertrauter und doch fremder Geschmack lag auf seiner Zunge, der Geschmack nach Salbei, normalerweise bitter, jetzt fast süß. Er heulte vor Angst und brachte kein Wort heraus. In größter Furcht lief er auf allen vieren flink davon. Der Ausblick auf die vor ihm liegende Welt erweiterte sich. Sie erschien ihm merkwürdig flach, gleichzeitig aber sehr lebendig und klar.

Verwundert blickte er auf die vor ihm aufblitzenden weißen Hinterteile der Antilopen. Eine Kuh, in alarmbereiter Stellung verharrend, rief ihn lockend. Ohne nachzudenken, lief er zu ihr hinüber. Sie bedeutete Sicherheit und Geborgenheit für ihn.

Wir kommen, wiederholte die Stimme. *Wir kommen.*

Er zitterte, hin- und hergerissen von dem Körper, den er bewohnte. Benommen kämpfte er gegen den Druck auf seiner Schulter. Er trat mit den Beinen und schrie. Seine menschliche Stimme hallte laut in seinen Ohren wider.

»Kleiner Tänzer, wach auf! Es ist ein böser Traum. Wach auf!«

Blinzelnd öffnete er die Augen. Wie durch einen Schleier starrte er auf die vor seiner Bettstatt liegenden Kleider. Seine Mutter blickte auf ihn herab, Sorge zeichnete ihr angespanntes Gesicht.

»Es ist ein Traum. Sonst nichts. Nur ein böser Traum«, sagte sie und streichelte ihm beruhigend die Schulter.

Nur mit Anstrengung, als ob er sich durch tiefen feuchten Schnee kämpfen müsse, gelang es ihm, Klarheit in seine Gedanken zu bringen.

»Dir fehlt doch nichts?«

Er schüttelte den Kopf. Das verschwommene Bild des Antilopenkalbes trübte seine Sicht der Wirklichkeit. »Nein. Kein böser Traum. Wir sind eins.«

Salbeiwurzel legte den Kopf schief. »Ich verstehe. Ich habe

auch schon Alpträume gehabt. Seit gestern abend bist du …«

»*Nein.*« Er blickte zu dem schlafenden Zwei Rauchwolken hinüber, der das schützende Fell, in dem das Wolfsbündel steckte, fest an seine Brust gedrückt hatte. »Wir sind eins. Die Antilope sprach. Sie kommen. Zum Fluß … sie kommen …«

Mit gerunzelter Stirn blickte sie ihn mißbilligend an.

»Es stimmt. Ich sah sie. Im Traum.« Er setzte sich auf und empfand die Ehrfurcht vor dem Geschehenen. »Ich kann es einfach nicht … ich kann es nicht …«

»Erklären?« Sie zog eine Augenbraue hoch. Nachdenklich schweifte ihr Blick hinüber zum Zelteingang. Wollte sie seinem Blick ausweichen?

»Der Traum hat mich erschreckt. Aber es war nicht schlimm. Nicht so, wie Schwerer Biber behauptet. Nicht böse. Ich schwöre es. Es war …« Er verstummte verblüfft, suchte nach den passenden Worten.

»Eins. Nicht getrennt.«

»Sie kommen zum Fluß? Wo stand in deinem Traum die Sonne?«

Er überlegte. »Im Westen.«

»Und die Antilopen gingen wohin?«

Wenn die Sonne im Westen stand, auf der rechten Seite, dann waren sie … »Nach Süden.«

Sie beugte sich vor und stützte das Kinn auf die Faust. »*Wenn* der Traum Wirklichkeit war – ein Geistertraum –, *wenn* die Zeit jetzt kommt …« Sie kaute auf der Unterlippe und spielte mit ihren langen glänzenden Zöpfen. »Die alte Antilopenfalle ist nicht weit von hier entfernt.«

»Schwerer Biber wird außer sich geraten, wenn du Antilopen fängst.«

Leise, wie zu sich selbst, sagte sie: »Es ist nur der Traum eines kleinen Jungen. Kein Geistertraum. Aber was bleibt uns außer der Hoffnung?« Sie holte tief Luft und nickte langsam, wie zur Bestätigung für sich selbst. Mit müde hängenden Schultern wandte sie sich ihm wieder zu. »Alle leiden Hunger. Aber Schwerer Biber kann dafür sorgen, daß auf vollen Mägen ein Fluch lastet.«

Sie sagte es eher beiläufig. Aber in ihren Augen lauerte die Angst.

Blutbär entdeckte den Händler zuerst. Leichtfüßig schritt er auf dem Büffelpfad durch das Tal. Er trug ein grellfarbenes Hemd, der Rücken war gebeugt unter einer Trage, die an einem langen, mit Perlen reichverzierten Gurt befestigt war. In einer Hand hielt er einen langen Stab, der oben in einem mit bunt gefärbten Federn geschmückten Reif endete – der Stab eines Händlers. Ein Rudel Hunde folgte ihm schwanzwedelnd. Die Tiere hielten die Köpfe gesenkt und keuchten unter schweren Satteltragen.

Vorsichtig näherte sich Blutbär dem Mann. Trotz der eindeutig scheinenden Lasten auf seinem Rücken und dem Rudel Waren schleppender Hunde konnte er ein Feind sein.

»Ho-ye!« rief der Mann in dem von allen Stämmen verstandenen Kauderwelsch, das den in Frieden kommenden Händlern geläufig ist.

»Ho-ye«, wiederholte Blutbär. Aber er strich bedeutungsvoll mit den Händen über die glatten Speerschäfte. Sein Atlatl war wurfbereit.

Der Mann machte das Zeichen für »Wer?«.

Blutbär hob eine Hand, drehte die Handfläche nach außen und spreizte die Finger. Dann zeigte er auf die rote Hand, die er auf sein zerschlissenes Hemd gemalt hatte.

»Ein Rothand«, meinte der Mann lächelnd. »Ich bin Drei Rasseln. Vom Weißen-Kranich-Volk nördlich vom Big River. Früher einmal, zu Lebzeiten meines Urgroßvaters, gehörten das Rothand-Volk und das Weiße-Kranich-Volk zum gleichen Stamm. Die Sprachen unterschieden sich kaum.«

»Ncin. Die Sprache war kaum anders.« Er war erleichtert, nicht auf die Zeichensprache zurückgreifen zu müssen. Händler kamen und gingen und benutzten beim Tausch ihrer Waren, wenn nötig, eine eigene Zeichensprache. Die Händler besaßen eine besondere Macht. Jedermann wußte und respektierte das. Das Töten oder Ausrauben eines Händlers führte zu nichts Gutem. Wer so etwas tat, brachte die den Händler schützende Macht gegen sich auf.

Ohne die Händler gäbe es hier keine blauen Steine aus dem fernen Süden. Bernsteinperlen, Dentalium und Austernmuscheln aus dem westlichen Ozean könnten nicht gegen andere Waren eingetauscht werden. Wunderschöne Werkzeugsteine aus Hornstein und Obsidian, Hirschgeweihe, getrocknete Köstlichkeiten wie Büffelzunge oder kunstvoll gearbeitete Kleidung würden niemals ihr Herkunftsgebiet verlassen, um im Tausch gegen die Waren der an den Flüssen lebenden Völker im Osten gehandelt zu werden.

Doch die Händler brachten nicht nur Waren zu den Menschen, die es in ihrem angestammten Lebensraum nicht gab. Sie verbreiteten auch Neuigkeiten über die Verhältnisse in weiter entfernten Regionen und die Standorte der Herden. Die Händler versorgten die Menschen mit Informationen über die verschiedenen Stämme und deren Kriege.

Obwohl Blutbär nie dort gewesen war, wußte er aus den Erzählungen der Händler viel über die Meere im Westen und Süden. Zwar war er noch nie einem Angehörigen des Donner-Volkes aus dem fernen Süden begegnet, aber er wußte, sie rasierten sich die Schläfen und trugen das Haar zu einem einzigen Zopf geflochten, der ihnen weit über den Rücken hing. Das Fisch-Volk, so hatte man ihm erzählt, lebte viele Zehntagereisen im Südosten und aß meist Fisch, denn dort gab es keine Büffel. Die Erzählungen der Händler waren sehr wertvoll für ihn.

Drei Rasseln bückte sich unter seiner schweren Last, löste den Tragegurt und ließ das Gepäck auf den Boden gleiten. Die Lastenhunde kamen heran und beschnüffelten Blutbärs Hund. Beim ersten Knurren schlug er mit der flachen Hand nach seinem Tier und befahl ihm zu verschwinden.

»War eine lange Reise«, berichtete Drei Rasseln und zeigte Richtung Süden. »Steht nicht gut da unten. Gibt eine Menge Überfälle. Mit den Büffeln ist es auch nicht weit her. Der größte Teil der Leute lagert an den Flußufern – die meisten Flüsse sind allerdings nur noch Schlammpfützen. Südlich vom Moon River gibt es Stellen, an denen der Wind die lockere Erde so gewaltig aufwirbelt und fortbläst, daß man die Hand nicht mehr vor Augen sieht. Ich habe Ebenen durchquert, wo Sand über das Land weht wie Schnee im Winter. Dort wächst nichts mehr. Es gibt nichts zu essen. Mußte viele Vorräte mitnehmen. Jedesmal, wenn ich hinkomme, scheinen die Dünen höher geworden zu sein.« Er verstummte kurz. »Was gibt es hier Neues?«

Blutbär zuckte die Achseln. »Immer das gleiche. Die Menschen dürsten nach Regen.«

Drei Rasseln musterte Blutbär von oben bis unten. »Du bist ganz allein hier draußen.« Die unausgesprochene Frage hing in der Luft.

Blutbär warf großspurig den Kopf in den Nacken und entrang sich ein Seufzen. »Ich gehe nicht zurück, bevor ich nicht etwas Bestimmtes gefunden habe.«

»Dann bist du Blutbär.«

»Ja, ich bin Blutbär. Ich wußte nicht, daß sich mein Ruhm schon so weit verbreitet hat.«

Drei Rasseln lachte und ging in die Hocke. »Habe was Besonderes dabei. Getrockneten Fisch aus dem südlichen Meer. Es ist nicht mehr viel übrig, nur ein paar Bissen. Willst du probieren?« Er hielt ihm ein bräunlich aussehendes Zeug hin.

Blutbär nahm das ihm angebotene kleine Stück und biß hinein. Er wußte nicht recht, was er von dem seltsamen tranigen Geschmack halten sollte. Der Fisch hatte ein wenig zu lange in der Trage gelegen; ein leicht ranziger Nachgeschmack haftete auf seiner Zunge.

»Kein Büffel«, meinte der Händler. »Aber immerhin eßbar.«

Blutbär ließ sich auf die Fersen nieder. »Du hast nicht zufällig etwas von einer Frau gehört, die Richtung Süden unterwegs ist? Bei dem Rothand-Volk war sie bekannt unter dem Namen Klares Wasser. Sie verließ mein Volk vor acht Sommern zusammen mit einem Berdachen.«

Drei Rasseln nickte. »Ich habe von der Geschichte gehört. So lange suchst du sie schon?«

Blutbär starrte über das sonnenverbrannte Land, dessen endlose Öde nur hier und da durch ein paar grüne Tupfer Dornengestrüpp unterbrochen wurde. Wie beiläufig zuckte er mit den Achseln.

»Nein, ich weiß nichts von dieser Rothand-Frau. Und ich, ich komme viel herum. Ich gehe gerne am Fuß der Berge entlang nach Süden in die Feuchtgebiete. In den Süden gehe ich immer für ein Jahr.

Anschließend wandere ich zurück in den Norden, verbringe einige Zeit beim Weißen-Kranich-Volk und besuche meine Verwandten.

Nach dem Winter ruft mich meine innere Stimme, und ich gehe wieder nach Süden. Während der vier Reisen, die ich in der Zwischenzeit gemacht habe, habe ich nichts von dieser Frau gehört. Es bleiben natürlich noch eine Menge Möglichkeiten. Orte im Osten, Westen und Norden.«

»Sie hatte etwas dabei, was dem Rothand-Volk gehört.«

»Das Wolfsbündel.«

Blutbär blieb fast das Herz stehen. »Du weißt es also auch.«

»Ja, ich weiß Bescheid. Und ich weiß noch mehr. Vielleicht hättest du auf deiner Suche gar nicht so weit zu gehen brauchen.

Letztes Frühjahr lagerte ich mit einer Sippe des Kleinen-Büffel-Volkes an der Stelle, an der sich der Moon River mit dem Sand River vereinigt. Die Leute machten Witze über einen Berdachen, der Gras ißt.

Das war bereits im letzten Frühjahr, deshalb bin ich mir nicht sicher, inwieweit man diesen Geschichten noch Glauben schenken kann. Du weißt ja, Informationen sind wie alternde Sehnen, irgendwann werden sie brüchig, reißen und zerfallen zu Staub.«

Stirnrunzelnd blickte Blutbär in die Ferne. »Zwei Rauchwolken hat oft Gras gesammelt. Manchmal hat er die Halme gekaut, aber meist hat er das Zeug in einen Beutel gestopft.«

»Das könnte er sein. Der Berdache, über den sie gelacht haben, riß jedenfalls auch Gras aus. Sie sagten, er hätte ein heiliges Bündel bei sich. Ich erinnere mich auch noch, daß sie gesagt haben, er würde hinken. Angeblich hat ihm ein Büffel das Bein zertrampelt, oder was weiß ich.«

»Weißt du, in welchem Lager er sich aufhielt?« Blutbärs Herz schien zu hämmern wie eine Trommel bei der Zeremonie der Lobpreisung. Er kämpfte darum, Ruhe zu bewahren und unterdrückte den Drang, nervös herumzuzappeln und auf den Fersen zu wippen.

»Bei Schwerer Bibers Leuten. Normalerweise reicht ihr Gebiet bis zum Moon River. Sie haben die Rothand schon oft überfallen. Aber soweit ich weiß, habt ihr euch revanchiert.«

»In den letzten paar Jahren gab es kaum Überfälle. Der Geist des ... Nun ja, wir haben eben kaum Überfälle verübt.« Aber wenn dieser Berdache tatsächlich Zwei Rauchwolken war, dann würde sich bald alles ändern.

»Weißt du, weshalb sich die Rothand und das Weiße-Kranich-Volk vor langer Zeit geteilt haben? Sie entzweiten sich wegen des Wolfsbündels. Ich weiß nicht genau, was es damit auf sich hat, aber alt ist es jedenfalls. Sehr alt sogar. Bei uns erzählt man sich noch heute Legenden darüber.«

Blutbär erhob sich. »Schwerer Bibers Lager am Moon River.«

Er half Drei Rasseln beim Anlegen der Rückentrage und reichte dem Mann seinen Händlerstab. »Ich besitze im Augenblick nichts, was ich eintauschen könnte. Aber das wird sich bald ändern.«

Auf Drei Rasselns Gesicht erschien ein rätselhaftes Lächeln. »Viel Glück, Blutbär. Ich hoffe, eines Tages kommen wir ins Geschäft.

Ich will schließlich etwas wiederhaben für meinen Fisch.«

Blutbär senkte die Augen. Er dachte an den verkrüppelten Berdachen am Moon River. »Da kannst du ganz sicher sein.« Ein letztes Winken und Drei Rasseln machte sich auf den Weg.

Blutbär sah dem Händler und seinen Hunden eine ganze Weile auf ihrem Weg nach Norden hinterher. Prüfend schaute er sich um. Die High Mountains befanden sich genau im Osten. Der Moon River lag nicht allzu weit in Richtung Norden. Am Fluß angekommen, mußte er nur noch das Lager des Kleinen-Büffel-Volkes finden.

Das würde nicht lange dauern. Jetzt nicht mehr.

Von Hoffnung getragen trieb das Wolfsbündel durch den Traum des Jungen. Vielleicht war er der Eine, der Richtige.

Aus den schimmernden Spiralen erklang Wolfsträumers warnende Stimme: »Sei vorsichtig. Zu viel Geschmack an der Macht bei einem Jungen seines Alters, und er geht den Weg von Schwerer Biber. Er ist noch ein Kind.«

Das Wolfsbündel zog sich zurück, befreite sich. Wolfsträumer hatte recht. Es mußte abwarten, festhalten an der Großen Spirale des Universums. Zeit blieb bedeutungslos. Sie bestand, wie sie immer bestanden hatte ... und immer bestehen würde.

Aber ein anderes ›Heute‹ würde kommen ... wenn das Kind stark genug war.

Kapitel 4

Kowwww! Der Schrei durchbrach die drückende Stille.

Salbeiwurzel fuchtelte mit einem Stock, an dem sie oben eine Fahne aus räudigem weißem Fell befestigt hatte. Sie duckte sich hinter einen Präriehundbau, blieb unten und tarnte ihr Gesicht mit einem Salbeibüschel, das sie aus dem Boden gerissen hatte. Auch wenn eine Antilope angeblich schneller als der Wind war, so war ihre Schnelligkeit doch begrenzt. Und das hoffte sie heute auszunutzen.

Im Augenblick verschwendete sie keinen Gedanken an Kleiner Tänzers Traum – oder an dessen Bedeutung. Die Antilopen waren gekommen, genau wie der kleine Junge behauptet hatte.

Sie lag im Sonnenlicht, ihr Körper schien geschmeidig wie eine kräftige Schlange. Ihr üppiges dunkles Haar leuchtete in einem glänzenden Tiefschwarz. Ihr Jagdgewand umschloß hauteng den schweißnassen Körper und hob die vollen Kurven ihrer Hüften hervor. Es spannte sich um die straffen Muskeln ihres Gesäßes und zeichnete die herrliche Linie ihrer Beine nach. Breitschultrig und schmalhüftig wie sie war, zog sie unweigerlich die Blicke der Männer auf sich. Selbst die alten Männer sahen auf, wenn sie vorüberging, und blickten mit leuchtenden Augen der vor Gesundheit strotzenden, betörend sinnlichen Frau nach. Trotz der beiden Kinder, die sie Hungriger Bulle geboren hatte, war ihr Bauch flach geblieben, waren ihre Brüste voll und hoch.

Jenseits des mit Salbeisträuchern getupften Arroyo stolzierte der Antilopenbock. Plötzlich wandte er sich seitwärts und starrte zu ihr herüber. Die Kuh ging gleichmütig weiter und kam neugierig näher, den Kopf vorsichtig gesenkt. Der Rest der Herde verhielt sich abwartend. Einige Tiere folgten zögernd der Kuh, die anderen blieben stehen und knabberten am Salbei.

Los, folgt ihr. Ihr müßt ihr alle folgen!

Lautlos summte Salbeiwurzel das Lied der Antilope. Sie fürchtete sich, es laut zu singen, fürchtete, seine Macht wäre nicht groß genug, reichte nicht aus zur Befriedigung der Lebensbedürfnisse des Volkes. Die Erinnerung an das abgezehrte Gesichtchen ihres Sohnes schwebte ihr ständig vor Augen. Wenn es nur gelänge, die Antilopen in die Falle zu treiben. Wenn nur Hungriger Bulle zurückkäme, singend und tanzend und mit guten Neuigkeiten von der Büffeljagd.

Wenn es nur regnen würde. Wenn ... Wenn ... Schwerer Bibers haßerfüllte Drohung hatte von ihren Gedanken Besitz ergriffen, war ihr ständig gegenwärtig. Schlechte Zeiten, hatte er gesagt. Schlechte Zeiten, das konnte man wohl behaupten.

Wieder stieß Salbeiwurzel mit dem Stock in die Luft, so daß das daran befestigte weiße Präriehundfell flatterte.

Kowwww! rief die Kuh und trat vorsichtig über die knorrigen Salbeisträucher. Es fehlte nicht mehr viel. Die Wände der in mühsamer Arbeit errichteten Falle schwebten waagerecht zu beiden Seiten. Wenn die Tiere nur noch ein wenig näher kamen, konnte sie das Pfeifsignal zum Zuschnappen der Falle geben.

Salbeiwurzel ließ die Kuh das flatternde Fell einen Augenblick lang betrachten und fuchtelte dann wieder heftiger mit dem Stock, um ihr Interesse wachzuhalten. Sie durfte sich nicht nach dem Bock umdrehen. Und tatsächlich trottete die Kuh weiter, der Rest der Herde folgte ihr. Wie gewöhnlich wartete der Bock, bis alle Kühe und Kälber sich versammelt hatten. Erst dann würde er die Führung übernehmen.

Nervös kaute Salbeiwurzel auf der Unterlippe und zog sie zwischen ihre kräftigen weißen Zähne. Beinahe ... nur noch ein kleines Stück. Der Wind spielte mit dem weißen Fellfetzen, ließ ihn tanzen und wedeln.

Khowwwww! Wieder rief die Kuh, die anderen Tiere fielen in einem neugierigen Echo ein.

Die Antilopenherden waren in diesem Jahr noch klein. Die Kühe hatten erst gekalbt. Viele lebten noch abgesondert von den Herden. Sie versteckten ihre Kälber zum Schutz vor Kojoten, Wölfen und Adlern im dichten Salbeigestrüpp. Erst wenn die Jungtiere genug Kraft aus der Muttermilch gesaugt hatten und so schnell wie der Wind laufen konnten, fanden sich die Herden wieder zusammen. Dann zogen die Mütter die Jungtiere unter dem Schutz der vielen Augen und Ohren in der Herde auf.

Der Bock ging an den die Falle markierenden Salbeibüscheln vorbei.

Die Leitkuh war inzwischen nahe genug. Mit aufgestellten Ohren ging sie unruhig weiter. Bis jetzt hatte sie mit dem weißen Spiegel ihres Hinterteils noch kein Signal zum Rückzug gegeben und noch keinen warnenden Laut ausgestoßen. Auf beiden Seiten warteten die Wände der Falle darauf, geschlossen zu werden.

Salbeiwurzels Herz hämmerte. Aufgeregt befeuchtete sie ihre vollen roten Lippen. Sie holte tief Luft. Ihr Pfiff, die perfekte Nachahmung des Rufes eines Wapitis, gellte scharf durch den Wind.

Die Kuh sprang mit zurückgeworfenem Kopf unruhig herum. Aus den geschützten Gruben am Ende jeder Falltür sprangen schreiend und kreischend die Frauen und Kinder des Stammes. Die Falle schloß sich.

Das weiße Hinterteil der Leitkuh blitzte warnend auf. Sie versuchte zur Seite auszuweichen und lief gegen eine feste Wand aus geflochtenen Salbeinetzen. Zitternd tanzte sie auf behenden Beinen seitwärts; die in Panik geratene Herde folgte ihr.

Salbeiwurzel wartete mit geballten Fäusten. Das Herz schlug ihr bis zum Hals. Längst war den Antilopen der Fluchtweg abgeschnitten. Rufend und singend kamen die Leute heran und drängten die Antilopen in die ausweglose Falle. Die Leitkuh wandte sich um, sah nur den einen Fluchtweg und stürmte hinunter in die Trockenrinne. Beim Anblick der dahinfliegenden Antilopenkörper erschauerte Salbeiwurzel. Mit festem Griff packte sie ihre Waffen.

Ein orgiastische Erregung durchflutete sie.

Im aufgewirbelten Staub der flüchtenden Tiere rappelte sich Salbeiwurzel auf und verfolgte sie. Vom Jagdfieber gepackt stürmte sie mit fliegenden Haaren Hals über Kopf dahin. Am schmalen Ende der Rinne blieb sie stehen. Sie wußte, die Antilopen mußten auf demselben Weg zurück – sie befanden sich in einer Sackgasse, aus der es kein Entkommen gab.

Ihren langen Wurfspeer in der Hand, wartete sie auf die Rückkehr der Antilopen.

»Wir haben es geschafft!« Feuer in der Nacht, ein stämmiger Junge von fünfzehn Jahren, tauchte hinter ihr auf. Trotz seines massigen Körpers war er schnell und beweglich. Seine Brust hob und senkte sich keuchend, die Speere hielt er wurfbereit in der Hand. Zuerst hatte er gezögert, mitzukommen, denn Schwerer Bibers Warnungen über jagende Frauen hatten ihn eingeschüchtert. Inzwischen schien er seine Vorbehalte vergessen zu haben.

»Kannst du diesen Ausgang halten? Vielleicht sollte dir Der mit Steinen wirft helfen? Wenn sie entkommen, müssen wir weiter Hunger leiden.«

»Wir schaffen es. Über diese Jagd werden wir noch Lieder singen.«

Grinsend klopfte sie ihm auf die Schulter. Rasch kletterte sie an einer Seite der Falle auf die erodierte Terrasse hinauf und lief zu der Stelle, an der sich die Antilopen drängten. Sie hatten kaum ausreichend Platz, sich umzudrehen und den engen Weg zurückzulaufen.

Als die Herde heranraste, legte Salbeiwurzel eine Speerspitze in die Kerbe des Schaftes und schoß ihn mit der ganzen Kraft ihres geschmeidigen Körpers ab. Genau ins Ziel treffend, erwischte die Spitze voll den Körper der Leitkuh und drang vollständig in sie ein. Taumelnd brach die Kuh zusammen. Die Herde drängte über den heftig zuckenden und tretenden Körper. Kälber brüllten in höchster Angst und Qual. Die Antilopen schlugen aus, keuchten entsetzlich, die donnernden Hufe wirbelten eine riesige Staubwolke auf.

Salbeiwurzel legte eine neue Spitze ein und erlegte eine weitere, an ihr vorbeirasende Kuh. Ringsum erschienen brüllend und anfeuernd die Leute und schleuderten Speerspitzen in das enge Gefängnis, aus dem es für die Antilopen keinen Weg in die Freiheit gab. Ein paar der in Panik geratenen Tiere konnte sich selbst in diesem Gemetzel noch aufrappeln. Sie liefen wie bei einem Spießrutenlauf durch die enge Rinne. Kaum eine Antilope kam durch.

Salbeiwurzel hatte alle ihre Speerspitzen geworfen und blickte triumphierend auf die verzweifelt um sich tretenden sterbenden Tiere. Der Staub hatte schmutzige Streifen auf ihrem Gesicht und ihren Haaren hinterlassen, doch ihr Herz sang vor Freude.

In der nächsten Zeit würde kein Säugling mehr sterben müssen wie Tanzende Hirschkuhs Baby. Kein nagender Hunger würde die Menschen in der Nacht peinigen. Vorläufig hatten sie genug zu essen. Die alte Falle wieder herzurichten, war ein gewagtes Unternehmen gewesen, eine Arbeit, die in aller Heimlichkeit erfolgen mußte, damit niemand darüber plauderte. Wildkirsches sachlich hervorgebrachte Erinnerung an Schwerer Bibers Macht lauerte bedrohlich in Salbeiwurzels Bewußtsein. Sie konnte seinen Schwur der Vergeltung in der Nacht von Tanzende Hirschkuhs Niederkunft nicht einfach vergessen.

»He, du zuerst!« rief Die die Spaß macht und bot ihr die Ehre des ersten Fleischstücks. »Es ist schließlich dein Verdienst.«

Bei diesem Kompliment stieg eine leichte Röte in ihre Wangen.

Ja, sie hatte sich über Schwerer Bibers Anordnung hinweggesetzt und hatte entschlossen diese Jagd riskiert, als sie die zum Fluß ziehenden Antilopen entdeckt hatte. Die alte Falle hatte so dicht an der Route der Tiere gelegen, daß sie diese Gelegenheit nicht ungenützt hatte verstreichen lassen dürfen. Voller Leidenschaft hatte sie den anderen ihr Anliegen vorgetragen. Der Hunger in den Augen der Kinder hatte ihre Überzeugungskraft erhöht. Obwohl zuerst unsicher, waren ihr die Leute schließlich gefolgt.

Salbeiwurzel lächelte Schwarze Krähes Frau dankbar zu und sprang die staubige Böschung hinab. Vor ihr lag die keuchende Leitkuh. Blutige Schaumblasen traten aus ihren Nüstern. Das mit Federn versehene Ende der Speerspitze erzitterte bei jedem Atemzug des sterbenden Tieres.

Salbeiwurzel kniete vor die sterbende Kuh nieder, streckte die Hand aus und strich ihr über den Kopf. »Verzeih mir, Mutter. Es ist der Lauf der Welt, daß Menschen – und Antilopen – essen müssen.

Gesegnet sei dein Fleisch. Möge deine Seele so schnell wie der Wind hinauf zum Großen Tanz zwischen den Sternen laufen.« Die um sich tretende Kuh wurde ruhiger, besänftigt von den tröstlichen Worten.

Die tiefen Teiche ihrer braunen Augen versenkten sich in die der Frau.

Salbeiwurzel hob den schweren Hammerstein. Mit der Sicherheit langer Erfahrung schmetterte sie ihn auf das Gehirn der Kuh. In ihrem Geist hallte ein Echo wider, die Erinnerung an das Geräusch, als der Schädel des Neugeborenen auf den heißen Steinen aufschlug.

Das weitere Vorgehen erforderte gewissenhafte Arbeit. Unter Singen, Scherzen und Lachen wurden die Tiere ausgenommen, in Stücke geschnitten und das Fleisch aus der Falle getragen. Gleich an Ort und Stelle aßen hungrige Mäuler die Leber, nach dem Ritual wurde das Fleisch zuerst Freunden und Helfern angeboten. Das rote Blut rann über kauende Kiefer und Kinne. Blutbeschmierte alte Frauen nahmen die Fleischviertel entgegen und schnitten sie in Streifen.

»Beeilt euch mit dem Streifenschneiden«, befahl die alte Wildkirsche. »Bei dieser Hitze muß das Fleisch schnell verarbeitet werden. Seht zu, daß ihr es auf dem Salbei auslegt.

Wenn ihr das nicht schnell genug macht, essen die Maden mehr als das Volk!«

Salbeiwurzel dehnte den Rücken. Die gebückte Haltung verursachte ihr Schmerzen. Sandstaub knirschte zwischen ihren Zähnen, doch der wunderbare Geschmack von Blut und frischer Leber lag auf ihrer Zunge.

»Wie viele haben wir erlegt?« Sie wischte sich den Schweiß aus dem Gesicht. Ihre schöne Haut war danach blutbesudelt.

»Ungefähr dreimal zehn Finger. Der mit Steinen wirft und Feuer in der Nacht ließen kein einziges Tier entkommen.«

Mit ihrem Hammerstein spaltete Salbeiwurzel das Becken eines Kadavers und spreizte dessen Beine, um das Fleisch freizulegen. Mit einer scharfen Steinklinge durchschnitt sie Sehnen und Haut, durchtrennte mit ihrem Hammerstein das Kreuzbein und zog das Fell von der Unterseite ab. Sie hob das letzte ihrer Tiere den eifrigen Händen der neben ihr stehenden Helfer entgegen. Zurück blieb blutiger grauer Sand, überdeckt vom Abfall weißer und brauner Antilopenhaare. Zwinkernd blickte sie in das grelle Licht der Nachmittagssonne.

Die Salbeisträucher hatten sich unter dem Gewicht der langen, zum Trocknen in der Sonne ausgelegten Fleischstreifen rot verfärbt.

Kinder tollten herum, spielten und fuchtelten wild mit den Händen, um die Fliegen von dem feuchten Fleisch zu verscheuchen.

»Seht ihr? Ihr habt mir nicht geglaubt, aber ich wußte genau, sie würden kommen. Ich saß oben auf dem Hügel und habe sie gefühlt.«

Lächelnd drehte sie sich zu dem unentwegt schwatzenden Kleiner Tänzer um, der überglücklich herumhüpfte und mit einem Salbeizweig über einem blutbesudelten Busch fuchtelte. »Seht her! Essen! Essen für alle!«

»He! Paß doch auf. Paß auf, wo du mit dem Ding herumwedelst. Du schlägst das Fleisch herunter. Dann wird es ganz sandig, und *du* mußt es essen.«

Ernüchtert senkte er den Blick. Sein Gesicht wurde plötzlich ernst, und er widmete seine Aufmerksamkeit wieder uneingeschränkt dem Verjagen der Fliegen.

Sie lachte in sich hinein. Ja, Essen für alle. Und vielleicht hatten auch Hungriger Bulle, Drei Zehen und Schwarze Krähe Jagdglück. Oder vielleicht eine andere Gruppe der Jäger, die vom Moon-River-Gebiet in verschiedene Richtungen hinausgezogen waren, um eine Herde aufzuspüren.

Sie beschattete die Augen und blickte hinüber zu den schroffen Gipfeln der Berge im Südwesten. Die Schneegrenze lag nach diesem Winter höher als je zuvor. Unten beim Hauptlager konnte man durch den Fluß waten, das Wasser reichte nie höher als bis zu den Knien.

Selbst die Pappelwälder sahen staubverkrustet aus. Und der Wind blies unaufhörlich aus Südwesten, heiß, trocken, auch noch den letzten Rest der Feuchtigkeit aufsaugend, die vom Staub noch nicht bedeckt war.

»Salbeiwurzel!«

Auf den warnenden Ruf hin drehte sie sich um. Wiesenlerche unten im Arroyo gestikulierte heftig. Drei Menschen bahnten sich den Weg durch das Salbeidickicht. Sie brauchte die Augen nicht zusammenzukneifen, um besser zu sehen. Schwerer Bibers schwerfälligen Gang erkannte sie sofort.

»Ich glaube, das ist der richtige Zeitpunkt zum Verschwinden … versteck dich unter den Knochen im Arroyo«, bemerkte Die die Spaß macht trocken.

»Nein. Man muß tun, was man tun muß.« Salbeiwurzel richtete sich kerzengerade auf. Übelkeit regte sich in ihr. »Ich gehe hin und spreche mit ihm, bevor er hier ist. Vielleicht kann ich euch aus der ganzen Sache heraushalten.«

»Sei vorsichtig«, warnte sie Wildkirsche von der Seite. »Bring ihn nicht gegen dich auf. Du hast gesehen, was in jener Nacht passiert ist. Mach ihn nicht wütend, Mädchen. Du kennst seine Ansicht über Frauen.«

»Ja.« Ihre Kehle schnürte sich zusammen. Die Ahnung drohender Gefahr raubte ihr fast den Atem. All ihre Kraft zusammennehmend zwang sie sich, ruhig auf ihn zuzugehen. Der alte Zwei Wapitis marschierte hinter ihm, seine hängenden Schultern zuckten nervös.

Schwerer Bibers Frau, Roter Hornstein, ging als letzte. Ihr rundes Gesicht zeigte einen verdrießlichen Ausdruck. Sie hatte die Augen niedergeschlagen und preßte die Lippen schmollend aufeinander.

Schwerer Biber verharrte. Er straffte den Rücken und starrte Salbeiwurzel mit ausdruckslosen Augen an.

»Schön, daß du wieder zurück bist, Schwerer Biber. Hattest du gute Träume?«

Er neigte den Kopf ein wenig schräg, seine wulstigen braunen Lippen verzogen sich vor Widerwillen. »Träume sind nicht deine Sache, Frau. Sieh einmal hinter dich. Ich frage mich, was da los ist.«

Das kribbelnde Gefühl in ihrem Magen verstärkte sich. »Das Volk zu sättigen ist Sache jedes einzelnen. Sieh mich nicht so an.

Du stammst von Zwei Steine ab, ich von Wolfsherz. Ich habe also keine verwandtschaftliche Verpflichtung, auch nur höflich zu dir zu sein. Trotzdem bin ich es ... denn du singst und träumst für das Volk. Dafür zolle ich dir all meine Achtung.«

Der leichte Anflug eines Lächelns deutete sich an, aber sein Blick blieb hart, schneidend wie frisch geschärfter Hornstein. »Ich freue mich, daß du eine gehorsame Tochter des Volkes bist, Frau. Du hast Achtung vor mir, wie schön. Und was hast du hier gemacht? Hmmm? Könnte es sein, daß du Bruder Antilope getötet hast? Ah ja, ich vermute es fast. Und das Ritual? Hast du gesungen? Hast du den Tanz getanzt, wie ihn die Große Antilope im Himmel getanzt haben will?« Seine Miene verfinsterte sich.

»Vielleicht hast du es auch nicht gemacht. Vielleicht hast du das Ritual nur vorgetäuscht ... die Große Antilope im Himmel beleidigt wie schon der Büffel beleidigt worden ist. Was dann, *Frau des Volkes?*

Wer wird uns nähren, wenn die Geister der Tiere hinaufsteigen zum Großen Weisen im Himmel und ihm sagen, er möge Regenmann daran hindern, Wasser aus den Wolken zu tanzen? Was *hast* du getan?«

Sie überkreuzte die Arme, hielt seinem stechenden Blick

stand und unterdrückte ihre Angst. »Ich gab meinen Leuten Essen. Ich erzählte Mutter Antilope von unserer Not. Sie verstand mich. Ich ...«

»Ich vermute, zu allem Überfluß hast du noch deine Blutung, ja?

Menstruationsblut? Bei einer Jagd? Wenn es in diesen Tagen Ärger gibt, scheinst du immer vorne mit dabeizusein.«

Bei dieser Anspielung auf ihr Verhalten bei Tanzende Hirschkuhs Niederkunft nahm sie eine drohende Haltung ein. Als ob das eine Sache wäre, die *dich* etwas anginge. Ich sage dir, ich blute nicht.

Mein Mond ist seit zwei Wochen vorüber. Du solltest das eigentlich wissen, Schwerer Biber. Du scheinst immer sehr interessiert zu sein, wann welche Frau das Menstruationszelt bezieht. Fällt das in den Verantwortungsbereich eines Träumers? Oder steckt etwas anderes dahinter?«

Halt dich zurück! Du wirst wütend. Du weißt, was geschieht, wenn du die Kontrolle über dich verlierst. Sie schluckte hart und versuchte, das Feuer gegen die Ungerechtigkeit, das in ihrem Innern loderte, zu ersticken.

Mühsam rang er sich ein Lächeln ab. »Die Zeiten ändern sich, Salbeiwurzel. Oh, ich weiß über deine Herkunft Bescheid. Ich kenne die Sorte Frauen, wie deine Mutter eine war. Jähzornig, leidenschaftlich ... wie du. Vermutlich hast du das von ihr. Dein Vater hat sich nie gegen sie durchgesetzt, hat dir nie Benehmen beigebracht. Unter diesen Umständen konntest du dich gar nicht zu einer anständigen, gehorsamen Frau entwickeln. Du konntest es damals gar nicht abwarten, dich von Hungriger Bulle bespringen zu lassen – sein Name paßt wirklich ausgezeichnet zu ihm. Du hast niemals ...«

»Weil ich mich nicht mit dir aufs Lager gelegt habe?«

Angriffslustig zog sie eine Augenbraue hoch, bedauerte aber ihre Worte sofort. Sie versuchte, sich zu beruhigen und atmete tief aus. »Was soll's. Es liegt lange zurück. Du hättest mich nicht einmal als Zweitfrau genommen.« *Und das ist eine der größten Lügen, die ich je ausgesprochen habe. Sieh dich doch an, du fetter, sabbernder Mann. Und* du *willst mit der Welt der Geister reden?*

Roter Hornstein hatte während der Auseinandersetzung wie immer mit gesenkten Augen danebengestanden. Mit stumpfer Miene wartete sie.

Der Wind zerrte an ihren langen schwarzen Flechten. Die kleine plumpe Frau hatte Schwerer Biber nie einen Sohn geboren – noch immer blutete sie und mußte zu gegebener Zeit das Menstruationszelt aufsuchen. Stets still und fügsam, lachte sie nie über die derben Scherze der anderen Frauen. Sie sprach kaum, und wenn, dann nur das Allernötigste.

Die Erkenntnis traf Salbeiwurzel wie ein Schlag. *Wie furchtbar, Gegenstand von soviel Mitleid zu werden. Was für ein erbärmliches Leben muß das sein. Sich vorzustellen, einen Mann zu haben, der niemals mit einem lacht, einen nie liebevoll umarmt oder sich wie ein Rasender* mit einem *paart oder streitet. Sich vorzustellen, sein ganzes Leben wie ein räudiger junger Hund zu verbringen.*

Welchen Sinn und Zweck hat ein solches Leben?

»Du wärst allerdings eine sehr schlechte zweite Frau geworden.«

Schwerer Bibers Worte unterbrachen ihren Gedankengang. »Ich kann nur hoffen, du hast mit dem Beweis deiner Überheblichkeit nicht das ganze Volk vernichtet.«

Ihre Wut brach aus ihr heraus.

Trotz der warnenden Stimme in ihrem Kopf stieß sie ihm kraftvoll mit einem Finger vor das Brustbein. Alles brach aus ihr heraus.

Der Mut der Verzweiflung ließ sie jede Vorsicht vergessen. Sie mußte zurückschlagen, sie mußte – oder alles war verloren. »Und wo sind die Büffel, die du schon so lange vergeblich herbeisingst?

Sehe ich etwa Hügel, die schwarz von Büffelrücken sind? Wozu diese ewige Singerei, Schwerer Biber? Die ganze Zeit über hat das Volk dir die besten Bissen von dem wenigen, was den Leuten noch geblieben ist, gegeben, damit du Zeit zum Träumen hast, ohne dir Sorgen machen zu müssen, dein fetter Bauch könnte vielleicht abmagern. Und die *Kinder* des Volkes *weinen* vor Hunger.

Und was hat uns das alles gebracht? Regen? Hast du das kleinste bißchen Regen gesehen in diesem Frühjahr? Nein, alles, was wir bekommen haben, sind deine Anschuldigungen, wir Frauen würden die Welt vernichten! Wir würden das Volk töten! Es gäbe *kein* Volk mehr, wenn nicht alle ihr möglichstes füreinander getan hätten.

Einschließlich der Frauen! Hast du kürzlich Tanzende Hirschkuh gesehen? Hast du die Qual in ihren Augen gesehen? Nie wird sie vergessen, wozu du sie gezwungen hast.«

»Du gehst zu weit, Salbeiwurzel.« Er sagte es so leise, daß sie ihn während ihrer Schimpfkanonade fast nicht gehört hätte. Die Eiseskälte der Angst, bisher von unsäglicher Wut unterdrückt, begann sie zu lähmen. Dieser Narr konnte sie verfluchen. Und dazu war ihm jeder Vorwand recht, seit sie ihn in jener Nacht, als er sie zu nehmen versuchte, verspottet hatte. Sie hatte sich über ihn lustig gemacht, und das verzeiht kein Mann, das fraß an ihm ... Schwerer Biber hatte nichts vergessen.

»Ja, ich sehe, du verstehst.« Er hob ihr Kinn und blickte sie unter halbgesenkten Lidern hervor prüfend an. »Vielleicht machst du zuviel – übernimmst zuviel Verantwortung. Du spaltest das Volk, doch es muß zusammenhalten. Du solltest statt dessen tanzen und singen und die Geisterwelt für deine unzähligen Missetaten und Übertretungen um Verzeihung bitten. Doch in dir entdecke ich nur Überheblichkeit und Stolz. Bist du vielleicht so stolz wegen deiner Schönheit?

Oder auf deinen Mann? Glaubst du, du bist etwas Besseres als die anderen Leute?«

Sie biß sich auf die Zunge. Keinesfalls durfte ihr jetzt eine unbedachte Antwort entschlüpfen.

»Erinnere dich«, seine schmeichelnde Stimme wurde krächzend, »der Große Weise im Himmel hat die unter der Erde lebenden Menschen erst in diese Welt heraufgeführt. Eine Kreatur, die wie ein Maulwurf aus der Erde herauskriecht, sollte nicht zu stolz sein.«

»Ich bin ein eigenständiges Wesen unter Vater Sonne wie du, Schamane.«

»Aber ich träume die Träume der Mächte, Frau. Und ich

glaube, du bist zu stolz. Los geh, iß das Fleisch. Ich weigere mich, es auch nur anzurühren, meine Lippen an deinem Frevel zu beschmutzen. Wir werden ja sehen, wohin dich deine Unverschämtheit und dein hochmütiger Stolz letztendlich führen werden.«

Er schob sich näher an sie heran, hob die Arme und rief so laut, daß alle ihn hören konnten: »Große Antilope im Himmel! Ich sehe, was diese Frau dir angetan hat! Ich sehe die Beleidigung deiner Kinder! Ich sehe die Besudelung meiner Brüder! Wisse, daß ich, Schwerer Biber, mich weigere, von dieser Schändung zu kosten, zu essen … selbst ihren *Geruch* wahrzunehmen! Ich erkläre dieses Fleisch für verwest und verfault durch die Schuld von jemandem, der Dich beschmutzt hat … Dich und mein Volk.«

Bei diesen Worten wirbelte er herum. Ein bösartiges, triumphierendes Leuchten glitzerte in seinen schwarzen Augen. Er stieß sie beiseite und stolzierte den Weg zum Lager zurück.

Fassungslos starrte Salbeiwurzel hinter ihm her, ungläubig, unfähig zu begreifen, warum er so gehandelt hatte, warum er eine gute Beute vernichtete, eine saubere Beute. Er hatte das Fleisch für die Münder des Volkes verdorben.

Wie eine mächtige, von oben kommende Hand senkte sich Dunkelheit auf ihre Seele.

Hungriger Bulle erstarrte. Er wagte kaum zu atmen. Wieder raschelte es im gelben Gras. Der Dieb schlich im grauen Dämmerlicht herum. Erneut herrschte Stille. Er reckte den Hals, um besser sehen zu können. Der Griff um seine Waffe wurde fester. Die Berührung des glatten Holzes, perfekt in seiner geballten Faust ausbalanciert, beruhigte ihn.

Die Vögel sangen schon ihr Morgenlied. Ein leichter Wind strich sanft über seine Haut und kühlte ein wenig die Erregung dieser Pirsch. Der noch im Schatten liegende Salbei schimmerte purpurfarben und blau im Licht der frühen Dämmerung. Ihm blieb nicht mehr viel Zeit, sonst würde der Dieb entkommen und der nächtliche Überfall bliebe unbestraft.

Das Gras knisterte, als Hungriger Bulles Feind seine Lage veränderte. Nah, so nah, gerade auf der anderen Seite des Salbeistrauchs. Hungriger Bulle prüfte die Balance des sorgfältig ausgewogenen Holzschaftes in seiner Hand, fühlte das Gewicht und fieberte danach, den Speer auf seine tödliche Reise zu schicken.

Leben und Tod, der alte Tanz endete nie. Selbst hier, im tiefsten Salbeidickicht, fand das größte aller Spiele statt.

Dieses Spiel beherrschte Hungriger Bulle hervorragend. Nur wenige konnten so meisterhaft mit den Waffen umgehen oder solch raffinierten Hinterhalt legen wie er. Seine Beute wich weiter vor ihm zurück.

Hungriger Bulle atmete tief ein, sein Herz begann vor Erregung schneller zu schlagen. Unter Aufbietung all seiner Geschicklichkeit hob er langsam einen Fuß und setzte ihn lautlos nach vorn auf die dürren Grasbüschel. Mit äußerster Feinfühligkeit balancierte er sein Körpergewicht auf dem Fußballen aus.

Vor ihm knisterte das Gras, darauf erneute Stille.

Hungriger Bulle blickte prüfend auf das Muster der Schattenbilder und suchte die Silhouette des Plünderers. Spannung hing in der Luft, zerrte an seinen Nerven und ließ sein Blut in den Schläfen pochen. Er unterdrückte den Drang, blindlings vorwärts zu stürmen, und versuchte, sich in die Gedanken des Gejagten einzufühlen. Töten erforderte Geduld. Die Rache würde um so süßer sein, wenn der Dieb die Gefahr, in der er schwebte, nicht kannte.

Er machte einen weiteren vorsichtigen Schritt, die wachsamen Augen auf die wie hocherhobene Waffen vorstehenden Stacheln des Salbeis gerichtet. Seine Beinmuskeln zitterten leicht, als er das Gleichgewicht verlagerte und zwischen die Lücken in den weniger dichten Salbeisträuchern spähte.

Der Dieb verharrte, aufgerichtet in lauschender Haltung, bereit zur Flucht. Seine scharfen braunen Augen funkelten deutlich sichtbar im grauen Licht.

Hungriger Bulle blieb regungslos stehen, angespannt wie eine junge elastische Weidengerte.

Der Dieb zögerte unsicher. Hatte ihn ein sechster Sinn gewarnt?

Er macht sich aus dem Staub! Hungriger Bulle, der sein Gleichgewicht nicht so optimal ausbalanciert hatte, wie er sich das gewünscht hätte, zielte. Seine trainierten Muskeln spannten sich geschmeidig, der Arm zischte nach vorn und schleuderte die Waffe mit unglaublicher Kraft. Eine einzige Chance. Hungriger Bulle legte Körper und Seele in diesen Wurf. Er wußte, ein Fehlwurf, und die Beute entkam.

Der Speer zischte singend durch die Luft, traf den Dieb und brachte ihn zu Fall.

»Hab ich dich!« kreischte Hungriger Bulle und schwang sich über einen Salbeistrauch, um seine Beute zu holen.

Doch zu seiner großen Überraschung kam der Dieb wieder auf die Beine und verzog sich in das tiefe Dickicht aus Salbei und hohem Gras.

Verblüfft bückte sich Hungriger Bulle und besah sich mit schmalen Augen die Spuren. »Ha! Hat nicht viel gefehlt. Hat sich ein Bein gebrochen.«

Brummend beugte er sich über einen Salbeistrauch, griff nach den starren grauen Zweigen und drehte sie umeinander, bis die Wurzeln mit einem dumpfen Knall nachgaben und er sie aus der Erde ziehen konnte. Befriedigt hob er den Speer auf und verfolgte die schlurfende Spur des Diebes. Die entwurzelte Pflanze wie einen Dreschflegel benutzend, schlug er klatschend auf hohe Salbeibüschel ein. Immer wieder stocherte er im Gestrüpp herum und versuchte, sein verwundetes Opfer aufzuscheuchen.

Hungriger Bulle bückte sich und spähte ins dichte Gestrüpp. Plötzlich starrten ihn im Morgenlicht zwei leuchtende braune Augen an. Die rosige Nasenspitze zitterte, die silbrig glänzenden Barthaare bebten.

Hungriger Bulle schlug auf das Gebüsch ein. Befriedigt sah er einen humpelnden braunen Schatten auf der anderen Seite hervorbrechen.

Er sprang über den Salbeistrauch und stürmte hinter dem verwundeten Geschöpf her. Im Zickzackkurs rannte er durch das Dickicht. Sein Opfer hatte einen Haken nach links geschlagen. Hungriger Bulle zögerte einen Moment, dann verlagerte er sein Gewicht auf ein Bein und machte einen weiten Sprung – mitten in ein wildes Durcheinander vertrockneter Salbeistengel, die sich bei seiner Landung wie lebendig auftankten und ihn zum Stolpern brachten.

Während Hungriger Bulle der Länge nach hinschlug, erhaschte er noch einen Blick auf seine verschwindende Beute. Wütend kroch er auf Händen und Füßen hinterher, geriet dabei mit einer Hand in einen Haufen brauner dorniger Ranken und stieß einen Fluch aus.

Er kam wieder auf die Beine, machte ein paar Sätze vorwärts, um den Dieb zu ergreifen. Ohne Erfolg. Wieder stürzte er hinter dem kleinen braunweißen Schatten her. Der unter seinen Füßen knackende Salbei griff nach ihm, als wolle er ihn aufhalten und erfüllte die Luft mit seinem scharfen Aroma.

Inzwischen hatten Jäger und Beute den Arroyo fast durchquert und näherten sich den sanft ansteigenden Hängen, die zu einer abgerundeten Hügelkuppe hinaufführten. Wenn es dem Dieb gelang, dort hinauf in die Felsen zu kommen und ein Versteck zu finden, war alles vorbei.

Schlitternd kam Hungriger Bulle zum Stehen. »Hab dich verloren!« Er reckte den Hals. Sein sensibles Gehör versuchte, das leise Rascheln auszumachen. Eine Wiesenlerche trällerte, eine Wanderdrossel fiel mit einer fröhlichen Melodie in den Gesang ein und grüßte Vater Sonne.

Da! Hungriger Bulle rannte hinter dem Geräusch huschender Füße her. Der Dieb hatte kehrtgemacht und einen weiten Bogen geschlagen, während Hungriger Bulle lautstark krachend hinter ihm hergestürmt war. Wieder begann die verrückte Jagd. Der Dieb strafte sein gebrochenes Bein Lügen, flink kroch er auch durch die kleinsten Schlupfwinkel. Hungriger Bulle – benachteiligt durch seine Größe – mußte sich mit brutaler Kraft und heftigen Hieben den Weg durch das Dickicht erkämpfen.

Als der Dieb über eine Lichtung flitzte, stolperte Hungriger Bulle im Eifer des Gefechts über seine eigenen Füße und schlug bäuchlings in den Staub.

Brüllend vor Wut rappelte er sich wieder auf. Er versuchte, den Rücken des Tieres zu erwischen, doch er glitt ab und griff mit einer Hand in die Stacheln eines tückischen Kaktus'. Kreischend vor Schmerz und fluchend über das unglaubliche Glück des verwundeten Wildes tauchte Hungriger Bulle kopfüber in das Salbeidickicht. In seiner rasenden Wut bemerkte er kaum die Schrammen und Kratzer auf seinen Wangen.

Schleichend näherte er sich dem Flüchtenden, bis er nach ihm schlagen konnte. Dabei bekam er den Schwanz zu fassen und hielt ihn mit aller Kraft fest. Sein Gefangener krallte sich wie wahnsinnig in die lockere Erde, doch sein Widerstand nutzte nichts. Hungriger Bulle zog ihn hämisch lachend zu sich her.

»Hab ich dich!« schrie er siegessicher.

Grinsend rappelte sich Hungriger Bulle auf. Er hielt sein Opfer hoch, baumelnd an einem braunweißen Schwanz, die Vorderbeine ausgestreckt, das gebrochene Hinterbein schlaff herunterhängend.

Der glatte weiße Bauch glänzte im Kontrast zu den rosa gesprenkelten Füßen wie Schnee in der Sonne.

Hungriger Bulle hob seinen Widersacher ganz nah vor sein Gesicht und starrte ihm in die furchterfüllten dunklen Augen. »Du hast mein letztes Trockenfleisch aufgefressen. Und auf das bißchen, was du nicht gefressen hast, hast du gepißt und geschissen. Und als Gipfel von allem hast du den Lederriemen meines Atlatls durchgenagt. Es dauert seine Zeit, bis man einen solchen Atlatl angefertigt hat … bis der richtige Geist darin lebt.«

Die Schnurrbarthaare zitterten, die kleinen, runden Augen glänzten vor Entsetzen und Schmerzen.

»Ich werde also gleiches mit gleichem vergelten«, fuhr Hungriger Bulle fort.

»Heute abend werden wir *dich* verspeisen. Wir nehmen dich als Ersatz für unser Trockenfleisch, ha?«

Er stöhnte. Die Kaktusstacheln in seinem Fleisch schmerzten.

Mordlüstern packte er das Tier an der Brust, um ihm das Genick zu brechen.

Doch urplötzlich versenkte der zappelnde Gefangene seine langen weißen Zähne in das Gewebe zwischen Hungriger Bulles Daumen und Zeigefinger.

Hungriger Bulle heulte vor Schmerz und Überraschung auf und schleuderte das Tier zu Boden. Wieder hatte ihn das kleine Ungeheuer übertölpelt. Der Dieb fiel auf ein weiches Grasbüschel und stürzte wie ein Blitz in das Salbeidickicht.

Verdattert starrte Hungriger Bulle eine Sekunde auf seine Hand. Er merkte erst jetzt, was geschehen war. Vor Wut berstend stürzte er hinter seiner entschwindenden Beute her.

Die Fäden des Sternennetzes begannen sich stärker zusammenzuziehen.

Das Wolfsbündel hatte den Wandel der Welt beobachtet. Etwas in ihm hatte aufgeschrien, als die letzten Mammuts unter den Speeren der Jäger starben. Der Weg der Spiralen berührte alle Dinge, führte von den Wurzeln der Winterschlaf haltenden Pflanzen bis zu den leuchtend schimmernden, surrenden Flügeln einer Fliege.

Merkwürdig, das letzte Mammut war ein verwaistes Kalb gewesen.

Als der Große Weise im Himmel das Universum erschuf, hielt er alle Dinge im Gleichgewicht, Schmerz und Freude, Geburt und Verwesung, Hitze und Kälte.

Jetzt begannen sich die Kreise wieder zu vollenden. Wolfsträumer wartete ab, beobachtete aus seinem Traum heraus. Etwas Neues würde in das Sternennetz eingewoben ... wenn der neue Träumer nicht versagte, wo Wolfsträumer Erfolg gehabt hatte. Es spielte keine Rolle. Bliebe dieser Kreis der Spirale unvollendet, würde der nächste zur Erfüllung führen.

Kapitel 5

Die Morgensonne warf ihre gelben Strahlen in den Canyon, auf dessen Talsohle Hungriger Bulle, einen Wildpfad nutzend, durch den üppigen Salbei marschierte. Während er ein Bein vor das andere setzte, biß er die Kaktusstacheln eine nach der anderen aus seiner Hand und spuckte sie aus.

Zu beiden Seiten stiegen die erodierten Hänge in sanftem Schwung nach oben, gesprenkelt mit Salbeisträuchern und hier und da mit einem Tupfer bitteren Wermuts. Diese Büffeljagd hatte sich erneut als Katastrophe erwiesen. Gelegentlich hatten sie Kotspuren gesichtet – alle schon längst vertrocknet, von Käfern durchsetzt und von der Sonne grauweiß gebleicht. Wo waren die Büffel? Während er den Pfad entlangtrottete, baumelte ein schlaffer braunweißer Körper zuckend von seiner geschwollenen rechten Hand.

Er zählte die Tage, seit er Salbeiwurzel und das Lager verlassen hatte – zweimal fünf Finger und noch drei Zehen dazu. Nie zuvor hatte es so wenig Tiere gegeben, und noch nie waren die Herden so weit voneinander entfernt. Wenn er daran dachte, wie abgezehrt die Gesichter der Menschen im Lager schon bei ihrem Aufbruch zur Jagd ausgesehen hatten, wie würden sie erst … »He, du!« Der Ruf durchdrang die Morgenstille.

Hungriger Bulle ging langsamer und blieb schließlich stehen. Wachsam ließ er den Blick schweifen, um festzustellen, woher der Ruf kam.

Vorsichtig nahm er den Atlatl vom Gürtel und zog einen langen Wurfpfeil aus dem Köcher auf seinem Rücken. Mit geübten Fingern legte er die Waffe in die Kerbe der Speerschleuder. Mit dem Atlatl hatte er einen besseren Hebel, er wirkte wie eine Verlängerung seines Armes und erlaubte einem Mann, einen Speer dreimal so weit zu katapultieren wie bei einem Wurf aus der bloßen Hand. Er vermißte die von dem Tier durchgenagten Rohlederschlingen, die seinen Fingern an dem glattpolierten Schaft Halt gegeben hatten.

»Wo bist du?« rief er.

»Hier!«

Dieses Mal ortete er die Richtung, aus der die Stimme kam. Sein Blick wanderte suchend am Hügelkamm entlang. Er mußte in den grellen Schein der Sonne blinzeln und beschattete die Augen mit der flachen Hand; dabei ließ er den Körper seiner Beute schlaff auf den Boden prallen.

Die Silhouette einer kauernden Gestalt erhob sich vor den Strahlen der Morgensonne. Kauernd? War dies nicht die

Haltung, die Schwindler Kojote annahm, wenn er einer menschlichen Gestalt ähneln wollte? In dem Versuch, die Menschen zu täuschen, gab er sich als eine alte bucklige Frau. Das jedenfalls hatte Hungriger Bulle gehört. Der einzige Weg, sich Gewißheit zu verschaffen, bestand darin, seine Röcke hochzuheben und nachzusehen, ob er einen Penis und Hoden hatte. Daran konnte auch Schwindler Kojote nichts ändern – und wollte es auch nicht. Er war viel zu stolz auf den Beweis seiner Männlichkeit.

Unruhig geworden, verließ Hungriger Bulle den Pfad. Wachsam und vorsichtig kletternd suchte er mit den Augen die Umgebung ab. So, wie er dank seiner Gerissenheit den kleinen Dieb in die Falle gelockt hatte, könnte auch er im ewigen Spiel um Leben und Tod in eine Falle gehen. Die im Jagdlager auf ihn wartenden Drei Zehen und Schwarze Krähe würden nie erfahren, was mit ihm passiert war.

»Da bilde ich mir doch tatsächlich ein, vielleicht auf einen Krieger der Anit'ah zu stoßen«, murmelte Hungriger Bulle vor sich hin. »Aber die Stimme rief in der Sprache des Volkes.« Er biß sich auf die Lippen.

Inzwischen konnte er die Gestalt dort oben bereits deutlicher erkennen. Trotzdem war sie im Gegenlicht nur schemenhaft erkennbar, eine abwartende, unheilvolle Silhouette, das Gewicht auf dünnen Beinen ausbalancierend. Die kalten Finger einer bösen Vorwarnung strichen über Hungriger Bulles Rückgrat.

Was hat Schwerer Biber gesagt?

Ein Fluch liegt auf dem Land?

Schwerer Biber sagt, wir hätten den Großen Büffel im Himmel beleidigt, deshalb hat Er uns Seine Kinder genommen und dem Regen befohlen zu ruhen, um Vater Sonnes Volk das Leben noch schwerer zu machen.

Und das da vorn? Ist das Schwindler Kojote? Oder ein böser Geist? Ein herumwandernder Geist? Etwas, das mich ergreift und tötet?

Bei den strammen Eiern des Großen Büffels im Himmel! Die Gestalt sah aus wie Schwindler! Eine eisige Schlinge legte sich um Hungriger Bulles Herz.

Gleichzeitig kehrte eine längst vergessene, äußerst unangenehme Erinnerung zurück.

»Ich mag keine Geistermächte. Ich habe für das ganze Geisterzeug nicht das Geringste übrig. Bringt nichts als Ärger …« Sein Herz begann dumpf zu hämmern. Unverwandt starrte er auf die rätselhafte Erscheinung.

Höchst wachsam, jederzeit zur Flucht bereit, blickte er sich um. Er suchte die Umgebung nach Anzeichen von Geistern ab, nach einer Andeutung des Bösen – als ob er wüßte, wie *das* aussehen würde. Das Gefühl der Unruhe durchzuckte seine Gedärme, stechend wie die Kaktusdornen, die noch immer in seiner Hand steckten.

Um sich Gewißheit zu verschaffen, rief er: »Schwindler? Bist du das, Kojote?«

Ein gackerndes Lachen erklang, fast ärgerlich, doch mit einem vergnügten Unterton.

»Kojote? *Ich?*« Die schemenhafte Gestalt schlug sich hörbar auf die Hüften. »Ha! *Das* lehren sie euch Kinder heutzutage? Hornmark muß im hohen Alter verrückt geworden sein, oder was ist los?«

Hornmark ist längst tot! Feuer und Rauch! War das ein Geisterscherz?

Er schluckte mühsam und begann sich zurückzuziehen. Angstschauer durchkribbelten ihn wie die winzigen Beine unzähliger Ameisen.

»Ach, nun komm schon«, rief die Silhouette und gestikulierte wild.

»Ich marschiere nicht den ganzen Weg da hinunter. Dafür bin ich bereits zuviel gelaufen. Eh? Was soll das? Willst du wegrennen?«

Die Stimme gackerte hysterisch. »Ich gehe in ein Dorf des Volkes und erzähle allen Leuten, wie einer ihrer tapferen jungen Männer aus Angst vor mir davongestürmt ist wie Bruder Eselhase vor einem Wolf. Haha, ich kann den Spaß kaum abwarten!«

Ein wenig beschämt setzte Hungriger Bulle seinen Weg den Hang hinauf fort. Er versuchte sich an die Alten zu erinnern, um die Stimme einer Person zuordnen zu können. Gegen das Licht der Morgensonne konnte er die Gestalt nicht deutlich erkennen. Wildkirsche? Nein, dazu war sie nicht dick genug. Schlafende Föhre? Zu groß. Trotzdem, irgend etwas an ihr …

Wer ist sie?

Er erreichte den Hügelkamm und sah sich vorsichtig um, immer noch unsicher, ob er nicht doch mitten in eine Falle der Anit'ah hineingetappt war – unsicher wegen so vieler Dinge. Sein Blick fiel auf vom Staubwind glattpolierte Steine, dürren Salbei und magere Büschel Hartweizen, die sich unter der Liebkosung der Morgenbrise leicht bewegten. Aber weit und breit konnte er keine Krieger entdecken, die in einem Hinterhalt auf ihn lauerten.

Die alte Frau beobachtete ihn mit schiefgelegtem Kopf.

»Zumindest bist du kein ganzer Narr.« Wie unter einem plötzlichen Schmerz zuckte sie zusammen und kam auf ihn zu.

Er blieb auf der Hut. Seine Handflächen, mit denen er den Speer wurfbereit umklammert hielt, wurden schweißnaß. Er wußte, er kannte sie von irgendwoher. Aber Schwindler Kojote hatte solche Tricks auf Lager. Er nahm das Gesicht eines Toten an – oder vielleicht sogar einer lebenden Person, soweit er das wußte. Das Aussehen ihrer zerlumpten Kleidung und ihres abgezehrten Körpers hätte auf eine kinderlose Witwe schließen lassen, um die sich niemand kümmerte. Dann sah er in ihre Augen, und seine Seele erstarrte.

»Wer bist du?« flüsterte er und umklammerte den Atlatl noch fester. Das Holz pulsierte im Rhythmus des Geistes, den er ihm bei der Großen Lobpreisung eingehaucht hatte. *Doch was kann ein kunstfertig gearbeiteter Speer gegen einen Geist ausrichten? Wenn er doch nur Schwerer Bibers Singende Geistermedizin in seinem …*

»Du kennst mich nicht?« Sie hob den Kopf; ein amüsiertes Glitzern funkelte in ihren schwarzen Augen. »Wenn du der bist, für den ich dich halte, mein Junge, bist du ganz hübsch gewachsen. Siehst gut aus.«

Fast wäre er vor Schreck zusammengezuckt. Sie sagte »mein Junge« zu ihm! »Ich bin Hungriger Bulle, der Sohn von Sieben Füchse und Heller Wolke. Mein Großvater war …«

»Ja, ja. Ich kenne dich. Kannte deinen Vater. Ich kenne ihn, sollte ich besser sagen. Kannte auch deinen Großvater, Großer Fuchs, sehr gut.« Ein frivoles Leuchten glomm in ihren Augen, als sie ihn von oben bis unten musterte. »Kannte ihn gut, ja, ja. Die Wege des Windes führen uns immer im Kreis, findest du nicht? Was ein Mensch auch beginnt, es kommt alles zurück … irgendwie, irgendwann. Die Vision hatte recht. Es war Zeit, zu kommen.«

Vision? Er verdrehte leicht irritiert die Augen. Noch immer war er zutiefst unsicher. Ein Mann weiß nie, was ihm die Dämonen antun können. War sie ein Geist? Wenn ja, ein guter oder ein böser?

So dicht vor ihr stehend hämmerte sein Herz wie ein Steinschlegel auf grünem Holz. Er biß die Zähne zusammen. Schneller als ein Blitz aus einer Donnerwolke herniederfuhr, bewegte er den Speer nach unten und hob ihre Röcke hoch.

»*Was?*« schrie sie, sprang zurück und fuchtelte, behindert von ihrem Gehstock, wild mit den Armen, um das Gleichgewicht nicht zu verlieren.

Das Durcheinander nutzend bückte er sich und guckte ihr unter die Röcke. Eindeutig eine Frau.

Nur seine schnelle Reaktion rettete ihn vor dem in hohem Bogen auf ihn heruntersausenden Gehstock. Er warf sich zur Seite und duckte sich unter dem Schlag des Stockes, der über seinen Kopf hinwegpfiff.

»He! *Bring mich nicht um*!« Er krabbelte außer Reichweite. Der Gehstock knallte genau an der Stelle auf die Steine, an der er eben noch gestanden hatte. Bevor sie erneut ausholen konnte, rappelte er sich auf und sprang zurück.

»Der Kojote verkleidet sich oft als Frau!« verteidigte sich Hungriger Bulle lahm.

Wieder bewegte sie sich auf ihn zu, sichtlich entschlossen, ihm eins über den Schädel zu ziehen.

»Was glaubst denn *du?*« Mit abwehrend erhobenen Händen wich er weiter zurück.

Ihre Bewegungen wurden langsamer. Energisch schob sie den Unterkiefer vor.

»Es tut mir leid!« Er schnappte nach Luft. »Ich bin nur ein Jäger.

Alles, was ich über Kojoten weiß, haben mir die Geisterträumer erzählt.«

»Hast du je ... einen Kojoten gesehen ... der aussah ... wie eine alte Frau?«

»*Nein!*«

»Aber warum ...«

»Weil er so aussehen *könnte*! Aber wenn der Schwindler jemanden täuschen will, soll er sich gefälligst einen anderen aussuchen!

Ich habe genug Ärger!«

Angesichts seiner Leidensmiene hielt die alte Frau mitten in einem erneuten Angriff inne und lachte. Das Lachen ging in einen heftigen Hustenanfall über.

»Gut«, keuchte sie unter dem ihre Lungen peinigenden trockenen und stoßweisen Husten, »ich glaube dir.«

Hungriger Bulle holte tief Luft. »Endlich. Wer bist du?«

Schniefend rückte sie ihre Last zuerst. »Mein erster Name war Grüne Weide.« In sich hineinlachend, zeigte sie auf das dürre Land.

»Daran siehst du, wie weit *diese* Zeit zurückliegt. Du bist Hungriger Bulle? Soweit ich gehört habe, bist du ein ordentlicher Jäger.«

Er schluckte. »Ich bin der beste Jäger meines Volkes.«

Abschätzend schielte sie hinunter auf seine linke Hand, an der seine Jagdtrophäe schlaff herunterbaumelte. »Na ja, wenn eine Packratte mit buschigem Schwanz alles ist, was du erwischst, möchte ich nicht unbedingt zu deinen Leuten gehören.« Kritisch beäugte sie die Kratzer und die abgeschabten Stellen seiner Kleidung. »Und das sieht ganz nach einer Jagd aus. Warst du das, den ich wie ein brünstiges Monster durch den Salbei toben hörte? Und so ein Aufwand wegen einer Packratte?«

Er wurde zornig und richtete sich kerzengerade auf. Hitze stieg ihm ins Gesicht. Er war kurz davor, vor Wut wild um sich zu schlagen – aber die Vorsicht hielt ihn zurück. Aus den alten Geschichten wußte er, daß stolze junge Männer wie er durch ihren Jähzorn schnell Ärger bekommen konnten. Der Große Weise im Himmel verwandelte sie in Frösche, Schlangen, Würmer und dergleichen Getier.

Und da war dieser Ausdruck in ihren Augen – ein Blick, der Geistermacht verhieß –, als ob sie ihm in die Seele sehen könne, als ob sie sehr, sehr viel mehr wüßte als er. Und er kannte sie. Da war er sich absolut sicher.

»Grüne Weide? Bist du … ich meine, bist du wirklich … von dieser Welt, meine ich?« Seine Kehle war wie ausgetrocknet. Was hatte eine alte Frau hier oben zu suchen?

Sie grinste hämisch und zeigte dabei ihre verbrauchten gelben Zähne. »So wirklich wie du. Und wenn ich Rückschlüsse aus deinem vorherigen Verhalten ziehe, auch ein ganzes Stück gescheiter.«

Sein Gesicht lief hochrot an, und er schlug beschämt die Augen nieder.

»Wohin wolltest du, als ich dich da unten gesehen habe? Ist hier irgendwo ein Lager des Volkes?«

Er schluckte und zeigte mit den Speeren nach Südwesten. »Vier Tagesmärsche entfernt. Am Moon River entlang. Drei von uns, Schwarze Krähe, Drei Zehen und ich, wir sind zur Jagd hier.

Ich habe mich im Norden umgesehen.«

»Hast nicht viel Glück gehabt, ha?« Kopfschüttelnd räusperte sie sich und spuckte auf die Steine. »Ich habe Spuren von Büffeln gesehen. Und ein kleines Grüppchen, unruhig und schreckhaft. Das war da oben auf dem langen, scharfen Grat.« Sie deutete über ihre Schulter.

»Gar nicht so weit weg. Höchstens einen halben Tagesmarsch.« Er verstummte. Du kommst von *dort*? Das bedeutet, du warst bei den Anit'ah.«

»Sie haben mich in Ruhe gelassen. Wo ist dein Jagdlager?«

Er zeigte hinter sich nach Osten.

»Hmmm. Und das Volk lagert im Süden.« Sie rieb sich das Kinn. »Ich sag dir was. Geh und hole deine Freunde. Wir treffen uns heute nacht bei den Monster Bone Springs.«

»Bei den Monster Bone ... Warum dort? Das ist ein Ort der Mächte!

Dorthin kamen die Heldenzwillinge, töteten die Monster und aßen sie auf. Du glaubst, du ...« Ihm fehlten die Worte, und er wich einen Schritt zurück.

»Ha!« Sie schnaubte verächtlich. Ihre Lippen kräuselten sich belustigt. Solche Geschichten kursieren also, ha? Heldenzwillinge?

Menschen haben die Monster getötet. So, wie wir heute die Büffel erlegen.« Sie schwieg einen Augenblick und blickte traurig auf den steinigen Boden. »Oh, ich weiß auch nicht, warum mich das stört. Wandel ... alles verändert sich, dreht sich, verwandelt sich in etwas anderes.«

Hungriger Bulle wartete unruhig. »Uns hat man gesagt, wir sollten da nicht hingehen, weil dort Geister wie der Schwindler unsere Seele rauben.«

Sie blickte ihm fest in die Augen. »Tatsächlich? Vermutlich hat dir derselbe Verrückte gesagt, du sollst alten Frauen unter die Röcke gucken. Wer erzählt euch bloß solchen Unsinn?«

Angesichts ihres offenen Hohns zuckte er zusammen. »Schwerer Biber, er hat Träume ...«

»Ich erinnere mich an ihn. Er war ein mürrisches Kind. Was ist passiert? Ist er nicht nur von schlechter Laune berührt worden, sondern auch von einer Macht?«

»Er ist ein mächtiger ...«

»Mag sein. Oder er hat allen vorgegaukelt, er besäße eine Macht, bis alle ihm geglaubt haben. Ich kann es abwarten, bis ich mich selbst von der Wahrheit überzeuge. Normalerweise erkennt man schon bei einem Kind eine in ihm wohnende Macht. Man sieht sie in seinen Augen, in der Art, wie es sich bewegt. Was ist mit Hornmark?«

»Tot.«

Durchdringend sah sie ihn an, die Lippen zusammengekniffen.

»Seit wann?«

»Dürfte jetzt drei Jahre her sein. Niemand weiß, woran er starb.

Er brach sich ein Bein, aber es wuchs wieder zusammen ... allerdings hat es ihm ständig Schmerzen bereitet. Eines Tages ist es angeschwollen, von innen heraus vergiftet, wie es manchmal vorkommt. Schwerer Biber sagte, das käme von den bösen Geistern, die Hornmark gerufen hat. Und dafür bestraft uns der Große Büffel im Himmel – er hält den Regenmann von uns fern. Hornmark besaß nicht genug Macht, um ihm ...«

»Mist und Fliegen, Junge! Hornmark war ein Träumer im alten Stil.

Schwerer Biber? Er ist ein Kind, das mit Zweigen Büffel jagt.«

»Nein! Ich meine, so etwas darfst du nie sagen. Schwerer Biber wird einen Fluch über dich singen ... er sorgt dafür, daß die bösen Geister kommen und ...«

»Dieser Bandwurm? Mich verfluchen?« Wieder gackerte sie vergnügt.

»Den Tag möchte ich erleben!« Sie verstummte kurz, ein anderer Gedanke schien sie zu beschäftigen. »Ich verstehe ... so langsam ergibt alles einen Sinn. Seltsam, wie die Macht der Träume vorgeht. Seltsam ...« Sie verlor den Faden. Ihre Augen wurden leer, sie starrte in die Weite hinaus, schien irgend etwas hinter Hungriger Bulle und dem sonnenüberfluteten Grat zu sehen.

»Wer *bist* du? Ich habe dich früher schon irgendwo gesehen.«

»Ha?« Sie zuckte zusammen, ihr Blick wurde wieder klar. »Ich sagte dir, man nannte mich ...«

»Wie heißt du jetzt?«

Wehmütig lächelte sie ihn an und zog eine Augenbraue hoch. Die Falten auf ihrer Stirn vertieften sich. »Wir begegneten uns eines Abends in deinem Zelt. Salbeiwurzel hatte gerade ein Kind verloren. Einen Jungen, soweit ich mich erinnere. Ich brauchte eine Mutter, eine gesunde Mutter, deren Brüste Milch gaben. Kein Wunder, daß du dich nicht an mich erinnerst. An jenem Abend warst du ganz hübsch durcheinander. Du hast mich kaum bemerkt.«

Ihm verschlug es den Atem.

»*Weißes Kalb!* Man sagt, du bist ...«

»Auf einem Wirbelwind gen Himmel gefahren.« Sie stöhnte. »Ich weiß. Im Unterschied zu den Raben, die sich unentwegt über wichtige Dinge unterhalten, plappern die Menschen eine Menge Unsinn.«

Mit offenem Mund starrte er sie an.

»Dem Jungen geht es gut?«

Er nickte, noch immer nicht imstande, ein Wort herauszubringen. Er erinnerte sich an jene Nacht, erinnerte sich an die Trauer in Salbeiwurzels Augen, als sie ihr totes Kind an sich drückte. Aus der Dunkelheit traten Hornmark und eine alte Frau mit einem Bündel auf dem Arm in sein Zelt. Ein Geschenk, hatte sie gesagt. Ein Kind, gegeben von den Geistern, weil sie ein anderes genommen hatten.

Seine Sorge galt damals allerdings nicht alten Frauen, die von irgendwoher mitten in der Nacht auftauchten, sondern Salbeiwurzel.

Deshalb hatte er ihr den toten Sohn aus den Armen genommen und das lebende Kind hineingelegt. Eingeschüchtert hatte er beobachtet, wie das Kind Salbeiwurzels Brust annahm. Und als er sich umdrehte, war Weißes Kalb verschwunden. Am nächsten Tag konnte sie niemand im Lager entdecken.

Bevor er mit einer Gruppe von Jägern aufbrach, hatte ihm Wapitipfiff von Weißes Kalb und dem verwundeten Berdachen erzählt. Sie hatte Wapitipfiff bei der Jagd in den Hügeln getroffen und ihn mit zu den Monster Bone Springs genommen, wo sich das Kind und der verwundete Berdache aufgehalten hatten.

Hornmark hatte ihm von Weißes Kalbs Macht erzählt, von ihrem Leben hoch oben in den Buffalo Mountains und ihren Zauberkünsten. Ansonsten war wenig über sie bekannt, zumindest sprachen die Leute nicht viel darüber.

Kopfschüttelnd fuhr sie sich mit der Zunge über die Lippen. »Genug davon. Ich möchte, daß du in dein Jagdlager gehst. Hole deine Freunde, und kommt dann alle zu mir zu den Monster Bone Springs.

Bis dahin habe ich deine Packratte geschmort. Dann können wir alle deinen Heldentaten von dieser großartigen Jagd lauschen.«

Er nickte verwirrt. In seinem Kopf drehte sich alles.

»Du kommst bestimmt?«

»J-ja.«

Weißes Kalb hob die Packratte hoch und sah ihr nachdenklich in die todesstarren Augen. »Der beste Jäger des Volkes, ha? Das Tier sieht aus, als hättest du dich draufgesetzt!«

Ohne nachzudenken, gab er es zu. »Ja. Sonst wäre sie mir wieder entwischt.«

Pfeifend schnitt Drei Zehen eine neue Spitze aus einem sorgfältig vorbereiteten, durchsichtig schimmernden braunen Hornstein. Der Stein stammte vom Knife River weit im Norden. Er hatte das kostbare Material gegen andere Waren eingetauscht. Mit geschickten Händen rieb er die Kanten des Werkzeugs auf dem rauhen, vom jahrelangen Gebrauch geriffelten Sandstein. Anschließend fuhr er prüfend mit dem Daumen über die abgerundeten Kanten, nickte zufrieden und entnahm seinem Lederbeutel einen vielbenutzten, glattpolierten, aus einer Geweihsprosse gefertigten Stab.

Noch immer pfeifend lehnte er sich zufrieden an den Felsen und begann, breite, sich verjüngende Splitter von dem Hornstein abzuschlagen. Die Fertigkeit seiner Schläge kündete von der Kunst eines Meisters. Er fing jeden Splitter auf, sobald sich dieser ablöste, und ließ ihn mit jenem feinen klirrenden Ton fallen, der den perfekten Steinarbeiter auszeichnete. Kein Angehöriger seines Volkes brachte bessere Spitzen zustande. Sobald sich Drei Zehen mit einer Steinarbeit beschäftigte, wanderte seine Seele in das Handwerkszeug hinein. Sie durchdrang selbst den stärksten Stein.

Er saß vor einem glühenden Salbeifeuer. Mitten in der Glut kokelte noch ein Haufen Eselhasenknochen. Zwei Rückentragen lagen am Rand des Lagers. Hier und da waren Löcher im Boden zu sehen. Dort hatten sie Salbei zum Feuermachen aus der Erde gerissen.

Salbeisträucher gaben ein wunderbares Feuer. Sobald man

sie auf die glühenden Kohlen legte, loderten sie heftig auf, und die Flammen sprangen brausend zum Himmel empor. Rasch fiel die feine Laminarstruktur in sich zusammen, und die Kohlen brannten tagelang. Legte man noch hitzespeichernde, Wärme abstrahlende Steine darauf, konnte man mit diesem Feuer lange kochen, Fleisch rösten oder nach Auflegen einer handdicken Erdschicht über der Glut in herrlicher Wärme schlafen – sogar bei der größten Kälte.

Drei Zehen machte eine Pause und wischte sich den Schweiß von der hohen Stirn. Er blickte zu dem Platz hinüber, wo gewöhnlich Schwarze Krähe saß. Er stutzte kurz, denn er vermißte die dunkle Silhouette von Schwarze Krähes Gestalt. Hatte er Wild entdeckt?

Prüfend ließ er seinen Blick über den Hang schweifen. Endlich entdeckte er den Freund, der sich durch das Salbeigestrüpp den Weg den Hang hinunterbahnte.

Pfeifend begann Drei Zehen wieder mit seinem rauhen Sandstein die scharfe Kante der langen lanzettförmigen Spitze zu bearbeiten, um eine Schuppenform herzustellen. Als ihm das geglückt schien wickelte er die Spitze in dickes Büffelleder und holte das aus der Augsprosse eines Hirschgeweihs gefertigte Werkzeug aus seinem Beutel. Er stemmte das Werkzeug gegen die Schuppe und hob lange dünne Splitter von der Spitze ab, um den Kanten und der Form den letzten Schliff zu verleihen.

»Hungriger Bulle kommt zurück«, rief Schwarze Krähe vom Hang herüber. »Er scheint es eilig zu haben.«

Mit seitlich herausgestreckter Zunge trieb Drei Zehen konzentriert einen winzigen Splitter von der zerbrechlich anmutenden Spitze. Nun hatte er eine rasiermesserscharfe Kante. Erst als das zu seiner Zufriedenheit erledigt war, blickte er auf.

»Er hat es eilig? Vielleicht hat er eine Herde aufgespürt.« Schwarze Krähe trottete in seinem schlenkernden, schaukelnden Gang näher. »Hoffentlich. Fährten allein geben nur eine dünne Suppe. Und in dieser Gegend habe ich außer Staub nur mindestens ein Jahr alte Büffelspuren entdeckt.«

»Hast du sonst etwas Eßbares aufgestöbert?«

»Nur kleine Singvögel – genau die, die du so gern imitierst.

Außerdem dachte ich, ich hätte draußen auf der Ebene eine Antilope gesehen, aber da bin ich mir nicht ganz sicher.«

»Kann ich mir nicht vorstellen. Sieh dir doch die Gegend an. Kein Wasser weit und breit. Das Gras ist braun und abgestorben. Und am Himmel nichts als fadendünne Wolken. Wie lange hat es nicht mehr geregnet, ha? Und im letzten Winter hatten wir auch keinen Schnee.« Während er sprach, schabte Drei Zehen bedächtig Splitter um Splitter von der Spitze.

»Es hat ewig lange nicht mehr geregnet.« Gierig trank Schwarze Krähe das Wasser aus dem Darmsack.

»Wenn es so weitergeht, müssen wir bald von Packratten und Mäusen leben. Glaubst du, du schaffst es, einige Eselhasen zu einer Versammlung herbeizusingen?«

»Hast du das schon mal gehört?« Angestrengt runzelte Drei Zehen die Stirn und griff nach seinem Beutel. Schwarze Krähe beugte sich neugierig vor. Drei Zehen hielt ein geschnitztes Knochenrohr an die Lippen und blies hinein.

Whhhaaaaahh! dröhnte es durch die Stille.

»Verdammt gut, was?« Drei Zehens Mund verzog sich zu einem glücklichen Grinsen.

»Klingt eher nach einem sterbenden Eselhasen. Ob das gut ist?

Vielleicht wäre es besser, du würdest riechen wie eine brünstige Büffelkuh!«

Achselzuckend widmete sich Drei Zehen wieder seiner Arbeit.

»Kojoten, Stinktiere, Dachse, Wiesel, Wölfe, eine Menge Tiere kommen, wenn sie einen sterbenden Eselhasen rufen hören. Du wärst überrascht, welche Auswahl an Wild sich dir bietet.«

»Toll! Das ist die Lösung. Schluß mit dem Hunger in den Lagern! Wir essen Stinktiere und Dachse. Der Wolf ist heilig und darf unter keinen Umständen gegessen werden, und Kojotenfleisch schmeckt … wie … Also, *so* hungrig werde ich *nie* sein.«

Drei Zehen kniff die Augen zusammen und hielt seine Spitze ins Licht. Blinzelnd musterte er die Oberfläche und suchte nach Mängeln, die er eventuell übersehen hatte. Kritisch prüfte er seine kunstfertige Arbeit auf mögliche Sprünge und Risse hin.

»Diese Eselhasen, die können manchmal ganz schön hinterhältig sein, toben in der Falle herum und greifen an.«

Schwarze Krähe ging in die Hocke und stützte sich auf die Hände.

»Darüber machst du dir Sorgen? Erinnerst du dich an die Büffelfalle oben am Red Water Creek? Weißt du noch, wie dieser riesige Bulle Schwarzer Vogel überrannt hat und schnaubend zum Angriff übergegangen ist und überallhin seinen Rotz geprustet hat?

Ich habe noch nie einen Mann so schnell rennen sehen wie dich in diesem Moment! Die Leute lachen heute noch darüber, wie du mit dem Gesicht voran in der ...«

»He! Sieh mich an! Ich lebe und bestehe noch aus einem Stück.

Schwarzer Vogel kriegt immer noch nicht richtig Luft, seit ihm der Bulle auf die Brust getreten ist und ihm sämtliche Rippen gebrochen hat.«

Während ihres Palavers traf Hungriger Bulle ein. Seine breite Brust hob und senkte sich nach der Anstrengung des Marsches. Ein unsicheres Grinsen umspielte seine Lippen.

»Nun?« riefen Schwarze Krähe und Drei Zehen wie aus einem Mund.

Kopfschüttelnd trat Hungriger Bulle näher. Er seufzte. »Kein Wild.

Aber ... ich fürchte, jede Menge Ärger.«

»Irgendwie gefällt mir die Art, wie er das gesagt hat, nicht«, brummte Drei Zehen halblaut vor sich hin.

»Ärger? Die Anit'ah?«

Langsam schüttelte Hungriger Bulle den Kopf. Es schien, als müsse er sich erst einmal selbst über seine Gedanken klarwerden.

Achselzuckend ging er hinüber zum Wassersack und hob ihn an die Lippen. Nachdem er getrunken hatte, drehte er sich um und wischte sich mit dem Unterarm über den Mund. »Keine Anit'ah. Habt ihr von Weißes Kalb gehört? Heute morgen ist folgendes passiert …«

Und er erzählte ihnen die ganze Geschichte.

»Monster Bone Springs?« fragte Schwarze Krähe erstaunt und hockte sich wieder hin. »Weißes Kalb, die Zauberin, möchte uns nachts bei den Monster Bone Springs treffen?«

Drei Zehen kratzte sich am Hinterkopf und blickte Hungriger Bulle mißtrauisch an. *Bisher war er immer vernünftig gewesen. Und nicht nur das, er haßte bereits den Gedanken an irgendeine Geistermacht und ließ sich normalerweise nicht davon verrückt machen. Er behauptete sogar, er hätte nachts niemals böse Träume!*

»Ich muß wohl hin. Ihr braucht nicht mitzukommen. Wahrscheinlich wäre das von Anfang an das beste gewesen, einfach mit ihr zu gehen. Ich meine … na ja, vielleicht werdet ihr geisterkrank oder – ach, ich weiß auch nicht. Ich *hasse* dieses ganze Geisterzeug.«

Stirnrunzelnd blickte Schwarze Krähe auf den sich in zarten Gebilden über dem Feuerloch kräuselnden Rauch. »Und wenn wir uns davonmachen? Vielleicht kann Schwerer Biber …«

»Das kann ich mir nicht vorstellen. Sie schien seinetwegen nicht das kleinste bißchen beunruhigt.«

»Wenn sie dir so nahe gekommen ist, hat sie deine Seele in ihrer Gewalt«, sagte Drei Zehen entschieden. »Vielleicht hat sie sich einen Teil deines Atems zu Gemüte geführt oder so etwas Ähnliches.«

»Was? Sie hat sich einen Teil meines …«

»*Woher soll ich das wissen?* Ich habe keine Ahnung, wie Hexen Seelen stehlen!«

»He! Haltet den Mund! Ihr zwei macht euch noch gegenseitig verrückt«, rief Schwarze Krähe vom Feuer herüber. Er reckte den Hals und blickte zu Hungriger Bulle hinauf. »Weißt du, daß Grüne Weide und dein Großvater, Großer Fuchs, verheiratet waren?«

Hungriger Bulle starrte ihn an. Sein Gesicht wechselte die Farbe.

»Verheiratet?« Er schluckte. »Du meinst …«

»*Genau,* das meine ich. Roter Mond – die du Großmutter nanntest – wurde erst später seine Frau. Grüne Weide hat deinen Vater, Sieben Füchse, geboren. Es gab irgendwelchen Ärger, und sie hat das Volk verlassen. Sie ließ deinen Großvater, Großer Fuchs, mit dem Kind sitzen.«

»Woher weißt du das?«

Schwarze Krähes Gesicht nahm einen belehrenden Ausdruck an; selbstbewußt zuckte er die Achseln. »Nicht alle Familien schwelgen in Erinnerungen … besonders nicht, wenn es sich um Dinge handelt, die ihrer Ansicht nach etwas peinlich sind. Großer Fuchs hat es deinem Vater nie gesagt. Und der hat nie mit dir darüber gesprochen. Die Menschen unseres Volkes sind höflich. Niemand erwähnt dir gegenüber, worüber deine Familie nicht sprechen will.«

»Sie ist meine … Nein.«

Schwarze Krähe sah Hungriger Bulle durchdringend an. »Doch. Sie ist deine Großmutter. Und wenn du mich fragst, gehen wir besser zu den Monster Bone Springs und finden heraus, was sie von uns will.«

Hungriger Bulle schüttelte den Kopf und hob abwehrend die Hände.

»Nein, ich nicht. Nicht, nachdem ich weiß …«

»Hungriger Bulle«, erinnerte ihn Schwarze Krähe streng, »sie ist keine Frau, die du gegen dich aufbringen solltest. Wenn man den alten Geschichten glaubt, hat sie eine Frau getötet, die … Nun ja, sie hat sie eben getötet. Den Legenden zufolge hat sie sie einfach nur angesehen. Und vier Tage später war die Frau tot.

Grüne Weide verschwand in Schande, bei Nacht und Nebel.«

Hungriger Bulle warf Drei Zehen einen flehenden Blick zu. *Was soll ich machen?* Was soll ich sagen? Er räusperte sich.

»Schwarze Krähe, wenn wir sofort aufbrechen, vielleicht …«

»Sie kennt uns«, ergänzte Schwarze Krähe ernst. »Hungriger Bulle hat ihr unsere Namen gesagt. Sie sucht ein Lager des Volkes.

Ob es uns paßt oder nicht, es handelt sich um unser Lager.«

Drei Zehen seufzte. »Dann müssen wir uns wohl bald auf den Weg zu den Monster Bone Springs machen, oder?«

Kapitel 6

Der das Horn packt ergriff erschrocken die Flucht, als Tangara ihm um die Föhren herum nachsetzte. Kreischend vor Vergnügen lief Reizende Wapiti hinter ihr her. Obwohl Der das Horn packt älter und kräftiger war als Tangara, kam sie immer näher. Niemand rannte schneller als sie.

Zu Beginn des Spiels hatten die Kinder einen Weidenzweig zu einem Reif gebogen und mit Sehnen zusammengebunden. Wer den rollenden Reif mit den meisten Wurfpfeilen spicken konnte, sollte Sieger sein. Natürlich hatte Tangara gewonnen. Vor Wut schäumend hatte sich Der das Horn packt umgedreht und einen Pfeil auf Tangara geworfen.

Behende war sie zur Seite gesprungen und hatte ihm grinsend mit ihrem eigenen wurfbereiten Pfeil gedroht. Der das Horn packt kannte ihre tödliche Treffsicherheit und hatte erschrocken die Flucht ergriffen.

Nun holte sie unaufhaltsam auf, sie befand sich schon dicht hinter ihm. Urplötzlich stemmte sie die Füße in den Boden und legte die ganze Kraft ihres geschmeidigen Körpers in den Wurf. Ihr aus Weidenholz geschnitzter Pfeil flog zielsicher und traf Der das Horn packt im Rücken.

Der Junge heulte auf vor Schmerz und Schande.

Tangara hatte ihm seinen tückischen Angriff heimgezahlt. Mit gellenden Schreien verkündete sie ihren Sieg.

Als er sich umdrehte, sah sie den Zorn in seinen Augen. Sein Gesicht glich einer wutverzerrten Fratze. Sie stürzte an Reizende Wapiti vorbei, rannte sie dabei fast um, und lief im Zickzack um die Bäume. Sie kreischte ihre Seligkeit hinaus in die stillen Berge. Sollte er doch laufen bis zum Umfallen.

Kein Junge – nicht einmal Der das Horn packt – würde sie fangen können.

Salbeiwurzel eilte durch die Dämmerung. Der Schmerz der Demütigung pulsierte in ihren Adern. Sie sah hinauf zum dunkler werdenden indigoblauen Himmel. Zu dieser Zeit, während des Übergangs zwischen Tag und Nacht, da Vater Sonne verschwunden war und das Sternennetz erst undeutlich im Zwielicht glitzerte, fühlte sie sich unsagbar einsam.

Verzweifelt sehnte sie sich nach Hungriger Bulles starken Armen.

Aber er verbrachte diese Nacht weit im Norden auf der Suche nach Wild. Er suchte nach Nahrung für das Volk, die sie längst gefunden hatte. Mit ihren Schwierigkeiten mußte sie nun alleine fertig werden.

Was sollte sie tun? Sie blieb stehen und stemmte die Hände in die Hüften. Mit jedem Herzschlag, der dumpf und hohl gegen ihre Brust hämmerte, strömte ein Prickeln der Angst durch ihren Körper. Ihr Magen fühlte sich krank an.

Schwerer Bibers Macht schlug sie aus dem Feld – hilflos und lächerlich hatte er sie gemacht. Wie sollte sich eine Frau allein gegen einen Schamanen stellen? Wie konnte sie beweisen, daß sie im Recht war und er nicht?

»Ich kann mich nicht gegen ihn stellen«, flüsterte sie. *Wenn ich es tue, ist mein Leben ruiniert. Mein Sohn wird darunter leiden müssen. Und Hungriger Bulle? Was ist mit ihm? Er wird am Boden zerstört sein, gedemütigt. Zum erstenmal würde ich ihn zwingen, mich zu schlagen. Er muß schließlich seine Ehre schützen.* Beim bloßen Gedanke an den Kummer in seinen Augen zuckte sie bis in die Tiefen ihrer Seele zusammen. *Ich darf allein nichts unternehmen.*

Sie dachte an die Verzweiflung in Tanzende Hirschkuhs Augen. Arme Tanzende Hirschkuh. Sie saß abgesondert für sich allein, weigerte sich zu essen und starrte ständig mit leerem Blick in die Ferne, Stunde um Stunde.

Werde ich auch so enden? Schwerer Biber hegte keinen besonderen Groll gegen Tanzende Hirschkuh. Gegen sie aber sehr wohl.

Kühle Dunkelheit und die Stille der Nacht senkten sich auf sie herab. Das erste Funkeln des Sternennetzes erglomm am Horizont im Osten. »Warum ist das geschehen?« wandte sie sich an die aufgehenden Sterne. »Ich habe doch nur Nahrung für meine Leute beschafft!«

Der Wind spielte mit ihrem fransenbesetzten Ärmel, streichelte besänftigend ihre Haare und kitzelte aufmunternd ihre Wangen.

Unter ihr im dunklen Schatten des Hügelkamms lag, zum Trocknen auf dem Salbei ausgebreitet, ein Reichtum an herrlichem Antilopenfleisch. Die ganze Nacht heulten und jaulten die Kojoten, in Schach gehalten vom Geruch menschlichen Urins und den bedächtig wedelnden Armbewegungen der alten Frauen, die das Fleisch bewachten. Hier und da blitzten aus der Trockenrinne die bernsteingelben Augen der nächtlichen Feuer. In ihrem flackernden Schein saßen die Leute dicht zusammengedrängt und unterhielten sich gestenreich. Sie diskutierten und stritten miteinander. Von ihrem Platz aus konnte sie die Worte nicht verstehen. Sie hörte nur die geflüsterte Unterhaltung, ein undeutliches Gemurmel.

Eine bedrückende Stimmung lastete auf dem Ort des Gemetzels. Eine unbehagliche Vorahnung legte sich auf Salbeiwurzels Brust wie blauer Rauch von den Winterfeuern an einem klirrend kalten Morgen.

Sie schluckte. Die Geister der erschlagenen Antilopen lauerten über ihr in der kühlen Luft. Eine Gänsehaut überlief sie, als die Leute, sie beobachtend, von unten heraufschauten. Unter der von ihren prüfenden Blicken ausgehenden Kraft sträubten sich ihre Nackenhaare.

Alle warteten … auf sie.

Das leichte Knirschen von Kieselsteinen und das schabende Geräusch von unter gegerbten Mokassins zertretenem Salbei riß sie aus ihren Gedanken. Eine Frau kletterte vom Arroyo herauf.

Salbeiwurzel wappnete sich für die Begegnung. Sie spürte das Nahen der Entscheidung. Warum lag die Verantwortung bei *ihr?*

»Was wirst du machen?« fragte Wildkirsche atemlos, nachdem sie das letzte Stück des Hangs heraufgekeucht war. Sie preßte ihre runzligen Hände gegen ihr Kreuz, straffte den Rücken und zuckte beim Geräusch ihrer krachenden Gelenke zusammen. Die alte Frau reckte den Hals und blickte über die im Dunkeln liegende Senke, wo die Gruppe besorgter Menschen auf die Entscheidung wartete.

Seufzend rieb Salbeiwurzel über den langen Streifen getrockneten Blutes, der ihre Hand verkrustete.

»Ich weiß es nicht. Alle haben Angst. Er hat das Fleisch mit einem Fluch belegt.«

Als Antwort gab Wildkirsche nur ein undeutliches Grunzen von sich.

»Ich weiß, ich habe die Antilopen nicht beleidigt. Ich weiß es eben. Ich blickte in die Augen der Kuh. Unsere Seelen fanden sich, und sie verstand. Ich *sah* es! Ich weiß, die Antilopen mißgönnen uns das Fleisch nicht. *Ich* fühlte die Rechtmäßigkeit des Liedes, während ich es lautlos in meinem Kopf sang.«

Wildkirsche nickte, eine ruckartige Bewegung, die an die eines Vogels erinnerte. »Dann ist das Fleisch in Ordnung.«

»Und was ist mit Schwerer Bibers Fluch?«

Schmatzend zog Wildkirsche die schmalen Lippen über den zahnlosen Kiefer. »Was damit ist?« Sie zögerte unbehaglich. »Ich glaube, er ist darauf aus, dich auf die eine oder andere Art dranzukriegen.«

Salbeiwurzel nickte. Ein eiskalter Hauch legte sich auf ihre traurige Seele. »Ich kann nicht gewinnen, nicht wahr? Es gibt keinen Ausweg. Entweder verzichte ich auf das Antilopenfleisch, oder ich fordere Schwerer Biber heraus.«

»So ist es.«

»Was soll ich bloß machen? Sag mir, was ich …«

»Das kann ich nicht. Die Verantwortung ruht auf deinen Schultern, Mädchen.«

Salbeiwurzel trat näher und blickte durchdringend in das in der Dunkelheit kaum erkennbare Gesicht der alten Frau. »Ich – ich bin kein Geisterträumer. Ich bin nur … ich.«

Wildkirsche nickte. »Nur du. Und das ist deine Entscheidung. Du hast die Antilopen getötet. Schwerer Biber nutzt diese Gelegenheit, um dich zu vernichten. Er ...«

»Wir *hungern!* Ich weigere mich, zuzusehen, wie das Gesicht meines Sohnes immer weiter auszehrt! Ich weigere mich, tatenlos zuzusehen, wie seine Rippen täglich stärker hervortreten, wie seine Glieder schwächer und schwächer werden! Sieh in die Augen der Kinder, Wildkirsche! Sieh sie dir an! Ich habe zwei Babys verloren. Zwei! Ich denke nicht daran, auch dieses Kind noch zu verlieren. Schwerer Biber hat uns so weit gebracht, daß wir unsere eigenen Kinder umbringen! Wir töten unsere kleinen Mädchen! Wie, glaubst du, wird Tanzende Hirschkuh je mit dem Tod ihres Kindes leben können? Wir sterben alle!« Unerschütterlich hörte sich die alte Frau den über sie hereinbrechenden Wortschwall an. Dann wiederholte sie: »Entscheide dich. Das Schicksal unterwirft die Menschen. Das mußt du akzeptieren und lernen, damit umzugehen. Was wirst du machen? Wirst du das Fleisch essen, deinen Sohn damit ernähren, den anderen ein Beispiel geben? Wir brauchen einen Anführer. Vielleicht wärst du die Richtige dafür.«

»Und wenn ich Schwerer Biber herausfordere? Wenn er mich verflucht? Ich meine, ich ... Er könnte mich töten.«

Wildkirsche verschränkte die Arme. Mit sanfter Stimme fragte sie:

»Glaubst du das? Glaubst du wirklich, er könnte dich töten?«

Salbeiwurzel wurde schwindlig bei diesem Gedanken. Die Herausforderung der alten Frau, die eine trotzige Pose eingenommen hatte, war unverkennbar. »Er ist ein Schamane, ein ...« Sie brach ab und erinnerte sich, daß sie nie viel von Schwerer Biber gehalten hatte. »Du glaubst nicht, daß er das könnte?«

Wildkirsche zuckte mit den mageren Schultern. »Vielleicht.« Eine Pause folgte. »Wenn *du* glaubst, er kann es, dann gelingt es ihm.

Aber es liegt allein an dir. Ich weiß nicht viel über magische Macht, aber ich weiß, man kann sich dagegen wappnen. Ich weiß, du kannst zurückschlagen. Ich weiß aber auch, daß du dich unterwerfen kannst – und sterben –, falls du von seiner Macht überzeugt bist.

Was *glaubst* du wirklich? Du kennst Schwerer Biber. Du weißt, was für ein Mann er ist. Du bist mit ihm aufgewachsen. Glaubst du wirklich, die Macht wäre nach Hornmarks Tod einfach auf ihn übergegangen?« Zur Unterstreichung ihrer Worte schnalzte sie mit ihren Fingern.

Salbeiwurzel griff nervös in ihr Haar und drehte einige Strähnen zu einem dicken Strang zusammen. »Ich habe erst angefangen, ihn ernst zu nehmen, als er Visionen hatte.«

»Ah-ha.«

Finster blickte Salbeiwurzel hinauf zum nächtlichen Himmel. Das glitzernde Licht des sich füllenden Sternennetzes beruhigte sie.

»Er hätte keine Geistermacht bekommen, wenn er sie nicht verdient hätte.«

Wildkirsche legte eine Hand auf ihren Arm. »Ich weiß nicht, was ich denken soll. Ich weiß nicht, was vor sich geht, warum das Wild verschwindet. Ich weiß nur, Schwerer Biber war schon immer seltsam. Ich habe ihn als Kind beobachtet, so, wie ein Erwachsener eben an der Entwicklung eines fremden Kindes Anteil nimmt. Also, ich weiß nicht. Seine Mutter hat ihn stets in Schutz genommen. Sie trampelte auf seinem Vater herum wie ein Büffel auf der Weide. Sie hielt den Jungen vom normalen Leben fern, er durfte nie mit anderen Kindern spielen. Sie ließ nicht zu, daß er sich einer Gruppe anschloß. Stets focht sie seine Schlachten für ihn aus. Weißt du, was Schwerer Bibers Vater getan hat? Er ist fortgegangen. Er nahm, was er auf dem Rücken tragen konnte und verschwand aus ihrem Zelt. Das letzte, was ich von ihm gehört habe, war, daß er irgendwo im Osten gestorben ist, bei Zwei Steines Leuten.«

»Eine seltsame Erziehung. Trotzdem, Schwerer Biber ist doch kein junger Hund.«

»Männer und Hunde unterscheiden sich nicht. Schlag einen, und er wird niederträchtig. Halt einen vom Rudel fern, und er wird sich niemals in eine Gruppe einfügen. Er wird nie seinen Platz unter den anderen finden.«

»Du glaubst, er ist ...«

»Nicht ganz richtig im Kopf?« Wildkirsche warf die Arme in die Luft. »Woher soll ich das wissen? Mädchen, wir haben soviel verloren, vielleicht haben wir auch den Weg zur Macht der Geister verloren. Hornmark sorgte sich sein Leben lang, weil er nicht alles verstand. Aber er versuchte es mit ganzem Herzen und ganzer Seele.

Er hat alles gegeben, aber einmal erzählte er mir, seiner Seele fehle das Feuer – und das beunruhigte ihn. Ein Mensch mit Geistermacht kann mit dem Feuer tanzen und mit den Sternen singen.«

Salbeiwurzel senkte den Kopf. »Kannst du dir vorstellen, daß Schwerer Biber mit dem Feuer tanzt?«

Wildkirsche kicherte bei dieser Vorstellung. »Kaum.« Sogleich wurde sie wieder ernst. »Das Volk wartet.«

»Und die Antilopen. Ich ... kann beinahe ...«

»Ja?«

Verwirrt versuchte Salbeiwurzel, sich über ihre weiteren Worte klarzuwerden. »Ich weiß nicht. Ich kann sie nur fühlen. Das ist alles.

Überall lauern sie, abwartend.«

»Fühlst du Zorn?«

»Nein. Nur ... ach, es ist zu undeutlich.«

»Du wirst dich wohl oder übel entscheiden müssen. Wirst du das Fleisch essen? Bietest du Schwerer Biber die Stirn? Du bist nicht die einzige, die eine Abneigung gegen ihn hat. Sieh mich nicht so an.

Denk darüber nach. Es sind hauptsächlich die jungen Leute, die Schwerer Biber bewundern. Er verkündet einen neuen Weg – behauptet, wenn wir uns nach seinen Worten richten, wird alles besser. Er fordert von uns, unsere traditionellen Wege aufzugeben und seinen Visionen zu folgen. Nur dann würden sich die Dinge zum Guten wenden. Salbeiwurzel, höre auf die alten Leute. Wir Alten erinnern uns an früher. Viele haben sich abgesondert – Zwei Steine, Wapitipfiff, Sieben Sonnen –, sie alle sind fortgegangen und haben eigene Sippen gegründet. Am Ende werden wir wie Rauch im Wind auseinandergewirbelt und schließlich ganz verschwinden. Willst du das?«

»Warum muß gerade ich mich hinstellen, mich gegen ihn auflehnen und …«

»Mutter?«

Beim Klang dieser Stimme schreckte sie zusammen. Sie drehte sich um und sah Kleiner Tänzer unsicher näher kommen. »Ja, mein Kleiner?«

»Können wir das Fleisch behalten? Die Antilopen warten. Sie sind unruhig, und ich habe Hunger.«

Für den Bruchteil eines Augenblicks spürte sie den überwältigenden, nagenden Hunger des Jungen am eigenen Leib. Diese plötzliche Empfindung, dieses Einswerden mit ihm bewegte sie zutiefst. Was sollte sie tun? Ihre Angst vor Schwerer Biber war nicht weniger groß wie das Verlangen nach einem vollen Magen.

Wenn Schwerer Biber sie mit einem Fluch belegte? *Ich bin nur eine Frau. Wie kann ich mich gegen ihn stellen?*

Deutlich spürte sie die Gegenwart eines erwartungsvoll verweilenden Wesens. Ein unheimliches Frösteln überlief sie, als sie den Ursprung dieser Macht in den brennend auf sie gerichteten Augen ihres Sohnes erkannte. Die Welt schien stillzustehen, alles schien auf ihre Entscheidung zu warten.

»Wir essen das Fleisch, mein Sohn. Es wäre eine schreckliche Beleidigung für die Tiere, wenn sie umsonst gestorben wären.

Dagegen wiegt eine Mißachtung von Schwerer Bibers Worten gering.«

Hungriger Bulle, verzeih mir. Mein Liebster, bitte, verzeih mir mein eigenmächtiges Handeln. Aber ich schwöre, ich werde nie wieder zusehen, wie eines meiner Kinder verhungert. Ich habe zwei Jungen verloren, und ich will nicht noch einen verlieren. Nie wieder!

Wildkirsche seufzte, ihre Erleichterung war fast greifbar.

Salbeiwurzel nahm eine Veränderung wahr und blinzelte hinauf zu den Sternen, aber ihr Sohn überraschte sie erneut.

»Mutter? Die Antilopen ziehen sich zurück. Sie waren sehr beunruhigt.

Du hast für ihr Wohlbefinden gesorgt.«

»Die Antilopen?«

»Ja, Mutter. Hast du denn nicht gehört, wie sie zu dir sprachen?«

Salbeiwurzel warf einen raschen Blick auf Wildkirsche und wünschte, den Ausdruck im Gesicht der alten Frau erkennen zu können, die sich neugierig vorgebeugt hatte und aufmerksam auf Kleiner Tänzer herabblickte.

»Nein, mein Sohn. Ich habe sie nicht gehört.«

Ein Gefühl der Zerrissenheit erschütterte ihre Seele und machte sie fast krank. Schwerer Biber konnte unmöglich tatenlos über ihre Entscheidung hinweggehen. Doch wie sollte sie ihm Widerstand leisten? Wie sollte sie sich retten?

Schwerer Biber saß entspannt gegen eine Rückenstütze aus Weide gelehnt und rauchte rote Weidenrinde in seiner Tonpfeife. Das Feuer glühte hochrot in der Dunkelheit der Schwitzhütte. Er blickte nach oben, sah aber nichts als die schwache Kontur des niedrigen Daches. Mit den Händen schöpfte er Wasser aus einem Lederbeutel und spritzte einige Tropfen auf die heißen Steine. Hitze und Dampf stiegen auf, seine Haut begann zu prickeln.

Heiß, schrecklich heiß.

»Schwerer Biber?« rief ein junger Mann von draußen. Ich komme gerade vom Antilopenjagdplatz. Salbeiwurzel hat allen befohlen, sich Fleischstreifen abzuschneiden. Sie will das Fleisch behalten und ihrer Familie zu essen geben. Wildkirsche und Die die Spaß macht singen wahre Loblieder auf sie.«

Schwerer Biber lächelte in sich hinein und nickte. »Sehr gut. Sie hat gewählt. Vielen Dank.«

Er hörte, wie sich die Schritte des jungen Mannes von der Schwitzhütte entfernten.

Zu seiner Überraschung verspürte er ein leichtes Bedauern bei dem Gedanken, Salbeiwurzel vernichten zu müssen. Nach all den Jahren hatte sie ihr Stolz endlich in seine Hände getrieben.

»Eigentlich dumm, bei solchem Wetter in die Schwitzhütte zu gehen.

Aber wie du siehst, schwitzen reinigt. Es klärt die Verirrungen unserer Seelen. Ich gehe jetzt. Ich muß mich vorbereiten.«

Festes Holz warf einen raschen Blick in seine Richtung und nickte.

Schwerer Biber schlich hinaus. Die trockene Luft draußen saugte seinen Schweiß sofort auf.

Er ging zu seinem Zelt hinüber und duckte sich unter der Tür.

Roter Hornstein schreckte hoch und maß ihn mit einem scheuen Seitenblick. Sofort senkte sie wieder die Augen. Sie saß mit nacktem Oberkörper auf der Frauenseite des Zeltes. Ihr langes schwarzes Haar fiel auf ihr feuchtes Fleisch und lockte sich leicht über ihrer geröteten Haut.

Zwischen gesenkten Lidern hervor beobachtete er sie. Zufrieden sah er, wie ihr der Schweiß über die Wangen lief und zwischen ihre vollen Brüste tropfte. Von allen Frauen im Lager war nur Roter Hornstein dick geblieben. Dafür hatte er gesorgt. Schwerer Biber war schließlich kein Narr. In seiner Jugend hatte er einmal eine Unterhaltung zwischen Wildkirsche und Weißer Fuß – die später mit Wapitipfiffs Gruppe nach einem Streit um die Führungsposition das Lager verlassen hatte – belauscht. Wildkirsche hatte in überzeugendem Ton erklärt, üppige Frauen könnten leichter empfangen als dünne. Sie hatte behauptet, zu schwer arbeitenden oder aus Hunger zu mager gewordenen Frauen sei es unmöglich zu empfangen, auch wenn der Mann seinen Samen noch so oft in sie pflanze. Außerdem mußte ein Geisterträumer selbstverständlich eine mollige Frau haben. War seine Frau zu mager, sähe das so aus, als sei er ein unfähiger Träumer oder Sänger. Ein Mann mit Macht mußte sich, um seine besonderen Fähigkeiten hervorzuheben, mit sichtbaren Erfolgen schmücken.

Schwerer Biber zog an seiner Pfeife und genoß den beißend bitteren Geschmack der gehäckselten Weidenrinde. Trotz des erfreulichen Anblicks der ihm gegenübersitzenden halbnackten Roter Hornstein verweilten seine Gedanken bei Salbeiwurzel. Er erinnerte sich, wie sie an jenem Nachmittag vor ihm gestanden hatte, trotzig, mit blitzenden Augen. Dieses Bild stand ihm unablässig vor Augen, so deutlich, daß er fast glaubte, die Hände ausstrecken und sie berühren, die Linien ihrer Lippen nachzeichnen und ihre vollen Brüste streicheln zu können, die sich deutlich unter dem dünnen Leder ihres Antilopenkleides abzeichneten.

Besser als sie selbst hatte er von vornherein gewußt, daß sie sich für das Fleisch entscheiden würde – und damit ihren Untergang besiegelte.

Sie hat mich abgelehnt. Sie lachte mich aus, als ich versuchte, sie auf mein Schlaffell zu singen. Sie hat mir ins Gesicht gelacht!

Solange er denken konnte, war er von Salbeiwurzel besessen. Als sie ein junges Mädchen war, hatten ihn ihre Augen und ihr schelmisches Lächeln betört. Stets hatte er ihren geschmeidigen Körper und ihre Überlegenheit beim Spielen und Tanzen bewundert. Wie viele Nächte hatte er hingerissen beobachtet, wie ihre springenden, geschickten Füße im Rhythmus der Lieder und Trommeln auf magische Weise zum Leben erwachten und unermüdlich herumwirbelten. Niemand tanzte so temperamentvoll und gleichzeitig so anmutig wie Salbeiwurzel.

Dann bekam sie ihre erste Menstruation. Nach der Zeremonie, die sie zur Frau machte, verwandelte sich Salbeiwurzel in eine außerordentliche Schönheit. Die Männer machten ihr ständig den Hof, sangen im Schutz der Nacht Lieder vor dem Zelt ihrer Eltern, brachten ihr Geschenke und versuchten, ihr im Unterholz aufzulauern, wenn sie Besorgungen machte und ihre Haushaltspflichten erfüllte.

Schwerer Biber hatte sich größte Mühe gegeben, sich zu beherrschen. Aber das Verlangen seines jungen Herzens trieb auch ihn dazu, ihr in einem Versteck aufzulauern. Das brennende Fieber der Liebe hatte sein Herz entfacht, doch sie hatte ihn abgewiesen.

Fast hätte er ihr in jener Nacht Gewalt angetan, aber ein Mann, der eine Frau vergewaltigte, mußte teuer dafür bezahlen. Die Leute führten den Beschuldigten in die Mitte des Lagers, zogen ihn nackt aus und trennten ihm mit einem stumpfen Quarzitsplitter die Männlichkeit vom Körper.

Falls er dabei nicht verblutete – was selten vorkam –, verstümmelten ihn die Frauen so lange, bis er starb. Nur diese nüchterne Betrachtung der Dinge hatte ihn in jener so lange zurückliegenden Nacht von der Befriedigung seines glühenden Verlangens abgehalten.

Beim schalen Büffelurin, sie wäre jedes Risiko wert gewesen.

Er schloß die Augen und stellte sich vor, wie er sie zu Boden warf. Mit seinem ganzen Gewicht und mit aller Kraft würde er sie niederzwingen, in ihre blitzenden Augen blikken, ihr Haar betrachten, das sich wie ein kohlschwarzes Gespinst kaskadenartig über dem Boden ausbreitete. Ihr wütendes Gesicht würde sich in der Hitze des Zorns röten, und ihr herrlicher Mund verzöge sich abwehrend.

Er hielte ihre Hände über dem Kopf fest, damit sie ihn nicht kratzen könnte, würde mit der anderen Hand hinuntergreifen und den Saum ihres Kleides heben. Er würde ihn hochschieben, ihre muskulösen Beine streicheln und ihre kalbzarte Haut an der seinen fühlen. Den Kopf in der weichen Schwellung ihrer Brüste vergrabend, würde er sich grob mit ihren Brustwarzen beschäftigen, während sie sich heftig gegen ihn zur Wehr setzte.

Sobald sie die Ausweglosigkeit ihrer Situation erkannte, würde er sich auf sie legen, ein kräftiges Knie zwischen ihre Schenkel schieben und diese öffnen. Die ganze Zeit über würde er in ihre mitternachtschwarzen Augen blicken und ihre endgültige Niederlage genießen.

Das knackende, zischende Feuer holte ihn wieder in die Gegenwart seines Zeltes zurück. Er holte tief Luft und atmete langsam aus, um die Anspannung in seinem Körper abzubauen. Dann öffnete er die Augen und stierte hinüber zu Roter Hornstein.

»Deine Blutung kommt mit dem Mond?«

»Ja.«

Er nickte und rechnete rasch. Mindestens noch fünf Tage, ehe er sich Sorgen wegen der Verunreinigung machen mußte. Er versetzte Roter Hornstein einen derben Stoß, so daß sie auf den Rücken fiel, und löste mit geschickten Händen

den um ihre Taille geschlungenen Gürtel. Mit festgeschlossenen Augen belebte er seine Phantasie von Salbeiwurzel erneut, bis er krampfhaft zuckte und erleichtert stöhnte.

Schweratmend rollte er auf die Seite, Schweiß drang ihm aus allen Poren. Ermattet ließ er sich auf den Rücken plumpsen. Roter Hornstein hatte während des Geschlechtsaktes unablässig auf das Abzugsloch an der Decke geblickt, ihr unbewegtes Gesicht blieb dabei völlig ausdruckslos.

Schwerer Biber fuhr sich mit der Hand über das feuchte Gesicht und wischte den Schweiß ab. Dieses Mal hatte es geklappt. Solange er in der Fantasie Salbeiwurzel vor sich sah, kam er zum Orgasmus.

Sobald er die Augen öffnete oder daran dachte, daß Roter Hornstein unter ihm lag, erschlaffte sein Penis und verlor jede Kraft. Dieses Mal aber war es ihm gelungen, Salbeiwurzels Bild festzuhalten, und vielleicht hatte er dieses Mal den Samen für sein Kind gesät. Dann würde er von nun an ohne Makel sein – sich endlich als wahrer Mann bewiesen haben.

Und Salbeiwurzel hatte ihm offen die Stirn geboten. Morgen würde er sie gleich als erste Amtshandlung mit einem Fluch belegen.

Funken bewegten sich wie lebendige Wesen spiralförmig hinauf in den Nachthimmel. Springend und tanzend woben sie ein gelborange glühendes Muster in die samtweiche Nacht.

Weißes Kalb gegenüber hockten Hungriger Bulle, Drei Zehen und Schwarze Krähe in angespannter Körperhaltung. Unsicher und verängstigt blickten sie zu der alten Frau hinüber. Weißes Kalb lachte in sich hinein.

»Ihr seht so ängstlich drein, als könnte ich gleich über dieses Feuer hüpfen und euch auffressen.«

Schwarze Krähe schluckte, sein Adamsapfel zuckte. »Ich habe so manche Geschichte über dich gehört. Wildkirsche sagte, du seist kein richtiges menschliches Wesen – du könntest dich in der Nacht in eine Eule verwandeln und zu den Sternen hinauffliegen. Man sagt, du sprichst mit den Tieren, mit den …«

»Geistern?« fügte sie hinzu, als er den Satz nicht vollendete.

Voll Überdruß seufzte sie auf, streckte ihre gichtigen Beine aus und blickte in das glühende Feuer. »Nein, ich spreche nicht mit den Geistern … aber ich wünschte, ich könnte es.«

Ihre Worte trafen die Männer wie der Hauch eines eisigen Windes. Sie warteten angespannt, ihre Augen flackerten unsicher, und sie stützten sich mit den Händen ab, um jederzeit fluchtbereit zu sein.

»Ach, hört auf damit! Was ist bloß mit euch los? Ihr glaubt, die ganze Welt wäre erfüllt von Bösem? Wer hat euch nur diesen Blödsinn eingetrichtert? Seht euch an! Drei kräftige junge Männer sitzen da und fürchten sich vor einer dürren alten Frau fast zu Tode.« Angewidert schüttelte sie den Kopf. Beschämt senkten die Männer die Augen. Mit leiserer Stimme setzte sie hinzu: »Seht euch um. Seht ihr die Pflanzen? Die Sterne? Die Erde? Hört ihr den Ziegenmelker und die Eule? Spürt ihr den Wind? Nichts davon ist schlecht. Das Leben ist nicht böse … und die Geister auch nicht.

Glaubt ihr, die Seele eines Menschen ändert sich, nur weil er stirbt und zu den Sternen hinaufsteigt?«

Einem nach dem anderen sah sie in das stumme Gesicht.

»Begreift ihr denn nicht? Die Frage, die ihr stellen müßt, lautet: *Warum?* Warum sollte sich die Seele eines Menschen nach seinem Tod verändern?«

»Wenn du mit den Geistern sprichst …«

»Das tue ich nicht!«

»Aber du hast gesagt …«

»Ich sagte, ich *würde*, wenn ich könnte.« Sie wiegte sich hin und her, um den Schmerz in der Hüfte zu lindern. »Ja, ich wüßte gerne, wie es auf der anderen Seite aussieht. In alten Legenden heißt es, der Tod sei wie ein Traum. Alles ist eins, und eins ist alles. Ich hätte sehr gern Gewißheit. Darum geht es mir. Habe ich Angst vor dem, was ich erfahren könnte? Ja, natürlich. Neues lernen, macht immer angst. Lernen ist wie das Gehen auf Sand. Man weiß nie genau über den Zustand des Untergrunds Bescheid … wann der Boden unter den Füßen nachgibt, wann man das Gleichgewicht verliert. Aber wer nicht vorwärts geht, kommt nirgendwohin, sieht nie etwas Neues.

Für euch wäre es sicher besser, ihr bleibt in eurem Zelt hocken, abgeschirmt von der Welt durch die dünne Lederwand, und verhungert.«

Hungriger Bulle runzelte verblüfft die Stirn. Drei Zehen saugte an der Unterlippe, und Schwarze Krähe kratzte sich am Hinterkopf.

»Legt euch schlafen. Morgen brechen wir zum Lager des Volkes auf.«

Eingerollt in seine Schlafdecke starrte Hungriger Bulle hinauf zum Himmel. Er war hellwach. Warum glaubte er der alten Frau nicht?

Die dem Jäger eigene Vorahnung drohender Gefahr weckte seinen sechsten Sinn. Sein Mund war trocken. Er blickte hinüber zu der Alten und hörte ihren leisen Atem.

Ein eisiges Frösteln überlief Hungriger Bulle bei dem Gedanken, Geister könnten frei im Land umherlaufen und um die Seelen tanzen.

Blutbär wanderte die langgestreckte Hügelkette vom Hochland südlich des Moon River hinunter. Zu seiner Rechten glühte im ersten Licht der Morgensonne der hohe Gipfel des Beaver Tooth.

Durch die vor ihm liegende breite Au schlängelte sich mit kräuselnden Wellen der Fluß. Sogar hier knirschte das Gras trocken unter seinen Schritten. Kein Tropfen Regen war auf das verdorrte Land gefallen.

Der Fluß forderte eine Entscheidung. Sollte er sich nach Osten oder nach Westen wenden?

Hoch über ihm segelte ein Adler, die Thermik nutzend, Richtung Westen. Seit seiner frühesten Kindheit hatte er von der Macht und Weisheit der Adler gehört. Sehr gut, er würde seinem Beispiel folgen. Die eine Richtung war ihm so recht wie die andere. Ein Mensch konnte nie genau wissen, welcher Weg der richtige war.

Als Blutbär das von einer trockenen Schlammkruste überzogene Ufer erreichte, lenkte er seine Schritte nach Westen. Vielleicht hatte sich das Glück nach all den mühseligen Wanderjahren endlich zu seinen Gunsten gewendet.

Welche Genugtuung bedeutete es, nicht nur das Wolfsbündel zurückzuholen, sondern auch den Berdachen zu töten – seine Frau durch das Lager des Rothand-Stammes zu jagen und zu verprügeln, sie schmerzhaft spüren zu lassen, daß man nicht ungestraft Schande über ihn bringen konnte. Nach diesem Auftritt würde niemand Blutbär je vergessen. Und um das Kleine-Büffel-Volk dafür zu bestrafen, daß es seiner Frau Unterschlupf gewährt hatte, würde er einen neuen Krieg anzetteln. Wenn er alles in Betracht zog, was er über das Volk aus der Ebene wußte, konnte es keiner der Büffel-Krieger mit dem Rothand-Volk aufnehmen.

Das Wolfsbündel mobilisierte seine Macht. In der Erinnerung an Schwerer Bibers grobe Hände und den bösartigen Haß in seinem Geist brodelte es. Er hatte das Bündel hinaus in die Nacht geworfen. Der Zorn des Bündels wuchs stetig.

Die Männer, Frauen und Kinder im Lager schliefen. Sie wurden von Alpträumen der Gewalt und der Wut gepeinigt. Schwerer Biber wimmerte im Traum. Er fühlte sich von einem schwarzen Nebel eingehüllt, der ihn unaufhaltsam zu ersticken drohte.

Das Wolfsbündel wartete.

Kapitel 7

Kleiner Tänzer erwachte in der Nacht. Fröstelnd vom Tau, der von den Blättern ringsum herabtropfte und das Leder seiner Lagerstatt durchweicht hatte, setzte er sich zitternd vor Kälte auf.

Instinktiv blickte er hinauf zu den Sternen. Nach seiner Schätzung dauerte es noch ungefähr eine Stunde bis zum Beginn der Morgendämmerung. Die Zeit von den Sternen abzulesen, erforderte einige Übung, denn ihr Stand veränderte sich mit den Jahreszeiten.

Erst jetzt blickte er hinüber zum Platz seiner Mutter. Er rieb sich mit den Fingerknöcheln die Augen, konnte sie aber nirgends entdecken. Zwei Rauchwolken lag auf der anderen Seite des Feuers. Die Schlafdecken, die der Berdache seiner Mutter gebracht hatte, lagen unberührt mit der Fellseite nach innen vor einem Salbeistrauch.

Wieder überlief Kleiner Tänzer ein Frösteln. Ihm wurde unbehaglich zumute, und das lag nicht nur an der schneidenden Kälte. Die Nacht schien ängstlich zu schweben, wie damals, als die Stimmen der Antilopen seine Mutter gerufen hatten.

Er erhob sich, nahm seine Kleider und trat ein paar Schritte näher an das langsam verglimmende Feuer. Zwei Rauchwolken lag regungslos da. Der leise, gleichmäßige Atem des Berdachen beruhigte Kleiner Tänzer. Seit der Beleidigung des Wolfsbündels hatte Zwei Rauchwolken nicht mehr gut geschlafen. Kleiner Tänzer sprang über das Feuer und spannte seine Felldecke wie ein Zelt über die Kohlen. Wärme hüllte ihn ein und erweckte liebkosend seine steifen Glieder wieder zum Leben.

Aus der Dunkelheit erklang der Ruf eines Ziegenmelkers. Spannung lag in der Luft und senkte sich herab wie der Frost im Winter.

Seine Seele gefror zu Eis.

Wo war seine Mutter? Die Hitze unter seiner Decke nahm unangenehm zu. Er stand auf und ging wieder zu seinem Schlafplatz hinüber.

Zögernd blieb er stehen. Kurz entschlossen entschied er, sich neben den Berdachen zu legen.

Plötzlich sah er den Wolf. Das große schwarze Tier trottete wie ein Geist aus dem Dickicht und verharrte. Scharfe gelbe Augen musterten das schwach glimmende Feuer.

Kleiner Tänzer schluckte. Er blickte sich um und wunderte sich, warum keiner der Hunde reagierte. Die Tiere schliefen, keines nahm den Eindringling wahr.

Er drehte sich wieder um und sah dem Wolf direkt in die

glühenden Augen. Das deutliche Gefühl eines Versprechens durchdrang seine Seele. Dann, als habe es sich in nichts aufgelöst, verschwand das große Tier in der Finsternis.

Mit einem Ruck setzte sich Zwei Rauchwolken auf, als Kleiner Tänzer sich dicht neben ihm zusammenrollte.

»Kleiner Tänzer? Fehlt dir etwas?«

»Ich bin erschrocken. Ich habe einen Wolf gesehen. Einen großen schwarzen Wolf. Er sah mich an.«

Zwei Rauchwolken legte einen Arm um den Jungen und zog ihn eng an sich. »Du brauchst keine Angst zu haben.«

»Als ich heute draußen im Salbei war, konnte ich ein Gespräch zwischen Dauerläuferin und Schlafende Föhre belauschen. Sie sagten, Schwerer Biber wird meine Mutter verfluchen. Was bedeutet das? Was wird passieren? Kleine Kinder drohen auch manchmal, daß sie einander verfluchen ... und manchmal verfluchen sie auch Felsen oder Schlangen und Skorpione. Aber wenn ein Geisterträumer jemanden verflucht, ist das etwas anderes, oder?«

»Ja, das ist etwas anderes.«

»Was geschieht mit uns, wenn Schwerer Biber meine Mutter verflucht?«

»Dir wird gar nichts passieren. Wahrscheinlich verflucht er sie ohnehin nicht.« Zwei Rauchwolken fügte noch eine Redensart der Anit'ah hinzu: »Die Sonne geht auf, die Sonne geht unter.«

»Soll das heißen, daß wir an Unvermeidlichem nichts ändern können?«

»Dein Anit'ah wird von Tag zu Tag besser.«

»Weil du mir die Sprache beibringst.« Nachdenklich schaute Kleiner Tänzer in die Dunkelheit hinaus. »Zwei Rauchwolken?«

»Ja, mein Kleiner?«

»Dir gefällt es hier nicht, nicht wahr?«

»Was meinst du? Ich bin satt. Ich habe ein warmes Zelt. Deine Mutter und dein Vater sind freundliche Menschen. Ich habe dich, der mich mitten in der Nacht aufweckt und ...«

»Aber ich habe gehört ... na ja, daß die Menschen dir weh

tun.« Der Junge fühlte, wie sich etwas in seinem Freund verkrampfte, aber tapfer sprach er weiter. »Die Leute machen Witze über dich und über deine Art zu leben. Ich habe gesehen, wie dich die Kinder gehänselt und ausgelacht haben, weil du ein Kleid trägst. Das verletzt dich, oder?«

»Solltest du nicht besser schlafen? Es war ein langer, anstrengender Tag und du bist sicher …«

»So drückt man sich vor der Beantwortung einer Frage, stimmt's? Indem man eine Gegenfrage stellt.«

»Möglich.«

»Möchtest du gerne wieder zurück zu den Anit'ah?«

Zwei Rauchwolken schluckte vernehmlich. »Ja.«

»Warum gehst du dann nicht? Ich glaube, hier stehen die Dinge ziemlich schlecht. Ich habe gehört, bei den Anit'ah oben in den Bergen gibt es immer noch Büffel. Vielleicht haben sie auch keinen Geisterträumer, der so nette Menschen wie meine Mutter verflucht.

Und man würde dich nicht verspotten. Die Männer würden dich beim Pflanzensammeln nicht einfangen und dich auf den Boden werfen und dir die Röcke hochziehen, um …«

»Schsch! Schlaf jetzt. Morgen wird es wieder ein langer Tag und …«

»Zwei Rauchwolken? Ist das die andere Möglichkeit, eine Frage nicht zu beantworten? Indem man versucht, den Fragenden abzulenken?«

Schweigen breitete sich aus. Schließlich sagte der Berdache leise:

»Einmal, vor langer Zeit, habe ich einen Fehler gemacht – und ein Versprechen gegeben. Ich schwor auf das Wolfsbündel.«

»Was hast du getan? Bestimmt nichts Schlechtes. Du bist ein guter Mensch. Was hast du geschworen?«

»So dumm bist du doch nicht. Du weißt genau, man spricht nicht über Versprechen und eine Macht, jedenfalls nicht leichtfertig.

Vielleicht, eines Tages, wenn du ganz artig bist, erzähle ich es dir. In der Zwischenzeit darf ich dich nicht verlassen, nicht einmal für kurze Zeit. Und um deine Frage von vorhin zu beantworten, ja, Kleiner Tänzer, ich wäre lieber bei den Anit'ah.

Sie verstehen und achten die Macht eines Berdachen. Sie verurteilen mich nicht, weil ich Männer statt Frauen liebe. Für sie ist ein Berdache ein guter Mensch, ein Mensch, der Glück bringt.«

»Aber warum wird man Berdache?«

Zwei Rauchwolken zuckte die Achseln. »Ich weiß es nicht.

Vielleicht verändert sich der Samen eines Mannes manchmal im Schoß einer Frau. Vielleicht berührt eine Macht die Seele – segnet sie – und findet eine Heimstatt in dem neugeborenen Kind. Du weißt, Männer und Frauen denken verschieden. Berdachen stehen dazwischen ... sie sind anders – nicht Männer und nicht Frauen.

Eben Berdachen. Zwischen den Welten, jedoch von den Welten getrennt. Nur dieses Kleine-Büffel-Volk akzeptiert mich nicht als menschliches Wesen. Für dieses Volk bin ich etwas anderes – ein Ungeheuer, das man fürchten muß.«

»Sollen wir zu den Anit'ah flüchten?«

»Deinem Vater würde das bestimmt nicht gefallen. Deine Mutter würde auch nicht gerne gehen. Sie haben gegen die Anit'ah Krieg geführt. Dein Großvater und deine Großmutter wurden von den Anit'ah getötet. Glaubst du, Hungriger Bulle und Salbeiwurzel würden gerne unter Menschen leben, die ihre Eltern umgebracht haben? Du weißt, wie finster sie dreingeschaut haben, als ich dich die Sprache der Anit'ah lehrte. Sie würden sich bei dem Rothand-Volk so schlecht fühlen wie ich mich hier. Möchtest du das?«

»Warum hast du mir die Sprache der Anit'ah beigebracht? Und mir all die Geschichten über den Ersten Mann erzählt, der die Menschen unter der Erde hindurchgeführt hat? Glaubst du, ich werde eines Tages ein Anit'ah sein?«

Erneut breitete sich langes Schweigen aus. Endlich flüsterte Zwei Rauchwolken: »Vielleicht ist das meine Art, alles lebendig zu erhalten. Vielleicht bezahle ich für meine Fehler. Schlaf jetzt.«

In Kleiner Tänzers Kopf schwirrten die Fragen wild durcheinander.

Was war mit den Anit'ah? Was mit seiner Mutter? Und Schwerer Biber? Wenn der Geisterträumer seine Mutter verfluchte, was würde passieren? Mußte sie sterben?

Bei diesem Gedanken breitete sich ein dumpfes Grauen in seinem Innern aus. Er versuchte, sich zu beruhigen. Schwerer Biber würde seine Mutter nicht töten. Warum sollte er auch? Salbeiwurzel war bei allen beliebt. Und Kleiner Tänzer liebte sie mehr als jeden anderen Menschen auf der Welt. Verwirrende Gedanken drehten sich in seinem ruhelosen Geist. Eine schleichende Angst verursachte ein Gefühl von Übelkeit in seinem Magen, seine Muskeln zitterten.

Ängstlich blinzelte er in die Dunkelheit.

Niemals würde er die Nacht vergessen, in der Tanzende Hirschkuhs Baby geboren wurde. Niemals würde er den Abscheu, den unverhüllten Haß in Schwerer Bibers Blick vergessen, den dieser seiner Mutter zugeworfen hatte. Solange Tag und Nacht über den Himmel tanzten, würde er dem Schamanen *niemals* verzeihen, daß er das Wolfsbündel beleidigt und Zwei Rauchwolken in den Staub getreten hatte.

Und sollte der Geisterträumer Salbeiwurzel wirklich verfluchen, dann ... »Zwei Rauchwolken?«

»Ja.«

»Wenn Schwerer Biber meine Mutter verflucht, bringe ich ihn um.«

»Sei still. Kleine Jungs töten keine Geistermänner. Sie respektieren die Älteren. Du machst doch keine Dummheiten, Junge?

Du wirst dich anständig benehmen. Hast du mich verstanden?«

»Ja.« Ich bringe ihn um, Zwei Rauchwolken. Ich vergesse nicht, was er dir angetan hat – dir und dem WolfsbündeL Er täte gut daran, meine Mutter nicht zu verfluchen.

Erschöpft, vollkommen erschöpft.

Müde starrte Salbeiwurzel auf die langen Fleischstreifen, die sie ungefähr jede Stunde gewendet hatte. Die meisten Streifen waren getrocknet und in der heißen, jede Feuchtigkeit aufsaugenden Luft eingeschrumpft. Jeweils zehn Antilopen wurden zu einem Bündel zusammengefaßt, das eine Frau mit einer großen Rückentrage schleppen konnte. Auf der anderen Seite der Sträucher arbeiteten Wildkirsche, Wiesenlerche und Die die Spaß macht. Die anderen warteten und sahen zu, wie das Fleisch zusammengepackt wurde. Mit der Zeit kapitulierten sie vor der Macht des Hungers, der die Macht von Schwerer Biber zu untergraben begann.

Obwohl völlig übermüdet, hatte Salbeiwurzel keinen Schlaf gefunden.

Was hatte sie denn getan? Niemals könnte sie die Antilopen beleidigen, ihrem Fleisch einfach den Rücken kehren und weggehen.

Außerdem zermürbte der ständige Hunger ihr Volk. Wie konnte Schwerer Biber das Fleisch derart brutal verfluchen? Hatten sie nicht schon genug Schwierigkeiten?

Wo bleibt er nur? Das Warten ist das Schlimmste. Sie hatte ihn herausgefordert, hatte ihm im Beisein anderer die Stirn geboten.

Wieder einmal hatte sie seine Macht verspottet.

Sie streckte den Rücken und blickte blinzelnd in die Morgensonne.

Das tiefblaue Himmelsgewölbe ließ kein Anzeichen kommenden Regens erkennen. Nur kleine Wolkenbäusche zogen vorüber, immer Richtung Osten. Keine Wolken ballten sich zusammen, um ihren lebenspendenden Regen auf das verdorrte Land zu ergießen.

»Mutter?«

Sie wandte sich um und sah ihren Sohn, der unter dem Gewicht eines Wassersacks taumelte. Vor Anstrengung schob er die Zungenspitze aus dem Mund.

»Schau, ich bring dir Wasser. Kaum einen Tropfen habe ich verschüttet!«

»Du bist wirklich schon fast ein Mann. Mach so weiter, und wir müssen dir in ein, zwei Jahreszeiten einen neuen Namen geben. Bist du darauf vorbereitet? Bist du bereit, dir den Namen eines Mannes zu verdienen?«

Seine Augen funkelten vergnügt. Wirklich? Natürlich bin

ich bereit! Es gefällt mir, Kleiner Tänzer gerufen zu werden, aber inzwischen bin ich alt genug, mich dem Namen eines Mannes würdig zu erweisen.«

Liebevoll zauste sie ihm das Haar, nahm den Wassersack von seinem Rücken und trank einen Schluck der lauwarmen Flüssigkeit. Der größte Teil des Schlamms hatte sich unten im Sack abgesetzt, aber es war noch immer eine trübe Brühe. Die Älteren sprachen oft von den Zeiten, als die Flüsse noch voller Wasser waren, Wasser, so rein wie die Luft. Die Flüsse waren so klar, daß man bis auf den Grund sehen konnte. Jetzt verliehen Schlamm und Sand, herausgespült aus der erodierten Erde, dem Wasser ein milchig-trübes Aussehen bis weit in den Herbst hinein.

Dankbar wischte sie sich den Mund.

»Tust du mir einen Gefallen? Bring das Wasser erst rüber zu Wildkirsche und verteile den Rest an die anderen.«

Er grinste sie an. »Klar. Aber vielleicht bekomme ich auch noch einen Schluck davon ab. Es war ein langer Weg hier herauf.«

»Ja, aber trink nicht alles«, ermahnte sie ihn und wandte sich wieder den Fleischstreifen zu. Sie drückte die fetteren Stücke zusammen, um zu prüfen, wie weit der Trocknungsprozeß fortgeschritten war. Die meisten waren bereits steinhart – das Ergebnis der enormen Lufttrockenheit.

»Mutter?«

Sie blickte über die Schulter und stellte fest, daß ihr Sohn sie beobachtete.

»Ja, mein Junge?«

»Du spürst es auch, ebenso wie ich. Die Leute haben Angst. Vor Schwerer Biber? Im Lager habe ich gehört, er will dich heute verfluchen.«

Sie richtete sich kerzengerade auf und versuchte, ihr Gesicht vor ihm zu verbergen. »Ja, mein Sohn. Ich vermute, das hat er vor.«

»Haben die Leute deshalb Angst? Hast du deshalb heute nacht nicht geschlafen?«

»Ja, deshalb. Er hat auch das Fleisch verflucht. Du hast ihn ja gehört.«

»Aber die Antilopen hat das nicht gekümmert. Das haben sie mir gesagt. Ich habe sie heute nacht belauscht. Sie mögen Schwerer Biber nicht.«

Trotz ihrer Nervenanspannung brachte sie ein Lächeln zustande.

»Dann hör auf die Antilopen ... immer. Versprichst du mir das?«

»Ja, Mutter.« Sein Gesicht verzog sich zu einer finsteren Grimasse. »Und wenn Schwerer Biber dich verflucht, was dann?«

Sie zögerte, unsicher, ob sie offen zu ihm sein sollte. Sie ließ sich auf die Knie nieder und sah ihm direkt ins Gesicht. »Ich weiß es nicht. Aber was auch immer geschieht, du bleibst bei deinem Vater. Er wird dafür sorgen, daß dir nichts zustößt.«

»Und was ist mit dir?«

Sie schüttelte den Kopf und streichelte beruhigend seine Wangen.

»Ich weiß es nicht. Wildkirsche sagt, er kann mich nicht töten, wenn ich nur fest genug glaube, daß ihm das nicht gelingt. Aber er besitzt Geistermacht, und ich weiß nicht, wie solche Dinge vor sich gehen. Ich verstehe nichts davon.«

»Warum?« rief er verzweifelt. »Warum sollte er so etwas tun? Das Volk braucht Fleisch, und die Antilopen ...«

»Pst! Mach keinen Wirbel. Die Leute gucken schon her.«

»Aber warum? Haßt er alle Menschen?«

Nur die Frauen. Laut sagte sie: »Es geht um eine alte Geschichte zwischen ihm und mir. Zerbrich dir nicht deinen kleinen Kopf darüber. Alles wird gut. Du wirst sehen, alles kommt ins reine.«

Er schüttelte den Kopf. »Nein, das glaube ich nicht. Schwerer Biber hat das Wolfsbündel beleidigt. Böse Mächte sind frei geworden. Ich fühle sie. Nur die Antilopen waren gut.« Er nickte bekräftigend. »Warum gehen wir nicht fort?« Mit flehendem Blick starrte er sie an. »Wir könnten unsere Sachen packen und ...«

»Aber das ist unser Volk. Und wohin sollten wir gehen? Was ist, wenn dein Vater nicht fort möchte?«

Er senkte den Blick. »Wir könnten zu den ... Sogar bei den Anit'ah wäre es besser als ...«

»Schweig. Ich möchte nie wieder hören, daß du so daherredest. Und sollte das doch der Fall sein, schicke ich Zwei Rauchwolken unverzüglich fort. Hast du mich verstanden?« Als sie das Entsetzen in seinen Augen bemerkte, zog sie ihn an sich und hielt ihn ganz fest, Tränen standen in ihren Augen. »Es tut mir leid. Hör nicht auf mich. Ich habe Angst, das ist alles.«

»Ich weiß.«

»Ich habe Kummer, das kommt vor. Die Menschen machen die merkwürdigsten Sachen.«

»Weil du nicht getan hast, was Schwerer Biber dir befohlen hat?«

»Ja. In einer Gemeinschaft kann nicht jeder tun, was ihm gerade paßt und seine eigenen Regeln aufstellen ...«

»Aber nach Meinung der Antilopen hast du richtig gehandelt. Sie erlaubten dir, sie in die Falle zu locken. Das haben sie mir ausdrücklich gesagt. Auch Vater hätte nicht gewollt, daß du die Antilopen beleidigst.«

»Nein, aber er war nicht hier.«

»Mutter ...«

»Sei jetzt still. Denk über meine Worte nach. Ach übrigens, sollen alle anderen Durst leiden? Auch du mußt deine Pflicht gegenüber deinem Volk erfüllen. Deine Pflicht ist es, der Tradition des Volkes entsprechend ein so großer Jäger zu werden wie dein Vater. Aber im Augenblick liegt es in deiner Verantwortung, daß Wildkirsche nicht verdurstet.«

»Aber Mutter ...«

»Abmarsch, Kleiner.« Sie unterstrich die Aufforderung mit einem energischen Fingerzeig.

Er holte tief Luft, um zu protestieren. Ein rebellisches Funkeln blitzte in seinen Augen auf. Doch ihr strenger Blick erstickte seinen Widerstand im Keim. Er drehte sich um und marschierte mit dem schweren Wassersack auf dem Rücken auf unsicher schwankenden Beinen hinüber zu Wildkirsche.

Gepriesener Großer Weiser im Himmel, ich wußte nicht, daß es so schwer sein würde. Sie biß sich auf die Lippen, bis es schmerzte.

Seufzend kümmerte sie sich wieder um das Fleisch. Ihre Glieder schienen ihr wie gelähmt. Wie lange noch? Wie lange noch, bis Schwerer Biber kam? Konnte er es nicht endlich hinter sich bringen? Das Warten fraß an ihr wie die Maden an einem Kadaver.

Unwillkürlich wanderte ihr Blick hinüber zu ihrem Sohn, der mit seinem Wassersack von einem zum andern ging.

Sie wandte sich um. Tränen der Verzweiflung begannen über ihre Wangen zu strömen.

Noch nie in seinem Leben hatte er sich so vollkommen hilflos gefühlt. Nicht einmal der Hunger tat so weh. Kleiner Tänzer weinte, als er das Fleisch, wie es ihm seine Mutter gezeigt hatte, sachgemäß wendete. Er trocknete sich die Augen und fühlte das Leid wie beißenden Rauch in der Luft. Wenn Schwerer Biber seine Mutter aus dem Lager jagte, würde er auch gehen. Er würde sie begleiten.

Der Gedanke an die Anwesenheit der Antilopen tröstete ihn und wärmte ihn wie das Feuer an einem eiskalten Wintertag. Damit sich die Antilopen wohler fühlten, schnitt er ein kleines Stück Trockenfleisch ab und kaute es bedächtig. Dabei dankte er ihren Geistern für die Hingabe ihres Lebens. Plötzlich schien die Sonne heller zu strahlen, eine Heiterkeit erleuchtete die Dunkelheit seiner Seele. Das Fleisch in seinem Magen brachte seinen Gliedmaßen die Kraft zurück.

Konnte Schwerer Biber dieses strahlende Licht nicht fühlen? Wenn Schwerer Biber wirklich mit den Geistern träumte, mußte er wissen, daß das Fleisch rein war. Dann mußte er vom Einverständnis der Großen Antilope im Himmel wissen. Er mußte es einfach wissen!

Unweigerlich kehrten seine Gedanken immer wieder zu dem Geisterträumer zurück.

Schauder überliefen ihn bei der Erinnerung an die Angst in den Augen seiner Mutter. Wenn seine Mutter … Ein eisiger Wind der Furcht stieg aus den Tiefen seiner Seele auf und versetzte ihn in Angst und Schrecken. Was konnte er tun? An wen konnte er sich wenden?

Die Leute nahmen die hart gewordenen Fleischstreifen von den Salbeisträuchern und packten sie zusammen. Sogar die dicken Stücke, die sich im Innern noch ein wenig weich anfühlten, hatten auf der Außenseite bereits eine feste Kruste. So konnten die Fliegen ihre sich später in Maden verwandelnden Eier nicht mehr darin ablegen. Aber die Kojoten waren natürlich hinter den Fleischstücken her. Um sie vom Stehlen abzuhalten, ging er hinüber zum Rand des Platzes, auf dem sie das Fleisch ausgelegt hatten, hob die Hosenklappe und urinierte. Dies war eine bewährte Methode seines Volkes zum Fernhalten von Kojoten, aber die Raben kümmerten sich nicht um derlei Markierungen. Sie mußten weggejagt werden. Am Schlimmsten war, daß sie ihren Kot auf das Fleisch fallen ließen.

Die schmierigen weißen Exkremente mußten sorgsam herausgeschnitten werden. Wenn er die Wahl hätte, dachte er grimmig, würde er trotzdem die Raben allemal Schwerer Biber vorziehen.

»Schwerer Biber!« Er blickte hinunter auf die trockene Erde, die sein Wasser bespritzte. »Auf dich, Schwerer Biber! Genau das bist du wert.«

Ein dunkler Schatten senkte sich über ihn. Urinierend drehte er sich um und blickte geradewegs in die zwischen fast geschlossenen Lidern hervorblitzenden Augen des Geisterträumers. Die Stimme blieb ihm im Halse stecken. Wie gelähmt starrte er den Mann an.

Sein Penis zeigte direkt auf Schwerer Biber.

»Soll das eine Begrüßung sein? Du hast zuviel von deiner Mutter, Junge. In den nächsten Tagen werden wir uns darum kümmern. Ich verspreche dir, diesen Vorfall vergesse ich nicht.«

Ein heiseres Krächzen drang aus Kleiner Tänzers Kehle. Schwerer Biber ging bereits weiter, Bösartigkeit hinterlassend wie die drohenden Schatten einer schwarzen Hagelwolke.

Jeder Schlag seines Herzens pumpte lähmende Angst in

Kleiner Tänzers Schläfen. Er rannte los, sich der plötzlich eintretenden Stille bewußt, und sah, wie Schwerer Biber schnurstracks auf Salbeiwurzel zuging.

Im Gesicht seiner Mutter ging eine seltsame Verwandlung vor. Die normale, gesunde Tönung ihrer Haut verblaßte schlagartig. Kleiner Tänzer kannte sie sehr gut, doch wußte er den fremden Glanz in ihren Augen nicht zu deuten. Vorsichtig schlug er einen großen Bogen um Schwerer Biber. Bei seiner Mutter angelangt, klammerte er sich am Saum ihres Kleides fest. Eine noch nie zuvor verspürte Angst ergriff von ihm Besitz.

»Aha.« Schwerer Bibers Stimme klang fast schmeichelnd. »Du hast die Verunreinigung also fortgesetzt?« Seine Lippen kräuselten sich zu einem spöttischen Lächeln.

»Ich habe Frieden mit den Antilopen geschlossen.« Die Stimme seiner Mutter hörte sich heiser an.

»Du hast sie beschmutzt, Frau!«

Die Spannung unter den Leuten stieg spürbar. Bei dem zornigen Unterton in Schwerer Bibers Stimme wichen sie einen Schritt zurück.

»Das behauptest *du*.«

»Hör sofort auf damit, Frau. Das ist deine letzte Chance.

Bitte mich, vielleicht singe ich dann für dich. Zeig mir, daß du deine Eigenmächtigkeit bereust, und ich werde mein Bestes geben, die Geisterwelt zu besänftigen und um die Reinigung von deiner Beschmutzung zu bitten.«

Kleiner Tänzer, der sich dicht an seine Mutter drängte, spürte das Zittern ihrer angespannten Muskeln.

»Ich würde sogar singen, um dich zu retten, obwohl du …«

Entsetzt hörte Kleiner Tänzer seine Mutter lachen.

Schwerer Biber zuckte zusammen, als hätte man ihn geschlagen.

Ihr Lachen war peitschend wie ein Hieb mit einer Yucca. »Du willst für mich singen? Für die Frau, die dich abgewiesen hat? Was soll ich tun? Dich bitten soll ich? Dir meinen Körper überlassen? Ah, ich sehe es in deinen Augen. Du bist kein Träumer und kein Sänger.

Du bist die Verunreinigung, Schwerer Biber. Eine Verunreinigung für unser Volk! Was sich die Leute von niemandem bieten lassen würden, erlauben sie dir, weil du sie davon überzeugt hast, ein Träumer zu sein. Aber du bist nichts anderes als ein kranker Mann mit Wahnvorstellungen. Du widerst mich an. Nicht einmal Mistkäfer sind so abstoßend wie du.«

Die ringsum versammelten Leute schlugen sich die Hände vor den Mund. Blankes Entsetzen stand in ihren Augen. Kleiner Tänzer blickte in Schwerer Bibers aschfahles Gesicht. Grauenvolle Angst packte ihn. Sein Darm entleerte sich unkontrolliert. Das konnte nicht wahr sein, das durfte einfach nicht wahr sein.

»Dann sehe ich keine Möglichkeit, dich vor dir selbst zu schützen, Frau.« Schwerer Biber nickte. »In vier Tagen singe ich deine Seele aus deinem Körper. Vor meinem Zelt stelle ich vier Stöcke auf, einen für jeden Tag. Und wenn der vierte Stock am vierten Tag umfällt, stirbst du.«

Bei diesen Worten erbebte seine Mutter.

Schwerer Biber entging ihre Erschütterung nicht. Mit einem triumphierenden Lächeln machte er auf dem Absatz kehrt und entfernte sich mit weit ausgreifenden Schritten.

Wie gelähmt, fast erstickend unter dem drückenden Schweigen, blieb Kleiner Tänzer stehen. Das Entsetzen seiner Mutter übertrug sich auf ihn. Sie hatte ihre Hand auf seinen Kopf gelegt und drehte mit hektischen Fingern sein Haar so fest zusammen, daß es schmerzte.

Er achtete nicht darauf. Von Grauen überwältigt beim bloßen Gedanken an ihren Tod begann er ohne Scham hemmungslos zu weinen.

Blutbär verbarg sich zwischen den ansteigenden Wänden des Arroyo.

Nachdem er seine Notdurft verrichtet hatte, beobachtete er, wie die Frauen den Hang hinunter zum Lager gingen. Am Schluß der Gruppe konnte er eine Frau, einen Jungen und eine zweite Frau ausmachen, die wegen eines verletzten Beines hinkte … Er glaubte sie zu erkennen – *Zwei Rauchwolken!*

Blutbär duckte sich tief in die schmale Rinne. Ein Salbeistrauch verdeckte seinen Oberkörper. Konnte die andere Frau Klares Wasser sein? Er verrenkte sich fast den Hals, um sie aus dem richtigen Blickwinkel betrachten zu können. Doch aus dieser Entfernung und nach der langen Zeit war er nicht sicher. Er ließ sie nicht aus den Augen und erkannte an ihrer Art, sich zu bewegen, daß es eine andere, allerdings ebenso schöne junge Frau war.

Er hockte sich hin und lehnte sich mit dem Rücken gegen die Wand des Arroyo. Endlich hatte er Zwei Rauchwolken gefunden! Eine Welle freudiger Erregung durchströmte ihn und zauberte ein Lächeln auf sein Gesicht. Natürlich mußte er sich davon überzeugen, daß sich der Berdache im Besitz des Wolfsbündels befand.

Oder hatte es Klares Wasser bei sich? Bestimmt standen die beiden in Kontakt miteinander. Das Leben in einem Lager des Kleinen-Büffel-Volkes mußte für die beiden Außenseiter oft schwer erträglich sein.

Sorgfältig Ausschau haltend nach eventuell aufgestellten Wachen ließ Blutbär seinen Blick aufmerksam über die Hügel schweifen.

Er entdeckte nichts Verdächtiges. Wo waren die Männer?

Höchstwahrscheinlich auf der Jagd. Sicher durchstöberten sie die Umgebung auf der Suche nach den immer seltener werdenden Herden.

»Um so besser. So komme ich unentdeckt ins Lager hinein und wieder heraus.« Eine günstigere Gelegenheit hätte sich ihm gar nicht bieten können. Bei der Menge an Fleisch, die die Leute angeschleppt hatten, würden sie sich bestimmt ordentlich die Mägen füllen und ein Fest feiern. Ein wenig singen und stundenlang tanzen. Und morgen würden sie müde und träge sein nach dieser ausschweifenden Nacht. Kurz vor der Dämmerung wollte er sich in das Lager schleichen – und in das Zelt schlüpfen, in dem Zwei Rauchwolken wohnte. Dort konnte er das Wolfsbündel aus dem Versteck des Berdachen holen, ihn töten und sich ungefährdet auf den Rückweg machen.

Es mußte heute nacht passieren. Je länger er wartete, um

so größer die Gefahr einer zufälligen Entdeckung. Man wußte nie, ob nicht irgendein Kind im Dickicht herumkroch oder eine Frau mit dem Grabestock auf der Suche nach Nagetieren oder Wurzeln unterwegs war.

Niemals hatte Blutbär halbe Arbeit geleistet. An diesen Überfall sollte das Kleine-Büffel-Volk noch lange denken.

»Schwerer Biber?«

Der Geisterträumer legte seine Trommel beiseite und trocknete sein schweißnasses Gesicht. Gewichtig setzte er sich in Positur.

Sämtliche Amulette und wertlosen Kinkerlitzchen hatte er vor sich ausgebreitet, ein hübsches Arrangement, das seine Macht wirkungsvoll unterstreichen sollte.

»Komm herein, Zwei Wapitis.«

Der alte Mann bückte sich ächzend und hob die Türklappe hoch.

Blinzelnd blickte er sich im Zelt um. Lange graue Zöpfe umrahmten sein runzliges Gesicht. Das einfallende grelle Licht zeichnete seinen gebrechlichen Körper als schemenhaften Schattenriß und blendete Schwerer Biber.

»Dunkel hier drin.« Zwei Wapitis schlurfte zur rechten Seite hinüber, die den männlichen Gästen vorbehalten war.

»Paß auf. Tritt meinem Raben nicht auf den Fuß.«

Zwei Wapitis brummte Unverständliches und hielt sich dicht an der Zeltwand. Mit krachenden Gelenken ließ er sich stöhnend nieder.

Das ganze Elend der gut sechs mal zehn Lebensjahre war auf Zwei Wapitis Gesicht eingegraben. Die Narbe einer längst verheilten Wunde zog sich quer über seine linke Wange. Sein Kiefer, inzwischen zahnlos, ragte weit unter der knolligen Hakennase vor.

Seine Augen waren so tief eingesunken, daß die Augenhöhlen auf den ersten Blick fast hohl wirkten. Doch sein rechtes Auge blitzte noch immer voller Leben und Intelligenz daraus hervor, das linke dagegen hatte ein milchiges Weiß angenommen.

»Du willst also die junge Salbeiwurzel tatsächlich umbringen?«

Schwerer Biber lächelte freudlos.

»Sie hat mich beleidigt.«

Zwei Wapitis nickte bestätigend. Er blinzelte immer noch, um sein gesundes Auge an das düstere Licht zu gewöhnen. »Ich bin gekommen, um dir das auszureden.«

»Warum?«

»Die Leute machen sich Sorgen. Sie sind …«

»Ich muß dem Volk eine Lektion erteilen. Frauen wie Salbeiwurzel haben uns in die gegenwärtige mißliche Lage gebracht. Der einzige Weg, die Dinge wieder ins Lot zu bringen, besteht in einer gründlichen Läuterung. Dazu muß ein Exempel statuiert werden, Opfer müssen gebracht werden. Das habe ich geträumt. Die Sterne haben es mir gesagt. Salbeiwurzel hat meine Weisungen mißachtet.

Leichtfertig vergoß sie das Blut der Brüder der Großen Antilope im Himmel. Die Große Antilope ist beleidigt worden. Nun müssen wir hungern, um für Salbeiwurzels Sünden, die das ganze Volk beflecken, zu büßen. Ich muß sie für ihre Schuld bezahlen lassen.«

»Willst du so weit gehen? Willst du wirklich eine Frau töten, nur weil sie dich verschmäht hat? Was ist mit ihrem Sohn … ihrem Mann?«

»Was soll mit ihnen sein? Ihr Mann ist ein zügelloser, rücksichtsloser Kerl. Er hat versäumt, seiner Frau Respekt vor dem Geisterträumer beizubringen. Du lebst hier und weißt, daß er sie niemals schlägt. Niemals bestraft er sie für ihren Ungehorsam. Kein Wunder, daß er in den letzten paar Jahren kaum Jagdglück hatte und der Große Weise im Himmel ihm seine Kinder genommen hat. Brauchst du noch mehr Beweise?«

Zwei Wapitis starrte nachdenklich in das dunkle Feuerloch. »Machst du dir denn gar keine Sorgen? Er könnte dich umbringen, weil du seine Frau verflucht hast.«

Schwerer Biber grinste. »Glaubst du das im Ernst? Ich kenne Hungriger Bulle. Wie oft habe ich ihn vor einer Geistermacht zurückweichen sehen? Wie oft habe ich ihn sagen hören, er möchte nichts mit Träumen oder Visionen zu tun haben? Nein, ich brauche nur seine Seele zu bedrohen – wie ich es auch bei seiner Frau gemacht habe –, und er schmilzt dahin wie der Schnee im letzten März.«

»Und Salbeiwurzel? Gibt es keine Möglichkeit, den Fluch zurückzunehmen?«

Schwerer Biber senkte seinen Blick tief in das funkelnde Auge des alten Mannes. »Eine Möglichkeit sehe ich schon. Wenn sie zu mir kommt und sich mir unterwirft. Wenn sie kommt und sich entschuldigt und sich für ein Jahr an mich bindet. Sie muß angemessen dafür büßen, daß sie widerrechtlich die Obliegenheiten eines Mannes an sich gerissen hat. Ich könnte auch eine einmalige Ausnahme machen und mit ihr in die Schwitzhütte gehen, damit sie sich in der Hitze reinigt. Dort könnte ich ihre Seele retten, sie in ihren Körper zurückführen.«

»Darauf läßt sie sich niemals ein.«

Gleichgültig zuckte Schwerer Biber die Achseln.

»Ich bin gekommen, dich zu bitten, den Fluch von ihr zu nehmen.

Die Leute wandten sich an mich und haben gesagt: ›Geh zu Schwerer Biber. Sag ihm, er soll das nicht tun. Aus diesem Fluch entsteht nichts Gutes. Sag ihm, er soll ihn von ihr nehmen, zum Wohle des Volkes.‹ Sie haben Angst vor den Folgen, wenn du deine Worte wahr machst.«

»Dazu haben sie auch allen Grund. Ich habe versucht, ihnen einen neuen Weg zu zeigen. Doch im Laufe der letzten Monate habe ich kaum Änderungen in ihrer Lebensweise bemerkt. Salbeiwurzel, Die Spaß macht, Schlafende Föhre und Helle Wolke lachen immer noch über meine Visionen und wollen mir vorschreiben, was ich zu tun habe. Sie sprechen, als wären sie den Männern gleichwertig, als …«

»Das ist die Art unseres Volkes.«

»Das ist Verunreinigung!«

Zwei Wapitis holte tief Luft und schüttelte den Kopf. »Und du, willst du das Volk auseinanderreißen? Kannst du in einem Traum keinen Weg finden, der sich nicht gegen uns richtet? Das ist doch nicht zuviel verlangt, oder? Du trennst die jungen Männer von den alten Männern, die Männer von den Frauen. Du schneidest in unser Volk wie ein Quarzitmesser in Knochen. Wir können nicht ...«

»Nur so werden sie lernen. Nur so kann ich ihnen beibringen, daß die Zeit reif ist für einen neuen Weg. Ich habe die Stimmen gehört. Ich habe mit den Sternen gesprochen. Die Frauen dürfen nicht länger die Wege des Volkes bestimmen. Das muß aufhören.

Dieses Zeitalter gehört den Männern. Sieh dir doch die Anit'ah an. Du weißt, wie mächtig sie sind. Hast du je gehört, daß in *ihren* Räten Frauen geduldet werden?«

»Nun, nein, aber ...«

»Und beim Kurzhaar-Volk? Wie ist es da?«

»Ich war nie beim Kurzhaar-Volk. Aber wir können unmöglich Büffel jagen, ohne daß die Frauen beim Treiben helfen. Und wer treibt die Eselhasen und Packratten? Wer hilft, wenn die ...«

»Das dürfen sie auch weiterhin tun. Aber sie dürfen nicht mehr an Beratungen teilnehmen. Das obliegt den Männern.

Wie würdest du dich fühlen, wenn du der Große Büffel im Himmel wärst? Hmmm? Würdest du wollen, daß deine Kinder von Frauen getötet werden, die mit ihrer monatlichen Blutung im Schritt die Welt besudeln?«

Nachdenklich starrte Zwei Wapitis auf den Boden, Verwirrung breitete sich auf seinem Gesicht aus. »Aber die Tradition ...«

»Muß abgeschafft werden! Finde dich damit ab, Onkel. Sieh dich doch um. Die Büffel sind fort. Regenmann tanzt kein Wasser aus den Wolken. Was glaubst du, warum das so ist? Nein, du weißt die Antwort nicht. Aber ich. Ich rette das Volk, und wenn ich es dabei an den Rand der Vernichtung führen muß.«

Schweigen breitete sich aus.

»Ja.« Schwerer Biber seufzte tief. »Ich weiß, sie werden sich vor mir fürchten. Aber das darf mich nicht stören. Ein Träumer muß annehmen, was ihm die Welt der Geister aufträgt. Wenn ich das Volk nur durch Verbreitung von Angst aufrütteln kann, muß ich das tun.

Wenn ich einige verfluchen muß, kommt es letzten Endes den anderen zugute. Den Leuten wird es bald besser gehen denn je.«

»Davon bist du wirklich überzeugt?«

Schwerer Biber hob die gespreizten Hände. »Ich habe Träume, Onkel.

Erwartest du von mir, daß ich der Großen Macht ins Gesicht spucke, nur um die Alten glücklich zu machen? Nein, mir wurde gesagt, ich müsse eine Lektion erteilen. Salbeiwurzel wird mein Werkzeug sein.«

Zwei Wapitis schloß die Augen. »Bitte, tu es nicht. Wenn du sie tötest, gibt es kein Zurück mehr. Ich glaube, du begreifst nicht, was du ihren Freunden und Verwandten antust. Denk darüber nach, Neffe. Denke lang und gründlich und ernsthaft darüber nach, was eine weitere Spaltung des Volkes für dieses Lager bedeutet. Wir hängen an einem gemeinsamen, dünnen Faden. Blut und Tränen machen gar nichts besser. Gar nichts.«

»Ich bin der Geisterträumer. Ich habe die mir auferlegte Pflicht dem Volk gegenüber zu erfüllen.«

Mühsam stemmte sich Zwei Wapitis hoch. Er schwankte auf seinen alten Beinen. »Du hast also den Mord an Salbeiwurzel bereits beschlossen?«

»Ich habe gesagt, was zu sagen ist. Ich beklage nur, daß du Mord nennst, was ich zur Rettung des Volkes vollbringe. Du kennst mein Herz und meine Seele, Onkel.«

Zwei Wapitis nickte traurig. Er schritt zur Tür und ging mit schleppenden Schritten hinaus.

Erst jetzt bemerkte Schwerer Biber, daß der alte Mann auf den Fuß des Raben getreten war und ihn zerquetscht hatte.

»Mein Weg ... oder kein Weg, Onkel.« *Genau wie meine Mutter sagte, Alter. Genau wie sie es sah ... und du nicht.*

Er stimmte einen monotonen Singsang an und begann die Trommel zu schlagen. Die dumpfen Schläge vereinten sich mit dem Rhythmus seines Herzschlags. Das Volk würde lernen. Natürlich würde Salbeiwurzel – gleichgültig, welche Todesangst sie auch ausstand – niemals zu ihm kommen und um Gnade flehen.

»Er weiß nichts von Mächten. Was er Träume nennt, denkt er sich selbst aus. Warum gestattest du ihm, die Menschen zu täuschen? Sie sind schon fast überzeugt, daß dieser einfallsreiche Betrüger ein Träumer ist.«

Durch die schimmernden Kreise antwortete Wolfsträumer:

»Menschliche Wesen besitzen einen eigenen Willen und die Fähigkeit, wahre Macht von Lügen zu unterscheiden. Überlasse sie ihrem Schicksal. Du und ich, Bruder, wir müssen unseren eigenen Wegen folgen.«

Das Wolfsbündel dachte über diese Worte nach. »Trotzdem wäre es ein leichtes, ihn am Rande seiner Seele zu berühren und das Gleichgewicht seines Lebens zu verändern. Ein Flackern der Macht auf seinem Herzen, und keiner würde etwas merken. Warum soll das Volk leiden? Warum dieser qualvolle Todeskampf?«

»Mich interessiert die Qual des Volkes nicht. Es kann seinen Weg frei wählen ... wie Schwerer Biber. Ich habe andere Verpflichtungen.«

»Der Junge?«

»Natürlich.« Kurzes Schweigen folgte. »Falls er am Leben bleibt.

Vielleicht habe ich einen Fehler gemacht, als ich Weißes Kalb rief.«

»Du hattest schon immer eine Schwäche für alte Frauen.«

»Falls das stimmt, geht es dich nichts an.«

»Du opferst das Volk für den Jungen? Soviel Leid läßt du zu?«

»Ich muß. Eine tödliche Speerspitze ist nicht aus brüchigem Stein gemacht.«

Kapitel 8

Gebückt trat Wildkirsche aus ihrem Zelt. Böse schielte sie hinauf zur Sonne und verwünschte die unbarmherzig herabbrennende Hitze.

Selbst die Pappeln am Moon River wirkten schlaff. Träge bewegten sich die Blätter im leichten Morgenwind. Linsenförmige Schlammbänke schnürten die verzweigten Seitenarme des Moon River ein. Die Wasseroberfläche kräuselte sich kaum. Grauweiße Kieselsteine markierten das frühere Flußbett – ein inzwischen erodiertes Gerippe. Am sonnenüberfluteten Ufer stand Schwerer Bibers Schwitzhütte, deren Betreten seit einiger Zeit den Frauen streng untersagt war. Bei ihrem Anblick verzog Wildkirsche angewidert den Mund.

Im Südwesten konnte sie den hohen kegelförmigen Berg Beaver Tooth erkennen, der sich vor den am östlichen Horizont liegenden Elk Place Mountains erhob. Bestimmt war es dort oben herrlich kühl. Wenn nur Schwerer Biber endlich das Lager verlegen würde.

Schon bei dem Gedanken an ihn wurde ihr übel. Dieser Narr gehörte verflucht ... *der Fluch!*

Sie wandte sich um und blickte über die zertrampelte Erde hinweg zu Schwerer Bibers Zelt. Hochaufragend standen dort vier in den Boden gerammte Stöcke im hellen Licht des Morgens.

Eine eisige Kälte durchzuckte Wildkirsche. »Mist und Fliegen, Mädchen. Er hat's getan.« Ihre krallenartigen Finger kneteten das Vorderteil ihres aus Kalbshaut gefertigten Kleides, das vom langen Tragen abgeschabt war. Sie riß sich von dem beängstigenden Anblick los und marschierte entschlossen zu Hungriger Bulles Zelt. Sie fand Salbeiwurzel vor der Tür sitzend. Mit weitaufgerissenen Augen starrte sie auf die Stöcke. Ihr schönes Gesicht war kreideweiß.

»Was soll das? Maden im Eiter, Mädchen! Das will er doch gerade.«

Salbeiwurzel wandte den Blick nicht ab. Sie schien sich der Anwesenheit der alten Frau kaum bewußt zu sein.

»Steh auf!« zischte Wildkirsche. »Hörst du mich? Steh sofort auf!«

Der Junge lugte aus dem Zelt heraus.

»He, Sohn, hilf deiner Mutter auf. Wir müssen sie außer Sichtweite von seinen widerlichen Stöcken bringen.« Sie ergriff Salbeiwurzels eiskalte Hand und zog die junge Frau auf die Beine, der Junge packte die andere Hand. Salbeiwurzel schüttelte den Kopf, folgte aber Wildkirsche widerspruchslos zum Fluß.

»Das will er doch nur erreichen, Mädchen. Er hat damit gerechnet, daß du so dasitzen wirst ... willenlos darauf wartend, was mit dir geschehen wird.«

»Er ist ... ein Geisterträumer. Was ist, wenn er recht hat? Was, wenn ...«

»Halt den Mund! Das will er doch nur. Er will, daß du anfängst zu zweifeln.« Wildkirsche ließ sich am trockenen Ufer kurz vor der abfallenden Böschung eines Nebenarms des Moon River nieder. Sie beugte sich weit hinunter, trank von dem kühlen Naß und schöpfte Wasser mit den hohlen Händen.

»Komm schon, Mädchen. Trink. Anschließend nehme ich dich und den Jungen zu mir in mein Zelt und bereite etwas von dem Antilopenfleisch zu, das du erjagt hast. Nach dem Essen unterhalten wir uns in aller Ruhe über Geistermächte und ihre Vorgehensweise.« Sie schüttelte den Kopf. »Auf einmal wünschte ich, meine närrische Schwester wäre hier.«

Sie fing den scheuen Blick des Jungen auf. Er lächelte sie an.

Anscheinend war er begierig, mehr über die Geister zu erfahren.

Was war nur mit ihm los? Jetzt blickten seine Augen wieder so seltsam leer über die versengte Ebene. Geistesabwesend verfolgte er den Flug eines Adlers.

»Kommt jetzt. Wir wollen euch beide abfüttern. Anscheinend seid ihr beide ein bißchen mondsüchtig.«

Blutbär lag wie eine auf Beute lauernde Schlange in der Sonne.

Bäuchlings in einem dornigen Rosendickicht ausharrend konnte er durch den ausgehöhlten Gang eines Backenhörnchens hindurch genau auf das von der Frau und Zwei Rauchwolken bewohnte Zelt blicken.

Die Luft über dem Lager flimmerte in der Hitze des Spätnachmittags. Er konnte die Spannung förmlich mit den Händen greifen. Die Art, wie sich die Leute bewegten, ihre unbehaglichen Blicke und die gedämpften Stimmen sprachen Bände.

Er hatte keine Möglichkeit gesehen, sich vor der Dämmerung in Zwei Rauchwolkens Zelt zu schleichen. Als er bereits dicht heran gekrochen war, hatte sich die Frau vor dem Eingang niedergelassen.

Mit starren Augen hatte sie hinüber zum Zelt des Schamanen geblickt. Unbeweglich blieb sie sitzen und verließ den Platz nur kurz, um sich hinter dem Zelt zu erleichtern.

Langsam drehte Blutbär den Kopf und blickte prüfend zu den anderen Zelten. Er hörte den merkwürdigen Singsang des Geistermannes und den dumpfen Schlag der Trommel. Einen winzigen Augenblick lang fröstelte er. Der Stumpf seines kleinen Fingers pochte unangenehm.

Von allen Dummheiten, die er je begangen hatte, war dies wohl die größte.

Ich glaube nicht an solche Narreteien wie Geistermacht. Das sind weiter nichts als wunderliche Mythen und Legenden. Vollkommen bedeutungslos.

In diesem Moment kam eine alte Frau hinter Zwei Rauchwolkens Zelt hervor, zerrte mit Hilfe des Jungen die hübsche Frau auf die Beine und führte sie weg.

Ich sollte bald etwas unternehmen, bevor man mich durch einen dummen Zufall noch entdeckt. Er hob ein wenig den Kopf. Sein prüfender Blick glitt über die Gruppen von Menschen, die sich im Schatten ihrer Zelte mit zusammengesteckten Köpfen unterhielten. Im Mittelpunkt der Aufmerksamkeit standen das Zelt des Geistermannes und die merkwürdigen Stöcke, die davor in die Erde gerammt waren. Solange der Wind nicht drehte und die Hunde seinen Geruch nicht aufnehmen konnten oder niemand auf die Idee kam, sich hinter den Rosensträuchern zu erleichtern, befand er sich in Sicherheit.

Aber niemand konnte wissen, wann die Jäger zurückkehren oder irgendein unvermuteter Zwischenfall zu seiner Entdeckung führen würde.

Im Schatten eines Zeltes veränderte ein Hund seine Lage, seufzte tief auf, rollte sich auf die andere Seite und streckte die Beine aus. Die Atemzüge des Hundes wurden tiefer und gleichmäßiger, seine Augen schlossen sich.

Spannungsgeladene Stille senkte sich über das in der Hitze brütende, scheinbar schläfrige Lager.

Obwohl es Salbeiwurzel völlig unwichtig erschien und sich ihr Verstand mit anderen Dingen beschäftigte, folgte sie Wildkirsches Geheiß und trank von dem sandigen Wasser. Der mineralische Nachgeschmack überraschte sie angenehm. Die Welt schien so hell, so klar und warm im Gegensatz zu der in ihrem Innern herrschenden Kälte.

Liebevoll strich sie ihrem Sohn über den Kopf und ging hinter Wildkirsche her zu deren Zelt. Ihr Denkvermögen war eingeschränkt, als wäre ihr Kopf mit Fell ausgestopft – oder mit den flaumigen Samen der Wolfsmilch. Sie konnte nicht so klar denken wie sonst.

Schwerer Bibers Zelt zog ihre Blicke magisch an, besonders die Stöcke, deren Gegenwart eine ungeheure Bösartigkeit ausstrahlte.

Ihre Seele begann zu wimmern.

»Komm schon«, drängte Wildkirsche, ergriff ihre Hand und führte sie in das bernsteinfarbene Licht im Innern des Zeltes. »Setz dich.«

Folgsam ließ sie sich auf dem zusammengerollten Wapitifell nieder, auf das Wildkirsche einladend deutete, und lehnte den Rücken gegen eine Stütze aus Weidenholz. Kleiner Tänzer setzte sich neben sie.

Neugierig blickte er sich um, seine Hand drückte beruhigend die ihre.

Wildkirsches Behausung machte – wie die meisten Zelte des Volkes – einen heruntergekommenen Eindruck. Die Decke hatte vom Ruß vieler Feuer sämtliche Schattierungen angenommen, von Lederbraun über Grau bis zu Schwarz. Entrindete Holzpfosten bildeten eine Grundfläche von drei Schritten im Durchmesser und erhoben sich bis zur Größe eines Mannes. Ein dicker Mittelpfosten trug das Hauptgewicht des Zeltes. Alle Pfosten waren rußgeschwärzt. Wildkirsche rollte die unteren Enden der Zeltwände hoch, damit der Wind durchblasen konnte.

Wildkirsche wischte sich die Hände ab. Zufrieden sah sie,

daß das Feuer noch schwelte. Sie beugte sich über das Feuerloch, stocherte in der Asche, blies eine Kohle an, bis diese wieder Feuer fing, und legte zerkleinerte Salbeirinde darauf. Darüber schichtete sie Späne eines Pappelzweiges, die bald knisternd in Flammen aufgingen. Anschließend häufte sie in der Mitte Steine zum Erhitzen auf und kramte aus einem Lederbehälter reichverzierte, geschnitzte Löffelschalen.

Zu einer anderen Zeit hätte Salbeiwurzel diese herrlichen Stücke sicher bewundert. Jede Schale war aus den Hörnern eines Dickhornschafs geschnitzt. Das vielfältig braun und gelbbraun gesprenkelte Material war so lange mit feinem Sand poliert worden, bis es glänzte. Sehr sorgfältig hatte ein wahrer Künstler die Figuren von Büffeln, Wapitis, Rehen und Antilopen eingraviert.

Die Ränder waren mit Speere werfenden Jägern geschmückt.

»Sitzt du jetzt jede Nacht draußen und starrst auf die Stöcke?«

Salbeiwurzel schloß die Augen und nickte. Bei den Heldenzwillingen, sie haßte sich selbst dafür. Während der langen Nachtstunden, in denen sich der zunehmende Mond seinen Weg über den Himmel bahnte, hatte sie die von den Stöcken geworfenen, langsam über den Boden kriechenden Schatten beobachtet. Die Kälte in ihrer Seele war gewachsen und hatte den letzten Rest Wärme aus ihrem Körper gesogen, bis sie erstarrt war wie ein Eisbrocken. Mit jedem Schlag ihres Herzens hatte sich die Zeit länger hingezogen, war weniger und weniger real geworden. Die Welt hatte sich schleichend verändert, wurde für sie zu einem unheimlichen Ort.

Nicht einmal das leise Atmen ihres Sohnes neben ihr hatte ihr ein bißchen Wärme gegeben.

»Hör zu, Salbeiwurzel. Du selbst richtest dich zugrunde. Verstehst du?« Wildkirsche beugte sich vor und blickte ihr in die Augen.

Einen Augenblick lang tauchte Salbeiwurzel in diese freundlichen braunen Tiefen ein und vertraute blind auf die Aufrichtigkeit, die sie darin entdeckte. Wildkirsche erfaßte den Moment des kurzen Aufflackerns von Vertrauen und lächelte liebevoll.

»Du mußt dich zusammennehmen. Denk vernünftig über alles nach.

Schwerer Biber will, daß du unentwegt diese Stöcke anstarrst. Er will, daß du sie mit jeder Faser deiner Seele *fühlst.* Wenn du selbst das zuläßt, wenn du dich ihm selbst in die Hände spielst, bringst du dich um.«

»Er ist ein Geisterträumer.«

»Das glaube ich nicht. Und du sicher auch nicht. Aber nachdem du dich die ganze Nacht mit wilden Fantasien beschäftigt hast, bist du nicht mehr ganz sicher. Auf diese wachsende Unsicherheit setzt er, diese schwache Stelle beutet er aus – wie ein Parasit.

Sich mich an, Salbeiwurzel. Er hat seine Klauen in dich geschlagen. Läßt du zu, daß er sich den Rest von dir holt?«

Sie stützte den Kopf in die Hände und spürte, wie sich ihr Sohn noch fester an ihren Rock klammerte. »Ich weiß es nicht.«

»In der Nacht davor hast du dich entschieden, das Fleisch zu essen.

Du wußtest, was er tun würde, und trotzdem hast du dich so entschieden. Warum?«

Sie mahlte mit den Zähnen. »Weil ich *mußte.* Die Entscheidung war richtig. Ach, ich weiß auch nicht. Ich fühlte mich so stark. Ich dachte, ich könnte ihm trotzen. Ich hoffte, alles ginge gut.«

»Und dann?«

»Dann kam ich gestern mit einer Trage voller Fleisch zurück zum Zelt.

Und ich blickte hinüber und sah die Stöcke und auf einmal wurde alles Wirklichkeit. Er wird mich töten. Er hat mich schon immer gehaßt. Ich fühle die Macht dieses Hasses. Er ist ungeheuer mächtig – und er wendet sich einzig und allein gegen mich.«

»Er kann dich trotzdem nicht töten – sofern du es nicht zuläßt.«

»Aber ich ...«

»Du bist noch genauso stark wie zu der Stunde, in der du dich für das Fleisch entschieden hast. Du hast richtig gehandelt. Warum kommst du jetzt nicht mehr damit zurecht? Warum gehst du nicht einfach hinaus und siehst ihm fest in die Augen?«

Sie schluckte. Eine würgende Trockenheit schnürte ihr die Kehle zu.

»Ich ... ich wußte nicht, daß es mich derart zermürben würde.

Ich ... ich fühle mich vollkommen verloren, Wildkirsche. Ich weiß gar nichts mehr.«

Die alte Frau schnaubte und lehnte sich zurück. »Ich verstehe. Das ist der wahre Grund, nicht wahr? Du weißt es nicht.«

»Was ist, wenn er recht hat?«

Wildkirsche rieb sich die gefurchte Stirn. »Da liegt das eigentliche Problem. Du hast nur sein Wort, daß er ein Geisterträumer ist. Mord und Totschlag, Frau, du mußt glauben, daß er ein Lügner ist! Das ist deine einzige Hoffnung ... die einzige Hoffnung für unser Volk! Was ist, wenn du stirbst? Ha? Denk mal darüber nach! Wenn du dich umbringst, weil du vor seinen widerwärtigen Stöcken Angst hast, was dann? Glaubst du, dein Tod macht einen besseren Menschen aus ihm? O nein, er wird seine Macht bald an jemand anderem erproben.«

Entsetzt starrte Salbeiwurzel in Wildkirsches Augen.

»So ist es doch. Wer kommt nach dir an die Reihe?«

»Das wollte ich nicht. Ich wollte doch nur meinem Kind zu essen geben.«

Wildkirsche schüttelte den Kopf. »Ich weiß. Aber dich hat es nun einmal getroffen. Das haben vielleicht die Geister entschieden, ha?«

Salbeiwurzel stöhnte. Am liebsten hätte sie vor Entsetzen laut aufgeschrien. »Warum?«

Wildkirsche seufzte und schlug sich hilflos mit den Händen auf die Hüften. »Das kommt von der Trockenheit. Die ist schuld daran, daß sich das Volk in viele kleine Gruppen aufteilt, nur um zu überleben. Alles begann schon zu Lebzeiten meines Vaters. Damals hat uns das Weiße-Kranich-Volk hierher in den Süden getrieben.

Das Kurzhaar-Volk hat um dieses Land gekämpft – es war ihr Land.

Dann raubte einer ihrer Häuptlinge eines unserer jungen Mädchen.

Er verliebte sich in sie und hat sie geheiratet. Er schloß Frieden. Es wurde die Abmachung getroffen, daß wir nicht weiter nach Süden vordringen. Er nahm unser Ehrenwort dafür. Die Anit'ah behielten die hervorragenden Jagdgründe in den Buffalo Mountains, weil sie sich dort oben am besten auskennen; und wir bekamen das Gebiet am Moon River bis zu seinem Zusammenfluß mit dem Sand River im Osten. Aber hier gibt es nicht mehr genügend Nahrung. Wir hungern. Früher einmal erstreckten sich hier soweit das Auge sehen konnte riesige Lager des Volkes.«

»Du hast versprochen, von den Geistermächten zu erzählen«, erinnerte sie Kleiner Tänzer, der neben ihr saß, schüchtern.

Wildkirsche lachte. »Ja, richtig. Also, was willst du wissen?«

»Alles!«

»Alles?«

»Ja. Wenn ich erwachsen bin und den Namen eines Mannes bekommen habe, möchte ich Geisterträumer werden. Dann wird Schwerer Biber meine Mutter nie mehr bedrohen.«

Salbeiwurzel unterdrückte ein plötzlich aufkommendes Unbehagen.

»Warum, mein Sohn? Warum willst du Geisterträumer werden?«

Trotzig sah der Junge sie an.

»Weil ich dann Stöcke aufstellen werde und Schwerer Biber umbringen kann!«

Salbeiwurzel schloß die Augen und schüttelte den Kopf. »Nein. Niemals wirst du etwas Derartiges tun. Ich verbiete es dir.«

Sie fühlte Wildkirsches Augen auf sich gerichtet. »Mädchen, wenn der Junge …«

»Ich sagte nein! Ich will nicht, daß mein Sohn jemals einen Menschen solchen Qualen aussetzt, wie ich sie jetzt durchmachen muß. Verstehst du? Das ist … ist schlecht!«

Unbehaglich rutschte Wildkirsche hin und her. Rasch griff sie nach ihren Herdstöcken. Sie teilte die Enden dieser zwei in der Mitte zusammengebundenen Weidenstämmchen, holte mit der so entstandenen Zange die heißen Kochsteine aus der Mitte des Feuers und ließ sie zischend und dampfend in den an einem Dreifuß hängenden Schmorsack fallen.

»Nun komm schon, Mädchen. Du bist durcheinander. Du hast nichts gegessen und nicht geschlafen. Das schadet dem Verstand.«

Salbeiwurzel schüttelte den Kopf und blickte die im Kochsack rührende alte Frau aus tief in den Höhlen liegenden Augen an.

»Nein. Ich will mit Geistermächten absolut nichts zu schaffen haben. Ein Geistermann zerstört mein Leben. Ich will nicht, daß mein Sohn das Leben anderer Menschen ruiniert.«

Wildkirsche biß sich auf die Lippen, prüfte die Temperatur des Eintopfs und schöpfte dann die Schüsseln voll. »Was willst du machen, wenn dein Sohn – der des Nachts die Geister der Antilopen sprechen hört – ein *richtiger* Träumer ist? Was willst du machen, wenn er mit dem Feuer tanzen und mit den Sternen singen kann?«

Salbeiwurzel starrte sie an. Ungläubiges Entsetzen glomm in ihren Augen. »Nicht mein Sohn. Niemals lasse ich das zu.« *Das heißt, falls Schwerer Biber mich nicht vorher umbringt.*

»Aieeeeah!« Ein schriller Schrei gellte durch die Stille.

»Was zum …« Wildkirsche bückte sich unter der Tür durch, um nach der Ursache für diesen Aufruhr zu sehen.

Salbeiwurzel folgte ihr hinaus ins Freie. Die Leute eilten zu einer Baumgruppe am Rand des Lagers. Angesteckt von der allgemeinen Aufregung hastete Salbeiwurzel den anderen hinterher, Kleiner Tänzer mit festem Griff an ihrem Rock im Schlepptau.

Eine Menschentraube verdeckte ihr vor dem Geburtszelt die Sicht.

Eine eiskalte Faust umschloß ihr Herz, eine Vorahnung dessen, was geschehen war.

»Tanzende Hirschkuh!« rief Die die Spaß macht und drängte sich rücksichtslos durch die Menge. Für den Bruchteil einer Sekunde trafen ihre Augen Salbeiwurzels Blick, dann brach sie in Tränen aus und zerkratzte sich das Gesicht.

»Sieh nicht hin«, warnte Wildkirsche Salbeiwurzel und legte ihr besänftigend eine Hand auf den Arm.

Doch diese riß sich los, stolperte vorwärts und spähte über Dauerläuferins Schulter.

Tanzende Hirschkuh lag mit dem Gesicht nach unten auf dem Boden.

Schwarze Schmeißfliegen umkreisten die scharfe Spitze eines Jagdspeeres, die aus ihrem Rücken ragte. Der Speerschaft war abgebrochen, als ihr Körper darauffiel. Sein mit Federn versehenes Ende ragte in einem Teich gerinnenden roten Blutes unter ihr hervor. Jemand hob ihren Kopf.

Selbst im Tod spiegelten Tanzende Hirschkuhs Augen noch ihr Elend. Ein gequälter und anklagender Ausdruck stand in ihren todesstarren Augen. Salbeiwurzel erlitt einen Schwächeanfall und sank auf die Knie.

»Sie ist in den Speer hineingerannt«, erklärte Zwei Wapitis beklommen.

Zuvor hatte er den Körper mit seinem gesunden Auge gründlich inspiziert, nun verharrte er nachdenklich. »Sie wußte, Langläufer würde nie mehr zurückkommen. Sie starb durch seinen Speer.«

»Schwerer Biber hat auch sie verflucht«, flüsterte jemand.

Salbeiwurzel keuchte. In blankem Entsetzen schlug sie sich die Hand vor den Mund, unkontrollierte Schluchzer entrangen sich ihrer Kehle.

»Es wird Zeit, dagegen einzuschreiten«, brummte Zwei Wapitis.

»Schlimme Dinge geschehen. Grauenhafte Dinge.« Steifbeinig machte er sich auf den Weg zu Schwerer Bibers Zelt.

Salbeiwurzel hörte nicht, wie die Leute zu den Zelten zurückeilten. Sie bemerkte kaum, daß Kleiner Tänzer an ihrer

Seite geblieben war und sich maßlos verängstigt an sie klammerte. Sie starrte nur fassungslos in das anklagende Gesicht der toten Freundin, über deren trocken werdende Augen schillernde Schmeißfliegen spazierten.

»Du hast erreicht, was du wolltest. Ich weiß, du mochtest das Kleine-Büffel-Volk nie. Jetzt wirst du zu dem Rothand-Volk zurückkehren.«

Wolfsträumers düstere Stimme verriet schmerzliche Belustigung.

Das Wolfsbündel antwortete: »Das Rothand-Volk nährt meine Macht. Diese hohlköpfigen Büffeljäger dagegen besitzen nicht mehr Verstand als ihre Ahnen, die das letzte Mammut abgeschlachtet haben. Ich vermute, sie machen dasselbe mit den Büffeln. Stimmt es, daß sie noch den letzten Büffel töten und dann verhungern werden?«

»Wenn ich die Spirale nicht verändern kann.«

Das Wolfsbündel dachte einen Moment angestrengt nach. Schließlich sagte es: »Ich hoffe, du kannst es. Ich vermisse das Mammut. Seit das letzte Mammut gestorben ist, fehlt mir innerhalb der Kreise die Erhabenheit ihrer Seelen.«

»Achte auf dich selbst, Bruder. Wenn die Zeit kommt, wenn der Junge überlebt, braucht er deine Macht. Wir dürfen keinen Fehler machen. Eine Veränderung der Spirale des Großen Weisen im Himmel ist keine Kleinigkeit. Die Welt befindet sich im Wandel. Der Junge könnte allem eine andere Richtung geben … wenn wir ihn im Verlauf dieses Prozesses nicht töten.«

KAPITEL 9

Zwei Rauchwolken saß auf dem verrottenden Stamm einer umgestürzten Pappel und blickte auf die sich ostwärts erstreckenden Windungen des Moon River. Die Ruhelosigkeit seiner gekränkten Seele hatte ihn nicht schlafen lassen. Mitten in der Nacht hatte er das Lager verlassen und war auf die Hochterrasse geklettert, um auf das Nahen des neuen Tages zu warten. Aber selbst der sich wunderbar rötende

Himmel und Vater Sonnes strahlendes Leuchten konnten die Kälte seiner Seele nicht mildern.

Stundenlang hatte er Grassamen gesammelt, gemächlich grüne Rispen gepflückt, die Spreu von der trockenen Morgenbrise verblasen lassen und die kleinen Samen zwischen den Zähnen zermahlen. Gras wuchs überall, sogar in Dürrejahren wie diesem. Könnten sich die Menschen wie die Büffel von Gras ernähren, wäre alles viel einfacher.

Seit Jahren beobachtete er die Büffel, verfolgte staunend den Vorgang ihrer Nahrungsaufnahme, pflückte dieselben Gräser, die sie fraßen, aß die gleichen Blätter, Halme und Samen. Doch er konnte die Wahrheit nicht leugnen. Der Große Weise im Himmel hatte ihn anders gemacht als die Büffelkinder. Menschen konnten kein Gras essen und dabei überleben. Mit äußerster Sorgfalt hatte Zwei Rauchwolken seine eigenen Exkremente untersucht und dabei Blätter, Samen und Halme unverdaut vorgefunden.

Trotzdem wurde er das Gefühl nicht los, etwas Wichtiges übersehen zu haben. Gras gab es überall. Büffel aßen Gras. Dann aßen die Menschen die Büffel – doch die gab es nicht überall. Wenn die Menschen in der Nahrungskette auf die Büffel verzichten und das Gras gleich selbst essen könnten, müßte niemand je wieder hungern.

Ein heftiges Zittern durchlief ihn und unterbrach seine Gedanken.

Sogar im heißen Licht der Sonne fröstelte er. Ängstlich blickte er flußaufwärts zum Lager, über das sich unheilvolles Schweigen ausgebreitet hatte. Selbst die kleinen Geräusche des Alltags waren verstummt – als ob das ganze Lager mit angehaltenem Atem auf Schwerer Bibers weiteres Vorgehen warten würde.

»Das Volk ist verloren«, flüsterte er. »Schwerer Biber hat es mit seinem Hochmut vernichtet. Niemand beleidigt ungestraft ein Heiliges Bündel. Niemand spuckt in das Gesicht des Großen Weisen im Himmel und darf ein langes, glückliches Leben erwarten.«

Und ich kann kein Mitleid mit dem Kleinen-Büffel-Volk empfinden. Sie haben mich geschlagen und verspottet. Die Männer ver-

gewaltigen mich. Die Frauen lachen mich aus. Nein, ich bedauere die Vernichtung dieses Volkes nicht.

Salbeiwurzel und Hungriger Bulle waren freundlich zu ihm gewesen.

Wie Weißes Kalb befohlen hatte, hatten sie ihn als vollwertiges Mitglied in ihre Familie aufgenommen, mit ihm das Essen und das Zelt geteilt. Und er hatte mit ihnen geteilt. Seine geschickten Hände hatten Tierhäute bearbeitet, ausgefleischt, haltbar gemacht, gegerbt und die dichtesten Zeltabdeckungen und die schönsten Kleider daraus genäht. Wenn die Leute des Kleinen-Büffel-Volks die von Zwei Rauchwolken gegerbten und genähten Felle bei einem Händler gegen andere Waren eintauschten, vergaßen sie sogar ihren Spott und ihre Vorurteile gegen ihn.

Doch nun nahmen sie ihm auch noch dieses letzte bißchen Sicherheit.

Salbeiwurzel war von diesem zweitklassigen Geistermann verflucht worden. Er schüttelte den Kopf. Verglichen mit Weißes Kalb, Gestutzte Feder oder Klares Wasser konnte Schwerer Biber noch nicht einmal Rauch von einem brennenden Feuer aufsteigen lassen.

Und Salbeiwurzel würde sterben, ohne den entscheidenden Unterschied zwischen Schwerer Biber und einem wahren Geisterträumer kennengelernt zu haben. Er hatte die Angst in ihren Augen gesehen, die Resignation. Sie war *überzeugt,* sterben zu müssen. Ihr besessenes Starren auf die Zauberstöcke bewies ihm das ganz deutlich.

»Und was geschieht dann mit Zwei Rauchwolken?« Er blinzelte hinauf zur hoch am Himmel stehenden Sonne. »Bleiben, sich schlagen und schänden lassen? Wie lange dauert es, bis sie auch mich umbringen?«

Wie lange, bis sie das Wolfsbündel für böse erklären und verbrennen?«

Du hast dein Versprechen gegeben. Du bist für Kleiner Tänzer verantwortlich.

Er schluckte. Sein Blick schweifte flußaufwärts. Die Worte von Kleiner Tänzer hallten in seinem Kopf nach. »Wir sollten flüchten.«

Er stand auf und rollte seinen Spezialbeutel aus. Nacheinander legte er die heute gesammelten Grashalme in die eigens dafür in das Leder gestanzten Vertiefungen. In ausgerolltem Zustand maß das Behältnis fast zwei Armlängen. Er bewahrte darin Gräser von überall her auf. Wilden Roggen, Weizengras, Büffelgras, Steppenrispengras und viele andere Sorten. Sorgfältig rollte er den langen Lederstreifen wieder zu einer festen Röhre zusammen und steckte ihn in seinen Gürtel.

Düster vor sich hin starrend humpelte er los. Er wußte, daß ihn Ärger erwartete. Sein zerquetschtes Bein begann wieder zu schmerzen.

Seit Jahren hatte es ihm nicht mehr solche Qualen bereitet.

Im Gehen betrachtete er forschend den Himmel. Feine Wolkenstreifen spannten sich über das gewaltige Firmament. Wie lange hatte es nicht mehr geregnet? Waren seit dem letzten leichten Sprühregen nicht bereits drei Monate vergangen? Schon der kleinste Schatten einer Regenwolke wäre eine Erleichterung.

Ein schwacher Schrei aus dem Lager drang an sein Ohr. Beunruhigt zwang er sich, trotz seines schmerzenden Beines schneller zu gehen.

Als er unter den das Lager säumenden Bäumen heraustrat, schien es völlig verlassen. Doch im Näherkommen entdeckte er eine Menschenansammlung hinter dem Geburtszelt. Ein Wehklagen hob an und schnitt wie die scharfe Schneide einer Speerspitze durch die bleierne Stille des Tages.

Zwei Rauchwolken stöhnte. Er empfand das Grauen körperlich.

Welches neue Elend war über sie hereingebrochen? Sein Magen wand sich wie eine sich häutende Schlange. Er taumelte und wünschte, einfach losrennen zu können.

In diesem Augenblick schien sich der Himmel zu verdunkeln. Die Welt verschwamm vor seinen Augen, er starrte wie durch grauen Nebel. Kopfschüttelnd versuchte Zwei Rauchwolken die entsetzliche Angst zu bagatellisieren, die sein Herz fast stillstehen ließ. Was könnte... »Das *Wolfsbün-*

del!« schrie er. Rasch wandte er sich um und humpelte so schnell er konnte auf Salbeiwurzels Zelt zu.

Blutbär straffte sich, als er den angstvollen Schrei einer Frau auf der anderen Seite des Lagers vernahm. Eine unheimliche Stille folgte. Er beobachtete, wie die Leute aufsprangen und losliefen, um nachzusehen. Selbst die dösenden Hunde wurden munter und folgten neugierig ihren Herren.

Endlich war die lang ersehnte Gelegenheit gekommen. Das Lager lag offen vor ihm.

Lautlos schlich Blutbär zum Lager. Das Herz schlug ihm vor Erregung bis zum Hals. Für diese Verwegenheit gebührte ihm Ehre.

Diese wagemutige Tat, das Eindringen in ein Lager des Kleinen-Büffel-Volks am hellichten Tag würde ihm Ruhm und den Ruf eines gerissenen Mannes einbringen. Darauf konnte er seinen Anspruch als Anführer aufbauen.

Ohne zu zögern riß er die Zeltwände auseinander und trat ein.

Drei Deckenrollen lagen vor ihm. Gleich die erste Lagerstatt erregte seine Aufmerksamkeit. Ein fester Beutel, mit herausragender Kunstfertigkeit gearbeitet, lag auf einer Grasmatte hinter dem Kopfteil. Die Nähte waren so dicht gestichelt, daß man fast vermuten konnte, der Beutel sei wasserdicht. Das strahlende Weiß des perfekt gegerbten Leders betonte die leuchtenden Farben der Verzierungen. Bildhafte Darstellungen des Wolfes, des Weißen Fells und all der anderen Mythen des Rothand-Volkes bedeckten die Seiten.

Fast zitternd sank Blutbär auf die Knie. Unter lautem Geklapper legte er seine Speere ab und begann mit ungeschickten Fingern die Bänder zu lösen.

Das Innere offenbarte ein herrlich gegerbtes Wolfsfell. Blutbär nahm es heraus, wickelte die seidenweiche Haut auf und legte das Wolfsbündel frei. Es schien abgenutzt, dennoch war es ihm wohlvertraut.

»Der Geist des Rothand-Volkes!« keuchte er. »Ich habe gewonnen. Niemand wagt es, sich jetzt noch gegen mich zu stellen. Ich bin der Anführer meines Volkes.«

Hastig schloß er den Beutel wieder. In einer abschließenden Geste des Triumphes verstreute er glühende Asche im Innern des Zeltes, riß ungestüm ein Bündel Trockenfleisch an sich und hängte es sich um die Schultern.

Das Wolfsbündel fest an seine Brust gepreßt, ergriff er mit der anderen Hand Atlatl und Speere und duckte sich durch die Tür.

»Blutbär!« Der Schrei traf ihn völlig unvorbereitet.

Mit der Schnelligkeit eines in die Enge getriebenen Luchses drehte er sich um. Instinktiv schnellte sein rechter Arm nach hinten, sofort bereit, den tödlichen Speer auf seinen Widersacher zu werfen. Erst jetzt erkannte er das entsetzte Gesicht seines Opfers. *Zwei Rauchwolken!*

»Stirb, Berdache!«

Zwei Rauchwolken ließ sich zur Seite fallen und entfernte sich kriechend von Blutbär, der bereits einen zweiten Speer in seinen Atlatl legte.

Mist und Fliegen! Gleich würde die ganze Bande hinter ihm her sein. Einen Sekundenbruchteil lang zögerte Blutbär. Um mehr Bewegungsfreiheit zu bekommen, verlagerte er mit einer Schulterbewegung das Fleischbündel. Sollte er noch einen Speer an den Berdachen verschwenden? Vielleicht würde er jeden einzelnen brauchen, um aus dem Lager zu entkommen.

Ein alter, weißhaariger Mann eilte mit ängstlich aufgerissenen Augen um eines der Zelte herum. Bei Blutbärs Anblick blieb er wie angewurzelt stehen, den Mund zu einem entsetzten Schrei aufgerissen.

Blutbär zielte genau. Mit äußerster Kraft und Schnelligkeit schleuderte er seinen Speer dem Alten in die Brust. Zwei Wapitis erbebte unter dem wuchtigen Aufprall. Ein würgender Laut drang aus seiner Kehle. Seine Beine gaben nach, er sank auf die Knie und fiel auf die Seite.

Blutbär schaute sich suchend nach Zwei Rauchwolken um, doch der Berdache schien wie vom Erdboden verschluckt. Die Rufe und Schreie der herbeieilenden Leute wurden lauter. Mit heftig klopfendem Herzen sprang Blutbär über ein qualmendes Feuer. Das hin und her plumpsende Gewicht des schweren Fleisches behinderte ihn bei der Flucht, und er warf es mit Schwung hinter sich in den Staub. Er drückte das Wolfsbündel fest an seine Brust und jagte davon. Ein junger Mann versuchte, sich ihm in den Weg zu stellen, doch er rannte ihn einfach um.

Zwischen kreischenden Frauen und verwirrt durcheinanderschreienden alten Männern und Kindern stürmte Blutbär durch das Lager. Wie aus dem Nichts tauchte plötzlich ein Hund hinter ihm auf und schnappte geifernd nach seinen Fersen. Blutbär wirbelte gerade so weit herum, daß er dem Biest einen Speer in die Brust treiben und die Waffe wieder herausreißen konnte. Sofort raste er weiter auf das Wäldchen zu.

Keuchend und schnaufend zwang er seinen ausgepumpten Körper den Steilhang zu der Baumgruppe empor. Erst dort verlangsamte er seinen Lauf, um Atem zu schöpfen. Er blickte zurück, konnte aber keine Verfolger entdecken. Die Leute drängten sich um den Körper des alten Mannes und zeigten mit den Fingern zu ihm herauf. Keiner hatte es gewagt, ihn, den mutigsten Mann des Rothand-Volkes, zu verfolgen.

Grinsend umklammerte er das Wolfsbündel und setzte seinen Marsch über die Hochterrasse fort. Die kühlen Gipfel der Buffalo Mountains weit im Nordwesten schienen ihm freundlich zuzuwinken.

Das Wolfsbündel! Fort! Der Ehrenplatz am Kopfende von Zwei Rauchwolkens schwelender Bettstatt war leer. Nur noch der Abdruck des Lederbeutels zeugte von der Existenz des Wolfsbündels. Die Leere in Kleiner Tänzers Seele wuchs zu einem alles verschlingenden Abgrund. Finsternis wogte an den Rändern seines Bewußtseins. Zuerst Schwerer Bibers furchtbare Beleidigung – und jetzt der Diebstahl.

Kleiner Tänzer schüttelte fassungslos den Kopf. Das Zelt, *sein* Zelt, für ihn stets ein Ort der Sicherheit vor Sturm, Kälte und Gefahr, war geplündert worden, zerstört und beschmutzt von einem Anit'ah. Die Bettstellen qualmten, die glühende Asche hatte sich durch die Felle gebrannt.

»Nein, das ist nicht … das kann nicht …«

»Blutbär«, murmelte Zwei Rauchwolken in der Sprache der Anit'ah. Gebückt trat er aus Drei Zehens Zelt heraus, einen langen Speer in der Hand haltend.

Kleiner Tänzer kauerte sich auf den Boden und umklammerte mit einer Hand einen Zeltpfosten. Er hatte keine Kraft mehr und starrte ungläubig auf die Trümmer des Zeltes. Er merkte kaum, wie sich Zwei Rauchwolken, den Speer in den Händen drehend, neben ihm niederließ.

»Ich frage mich, wie er mich nach all den Jahren hier aufspüren konnte. Das Rothand-Volk hat ihn verbannt, nachdem ich mit Klares Wasser und dem Wolfsbündel fortgegangen bin, und er irrte allein im Land umher. Aber niemand wußte, wo ich zu finden bin.«

»Das ist alles Schwerer Bibers Schuld. Er hat das Wolfsbündel hinaus in die Dunkelheit geworfen. Ich fühlte, wie sich die Macht veränderte. Die Welt geriet aus dem Gleichgewicht. Alles verschob sich. Vielleicht sehnte sich das Wolfsbündel zurück zu den Leuten, die sich seiner mit Ehrfurcht annehmen.«

»Ich habe mich immer um das Wolfsbündel gekümmert. Ich liebte es, hielt es ...«

»Aber Schwerer Biber hat es beleidigt. Es konnte dir nicht mehr vertrauen.« Kaum waren ihm diese Worte herausgerutscht, bereute er sie auch schon. Zögernd blickte er auf und sah Tränen über Zwei Rauchwolkens Gesicht strömen. Voller Mitgefühl schlang er seinen mageren Arm um die Taille des Berdachen. Es ist nicht deine Schuld, Zwei Rauchwolken. Ganz bestimmt nicht.«

So leise, daß er ihn kaum verstand, flüsterte Zwei Rauchwolken:

»Doch, es ist meine Schuld. Alles ist meine Schuld. Von Anfang an.«

Hinter sich vernahm Kleiner Tänzer die leisen Schritte von Mokassins. Er drehte sich um.

Seine Mutter stand mit wirren Haaren vor ihm. Einzelne widerspenstige Strähnen wehten im Wind. In ihren tief in den Höhlen liegenden Augen sah er, daß sie den schrecklichen Vorfall kaum zur Kenntnis nahm.

Mit hämmerndem Herzen starrte er zu ihr hinauf. Dieses Gesicht gehörte einer Fremden. Teilnahmslos sah sie durch ihn hindurch, ihre Hände öffneten und schlossen sich krampfhaft. Ihre Mundwinkel zuckten, als wolle sie etwas sagen. Unvermittelt drehte sie sich um, bückte sich und betrat das Zelt. Geräuschlos trat sie die glühenden Kohlen aus. Tränen begannen silbrig in ihren Augen zu glitzern.

»Mutter?« flüsterte er voller Angst vor ihrem verstörten Blick.

Er wagte nicht, sie laut anzusprechen. Er blickte hinüber zu Schwerer Bibers Zelt.

Zwei Stöcke standen noch.

Was für ein glücklicher Zufall! Die Leute liefen verwirrt und fassungslos durcheinander. Ständig trieb sich jemand bei Zwei Wapitis Leiche herum. In seine prunkvollsten Kleider gehüllt trat Schwerer Biber aus seinem Zelt.

»Mein Volk! Ich habe von den Geistern gehört. Sogar als ich mit ihnen sprach, drehte sich die Welt und wartete. Was ist am heutigen Tag Wunderbares geschehen? Tanzende Hirschkuh hat ihren Irrweg eingesehen. Die Anit'ah haben das Böse zurückgeholt, das wie eine schwärende Wunde seinen Eiter in unsere Gemeinschaft einsickern ließ!«

Angesichts von Zwei Rauchwolkens entsetzter Miene grinste er.

Dein Tag ist gekommen, du Mißgeburt des Feindes! Nach Salbeiwurzel vertreibe ich dich und rette das Volk vor deinem Schmutz!

»Dies ist die letzte Warnung!« sprach Schwerer Biber mit Donnerstimme. »Zwei Wapitis, so weise, so freundlich, mußte mit seinem Leben bezahlen! Die Entscheidung liegt bei uns. Wir müssen uns von allem überkommenen Bösen reinigen! Wir müssen einen neuen Weg finden, oder die Welt der Geister kehrt uns den Rücken und erweist uns nichts Gutes mehr. Die Bösen kennen sich alle und verkehren miteinander. Innerhalb von ein paar Tagen wird die Macht, die ich rufe, sie aus unserer Mitte vertreiben!«

»Hört unseren Geisterträumer!« rief Der mit Steinen wirft,

hob die Faust und schwenkte sie, während er tanzte. »Schwerer Biber bringt uns auf einen neuen Weg. Seine Macht bringt die Büffel zurück!«

Feuer in der Nacht hüpfte und sprang ausgelassen jauchzend herum.

»Und nun zu euch anderen«, sprach Schwerer Biber im Befehlston, als er sah, daß Wildkirsche den Mund öffnete, um etwas zu sagen.

»Zwei Wapitis ist tot. Betrauert keiner von euch den Tod dieses großen Mannes? Steht ihr alle nur tatenlos herum? Geht! Geht hinaus, holt Salbei und reinigt seinen Körper! Bringt das Beste, was ihr habt, ihm zu Ehren.«

»Und die Anit'ah?« fragte Schlafende Föhre und blickte sich unruhig um. »Sind noch mehr da von denen?«

»Nur einer kam hierher, um den verfluchten Beutel zurückzuholen.«

Aus schmalen Augen beobachtete Schwerer Biber Zwei Rauchwolken und das verwahrloste Kind, das sich an ihn klammerte. Die Augen des Jungen starrten ihn haßerfüllt an. Gut, den Haß würde man aus ihm herausprügeln. Er war noch jung genug, um auf den rechten Weg gebracht zu werden.

»Was ist mit Tanzende Hirschkuh?« erkundigte sich Wildkirsche, während die Leute trübsinnig, sich nur in leisem Gemurmel unterhaltend, zu ihren Behausungen zurückkehrten.

Schwerer Biber schloß die Augen. Seine Miene drückte reinsten Schmerz aus. »Ich möchte, daß ihr beiden, du, Wildkirsche, und Salbeiwurzel, sich ihrer annehmt. Bringt sie hinauf auf den Hügel hinter dem Lager. Ihr zwei schafft das bestimmt. Der Berdache und der Junge sollen euch helfen.«

»Wirst du für sie singen?«

»Ich dachte, du zweifelst an meiner Macht. Warum willst du, daß ich für sie singe?«

Wildkirsche zögerte keine Sekunde. »Wegen ihrer Familie. Die meisten ihrer Verwandten leben bei der Sippe von Weißfuß. Bestimmt wollen sie, daß jemand für sie singt.«

Er nickte. »Ich werde singen.« *Und du wirst in ein paar Tagen den Beweis meiner Macht erleben, Alte!* »Vielleicht mildert das die Verunreinigung, die sie über unser Volk gebracht hat.«

Wildkirsches Blick wurde hart. »Ach, Junge, ich muß mich immer wieder fragen, wer die eigentliche Verunreinigung verursacht.«

Sein Körper wurde starr. Zornig sah er der alten Frau in die Augen. »Willst du, daß ich für sie singe oder nicht? Deine Worte machen es mir sehr schwer.«

Nur mit Mühe verkniff sich Wildkirsche eine passende Erwiderung.

Ständig vor sich hin murmelnd ging sie hinüber zu Salbeiwurzels Zelt. Mit hochmütig vor der Brust verschränkten Armen sah ihr Schwerer Biber nach. Als die beiden Frauen miteinander sprachen, entging ihm die Bestürzung auf Salbeiwurzels Gesicht nicht.

Verzweifelte Augen blickten in seine Richtung. Aber diese Augen spiegelten auch Ekel und Widerwillen. Wildkirsche fuchtelte auffordernd mit den Armen, und schließlich nickte Salbeiwurzel und stand auf.

Schwerer Biber beobachtete, wie die beiden Frauen hinter dem Geburtszelt verschwanden. Dann, sich verstohlen umschauend, schlich er in Salbeiwurzels Zelt. Aus einem Beutel nahm er drei getrocknete Blätter, zerkrümelte sie zwischen den Fingern und ließ die Krümel in die Brühe in ihrer Hornschüssel fallen.

Sich rasch nach allen Seiten umsehend, huschte Schwerer Biber wieder hinaus und kehrte in sein Zelt zurück. Der Stechapfel würde vollenden, was Drohungen allein nicht ausrichten konnten. Die Macht verfügte über viele Mittel und Wege – besonders wenn man den Kopf des Opfers in Verwirrung brachte.

Wildkirsche ließ sich neben Die die Spaß macht nieder, die ein zwischen Pflöcke gespanntes Antilopenfell mit weißer Tonfarbe bemalte. Über ihnen, an der Kante der Hochterrasse stehend, sang Schwerer Biber. Als er an Tanzende Hirschkuhs Leichnam zu tanzen begann, unterstrich er seinen Gesang mit einer klappernden Rassel.

Zumindest würden Tanzende Hirschkuhs Verwandte erfahren, daß für die junge Frau gesungen worden war. Wildkirsche rieb an den Blutflecken, die Tanzende Hirschkuhs Leiche am Saum ihres Kleides hinterlassen hatte.

»Hübsche Malerei. Ist das für Zwei Wapitis?«

Die die Spaß macht nickte und rührte die Farbe in einer Hornschale um.

»Alle seine Kinder sind mit Zwei Steines Sippe fortgegangen. Wer sonst kümmert sich um ihn, wenn nicht wir? Ein so guter und weiser Mann wie er sollte so gut wie möglich aussehen, wenn er zum Sternennetz aufsteigt. Wir dürfen nicht zulassen, daß er dem Großen Weisen im Himmel wie ein verhungernder Kojote entgegentritt.«

»Nein. Ich habe einen perlenbestickten Halsschmuck. Den werde ich für ihn holen.«

»Wie geht es Salbeiwurzel?«

»Nicht gut.«

Seufzend wischte sich Die die Spaß macht mit dem Unterarm über die schweißnasse Stirn. »Glaubst du, es ist ernst?«

»Natürlich ist es ernst. Schwerer Biber bringt sie um. Er nutzt ihre eigene Schwäche aus. Sie hat keine Ahnung von wirklicher Macht. Sie weiß nicht, ob er recht oder unrecht hat. Er hat es geschafft. Sie zweifelt, und damit hat er die Schlacht gewonnen.

Das Schlimmste ist, er hat Rabenfedern an die Spitzen ihrer Zeltpfosten gehängt. Salbeiwurzel hat sie gesehen und resigniert. Natürlich hat sie die Federn heruntergerissen, aber du hättest sehen sollen, wie sie dabei gezittert hat. Und ihr Zelt wurde als einziges von dem Anit'ah verwüstet. Auch diesen Vorfall legt sie gegen sich aus.«

Die die Spaß macht schnaubte laut und ließ sich auf ihr Hinterteil fallen.

»Er singt den ganzen Tag in seinem Zelt. Meine Nerven sind zum Zerreißen angespannt. Jetzt bin ich soweit, daß ich meine Felle hier herausbringe, damit ich ihn nicht ständig hören muß. Was für ein Tag. Tanzende Hirschkuh begeht

Selbstmord. Ein Anit'ah bringt Zwei Wapitis um und stiehlt das heilige Bündel des Berdachen. Und um das Maß vollzumachen, will Schwerer Biber Salbeiwurzel töten.«

Mit leerem Blick starrte sie hinüber zu den weit entfernten, wie eine Fata Morgana in der Sonne schimmernden Baumgruppen.

»Wir sind alle nervös. Das kommt erschwerend hinzu.« Wildkirsche zog die gichtigen Knie an die Brust. »Wir müssen etwas unternehmen, sonst vernichtet Schwerer Biber das ganze Volk.«

»Das Volk? Ich dachte, er ist hinter Salbeiwurzel her. Sie hat ihn abgewiesen, das weißt du. Sie hat sich geweigert, mit ihm das Lager zu teilen. Er ist ...«

»Bah! Das ist doch nur ein Vorwand. Wenn er erst ihren Widerstand gebrochen hat, wird es niemanden mehr geben, der sich ihm entgegenstellt. Er hat sich als Träumer in unser Volk eingeschlichen wie ein Mann unter einem Büffelfell in eine Büffelherde. Er ist ein Betrüger. Es stimmt zwar, seit Jahren geht ihm ihre Abfuhr nach. Man sieht es in seinen Augen, wenn er sie anguckt. Es nagt an ihm. Ich muß dir etwas sagen, ich habe ihn sogar einmal dabei erwischt, wie er hinter ihr und Hungriger Bulle hergeschlichen ist und den beiden zugesehen hat, wie sie sich außerhalb des Lagers gepaart haben.«

»Nein!« Die die Spaß macht schlug schockiert die Hand vor den Mund.

»Das ist ... das ...«

»Unverschämt? Das wäre untertrieben. Aber so ein Mann ist er eben.

Er hat Tanzende Hirschkuh getötet, er hätte gleich eigenhändig den Speer nach ihr werfen können. Und Salbeiwurzels Tod ist ein weiterer Schritt. Willst du bei einem Stamm leben, der seiner Kontrolle untersteht? Hmm? Was ist mit deinen Kindern? Was ist mit deinem Sohn Mausläufer? Soll er etwa mit dem Gerede von Schwerer Biber aufwachsen, die Frauen besudelten die Erde? Soll deine Tochter einen Mann heiraten, der zu einer solchen Denkweise erzogen worden ist?«

Die die Spaß macht schlang die Hände um die Knie und blickte über das Tal zum Moon River. Nach langem Schweigen fragte sie: »Was sollen wir dagegen tun? Schwarze Krähe ist draußen auf der Jagd mit Hungriger Bulle und Drei Zehen. Ich weiß nicht, was ich tun soll.«

»Stärk mir den Rücken.«

Die die Spaß macht legte den Kopf schief und guckte verdutzt. »*Dir* den Rücken stärken? Und wenn er dich verflucht, Wildkirsche? Du bist meine Tante. Ich will nicht ...«

»Blut und Mist! Hör sich das einer an. Du hast bereits klein beigegeben! Denk doch nach, Mädchen! Schwerer Biber ist nichts weiter als ein diebischer Rabe. Er hat einen Haufen Mäuse gefunden, die nicht ganz richtig im Kopf sind, weil sie Alkaliwasser getrunken haben. Jetzt hüpft er herum, krächzend und kreischend, damit sie nicht zu Verstand kommen. Seine erste Maus hat er getötet und gefressen. Die zweite ist verängstigt und rennt nur noch im Kreis. Sobald Salbeiwurzel erledigt ist, sucht er sich die nächste. Und am Ende hat er das Volk vernichtet, glaub mir. Er versucht, das Volk so zu verändern, daß es *seinem* Bild von sich selbst entspricht, daß es sich *ihm* anpaßt. Aber was mich angeht, ich denke nicht daran, die Maus für ihn zu spielen! Ich werde zu ihm gehen und ihn daran erinnern, daß er nichts weiter ist als ein aasfressender Rabe.«

»Sei vorsichtig, Tante.« Die die Spaß macht blickte sich verstohlen um. »Wenn er dich hört ...«

»Bah! Soll er doch! Diese Eiterbeule verpestet schon viel zu lange die Luft. Wie ist es nun? Stärkst du mir den Rücken oder nicht?«

»Aber Schwarze Krähe ...«

Wildkirsche faßte ihr unters Kinn. »Hör mir zu, Wenn du klein beigibst, bist du bald weniger wert als ein Hund. Willst du das?

Auf der Stufe eines Viehs stehen?«

»Schwarze Krähe würde nie ...«

»Nein, aber Schwerer Biber wird. Er hat so seine Probleme. Zum einen seine Mutter. Dieser Mann wird sein Leben lang starke Frauen hassen. Überleg doch, wen er geheiratet hat! Ich laufe schon lange genug auf der Welt herum und habe genügend Ehemänner begraben, um dir in aller Deutlichkeit sagen zu können, daß er Schwarze Krähe nur ein oder zwei Jahre bearbeiten muß, dann wird er es geschafft haben, dann stehst du für deinen Mann auf einer Stufe mit den Hunden, und zwar auf der untersten Stufe wie ein Lasttier oder eine Zuchthündin.«

Glühend vor Zorn erhob sich Wildkirsche. Ihre Knie knackten, und sie ächzte. Denk darüber nach, Tochter meiner Schwester, und zwar gründlich. Schwerer Bibers Ziel ist die Unterwerfung der Frauen. Salbeiwurzel hat sich gegen ihn gestellt. Gelingt es ihm, ihren Widerstand zu brechen ... oder sie zu töten, dann wird ihn nichts und niemand mehr aufhalten. Das Volk, das schon während der letzten zehn Jahreszeiten immer mehr auseinanderfiel, wird es dann nicht mehr geben.«

Sich der Wirkung ihrer Tirade wohl bewußt, stakste sie steifbeinig davon.

Eingehüllt in eine wärmende Decke saß Tangara neben Reizende Wapiti. Im gespenstischen Mondlicht erhoben sich vor ihnen die Gipfel der Berge. Hinter ihnen im Lager des Rothand-Volkes schien alles ruhig zu sein. Ein Hund bellte, jemand warf etwas nach dem Tier.

Ein kurzes Jaulen, dann herrschte wieder Stille. Nur noch leises Stimmengemurmel drang vom Lager herüber.

»Ich hasse es, wenn ich in Schwierigkeiten bin«, beschwerte sich Tangara.

»Na ja, wenn du zu Hause bleiben und deiner Mutter bei der Hausarbeit helfen würdest, anstatt dich mit den Jungen herumzutreiben, wärst du vielleicht nicht ständig in Schwierigkeiten.«

Tangara zuckte die Achseln. Sie lauschte. Ihre sensiblen Ohren vernahmen ein kaum hörbares Geräusch. Ich wette, die Hirschkälber wandern umher. Wir könnten uns gleich morgen früh davonschleichen und ...«

»Na weißt du!« kicherte Reizende Wapiti. »Wie willst du einen Ehemann finden, wenn du nie im Lager bist?«

Erstaunt schaute Tangara die Freundin an. »Warum sollte ich einen Ehemann haben wollen?«

»Ehemänner sind schon sehr nützlich. Ohne sie kannst du nicht schwanger werden. Sie heben schwere Dinge, zum Beispiel Baumstämme, hoch und bauen Tierfallen.«

»Ich brauche keine Falle. Ich habe mich schon einmal bis auf einen Fuß an ein Reh herangeschlichen. Ich hätte ihm leicht einen Speer in den Leib treiben können. Und Babys machen nichts als Ärger.

Man kann längst nicht mehr alles tun, was einem Spaß macht, wenn man ein Baby hat. Man braucht jemanden, der auf die Kinder aufpaßt, wenn man auf die Jagd geht, und muß dieser Frau auch noch einen Teil der Beute abgeben.«

»Eines Tages wirst du bei deiner Herumschleicherei im Wald von einem Kleinen-Büffel-Krieger gefangen, und er wird dich fressen.«

»Mach dich nicht lächerlich! Ich kann mich an ein Reh heranschleichen, das habe ich dir eben gesagt. So ein dummer Kleiner-Büffel-Krieger und mich einfangen? Mich? Du hast doch auch gehört, was man sich über sie erzählt. Sie stolpern hilflos um die Bäume herum und können keine Fährten lesen. Niemand kann die Fährten so gut lesen wie ich.«

»Außer Widderhorn und Der nie schwitzt und Hohe Föhre und ...«

»Aber niemand kennt so viele Fährten wie ich. Und wenn ich eine richtige Frau bin, kenne ich alle. Du wirst schon sehen.«

Reizende Wapiti antwortete nicht. Ihr Gesicht legte sich in finstere Falten. »Warum bist du nur so? Warum versuchst du immer, anders zu sein als alle anderen?«

Verblüfft über diese Frage zuckte Tangara die Achseln. »Ich weiß es nicht. Mir kommt es vor, als ob die Bäume mir zuflüstern.

Bestimmt geht es dir so ähnlich, wenn du mit deiner Familie Beeren sammeln gehst und lieber nach Hause möchtest, zurück in dein Zelt, weil du dich dort sicherer fühlst. Kennst du dieses Gefühl? Bei mir ist es nur umgekehrt. Ich möchte lieber draußen im Wald sein und auf den Felsen herumklettern.«

»Du benimmst dich wie ein Junge.«

»Möglich, aber ich kenne keinen Jungen, der so schnell laufen kann wie ich. Und ich bin sogar mit Der das Horn packt und mit Warmer Wind um die Wette gelaufen. Sie sind ausgerutscht und haben Äste abgebrochen und sind dauernd gestolpert. Außerdem bin ich besser im Steinwurf.«

»Beim Ringen kannst du sie nicht schlagen.«

Tangara grinste. »Nein, aber wenn ich sie vorher stolpern lasse, kriegen sie mich erst gar nicht!«

Salbeiwurzel trank den Rest der inzwischen kalten Brühe. Die auf der Flüssigkeit schwimmenden harten Fettklumpen kümmerten sie nicht.

Sie hatte Kleiner Tänzer und Zwei Rauchwolken zum Essen zu Wildkirsche geschickt, weil sie nicht kochen wollte. Sie sehnte sich nach Ruhe. Zwei Rauchwolken würde sie mit seinem geschäftigen Herumlaufen nur beim Nachdenken stören.

Plötzlich sah sie etwas Schwarzes, Unheilvolles aus Schwerer Bibers Zelt aufsteigen. Keuchend schlug Salbeiwurzel die Hand vor den Mund. Sie schüttelte den Kopf, blinzelte, fühlte, wie eisige Kälte sich ihrer Seele bemächtigte. Ängstlich schielte sie hinauf zu den Sternen, aber sie entdeckte kein Anzeichen des schwarzen Ungeheuerlichen. Der Geist des Raben? Hatte Schwerer Biber sie dem Großen Raben im Himmel als Gegenleistung für seine Geisterhilfe versprochen?

Sie schloß ganz fest die Augen. Ein Taumel erfaßte sie, als habe sie jeglichen Gleichgewichtssinn verloren. Bilder leuchteten auf und schienen zu Glas zu erstarren, sie konnte ihren Augen nicht mehr trauen. Alle Geräusche schienen vollkommen getrennt voneinander.

Stimmen wisperten in der Luft. Nichts mehr schien wirklich zu sein, bis auf die Kälte in ihrer Seele und die Angst.

»Ich bin nicht mehr ich selbst.« Die erbarmungslose Kälte nagte an ihr, fraß sich mit jedem Herzschlag tiefer in ihre Seele. Sie konnte seine Macht nicht in Frage stellen, zu viele merkwürdige Dinge geschahen. Bei Sonnenuntergang hatte sie gesehen, wie die Baumstämme zu den dumpfen Schlägen von Schwerer Bibers Trommel schwankten und tanzten.

Sie schauderte, ihr Magen krampfte sich zusammen. Nein, bitte, nicht noch einmal. Jedesmal, wenn sie etwas gegessen oder getrunken hatte, hatte ihr nervöser Magen alles wieder von sich gegeben.

Salbeiwurzel saß im rückwärtigen Teil des Zeltes. Gedankenverloren strich sie mit den Fingern über die zerstörte Bettdecke, auf der Hungriger Bulle sie so zärtlich geliebt hatte. Hier, in diesem Zelt, hatte sie ihre Söhne geboren. Hier hatte sie sie genährt, an sich gedrückt und geliebt. Zwei waren in diesem Zelt gestorben, ihre kleinen Körper waren hier gereinigt und vorbereitet worden, damit ihre Seelen zum Sternennetz aufsteigen konnten.

Hier hatte sie über Hungriger Bulles Geschichten gelacht, mit ihm geschimpft, wenn nötig, und ihm mit einem zärtlichen Blick in seine freundlichen braunen Augen ihre Liebe gezeigt.

Das Zelt sah schmutzig und schäbig aus. Von der Trockenheit spröde gemacht, waren die Ränder der schweren Fellüberdachung eingerissen. Auch die Pfosten hatten bei jedem Marsch von einem Lagerplatz zum anderen gelitten. Das einstmals imposante Wigwam, das zehn Hunde hatten tragen müssen, konnten jetzt fünf Tiere schleppen. Selbst dieser Teil ihres Leben, ihr Zuhause, war trostlos und besudelt.

Ein Summen, wie das Geräusch von einer Million Hummeln, dröhnte in ihren Ohren. Stöhnend hämmerte sie sich an die Schläfen. Der Lärm verstummte.

Teilnahmslos saß sie zwischen den Trümmern ihres Lebens, abwesend strichen ihre Hände über die in ihre Habseligkeiten eingebrannten Löcher.

Sie konnte nicht mehr hinausschauen. Sie ertrug es nicht mehr.

Voller Entsetzen hatte sie vorher Schwerer Biber aus seinem Zelt herauskommen und geheimnisvolle Linien in die Erde zeichnen sehen.

»Ich kann dich retten«, hatte er herübergerufen. Dabei musterte er sie unter schweren, halbgeschlossenen Augenlidern hervor. »Du mußt deine Schuld nur eingestehen. Verpflichte dich mir, und du wirst geläutert.«

Der Schrei des Entsetzens war ihr im Halse steckengeblieben. Wie eine Wahnsinnige hatte sie den Kopf geschüttelt.

Er hatte gelächelt, erneut seinen Singsang angestimmt und war in der Dämmerung verschwunden.

Verzweifelt nahm sie all ihren Mut zusammen und entfernte die Linien. Sie kratzte auf der festgetretenen Erde, bis ihre Fingernägel bluteten. Anschließend rollte sie sich zu einer Kugel zusammen und schluchzte, bis Kleiner Tänzer kam und sie tröstend in die Arme schloß. Zwei Rauchwolken hob sie hoch und trug sie in das Zelt. Nun schliefen die beiden wie Wachposten vor der Tür.

Hungriger Bulle ist so weit weg. Ich bin tot, wenn er zurückkommt.

»Hör auf damit«, flüsterte sie vor sich hin. »Du mußt glauben, daß er ein Lügner ist. Schwerer Biber kann nicht mit dem Feuer tanzen. Er kann nicht mit den Sternen singen. Er versucht, mich in Todesangst zu versetzen. Sonst kann er nichts. Nur mich in Todesangst versetzen.«

Und woher weißt du das? Warum besteht dein Körper nur noch aus Schmerz? Warum behält dein Magen nichts mehr bei sich? Warum siehst du Dinge, die gar nicht da sind? Hörst Stimmen wispern? Warum zittern deine Muskeln? Warum ist dir immer kalt – sogar in der Sonne? Du stirbst. Du kannst nicht gegen seine Macht ankämpfen.

Die Kälte in ihrer Seele breitete sich weiter aus. Gegen ihren Willen kamen ihr bruchstückweise die alten Geschichten in den Sinn, die Erzählungen bei den Winter-Versammlungen über Hexen, die den Menschen die Seele rauben. Oder die Legende von den Heldenzwillingen. Sie führten die Menschen unter der Erde hervor in diese Welt. Danach hatte einer der Brüder dem anderen den Kopf aufgeschlagen, die Blutstropfen verwandelten sich in roten Jaspis.

Ein Bruder war in den Himmel aufgestiegen, war eins geworden mit dem Sternennetz. Seitdem waren seine Leute sicher vor dem Bösen.

»Vor dem Bösen. Ist es jetzt zurückgekommen?« Gleichgültig starrte sie hinaus ins schimmernde Mondlicht. Flackernde Strahlen brachen in Tausende von Sternen auseinander. Salbeiwurzel war zugrunde gerichtet. Sie kauerte sich zusammen und bedeckte den Kopf mit den Händen. So blieb sie liegen, bis ihr Körper von der Erde abzuheben und sich langsam in der Luft zu drehen begann.

Keuchend und mit ruckartigen Bewegungen tastete sie sich durch die vertrauten Schatten ihres Zeltes und versuchte, wieder festen Boden unter den Füßen zu spüren.

Irgendwo jaulten und knurrten Hunde. Draußen schliefen Zwei Rauchwolken und Kleiner Tänzer dicht aneinandergeschmiegt. Das durch die Pappelblätter scheinende Mondlicht warf unwirklich gesprenkelte Schattenbilder auf sie herab.

Ihre Mutter hatte ihr von Geistern erzählt, die durch die Winternächte wanderten und heulten wie der Wind. Stets ruhelos, würden die Geister jedes kleine Mädchen rauben, das nicht gut und gehorsam war. Jetzt, da sie mit dem Seelentod konfrontiert war, dachte sie darüber nach, ob Schwerer Biber eine Möglichkeit gefunden hatte, einen Geist herbeizurufen, der ihre Seele rauben würde.

Wenn sie sich anstrengte, konnte sie den leisen Singsang aus seinem Zelt hören, die schwachen dumpfen Schläge einer Trommel im Rhythmus ihres Herzschlags. Prickelnd sträubten sich ihre Nackenhaare.

»Ich hatte keine andere Wahl. Ich *mußte* die Antilopen retten – ich habe das Richtige für unser Volk getan.« Sie vergrub den Kopf in den Händen. »Ich mußte es tun … Ich konnte nicht anders.« *Und dafür sterbe ich nun.*

Der dumpfe Schlag der Trommel hallte wie ein Echo in ihrem Herzen nach. Sie griff nach dem Wassersack. Vor Kälte zitternd sah sie hinüber zu Schwerer Bibers Zelt. Nur noch ein Stock stand davor.

Weißes Kalb erwachte jäh. Unsicher blinzelte sie hinauf zum Mondlicht. Ein Ruf hatte ihre Seele erreicht, sie wachgerüttelt und zitternd und angsterfüllt zurückgelassen. Das unbehagliche Gefühl wanderte mit dem Mondlicht durch die Nacht wie ein launenhafter Geist auf tanzenden Antilopenfüßen.

Sie setzte sich auf. Ihr verbrauchtes Herz pumpte reinste Angst durch ihre brüchigen Adern. Die Erinnerung an diesen Traum, der sie so erschreckt hatte, war fortgeblasen wie die zarten Samen einer Distel im Wind. Geblieben war nur eine leise Ahnung davon, ein Bild von gehetzten Augen und schierer Verzweiflung.

In der Nähe schliefen geräuschvoll Drei Zehen, Hungriger Bulle und Schwarze Krähe. Der Nachtwind wehte den schwachen Duft von Salbei und den schweren Geruch der Erde herbei.

Angst senkte sich herab.

Weißes Kalb warf ihre abgeschabte Felldecke beiseite.

»Los jetzt. Steht auf.«

Hungriger Bulle setzte sich auf und griff instinktiv nach seinen Speeren. Drei Zehen blinzelte wie eine Eule. Schwarze Krähe schielte zum Mund empor. Sein Gesicht drückte reinste Verwirrung aus. Er begriff gar nicht, was vorging, warf aber gehorsam seine Decken beiseite.

»Was ist denn los?« fragte Drei Zehen. »Es ist mitten in der Nacht.«

Weißes Kalb rollte bereits ihre Decken zusammen. »Ich weiß.

Hoffentlich kommen wir nicht zu spät.«

»Zu spät wofür?« erkundigte sich Hungriger Bulle.

»Das weiß ich auch nicht.« Weißes Kalb band die Decken auf ihre Rückentrage, hockte sich hin und legte den Tragegurt um ihre Stirn.

»He! Ich will …« Aber die alte Frau watschelte bereits den Pfad zum Moon River hinunter.

Mit offenem Mund starrte Schwarze Krähe die Freunde an. Sein Adamsapfel hüpfte, nachdenklich rieb er den runden Bauch. »Was jetzt?«

»Ich versteh's nicht«, brummte Drei Zehen. Gähnend begann er seine Decken einzurollen. »Aber ich halte es für besser, wir finden heraus, was los ist.«

Wildkirsche hatte sie eindringlich beschworen, sich von Schwerer Biber nicht einschüchtern zu lassen. »Es geht nicht. Ich bin nicht stark genug.«

Willenlos und resigniert starrte sie auf den einzelnen Stock, der noch vor Schwerer Bibers Hütte stand. Am Mittag würde auch dieser verschwunden sein.

Und wenn du dich nicht wehrst? Was dann, Salbeiwurzel? Wenn du zuläßt, daß er dich tötet, was geschieht mit deinem Sohn … mit Hungriger Bulle?

Ein leises Flüstern erhob sich. Sie erkannte Tanzende Hirschkuhs Stimme und strengte sich an, die Worte verstehen zu können. Doch der zuckende Schmerz in ihrem Magen überdeckte das Flüstern, sie stöhnte laut.

Draußen vor den Zelten zeichnete das graue Dämmerlicht die schemenhaften Umrisse der Umgebung.

Sie stand auf, trat hinaus – und erstarrte. Ein vollgepackter Lederbeutel hing an einem der rußgeschwärzten Zeltpfosten. Schwarze Rabenfedern ragten daraus hervor.

Erstickt schluchzend zerrte sie an den Federn. Unfähig, ihre zitternden Hände unter Kontrolle zu bringen, riß sie das Leder auf und wimmerte entsetzt, als eine aus wimmelnden Maden bestehende Kugel über ihre Finger quoll.

Etwas Dunkles fiel herunter und rollte zur Seite.

Sie wich zurück. Wie eine Rasende streifte sie die Maden von den Fingern. Ihr Magen rebellierte wieder, aber sie erbrach nur noch bittere Galle. Das schwarze, noch immer von wimmelnden weißen Maden bedeckte Etwas zog ihren Blick magisch an. Sie erkannte Streifen aus Salbeirinde. Ein Menstruationskissen. Ihres? Es mußte ihres sein, Schwerer Biber hätte es sonst nicht genommen.

»Ein Stück … meiner Seele«, stieß sie würgend hervor. »Er hat mir einen Teil meiner Seele gestohlen.« *Er hat gewonnen! Ich sterbe. Ich fühle es.*

Sie schluckte, ihre Lungen zogen sich in einem Angstanfall krampfhaft zusammen, und sie erstickte fast. *Was kann ich tun? Wohin kann ich gehen? Wie kann ich mich retten?*

Zwei dunkle Schatten zogen über ihrem Kopf vorbei. Flügel rauschten in der Luft. *Raben!*

Tränen der Verzweiflung liefen über ihr Gesicht. *Er hat meine Seele den Raben gegeben. Was nun? Ich werde niemals zum Sternennetz aufsteigen. Ich werde niemals …* Aus den Tiefen ihrer gepeinigten Seele starrten sie Tanzende Hirschkuhs Augen an. Tanzende Hirschkuh war zum Sternennetz aufgestiegen.

Salbeiwurzels Zähne schlugen klappernd aufeinander, immer tiefer fraß sich die Kälte in ihre Seele. Wieviel Zeit blieb ihr noch?

Wie lange noch, bis Schwerer Biber ihre Seele ihrem Körper entriß?

Die Dämmerung. Ihr letzter Sonnenaufgang. Wie betäubt ging sie in das Zelt, holte ihre Schneidwerkzeuge – dieselben, die sie für die Antilopen benutzt hatte.

Sie wandte sich um und zwang sich, sehr aufrecht zu stehen.

Flüchtig erhaschte sie einen Blick von Schlafende Föhre, die gerade aus ihrem Zelt trat, sich aber beim Aufeinandertreffen ihrer Blicke rasch wieder hineinduckte.

Selbst ihre Freunde mieden und fürchteten sie. Wer wollte schon mit einer Frau, auf der ein Fluch lastete, gesehen werden? Wer sprach mit einer Verfemten? So oder so, sie war in jedem Fall tot.

Entweder stahl Schwerer Biber mit Hilfe seiner Zaubermacht ihre Seele, oder sie mußte sie selbst befreien.

Vorsichtig schritt sie um Kleiner Tänzer herum, der in Zwei Rauchwolkens Armen schlief. Ein gedämpftes Wimmern kam über seine Lippen. Vielleicht stand er ihr zu nahe und litt ebenfalls unter Schwerer Bibers Fluch? Wieder etwas, woran sie die Schuld trug.

Sie ging zum Fluß hinunter. Halb unbewußt blickte sie hinauf zum heller werdenden Himmel. Sie lauschte den harmonischen Melodien der Schwarzdrosseln mit den rötlichen Flügeln, die im dichten Salbei sangen. Im Fluß badete ein großer Blaureiher. Als er sie bemerkte, schlug er mit den Flügeln und schwang sich empor. Ihre Anwesenheit gefiel ihm nicht. Selbst die Vögel mieden sie.

Eine kaum wahrnehmbare Bewegung weckte ihre Aufmerksamkeit.

Urplötzlich tauchte ein riesiger schwarzer Wolf auf einer Erhebung auf und beobachtete sie aus wissenden gelben Augen. Die kräftigen Muskeln des geschmeidigen Tieres vibrierten. Das zunehmende Licht betonte den Schimmer seines glänzenden Fells. Wieder eine von Schwerer Bibers Kreaturen? Voller Angst wandte sie den Blick ab.

Eine furchtbare Einsamkeit überwältigte sie. »Hungriger Bulle? Wo bist du? Komm zurück zu mir. Laß mich das nicht allein durchstehen.«

»Warum hast du zugelassen, daß Blutbär mich raubt?«

Wolfsträumers Stimme erklang aus der Illusion, die das Wolfsbündel wie eine Wolke umgab. »Er bat darum und opferte einen Teil von sich. Warten wir ab, was er mit der so sehnlichst gewünschten Macht anfängt.«

Das Wolfsbündel prüfte Blutbärs Geist. »Ich sehe keine Veränderung. Er ist noch derselbe Narr wie zuvor. Er verhöhnt alles, was vernünftige Menschen zum Nachdenken veranlaßt.«

»Er hat mich gebeten, und ich habe sein Opfer angenommen. Soll ich einen Suchenden abweisen?«

»Du machst es dir leicht. Schließlich hält er nicht dich in seinen Armen. Angenommen, ich ende im Feuer?«

»So dumm ist nicht einmal Blutbär.«

»Aber Bündel – und damit die in ihnen lebende Macht – können vernichtet werden.«

»Wie Träume … und Träumer.«

»Der Beobachter behält den Jungen im Auge.«

»Und wenn diese Aufgabe die Fähigkeit des Beobachters übersteigt?«

Kapitel 10

Die lautstarke Rauferei zweier Lagerhunde weckte Kleiner Tänzer.

Sofort spürte er die lauernde Angst. Wie der Gestank von verdorbenem Fleisch stieg Unrecht und Böses in die Morgenluft empor. Er rieb sich die vom Schlaf verschwollenen Augen und blickte auf Zwei Rauchwolken, der sich neben ihm regte und gähnend erwachte. Die goldenen Streifen der ersten Morgensonne fielen schräg durch das rauschende Blätterdach der Pappeln. Die Welt war in bläuliches Licht getaucht, gefärbt vom Rauch der Morgenfeuer.

Das Lager erwachte zum Leben.

Kleiner Tänzer sah zu Schwerer Bibers Zelt hinüber. Der schreckliche Stock ragte drohend ins helle Licht. Blitzartig kehrten die Erinnerungen an den gestrigen Tag zurück, eine aus verwirrenden Bildern zusammengesetzte Collage. Tanzende Hirschkuhs im Tod entsetzt aufgerissene Augen, die Todesangst der Mutter beim Anblick des einzelnen Stockes, Blutbärs Überfall und der Diebstahl des Wolfsbündels. Er erinnerte sich auch an Zwei Wapitis auf der Seite liegenden Leichnam, aus dem der Speer ragte.

Hastig stolperte Kleiner Tänzer hoch und blickte in das einem Trümmerhaufen gleichende Zelt. Leer. Eine schreckliche Vorahnung bemächtigte sich seiner. Eine neue, noch nie erlebte grauenhafte Angst keimte in ihm auf: Ich bin allein.

»Mutter?« Er trottete um das Zelt herum und spähte hinter die Salbeisträucher. Vielleicht mußte sie sich nur erleichtern.

Kein Spur von ihr. *»Mutter?«*

»Sei still!« schimpfte Schlafende Föhre aus ihrem Zelt. »Die Leute schlafen noch.«

»MUTTER!« Die Angst schnürte ihm fast die Luft ab und preßte seine Brust zusammen wie eine riesige Faust.

»Komm her«, sagte Zwei Rauchwolken. »Komm, nimm meine Hand, wir suchen sie. Ist sinnlos, das ganze Lager aufzuwecken.« Der Berdache lächelte beschwichtigend, doch seine Augen suchten besorgt die Zelte ab.

Noch immer nicht ganz beruhigt, ergriff Kleiner Tänzer die Hand des Freundes. »Wir werden sie finden?«

»Bestimmt.«

Gemeinsam machten sie sich auf die Suche. Sie schritten das ganze Lager ab, vergeblich. Der Wind hatte die Fußspuren auf dem zu feinem Puder zermahlenen Staub vollkommen vermischt.

Eine völlig unerwartete Empfindung überfiel Kleiner Tänzer. Die Welt schien sich zu drehen, ihm wurde schwindlig, er beugte sich vor und preßte die Hände auf den Magen. Der Brechreiz wütete in seinen Eingeweiden, seine Beine gaben kraftlos nach.

»Kleiner Tänzer? Was ist los? Was ist …«

Äußerste Hoffnungslosigkeit ergriff Besitz von ihm, endgültige Verzweiflung übermannte ihn. Er fühlte sie, fühlte die Bewegung ihrer Hände, als sie den kalten Stein nahm und … »Nein!« keuchte er, sein Magen entleerte sich mitten auf den Pfad.

»Nein.« Er hustete. Die bittere Gallenflüssigkeit war ihm in die Nase gestiegen und brannte in seiner Luftröhre. »Nein!«

Die Erschütterung wich rasch einer vollkommenen Erschöpfung.

Benommen kam er zu sich und starrte auf die mit Erbrochenem beschmutzte Erde. Ein Abgrund, endlos wie das Sternennetz, öffnete sich in seinem Innern. In seinem Kopf drehte sich alles. Er kämpfte um jeden Atemzug und hatte das Gefühl, jemand habe ihm einen gewaltigen Tritt gegen die Brust versetzt.

»… tief Luft holen. Atme ganz leicht. Beruhige dich. Das ist nur die Angst. Das Leid war zuviel für dich.« Zwei Rauchwolken kniete neben ihm und redete tröstend auf ihn ein.

Seine starken warmen Hände hielten den kleinen verkrampften Körper fest, den ein erneuter Hustenanfall schüttelte. Kleiner Tänzer hob den Kopf. Die Welt wirkte blaß, so, als sähe er sie durch einen Nebelschleier. Die Farben leuchteten nicht mehr. Die Luft schien schwer und erstickend.

»Mutter! Komm zurück. Komm zurück zu mir!«

»Aber mein Kleiner, wir …«

»*Sie ist tot!*« Er kämpfte darum, wieder festen Boden unter die Füße zu bekommen und rang taumelnd um sein Gleichgewicht. Der Berdache stützte ihn und blickte in tiefem Kummer auf ihn herab.

»Wahrscheinlich ist sie nur hinausgegangen, um …«

»Nein!« brüllte der Junge. Seine Augen suchten verzweifelt den Pfad ab. »Ich fühlte, wie sie starb! Ich *fühlte* sie.«

»Bitte, mein Kleiner, bilde dir doch nicht ein …«

»Hör auf! Hör auf! Sie ist tot! Ich weiß es!«

»Du führst dich auf wie ein Verrückter.« Der Berdache verstummte.

Er erstarrte unter dem Blick, den ihm Kleiner Tänzer zuwarf.

Mit tränenerstickter Stimme schrie der Junge: »Du weißt es, nicht wahr? Ich habe es in deinen Augen gesehen. Du weißt, ich fühle die Dinge. Ich höre Worte, die niemand sonst hört. Ich hörte die Antilopen sprechen. Ich rief sie. *Ich* habe das getan. In einem Traum, Zwei Rauchwolken. Ich rief sie in einem Traum mit magischer Macht.« Heiß brannten die Tränen auf seinem Gesicht und tropften von seinem zitternden Kinn. »Und Schwerer Biber hat meine Mutter umgebracht. Er hat das Wolfsbündel vertrieben. Er hat Tanzende Hirschkuhs Baby getötet … und dann brachte er sie um. Er ist böse. Er ist schlecht und niederträchtig.«

»Schsch!« Zwei Rauchwolken wurde blaß. Er sank auf die Knie und blickte Kleiner Tänzer direkt ins Gesicht. »*Ruhig*, mein Kleiner. Du hast bereits genug Schwierigkeiten. Schwerer Biber ist ein mächtiger Mann. Er kann tun, was er will, niemand erhebt seine Stimme gegen ihn. Du mußt deine Zunge hüten. Versprichst du mir das? Um meinetwillen? Du weißt, er möchte mir weh tun. Er wartet nur auf eine günstige Gelegenheit«

Unsicher schaute Kleiner Tänzer ihn an. Noch immer drehte sich alles in seinem Kopf, er fühlte sich krank bis in die tiefsten Tiefen seiner gequälten Seele. »Ich hasse ihn. Ich werde ihn töten. Hörst du mich, Schwerer Biber? *Ich bringe dich um!*«

»Schweig!« Zwei Rauchwolken preßte ihm die Hand auf den Mund und blickte ängstlich den Weg hinunter, den sie gekommen waren. Sag das nie wieder. *Niemals.* Sonst ist dein Leben nur noch einen Speerwurf weit vom Tod entfernt.« Zwei Rauchwolkens Hände zitterten. »Versprich mir, das nie wieder zu sagen. *Versprich es mir!* Und dann gehen wir und suchen deine Mutter. Ich beweise dir, wie albern du dich aufgeführt hast. Du wirst sehen, sie lebt.«

Kleiner Tänzer starrte ihn an, Zorn und Gram tobten in ihm. Mit einer wohlüberlegten Geste hob er den Arm und zeigte in eine bestimmte Richtung. »Dort ist sie.«

»Gut. Sehen wir nach. Vielleicht kann ich dir unterwegs ein wenig Vernunft beibringen.« Zwei Rauchwolken streckte ihm die Hand hin.

Ohne es eigentlich zu merken, übersah Kleiner Tänzer die ihm gereichte Hand und ging traurig, aber zielstrebig los. Noch immer liefen ihm die Tränen über das Gesicht. Von Zeit zu Zeit blieb er stehen und fuhr sich mit einem schmutzigen Ärmel über die Augen, um die Nebelschleier zu vertreiben und einen klaren Blick zu bekommen.

In seinem Geist formte sich ihr Bild. Sie lächelte ihn an, er hörte ihre sanfte Stimme. Im Feuerschein des warmen Zeltes sah er die Liebe und Fürsorglichkeit auf ihrem Gesicht. Wie oft hatten ihn ihre zärtlichen Hände getröstet, seine Schmerzen gelindert? Wie oft hatte ihr Gesicht vor Freude gestrahlt, wenn sie ihm eine Geschichte erzählte oder ihm zusah, wie er über die von ihr zubereitete Brühe herfiel? Wessen warme Hände hatten die Decken bis unter sein Kinn hinaufgezogen, wenn die eisigen Winternächte kamen? Wer hörte ihm zu, wenn er Sorgen hatte?

Sie hatte stets seine Seele erhellt, nun war ihr Licht flakkernd verlöscht, unendliche Dunkelheit hinterlassend.

Die morsche Pappel war schon vor Jahren umgestürzt. Regen und Wind hatten die Rinde im Laufe der Zeit vom Stamm gelöst, die grelle Sonne der Ebene hatte das weiche Holz inzwischen silberweiß gebleicht. Wo sich der Stamm in zwei dicke Äste gabelte, lag Salbeiwurzel, auf das helle Gerippe des Baumes gebettet. Ihr Kopf war nach hinten gefallen, sie bot ihr Gesicht der Morgensonne dar.

Sie sah unendlich müde und verletzlich aus. Neben ihr lagen in einem geöffneten alten Beutel ihre Werkzeuge zum

Ausnehmen der Tiere. Auf dem Boden blitzte eine schräg auf der Seite liegende schwarze Obsidianklinge. Dort, wo Splitter abgeschlagen worden waren, funkelte das Sonnenlicht auf den gläsernen Rillen. Ein kleiner Hammerstein aus Quarzit lag neben dem Obsidian.

Über der großen Blutlache, die ihr Kleid tränkte, summten in einer feinen Wolke bereits die Fliegen.

Eine feste Hand packte Kleiner Tänzer an der Schulter und versuchte, ihn zurückzuhalten. »Geh ins Lager«, befahl Zwei Rauchwolken. »Sofort! Du sollst nicht ...«

»Sie hat sich die Handgelenke aufgeschnitten, Zwei Rauchwolken.

Ich fühlte es. Dabei ist mir schlecht geworden. Sie schnitt sich die Pulsadern auf und ließ mich ganz allein zurück.« Wieder schossen heiße Tränen aus seinen Augen. »Warum hat sie sich umgebracht? Warum hat sie mich zurückgelassen? Ich brauche sie doch, Zwei Rauchwolken. Ich brauche sie. Sie soll mich festhalten.«

»Wir gehen sofort zurück.«

»Es hat nicht weh getan«, murmelte Kleiner Tänzer weinend. »Obsidian ist sehr scharf. Sie hat einfach einen Splitter abgeschlagen und sich damit die Pulsadern geöffnet. Und ist gestorben. Zwei Rauchwolken, warum ist die Welt so grausam zu uns?«

Die Hand auf seiner Schulter führte ihn sanft, aber unerbittlich weg. Dann zog Zwei Rauchwolken ihn fest an sich und umarmte ihn.

Einander in den Armen liegend weinten sie, jeder allein seinem Schicksal überlassen. Nichts konnte Kleiner Tänzer über die schmerzhafte Leere in seinem Innern hinwegtrösten.

Er war leer. So vollkommen leer.

Schwerer Biber erwachte. Er blinzelte hinauf zum Rauchabzugsloch, wo er ein Stückchen blauen Himmel sehen konnte. Er hatte schlecht geschlafen. Wie eine nebelhafte Erscheinung war der Geist seiner Mutter aus den Schatten seiner Träume aufgetaucht. Ihre wie ein Echo nachhallende

Stimme hatte versucht, Klarheit in seine Gedanken zu bringen.

Warum konnten nicht alle Frauen so perfekt sein wie seine Mutter? Eine unendliche Sehnsucht nach ihr erfüllte ihn. Er hatte sie geliebt, wie er niemals eine andere Frau würde lieben können.

Der kleinste Anlaß hatte genügt, und sie eilte herbei. Wenn die anderen Jungen ihn hänselten, stürzte sie mit einem Stock in der Hand hinzu und verjagte sie. Hatte er sich auch nur die kleinste Verletzung zugezogen, kam sie und tröstete ihn mit gurrender Stimme. Wenn sich sein Vater gegen ihre seiner Meinung nach übertriebene Fürsorge auflehnte und versuchte, ihn nach draußen zu schicken, damit er mit den anderen Kindern spielte, überschüttete sie ihren Mann mit schändlichen Drohungen. Allen Schwierigkeiten der Welt stand sie unerschrocken gegenüber. Von allen aus dem Volk verstand nur sie seine Ängste und Bedürfnisse. Sie erkannte seine besondere Gabe und seine herausragenden Eigenschaften, noch bevor er auch nur etwas davon ahnte. Sie öffnete ihm die Augen über seine überragende Größe, und er glaubte ihr, voll überzeugt von ihren verheißungsvollen Worten.

»Du bist auserwählt, Schwerer Biber, deshalb bist du anders als die anderen. Die Geister haben einzig dich zu besonderen Dingen befähigt. Darum paßt du nicht zu den anderen. Darum hänseln dich die anderen Kinder und versuchen dich zu ärgern. Sie sind neidisch. Sie sehen, daß du etwas Besonderes bist – und das gefällt ihnen nicht. Aber das ist das Los aller großen Männer – sie müssen sich stets fernhalten von den Unterlegenen. Du wirst sehen, eines Tages erhebst du dich über alle.«

Wären alle Frauen so klug und einfühlsam wie sie, könnten alle die Dinge so klar beurteilen, dann stünde es besser um die Welt. Dann müßte er nicht so hart kämpfen, um das Volk auf den rechten Weg zu führen.

Noch immer, Jahre nach ihrem Tod, vermißte er sie mit der ganzen Sehnsucht seiner Seele. Er hatte kaum bemerkt, wann sie begann, sich über ihre Kurzatmigkeit zu beklagen.

Er war viel zu sehr mit anderen Dingen beschäftigt gewesen. Ihm schien es selbstverständlich, daß sie immer dasein würde, stark und allwissend. Die Vorstellung, sie könne ihn einmal allein lassen, kam ihm nicht einmal in den Sinn. Die Heirat mit Roter Hornstein war auch ihre Idee gewesen.

Sie hatte alles Notwendige mit der Familie des Mädchens geregelt – und sie hatte die richtige Wahl getroffen.

»Roter Hornstein ist die richtige Frau für dich. Sie ist unterwürfig und wird nie versuchen, dich auszunützen wie die meisten anderen Frauen. Sie ist deiner würdig, denn sie anerkennt neidlos deine große Gabe. Verstehst du nun, warum Tanzende Hirschkuh, Salbeiwurzel und all die anderen flatterhaften Mädchen nicht für dich in Frage kommen? Sie machen nichts als Ärger.

Als deine Frau dürften sie sich nicht so kokett benehmen, wie sie es ständig tun. Hast du sie gesehen? Sie stolzieren herum, wackeln mit den Hüften und Brüsten und provozieren die Männer. Nein, mit einer solchen Frau kannst du nicht leben. So eine würde dauernd versuchen, deine Größe in Frage zu stellen, um nicht ewig in deinem Schatten stehen zu müssen. Da ihr trotzdem nichts anderes übrigbliebe, würde sie dich absichtlich unglücklich machen und Ränke gegen dich schmieden. Du weißt, wie hinterhältig Frauen sind. Denk an diese Wildkirsche. Ständig versucht sie, mich vor den anderen zu demütigen. Immer muß sie kritisieren. Du willst bestimmt keine so boshafte Frau, sondern eine, die das in dir erkennt, was du bist – eine wie Roter Hornstein.«

Und sie hatte tatsächlich recht gehabt. Roter Hornstein forderte ihn nie heraus, Sie hatte es als eine Selbstverständlichkeit hingenommen, daß seine besondere Gabe stets an erster Stelle kam.

Die Leute hatten zwar gelacht und sich köstlich darüber amüsiert daß er eine Frau heiratete, die sonst keiner haben wollte, aber er wußte es besser. Sie waren dumm und konnten nicht so klar sehen wie er. Sie begriffen gar nichts.

Lächelnd blickte er zu der schlafenden Roter Hornstein hinüber. Ach, wäre doch seine Mutter noch bei ihm. Könnte sie doch nur an seinem Erfolg Anteil nehmen.

Ihre Kurzatmigkeit hatte nicht nachgelassen. Tagtäglich verfiel sie mehr. Das Unvermeidliche wurde offenkundig, und er wurde halb verrückt vor Kummer und Leid. Natürlich hatte ihm das nicht geschadet. Alle Geisterträumer wurden zuweilen ein wenig verrückt. Bis dahin hatte er nicht gewußt, wie nervös Träume machen können. Kurz vor ihrem Tod hatte seine Mutter mit ihm darüber gesprochen.

»Das sind die magischen Kräfte, Junge. Du bist geheiligt. Es ist eine Macht, die kommt und in dir lebt. Darum bist du bedeutender als die anderen. Das liegt nur an der Macht. Es dauert, bis du dich daran gewöhnt hast. Manchmal wirst du Angst vor der Zukunft haben, aber auch das liegt an der Macht. Vertraue ihr und gebrauche deinen Verstand. Die Macht hat dich erwählt, weil du klüger bist als die anderen. Vergiß das nie, mein Junge.

Benutze die Macht.«

Der Morgen, an dem er von Roter Hornstein leise geweckt wurde, brannte sich wie glühende Kohle für immer in sein Gedächtnis ein.

Die Frau, die ihn geboren, für ihn gesorgt und seine Größe erkannt hatte, lag tot vor ihm, mit erschlafften Gesichtszügen, die Augen blickten erloschen ins Morgenlicht.

Der Tod seiner Mutter hatte ihn fast umgebracht. Nur das Wissen um seine Macht hatte ihn die ersten schweren Tage bei Verstand gehalten. Aber niemand hatte seine Macht und seine überragenden Fähigkeiten erkannt. Niemand, außer seiner Mutter und Roter Hornstein.

Als er dem Volk von Verunreinigung und notwendiger Läuterung zu predigen begann, verspotteten ihn die Männer und Frauen. Doch dann starb Hornmark, die Trockenheit wurde immer schlimmer, und sie hörten ihm aufmerksamer zu. Die jungen Männer begannen beifällig zu nicken, als er ihnen sagte, die Frauen würden die Geister erzürnen. Einer nach dem anderen merkte, wie recht er hatte. Sagte er Schwierigkeiten voraus, trat der Ärger tatsächlich ein. Alles, was er prophezeite, erwies sich als richtig. Der Große Büffel im Himmel hatte seine Kinder fortgeschickt. Der Regenmann tanzte keine Nachmittagsschauer mehr aus den Wolken. Die Anit'ah ließen sich nicht aufhalten. Das Volk erstickte an der eigenen Verunreinigung.

Nun trug die Erziehung seiner Mutter endlich Früchte. Er hatte Salbeiwurzels Augen gestern abend gesehen. Von Zweifeln zerfressen, befand sie sich am Rande des Zusammenbruchs. Und dann dieses unbeschreibliche Glück, daß sich Tanzende Hirschkuh in Langläufers Speer geworfen hatte. Bis zu ihrem Selbstmord fürchtete er, Salbeiwurzel könne seinen Machenschaften trotz der durch den Stechapfel verursachten Halluzinationen Widerstand leisten. Heimlich beobachtete er sie. Er sah, wie ihr Gesicht aschfahl wurde und sie das Bündel herunterriß. An das Menstruationskissen aus dem Blutungszelt der Frauen war er durch Zufall herangekommen. Müßig fragte er sich, wem es wohl gehört haben mochte. Eine Windbö hatte es herausgeweht, er fand es und hob es auf. Natürlich benutzte er dazu Stökke, um sich nicht zu verunreinigen. Schon der Gedanke an die monatliche Blutung einer Frau widerte ihn an. Er konnte sich beim besten Willen nicht daran erinnern, daß seine Mutter jemals an dieser Stelle geblutet hätte – aber schließlich war sie eine einmalige Frau gewesen.

Roter Hornstein rührte sich unter ihren Decken und streckte einen Arm unter den Fellen hervor. Einen Augenblick lang starrte er sie an. Wie recht seine Mutter gehabt hatte, diese Frau für ihn zu wählen.

Im Geiste formulierte er die Ansprache, die er an Salbeiwurzels Leiche halten würde. Er würde ihnen sagen, die Große Antilope im Himmel vollführe einen Freudentanz über den ganzen Himmel, weil das Volk die Verunreinigung ausgemerzt habe. Die Leute hörten stets aufmerksam zu, wenn er ihnen Geschichten über seine Träume erzählte. Einen Großteil seiner Zeit verbrachte er damit, sich diese Geschichten auszudenken. Wenn die Tage zunehmend langweiliger wurden, stieg er auf die Hügel, setzte sich gemütlich hin, beobachtete den Himmel und überlegte sich neue Geschichten, die er ihnen erzählen konnte. Stück für Stück war er in seine Rolle hineingewachsen. Inzwischen konnte er diesen geistesabwesenden Blick, wann immer er wollte, zustande bringen. Er wußte genau, in welchem Tonfall er sprechen mußte. Sie hörten zu, mit gesenkten Augen, und nahmen seine Worte als absolute Wahrheit auf.

Nur noch die Alten spotteten. Doch je schlimmer die Dürre wurde, je scheuer sich die Tiere gebärdeten, um so aufmerksamer hörten die Leute ihm zu. Die jungen Jäger begannen bereits, ihre Frauen zu beschimpfen und sie von den Versammlungen des Rates auszuschließen. Den meisten Frauen war inzwischen der ihnen gebührende Platz zugewiesen worden.

Manche, wie Hungriger Bulle, beachteten ihn noch immer nicht – aber Hungriger Bulle würde dazulernen müssen. Eine leichte Gänsehaut lief über Schwerer Bibers Rücken. Welch ein Glück, daß sich dieser hitzköpfige junge Mann auf einer ausgedehnten Jagd befand. Ein Hindernis weniger – ganz zu schweigen von der Angst vor einem Speer im Rücken. Nicht auszudenken, wie Hungriger Bulle reagiert hätte, als er seine Frau mit einem Fluch belegte. Nun würde er bei seiner Heimkehr ein leeres Zelt vorfinden. Alles wäre bereits vorbei.

Und wenn Salbeiwurzel sich in einem letzten Widerstandsversuch auflehnen würde? Schwerer Biber lachte in sich hinein. Er besaß noch einen Stechapfel, noch eine dieser Zauberpflanzen, die ihm der Händler Drei Rasseln verschafft hatte.

»Eine phantastische Sache«, hatte dieser gesagt. »Wächst in den fernen südlichen Wüsten westlich der hohen Berge. Die Blätter sind dunkelgrün, im Sommer wächst daraus eine große weiße Blüte, die sich in der Dämmerung öffnet. Die Träumer dort unten nehmen stets nur eine kleine Portion. Zuviel macht die Seele kalt – man muß sich übergeben und sieht und hört seltsame Dinge.« Schwerer Biber hatte das meiste seines Vorrats in Salbeiwurzels Essen gemischt. In ihrer Verwirrung hatte sie nichts bemerkt und alles aufgegessen. Der Rest, den er noch übrig hatte, würde sie vollends zur Strecke bringen.

Er verspürte einen leichten Stich im Herzen. Was für ein Jammer, eine so begehrenswerte Frau töten zu müssen.

Aber sie warf ihm Knüppel zwischen die Beine, das durfte er nicht zulassen. Er *würde* das Volk auf den rechten Weg bringen wie es sich seine Mutter gewünscht hätte. Ihrer Vorstellung von Reinheit und Tugend entsprechend würde er die Leute zurechthämmern wie ein Handwerker eine gute Speerspitze. Von der Verunreinigung befreit würden sie sich die Jagdgründe aneignen, die ihnen die Anit'ah bisher vorenthalten hatten – die hochgelegenen Weiden der Buffalo Mountains.

Wie ein Feuer würde sein neuer Weg sie mitreißen und einen Pfad des Siegs über die Ebenen brennen.

Andere Frauen, ebenso begehrenswert wie Salbeiwurzel – aber gehorsam –, würden für ihn dasein. Unter allen Frauen des Volkes würde er sie auswählen.

Er zog sein Hemd über und stieg in die weichen Kalbslederhosen, die Schlafende Föhre für ihn angefertigt hatte.

»Mutter?« Der entsetzte Schrei drang schneidend durch die Luft.

Wer war das? Ach ja, dieser kleine undisziplinierte junge Hund von Salbeiwurzel. Wieder schrie er. Irgend jemand brüllte ihn an.

Schwerer Bibers Herz hüpfte vor Freude, als er die zunehmende Verzweiflung in der Stimme des Jungen hörte.

Geduckt trat er aus seinem Zelt. Das kleine Balg war inzwischen still. Schwerer Biber sah gerade noch den erbärmlichen Anit'ah, der mit dem Burschen an der Hand den Pfad entlangging. Eine Welle des Zorns erfaßte sein Herz. Jetzt, da Salbeiwurzel kein Hindernis mehr darstellte, konnte er sich den Berdachen vornehmen.

Jahrelang hatte er die widerwärtige Gegenwart dieses Mannes in Frauenkleidern hinnehmen müssen. Er hatte die jungen Männer aufgestachelt, dem Anit'ah aufzulauern, hatte ihnen erklärt, eine Vergewaltigung von einem würdelosen *Ding* wie Zwei Rauchwolken sei von den Geistern erlaubt.

Ehe noch die Sonne den Horizont im Westen berührte, würde er Zwei Rauchwolken fortjagen – oder mit eingeschlagenem Schädel wegbringen lassen. Heute abend war das Volk von jeglicher Verunreinigung und Beschmutzung frei. Welch ein Hochgenuß, als der Anit'ah das Wolfsbündel stahl und dem Berdachen alles nahm, woran seine Seele hing. Das einzige, was Schwerer Biber bedauerte, er konnte nicht den Ruhm dafür einheimsen, dieses Hexending im Feuer verbrannt zu haben. Dieser Beweis seiner Macht über den Zauber der Anit'ah hätte ihm beim Volk viel Ehrfurcht verschafft.

Kein Wunder, daß die Büffel sie verlassen hatten, sein Volk war bis in den Kern verrottet wie fauliges Pappelholz. Man mußte ihm neue Kraft einblasen wie einem Schößling im Frühling.

Schwerer Biber ging hinaus, um sich zu erleichtern. In der Nähe von Salbeiwurzels Zelt blieb er stehen und entdeckte ein Stückchen des Menstruationskissens, das der Wind in einen Salbeistrauch geweht hatte. In den Staub gefallene vertrocknende Maden krümmten sich im Todeskampf.

Leise lachte er in sich hinein.

Weißes Kalb ging auf dem Pfad voraus. Der Schmerz in ihrer Hüfte setzte ihr sehr zu, ihre Lungen keuchten. Zu schnell. Ihr müder alter Körper hielt ein solches Tempo nicht mehr durch.

Sie wandte sich kurz um. Hinter ihr trabten leichtfüßig die drei Jäger, deren Brust sich kaum merklich hob und senkte. Ah, noch einmal jung sein. Früher war sie so schnell gelaufen wie der Wind, obwohl sie die Hüften und Muskeln einer Frau besaß.

»Dort drüben«, rief Schwarze Krähe und wies nach Osten. »Da liegt das Lager.«

Ächzend lenkte sie ihre Schritte in diese Richtung. Dabei erhaschte sie einen Blick auf Hungriger Bulles angespanntes Gesicht. Fühlte auch er die lauernde Angst?

»Die Zeit wird knapp«, brummte sie. »Schnell, gehen wir weiter.«

»Knapp?« fragte Hungriger Bulle. Sein gutgeschnittenes Gesicht wirkte seltsam verzerrt.

Sie schwieg einen Moment. »Irgend etwas im Wind sagt es

mir. Geister schweben in der Luft. Seit vier Tagen.« Sie zögerte.

»Hört zu. Ich weiß nicht, was im Kochsack brodelt, aber die Vision drängt. Was immer es ist, *ich muß mich damit auseinandersetzen.*«

Die Männer wechselten vielsagende Blicke. Ihre Augen spiegelten wachsendes Unbehagen.

In Hungriger Bulle breitete sich zunehmend Panik aus. Ein ähnliches Gefühl kannte er schon – er hatte es bisher immer empfunden, wenn er wußte, ein in die Enge getriebener Büffel würde sich gleich umdrehen und ihn angreifen. Doch nun pulsierte ein Unrecht und störte die Ausgewogenheit seiner Seele. Jeder Augenblick schien unendlich langsam zu vergehen. Die Zeit erinnerte ihn an Blut, das Tropfen für Tropfen in der Erde versickerte. Er wollte Weißes Kalb überholen, doch die alte Frau hielt ihn mit ihren klauenartigen Händen fest. Tief krallten sich ihre Finger in sein Fleisch.

»Renn nicht herum wie ein mondsüchtiges Büffelkalb in einem Gewitter. Hier geht es um Geistermacht, verstehst du? Ich kümmere mich darum.«

Hungriger Bulles Puls raste. Er leckte sich die trockenen Lippen.

»Ich muß schneller gehen. Ich fühle es. *Ich muß mich beeilen!*«

Ihr scharfer Blick nagelte ihn fest. »Du mußt mir etwas versprechen. Bei deiner Seele. *Überlaß es mir!*«

»Bei meiner Seele.« Er schluckte nervös. »Ich will mich nicht in die Macht der Geister einmischen. Damit will ich nichts zu tun haben. Aber ich muß schneller gehen!«

Sie nickte ruckartig. »Vertrau mir. Ich habe dein Versprechen. Bei deiner Seele.«

Weißes Kalb drehte sich um und marschierte weiter. Das trockene Gras unter ihren Füßen knackte als zerbrächen winzige Knochen.

Im Gehen murmelte sie leise vor sich hin: »Hoffentlich kommen wir nicht zu spät.«

In diesem Augenblick durchbohrte ein Schrei der Qual ihren Geist wie eine scharfe Speerspitze. Ungeachtet der stechenden Schmerzen in ihrer Hüfte zwang sie ihre müden Beine zu einer noch schnelleren Gangart.

Kleiner Tänzer fühlte sich wie in einem merkwürdigen Traum, seltsam abgesondert von der Außenwelt. Diesen Morgen empfand er als nur in seiner Fantasie existent, er nahm die Dinge wie etwas Unwirkliches wahr, wie etwas, das er nicht wirklich berühren, hören oder riechen konnte. Er schien über der Erde zu schweben, existierte in einem luftleeren Raum, abgetrennt von der Seele des Landes. Zwei Rauchwolkens Arme, die ihn festhielten, schienen trotz des spürbaren Drucks eine Illusion zu sein. Seine Tränen waren versiegt, zurück blieb nur eine dumpfe Furcht.

Er fühlte sich wie eine leere Hülse – wie eine der zarten Schalen, die der Berdache von den Grassamen schälte und die vom Wind in die Ferne getragen wurden.

»Wir müssen sie zurückbringen«, flüsterte Zwei Rauchwolken heiser.

Wie aus weiter Entfernung drang die Stimme an Kleiner Tänzers Ohr.

Er starrte mit leerem Blick in die Ewigkeit. Zwei Rauchwolken hob Salbeiwurzels erschlafften Körper aus der Astgabelung der Pappel und bemühte sich angestrengt, die Tote auf dem glatten Holz abzustützen, damit er den nachgiebigen Leib richtig zu fassen bekam.

Kleiner Tänzer achtete kaum auf Zwei Rauchwolkens schmerzverzerrtes Gesicht, als das Gewicht seiner Mutter auf dessen verkrüppeltes Bein drückte. Teilnahmslos blickte er auf den Berdachen, der mit gebeugtem Rücken unter Ziehen und Zerren die baumelnde Last ins Gleichgewicht zu bringen versuchte.

Plötzlich tauchte hinter dem vom Blut rot verfärbten Baumstamm der schwarze Wolf auf. Das Tier verharrte reglos mit gespitzten Ohren und beobachtete sie. Magische Kraft überlief prickelnd Kleiner Tänzers Rücken. Sein Blick traf den des Tieres. Er fühlte sich eins werden mit ihm, fühlte, wie sich ihre Seelen eng verbanden.

Nein! Das will ich nicht! Mutter! Wo bist du? Rasch wandte Kleiner Tänzer die Augen ab und folgte Zwei Rauchwolken. Jedesmal, wenn dessen steifes Bein die Last übernehmen mußte, stöhnte er auf. Der Rückweg war kaum länger als drei weite Speerwürfe, aber als sie das Lager erreichten, taumelte Zwei Rauchwolken vor Erschöpfung.

Schwankend ließ er Kleiner Tänzers Mutter fallen. Mit einem dumpfen Aufschlag prallte ihr Körper auf den Boden. Es klang, als lasse ein Jäger achtlos einen Tierkadaver von der Schulter gleiten. Zwei Rauchwolken brach neben der Leiche zusammen. Seine Zähne gruben sich tief in seine Unterlippe, sein Gesicht verzerrte sich unter dem Schmerz seines verkrüppelten Beines.

Wortlos stand Kleiner Tänzer daneben, die Augen unverwandt auf die Leiche seiner Mutter gerichtet. Besorgt befühlte Zwei Rauchwolken sein steifes Bein. In der Morgensonne schimmerten die Schweißtropfen auf seinen heißen Wangen wie Eiskristalle. Die Haare des Berdachen waren feucht und strähnig, Schweiß verfärbte das gekonnt verarbeitete Leder seines ihm am Rücken klebenden Kleides.

»Salbeiwurzel! Sie ist tot!«

Die Stimme drang gedämpft wie durch eine Nebelwand an Kleiner Tänzers Ohr, und er konnte sie nicht erkennen. Nur undeutlich nahm er die neugierig heraneilenden Menschen wahr. Das anschwellende Gemurmel erzeugte einen fürchterlichen Druck in seinem Innern.

Begriffen sie denn nicht? Fühlten sie denn nicht den Schmerz und den Kummer?

»Der Augenblick ist gekommen! Zweifelt noch irgend jemand an mir?«

Rücksichtslos drängte sich Schwerer Biber durch die Menge und stellte sich vor Salbeiwurzels Leichnam in Positur. Der Geisterträumer hob die Hände hinauf zum Morgenhimmel. Sein rundes Gesicht lief hochrot an, strahlend vor Triumph.

»Niemand kann an der Macht meiner Träume zweifeln.

Seht! Seht genau hin, mein Volk! Seht die Beseitigung der Verunreinigung!

Schaut hinauf zum Himmel! Die Große Antilope frohlockt über die Gerechtigkeit, die der Frau widerfuhr, die ihre Kinder besudelt hat!«

Blicklos starrte Kleiner Tänzer hinauf zum Himmel. Er sah noch einmal genauer hin, konnte aber nichts als Leere entdecken.

Schwerer Biber deutete in die Luft, aber da war nicht das Geringste zu sehen. Kleiner Tänzer würgte; Unrecht verpestete die Luft. Er hatte die Antilopen gehört, er erinnerte sich deutlich an die Verschmelzung ihrer Seelen in seinem Traum. Er hatte mit ihnen den Geschmack des Salbeis in ihren Mäulern geteilt, war mit ihnen herumgetollt und hatte ihre Angst gefühlt. Nun fühlte er nichts außer einer vollkommenen Trennung von allem Lebendigen.

Wenn er Schwerer Biber ansah, beschlich ihn nur Unbehagen und das merkwürdige Gefühl, betrogen zu werden.

»Du lügst!« schrie er unbeherrscht. »Du siehst nichts, gar nichts, nur das, was du dir ausdenkst. Du kennst das Große Eine nicht.

Du fühlst die Macht nicht. Du bist ein Betrüger. Ein Dieb.«

Ein Keuchen lief durch die Menge und entfachte in Kleiner Tänzers Brust den Funken glühenden Zorns. Hell loderte die Wut in ihm auf.

Sein einziges Ziel war es, Schmerz mit Schmerz und Gewalt mit Gewalt zu vergelten.

Schwerer Biber wirbelte herum. Seine schwarzen Augen blickten hämisch. »Von jetzt an, Junge, wirst du bei mir leben. Du bist verdorben durch Verunreinigung. Ich sehe es! In den Tiefen deiner Seele verborgen liegt Böses. Dieses Böse muß geschlagen, versengt und ausgetrieben werden, wenn ich deine Seele vor dem Zauber der Anit'ah retten soll.«

»Nein!« schrie Zwei Rauchwolken. Langsam rappelte er sich vom Boden auf, der Schweiß lief ihm in Strömen über das verzerrte Gesicht. Stöhnend vor Schmerz schaffte er es nach einiger Zeit, vor den Geisterträumer zu treten. Schwerer Biber drehte sich um und trat nach ihm. Der Länge nach stürzte der Berdache auf den Boden.

»Und du, *Anit'ah!* Du bist die schlimmste Verunreinigung überhaupt.

Du bist ein Ungeheuer! Du bist eine Beleidigung für alle normalen Lebewesen auf dieser Welt. Ein Mann, der Männer liebt und Frauenkleider trägt? Du bist eine abscheuliche Pustel! Ich verbanne dich! Du bist das Böse. Verschwinde! Verschwinde aus diesem Volk. Sofort! Hau ab ... und solltest du es je wagen, zurückzukommen, wirst du den reinigenden Tod empfangen, den du verdienst!«

Verzweifelt schüttelte Zwei Rauchwolken den Kopf. Er verlagerte sein Gewicht auf das gesunde Bein und versuchte erneut, aufzustehen. »Nein, du verstehst nicht ...«

Er schrie auf vor Qual, als Schwerer Biber in sein verkrüppeltes Knie trat. Bei diesem Schrei erschauerte Kleiner Tänzers Seele.

Wilder Haß loderte in seinen Augen auf.

Rasend vor Wut stürmte er auf Schwerer Biber zu, kratzend, schreiend, tretend brach die ganze Wut aus seinem kleinen Körper.

Ein entsetzter Aufschrei kam über Zwei Rauchwolkens Lippen, doch Schmerz und Kummer trieben Kleiner Tänzer brüllend vor Zorn und Verzweiflung zu einem erneuten Angriff. Unerschütterlich wie eine Felswand ragte der massige Körper des Mannes vor ihm auf.

Eine kräftige Hand packte sein Hemd und hob ihn hoch, so daß der Junge nur noch wild ins Leere schlug. Plötzlich begann sich die Welt vor seinen Augen zu drehen und er wurde roh durch die Luft geschleudert.

Wirbelnd kam ihm der Boden entgegen, und er prallte klatschend auf die Erde. Funkelnde Lichter tanzten vor seinen Augen, sein Atem drang röchelnd aus seinen Lungen, Übelkeit quälte ihn. Angst schnürte ihm die Luft ab, und ein peinigendes Läuten erdröhnte in seinen Ohren.

Zwei Rauchwolken schrie auf wie ein verwundetes Kaninchen.

»Seht ihr? Seht ihr, was die Verunreinigung angerichtet

hat? Sie hat diesen armen kleinen Jungen in ein Tier verwandelt! Das ist das Böse, das wir uns selbst zu verdanken haben! Das Böse hat sich in unsere Mitte eingeschlichen, und wir haben nichts dagegen unternommen. Und ihr wundert euch, warum es nicht regnet?

Warum das Gras für die Büffel nicht grün und üppig wächst? Warum aber sollte ein achtbarer Geist Menschen, die eine solch bösartige Besudelung unter sich dulden, Wild schicken?«

Zustimmendes Gemurmel erhob sich unter dem Volk.

»Verflucht seist du, Schwerer Biber!« Wildkirsches alte Stimme durchschnitt klirrend die Luft. »Hast du noch nicht genug angerichtet? Quälst du jetzt noch ...«

»*Schweig, Alte!* Du gehörst auch dazu. Sorgt dafür, daß sie verschwindet. Bringt sie weg, bevor sie den Zorn der Geistermächte auf uns zieht!«

Wildkirsche schrie auf, als die Leute sie zu treten begannen.

Als ihn seine gemarterten Lungen wieder zu Atem kommen ließen, begann Kleiner Tänzer hemmungslos zu weinen. Die Schmerzen, die Zwecklosigkeit seiner Rebellion und die Demütigung waren zuviel für ihn. Er litt qualvoll unter der Ungerechtigkeit und der brutalen Gewalt, am meisten aber unter seiner Hilflosigkeit. Ein Strom von Tränen ergoß sich aus seinen brennenden Augen und vermischte sich mit dem Blut, das aus seiner Nase lief. Jeder einzelne Knochen im Leib schmerzte ihn.

»Du bist nicht gegangen, Berdache?« Schwerer Bibers Stimme durchsickerte Kleiner Tänzers Geist wie Öl, das von trockenem Leder aufgesogen wird. »Du hast dich entschieden. Das Böse, das in dir steckt, wird heute vernichtet. Jemand soll mir eine Keule bringen. Heute singen wir auf das Ende der Verunreinigung. Heute tanzen wir gemeinsam den verderblichen Einfluß des Berdachen hinweg. Mit vereinten Stimmen rufen wir die Geistermächte! Sie sollen sehen, daß unser Volk rein ist! Bald wird der Regen kommen. Bald kehren die Büffel zurück.«

»Rein durch mein Blut?« rief Zwei Rauchwolken. »Durch Mord?«

Kleiner Tänzers Herz erstarrte. Mit Mühe unterdrückte er ein Schluchzen und wischte sich mit dem Ärmel über die tränennassen, vom Weinen verschwollenen Augen. Schwerer Biber baute sich mit vor Erregung hochrotem Kopf vor dem auf dem Boden kauernden und fassungslos den Kopf schüttelnden Zwei Rauchwolken auf. Flehend hob der Berdache die Hände.

Trotz seiner furchtbaren Schmerzen schleppte sich Kleiner Tänzer zum Eingang seines Zeltes. Er blickte hinein, doch auch die vertrauten Gegenstände im Inneren boten keinen Trost.

Grinsend und hüpfend drängte sich Feuer in der Nacht durch die Menge. In seiner rechten Hand schwenkte er wie eine Trophäe einen Hammer mit Holzgriff. Der schwere Hammer bestand aus einem in Form geschlagenen Steinkopf, gehalten von einem daumendicken Stock aus grünem Weidenholz, der in einer Krümmung über den Kopf führte und als Griff diente. Über das Werkzeug gespanntes Rohleder hielt die Konstruktion zusammen.

Zwei Rauchwolken begann zu zittern. Voller Entsetzen starrte er auf den Hammer, den Schwerer Biber würdevoll von Feuer in der Nacht entgegennahm. »Nein«, flüsterte er. »Tu es nicht.«

Schwerer Biber hob den Hammer und bot ihn dem Himmel dar.

»Heute, Großer Weiser im Himmel, reinigen wir uns, damit wir uns deiner Wahrheit würdig erweisen! Sieh diesen Akt der Demut! Sieh das Volk, das sein Gesicht wieder zu dir und deinem Pfad des Lichts erhebt! Sieh her, Vater Sonne! Wir vernichten den Unrat in unserer Mitte!«

Zwei Rauchwolkens Kehle war wie zugeschnürt, mit gehetztem Blick suchte er nach einem Fluchtweg. Doch die Leute umringten ihn.

Immer enger schloß sich der Kreis. Es gab kein Entkommen.

Kleiner Tänzer, von Todesangst gepackt, blickte sich verzweifelt im Zelt um, doch da waren nur die Felle und das kalte Feuerloch und der leere Platz, auf dem einmal das

Wolfsbündel gelegen hatte. Daneben lag Zwei Rauchwolkens Grassammlung in der Lederrolle und … »Ich rufe euch, Geister im Himmel! Ich rufe euch als Zeugen!«

»Nein!« kreischte Zwei Rauchwolken und kroch rückwärts, während Schwerer Biber mit hocherhobenem Hammer vortrat. Das breite Gesicht des Schamanen war nur noch eine verzerrte Grimasse. In selbstgerechter Wut fletschte er die Zähne.

Kleiner Tänzers vor Angst starre Hände packten das Holz. Er drehte sich um und rannte schreiend hinaus, um einen letzten verzweifelten Versuch zu wagen.

Jemand rief eine Warnung. Schwerer Biber hielt mitten im Schlag inne. Mit weitaufgerissenen Augen sprang er zurück und stolperte dabei über seine eigenen Füße. Er stürzte genau in dem Moment, als Kleiner Tänzer ihm Blutbärs Speer in den Leib zu rammen versuchte.

Der Warnruf ersparte ihm eine ernsthafte Verletzung. Schwerer Biber fühlte, wie er das Gleichgewicht verlor und seine Beine unter ihm nachgaben. Mit wild fuchtelnden Armen stürzte er zu Boden.

Als der Junge den Speer nach ihm stieß, rollte sich Schwerer Biber instinktiv zur Seite. Anstatt ihm den Bauch aufzuschlitzen, erwischte die Speerspitze nur das Leder seines Hemdes und riß es auf. Die rasiermesserscharfe Steinkante zog eine brennendheiße Spur unter seiner Kleidung.

»Ergreift ihn! Er hat versucht, mich umzubringen!« kreischte er.

Da sich die Speerspitze in den Falten des Hemdes verfangen hatte, wurde dem Jungen der Schaft aus den schwachen Händen gerissen. Er geriet ins Stolpern.

Blitzschnell warf sich Feuer in der Nacht auf Kleiner Tänzer.

Er zerrte den Jungen hoch und brüllte wütend auf, als dieser ihn derb gegen die Kniescheibe trat. Eine wild um sich schlagende Faust traf die Backe des älteren Jungen.

Unter wütendem Knurren schlug Feuer in der Nacht Kleiner Tänzer mitten ins Gesicht. Der blinzelte benommen, und

Feuer in der Nacht begann dem Kleinen die geballten Fäuste in den Bauch zu hämmern.

Kleiner Tänzer wimmerte jämmerlich und leistete keinen Widerstand mehr.

Erleichtert atmete Schwerer Biber auf.

Er hatte überlebt. Er tastete seine Gliedmaßen ab und zuckte zusammen, als die brennende Wunde zu pochen begann. Langsam kam Schwerer Biber auf die Beine. Er mußte sich zwingen, das Zittern seiner Beine zu unterdrücken. Noch immer unter dem Eindruck des Schocks hob er sein Hemd hoch und untersuchte seine Verletzung.

Aus einer langen Schnittwunde floß Blut. Der Speerspitze war an einer Rippe abgeprallt und hatte ein Stück weit die Haut aufgeschlitzt, bevor sie sich in der dicken Lederhaut seines Hemdes verfangen hatte.

Der Schreck saß Schwerer Biber noch in den Knochen, doch nun wallte glühender Haß in ihm auf.

»Du bist *böse,* Junge! Du wolltest einen Angehörigen deines Volkes ermorden. Ich kann dich nicht mehr retten. Der verderbliche Einfluß der niederträchtigen Macht der Anit'ah geht bereits zu tief.« Mit dem Handrücken schlug er den kläglich wimmernden Jungen brutal ins Gesicht. Der Schrei, den dieser ausstieß, befriedigte den Geisterträumer tief in seinem Innersten. Wieder und wieder schlug er auf den Jungen ein. Die sichtbaren Spuren der Schläge steigerten sein Hochgefühl ins Unermeßliche.

»Haltet ihn fest. He du, Der mit Steinen wirft. Pack ihn am anderen Arm. Zu viel von dem Berdachen steckt in ihm. Seine Seele ist verrottet, sie kann nicht mehr gerettet werden. Heute reinigen wir das Volk … das ganze Volk.« *Und danach wird niemand mehr an meiner Macht zweifeln.!*

»Beim Ersten Mann«, schrie Zwei Rauchwolken gellend. »Du darfst ihn nicht töten! *Er ist doch noch ein Kind!*«

»Festes Holz, sollte dieser Abschaum der Anit'ah noch ein Wort sagen, tötest du ihn.« Hämisch lächelnd blickte Schwerer Biber auf den Berdachen hinunter. »Mach dir keine Sorgen. Schon bald folgt deine Seele der des Jungen. Ich spreche in vollem Ernst.

Heute reinige ich das Volk, gleichgültig, wieviel Blut ich vergießen muß.«

Zwei Rauchwolken schloß die Augen, als Festes Holz sich drohend vor ihn hinstellte.

Schwerer Biber hob den Hammer auf und schwang ihn durch die Luft.

Er wollte zuerst die Balance der Waffe prüfen. Entsetzt sahen die Leute zu. Manche schlugen sich vor Grauen die Hand vor den Mund, andere bedeckten mit den Händen die Augen. Niemand sprach ein Wort. Niemand trat vor, um Schwerer Biber aufzuhalten. Seine Führung wurde nicht mehr angefochten.

Kleiner Tänzer wimmerte hilflos. Schon ergriffen ihn die beiden Jungen, nahmen ihn in ihre Mitte und rissen seine Arme auseinander. Siegestrunken starrte Schwerer Biber in die furchtglänzenden Augen des Kindes. Er hob den Hammer hoch über den Kopf und zielte auf die Stelle am Schädel des Kindes, wo sein Schlag landen sollte.

Hungriger Bulles Herz hämmerte. Er konnte sich kaum erinnern, jemals eine so entsetzliche Angst verspürt zu haben.

Unruhig spähte er über Weißes Kalbs hin und her schwankende Gestalt hinweg.

Noch immer führte die alte Frau die kleine Gruppe an.

Rauch erhob sich wie blauer Dunst aus den Pappeln. Nichts schien auf einen außergewöhnlichen Vorfall im Lager hinzudeuten.

Plötzlich stieg von einer auf der Hochterrasse über dem Lager kauernden Gestalt ein Rabenschwarm auf. Hungriger Bulles Eingeweide krampften sich zusammen. Jemand war gestorben. Kein Wunder, daß er dauernd das Gefühl einer drohenden Katastrophe hatte. Die Gefahr schien über ihm zu lauern, als wolle sie sich herabstürzen und seinen Frieden und sein Glück unter sich begraben. In wenigen Augenblicken aber würde er in Salbeiwurzels Armen liegen und von ihr die unangenehmen Neuigkeiten erfahren.

Eine prickelnde Vorfreude erwärmte sein Herz. War er erst einmal zu Hause, konnte ihm alles andere gestohlen bleiben. Er würde sich in sein Zelt zurückziehen und die Beschäftigung mit Geistermacht und Visionen Weißes Kalb und Schwerer Biber überlassen.

Vor seinem geistigen Auge tanzte Salbeiwurzels Bild. Ihre Augen blickten ihn glücklich an. Sicher würde sie mit ihm schimpfen, weil er sich so viele unnötige Sorgen gemacht hatte. Er glaubte bereits, ihre warmen Arme zu spüren, ihren geschmeidigen Körper, der sich unter fröhlichem Lachen an ihn preßte. Mit ihren langen Fingern strich sie sich das leuchtend schwarze Haar aus den Augen und blickte ihn voller Freude an. Seine Seele kribbelte stets, wenn sie ihn auf diese Weise anlächelte. All ihre Liebe spiegelte sich in der Liebkosung ihres Blicks und der erwartungsvollen Lippen.

Vielleicht würde er dieses Mal längere Zeit zu Hause bleiben.

Sollten sich doch Schwarze Krähe, Drei Zehen und Der weit wandert um die Jagd kümmern. Außerdem waren Feuer in der Nacht und Der mit Steinen wirft alt genug für ihre erste Jagd.

Als sie den Pfad unter den Bäumen entlanggingen, schwankte Weißes Kalb bedenklich auf den Beinen. Würde es die alte Frau noch bis ins Lager schaffen? Sie schien am Rande des Zusammenbruchs. Ein alter Mensch sollte sich einen solchen Gewaltmarsch nicht mehr zumuten.

Kein Wunder, daß er so unruhig war. Wenn ein Geisterträumer wie Weißes Kalb zusammenbrach und starb, kannte nur der Große Weise im Himmel allein die aus diesem Tod entstehenden Folgen.

»Ich mag die Geistermächte nicht«, sprach er laut zu sich selbst.

»Und ich schwöre, sobald das hinter mir liegt, lasse ich mich nie wieder in solche Sachen verwickeln.« Aber das hatte er schon einmal geschworen – und der Ärger hatte ihn doch wieder eingeholt.

Wenigstens hatte er Salbeiwurzel und Kleiner Tänzer ein paar tolle Geschichten zu erzählen.

Ein schriller Schrei drang an seine Ohren. Angst legte sich wie eine Faust um Hungriger Bulles Herz. Dieser Schrei kam von einem Menschen in höchster Not. Weitere Schreie durchschnitten peinigend die Luft. Eilig hasteten sie weiter, Weißes Kalb konnte kaum noch Schritt halten.

Sie stürmten auf die Lichtung des Lagers und sahen eine Menschenansammlung vor Hungriger Bulles Zelt.

Im Mittelpunkt stand Schwerer Biber, Blut lief an seiner Lende hinab. Feuer in der Nacht und Der mit Steinen wirft hielten zwischen sich einen Jungen an den ausgestreckten Armen fest, so daß die Füße des Kleinen den Boden nicht berührten. Diese Haltung mußte für ihn sehr schmerzhaft sein. Festes Holz stand vor einer anderen Gestalt – Zwei Rauchwolken – und trat dem Berdachen jedesmal wütend gegen das verkrüppelte Bein, sobald dieser versuchte, zu dem Jungen zu gelangen, der …

»Kleiner Tänzer!«

Der entsetzte Schrei blieb Hungriger Bulle im Halse stekken. Schwerer Biber hob einen Hammer hoch und schwang ihn bedrohlich über dem Kopf seines Sohnes.

Kleiner Tänzer kreischte in Todesangst. Feuer in der Nacht und Der mit Steinen wirft hielten die Arme des strampelnden Jungen eisern umklammert und blickten den zum Schlag ausholenden Schamanen erwartungsvoll an.

»Nein!« Endlich brach der verzweifelte Schrei aus Hungriger Bulles Kehle hervor.

»Es reicht!« rief Weißes Kalb und packte den an ihr vorbeistürmenden Hungriger Bulle mit ihrer klauenartigen Hand.

Die Leute drehten sich um und starrten sie an. Schwerer Biber verharrte, den Hammer hoch erhoben. Sein hochrotes Gesicht fixierte Hungriger Bulle und verwandelte sich in eine eisige Maske.

Hungriger Bulle wehrte sich gegen den adlerstarken Griff der alten Frau. »Überlaß das mir«, zischte sie. In ihren Augen, die sich tief in die seinen senkten, brannte magische Kraft.

Salbeiwurzel? *Wo war Salbeiwurzel?*

»Du hast es mir bei deiner Seele versprochen, Jäger. Halte dein Versprechen. Drei Zehen, Schwarze Krähe, paßt auf, daß er keine Dummheiten macht.«

Nach diesen Worten eilte Weißes Kalb keuchend vor Anstrengung weiter. Hungriger Bulle folgte ihr auf dem Fuß. Die Angst trieb ihn unaufhaltsam vorwärts.

»Laßt den Jungen los!« Die Stimme der alten Frau knallte wie ein Peitschenhieb durch die Luft. »Sofort!«

»Weißes Kalb!« rief Zwei Rauchwolken.

»Weißes Kalb?« Unsicher sah ihr Schwerer Biber entgegen, den tödlichen Hammer noch immer zum Schlag bereit. »Die *Hexe!*«

»Laßt den Jungen *los!*« Feuer in der Nacht schluckte und gehorchte.

Der mit Steinen wirft hielt der von ihr ausgehenden magischen Kraft etwas länger stand, doch dann lockerte auch er seinen Griff. Der Junge konnte sich losreißen und warf sich laut schreiend in Hungriger Bulles Arme, wo er hemmungslos zu weinen begann. Hungriger Bulle preßte ihn fest an sich, er spürte das verzweifelte Verlangen des Jungen nach Geborgenheit. Mit sanfter Stimme flüsterte er beruhigend auf ihn ein.

Zwei Rauchwolken kroch auf allen vieren rasch aus der Reichweite von Festes Holz. Die qualvollen Schmerzen in seinem Bein zwangen ihn, sich mit Hilfe der Hände vorwärtszuziehen.

»Wer *bist* du?« verlangte Schwerer Biber zu wissen. Eine neue Verunreinigung? Was willst du hier?«

Sie machte auf dem Absatz kehrt. Die beiden standen sich von Angesicht zu Angesicht gegenüber. Die Leute verhielten sich abwartend.

Schockiert verfolgten sie das Geschehen. »So.«

Sie schüttelte den Kopf und versuchte, wieder zu Atem zu kommen.

»Ist das Volk schon so weit heruntergekommen?«

»Was willst du hier, HEXE?« fragte Schwerer Biber gebieterisch und näherte sich ihr, drohend den Hammer schwingend.

»Wenn du ein Träumer wärst, mein Junge, wüßtest du es.« Sie blickte ihm direkt in die Augen, und er blieb stehen. Aber das bist du nicht, stimmt's? Du hast das Kind nicht rufen hören?« Sie machte mit dem Kopf eine ruckartige Bewegung hinüber zu Kleiner Tänzer. »Du hast seine Träume nicht verstanden? Machst du das immer so? Quälst du immer, was du nicht verstehst?«

An die Umstehenden gewandt, rief sie: »Stimmt das? Ist es mit euch bereits so weit gekommen, daß ihr *wirkliche Macht nicht mehr erkennt?«*

Ein leises Raunen begleitete ihre Worte.

Weißes Kalb spuckte aus, um ihren Abscheu zu verdeutlichen.

»Verschwinde!« schrie Schwerer Biber und kam wieder auf sie zu.

»Ich erkläre dich als Verunreinigung! Verschwinde mitsamt deinem schmutzigen Gesindel!«

Weißes Kalb krümmte den Rücken, schüttelte die Rückentrage ab und hob die Hände. »Und wenn nicht? Willst du mich verfluchen?«

»Ich verfluche dich auf der Stelle, Hexe! Am vierten Tag wird dein Körper ...«

»Ach, halt den Mund! Du würdest einen Fluch nicht einmal dann erkennen, wenn er den Kopf aus dem Gras streckt und dich in den Hintern beißt. Wo ist die Mutter des Jungen?«

Die Leute begannen zurückzuweichen. Eine Gasse öffnete sich und gab den Blick auf eine junge Frau frei, die mit ausgestreckten Gliedern auf dem Boden vor einem schäbigen Zelt lag.

»Oh ... nein ...« Hungriger Bulle erstarrte, den weinenden Kleiner Tänzer an seine Brust gedrückt. Die schmerzhafte Wahrheit durchzuckte seinen Leib, schien jede Faser seines Herzens zu durchtrennen. Seine Seele weinte und schrie gequält auf. Mit tränenverschleiertem Blick stürmte er vorwärts. Er nahm sie in seine Arme. Tränen unsäglichen Leids benetzten ihr bleiches Fleisch und tropften auf die unter ihren aufklaffenden Handgelenken rotgefärbte Erde.

Blinzelnd hob er sein Gesicht zur Sonne empor, vergeblich gegen den überwältigenden Schmerz ankämpfend.

»Warum? *Wie? WER HAT DAS GETAN?«*

Weißes Kalb rührte sich nicht vom Fleck und hielt den losstürmenden Hungriger Bulle nicht auf. Zu den beiden Jägern sagte sie leise: »Ich glaube, er braucht jetzt eure Hilfe.«

Niemand bewegte sich, als Schwarze Krähe und Drei Zehen hinter dem Freund hereilten.

»Ich verfluche dich!« wiederholte Schwerer Biber. »Bei der Sonne dort oben am Himmel erkläre ich dich für unrein und böse.«

»Du erklärst gar nichts.« Sie reckte den Hals. »Du hast also Salbeiwurzel umgebracht?«

»Er hat sie in den Selbstmord getrieben«, schrie Zwei Rauchwolken mit überschnappender Stimme. »Mit Tanzende Hirschkuh hat er es genauso gemacht. Er hat das Wolfsbündel geschändet – es in den Dreck geworfen und davongejagt. Es ist fort.«

Weißes Kalb keuchte und schlug sich mit der geballten Faust auf die Brust. »O Gesegneter Großer Weiser im Himmel.« Kopfschüttelnd und mit offenem Mund starrte sie in Schwerer Bibers triumphierend blitzende Augen. »*Weißt* du, was du angerichtet hast?«

»Ich habe das Volk gereinigt!«

»Du beschränkter, dummer *Narr!*« Mit ihrem krallenartigen Zeigefinger stach sie nach ihm. »Dieses Wolfsbündel ... dieses *heilige* Bündel ist das *Vermächtnis des Ersten Mannes!*«

Entsetzt zogen sich mehr und mehr Leute zurück.

Unsicher werdend öffnete Schwerer Biber den Mund, als ob er etwas sagen wolle. Doch er überlegte es sich anders und schwieg.

Eine nachdenkliche Falte erschien auf seiner Stirn.

»Bring mich hier weg, Weißes Kalb«, bat Zwei Rauchwolken, der noch immer am Boden lag.

»Dieses Volk ist verdorben, alle sind durch und durch verdorben. Du hast mich hergebracht. Jetzt bring mich weg. Ich kann nichts mehr für diese Leute tun.«

Sie bückte sich zu ihm hinunter, dabei argwöhnisch Schwerer Biber und seinen Hammer im Auge behaltend. »Kannst du aufstehen?«

»Du abscheuliche Verunreinigung!« knurrte Schwerer Biber, der wieder neuen Mut gefaßt hatte. »Nimm ihn mit! Verschwindet von hier! Ihr alle! *Verschwindet!*«

Sie half Zwei Rauchwolken auf die Beine. Bei dieser Anstrengung krachte jeder Wirbel in ihrem Rücken. Er stützte sich auf sie, und sie fühlte seine zitternden Muskeln.

»Du kannst darauf wetten, daß wir gehen«, erklärte Weißes Kalb.

»Wenn ich mir überlege, welche Mächte du entfesselt hast, würde ich mich an deiner Stelle nicht einmal in der Entfernung von fünf Tagesmärschen von diesem Lager aufhalten.«

»Du bist schuld, daß es mit diesem Volk so weit gekommen ist. Du und die anderen, die so sind wie du. *Ihr* habt die Welt der Geister beleidigt. Ihr seid schuld, daß die Geister im Himmel sich vom Volk abgewandt haben. Und du glaubst, hier ungestraft vor anständigen menschlichen Wesen stehen und deinen Arm um eine üble verworfene Kreatur wie Zwei Rauchwolken legen zu können?« Schwerer Biber tanzte von einem Bein aufs andere und zeigte mit dem Finger auf sie.

»Du hast deinen Weg gemacht, Schwerer Biber. Mal sehen, wohin er dich führt.«

Zwei Rauchwolken erstarrte. Keuchend zeigte er auf eine herbeieilende Gestalt.

»*Nein!*« befahl Weißes Kalb.

Mit glasigem Blick legte Hungriger Bulle eine Speerspitze in seinen Atlatl. Schwerer Biber drehte sich um, erkannte die Gefahr und wich entsetzt zurück.

»Hungriger Bulle! Tu *es nicht!*« fuhr ihn Weißes Kalb an. »Seine Zeit ist noch nicht gekommen! Verflucht seist du, Hungriger Bulle! Du hast es mir bei deiner Seele versprochen! Tu es nicht, oder du entfesselst eine Macht, von der du dir keine Vorstellungen machen kannst!«

»Hungriger Bulle?« rief Drei Zehen sanft und trat unruhig vor seinen Freund. »Vertrau ihr. Wir haben unser Wort gegeben. Weißes Kalb weiß, was sie tut.«

»Du bist verflucht«, stieß Schwerer Biber wütend hervor. Sein Gesicht war blaß. Das Versprechen des Todes in Hungriger Bulles Augen machte ihm angst. »Verflucht, sage ich!«

Ein leichtes Zucken im Arm von Hungriger Bulle ließ Die die Spaß macht aufschreien. Sie schlug eine Hand vor den Mund und starrte ihren Mann Schwarze Krähe erschrocken an. Wiesenlerche lief rasch zu Drei Zehen und hängte sich an seinen Arm, um ihn wegzuziehen.

In ihren Augen stand nackte Angst.

Traurig sah Weißes Kalb den Schamanen an.

»Du hast dich selbst verflucht, du Narr – und alle, die dir folgen. Du hast das Bündel des Wolfsträumers erniedrigt. Denk eine Welle darüber nach.«

»Das ist nur eine alte Legende«, beharrte Schwerer Biber. »Ich dagegen träume den neuen Weg.«

Wieder erhob sich leises Gemurmel.

Weißes Kalb und Zwei Rauchwolken, sich humpelnd auf sie stützend, gingen auf Hungriger Bulle zu, bis sie direkt vor ihm standen. Weißes Kalb blickte ihm tief in die Augen. »Ich verstehe deinen Zorn, Jäger. Ich fühle deinen Schmerz. Aber dies liegt nicht in deinen Händen.«

Hungriger Bulles Blick wurde schneidend wie Obsidian.

»Ich meine, was ich sage. Du wolltest dich stets von Geistermächten fernhalten. Das war eine weise Entscheidung. Du bist nicht dafür geschaffen. Schwerer Biber geht mit Mächten um, die er nicht versteht. Geistermacht kümmert sich um sich selbst. Es ist nicht deine Sache, sich einzumischen.«

Hungriger Bulle zögerte. Der in seinem Innern tobende Kampf spiegelte sich in seinen Obsidianaugen. Der Wille zu töten, zurückzuschlagen, erlosch. Zurück blieb eine unendliche Trauer.

Wildkirsche eilte aus einem der Zelte heraus. Verblüfft von Weißes Kalbs Anwesenheit blieb sie abrupt stehen. Sie ließ die Schultern hängen, all ihre Widerstandskraft und Zähigkeit schienen auf einen Schlag geschwunden. »Dem Großen Weisen sei Dank.«

»Schwarze Krähe, Drei Zehen, ich brauche euch.« Weißes Kalb wandte ihre Aufmerksamkeit den beiden aschfahlen Jägern zu.

»Tragt Salbeiwurzel auf die Felsklippe. Ich singe heute nacht ihre Seele zum Sternennetz hinauf. Hier ist nichts mehr zu holen, für keinen von euch. Helft Hungriger Bulle beim Packen.

Anschließend packt ihr eure Sachen zusammen. Ich glaube kaum, daß ihr hierbleiben wollt.« Sie lächelte spöttisch. »Ihr seid zu sehr von böser Macht besudelt. Das meint jedenfalls Schwerer Biber, unser großer Geisterträumer.«

Sie drehte sich um und ging. Zwei Rauchwolken humpelte hinterher.

Über die Schulter rief sie zurück: »Kleiner Tänzer? Komm mit. Du und ich, wir beide haben eine Menge miteinander zu bereden.«

Verloren und verängstigt riß er die Augen auf, unschlüssig, ob er mitgehen sollte. Wildkirsche eilte zu ihm und ergriff seine Hand.

»Komm schon, Junge. Sie taucht nur von Zeit zu Zeit auf. Aber wenn sie kommt, geschieht stets Gutes.«

Weißes Kalb zog eine Augenbraue hoch. Gutes? Anscheinend hatte ihre Schwester im Laufe der langen Jahre ihre altbekannte Melodie geändert. Aber vielleicht ahnte auch Wildkirsche dieses ungeheure Beben, das Strömen und Fließen der um sie herum entfesselten Macht. Weißes Kalb lief eine Gänsehaut über den Rücken.

Eine Macht bewegte sich frei über das Land; Weißes Kalb staunte, welch unglaubliche Kräfte entfesselt worden waren. Am Rande ihres Bewußtseins gähnte ein Abgrund, aus dessen Tiefen kalte feuchte Dämpfe aufstiegen. Aus diesem Tag konnte nichts Gutes entstehen.

Tangara saß hoch oben auf einem Felsen und blickte über die sich bis zum Moon River erstreckende Ebene. Im Norden floß der sich schlängelnde Mud River auf den Buffalo River zu, der wiederum zum Big River strömte. Ihr Blick kehrte zurück zu dem in der Ferne glitzernden Band des Moon River.

Der Felsen, den sie erstiegen hatte, war eine Herausforderung gewesen. Bestimmt hätten sich außer ihr nur Männer, die ihren Mut beweisen mußten, an diese gefährliche Kletterei herangewagt.

Eine unerklärliche Anziehungskraft hatte sie dazu getrieben, gerade diese Felsspitze zu ersteigen, die eher für Adler und einschlagende Blitze gedacht war. Die kaum ertastbaren Griffe stellten höchste Anforderungen an ihre Geschicklichkeit und ihr Gleichgewichtsgefühl. Nun saß sie äußerst zufrieden oben und ließ die schlanken Beine über eine schroff abfallende Klippe baumeln.

Der Wind zerrte an ihren Haaren und verwickelte sie zu einem strähnigen Durcheinander. Eine plötzliche Bö riß an ihr und drohte, sie in die Tiefe zu stürzen. Eine prickelnde Beigabe zu dem abenteuerlichen Reiz, jederzeit abstürzen zu können.

Sie blickte weit hinaus über die Ebene, bis sich ihr Blick in der Ferne verlor. Dort lebte das Kleine-Büffel-Volk. Obwohl es in dieser Jahreszeit keine Überfälle gegeben hatte, fühlte sie sich plötzlich unbehaglich. Ihr war, als hätte ihre Seele zu zittern begonnen.

Während sich Tangara zum Abstieg umwandte, nahm sie auf dem überhängenden Felsen schräg gegenüber eine flüchtige Bewegung wahr.

Nur durch eine Felsspalte von ihr getrennt stemmte ein Wolf seine Vorderbeine gegen den heftigen Wind. Einen endlosen Augenblick starrten sie einander an. Tangaras Blick begegnete den wissenden gelben Augen des Tieres. Wie ein huschender Schatten verschwand der dunkle Jäger. Nur die vage Empfindung eines Versprechens blieb zurück.

II

DIE VORBEREITUNG DES JÜNGLINGS

Das Wolfsbündel wandte sich klagend an den wirbelnden Dunst der Spirale: »Die heilige Zahl der Jahreszeiten ist vergangen, und was hat sich geändert? Ich habe geholfen, den Regen zu bringen.

Die Büffelkuh kalbt wieder regelmäßig. Dank meiner Hilfe wird Schwerer Biber stärker und stärker. Er hat seine Autorität gefestigt. Er vereint das Volk nach seinem Willen auf seinem neuen Weg.

Gleichzeitig erweist sich Blutbär bei dem Rothand-Volk als mindestens ebenso großer Narr. Ständig fällt mein Name als Symbol seiner Autorität. Doch wenn auch nicht in Worten, so äußert sich seine Geringschätzung doch in Taten. In seinem Zelt werde ich verhöhnt. Meine Macht wird untergraben. Ist das dein Ziel? Mich zu töten?«

Wolfsträumers geisterhafte Stimme erklang aus den Spiralen. »Mein Ziel ist der Junge.«

»Ich neige eher dazu, Blutbär aufzuhalten, ihm sein Verhalten heimzuzahlen.«

»Hab Geduld. Der Junge wird älter.«

»Auch Schwerer Bibers Weg ist falsch. Er verändert die Spiralen.

Zu viele Menschen glauben ihm. Am Ende können wir keine Gedanken, keine Überzeugung mehr besiegen«, warnte das Wolfsbündel.

»Es gibt nur einen Weg. Denk an einen Dreifuß; wir sind nur zwei, ohne einen weiteren Fuß stürzen wir zu Boden.«

Kapitel 11

Hinter der kleinen Gruppe von Menschen versank die Welt in einem grauen Dunstschleier. Grau überall – auch in ihren Herzen.

Wohin können Menschen gehen, wenn sich die Welt dem Wahnsinn gebeugt hat?

Der feuchte Boden unter ihren Füßen quietschte, Kies knirschte unter jedem müden Schritt. Schweigen lastete schwer auf den Wandernden; ihr Aufstieg wurde nur von einem leichten Seufzen aus den Wäldchen in den Canyons begleitet, vom Schaben gegerbter Häute auf Steinen oder an Sträuchern, dem gedämpften Ächzen der Ledergurte und dem Keuchen ihres Atems. Frostige Feuchtigkeit durchzog die Luft, biß ihnen in die Nasen und legte sich klamm auf ihre bloße Haut.

Drei Zehen blickte den sich steil aufwärts windenden Pfad hinauf.

Es beunruhigte ihn, daß die dicht um sie wogenden Wolken jede Sicht nahmen. Vom Wind gebeugte Föhren klammerten sich an rotbraune Felsen, die knorrigen Wurzeln in Mutter Erdes bloß liegendes Gerippe gekrallt. Wie hoch waren sie bereits hinaufgestiegen?

Von hier aus hätte er die ganze Ebene übersehen müssen, den Moon River im Süden und den nach Norden fließenden Mud River, doch das düstere Grau der Wolken verbarg die Welt.

Für ihn und Schwarze Krähe gab es keine Möglichkeit, zu ihrem Volk zurückzukehren. Für immer und ewig würden sie Ausgestoßene sein.

Nichts war ihnen geblieben, jegliche Zuflucht in einem Lager des Volkes war ihnen verwehrt. In einer unregelmäßigen Formation kletterten sie weiter hinauf, silhouettenhafte Gestalten im Nebel – Menschen ohne Heimat, ohne eine Gemeinschaft, zu der sie gehörten, Wanderer in den Wolken.

Hinter ihm rang Die die Spaß macht keuchend nach Luft und sprach Leise auf ihren Sohn ein.

Was ist, wenn ich Weißes Kalbs Lager nicht finde? Wenn wir in eine Gruppe Anit'ah-Krieger hineinlaufen? Wenn Hungriger Bulle tot ist? Was bleibt uns dann noch?

Drei Zehen stapfte weiter den unebenen Pfad hinauf. Die Spuren in der kiesigen Erde wiesen einen Wildwechsel, der auf den Grat führte. Er erkannte die Fährten von Dickhornschafen, Rehen und Wapitis. Feuchtkalte Luft streifte seine heißen Wangen. Die dampfenden Wolkenbänder drückten herunter und hüllten die Welt in ihren unwirklichen Schleier, ein Segen und zugleich ein Fluch. Einerseits verbarg sie die graue Feuchtigkeit vor den Augen der Anit'ah, andererseits erschwerte es der Dunst, die Orientierungspunkte zu finden, die ihm Weißes Kalb vor vier Jahren in allen Einzelheiten erläutert hatte.

Vier Jahre? Die heilige Zahl, die Zahl des Ersten Mannes, der Himmelsrichtungen und des Großen Weisen im Himmel. Soviel hatte sich in diesen vier Jahren verändert. Wer hätte das ahnen können?

Vor Drei Zehen bewegte sich ein Schatten auf dem Saumpfad und brachte ihn zurück in die Gegenwart. Instinktiv umfaßte er seinen Atlatl fester, der Speerschaft lag beruhigend in seinen Händen. Er schielte hinüber zu den undeutlichen Umrissen der Nadelbäume, blieb stehen und duckte sich leicht.

Ein leiser Windhauch spielte mit den grauen Nebelschwaden. Aus dem flüchtigen Schatten formte sich Schwarze Krähes schlaksige Gestalt.

»Siehst du was?« fragte Drei Zehen leise. Er brach die unheimliche Stille nur widerwillig.

Schwarze Krähe zuckte mit den Achseln, verzog seine Kartoffelnase und schnüffelte in die kühle Luft. »Nein – es sei denn, es interessiert dich, wie es im Innern einer Wolke aussieht.«

»Ungefähr so wie hier, ha?« Er machte eine weitausholende Geste.

»Ungefähr.« Schwarze Krähe schüttelte den Kopf. »Ich

weiß nicht, wie wir sie hier finden sollen. Hier können wir wochenlang herumirren.

»Falls wir in der Zwischenzeit nicht in ein Lager der Anit'ah stolpern.«

»Das ist die andere Seite, ja. Nach Schwerer Bibers Überfall auf ihre Lager im letzten Jahr werden sie uns kaum lächelnd begrüßen und mit einem freundlichen Winken verabschieden.«

Drei Zehen nickte. Hinter sich hörte er einen Seufzer der Erleichterung. Seine Frau Wiesenlerche bückte sich, um der jüngsten Tochter bei einem dringenden Bedürfnis zu helfen. Die die Spaß macht ließ sich auf einen Felsen sinken. Ihr Gesicht war angespannt, ängstlich sah sie ihren Mann an. Schwarze Krähes ältester Sohn hob die Hosenklappe und urinierte. Sein Wasser platschte laut auf den harten Boden.

»Nichts, was Schwerer Biber macht, führt zu irgend etwas Gutem.

Die Überfälle auf die Anit'ah fallen auf uns zurück. Ihre Vergeltung wird uns folgen wie Gänse den Jahreszeiten.«

Ein Frösteln überlief Drei Zehen. Er lächelte freudlos. »Ich glaube, das war keine so gute Idee.«

Schwarze Krähe stützte die Hände auf seine schmalen Hüften und trat müde von einem Fuß auf den anderen. Unbehaglich blickte er den kaum erkennbaren Pfad entlang, den sie heraufgekommen waren.

»Was hätten wir sonst machen sollen? Was blieb uns denn noch übrig? Das Kurzhaar-Volk wollte mit uns nichts zu tun haben. Wo wir auch hingehen, immer geraten wir in die Jagdgründe von irgend jemand, und die Leute sind überall fast verrückt vor Hunger. Die Zeiten sind nicht eben günstig für Eindringlinge.«

»Und die Anit'ah hassen uns mehr als alle anderen zusammen«, erinnerte ihn Drei Zehen. Sehnlichst wünschte er sich, seine vor langen Monaten bei einer Versammlung des Rates geäußerten Worte zurücknehmen zu können. Aber Worte waren wie der Wind, man konnte sie nicht einfangen und zurückholen. Das Volk war verrückt geworden. Schwerer Bibers Macht wuchs ständig. Inzwischen hatte er die abtrünnigen Sippen wieder in den Stamm integriert. Zwei Steine, Wapitipfiff, Weißer Fuß, alle hatten sich Schwerer Biber angeschlossen und tanzten seinen Tanz der Erneuerung. Als sich Sieben Sonnen ebenfalls entschied, sich mit Schwerer Biber zu vereinen, war Drei Zehen aufgestanden. Alle Augen hatten sich auf ihn gerichtet.

»Ich kann dem nicht zustimmen. In Schwerer Bibers Lager werden meine Frau und ich verflucht. Ich kenne Schwerer Biber. Ich bin mit ihm aufgewachsen. Ich kenne seinen gnadenlosen Haß. Lieber verlasse ich das Volk, als im gleichen Lager wie Schwerer Biber zu leben.«

Die anderen hatten ihn überstimmt.

»Vergeßt nicht, ihr könnt immer zu mir kommen. Ich schütze euch. Ich gebe euch zu essen.«

Die Stimme von Weißes Kalb hallte wie ein Echo in seinem Kopf nach. Sie hatte die Worte an jenem Tag vor vier Jahren gesprochen, als sie sich trennten. *»Folgt dem Clear River westlich durch die rote Felswand und nehmt den Geisterpfad hinauf in die Berge. Haltet euch südlich des Canyons, dort führt ein Weg entlang. Der Weg beginnt an einer markanten Felsnadel.*

Folgt diesem Weg über den Grat und ihr findet mein Lager im dahinter liegenden Tal. Dort seid ihr in Sicherheit.«

Drei Zehen kaute auf der Unterlippe. Er hatte es riskiert, sein Leben und das seiner Familie und Freunde diesem vagen Versprechen anzuvertrauen. Aber wie sollten sie in diesem dichten Nebel im Land der Anit'ah den richtigen Weg finden?

Nieselregen setzte ein.

»Es wird kälter.«

Drei Zehen grunzte. Jahrelang sehnten wir uns nach Regen, jetzt haben wir ihn.«

»Die ganze Welt ist verrückt geworden. Vielleicht ist der Große Weise im Himmel der Menschen überdrüssig.« Schwarze Krähe hob eine knochige Schulter und rieb seinen Hängebauch. »Vielleicht naht das Ende der Welt, wie Schwerer Biber behauptet.«

Ängstlich forschend blickte Drei Zehen in das verschwommene Grau.

»Ich hoffe, du machst Scherze.«

Alles vernichtendes Feuer, dröhnend wie Donnerhall, mit dem Wind vermählt, erfüllte die Welt. Gelbrot, rasend, tosten die Flammen empor und schlugen in unbarmherziger Wut auf Kleiner Tänzer ein.

Prasselnd und brausend verschlang ihn das Feuer. Er versuchte, die entsetzliche Hitze zu ignorieren, hob in einer verzweifelten Geste die Arme, um sein Gesicht vor den versengenden Flammen zu schützen.

Das Feuer verhöhnte ihn. Flammenwände bewegten sich drohend auf ihn zu, als suchten sie Vergeltung, dann wichen sie wieder zurück, schwankten in einem furchtbaren Tanz hin und her. Er versuchte sich abzuwenden, doch die Flammen wirbelten mit ihm, brüllend und zischend paßten sie sich jeder seiner Bewegungen an. Kleiner Tänzer bekam kaum noch Luft. Sobald er versuchte zu atmen, fraß sich das Feuer in sein Inneres, drohte seine Lungen zu verbrennen und seine Seele zu verzehren.

»Wir sind eins.« Worte bildeten sich im brüllenden Donner des flammenden Infernos. »Die *ganze Welt ist das Große Eine, das Ganze. Wir alle sind ein Traum. Komm mit mir ... Tanze mit mir.*

Wir sind das Große Eine ... das Eine ...«

Krampfhaft hielt er die Augen geschlossen. In sinnloser Verweigerung schüttelte er den Kopf. Tränen stiegen ihm in die Augen und verwandelten sich auf seinen Wangen zischend in Dampf.

»Nein!« schrie er gellend. *»Nein!«*

Seine Lungen brannten fieberheiß wie die alles verschlingenden Flammen.

»Befreie dich selbst, mein Junge. Tanze mit mir. Werde eins mit mir. Wage es. Vergiß deine Angst. Vertraue auf dich selbst.«

Er zuckte zurück. Die Flammen umtosten ihn wie ein entfesselter Wirbelwind. Vom Zentrum des flammenden Wirbels hochgehoben, begann sein Fleisch zu brutzeln wie Fett auf weißglühenden Kohlen.

Er kreischte vor Angst – und erwachte schlagartig. Sein Herz hämmerte gegen seine Rippen, als wolle es seinen Körper sprengen.

»Ist alles in Ordnung mit dir?« Zwei Rauchwolken richtete sich halb auf seinem Lager auf und blinzelte wie eine Eule.

»Ein Traum. Nur ein Traum.« Kleiner Tänzer versuchte ruhig zu atmen und vergrub die Hände unter seiner Decke. Die Berührung des warmen Fells beruhigte ihn.

»Was für ein Traum?« erkundigte sich Weißes Kalb mit durchdringender Stimme.

Kleiner Tänzer biß sich auf die Lippen und senkte den Blick.

»Nichts weiter. Nur ein Traum. Nichts Besonderes.«

»Tatsächlich, mein Junge?« Er hörte die Skepsis in ihrer Stimme.

Fing sie schon wieder damit an! Immer hackte sie auf ihm herum, nie ließ sie ihn in Ruhe.

»Ein Traum eben.« Er schlug die wundervoll gearbeitete Decke aus der Haut eines Dickhornschafs zur Seite und stand auf.

Schweiß durchtränkte seine Kleidung. Er spürte einen Kloß im Hals.

»Ein Traum von einem Feuer?«

Woher wußte sie das?

»Nein. Ich habe von meiner Mutter geträumt.« Wieder suchte er Zuflucht bei dieser bewährten Ausrede. Es war die einzige Möglichkeit, sich den ständigen Fragen der alten Frau zu entziehen.

Die geräumige Felsenhöhle befand sich in einer Kalksteinklippe, die das Wasser vor undenklichen Zeiten unterspült hatte. Die Höhle maß im Durchmesser fünfzehn Schritte. Die Rückwand verlief in einer schwungvoll gekrümmten Linie, durchbrochen von Nischen und versteckten Winkeln, in denen Weißes Kalb ihre Medizin- und Zauberbündel aufbewahrte. In die Wand über der Schlafstelle von Weißes Kalb war eine Spirale gemeißelt und später bemalt worden.

Beutel mit Trockenfleisch und Beeren hingen an in den Stein geschlagenen Haken. An der Decke hatte der Ruß eine dicke samtweiche Schicht hinterlassen, die die spitzen Felskanten abrundete.

Eine halbe Körperlänge von der Rückwand entfernt, an einer Stelle, wo die Nagetiere sie nicht so leicht erreichen konnten, befanden sich kreisförmige, in den Boden gegrabene Vorratsgruben. Die Aushöhlungen waren mit dicht aneinandergestapelten Steinen umgrenzt und mit Steinen ausgelegt, um die Insekten, die unverfrorenen Ratten und Backenhörnchen daran zu hindern, sich einen Gang in die Vorratslager zu graben. Eine schwere Sandsteinplatte deckte die mit süßen Kiefernsamen, Hagebutten, Yampa, Springkraut, Süßwurzeln und getrockneten Segolilien-Knollen gefüllten Vorratslöcher ab. Dicht bei der Rückwand wurden gegerbte Decken, ein paar geschnitzte Grabestöcke und ein Satz Hornschalen aufbewahrt. Die Außenwand bestand aus einigen senkrecht gegen die überhängende Decke gestützten Pfählen, an denen Felle festgebunden waren, um die Abendkälte abzuhalten und die Windböen zu mildern. In den Boden waren zwei Feuerlöcher gegraben worden; ein sehr tiefes, glockenförmiges Bratloch und ein flaches Becken, voll ausgelegt und eingesäumt mit Steinen zum Abstrahlen der Hitze. Eine Sandsteinplatte diente jedem der Feuer als Reflektor. Lücken in dem Gewölbe aus rauhem Fels sorgten für den Abzug des Rauches.

Die Höhle war weit wärmer als die Zelte, in denen Kleiner Tänzer seine Kindheit verbracht hatte. Die von den Feuern während des Tages ausgestrahlte Hitze heizte noch bis spät in die Nacht hinein. Im Sommer blieb es drinnen dagegen kühl. Die Höhle hätte ein gemütlicher Aufenthaltsort sein können, wenn nicht ständig Weißes Kalb dagewesen wäre. Es war ihr Zuhause – und sie beherrschte den Ort in jeder Hinsicht. Ihm kam es so vor, als sei ihre Seele mit dem Felsgestein verschmolzen.

Er drehte sich um und begegnete ihrem intensiven Blick. Falls das überhaupt möglich war, war sie in den letzten Jahren noch mehr verschrumpelt. Die im Feuerschein weiß wie Winterschnee leuchtenden Haare hoben ihr runzliges Gesicht stark hervor, an ihrem Hals hing die Haut herunter wie die Kehllappen eines mageren Truthahns. Ihr Körper wirkte so filigran, als könne er jeden Moment wie ein unter dem Winterfrost knickender Grashalm brechen.

Doch die leuchtende Herausforderung in ihren leidenschaftlichen Augen strafte diesen Eindruck Lügen. Jetzt fingen ihre Augen das funkensprühende Licht der Feuer auf, begannen mit magischer Kraft zu leuchten und sahen durch ihn hindurch, als bestünde er aus Rauch. Das vertraute Prickeln einer Vorahnung überlief seinen angespannten Körper.

»Du kannst dich nicht immer vor dir selbst verstecken, Junge.« Leise und sanft drangen ihre Worte an sein Ohr. »Verleugne deine Macht, solange du willst – du kannst ihr nicht entkommen wie ein Falke einem zerrissenen Netz. Du bist es, Junge. Du bist der Eine.«

Er antwortete nicht. Groll und Niedergeschlagenheit machten ihm gleichermaßen zu schaffen.

»Warum lehnst du mich ab, mein Junge?«

Die Worte seiner Mutter brandeten wie ein widerhallendes Echo an sein Ohr: *»Ich verbiete es!«* Das Grauen über ihren Tod verfolgte ihn noch immer – es war so wirklich wie die harte Erde unter seinen Füßen. Jedesmal, wenn Weißes Kalb behauptete, er sei der Eine, fühlte er die dunklen Augen seiner Mutter auf sich gerichtet, ihn vom Himmel herab beobachtend, eine ständige Erinnerung an jene gräßlichen Augenblicke heraufbeschwörend, in denen er ihren Tod mitfühlte und später an das Auffinden ihres blutleeren Körpers.

»Warum, mein Junge?« fragte Weißes Kalb beharrlich. »Was deine Mutter auch gesagt haben mag, du kannst dein Wesen nicht ändern.

Du bist ein Träumer … in deinen Augen steht es geschrieben.« Eine Pause folgte. »Sieh mich an. Sag, daß ich unrecht habe. Aber sag es nur, wenn du selbst zutiefst davon überzeugst bist.«

Er weigerte sich zu antworten und rang um Selbstbeherrschung. Stets lösten ihre Worte heftige Wut in ihm aus. Am liebsten hätte er sie angeschrien, sie als alte Buschhenne beschimpft, die sich ungebeten in fremde Angelegenheiten einmischte. Es hätte ihm unglaubliche Erleichterung verschafft, ihr einfach ins Gesicht zu spucken und ihr zu sagen, sie solle ihn endlich in Ruhe lassen.

Was für ein herrlicher Augenblick würde es sein, sich für all die Demütigungen der letzten Jahre zu rächen und zurückzuschlagen.

Einen Moment lang schwelgte er in der Vorstellung, ihre Lederbeutel und Körbe herumzuwerfen, ihre kostbaren Besitztümer ins Feuer zu schleudern. Welche Freude, ihre Habseligkeiten in die glühenden Kohlen zu trampeln, bis sie Feuer fingen und zu einem Häufchen Asche verbrannten. Das würde sie lehren, ihn in Ruhe zu lassen. In seiner Fantasie kam es ihm wie eine Erlösung vor, ihr die endlosen Schikanen und die vielen hinterhältigen kleinen Tricks, mit denen sie versuchte, ihn ihrem Willen zu unterwerfen, heimzahlen zu können.

Aber niemals würde er etwas Derartiges tun. Als Angehöriger seines Volkes hatte er schon mit der Muttermilch die Sitten und Gebräuche des Kleinen-Büffel-Volks in sich aufgesogen. Niemals behandelten junge Leute die Älteren respektlos. Niemand würde es wagen, sich gegen Ältere Freiheiten oder gar Unverschämtheiten herauszunehmen.

Wie sehr sie ihm auch zusetzte, ihn drangsalierte und zermürbte, niemals würde er sie verspotten oder gar zornig anschreien können.

Und das zu wissen, steigerte seine Wut und seine Frustration ins Unermeßliche.

»Junge, du mußt auf die Stimme deines Geistes hören. Du mußt ...«

»Ich gehe zu meinem Vater.« Ohne sie eines weiteren Blickes zu würdigen, starrte er anklagend in das vertraute, von Schmerz gezeichnete Gesicht von Zwei Rauchwolken, doch dieser reagierte nicht. Wutentbrannt lief er zur Tür und stürmte hinaus in die Nacht.

»Eines Tages«, sagte Zwei Rauchwolken und brach endlich die lastende Stille, »gehst du zu weit. Wildkirsche hat dich vor ihrem Tod eindringlich davor gewarnt.«

»Sie hat nie verstanden, worum es geht.«

»Mag sein. Aber sie kannte den Jungen. Und ich kenne ihn sehr gut.

Weißes Kalb, du darfst ihn nicht unentwegt bedrängen. Du hast ihn dem Vater entfremdet. Hungriger Bulle hat sich dadurch selbst verloren … er findet seinen Weg nicht mehr. Er weiß nicht mehr weiter, also bleibt er weg. Er würde nie mit dir streiten, weil er weiß, was er dir zu verdanken hat. Und er fürchtet sich vor Geistermächten. Aber wenn du dem Jungen dermaßen zusetzst, wütet es in ihm. Du treibst damit einen weiteren Keil zwischen uns und entfremdest uns einander. Wenn du so weitermachst, wirst du …«

»Ja, ja … ich weiß.«

»Bist du sicher?«

Sie sah ihn an. Ihre scharfen schwarzen Augen glühten. Die Verzweiflung in ihrer Stimme war nicht zu überhören. »Ja, ich weiß es. Ich kann Kleiner Tänzer nicht erreichen.«

»Er wird seine Macht selbst entdecken. Er kann sie nicht immer und ewig vor sich verleugnen.«

Weißes Kalb schien in sich zusammenzusinken. Sie seufzte tief auf.

Geistesabwesend nickte sie. »Ja, alter Freund. Vermutlich. Aber mir bleibt nicht mehr viel Zeit. Und er muß doch noch soviel lernen.«

Mißmutig trottete Kleiner Tänzer den Pfad entlang. Seinen scharfen Augen entging selbst in der Dunkelheit keine Unebenheit und kein Felsvorsprung. Sein Zorn wich langsam einer tiefen Niedergeschlagenheit, einer schweren, düsteren Depression, als senkten sich die den Nachthimmel verdunkelnden Wolken auf ihn herab.

»Warum lassen sie mich nicht in Ruhe?« Drohend schüttelte er die geballte Faust zu einem Föhrenast hinüber. Seltsamerweise verschaffte ihm diese Gebärde der Gewalt Erleichterung.

Dadurch ermutigt, hieb er wütend auf das hohe Gras ein, das im ersten Frost braun und spröde geworden war. Der Geruch kommender Kälte lag bereits in der Luft. Der heimtückisch zuschlagende Winter verbarg sich noch hinter den Strahlen der kühler werdenden Morgensonne, versteckte sich zwischen den Böen des Nachmittagswindes, wie ein

Gespenst darauf lauernd, zuzuschlagen und mit eisiger Kälte auch die letzte Erinnerung an den Sommer auszulöschen. Als Vater Sonne sich auf den südlichen Weg über den Himmel zurückzog, begann das Tageslicht den Herbsthimmel in stumpfes, glanzloses Grau zu tauchen.

Was würde dieser Winter bringen? Wieder nur endlose Tage an den stickigen Feuern? Wieder nur Weißes Kalbs unentwegt wiederholte alte Geschichte? Wieder ihr ständiges Gerede, die ewigen Fragen und das unablässige Beschwören der Mächte?

An solchen Tagen blieb Hungriger Bulle außer Sichtweite, ausgenommen während der bittersten Kälte. Wenn Erfrierungen zu befürchten waren, nahm er die Gegenwart von Weißes Kalb notgedrungen in Kauf.

Als Krüppel mit erfrorenen Gliedmaßen bliebe seinem Vater das einzige Vergnügen, das ihm das Leben noch bot, versagt. Und wenn er auf den Trost durch die Jagd verzichten müßte, wäre er so gut wie tot.

Hungriger Bulle hatte sich verändert. Das fröhliche Funkeln war aus seinen Augen verschwunden. Er blickte nur noch düster in die Welt. Er sah Weißes Kalb nicht mehr in die Augen. Sein Geist hatte sich an jenem Tag, als er unter Schock stehend Schwerer Bibers Lagers verlassen hatte, verdunkelt. Knapp ein Jahr, nachdem sie zu Weißes Kalb gekommen waren, starb Wildkirsche. Nun gab es niemanden mehr, mit dem er die Vergangenheit heraufbeschwören konnte, niemand verstand ihn mehr.

Was war nur mit ihnen geschehen? Wieder und wieder stellte sich Kleiner Tänzer diese Frage. Seit dem Tag, an dem er die Antilopen herbeiträumte, hatte sich alles verändert. Das Innerste der Existenz hatte sich nach außen gekehrt, hatte sich in einem Gespinst aus Schmerz und Verwirrung verloren. Eine Macht war in sein Leben getreten – *und würde ihn nie mehr verlassen.*

Die Träume verfolgten ihn ständig. Die alte Frau hatte völlig recht. Er konnte leugnen, soviel er wollte, es änderte nichts an der Wahrheit. Die Macht des Sternennetzes der Großen Listigen Spinne verstrickte ihn immer mehr, hielt ihn gefangen. Einmal hatte er versucht, die Visionen mit einem Quarzitstein aus seinem Kopf herauszuprügeln. Abgesehen von schmerzhaften Schwellungen, Blutergüssen und erbärmlichen Kopfschmerzen, die er davontrug, hatte ihm Weißes Kalb auch noch eine Standpauke gehalten, die zu einem monatelangen Zerwürfnis zwischen ihr, Zwei Rauchwolken und seinem Vater führte, bis Weißes Kalb schließlich eingelenkt hatte.

»Soll er sich meinetwegen halb totschlagen!« hatte sie gemeint.

»Mir soll es recht sein.« Nach einem kurzen Zögern hatte sie hinzugefügt: »Ich könnte wetten, Schwerer Biber würde sich freuen, wenn ihm das zu Ohren kommt!«

Sofort sah er Schwerer Bibers befriedigtes Lächeln vor sich. Schon bei dem Gedanken daran wurde ihm fast übel. Danach versuchte er nie wieder, sich zu kasteien.

Die Träume kamen ohne erkennbare Regelmäßigkeit und ohne Vorankündigung. Doch die alte Frau schien das nicht zu stören – sie glaubte an ihn. Und wenn sie nun tatsächlich seine Großmutter war? Trotzdem, sie bräuchte ihn nicht ständig zu beobachten.

Manchmal fühlte er sich wie eine unter der Nase eines Kojoten trippelnde Maus. Der Kojote wartete mit aufgerissenen Kiefern, stets bereit, nach ihm zu schnappen. Er wußte nie, wann die schweren Pranken zuschlagen und ihn ins Gras schmettern würden.

Auch Zwei Rauchwolken war ihm keine große Hilfe. Der Berdache sprach kaum noch – er hatte die Beleidigung des Wolfsbündels nie verwunden. Berdachen lebten zwischen den Welten, aber sie dienten nicht nur als Vermittler zwischen Männern und Frauen, sondern fühlten auch die Wege magischer Mächte und konnten sowohl das Reich der Geister als auch die reale Welt wahrnehmen. Die Schändung des Wolfsbündels hatte Zwei Rauchwolken bis auf den Grund seiner Seele erschüttert. Sein Leben hatte jeden Sinn verloren.

Ich bin eine erbärmliche Kreatur. Mutter? Warum bist du gegangen und hast mich diesem Leben überlassen? Warum hast du aufgegeben?

Wo bist du, Mutter? Komm zurück zu mir! Nimm mich mit!

Kleiner Tänzer trat zwischen den Felsen heraus. Von diesem Vorsprung aus konnte er bis zum Horizont im Westen blicken. Dort, zwischen den nach Osten ziehenden Wolken, blinkten und tanzten die winzigen Lichtpunkte des Sternennetzes. Im Osten verhüllten Wolken den Himmel. Er konnte sich die tiefschwarze Dunkelheit über dem Moon River und den Orten seiner Kindheit gut vorstellen.

Blickte auch Schwerer Biber heute nacht hinauf zum Himmel? Sah auch er dasselbe finstere Firmament und wunderte sich darüber?

Wütend stampfte Kleiner Tänzer auf einen niedrigen Salbeistrauch.

Befriedigt sog er den aus den blaugrünen Blättern aufsteigenden scharfen Geruch ein, als er die samenschweren Stengel zerquetschte.

Sie hatten einen Gefangenen aus ihm gemacht. Sie hielten ihn wie einen kleinen Vogel in einem zu engen Käfig. Weißes Kalb, Mächte und Träume, die Verfluchung durch Schwerer Biber, alles richtete sich gegen ihn.

Wieder trat er heftig gegen einen Salbeistrauch. Er fühlte sich wie befreit und glücklich, sich einmal rächen und einem anderen Geschöpf weh tun zu können. Dieser Tritt galt Schwerer Biber. Der war für die Träume und Weißes Kalb. Er trampelte auf allem herum, was ihn zu einem erbärmlichen, von anderen nur ausgenutzten Menschen machte. Immer stärker wurde sein Verlangen zu verletzen, sich zu rächen für alle Enttäuschungen und Frustrationen, mit denen er leben mußte.

Mit einem Stock drang er in das Salbeidickicht vor und knüppelte auf die Sträucher ein. Heiße Tränen liefen ihm über die Wangen. Er ging mit seinem Knüppel auf eine kleine Föhre los und stellte sich vor, Weißes Kalb und Schwerer Biber in einer Person vor sich zu haben. Brüllend straffte er die Muskeln und griff an.

Krachend zerbrach der Stock unter der Heftigkeit seines Wutanfalls. Er bückte sich, hob große Steine auf, bombardierte damit den Baum und beobachtete voller Freude die unter dem Aufprall schwingenden und brechenden Zweige. Lauthals jubelte er über den Triumph, der seinen rasenden Körper zu höchsten Anstrengungen trieb.

Endlich ließ er erschöpft ab. Seine Brust hob und senkte sich schwer, er hatte sich völlig verausgabt. Seine Muskeln zitterten.

Erst jetzt merkte er, wie trocken sein Mund war. Seine Kehle brannte vor Durst. Ein hämmernder Schmerz pochte in seinen zerschundenen Händen. Bei dem Versuch, große Steinbrocken aus dem Boden herauszuziehen, hatte er sich die Haut aufgerissen. Er begann die Kälte der Nachtluft auf seinen schweißnassen Wangen zu spüren.

Abwartend, still und geduldig hüllte ihn die Nacht ein. Die Dunkelheit war vertraut mit sinnlosen Wutanfällen halbwüchsiger Burschen und ihrem schamlosen Benehmen.

Unsicher blinzelte Kleiner Tänzer zu dem Opfer seiner Angriffslust hinüber. Das Abreagieren seiner Wut schien keinerlei Auswirkungen auf die Föhre gehabt zu haben. Schemenhaft stand sie vor ihm, beherzt seiner Gewalttätigkeit trotzend. Der Schleier der Dunkelheit verhüllte jede Narbe, die er ihren biegsamen Zweigen zugefügt hatte. Niedergeschlagen senkte er den Kopf und rieb sich den Nacken. Die plötzliche Stille legte sich drückend auf ihn.

Warum nur lassen sie mich nicht in Ruhe?

Ein Schatten löste sich aus der Finsternis.

Kleiner Tänzer schnürte es die Kehle zu. Ein Angstschauder überlief ihn. Sein Magen krampfte sich zusammen.

Lautlos wie ein Traumbild verschwand der große schwarze Wolf zwischen den Bäumen.

Seit wann folgte ihm das Tier? Wie lange hatte es ihn beobachtet?

Auf schwankenden Beinen ging er durch das Dickicht zurück zum Pfad. Erschöpft und ausgelaugt stapfte er weiter und lief auf eine Wiese zu. Er wußte, dort baute sein Vater eine Büffelfalle.

Reizende Wapiti schlang die weiche Hirschhautdecke enger um ihren Körper und bückte sich tief hinunter, um unter der

Türklappe des Menstruationszeltes hinaus auf das Lager blicken zu können.

Das Rothand-Volk errichtete das Menstruationszelt stets auf einem dem Wind abgekehrten Hügel. So hatte es ihnen der Erste Mann befohlen.

Sie rümpfte die hübsche Nase. Nicht um alles in der Welt konnte sie sich vorstellen, warum. Glaubten die alten Männer wirklich, sie könnten die Blutung einer Frau riechen? Einmal hatte sie heimlich in die Brise geschnüffelt und nur die alles überdeckenden Gerüche des Lagers wahrgenommen: Rauch, Fäkalien von Hunden und Menschen, den Gestank gegerbter Häute, vermischt mit dem feinen Duft aus den Kochsäcken.

Sie straffte sich, als sie Blutbärs schwarze, von den Feuern umrahmte Silhouette am Rande des Lagers entdeckte. Der Hüter des Wolfsbündels blieb kurz stehen und blickte herüber. Seine Augen waren unverwandt auf das dunkle Zelt gerichtet, aber sie wußte, er konnte unmöglich ihre Gestalt erkennen.

Trotzdem hielt sie erschrocken den Atem an. Endlich duckte er sich in sein Zelt.

Hatte Tangara sie vergessen?

Wanderte sie immer noch auf der Suche nach Abenteuern in den Wäldern umher?

Reizende Wapiti seufzte verdrossen. Kam ihre Mutter denn *nie?*

Sie fühlte sich im Menstruationszelt eingesperrt wie ein Dickhornschaf in einer Fangpferch. Wenn nur nicht Blutbär so geheimnisvoll in der Nacht herumschleichen würde. Wenn sie nur wüßte, warum er im Finstern auf der Lauer lag. Würde es immer so sein? Würde es jedesmal so fürchterlich sein? Sich beruhigend ermahnte sie sich streng, daß sie schließlich das erste Mal in diesem Zelt saß. Daß die Blutung schon so früh eingetreten war, hatte sie unangenehm überrascht.

Zuerst hatte sie nicht begriffen, was los war. Sie hatte gedacht, die Krämpfe kämen von den süßen Pastetchen, die sie der alten Grünes Horn von ihrem Mahlstein gestohlen hatte

– vielleicht hatte die alte Frau irgendeinen Zauber hineingetan, der einem jungen Mädchen Bauchweh bereitete. Aber Reizende Wapiti hätte es besser wissen müssen. Das Knospen ihrer Brüste, die breiter werdenden Hüften – die ihre Figur sehr betonten –, hätten ihr einen Hinweis geben können. Doch nicht einmal die dunkle Spur des flaumigen Schamhaars hatte sie gewarnt. Als sie zum erstenmal das Blut sah, geriet sie fast in Panik.

»Deine Zeit ist gekommen«, hatte Klappernde Hufe, ihre Mutter, stolz zu ihr gesagt. »Meine Tochter ist zur Frau geworden.«

Fassungslos hatte Reizende Wapiti sie mit offenem Mund angestarrt.

Es hatte ihr die Sprache verschlagen. In ihrem ganzen Leben hatte nur der tragische Tod ihres Vaters sie derart aus dem Gleichgewicht geworfen.

In einer großen Zeremonie hatte man sie zum Menstruationszelt geleitet. Unter dessen Dach verbrachte sie nun bereits vier Tage und kämpfte mit widerstreitenden Gefühlen. Abwechselnd verwirrt, entzückt, gelangweilt, aufgeregt oder traurig dachte sie über ihr neues Leben als Frau nach. Ihre Mutter und Großmutter und die meisten anderen Frauen des Stammes waren gekommen, hatten ihre Augenbrauen ausgezupft und sie nackt ausgezogen. Anschließend bemalten sie mit grellbunten Farben ihren Körper. Seit der Erste Mann ihnen den Weg hinauf in die Erste Welt gezeigt und sie Vater Sonnes Licht ausgesetzt hatte, ließen sich alle werdenden Frau bemalen. Ihre Mutter hatte beide Hände in feuchten Ocker getaucht und sie ihr auf die Brüste gelegt, eine symbolische Handlung, mit der sie ihre künftige Milch dem Rothand-Volk hingab. Sie hatten ihr das Gesicht weiß bemalt, als Symbol des Himmels einen blauen Kreis auf die rechte und einen braunen Kreis als Sinnbild der Erde auf die linke Wange gemalt. Vom Brustbein abwärts über den Nabel bis zu den Schamhaaren zogen sie den gelben Pfad des Lichts. Grünes Horn zeichnete mit Holzkohle auf die Innenseiten ihrer Oberschenkel deutende Pfeile. »Um den dummen jungen Männern den richtigen Weg zu weisen, verstehst du!« Zum Entzücken der anderen alten Frauen war Grünes Horn in Kichern ausgebrochen.

Verlegene Röte war Reizende Wapiti ins Gesicht gestiegen. Sie schluckte, denn sie war überzeugt, die alte Hexe wußte genau, wer ihre Beerenpastetchen gestohlen hatte.

Ein großer orangefarbener Kreis wurde auf ihren flachen Unterleib gemalt, das Symbol der Morgensonne, die dem Tag neues Leben brachte, wie ihre Lenden dem Rothand-Volk neues Leben bringen würden.

Sie erduldete diese Prozedur, weil sie wußte, jedes junge Mädchen vor ihr und nach ihr mußte dieses Ritual ebenso über sich ergehen lassen. Niemand sprach je offen darüber; trotzdem hatte sie aus geflüsterten Unterhaltungen davon erfahren und mit ihren Freundinnen Grille und Tangara darüber geredet. Es war ihr immer reichlich unwirklich erschienen, bis sie es am eigenen Leib verspürt hatte. Singend und mit ihren Rasseln aus Rehhufen lärmend waren die alten Frauen in Begleitung ihrer Mutter gegangen. Nun wußte jeder, bei dem Rothand-Volk gab es eine neue Frau.

Reizende Wapiti spürte den Unterschied zu ihrem bisherigen Leben deutlich. Sie hatte die Männer beobachtet, die lachend, singend und in die Hände klatschend neben dem feierlichen Zug hertanzten.

Mit großen Augen hatten Grille und Tangara vom Rande des Lagers aus das Spektakel verfolgt. Sie wußten, ihre unbeschwerte Freundschaft war vorbei. Reizende Wapiti würde nicht mehr mit ihnen lachen und scherzen wie ein Kind. Auch die Spiele wie Reifen mit einem Stock antreiben, gehörten endgültig der Vergangenheit an. Sie mußte die Pflichten einer Frau übernehmen – und hatte nicht die geringste Ahnung, worüber die Frauen lachten oder was ihre derben Scherze zu bedeuten hatten.

Ein Mann würde sie besitzen wollen. Dieser Gedanke kam ihr urplötzlich in den Sinn. Er wehte durch ihre Seele wie eine frische Brise an einem heißen Tag durch eine aufgerollte Zeltwand.

Sie war bisher so von anderen Dingen in Anspruch genommen gewesen, daß sie gar nicht gleich daran gedacht hatte.

Ein Mann hatte sich den Tanzenden nicht angeschlossen. Der Hüter des Wolfsbündels sah nur zu, sein hartes Gesicht blieb ausdruckslos.

Doch trotz der Entfernung fühlte sie die Erwartung in seinen Augen. Mit wachsam erhobenem Kopf witterte der meisterhafte Jäger seine Beute.

Mit einem Leuchten in den Augen hatte er lächelnd in ihre Richtung geblickt. Die Erkenntnis hatte sie getroffen wie ein Schlag:

Blutbär wollte ihr erster Mann sein!

Verzweifelt hatte sie Tangara zu ihrer Mutter geschickt, doch noch während sie um eine Erklärung rang, um ihr den Grund für ihre Bitte nicht in allen Einzelheiten schildern zu müssen, war der Irrwisch Tangara bereits in die Nacht hinausgeschlüpft.

Als an diesem Nachmittag Lieder und monotoner Singsang aus dem Lager erklang, hatte sie sich fröstelnd in ihre Decke gewickelt. Man erwartete, daß sie morgen vormittag das Zelt verließ. Was dann?

Blutbär würde auf der Lauer liegen. Wie konnte sie sich ihm verweigern, wenn er sie außerhalb des Lagers abfing? Niemand verweigerte sich dem Hüter des Wolfsbündels. Blutbär hatte das gestohlene Herz und die Seele des Rothand-Volkes zurückgebracht. Er konnte sich nehmen, wen oder was er wollte.

Sie kniete nieder und lugte wieder unter der Zelttür durch. Ein dunkler Schatten sonderte sich vom Lager ab und kam den Trampelpfad herauf. *War* es Tangara endlich gelungen, in das Zelt ihres Stiefvaters zu schlüpfen und ihre Mutter zu bitten, zu ihr ins Menstruationszelt zu kommen?

Mokassins aus weichem Leder huschten über den Pfad, das leise Rascheln von fransenbesetztem Leder auf nackter Haut war zu vernehmen.

Plötzlich bewegte sich die Zelttür und Klappernde Hufe bückte sich hindurch.

»Was höre ich da, meine Tochter? Du möchtest mich sehen?«

»Ich muß mit dir reden.«

Die Mutter lachte ihr so typisches, kehliges Lachen. Seufzend ließ sie sich nieder und rollte sich auf dem mit Fellen und Häuten ausgelegten Boden des Zeltes auf die Seite. Entspannt streckte sie die Beine aus, stützte sich auf einen Arm und blickte durch die Dunkelheit zu ihr herüber.

»Beunruhigt es dich, eine Frau zu sein? Tangara hat sich nicht gerade sehr deutlich ausgedrückt.«

Reizende Wapiti schluckte vernehmlich und nickte. Die alte Vertrautheit, die sie miteinander verband – das unbedingte Verständnis von Mutter und Tochter, die viel gemeinsames Leid geteilt hatten –, machte Worte fast überflüssig.

»Du brauchst dir keine Sorgen zu machen. Da kann nicht viel schiefgehen. Ich habe es schließlich auch geschafft, ha? Du brauchst nur du selbst zu sein. Laß alles auf dich zukommen. Alles geschieht, wie die Natur es vorgesehen hat. Du brauchst dich vor der Zukunft nicht zu fürchten. Man muß das Leben nehmen, wie es kommt, Tag für Tag. Jetzt hast du Angst, weil du nicht weißt, was auf dich zukommt. Wenn du deinem ersten Enkelsohn den schmutzigen Hintern säuberst, wirst du darüber staunen, wie einfach alles war.«

»Darum geht es nicht.« Ihr Herz raste.

»Oh?« Die warme Stimme ihrer Mutter hob sich fragend. »Mich hat das jedenfalls damals beunruhigt.«

»Es geht um ... na ja, um Blutbär.« Die Pfeile, die Grünes Horn mit Holzkohle auf ihre Schenkel gemalt hatte, juckten: eine Warnung vor drohender Gefahr?

Ihre Mutter seufzte. »Ich verstehe. Beobachtet er das Zelt?«

»Ja, ununterbrochen, seit die anderen gegangen sind. Er weiß, ich bin soweit.

Aber ... Mutter, nicht er. Ich will nicht ... ich meine ...«

Ihre Mutter rückte in der Dunkelheit näher an sie heran. Ein warmer Arm legt sich um Reizende Wapitis Schultern. »Ich glaube, ich verstehe.« Ein langes Schweigen folgte. »Und die anderen Männer? Oder treibt nur er sich hier herum?«

»Nur er. Ich habe gehofft, Der das Horn packt würde auf mich warten.

Er hat Dinge zu mir gesagt – also, eigentlich sogar versprochen. Ich glaube nicht, daß er sich über mich lustig gemacht hat. Er hat mich auf eine ganz bestimmte Weise angesehen. Ich wünschte, er wäre es. Bei den anderen Männern kann ich nein sagen.«

»Das stimmt.«

»Aber Blutbär ist der Hüter des Wolfsbündels. Niemand weist ihn ab. Ich kann nicht … ich will nicht, daß er mich berührt. Ich will das nicht, was er macht. Er tut den Frauen weh. Ich habe gehört, was er mit Sanfter Frühlingsregen bei ihrem ersten Mal gemacht hat. Sie hat geblutet. Das ist nicht recht. Ich möchte nicht verletzt werden.«

»Schsch! Ich weiß. An deiner Stelle würde mir diese Vorstellung auch nicht gefallen. Ich habe damals Glück gehabt. Als ich das Zelt verließ, konnte ich zwischen wundervollen Männern wählen.«

»Aber ich …«

»Sei still, Mädchen. Ich denke nach.«

Reizende Wapiti blickte wieder unter der Tür hindurch zum Lager.

In den Zelten brannten die Abendfeuer. Die kegelförmig zulaufenden Spitzen der mit Häuten überdachten Wigwams leuchteten im Schein der innen brennenden Feuer gelbbraun.

Trotz dieses alltäglichen Anblicks zogen eisige Finger eine Spur grauenvoller Angst durch ihr Innerstes. Warum wollte Blutbär ausgerechnet *sie* haben?

»Weißes Kalb.«

»Was?«

Ihre Mutter nickte langsam. »Das ist die Lösung. Ich schicke dich zu Weißes Kalb. In der Zwischenzeit vergißt dich Blutbär vielleicht. Vielleicht findest du bald einen anderen Mann, eh?«

»Was soll ich bei Weißes Kalb? Ich will nicht …«

»Wo sonst wärst du sicher? Hmm? Bei Schnelläufers Gruppe? Blutbär wäre sofort dort … außerdem hält sich deine ganze Familie hier im Lager auf, du hättest also keine Entschuldigung für einen Besuch bei einer anderen Sippe.

Wir müssen uns für einen Ort entscheiden, wo die Leute erwarten, daß du hingehst. Nichts eignet sich dafür besser als Weißes Kalbs Höhle.«

»Warum sollte jemand *erwarten,* daß ich zu ihr gehe?«

»Weil ich sehr beschäftigt bin. Ich werde ...«

»Aber dort sind diese Leute vom Kleinen-Büffel-Volk! Dieser Jäger! Er könnte ...«

»Mach dich nicht verrückt. Nicht einmal einem Jäger des Kleinen-Büffel-Volkes würde es einfallen, dich in Weißes Kalbs Lager zu belästigen. Das weißt du genau. Außerdem ist da noch dieser Berdache Zwei Rauchwolken, er wird dich beschützen. Selbst nach so langer Zeit haben die Leute den Mord an Gestutzte Feder nicht vergessen. Für Blutbär ist der Berdache eine ständige Mahnung an jene Tage der Verbannung. Wenn es einen Ort auf der Welt gibt, den Blutbär nicht aufsuchen wird, dann Weißes Kalbs Höhle.«

»Aber was für einen Grund sollte ich haben, dort hinzugehen? Ich meine, wird Blutbär nicht genau wissen, daß ich mich vor ihm verstecke? Mache ich damit nicht alles nur noch schlimmer?

Irgendwann muß ich doch zurückkommen.«

»Beweise ich dir nicht schon seit Jahren, daß du dich auf mich verlassen und mir vertrauen kannst?«

»Nun ... ja.«

»Na siehst du. Ich schicke dich hin, um Medizin für deine Schwiegermutter zu holen. Feuchter Regen ist krank.«

»Sie ist krank? Aber ich sah sie erst ...«

»Ach, Mädchen, leider hast du nicht meinen Verstand. Zum Glück ist Feuchter Regen klug. Seit ein paar Tagen spielt sie krank. Dein Stiefvater haßt Blutbär mindestens so sehr wie du. Der alte Gestutzte Feder war Ein Wurfs bester Freund, das weißt du. Er war wie ein Vater für ihn. Ein Wurf wird seine Rolle hervorragend spielen. Ich hätte ihn nach dem Tod deines Vaters nicht geheiratet, wenn er nicht vernünftig und gescheit wäre ... außerdem hatte er auch dich sehr gern.

Also hör zu. Ich sage dir, wie wir vorgehen werden. Ich schleiche nachher noch einmal mit einer Rückentrage herauf, und du verschwindest heute nacht. Du kennst den Weg zu Weißes Kalb. Lauf schnell, Mädchen. Am Vormittag kannst du den halben Weg geschafft haben. Wenn irgend jemand fragt, sage ich, du müßtest Medizin gegen Feuchter Regens Magenschmerzen holen. Ich gebe dir Nachricht, wenn sich die Dinge hier geklärt haben und du zurückkommen kannst.«

»Und Blutbär?«

»Er wird mir die Geschichte abnehmen.«

Kaum hatten die Sterne eine Handbreit ihres Wegs über den Himmel zurückgelegt, schlüpfte eine dunkle Gestalt aus dem Menstruationszelt.

Kurz nach ihrer Tochter bückte sich Klappernde Hufe durch die Tür. Nachdenklich blickte sie den nachtdunklen Pfad entlang.

Reizende Wapiti würde bald merken, worauf sie sich eingelassen hatte. Mitten in der Nacht auf fremden Wegen zu wandern, würde auch die mutigsten Jäger in Angst und Schrecken versetzen. Doch Reizende Wapiti mußte der Finsternis und den Geistern, vielleicht sogar einem hungrigen Grizzly tapfer die Stirn bieten. Aber alles war besser als Blutbär.

Müde ging Klappernde Hufe zurück zu ihrem Zelt. Da Feuchter Regen die Kranke simulierte, mußte sie die doppelten Pflichten erledigen. Sie hätte es als zweite Frau beträchtlich schlechter treffen können als bei Ein Wurf und Feuchter Regen. Dennoch fühlte sie sich immer als Störenfried, der sich in ihr Glück gedrängt hatte. Ein Wurf und Feuchter Regen vermittelten ihr zwar stets das Gefühl, willkommen zu sein, aber sie wußte, nie würde sie den gleichen vertraulichen Umgang mit dem Paar haben wie die beiden untereinander. Manche Menschen passen einfach gut zusammen. Ein Wurf und Feuchter Regen schienen zwei Teile eines Ganzen zu sein.

Während sie darüber nachdachte, empfand sie einen schmerzhaften Stich.

Auch sie hatte einmal eine solche Liebe kennengelernt.

Wäre er nur nicht gegen Ende des Winters hinausgegangen. Im Frühling war der Schnee immer besonders trügerisch. Erst im Hochsommer hatte man seinen Körper endlich gefunden. Die Leere, die sein Tod in ihr hinterlassen hatte, konnte nie mehr von jemandem ausgefüllt werden.

Sie warf einen letzten ängstlichen Blick auf den Pfad. Kummer und Sorge um ihre Tochter brachen ihr fast das Herz. Was für eine schreckliche Art und Weise, eine Frau zu werden.

»Manchmal erstaunt mich dein Vertrauen in den Jungen. Er ist ungezähmt, jähzornig.«

»In ihm steckt die Kraft seines Vaters«, erklärte Wolfsträumer aus der transparent schimmernden goldenen Spirale.

»Ich lebe bei seinem Vater! In dem Jungen steckt zuviel von dessen arroganter Anmaßung.«

»Wolfsbündel, du selbst bist aus verschiedenartigen Stücken zusammengesetzt. Jedes hat seinen speziellen Anteil an deiner Macht. Gemeinsam manipulierten wir die Kreise, um an den Jungen heranzukommen. Hast du dich damals beklagt?«

»Damals war meine Macht noch unangefochten. Erst später nahm ich die Empfindung meines langsamen Todes wahr. Wir sind ein schreckliches Risiko eingegangen. Ich sah den Jungen mit den Augen des Beobachters. Du weißt, wir können seinen Willen nicht beeinflussen. Er wird sein, was er sein will. Und ich sehe Ärger voraus.«

»Wir hatten niemals irgendeine Garantie. Die Zukunft ist ein Ort der Düsternis.«

»Er kämpft gegen die Träume. Er wird mindestens ebenso energisch gegen uns kämpfen.«

Schweigen …

Kapitel 12

Namenloses Grauen pirschte sich an den Jungen heran und verfolgte ihn auf dem gefährlich schmalen Grat. Heiß spürte er den wie von einem aasfressenden Bären stinkenden Atem im Genick.

Verzweifelt versuchte er, einen Blick über die Schulter zu werfen.

Er wollte der Todesangst ins Auge blicken, aber bei jedem Versuch drohte er, aus dem Gleichgewicht zu geraten und mußte mit den Armen rudernd seinen Körper ausbalancieren, um den Halt nicht zu verlieren.

Das Ungeheuer folgte ihm. Todbringend schnappte es nach seinen Fersen, silbriger Geifer troff in Fäden über seine Zähne.

Kleiner Tänzers einziger Fluchtweg war dieser gefährliche Pfad auf dem messerscharfen Grat aus hartem grauen Granit. Zu beiden Seiten fielen die Felswände jäh ab und reichten in eine endlos schwindelerregende Tiefe. Niedrig treibende Wolkenfetzen jagten über den tiefblauen Himmel. Starke Windböen zerrten an ihm und machten es ihm noch schwerer, auf dem schmalen Grat die Balance zu halten.

Verzweifelt sprang er von Felsen zu Felsen. Das grauenvolle Entsetzen verlieh seinen Sprüngen eine schier übermenschliche Kraft. Dort, vor ihm, klammerte sich seine Mutter an einen Felsen und versperrte ihm den Weg. Ihr Gesicht drückte reinste Qual aus.

Der Wind peitschte ihr langes schwarzes Haar. Mit verzerrter Miene krallte sie sich in den Felsen. Sie sah ihn aus weitaufgerissenen Augen an.

»*Schnell!* Er ist dicht hinter dir. Lauf, mein Sohn.« Der Wind riß die verzweifelten Schreie der Mutter mit sich fort und trieb sie hinaus in die unermeßliche Weite.

»Weiter. Klettere über mich.«

Er strauchelte plötzlich, und ihr Gesicht wurde leichenblaß, ihre Haut hart. Sie verwandelte sich in Stein.

»Nein!« schrie er voller Hoffnungslosigkeit in die unendliche Weite.

Der tosende Wind versuchte, ihn in den Abgrund zu reißen. Das Monstrum hinter ihm reckte den Hals und öffnete sein gieriges Maul, um ihn zu verschlingen.

»Mutter?« Mit einem verzweifelten Sprung hechtete er auf die runde Steinmasse ihres Rückens.

Selbst jetzt fühlte er noch die Gegenwart des hinter ihm

lauernden Schreckens. Drohend ragte die Kreatur auf und streckte sich nach ihm aus. Er bemühte sich, auf dem Felsen, der zuvor seine Mutter gewesen war, sicheren Halt zu finden, doch er geriet aus dem Gleichgewicht. Knirschend und bebend bewegte sich der Fels.

Schluchzend vor Angst blickte er hinunter. Der Felsen mit dem Gesicht seiner Mutter stürzte mit lautem Getöse in die Tiefe, Geröll polterte krachend gegen die Klippe.

Er kroch den schmaler gewordenen, bröckelnden Fels entlang und spürte, wie das namenlose Grauen wieder nach ihm greifen wollte.

Fluchtartig sprang er in eine riesige flache Mulde. Bei seiner Landung entpuppte sie sich als Wildkirsches Rücken. Die alte Frau blickte zu ihm herauf, ein verschlagenes Lächeln umspielte ihren Mund. Plötzlich verlagerte sie ihre Stellung, als wolle sie versuchen, ihn in den Abgrund zu stürzen.

Kleiner Tänzer stützte sich mit den Füßen ab und griff nach dem über ihm liegenden Grat. Aus den Augenwinkeln heraus sah er, wie Wildkirsches Körper zu grauem Granit erstarrte und unter seinem Gewicht knirschend nachgab. Sich verzweifelt an den Grat klammernd sah er Wildkirsches Felsen in einem donnernden Geröllhagel den Abgrund hinuntersausen. Seine Zähne schlugen laut klappernd aufeinander. Er hing in der Luft, doch es gelang ihm, mit letzter Kraft Halt mit den Füßen zu finden, und er konnte sich wieder auf den schmalen Pfad hochziehen. Schmerzhaft schnitt der scharfkantige Fels in sein Fleisch.

Mit angehaltenem Atem hastete Kleiner Tänzer weiter auf dem tückischen Grat, die Klauen des Todes im Nacken fühlend.

Aus dem zerklüfteten Granit formte sich Zwei Rauchwolkens Gesicht.

Der Berdache blickte zu ihm herauf. Noch während er voller Entsetzen auf die vertrauten Züge hinuntersah, erstarrten die Augen des Freundes wieder zu Stein. Der Fels bewegte sich mit einem mahlenden Geräusch und zerbröckelte.

Was einmal Zwei Rauchwolken gewesen war, löste sich auf und stürzte in die Ewigkeit.

Kleiner Tänzer mußte sich zum Weitergehen zwingen, denn jede neue Windbö zerrte mit noch größerer Gewalt an ihm und versuchte, ihm sein Gleichgewicht zu rauben.

Er sah hinunter und erkannte seinen Vater. Während dieser zu ihm heraufschaute, verwandelte er sich unaufhaltsam in Stein.

Schluchzend kroch Kleiner Tänzer über den sich bewegenden Fels.

Er wußte, der gewaltige Steinbrocken konnte zwar mühelos sein Gewicht tragen, würde ihn aber unweigerlich verraten.

Das abscheuliche, schwergewichtige Geschöpf hinter ihm näherte sich. Die Felsen erbebten unter seinen Schritten. Mit seiner massigen Gestalt die Sonne verdunkelnd, beugte es sich vor und blies ihm seinen stinkenden Atem in die Nase.

»Ich kann dich retten«, rief Weißes Kalbs Stimme von irgendwo über ihm.

Kleiner Tänzers Herz hämmerte vor Angst, als der Felsen, der sein Vater gewesen war, mit Gepolter losbrach und langsam seitwärts glitt. Hohl dröhnte das Lachen des Grauens hinter ihm: *»Zu spät.«*

Schwerer Biber!

Kleiner Tänzer erstarrte. Hilfesuchend griffen seine Hände in den Felsen, der einmal sein Vater gewesen war. Der Horizont neigte sich, alles begann sich zu drehen, Steine prasselten auf ihn nieder, und er stürzte in den Abgrund.

»Narr!« schrie Weißes Kalb.

Schwerer Biber kicherte schadenfroh.

Kleiner Tänzers Magen drehte sich um, schien ihm in die Kehle zu steigen. Der entsetzte Aufschrei seines Vaters gellte im unter ihnen liegenden Nichts.

Der Wind heulte brüllend, riß an seinen Kleidern und trieb ihm brennende Tränen in die Augen. Wie durch einen Schleier sah er weit oben die Felsformation des Grates in sich zusammenbrechen und mit einem lauten Donnern herabstürzen.

Fallen ... fallen ... In der Sekunde, bevor er auf dem Boden aufschlug, öffnete Kleiner Tänzer die Augen. Gierig sog er die Luft in seine erstickenden Lungen. Er zitterte, als die Bilder des Traumes zu verblassen begannen.

Kleiner Tänzer erinnerte sich, daß er sich in einem Erdloch neben einem uralten Waldriesen verkrochen hatte. Er setzte sich in den sich kaskadenartig ausbreitenden Nadeln auf und streckte und dehnte sich.

Rasch kroch er aus seinem Loch und blickte sich um. Er starrte über die grau vor ihm in der Dämmerung liegende Wiese und erschauerte in der kühlen Luft des frühen Morgens. Die Blätter hatte der Nachtfrost mit zartem Reif geschmückt. Am Waldrand standen die Pflanzen noch in saftigem Grün. Ein Rabe krächzte in den Bäumen, und ein Eichhörnchen warf Tannenzapfen auf morsche, umgestürzte Stämme hinunter.

Der Himmel über ihm hüllte sich in düsteres Grau.

Mit den Fingern strich er sich durch das lange Haar, um die braunen Nadeln herauszukämmen. Noch immer verfolgten ihn die Traumbilder. Geistesabwesend flocht er sein Haar und marschierte über die Wiese. Die Kälte der Nacht steckte ihn noch in den Knochen. Unsicher stakste er auf steifen Beinen durch das Gras.

Sein gähnend leerer Magen begann zu rumoren.

Eine kleine Meise begrüßte mit fröhlichem Gesang den neuen Morgen, und ein Eichhörnchen keckerte in der morgenfrischen Luft zu ihm herunter, ehe es sich von Ast zu Ast hüpfend rasch davonmachte.

Er durchquerte eine Baumgruppe, kletterte den von Felsbrocken übersäten Hang zu einem Grat hinauf und lugte über dessen Kante.

Unter ihm lag eine trapezförmige, von steilen Sandsteinwänden umstandene Wiese. Ein mit großer Sorgfalt errichteter Holzzaun verlief quer über das dürr werdende Gras – Hungriger Bulles Abgrenzungslinie beim Büffeltreiben.

Mit einem Seufzer der Erleichterung kletterte Kleiner Tänzer über den Grat und machte sich an den Abstieg. Gerade als er unten ankam, begann eine dünne Rauchsäule zwischen den Bäumen emporzusteigen.

Lächelnd fiel er in einen leichten Trab.

Hungriger Bulle hockte vor einem kleinen Feuer und briet auf heißen Steinen einen gerade erlegten Schneehasen. Mit den scharfen Augen des Jägers hatte Hungriger Bulle seinen Sohn längst erspäht.

Freudig erhob er sich und streckte ihm grüßend die Hand entgegen.

»Hast du es wieder einmal nicht mehr ausgehalten?«

Kleiner Tänzer nickte und setzte sich neben den Vater. Stumm teilten sie einen unschätzbaren Augenblick der Kameradschaft. »Hab mich letzte Nacht verirrt. Ich hatte keine Ahnung, daß ich mich bereits ganz in deiner Nähe befand.«

Lange Zeit saßen sie schweigend beieinander.

»Wie geht's mit der Falle voran?«

»Ist fast fertig. Du kannst mir helfen, dann schaffen wir es heute. Mit dem ersten Schnee kommen die Büffel von den hochgelegenen Wiesen herunter. Im Hochtal über uns weidet eine Herde. Bestimmt kommen sie den alten Wildwechsel herunter. Ich glaube, wir können genügend Tiere erlegen, so daß wir gut über den Winter kommen.« Er hob den Blick zum grauverhangenen Himmel. »Es ist gut, wenn wir erst spät Beute machen, dann friert das Fleisch dauerhaft durch.

Das ist die beste Vorgehensweise. Die Tiere spät erlegen und das Fleisch gefrieren lassen. So hält es den ganzen Winter.«

Kleiner Tänzer lief das Wasser im Munde zusammen, als er in das heiße Hasenfleisch biß. Schweigend aßen sie.

Als die Knochen abgenagt und das Mark herausgesaugt war, warfen sie sie in das Feuer, um den Vorrat an Knochenkohle zu vergrößern.

Anschließend gingen sie zur Falle hinüber und begutachteten die bisherige Arbeit.

»Du glaubst, da brechen die Büffel nicht durch?« Skeptisch wiegte Kleiner Tänzer den Kopf.

Hungriger Bulle lächelte. Seine Augen verengten sich zu schmalen Schlitzen. »Ein Teil des Jägererfolgs beruht auf seiner Kenntnis der Tiere. Er weiß mehr über sie als die Tiere selbst.«

Er deutete mit der Hand auf den Zaun. »Siehst du, wie ich die Wurzeln und Zweige zusammengefügt habe? Siehst du die scharfen Spitzen, die da herausragen? Dafür gibt es eine ganz einfache Erklärung. Büffel sehen zwar einfältig und immer halb verschlafen aus, aber sie denken ständig – was Zwei Rauchwolken schmerzhaft erfahren mußte, als er sie bei den Monster Bone Springs unterschätzt hat. Obwohl sie dösig und dumm aussehen, sind sie doch stets wachsam, lauernd ... und blitzschnell auf den Beinen. Trotz ihrer scheinbaren Schwerfälligkeit können sie blitzartig herumwirbeln.

Es paßt ihnen gar nicht, wenn man versucht, sie gegen eine Wand zu drängen, verstehst du. Sie haben eine dünne, leicht verletzbare Haut, und das wissen sie genau.

Sich dir also gut an, wie ich die Falle aufgebaut habe. Ein guter Jäger weiß, daß sich die Büffel von diesen Asthaken fernhalten wollen. Er weiß, daß sie sich lieber in der Mitte aufhalten und am liebsten dort herumlaufen, wo sie alles überblicken können.

Die Leitkuh hat eine Minute Zeit zu entscheiden, wie sie sich verhalten soll, wenn ihr der Weg versperrt ist. Darum habe ich den Zaun so aufgestellt. Diesen Augenblick der Unentschlossenheit muß ich ausnutzen und einen Speer in die Leitkuh treiben.«

»Und dabei stehst du dort oben?« Kleiner Tänzer deutete auf einen Sandsteinvorsprung knapp oberhalb des Zauns.

»Du hast mehr von einem Jäger, als ich dachte. Genau da werde ich mich postieren. Ein Jäger muß nicht nur die Tiere kennen, er muß natürlich auch wissen, mit welcher Taktik er am besten vorgeht.

Diese Falle kann von einer einzigen Person bedient werden. Wenn wir zu zweit sind, wäre es natürlich besser. Dann treiben wir sie gemeinsam, und zwar genau hier herunter. Auf keinen Fall versetzen wir sie in Todesangst, sondern drängen sie langsam, ganz langsam herunter. Dann, wenn sie in die Falle hineintrotten, laufe ich dort hinauf an diese Stelle. In der Zwischenzeit bist du zu diesem Baumstumpf dort hinübergegangen. Wenn sie vor meinen Speeren mißtrauisch zurückscheuen, laufen sie geradewegs in deine Speere hinein.«

»Bis einer in Panik gerät und den Zaun durchbricht.«

»Aber bis dahin haben wir – falls wir nicht selbst in Panik geraten – genug Tiere erlegt oder ernsthaft verwundet, um über den Winter zu kommen.«

»Im Frühjahr hast du keine solche Falle gebaut.«

Hungriger Bulle stemmte die Hände in die Hüften. »Hätte keinen Zweck. Im Frühling verhalten sich die Büffel völlig anders. Die Kühe haben neue Kälber und sind argwöhnischer und unruhiger, weil die Kälber sehr verletzlich sind. Alte Bullen umrunden die Herde und bewachen sie aufmerksam. Die Vorgehensweise bei der Jagd muß man den Jahreszeiten anpassen. Es spielt keine Rolle, wie treffsicher oder wie weit du den Speer werfen kannst, wenn du die Verhaltensweise der Tiere nicht kennst. Du mußt wissen, wie sie ihr Verhalten und ihre Denkweise mit dem Wechsel der Jahreszeiten ändern, oder du verhungerst – oder mußt dein Leben lang Pflanzen essen wie die Anit'ah!«

Kleiner Tänzer runzelte die Stirn. Sie hatten in der letzten Zeit auf Drängen von Zwei Rauchwolken häufig Pflanzen gegessen.

Inzwischen schmeckten ihm die Wurzeln der Segolilien. Im Herbst aß er mit Genuß Kirschen und Pflaumen. Die Früchte des Felsenbirnenbaums waren zu einer seiner Lieblingsspeisen geworden.

»Für dich sind Büffel das Wichtigste auf der Welt, stimmt's?«

»Die Büffel sind ein Teil meiner Seele.« Nachdenklich blickte Hungriger Bulle in die Ferne. Sie spazierten unter den Bäumen entlang. »Es tut mir jedesmal weh, wenn ich daran denke, wie selten Büffel geworden sind. Ich erinnere mich noch gut, was die Alten in meiner Kindheit erzählt haben. Mein Großvater erzählte mir, in der guten alten Zeit hätten sie ein paar hundert Büffel auf einmal erlegt. Damals hatte das Volk so viele Angehörige, daß eine große Beute möglich war. Alle gingen mit auf die Jagd, und jeder hatte seine besondere Aufgabe zu erfüllen. Damals waren die

Kreise noch geschlossen. Büffel und Volk waren eins. Die Tiere ernährten die Menschen, und die Menschen begleiteten ihre Seelen hinauf zum Großen Weisen im Himmel. Unsere Seelen vermischten sich mit denen der Büffel und die ihren mit den unseren.«

»Und jetzt?«

»Jetzt kann ich mit meiner Falle vielleicht zehn oder fünfzehn Büffel erlegen. Das sind mehr als genug, um satt zu werden, aber dank meiner Fähigkeiten könnten es weit mehr sein, wenn es nur genügend Büffel hier oben gäbe.« Er zögerte. »Vielleicht muß es so sein. Vielleicht ist es richtig so. Ein kluger Jäger sollte nur so viele Tiere erlegen, wie er tatsächlich braucht. Ein bißchen mehr kann nicht schaden als Reserve für den Fall, daß ein Teil des Fleisches zu früh verdirbt oder sich die Wölfe, Kojoten oder Grizzlys daran gütlich tun.«

Kleiner Tänzer nahm eine Holzstange, auf die sein Vater deutete.

Er hob sie hoch und folgte ihm, schwankend unter der überlangen Latte. Nur mit Mühe gelang es ihm, die Stange an der Stelle, die sein Vater ihm zuwies, in den Zaun einzubauen.

Stellte die Vergangenheit die Zukunft immer in den Schatten? Mußte das Leben immer schlechter werden anstatt besser? Anscheinend war das der Lauf der Welt. Wie oft hatte er Weißes Kalb sagen hören, die Welt verändere sich. Wenn alles immer schlechter wurde, was würde dann aus ihm werden? Die Bilder aus seinem Traum raubten ihm die Ruhe. Die wichtigsten Menschen in seinem Leben hatten sich unter seinen Füßen in Stein verwandelt und versucht, ihn in den Abgrund zu stürzen. Er ertappte sich dabei, wie er unbehaglich den breiten Rücken des Vaters musterte, als sie Stange für Stange in den Zaun einsetzten.

Mit einem scharfen Hornsteinsplitter, den er aus einem wundervollen Kernstück herausgeschlagen hatte, schnitzte Blutbär geistesabwesend an einem daumendicken Weidenast. Seine geschickten Hände schälten die Rinde in langen, sich kräuselnden Streifen ab und legten das weiße Holz darunter frei. Aus diesem Stück Holz würde ein fantastischer Speerschaft entstehen. Ein Ende mußte er noch aushöhlen und mit Federn versehen und dann am Atlatlhaken befestigen. Diesen hatte er bereits in mühevoller Arbeit aus der Geweihsprosse eines Elches gefertigt, die aus dem Norden des Big River stammte. Die kostbare Geweihsprosse hatte er bei Drei Rasseln eingetauscht. Das andere Ende mußte er ausfräsen, um eine Fassung für den aus einem Hartholz wie Wildkirsche oder Esche hergestellten Vorderschaft zu erhalten.

Am Schaft schnitzend, schlenderte er ein wenig auf und ab. Hin und wieder warf er einen verstohlenen Blick hinauf zum Menstruationszelt. Reizende Wapiti müßte sich eigentlich schon längst auf dem Weg zu Ein Wurfs Zelt befinden. Schon vor Anbruch der Morgendämmerung war er aufgestanden und hatte am Rande des Lagers auf sie gewartet. Sie hätte in jedem Fall an ihm vorbeikommen müssen. Und falls er sie tatsächlich verpaßt hatte, hätte sie sich inzwischen für ihre Herumschleicherei entschuldigen müssen. Wo war sie nur hingegangen?

Sie faszinierte ihn schon lange. Im letzten Jahr war ihm mehr als einmal ihr aufrechter, fast schwebender Gang aufgefallen. Mit wachsendem Interesse hatte er beobachtet, daß sie trotz ihrer Jugend bald zu einer vollentwickelten Frau herangereift sein würde. Von allen Mädchen waren sie und Tangara die bei weitem hübschesten. Tangara war die leidenschaftlichere von beiden, stolz und widerspenstig – sofern sie zu gegebener Zeit überhaupt jemand lange genug zu fassen bekam, um sich mit ihr zu paaren. Reizende Wapiti dagegen zeigte eine Verletzlichkeit, die sein Verlangen anheizte. Ihre Haltung war scheu und bescheiden, als wäre sie sich ihrer Schönheit und ihres Liebreizes kaum bewußt. Ihre Hüften bildeten eine herrliche Kurve über den schlanken, langen Beinen. Wenn sie ihr Haar nicht zu einem Zopf geflochten trug, fiel es ihr weit über die Taille wie eine blauschwarze Welle, die das Sonnenlicht einfing und Tausende einzelner Strahlen reflektierte.

Am besten aber gefielen ihm ihre fröhlichen Augen. Trotz

seines fortgeschrittenen Alters wünschte sich Blutbär, diese Augen würden nur noch für ihn strahlen.

Kaum merklich runzelte er die Stirn. Er schielte hinunter auf den Schaft seines neuen Speers ... und gleichzeitig hinüber zum Menstruationszelt. Obwohl die Schatten des frühen Morgens noch über dem Lager lagen, konnte er genau erkennen, daß sich niemand im Zelt aufhielt.

Erstaunt ging er den Pfad hinauf, die Augen stets auf den Boden gerichtet. Im Gehen glättete er ein Astloch im Schaft. Die langen Jahre des einsamen Jagens und Wanderns kamen ihm bei der Fährtensuche zustatten.

Hier war Klappernde Hufe den Pfad hinaufgegangen und wieder zurück. In der Nähe des Eingangs entdeckte er einen leichten Eindruck im trockenen Gras. Reizende Wapiti! Es konnte nur sie gewesen sein.

Unter leichtem Stirnrunzeln setzte er seinen Erkundungsgang fort.

Langsam umkreiste er das Lager und prüfte die Spuren. Seltsam.

Normalerweise kehrte eine frischgebackene Frau nach dem Ende ihrer Blutung vom Glanz eines scheuen Stolzes umgeben ins Lager zurück.

Genau das hätte Reizende Wapiti tun müssen. Sie hätte sich im Glanz eines solch verheißungsvollen Tages sonnen müssen.

Wieder eine Spur. Er stieß einen leisen Pfiff aus. Er wußte genau, wohin dieser Weg führte. Er verlief am Oberlauf des Clear River entlang, bevor dieser nach Osten schwenkte, in den Canyon hinunterstürzte und sich schließlich, nachdem er sich durch die Red Wall gefressen hatte, in die dahinterliegende Ebene ergoß.

Dort mündete er im Land des Kleinen-Büffel-Volkes in den Mud River.

Was gab es denn da unten? Warum sollte ein eben zur Frau gewordenes Mädchen alle zu seinen Ehren veranstalteten Festlichkeiten absichtlich versäumen? Wie konnte sie die Gelegenheit verstreichen lassen, von jedermann beglückwünscht zu werden? Warum sollte sie auf die Geschenke verzichten?

Nachdenklich ging Blutbär denselben Weg zu seinem Zelt zurück, den er gekommen war.

Wie immer überprüfte er zuerst, ob das Wolfsbündel noch auf dem Dreifuß im rückwärtigen Teil des Zeltes lag. Dummes Ding. Die ganze Zeit, während er gezwungenermaßen Gestutzte Feders Erzählungen über die Zauberkraft des Wolfsbündel hatte anhören müssen, hatte er niemals etwas von dessen Kraft gespürt. Und in den vergangenen vier Jahren, seit er triumphierend das Wolfsbündel über dem Kopf schwenkend in das Hauptlager des Rothand-Volkes marschiert war, hatte er niemals auch nur das leiseste Knistern magischer Macht wahrgenommen.

»Gestutzte Feder war ein Dummkopf«, brummte er. »Mein Volk setzt sich aus einem Haufen Narren zusammen, die an solchen Unsinn glauben.«

Er streckte die Hand aus und stieß seinen großen Zeigefinger in das Wolfsbündel. »Merk dir das, Wolfsbündel. Ich fand dich und brachte dich zurück. Ich, Blutbär! Und zwar ohne jede Zauberkraft!« Verächtlich verzog er den Mund und schnaubte. Und hast du etwa dem Berdachen Gutes gebracht? Solange er dich bei sich hatte, ging es ihm schlecht. Jetzt ist er ein Krüppel und auf die Mildtätigkeit von Weißes Kalb und eines ausgestoßenen Kleinen-Büffel-Jägers angewiesen. Überlebt hat er ohnehin nur dank meiner Gutmütigkeit.« Er schüttelte den Kopf. »Dummkopf!«

Er öffnete einen an der Rückwand des Zeltes lehnenden Lederbehälter und zog nach längerem Wühlen einen kleinen Beutel daraus hervor. Er löste den oben am Beutel befindlichen Knoten und leerte den Inhalt aus: sechs herrliche Schnitzereien aus Wapitizähnen, die aus dem Oberkiefer junger Böcke stammten.

Zufrieden packte er sie wieder ein, nahm den Beutel und bückte sich durch die Tür seines Zeltes hindurch. Betont lässig schlenderte er durch das Lager.

»Ist jemand zu Hause in Ein Wurfs Zelt?« rief er höflich. »Blutbär kommt an diesem herrlichen Morgen und bringt ein Geschenk für eine neue Frau.«

»Warte eine Minute.« Er erkannte Klappernde Hufes Stimme und hörte das Rascheln von Kleidung. Zu schade um sie. Wäre er doch hier gewesen, als ihr erster Mann auf das Schneebrett getreten war und die Lawine auslöste, die ihn unter sich begrub. Sie wäre seiner würdig gewesen. Nicht einmal ein Narr wunderte sich über die Schönheit und den Charme ihrer Tochter. Es war unübersehbar, von wem sie diese Vorzüge hatte.

Gebückt trat Klappernde Hufe aus der Tür. Er bemerkte sofort die Sorge in ihren übermüdeten Augen und die scharfen Linien um ihren Mund.

»Ich bringe Ein Wurfs Tochter ein Geschenk. Ich hörte, sie ist die neue Frau im Rothand-Volk.«

Klappernde Hufe lächelte unsicher. »Sie wäre sicher sehr geehrt, aber leider ist sie nicht da. Wir machen uns Sorgen um Feuchter Regen ... vielleicht hat sie gestern auch nur zu viel gegessen.

Jedenfalls ist sie mitten in der Nacht aufgewacht und klagte über noch schlimmere Magenschmerzen als in den letzten Tagen. Dazu kamen noch Fieber und Schüttelfrost.« Nervös strich sich Klappernde Hufe über das Haar. Ihre Miene drückte äußerste Besorgnis aus. »Ich wußte mir nicht mehr zu helfen. Ich bekam Todesangst, deshalb schickte ich Reizende Wapiti noch in der Dunkelheit zu Weißes Kalb. Sie soll ein Mittel holen, das gegen böse Magenschmerzen hilft.«

»Ich habe das Wolfsbündel.« Er kreuzte die Arme vor der Brust und überlegte. Reizende Wapiti auf dem Weg zu Weißes Kalb? Allein, voller Angst, zum erstenmal ihre Weiblichkeit mit dem ersten Mann, der des Weges kam, ausprobieren zu müssen. »Ich möchte heute auf die Jagd gehen. Vielleicht sollte ich das Wolfsbündel bei euch lassen, es könnte Feuchter Regen helfen. Natürlich mußt du mir versprechen, während meiner Abwesenheit gut darauf aufzupassen.«

Ein Hoffnungsschimmer blitzte in Klappernde Hufes Augen auf, ihre Lippen teilten sich leicht.

Blutbär verzog keine Miene. Blödes Weib; sie glaubte also auch, daß in diesem alten Beutel Zauberkräfte steckten. Vielleicht konnte er in der Zukunft aus ihrem törichten Glauben noch einige Vorteile für sich herausschlagen, falls die Tochter ihm soviel Vergnügen bereitete, wie er sich von ihr versprach.

»Wir wissen deine Großzügigkeit aufrichtig zu schätzen. Natürlich werden wir sehr gut auf das heilige Bündel aufpassen und es in Ehren halten.«

Er lächelte, in Gedanken schon auf dem Weg zu Weißes Kalb. »Gut, ich hole es sofort.«

Er machte auf dem Absatz kehrt und eilte zu seinem Zelt.

Regungslos wartete Der das Horn packt versteckt zwischen den Bäumen. Wie ein guter Jäger versuchte er, seine Gestalt so gut wie möglich hinter einem Stamm zu verbergen. Er verschmolz förmlich mit dem Baum. Tangara näherte sich vorsichtig. Sie wollte ihre Fähigkeiten an seinen messen. Schlangenartig glitt sie zwischen den herunterhängenden Ästen hindurch. Mit Bedacht setzte sie jeden Fuß so, daß keine trockenen Zweige verräterisch unter ihrem Gewicht knackten. Behutsam verlagerte sie ihr Gleichgewicht. Nicht einmal die am Boden liegenden dürren Nadeln gaben ein Geräusch von sich.

Der das Horn packt bewegte sich. Langsam reckte er den Hals, um den Weg überblicken zu können. Schlagartig zuckte er zusammen und erstarrte.

Tangara wagte kaum zu atmen. Auch sie hörte Schritte auf dem Weg.

Wachsam beobachtete sie, wie Der das Horn packt sich duckte und lautlos zu Boden glitt. Seine Gestalt war in dem die Föhre umwogenden Gras kaum zu erkennen. Vor wem versteckte sich ihr Freund?

Aus den Augenwinkeln nahm sie eine Bewegung wahr. Sie verharrte reglos und erkannte Blutbär, der sorglos vorbeistapfte. Der das Horn packt verkrampfte sich. Sie spürte seine Abneigung gegen Blutbär fast körperlich. Lange Zeit rührte sich nichts. Endlich entspannte sich Der das Horn packt.

Tangara pirschte sich wieder an. Vorsichtig schlich sie sich auf Reichweite heran und schlug dem Jungen unvermittelt mit der Faust in die Rippen.

»*Hab ich dich!*» Und schon rannte sie weg. Erschrocken quiekte Der das Horn packt und wirbelte herum.

Sie stürmte im Zickzack zwischen den Bäumen hindurch. Auf einmal blieb sie stehen, um zu sehen, ob er sie auch verfolgte.

Förmlich explodierend brach er zwischen den peitschenden Föhrenästen durch. Schlitternd kam er zum Stehen. Sein Gesicht glühte hochrot vor unbeherrschtem Zorn.

»Du! *Tu das nie wieder!*« Wild gestikulierend stampfte er mit dem Fuß. Er zitterte vor Wut. Aber sie merkte, daß er heute nicht weiter hinter ihr herlaufen würde.

Neugierig sah sie ihn an. »Wem lauerst du hier auf?«

»Das geht dich nichts an, *Mädchen!*«

»Ah! Reizende Wapiti!«

Ein Leuchten glitt über sein Gesicht, seine Miene hellte sich auf.

Tangara grinste. Du und Blutbär, ihr sitzt beide in derselben Patsche. Sie ist nicht da. Sie ist zu der Hexe gegangen.«

Entgeistert starrte sie Der das Horn packt an. »Aber dort leben Leute vom Kleinen-Büffel-Volk.«

»Ah-ha, aber kein Blutbär. Und *du* bist auch nicht dort!«

Er brüllte auf und sprang wie ein gereizter Büffel auf sie zu.

Leichtfüßig tanzte sie beiseite, duckte sich mühelos unter seinen zupackenden Armen durch und stürmte davon wie der Wind. Ihr Herz hämmerte vor Begeisterung. Jetzt hatte sie die ersehnte Jagd!

Drei Zehen zog an seinem langen Zopf, der ihm über die linke Schulter hing. Doch das Kribbeln in seinen Gedärmen blieb, gleichgültig, wie fest er sich auch an den Haaren zerrte, um sich davon abzulenken. Er stand auf einem Kalksteinvorsprung, der weit über den Grat hinausragte. Von hier aus konnte er über die grüne Wand aus Föhren blicken, die ihm bisher undurchdringlich erschienen war.

Die kühle Luft roch nach Nadelbäumen und feuchter Erde. Hoch oben schraubte sich ein Adler in einer gespenstisch anmutenden Thermik in die Luft. Im Westen röhrte zornig ein Hirsch im dunklen Wald.

Im Norden erhoben sich Gipfel mit weichen Wolkenmützen. Weißer Schneedunst wurde unter den transparenten flaumigen Wolken sichtbar. Zwischen ihm und den Gipfeln erstreckte sich endlos ausgedehntes Land, wild zerklüftet und steil ansteigend, zu abgerundeten Gipfeln, scharfen Bergkämmen, wieder jäh abfallend zu unendlich tiefen Schluchten – das ganze Land war von einem Mosaik aus unterbrochenen Waldflächen bedeckt. Im Laufe der Zeit hatten Brände kleine und große Schneisen in den Wald gesengt. Die Brände waren durch Blitzschläge oder unbewachte Feuer entstanden. Der alte, häufig morsche Baumbestand brannte in der Trockenzeit wie Zunder.

Er blickte nach Süden. Seine Backenzähne mahlten. Wieder nur zerklüftetes Land – aber die Gipfel waren nicht ganz so hoch wie im Norden, und er konnte keinerlei Anzeichen von Schnee entdecken.

Im Westen erhob sich ein hoher Berg und vermehrte den Blick.

Eine Wanderung nach Osten konnte nicht einmal in Erwägung gezogen werden, da sich dort ein ausgezackter, unpassierbarer Canyon in das Gebirge gemeißelt hatte.

»Nun?« rief Schwarze Krähe zu ihm herauf.

Drei Zehen hielt die Luft so lange an, bis er fürchtete, seine Lungen müßten platzen, dann atmete er langsam aus und genoß dieses Gefühl der Erleichterung. »Wir sind verloren.«

»Wunderbar!« Ärgerlich stemmte Schwarze Krähe die Hände in die Hüften.

»Und diese Anit'ah kennen jeden Weg und Steg hier oben. Bei dem Gedanken fühle ich mich einfach herrlich!«

Drei Zehen atmete noch einmal tief durch und fragte sich, was wohl auf sie zukommen würde, wenn sie Weißes Kalb nicht bald aufspürten.

Kleiner Tänzer legte eine kurze Rast ein, um zu verschnaufen und seine zitternden Beine auszuruhen. Er beugte sich vor, damit seine Hüften und Knie entlastet wurden und stemmte die Hände auf die Knie, damit ihn das Gewicht auf seinem Rücken nicht niederdrückte. Das einzige, was ihm nicht weh tat, waren die Knöchel.

Die Rückentrage wog fast soviel wie er. Wo ihm das breite Band des Gurtes in die Stirn schnitt, juckte ihm die Haut fast unerträglich und die mangelnde Durchblutung erzeugte ein taubes Gefühl. Doch trotz seiner schweren Last lächelte er glücklich.

Sein erster Büffel! Nach den Anweisungen seines Vaters hatte er bei der Vorbereitung der Falle geholfen. Hungriger Bulle hatte das Verhalten der Büffel treffend vorausgesagt. Gemeinsam hatten sie die Tiere vorsichtig in das Tal hinunter in die Falle getrieben.

Hungriger Bulle war zu seinem vorher ausgesuchten Platz gerannt und hatte der Leitkuh seinen ersten Speer tief in die Seite gestoßen.

Sein zweiter Speer durchbohrte den Brustkorb einer jüngeren Kuh.

Der Rest der Herde begann ziellos herumzuirren, doch hielten sich die Tiere instinktiv von den scharfen Asthaken fern, die sein Vater in den Zaun der Falle eingesetzt hatte.

Kleiner Tänzer bekam seine Chance, als eine junge Kuh in panischem Schrecken vor dem Gemetzel zurückwich. Die Nüstern gebläht, den Kopf gesenkt, scheute sie vor dem Blutgeruch zurück. Sein Wurf war perfekt. Aus einer Entfernung von nicht mehr als zehn Schritten hatte er seinen Speer schräg von hinten durch das Zwerchfell in die Lungen getrieben. Die junge Kuh hatte einen Satz gemacht und keuchend vor Angst nach hinten ausgeschlagen. Stöhnend hatte sie sich von der Herde weggeschleppt – und war gestürzt. Schnaubend und blutend hauchte sie ihr Leben auf dem blutgetränkten Gras aus.

Nacheinander hatten sie sieben Büffel erlegt, bevor die in Panik geratene Herde eine Kuh in den Zaun trieb. Verletzt von den scharfen Asthaken hatte sie wie rasend den Kopf gesenkt und mit einem einzigen Stoß den größten Teil des Zaunes zerstört. Bei diesem Gewaltakt nahm sie einen ihrer Gefährten auf die Hörner. In dem darauffolgenden Gedränge flohen alle bis auf die tödlich verwundeten Tiere aus dem Tal in die Sicherheit der höhergelegenen winterlichen Region.

Kleiner Tänzer hatte kurz innegehalten. Er empfand Ehrfurcht vor diesem ungeheuer großen Tier und war stolz, es mit seinem handgearbeiteten Speer getötet zu haben. Unter Anleitung von Weißes Kalb hatte er dem Holz, dem Stein und den Verbindungssehnen Macht eingehaucht. Beim Bearbeiten der Speerspitzen aus schönem Hornstein hatte er sich viele Schnittwunden an den Händen zugezogen. Die rasiermesserscharfen Kanten der Spitzen waren, getränkt von seinem Blut, mit der Seele und der Kraft zum Töten erfüllt worden.

Nun hatte sich der Kreis geschlossen. Er sog die kühle Luft ein und befand sich in Hochstimmung. Nicht einmal das Brennen seiner unter der schweren Last ächzenden Beinmuskeln kümmerte ihn. Er, Kleiner Tänzer, brachte sein erstes Fleisch nach Hause. Bei dieser erfreulichen Aussicht schien ihm nicht einmal mehr die bevorstehende Konfrontation mit Weißes Kalb ganz so schrecklich.

Er wappnete sich für die letzten Schritte zu Weißes Kalbs Höhle und richtete sich kerzengerade auf. Seine quälend schmerzenden Gelenke ignorierend, machte er sich tapfer auf den Weg.

Er hörte nicht einmal seinen Vater herankommen. »Schaffst du es noch?«

»Ich glaube, mein Rücken ist bereits gebrochen. Jetzt warte ich nur noch darauf, daß meine Knochen knacken und reißen.«

»Du wirst dich daran gewöhnen.«

»Oh ... sicher. Aber bis dahin bin ich zwei Handlängen kleiner geworden!«

Er schluckte mit Mühe. Seine Kehle war vollkommen ausgedörrt. Er zwang sich, nach vorne in die Richtung auf Weißes Kalbs gemütliche Höhle zu blicken. Es konnte nicht mehr weit sein, nur noch ein kleines Stück. Schritt für Schritt trieb er sich vorwärts. Jede Bewegung bereitete ihm Schmerzen. Keuchend und japsend stieg er mit kurzen raschen Schritten die letzte Steigung hoch.

»Nur noch ein winziges Stück«, tröstete ihn die Stimme des Vaters.

Auf dem niedergetretenen Gras vor der Höhle angekommen, wollte er gerade einen Freudenschrei ausstoßen und seine Last zu Boden werfen – da trat plötzlich das Mädchen heraus.

Ein Mädchen? Ungläubig blinzelnd blieb er stehen und hob ohne nachzudenken den Kopf. Schlagartig verlor er das Gleichgewicht.

Unerbittlich zog ihn seine Last nach hinten. Mit den Armen wild in der Luft herumfuchtelnd, kreischte er auf und taumelte rückwärts.

Das schwere Fleisch warf ihn rücklings zu Boden und brach ihm fast das Genick.

Vor seinen Augen tanzten Lichter, die Welt drehte sich. Hilflos strampelte er mit den Beinen und versuchte aufzustehen.

Das perlende Lachen des Mädchens trieb ihm die Schamröte ins Gesicht.

»Wie fühlst du dich?« fragte Wolfsträumer, und seine Stimme versetzte den Dunst in wellenartige Bewegungen.

»Als ob ich mich verflüchtige. Die Macht entflieht. Blutbär läßt sie brachliegen. Jedesmal, wenn er mich verhöhnt, fühle ich mich geringer. Des Nachts, wenn er schläft, spiele ich mit seinem Leben. Ich weiß, ich könnte ihn ersticken wie einen brennenden Zweig mit einer Handvoll Erde.«

»Die Dinge haben sich geändert. Blutbär ist dafür verantwortlich.«

»Das Mädchen?«

Wolfsträumers Stimme wurde sanfter. »Ich bin beunruhigt. Wir könnten den Jungen an die Liebe verlieren. Ich kenne die Macht der Liebe. Ich weiß, wie die Liebe eine Macht untergraben kann. Das kann zu einer Katastrophe führen. Auch ich lief der Liebe wegen fast ins Verderben.«

»Ich mag geschwächt sein, aber noch kann ich die durch Reizende Wapiti entstandene Gefahr beseitigen. Sie ist ein Nichts.«

»Du bist zornig; du möchtest stets zuschlagen. Ich möchte ihm lieber … ihm Zeit gewähren, die mir nie bewilligt wurde.

Vielleicht ist sie ein Weg, auf dem wir zu ihm vordringen.

Vielleicht können wir mit ihrer Hilfe den Schaden wiedergutmachen, den Salbeiwurzel angerichtet hat. Der Beobachter wird es wissen.«

»Zögere nicht zu lange, Wolfsträumer. Die Art und Weise, wie Menschen Zeit erleben, wendet sich gegen uns. Ich spüre, wir nähern uns dem Ende … so oder so. Und zwar schon sehr bald.«

Kapitel 13

Das Leben geht seltsame Wege, dachte Blutbär bei sich, während er, wachsam die Umgebung im Auge behaltend, den Waldpfad entlangtrottete. Da lief er hinter einem launenhaften Mädchen her in der Hoffnung, ihr ein Kind zu machen, und stolperte geradewegs über Spuren des Kleinen-Büffel-Volkes mitten in seinem Herrschaftsgebiet. Die Wut über den Überfall im vergangenen Jahr schwelte noch immer in ihm.

Sie waren am frühen Morgen – die Sonne färbte gerade den östlichen Horizont grau – gekommen. In der auf ihr unvermutetes Erscheinen folgenden Verwirrung war Blutbär mit den Speeren in der Hand aus seinem Zelt gestürmt. Sein erster Gedanke war gewesen, die Kleinen-Büffel-Krieger wollten das Wolfsbündel zurückholen. Sollte ihnen das glücken, hätte er jegliche Autorität bei dem Rothand-Volk eingebüßt. Das Bündel einmal verloren zu haben, war schon schlimm genug, aber zweimal? Nicht auszudenken.

Beim Hinausstürmen hatte er den Geisterträumer gesehen, den er an jenem Tag beobachtete, als er das Wolfsbündel stahl. Singend und mahnend hatte er seine Krieger gegen das Rothand-Volk aufgehetzt.

Vielleicht, so dachte Blutbär nun zornig, hätte er doch seine Leute um sich scharen und zurückschlagen sollen. Stattdessen hatte er das Wolfsbündel geholt und war weggelaufen. Als das Rothand-Volk seine unrühmliche Flucht bemerkte, stellte es sich nicht mehr dem Kampf. Seine Krieger flohen ebenfalls. Sein unüberlegter Rückzug nahm ihnen jeglichen Mut. Sie leisteten keinen Widerstand mehr. Kampflos überließen sie dem brüllenden und tanzenden Kleinen-Büffel-Volk das Lager. Die Angreifer plünderten, und was sie nicht mitnehmen konnten, verbrannten sie. Ein Mann und zwei Frauen wurden umgebracht, von Speeren auf der Flucht in den Rücken getroffen. Einige Kinder und ein paar Frauen gerieten in Gefangenschaft. Ein Fiasko, alles in allem gesehen.

Jetzt bekam er eine neue Chance. Er mußte das Rothand-Volk zu einem Vergeltungsangriff auf den Feind führen. Reizende Wapiti mußte warten. Falls sie nicht in die Hände des Kleinen-Büffel-Volkes fiel, hatte er das Vergnügen mit ihr noch immer vor sich, nachdem er die andere Sache erfolgreich abgeschlossen hatte.

Sein Herz machte einen Freudensprung, als er das Lager friedlich und unversehrt vor sich liegen sah. »Greift zu den Waffen! Das Kleine-Büffel-Volk ist in der Nähe! Dieses Mal überraschen wir sie!« Bereits ein paar Minuten später führte er seine Krieger den Pfad hinunter. Es blieb nichts weiter zu tun, als die Fährten der Eindringlinge zu verfolgen und sie niederzumetzeln bis auf den letzten Mann.

Das Feuer prasselte und knackte, gelb flackerndes Licht tanzte über die rußgeschwärzte Decke von Weißes Kalbs Höhle. Die Luft war erfüllt vom Duft röstenden Büffelrückens und kochender Zunge, vermischt mit Ampfer, wilden Zwiebeln, Schilfwurzeln, Nesselblättern und Segolilienwurzeln.

Kleiner Tänzer massierte seine schmerzenden Schultern und spürte das Kneifen und Zwicken seiner überstrapazierten Gelenke. Morgen würde jeder einzelne Muskel in seinem Körper aufschreien. Er blickte zu seinem Vater hinüber, der neben dem Gestell saß, auf dem Fleisch zum Trocknen hing. Hungriger Bulle sah ausgesprochen zufrieden aus. Die erfolgreiche Jagd hatte ihn aufgemuntert und für eine gewisse Zeit die Traurigkeit, die sonst seine Augen verdunkelte, verdrängt. Zwei Rauchwolken lehnte an der Wand. Mit einem scharfen Hornsteinsplitter schnitt er flink das geschmeidige Leder einer gegerbten Tierhaut für Mokassinsohlen zurecht.

Reizende Wapiti hielt sich im hinteren Teil der Höhle auf und betrachtete die zahlreichen Bündel und Medizinbeutel. Das flackernde Licht des Feuers spielte in ihrem bläulich schimmernden Haar. Kleiner Tänzer konnte kaum den Blick von dem Mädchen abwenden. Sie bewegte sich so graziös wie ein Reh im frischgefallenen Schnee. Weißes Kalb saß am Feuer und stocherte überaus geschäftig mit einem Föhrenholzscheit in den Kohlen.

Unsicher beobachtete Kleiner Tänzer, wie sich Weißes Kalb plötzlich vorbeugte und in den Kochsack aus Büffelpansen blickte, der an einem Dreifuß aus Lärchenholz hing. »Wir könnten noch ein paar Steine gebrauchen. Es dampft zwar, aber wir möchten doch, daß es ordentlich brodelt.«

Sofort eilte Reizende Wapiti herbei, um zu helfen. Mit den Herdstöcken holte sie einige Steine aus den glühenden Kohlen und ließ sie zischend in den Kochsack fallen. Während sie die Stöcke zurücklegte, warf sie mit ihren blitzenden schwarzen Augen einen raschen Blick auf ihn.

Eine seltsam warme Erregung durchflutete Kleiner Tänzer, als sich ihre Blicke trafen. Die Luft zwischen ihnen schien aufgeladen zu sein, so schmerzhaft empfand er ihre Gegenwart. Was hatte das Mädchen nur an sich? Warum bekam er sie nicht aus dem Kopf?

Nervös mit den Fingern trommelnd, senkte er den Blick. Obwohl er es mit aller Macht versuchte, konnte er die Hände nicht still halten. Jeder Nerv in seinem Körper verlangte danach, etwas zu tun. Er erhob sich, ging ein paar Schritte und hockte sich wieder genau an dieselbe Stelle wie zuvor. Aus den Augenwinkeln heraus erhaschte er das belustigte Lächeln des Mädchens.

Seit er hier war, hatte das Rothand-Volk schon etliche Male ihr Lage in der Nähe von Weißes Kalbs Höhle aufgeschlagen, und er hatte mit den Kindern gespielt. Ein oder zweimal war er sogar mit Reizende Wapiti zusammengekommen. Er erinnerte sich, daß er mit ihr und einigen anderen Kindern einen Nachmittag lang Reifenschlagen gespielt, mit ihr zusammen gelacht und Wettrennen veranstaltet hatte. Warum war ihm damals nicht die wunderbare Tönung ihrer Haut aufgefallen, der geheimnisvolle Schimmer ihres Haars im Licht oder die magische Tiefe ihrer Augen? Jetzt fesselte ihn jede ihrer Bewegungen fast bis an die Schmerzgrenze. Sosehr er sich auch bemühte, seine Aufmerksamkeit anderen Dingen zuzuwenden, er konnte sich nicht dagegen wehren. Immer wieder schlich er um sie herum, warf ihr verstohlene Blicke zu und hoffte, sie würde ihn anlächeln oder mit ihm sprechen.

Im Moment war das Mädchen völlig in die Betrachtung der auf die Höhlenwand gemeißelten Spirale versunken. Weißes Kalb hatte die Linien mit aus zermahlenen Springkrautblüten gewonnenem Gelb nachgemalt.

Reizende Wapiti streckte die Hand aus und fuhr die Linien nach. Ihre Finger verweilten auf dem Stein, bis sie einen Blick von Weißes Kalb auffing. »Auf der Nordseite der Berge gibt es eine Menge solcher in die Felsen gehauener Spiralen. Ich erinnere mich genau daran.

Damals war ich noch ein kleines Mädchen. Wir lagerten dort, weil wir eine Zusammenkunft mit dem Weißen-Kranich-Volk vereinbart hatten. Ich glaube, die Leute trieben dort Handel.«

Weißes Kalb nickte. Sie erschien auf einmal auffallend reserviert.

Ihr raubvogelartiger Blick huschte zwischen ihm und dem Mädchen hin und her. Er haßte diesen umflorten, verschleierten Blick. Das hatte nie etwas Gutes zu bedeuten. Ihm schwanten Unannehmlichkeiten.

Was hatte er jetzt schon wieder angestellt?

War er wieder schuld, daß ihre verschrobene Seele derart aufgewühlt war?

So klärend wie die Morgenbrise den Schleier des schwer über der Höhle hängenden Rauches lüftete, so bewußt wurde Kleiner Tänzer mit einem Mal, daß es nicht um ihn, sondern um Reizende Wapiti ging. Weißes Kalb wollte Reizende Wapiti nicht um sich haben.

Lebhaft richtete er sich auf. Warum? Was war mit dem Mädchen?

»Was weißt du über die Spirale?« erkundigte sich Weißes Kalb und wandte ihre Aufmerksamkeit erneut dem Mädchen zu.

»Nur daß sie große Macht besitzt. Sie ist alt, nicht wahr? Ein Zeichen aus der Zeit der Monsterkinder und der Heldenzwillinge?«

Weißes Kalb lächelte versonnen, als sie zu der Felszeichnung blickte. »Ja, Kind, sie ist alt. Die Spirale ist so alt wie der Erste Mann. Zu Anfang erschuf der Große Weise im Himmel die Welt, dann die Tiere und die Menschen. Eine lange Zeit ging alles gut. Dann, wie es immer geschieht, geriet die Schöpfung in Unordnung. Die Menschen könnten daran schuld gewesen sein.

Vielleicht waren es auch die Tiere. Wie dem auch sei, auf jeden Fall teilte sich das Große Eine der Schöpfung und fiel auseinander. Alles wandte sich plötzlich in verschiedene Richtungen. Die Menschen gelangten zu der Überzeugung, sie seien die wichtigsten Wesen der Ersten Welt und dankten Tieren und Pflanzen nicht mehr, die sich ihnen freiwillig als Nahrung geschenkt hatten. Die Tiere begannen zu glauben, sie seien das Wichtigste und ließen die Menschen hungern. Sie weigerten sich, sich töten zu lassen. Wie ein Hornstein mit einer Luftblase, auf den mit einem Hammerstein eingeschlagen wird, zersplitterte die Schöpfung in alle Richtungen. Nichts paßte mehr zusammen.«

Reizende Wapitis Augen leuchteten. Hingerissen blickte sie auf die Spirale.

Kleiner Tänzer beobachtete gespannt ihre Hände, die den Umriß des gemeißelten Bildwerks nachzeichneten. Ein merkwürdig alarmierendes Gefühl ergriff von ihm Besitz.

»Als der Große Weise im Himmel das Ausmaß dieses Verdrusses sah, empfand er nur noch Widerwillen«, fuhr Weißes Kalb fort. »Er schuf sich eine eigene neue Welt. Er verwandelte sich in die Listige Spinne und wob das Sternennetz – die Zweite Welt. Er bestimmte, daß Menschen, um kein Durcheinander verursachen zu können, mit ihrem physischen Körper nicht in diese Welt hineindurften. Aber er hatte einen Fehler gemacht. Schon bald nachdem er die

Zweite Weit vollendet hatte, begannen die Seelen der verstorbenen Menschen emporzusteigen und das Sternennetz zu bevölkern. Aus ihnen wurden die Sterne, die wir heute am Himmel sehen.«

»Aber das änderte nichts an dem Ärger auf der Ersten Welt. Dafür mußte das Sternennetz zu viele Seelen beherbergen. Das stimmt doch?«

Reizende Wapiti warf einen gespannten Blick auf Weißes Kalb. Sie hing förmlich an den Lippen der alten Frau.

Das offenkundige Interesse des Mädchens siegte über Weißes Kalbs Mißtrauen. Begeistert stürzte sie sich in die Geschichte, ihre alten Augen blitzten munter. »Ja, auf der Ersten Welt standen die Dinge ausgesprochen schlecht – alles und jedes spaltete sich ab.

Menschen und Tiere lebten nur noch in Streit und Kampf. Der Große Weise im Himmel sann nach Abhilfe. Schließlich sah er einen Weg, wie er mit dieser Situation fertig werden konnte. Er erschuf wieder eine neue Welt, die Dritte Welt, und in dieser lebten Geister, die den Menschen halfen, wenn sie von ihnen darum gebeten wurden. Der Große Weise im Himmel dachte sich die Großen Träume aus, damit die Geister der Dritten Welt mit den Menschen der Ersten Welt in Verbindung treten könnten. Eine Zeitlang entwickelten sich die Dinge vortrefflich, aber nach wie vor gab es Böses in der Ersten Welt.«

»Sind deshalb die Träumer gekommen?« fragte Reizende Wapiti.

»Du solltest die Geschichte eigentlich kennen«, tadelte Weißes Kalb. »Träumer sind der Schlüssel zum Gleichgewicht aller Dinge. Sie bringen alles wieder ins Lot und tanzen den Tanz auf der Spirale.«

»Du verlierst den Faden, Alte«, mahnte Zwei Rauchwolken von der Seite. »Erzähle lieber die Geschichte zu Ende.«

Weißes Kalb warf ihm einen vernichtenden Blick zu. »Ja, schon gut.

Ungefähr zu dieser Zeit wurden die Heldenzwillinge – der Erste Mann und sein Zwillingsbruder – in der Ersten Welt geboren. Ihre Mutter starb bei der Geburt und ließ die Jungen hilflos und allein zurück. Der Große Weise im Himmel fühlte in einem von ihnen die Macht eines Träumers, aber welches der Kinder würde es sein? Er durfte sie nicht sterben lassen, denn ein Träumer wäre vielleicht in der Lage, die Erste Welt neu zu regeln und wieder in Ordnung zu bringen.

Deshalb rief er den Wolf – der stets klug und listig ist – und sagte ihm, er solle sich auf die Suche nach den Babys begeben. Der Wolf fand die beiden kleinen Jungen an einem Strand, am Ozean liegend, und zog sie groß. Der Erste Mann liebte den Tag und lebte im Licht. Sein Bruder liebte die Dunkelheit, verbarg sich vor dem Licht und schmiedete Ränke.

In der Zwischenzeit beschloß der Große Weise im Himmel die Erschaffung einer Vierten Welt. Als er sie ins Leben rief, dachte er, sie sei gut. Deshalb rief er den Wolf und sagte ihm, er solle alle guten Tiere zusammenholen und sie durch einen unterirdischen Gang in die neue Welt führen. Der Wolf tat wie ihm geheißen und geleitete die Tiere in die Vierte Welt – die Welt, in der wir heute leben –, und er sah, wie herrlich diese Welt war.«

»Und was ist mit dem Ersten Mann?« erkundigte sich Kleiner Tänzer. »Wenn der Wolf nur die Tiere in die neue Welt geführt hat, befand sich der Erste Mann noch immer auf der anderen Seite.«

Weißes Kalb blickte ihn einen Moment lang prüfend an, dann nickte sie. »Das stimmt. Der Erste Mann und sein Bruder befanden sich auf der anderen Seite des Durchgangs zwischen den Welten. Aber der Wolf fühlte sich einsam, weil er seine beiden Menschenkinder hatte zurücklassen müssen, und handelte. Er träumte dem Ersten Mann den Wolfstraum und gab ihm das Wolfsbündel, das ihm als Führer dienen sollte, um die guten Menschen aus der Ersten Welt herüberzubringen. Der Erste Mann tat, wie ihm geheißen, und führte die guten Menschen unter der Erde hindurch. Manche sagen, der Weg hätte unter Eis hindurchgeführt. Andere behaupten, es sei ein Tunnel im Himmel gewesen. Hin und wieder hört man auch, der Weg habe durch Felsen geführt. Aber gleichgültig wie, sie kamen jedenfalls in diese Welt.«

»Und der böse Bruder folgte ihnen?«

»Ja, der Bruder des Ersten Mannes folgte ihm und brachte das Böse mit.

Als der Erste Mann dies erkannte, schlug er seinem Bruder den Schädel ein und schnitt ihm den Leib auf. Blutend rannte der böse Bruder hinaus in die Nacht. Aus diesem Grund findet man bis zum heutigen Tag roten Hornstein. An diesen Stellen ist sein Blut in den Boden gesickert und hat sich in Stein verwandelt.«

»Aber das hat doch nichts mit den Spiralen zu tun«, meinte Reizende Wapiti.

Weißes Kalb klatschte in die Hände, ein breites Lächeln legte ihr runzliges Gesicht in noch mehr Falten. Angefeuert von dem begeisterten Interesse ihrer Zuhörer, strahlten ihre Augen. »Ah! Das hat es eben doch! Verstehst du, nachdem der Erste Mann seinen Bruder getötet hatte, zeichnete er die Spirale, um die Menschen stets daran zu erinnern, daß alles Bestandteil des Großen Einen ist. Er hoffte auf diese Weise dafür zu sorgen, daß keine bösen und schlechten Dinge mehr geschehen. Solange sich die Menschen daran erinnerten, daß eine Spirale ein Kreis innerhalb eines Kreises ist, würden sie das Große Eine niemals vergessen. Niemals wieder durfte die Welt auseinanderbrechen und sich teilen, wie es mit der Ersten Welt geschehen war. Darum brauchen wir einen Träumer. Er muß den Großen Tanz tanzen, der die Spirale als Ganzes zusammenhält.«

»Steckt darum soviel Macht in ihr? Weil sie die Menschen an die Wanderung aus der Ersten Welt erinnert?« Mit gerunzelter Stirn blickte Reizende Wapiti die Spirale an.

Weißes Kalb nickte. Ein sanftes Lächeln umspielte ihren Mund.

»Mehr als das, Mädchen. Die Spirale ist das mächtigste *aller* Symbole. Die Spirale ist das Leben. Sie ist die ganze Schöpfung, alles innerhalb von sich selbst: Einheit, Anfang und Ende und der Übergang dazwischen. Es sind die Kreise innerhalb der Kreise. Das Große Eine, das Ganze, vom Großen Weisen im Himmel bis hinunter zum kleinsten Samen- oder Staubkorn. Alles und nichts. Eins.«

»*Eins.*« Das Echo dieses Wortes hallte in Kleiner Tänzers Kopf nach. Für einen winzigen Augenblick flackerte eine Vision auf und veränderte seinen Blick. Ein wenig benommen senkte er den Kopf auf die Knie. Er schloß die Augen, Bilder der Spirale brannten hinter seinen Lidern, drehten sich, verwoben sich, umgaben seine tiefste Seele. Weißes Kalbs schrille Stimme durchzuckte seinen Geist: *Sie ist die ganze Schöpfung, alles innerhalb von sich selbst: Einheit.*

Zu schwer gearbeitet heute, belog er sich. *Hätte nicht so schwer tragen sollen. Das kommt nur von der Erschöpfung.* Er schüttelte den Kopf, als wolle er die Bilder abschütteln, die Weißes Kalb mit ihrer Geschichte heraufbeschworen hatte. Als er wieder aufblickte, war Weißes Kalb aufgestanden und hatte eine angespannte Haltung eingenommen. Ihren scharfen Augen war nicht die kleinste Kleinigkeit in seinem Verhalten entgangen. Abwehrend erwiderte er ihren Blick.

Seufzend bewegte die alte Frau die zahnlosen Kiefer und ließ sich wieder auf ihre Decke sinken. »Was glaubst du, wie lange du hierbleiben wirst?«

Noch immer leuchteten Reizende Wapitis Augen von dem Zauber, den die Erzählung der alten Frau bei ihr hinterlassen hatte.

Unverwandt starrte sie auf das große Felsbild. »Ich weiß es nicht.

Bis meine Mutter mir sagt, daß sich Blutbär mit anderen Dingen beschäftigt.«

»Blutbär?« Kleiner Tänzers Gesicht verfinsterte sich.

Zwei Rauchwolken zog an seiner Pfeife. Er saß noch immer unverändert an die Wand der Höhle gelehnt. »Anscheinend hat der Anführer des Rothand-Volkes Interesse an Reizende Wapiti, seit sie eine Frau geworden ist. Er möchte ihr Gewalt antun.«

»Aber Vergewaltigung ...«

Zwei Rauchwolken kratzte sich an der Nase. Bei dem Rothand-Volk macht sich ein Mann, der eine Frau zwingt, lächerlich. Welcher Mann möchte schon Zielscheibe des Spottes werden, weil er nicht imstande ist, die ersehnte Frau für sich zu gewinnen? Glaube mir, eine Frau, der man Gewalt angetan hat, würde es *allen* erzählen!

Die Männer würden den Vergewaltiger aus ihrer Gemeinschaft ausstoßen. Die Frauen würden ihre Röcke heben und ihn verhöhnen.

Die Kinder würden ihn mit Mist bewerfen und auf seine Habseligkeiten urinieren. Wer kann so ein Leben ertragen? Der letzte Mann von dem ich weiß, daß er eine Frau vergewaltigt hat, war anschließend so beschämt, daß er nackt in einen Schneesturm hinausging. Er wollte lieber sterben, als so weiterzuleben.«

»Warum sollte Blutbär so ein Risiko eingehen?« fragte Hungriger Bulle und blickte erstaunt von seinen Werkzeugen auf, die er einer gründlichen Überprüfung unterzog.

Zwei Rauchwolken hob die Hände. »Blutbär ist der Hüter des Wolfsbündels. Diese Stellung verleiht ihm gewisse Privilegien.

Reizende Wapiti kann zu jedem Mann nein sagen – zu jedem Mann, nur nicht zum Hüter des Wolfsbündels. Sich dem Hüter zu verweigern, bedeutet, das Wolfsbündel abzulehnen. Hüter und Macht sind eins. Verstehst du?«

»Das Wolfsbündel.« Kleiner Tänzer verspürte ein schmerzhaftes Ziehen im Herzen. Er wußte, seit der Beleidigung und dem Diebstahl des Wolfsbündels war dieser gequälte Ausdruck in Zwei Rauchwolkens Gesicht eingemeißelt bis zu jenem Tag, an dem er sterben würde.

»Das ist nicht in Ordnung«, beharrte Hungriger Bulle. Er sprach stets ein seltsam gespreiztes Anit'ah. Prüfend hob er eine marmorierte Achatspitze ins Licht und betrachtete sie eingehend.

Auf der geriffelten Oberfläche des Steins brach sich der Feuerschein und ließ ihn aufblitzen wie poliertes Eis.

»In Ordnung oder nicht«, brummte Weißes Kalb und setzte sich bequemer hin, »die Bräuche des Rothand-Volkes unterscheiden sich von denen des Kleinen-Büffel-Volks. Sie sind weder besser noch schlechter, sie sind nur anders. Beim Rothand-Volk heiratet eine Frau normalerweise erst, wenn sie schwanger ist. Das Rothand-Volk empfindet eine große Hochachtung vor der Fähigkeit der Frauen, neues Leben in die Welt zu setzen. Ich erinnere mich noch an die seltsamen Bemerkungen damals, als Klares Wasser zu Blutbär ging. Aber na ja, sie war eine Geisterfrau.« Aus schmalen Augen blickte Weißes Kalb zu Kleiner Tänzer hinüber. »Mir ist es bis heute noch nicht gelungen, alle Knoten und Verwicklungen aus ihren Handlungen zu entwirren.«

Kleiner Tänzer senkte den Blick und schürzte die Lippen. Zwei Rauchwolken hatte ihm irgendwann gesagt, wer seine leibliche Mutter war. Er hoffte, damit seinen Schmerz über Salbeiwurzels Tod zu lindern, alles war nur noch schlimmer geworden.

»Blutbär.« Reizende Wapiti schauderte. »Er glaubt nicht an Geistermacht.«

»Oh?« Weißes Kalbs Kopf fuhr herum.

Reizende Wapiti biß sich auf die Unterlippe und sah plötzlich beschämt aus.

»Und woher weißt du das, du frischausgeschlüpfte Frau?«

Reizende Wapiti schluckte vernehmlich. Ziellos wanderten ihre Augen umher, als suche sie nach einem Ausweg. Schließlich seufzte sie und erklärte: »Eines Tages versteckte ich mich mit Tangara. Grille sollte uns suchen. Wir befanden uns hinter Blutbärs Zelt. Er führte drinnen Selbstgespräche und unterhielt sich mit dem Wolfsbündel.

Ich hörte, wie er seinen Finger in das heilige Bündel stieß und sagte, er glaube nicht an seine Macht. Wir beide hatten so schreckliche Angst, daß wir wie erstarrt stehenblieben und erst Stunden später weggegangen sind.«

Gegen seinen Willen keuchte Kleiner Tänzer. Wie im Schock starrte er das Mädchen an. Vor seinen Augen erschien die Spirale; sie schien sich schimmerend im Licht zu drehen, sog ihn auf und zog ihn in die Mitte der endlosen Kreise.

Weißes Kalbs Gesicht hatte sich verhärtet. Ihre Obsidianaugen glitzerten.

Zwei Rauchwolkens gequälte Augen konzentrierten sich auf etwas, das nur er allein sah. Leise aufstöhnend sagte er:

»Aber er kümmert sich darum? Er sorgt doch für seine Sicherheit?«

»Er hütet es eifersüchtig.« Reizende Wapiti sah ihn unbehaglich an.

»Natürlich«, knurrte Weißes Kalb. »Was wäre Blutbär ohne das Wolfsbündel? Erinnert euch doch, was er war, bevor er dem Rothand-Volk das Bündel zurückgebracht hat.«

Zwei Rauchwolken nickte. Mühsam rappelte er sich auf und hinkte zur Tür. Er duckte sich und verschwand in der kühlen Nacht. Seine schlurfenden Schritte entfernten sich in der Dunkelheit.

»Blutbär wird leiden.« Kleiner Tänzer schüttelte den Kopf. Wie gebannt starrte er auf die Spirale. »Er ist ein Narr. Ich weiß es. Ich fühlte seinen Frevel in jener Nacht …« Er verstummte.

Plötzlich wurde er sich wieder bewußt, wo er sich befand. Weißes Kalb war keines seiner Worte entgangen. Die alte Frau hatte eine Augenbraue hochgezogen, eine scharfe Stirnfalte grub sich in ihre runzlige Haut.

»Ich wollte Zwei Rauchwolkens Gefühle nicht verletzen«, entschuldigte sich Reizende Wapiti. »Ich wußte nicht, daß …«

»Halt den Mund, Kind.« Weißes Kalb wedelte mit der Hand. »Das Essen ist fertig.«

»Ja, laßt uns endlich essen«, stimmte ihr Hungriger Bulle zu. »Wir sitzen hier herum und sprechen über dieses schreckliche Zauberzeug. Das ist was für Träumer und Geisterheiler. Heute sollten wir eigentlich ein Fest feiern. Kleiner Tänzer und ich haben Fleisch für den ganzen Winter mitgebracht. Wir vergessen ganz, daß mein Sohn seit heute ein Mann ist! Er hat seinen ersten Büffel erlegt. Was meint ihr? Verdient er nun den Namen eines Mannes?«

Den Namen eines Mannes? Kleiner Tänzers Herz hüpfte vor Freude.

Endlich, nach all den Jahren?

»Wir könnten tatsächlich über einen Namen nachdenken.« Nachdenklich stützte Weißes Kalb das Kinn auf ihre fleckige Hand. »Wir sollten uns ein wenig Zeit dafür nehmen. Den

Namen für einen Mann muß man wohlüberlegt auswählen.« Um ihren Worten Nachdruck zu verleihen, schnalzte sie mit den Fingern.

Reizende Wapiti bedachte ihn offen mit einem bewundernden Blick.

Eine gedankenvolle Erwartung glomm in ihren Augen. Vielleicht war es eine Täuschung durch das Licht, doch ihre Wangen schienen sich plötzlich zu röten.

Er hätte vor Stolz platzen sollen, das Herz hätte ihm die Rippen sprengen sollen. Er hätte vor Freude hüpfen und jauchzen sollen, tanzen und singen zur Ehre seines Erwachsenwerdens. Statt dessen schritt er vollkommen ruhig zur Wand und berührte die tiefen Furchen der Spirale. Der Stein unter seinen Fingerspitzen fühlte sich warm und körnig an. Er konnte die Qual in Zwei Rauchwolkens Augen nicht vergessen, auch nicht die Worte über das Wolfsbündel, den Ersten Mann und Blutbär. Weißes Kalbs Augen brannten mit der Intensität glühender Kohlen in seinem Rücken. Eine Macht pulsierte durch die Nacht.

Draußen vor der Höhle heulte sehnsüchtig ein Wolf.

Klappernde Hufe ging mit den beschwingten, weitausgreifenden Schritten einer Frau, die gewohnt ist, lange Strecken zu wandern.

Zu beiden Seiten des Pfades reckten sich die Stämme der Föhren zum wolkenverhangenen Himmel empor. Es hatte bereits zum erstenmal Frost gegeben, doch Menschen und Tieren wurde noch eine kleine Frist gewährt, bevor der Winter seinen eisigen Atem über das Land blasen und die Buffalo Mountains fest mit seiner weißen Faust umklammern würde.

Sie verlangsamte ihren Schritt und kletterte über einen den Weg versperrenden umgestürzten Stamm. Die meisten Äste hatten die Hirsche schon abgerissen, so daß sie sich mühelos darüberschwingen konnte. Ihr Kleid verfing sich in einem Astknorren. In langgeübter Gewohnheit brach sie ihn mit einem lauten Knacken ab und setzte ihren Weg zu Weißes Kalbs Höhle fort.

Alles hatte sich schneller erledigt als erwartet. Auf seiner fruchtlosen Jagd nach Reizende Wapiti hatte Blutbär Spuren des Kleinen-Büffel-Volkes entdeckt. Das Glück ging manchmal seltsame Wege. Bis die Kriegslust abflaute, hatte Reizende Wapiti vielleicht genug Männer gehabt, um Blutbärs Interesse abzukühlen.

Vielleicht machte ihr sogar einer einen Heiratsantrag, wenn sie ein Kind empfangen hatte. Vieles konnte geschehen, alles war offen.

Glücklich und befreit atmete sie tief durch. Mit langen Schritten eilte sie weiter. Sie kam rasch voran. Der Pfad war auf dem harten Boden kaum noch zu erkennen. Sie verlangsamte den Schritt und bückte sich, um die Spur zu prüfen. Entsetzt wich sie zurück.

Nein! Sie konnten nicht hier sein! Nicht auf diesem tief im Wald versteckten Pfad weit weg von den Büffelfährten, die in die Ebenen im Osten führten.

Sich vorsichtig nach allen Seiten umsehend, schlich sie weiter.

Ihr blieb keine Zeit mehr, auch nur ein Wort auszustoßen. Ein starker Arm umschlang würgend ihren Hals, eine muskulöse Hand preßte sich auf ihren Mund und erstickte ihren Schrei.

»Ich habe das Gefühl, Weißes Kalb will mich nicht hierhaben.«

Reizende Wapiti drehte den Kopf, um Zwei Rauchwolkens Miene zu beobachten.

Er rieb sich die Stirn und schlug nach einer Fliege, die ihn hartnäckig belästigte. Sie saßen oberhalb eines Hangs ein paar Speerwürfe von der Höhle entfernt und genossen den goldenen Sonnenschein. Selbst der Himmel spiegelte den Frieden des Tages. Unendlich weit erstreckte sich der blendend blaue Baldachin. Hin und wieder schwebten strahlend weiße Wolkenkissen vorbei, die bei ihrem Weg über den Himmel die vielfältigsten Formen annahmen. Ein gestreiftes Eichhörnchen ging eifrig seinen Alltagspflichten nach. Es schlug Blütenstände von den Salbeisträuchern und knabberte die winzigen Samen heraus, bis seine Backentaschen randvoll gefüllt waren. Dann sprang es mit hocherhobenem Schwanz davon, um sie in seinem Vorratslager zu verstecken.

Skeptisch blickte Reizende Wapiti auf den neben ihr aufragenden riesigen Haufen rötlich-grauer Rinde, der überhaupt nicht kleiner zu werden schien. Während sie sich mit dem Berdachen unterhielt, verarbeitete sie die langen dünnen Streifen der Wacholderrinde, die Zwei Rauchwolken im Sommer von den Stämmen geschält hatte. Reizende Wapitis flinke Finger verwoben sie zu einem Strang. Sie rieb die Rinde wie einen Feuerstein zwischen den Handflächen und verband sie zu endlos langen Seilen. Zwei Rauchwolken zog diese Stränge kreuz und quer zu einem Netz und verknotete sie geschickt. Das von ihm geknüpfte Netz erreichte die Größe eines hochgewachsenen Mannes.

Ein warmer Wind strich seufzend über die sturmgebeugten Bäume.

Die strahlende Sonne erwärmte die Felsen und ließ das herbstlich dürre Gras braunrot aufleuchten. Spätblühende Blumen reckten ihre gelben Köpfe und genossen Vater Sonnes zärtliche Liebkosung.

»Das hat nichts mit dir zu tun. Unter normalen Umständen würde Weißes Kalb dir die Ohren vollplappern und versuchen, dir alles Wissenswerte über Pflanzen und was weiß ich noch alles beizubringen. In einem endlosen Wortschwall würde sie dir erklären, wie du dies und das zu tun hast. Es ist Kleiner Tänzer, der ihr Sorgen macht.«

»Er scheint recht nett zu sein.«

»Eben das beunruhigt sie.«

Reizende Wapitis emsige Hände verharrten mitten in der Arbeit. Freimütig blickte sie ihn an. »Daß er nett ist?«

»Nein ... daß *du* ihn nett findest.«

»Ach?«

»Nun ja, er ist ein junger Mann ... und du eine junge Frau.«

»Ist das so schlimm?«

Mit der Schnelligkeit eines Falken fuhr Zwei Rauchwolken auf und schlug nach der lästigen Fliege. Grinsend betrachtete er das zwischen seinen Händen zerquetschte Insekt. »Nicht schlecht für einen alten Berdachen, was?« Sofort kehrte er wieder zum Thema zurück. »Kleiner Tänzer besitzt große Macht. Weißes Kalb glaubt, wenn er sich mit einer Frau einläßt – genaugenommen mit dir, sonst ist ja weit und breit keine andere in Sicht –, wird er diese Macht verlieren. Deshalb ist sie besorgt.«

»Glaubt sie, er hat Interesse an mir?«

Zwei Rauchwolken lächelte versonnen. »Er hat Interesse. Er weiß es bis jetzt nur noch nicht. Und du bist an ihm interessiert. Ich beobachte die Blicke, die zwischen euch hin und herfliegen. Ihr spielt bereits die Spiele, die früher oder später zu albernem Gekicher führen und unter den Decken enden. Du bist eine Frau, eine frischgebackene Frau des Rothand-Volkes. Bei euch ist es Sitte, daß du dich zu einem Mann legst und deine Weiblichkeit beweist. Du bist neugierig und möchtest wissen, wie es ist.«

»Woher weißt du soviel über Frauen?«

»Das fragst du einen Berdachen?« Zwei Rauchwolken lachte aufrichtig amüsiert.

»Wir kennen die Herzen von Männern und Frauen. Wir sind beides – und folglich etwas anderes. Weder Mann noch Frau. Du weißt doch – die Macht ist dafür verantwortlich.

Oh, ich erinnere mich, wie es war. Den Mann, den ich liebte, rief man Fünf Stürze. Als Junge bin ich zu Gestutzte Feder gegangen, um mich von ihm zum Berdachen erklären zu lassen. Ich wußte schon damals, daß ich ein Berdache bin. Mir gefielen die Spiele der kleinen Mädchen, nicht die rauhen, derben Auseinandersetzungen der Jungs. Gegen seine Natur sollte man nicht ankämpfen. Dem Körper ist es gleichgültig, in welch physischer Hülle er steckt, der Trieb zur Vereinigung ist stets vorhanden.

Fünf Stürze und ich waren seit langem Freunde. Das Leben eines Berdachen ist niemals leicht, nicht einmal in einer Gesellschaft, in der sie geachtet werden wie bei dem Rothand-Volk. Im allgemeinen beginnen die Schwierigkeiten schon in der Kinderzeit, bevor man – und die anderen – merkt, wer man wirklich ist. Fünf Stürze schien es immer gewußt zu haben. Er war ein paar Jahre älter als ich, aber er hat sich immer um mich gekümmert. Als ich zum Berdachen erklärt wurde, nahm er mich als Zweitfrau in sein Zelt. Das verschaffte ihm hohes Ansehen. Wir waren einander von Herzen zugetan. Seine erste Frau trug den Namen Gestürzte Espe. Sie mochte mich nicht besonders, aber erste Frauen sind schließlich meistens eifersüchtig. Das ist nichts Neues«, fügte er trocken hinzu.

»Sie gebar seine Kinder, und ich war sein Geliebter. Wir waren überaus glücklich, auch wenn Gestürzte Espe oft gemeckert hat.

Dabei hatte sie kaum Grund, sich zu beklagen. Ich machte die ganze Arbeit, und sie genoß ihre Stellung als erste Frau.«

Reizende Wapiti nickte. »Fünf Stürze starb nach einem sehr schweren Sturz, nicht wahr? Bei der Jagd auf Bergziegen, soweit ich mich erinnere.«

Zwei Rauchwolkens Blick verlor sich in der Ferne. »Die Jagd im Winter ist gefährlich und erfordert außerordentlichen Mut. Ich bat ihn, nicht zu gehen. Es war nur so ein Gefühl, wie man es manchmal in allen Knochen spürt.« Er schlug sich mit den schwieligen Händen auf die Knie. »Na ja, was soll's. Es ist lange her. Klares Wasser wurde meine Freundin. Auch sie hatte Probleme, auch sie konnte sich nur schwer anpassen. Wir fühlten uns zueinander hingezogen.«

»Du hast die Decken mit ihr geteilt?« fragte Reizende Wapiti erstaunt.

Zwei Rauchwolken nickte. »Ein- oder zweimal. Ich vermute, da steckte die Macht dahinter. Ein Berdache lebt zwischen den Mächten und der Welt. Die Liebe hat viele Gesichter – und der Geist rief uns zusammen. Meine wahre Liebe galt immer den Männern. Doch ich schweife vom Thema ab. Jahrelang habe ich junge Leute beobachtet.

Ich erkenne deutlich die Anziehungskraft, die zwischen dir und Kleiner Tänzer besteht.«

Reizende Wapiti widmete sich wieder konzentriert ihrer Arbeit.

Sie rollte die starre und teilweise stachlige Rinde in ihren Händen hin und her. »In seinen Augen sehe ich etwas, das mich tief innen berührt. Als hätte ihn irgend etwas verletzt. Ich möchte … nun …«

»Du möchtest ihn gern festhalten? Ihm helfen? Ihn trösten? So sind die Menschen. Wir möchten die Schmerzen anderer lindern. Ist das der einzige Grund?«

Sie lächelte schüchtern. »Ich glaube, er wird mir nicht weh tun.

Wenn ich an Blutbär denke, was der …« Sie schüttelte den Kopf. »Ach, ich weiß nicht. Ich hätte nie gedacht, daß alles so kompliziert ist.«

»Kleiner Tänzer hat gerade erst seinen dreizehnten Sommer erlebt.« Zwei Rauchwolken zog die Augenbrauen hoch.

Sie überlegte. »Er wirkt älter.«

Zwei Rauchwolken nickte. »Das Leben ist nicht gerade freundlich mit ihm umgesprungen. Ich sagte dir bereits, Macht begleitet ihn.

Ohne daß er es wollte, erfüllte sie seine Träume. Die Träume brachten in der Vergangenheit viel Leid über ihn, deshalb versucht er, der Macht aus dem Weg zu gehen. Aber ich … also, ich frage mich, wohin sein Weg ihn letzten Endes führen wird. Ein Berdache wird zwar auch von Andersartigkeit berührt, doch auf eine andere Weise. Jene Macht hat mich im Laufe der Jahre nicht freundlich behandelt. Das Kleine-Büffel-Volk hat mich geschlagen. Die Männer haben mich vergewaltigt, sobald sie mich erwischen konnten. Für sie war ich eine Mißgeburt, ein Unglücksfall der Natur, etwas Unbegreifliches – und deshalb gefährlich. Manche glaubten, ich würde ihre Kinder verderben. Sie hielten mich für so etwas wie eine ansteckende Krankheit.

In Kleiner Tänzer jedoch lebt die Macht seiner Mutter. Klares Wasser hörte eine Stimme, eine Stimme, von der sie überzeugt war, sie gehöre dem Ersten Mann, dem Wolfsträumer. Aber wohin hat diese Stimme sie geführt? Was ist mit ihr geschehen? Wegen ihres Schicksals fürchte ich die Macht. Ich bin ein Teil davon; sie wogt um mich herum und durch mich hindurch. Ich bin die Brücke – der Kommunikator – zwischen der Welt, in der wir leben, und der Macht.

Die Macht hat mich zu dem Menschen geformt, der ich

heute bin – aber ich begreife nicht, warum. Ich weiß nicht, wohin die Wege der Macht führen oder was sie aus uns macht. Ich weiß nur, Kleiner Tänzer besitzt Macht. Eines Tages wird er ein bedeutender Mann sein. Darauf hast du das Wort eines Berdachen.«

Ein bedeutender Mann? Sie wurde seltsam aufgeregt.

»Ah, das interessiert dich, hmm?« Zwei Rauchwolken kratzte sich hinter dem Ohr. »Vielleicht tue ich niemandem einen Gefallen, wenn ich darüber rede. Trotzdem. Hör zu, Mädchen, und vergiß nicht, wir reden über magische Mächte. Kleiner Tänzer ist der Eine, der Wichtige ... der Eine, auf den die Macht einwirkt. Trotz Weißes Kalbs Besorgnis glaube ich kaum, daß er darum herumkommt, der Macht zu folgen.

Hör gut zu, Reizende Wapiti. Eine Macht kann dafür sorgen, daß ein Mann große Bedeutung erlangt, aber sie kann das Leben mit ihm außerordentlich schwierig machen. Eine Macht neigt dazu, einen Menschen zu benutzen, so, wie ein Jäger seine Werkzeuge benutzt.

Ein Speer wird mit großem Können und ungeheurer Anstrengung hergestellt. Er wird vorbereitet, gesegnet, Geist wird ihm eingehaucht. Erst dann gebraucht ihn der Jäger. Er wirft. Dieser so sorgfältig bearbeitete Speer wird geworfen, und man weiß nicht, ob er sein Ziel erreicht. Vielleicht trifft er ein Reh oder einen Hirsch in die Seite, durchbohrt Lungen und Herz. Das Tier verblutet, damit die Menschen zu essen haben. Vielleicht verfehlt der Speer aber sein Ziel und zerschmettert an einem Felsen. Die Spitze bricht, das Holz splittert und dort bleibt er liegen ... für immer.«

Sie sah zu ihm auf. Eine Leere tat sich unter ihrem Herzen auf. Er hatte mit dem Speer Kleiner Tänzer gemeint.

»Möchtest du dich dieser Möglichkeit aussetzen?« fragte Zwei Rauchwolken sanft, mitfühlende Wärme lag in seinem Blick.

Sie schluckte und wußte nicht, was sie antworten sollte.

»He! Hungriger Bulle!«

Kleiner Tänzer blickte von der blutigen Büffelseite auf, über die er sich gerade gebeugt hatte. Hüpfend und springend kam Drei Zehen über die Wiese. Er schwenkte die Arme und unterbrach sein Freudengelächter immer wieder mit schrillen Begeisterungsrufen.

Hinter ihm lief Schwarze Krähe, das Gesicht zu einem breiten Grinsen verzogen. Die die Spaß macht folgte mit Wiesenlerche und den Kindern. Vor Schwarze Krähe ging eine andere Frau, deren Gesicht alles andere als Freude und Glück ausdrückte.

»Drei Zehen?« Hungriger Bulle richtete sich auf und beschattete mit einer blutverkrusteten Hand die Augen. »Tatsächlich! Du bist es!«

Freudig sprang er auf und lief auf die Gruppe zu. Hungriger Bulle, Drei Zehen, Schwarze Krähe und die anderen umarmten sich schreiend und tanzend in wildem Durcheinander und klopften sich gegenseitig begeistert auf den Rücken.

Kleiner Tänzer wandte sich der finster blickenden Frau zu und achtete nicht weiter auf die geschwätzigen Fragen und das Gelächter der Männer. »Du gehörst nicht zum Kleinen-Büffel-Volk«, bemerkte er auf Anit'ah.

»Nein.« Ihre harten Augen schienen ihn zu durchbohren. Trotz seiner Jugend bemerkte Kleiner Tänzer die hübschen Linien ihres Gesichts. Ein wenig gereizt setzte sie hinzu: »Sie haben mich gestern gefangengenommen.« Ein wehmütiges Lächeln kräuselte ihre Lippen. »Vielleicht bin ich doch schon älter, als ich dachte.«

Kleiner Tänzer schielte hinüber zu der ausgelassen lärmenden Bande, die sich um seinen Vater scharte. »Aber sie haben dich nicht verletzt, oder?«

Sie lachte trocken. »Nur meine Würde, sonst nichts.«

»Ich bin Kleiner Tänzer. Ich wohne in Weißes Kalbs Lager zusammen mit …«

»Ich weiß, wer du bist. Ist meine Tochter da? Sie heißt Reizende Wapiti; sie hätte vor einer Handvoll Tagen ankommen müssen.«

»Sie ist hier. Es geht ihr gut. Bist du Klappernde Hufe?«

Sie holte tief Luft. »Ich bin Klappernde Hufe.« Sie blickte hinüber zu der in Wiedersehensfreude schwelgenden Gruppe des Kleinen-Büffel-Volkes. »Ich wußte nicht, was sie vorhaben. Die Krieger beherrschten die Zeichensprache der Händler und erkundigten sich nach der Richtung zu Weißes Kalbs Höhle. Da sie mir kein Leid zufügten, führte ich sie her. Aber ihr müßt wissen, Blutbär hat ihre Spuren entdeckt und folgt ihnen mit einer Gruppe Krieger.«

Kleiner Tänzer gefror das Blut in den Adern.

»Vater!« rief er und winkte aufgeregt, um Hungriger Bulle auf sich aufmerksam zu machen. Hungriger Bulle löste sich aus Wiesenlerches überschwenglicher Umarmung und kam mit Drei Zehen herüber, einen Arm um dessen Schultern gelegt.

»Blutbär ist mit einer Horde Krieger auf dem Weg hierher«, erklärte Kleiner Tänzer in der Sprache seines Volkes. Das ist Reizende Wapitis Mutter. Wir sollten rasch ins Lager zurück und hören, was Weißes Kalb dazu zu sagen hat, meinst du nicht auch?«

Er sah Drei Zehen an. »Ihr seid zu Besuch gekommen?«

»Wir wollen bleiben«, ergänzte Drei Zehen mit sichtlichem Unbehagen. »Schwerer Biber … er hat es uns unmöglich gemacht, bei unserem Volk zu leben. Er ist sehr mächtig geworden. Weißes Kalb ist unsere einzige Chance.«

Hungriger Bulles freudige Erregung verflüchtigte sich wie der Schatten einer winzigen Wolke am endlosen Sommerhimmel. »Das Rothand-Volk ist noch immer wütend wegen des Überfalls im letzten Jahr. Sie sinnen auf Rache. Die Seelen der Getöteten streifen noch unbeerdigt umher.«

»Ich sagte dir, Schwerer Biber würde das Volk gegen uns aufhetzen, wenn wir zurückgehen«, erinnerte ihn Drei Zehen eindringlich.

»Er ist noch schlimmer als früher«, grunzte Schwarze Krähe.

In seinem sonderbar gespreizten Anit'ah fragte Hungriger Bulle Klappernde Hufe: »Wieviel Zeit wird noch vergehen, bis Blutbär hier eintrifft?«

Gleichgültig zuckte sie die Achseln. »Seit drei Tagen ist er hinter deinen Freunden her. Er kommt schnell voran. Da ich nicht wußte, was deine Freunde in diese Gegend führte, habe ich ihm heimlich den Weg markiert.«

»Dann gehen wir am besten gleich.« Kleiner Tänzer bückte sich und hob seine Schlachterwerkzeuge auf.

»Was ist mit dem Fleisch?« Hungriger Bulle zeigte auf die erst halbverarbeiteten Kadaver. »Bei dieser Hitze wird es verderben, wenn wir nicht … Die Fliegen …«

»Glaubst du, Blutbär wartet, bis die Arbeit erledigt ist?« erkundigte sich Drei Zehen nervös.

»Der Große Büffel im Himmel wird Verständnis haben«, meinte Kleiner Tänzer. »Er sieht in unsere Herzen.« *Das sagte ich auch zu meiner Mutter, bevor sie um des Fleisches willen starb.* Kälte fraß an seiner Seele. »Kommt mit!« Raschen Schrittes schlug er den Weg zu Weißes Kalbs Höhle ein.

Klappernde Hufe holte ihn ein. Sie schaffte es, mit ihm Schritt zu halten. »Blutbär kommt bei der Verfolgung des Kleinen-Büffel-Volks ganz sicher zu Weißes Kalb«, sagte er. »Und dort findet er Reizende Wapiti.«

Sie maß ihn von oben bis unten. Ihre Lippen formten lautlose Worte. Endlich stieß sie hervor: »Wenn wir vor ihm dort sind, kann ich sie wegschicken. Sie kann sich irgendwo verstecken, wo er sie nicht findet.« Sie verstummte kurz. »Warum machst du dir Sorgen um sie, junger Mann?«

Die Frage brachte ihn aus dem Gleichgewicht. Warum? Warum beherrschte das Mädchen seine Gedanken seit dem Moment, in dem er sie zum erstenmal gesehen hatte? »Sie ist hübsch.«

»Ah-ha?« Klappernde Hufe brachte es trotz ihrer vom raschen Laufen kommenden Atemnot fertig, leise zu lachen. »Du weißt, die Situation ist reichlich kompliziert, Kleiner Tänzer. Das Kleine-Büffel-Volk und das Rothand-Volk an einem Ort versammelt.«

»Weißes Kalb weiß bestimmt, was zu tun ist.«

»Hoffen wir es.«

Und wenn sie es nicht weiß, was dann? Kleiner Tänzer machte sich große Sorgen. *Wir alle zusammen, das sind vier Atlatls gegen wie viele vom Rothand-Volk?*

Er lief, so schnell er konnte.

Was hatte Klappernde Hufe mit dem Kleinen-Büffel-Volk zusammen auf dem Pfad zu suchen? Warum war sie ein so großes Risiko eingegangen? Sie wußte doch genau, daß sich das Kleine-Büffel-Volk in dieser Gegend herumtrieb. Blutbär blickte den Weg entlang und winkte seinen Kriegern, ihm zu folgen. Den Markierungen nach konnten die Plünderer kaum mehr als ein paar Stunden Vorsprung haben. Wegen der Kinder mußten sie langsam gehen. Noch vor Sonnenuntergang würde er sie eingeholt haben.

Klappernde Hufe war auf dem Weg zu Weißes Kalb gewesen ... offensichtlich machte sie sich Sorgen um ihre Tochter. Trotzdem, eine Frau ihres Alters sollte mehr Verstand besitzen, als ihr Leben wegen eines albernen Mädchens aufs Spiel zu setzen. Noch schlimmer, Klappernde Hufe war unbedarft direkt in einen Hinterhalt des Kleinen-Büffel-Volks gelaufen. Geschah ihr ganz recht. Hätte eben vorsichtiger sein sollen.

An den Spuren der Plünderer konnte er erkennen, daß sie verzweifelt den Pfad gesucht, ihn aber wie immer, wenn dieses Kleine-Büffel-Volk etwas suchte, nicht gefunden hatten.

Tagelang mußten sie herumgeirrt sein. Schließlich hatten sie Klappernde Hufe erwischt und ließen sich von ihr auf direktem Weg zu Weißes Kalb führen. Was hatte *das* nun wieder zu bedeuten?

Natürlich, Weißes Kalb stammte aus dem Kleinen-Büffel-Volk, sie hatte zu dem Rothand-Volk geheiratet. Jahrelang war sie eine Geisterfrau gewesen und hatte Kranke geheilt, die bei ihr Hilfe suchten.

Seine Nackenhaare sträubten sich. Obwohl er nicht an Mächte glaubte, jagte ihm Weißes Kalb Angst ein. Man konnte nie wissen, was diese verrückte alte Hexe als nächstes anstellte. Die Leute fürchteten sich vor ihr. Wenn Weißes Kalb den Mund aufmachte und gewisse Dinge ans Tageslicht zerrte, würde sich das im Lager herumsprechen. Das konnte ihn in Schwierigkeiten bringen.

Er drückte das Wolfsbündel fest an seine Brust. Dieser alberne kleine Talisman, was er doch alles bewirkte. Im Unterschied zum letzten Mal, als seine Krieger einer nach dem anderen in der Nacht verschwanden, weil sie ohne dieses dumme Bündel vor Angst kopflos wurden, würden sie dieses Mal bis zum Tod kämpfen, denn sie mußten ihr heiliges Bündel vor dem Kleinen-Büffel-Volk schützen. Mit Hilfe des Bündels konnte er sie zu weit größerer Anstrengung anstacheln, als es ihm sonst möglich gewesen wäre.

Komisch, wieviel Kraft man aus einem derartigen Kinkerlitzchen schöpfen konnte! Und es gehört mir ... mir ganz allein! Er ließ sich von dem plötzlich auftretenden Pochen in seinem kleinen Finger nicht irritieren. Zornig preßte er den Stumpf gegen seinen muskulösen Oberschenkel, als handele es sich um einen eingeklemmten Nerv, den man durch Druck lösen könnte.

»Muß die Plünderer kriegen und umbringen, bevor sie bei Weißes Kalb angekommen sind. Das ist das beste«, flüsterte er fast lautlos.

Es würde nicht mehr lange dauern.

Wie er vermutet hatte, schwenkte der Pfad plötzlich ab und führte auf eine Wiese hinunter. Krächzend erhoben sich Raben aus den Bäumen und rauschten mit schwarzen Flügeln über sie hinweg.

Blutbär richtete sich auf. Sein breiter Brustkorb hob und senkte sich. Er atmete schwer vom raschen Lauf. Die vor ihm liegende Wiese war übersät mit halbausgenommenen Büffeln. Hinter ihm erhob sich ein leises Raunen unter seinen Kriegern.

Er näherte sich einem Kadaver und berührte das Fleisch. »Vor noch nicht einmal einer Stunde abgezogen.« Er grinste seine Krieger an.

»Wir haben sie!«

»Die Spirale verlagert sich«, beobachtete das Wolfsbündel. »Wir befinden uns in ernsthafter Gefahr. Alles kann auseinanderfallen.

Freier Wille ist im Spiel. Soviel zur Macht deines Wolfstraumes!

Mich trägt man zur Vernichtung deines Träumers. Ich sehe mein Ende voraus. Ich kann töten und ihn retten, mich vielleicht erneuern.

Die Verbindung ist stark, aber wie reagiert er, wenn ich meine Fäden um sein Herz webe? Wird er mich akzeptieren? Oder kehrt er mir den Rücken zu ... hört er auf die Stimme seiner toten Mutter, die wie ein Echo in seinem Geist nachhallt? Ich habe nicht mehr viel Kraft. Um zu töten, muß ich mein Letztes aufbieten. Der Junge kennt den Weg zur Macht nicht. Der Beobachter ist noch nicht vorbereitet. Wir sind noch nicht soweit. Zu früh ... zu früh ...«

Wolfsträumers Stimme drückte Besorgnis aus. »Warte. Vielleicht kann Weißes Kalb uns retten. Falls nicht, verlieren wir alles.

Handeln wir, bestätigen wir die Worte seiner Mutter. Handeln wir nicht ...«

Kapitel 14

Was wird passieren? fragte sich Drei Zehen, als sich die Gruppe vor Weißes Kalbs Höhle niederließ.

Kleiner Tänzer behielt die Leute ständig im Auge. Er fühlte ihre Anspannung. Blitzartig auftauchende Bilder eines Traumes störten seine Konzentration. Warum? Warum war er so verstört? Gedanken, die nicht seine eigenen waren, schienen am Rand seines Bewußtseins zu lauern.

Obwohl die Sonne warm und freundlich herabschien und einen friedlichen Tag versprach, spiegelte sich Angst auf den Gesichtern. Das im Rhythmus ihrer gelben und schwarzen Flügel an- und abschwellende Zirpen einer späten Heuschrecke drang durch die Stille.

Gestützt auf ihren alten Gehstock, humpelte Weißes Kalb aus ihrer Höhle.

Bei ihrem Anblick hätte Kleiner Tänzer fast laut gejammert. Sie sah so uralt und so unendlich müde aus, als ob sie bei der geringsten Anstrengung zusammenbrechen würde. Wann war sie so alt geworden? Ein leises Schuldgefühl beschlich ihn.

»So, hat euch Schwerer Biber doch noch vertrieben?« Ihre rauhe Stimme schwankte.

Alt, so alt. Und wenn sie stirbt? Was dann? Was mache ich dann?

Eine plötzliche Angst vor der ungewissen Zukunft lastete auf Kleiner Tänzers Herz. *War es richtig von mir, mich so sehr gegen sie zu wehren? Sie so entschieden zu bekämpfen?*

»Er versammelt das Volk unter seiner Führung«, erwiderte Schwarze Krähe unsicher. Weißes Kalb von Angesicht zu Angesicht gegenüberzustehen, war ihm unheimlich. »Er hat einen neuen Weg verkündet. Er lehrt das Volk einen Tanz der Erneuerung und der Lobpreisung. Seit er Anführer geworden ist, regnet es wieder und die Büffel sind zahlreicher geworden. Auf die Leute macht das großen Eindruck. Je mehr Macht er bekommt, um so besser stehen die Dinge.«

»Dummköpfe!« zischte Weißes Kalb. »Alles nichts als Narren. Zeit meines Lebens habe ich die Augen offengehalten. Diese Anzeichen einer Besserung bedeuten nichts weiter als ein bißchen mehr Feuchtigkeit für ein paar Jahre. Die Welt verändert sich langsam.

Fließt Wasser aus den Monster Bone Springs? Hat der Moon River wieder seinen früheren Pegel erreicht? Ist er so tief, daß man ihn nicht mehr durchwaten kann?«

»Nein.« Scheu blickte sich Schwarze Krähe in der Runde um.

»Dann ist die Trockenheit nicht vorbei. Manche Jahre sind feuchter, andere dafür wieder um so trockener. Wir leben in einem Zeitalter des Feuers, nicht des Wassers. Wenn das Wasser im Moon River wieder klar und reißend strömt, wißt ihr, daß das Zeitalter des Feuers vorüber ist. In der Zwischenzeit wird die Erde weiter ausgewaschen. Habt ihr einen Arroyo gesehen, der sich wieder mit Wasser gefüllt hat? Nein? Das dachte ich mir. Die Trockenrinnen schneiden sich immer tiefer in die Erde ein. Bald werden die Menschen wieder hungern. Sie werden den letzten Büffel in den Tod treiben, wie es ihre Ahnen mit den Ungeheuern getan haben.

Schwerer Biber ist ein Narr.«

»Er mag ein Narr sein, aber er ist ein mächtiger Narr«, antwortete Schwarze Krähe. »Als sich die Leute in Sieben Sonnens Lager entschieden, zu seiner Lobpreisung zu gehen, sprachen wir uns dagegen aus. Das Volk führte Krieg mit dem Feuerbüffel-Volk im Osten.

Schwerer Biber brach auch den alten Frieden mit dem Kurzhaar-Volk.

Er überfiel es mit seinen Kriegern. Dann sind Feuer in der Nacht und Der mit Steinen wirft, inzwischen große Krieger, mit ihren jungen Männern weit in den Süden gegangen, bis in das Land des Felsen-Volkes. Sie brachten die Männer um und kehrten mit zahlreichen gefangenen Frauen zurück – alle mußten soviel an Trockenfleisch, kostbaren Decken und Werkzeugsteinen tragen, wie sie selbst wogen. Im letzten Frühjahr überfiel Der mit Steinen wirft das Weiße-Kranich-Volk. Er hat viele Angehörige dieses Volkes getötet und eines ihrer Lager bis auf den Grund niedergebrannt. Frauen, Hunde und Kinder hat er mitgebracht, beladen mit den herrlichsten Dingen.«

Und diese gefangenen Frauen? Machen die keinen Ärger?« erkundigte sich Weißes Kalb.

Wiesenlerche schüttelte den Kopf. »Was sollten Frauen schon für Ärger machen? Wenn sie sich den Befehlen eines Mannes widersetzen, werden sie geschlagen. Schlagen sie zurück, bringt man sie um.

Manchmal verflucht Schwerer Biber persönlich eine widerspenstige Frau. Versucht eine der gefangenen Frauen zu fliehen, wird sie erlegt wie eine verwundete Büffelkuh. Man treibt einfach einen Speer in sie hinein.« Wiesenlerche hob in einer Gebärde der Hilflosigkeit die Hände. »Welchen Zweck hat es also, zurückzuschlagen? Was ist besser? Leben oder sterben? Eine andere Wahl haben die Frauen nicht – und die Männer glauben an Schwerer Bibers neuen Weg. Die Frauen des Kleinen-Büffel-Volkes leben in ständigem Terror.«

Langes Schweigen breitete sich aus. Weißes Kalb nickte nachdenklich. »So also macht er es. Das ist sein Weg, damit sich das Volk nicht auflöst wie Rauch. Ich könnte wetten, die gefangenen Frauen sind ständig schwanger, ha? Ihre Kinder sind das neue Volk?«

»Ah-ha.« Die die Spaß macht verzog das Gesicht. »Und ich

habe mich einmal mit Wildkirsche gestritten, weil sie gesagt hat, genauso würde es kommen. Jetzt bin ich hier, gejagt von meinen eigenen Leuten, auf der Flucht vor diesem – diesem Wahnsinn. Ich kann noch immer nicht glauben, daß es wahr ist.«

»Die Welt befindet sich im Wandel.« Weißes Kalb leckte sich die Lippen und breitete die Arme aus, die Handflächen nach oben gerichtet, als wolle sie die Sonne einfangen. »Schwerer Biber will das Volk wieder zu neuer Stärke führen. Wenn die Dinge schlecht stehen, findet sich immer irgendeiner, der aufsteht, der tanzend und singend die Rückkehr der alten Zeiten, der Sitten und Gebräuche der Väter heraufbeschwört ... als ob er sich an die alten Zeiten erinnern würde. Dennoch – Blut und Spucke besudeln den, der eine andere Meinung von den alten Zeiten hat als er!«

»Er ist der Träumer. Er hat Erfolg.« Drei Zehen blickte auf. In sich zusammengesunken saß er auf einem abgeschrägten Felsen. Er machte einen verhärmten Eindruck. »Aber es geht noch weiter. Die Geisterträumer des Kurzhaar- und des Feuerbüffel-Volkes machen sich große Sorgen. Sie befürchten, Schwerer Bibers Gedanken werden sich noch weiter verbreiten. Schon zeigen zornige junge Männer mit dem Finger auf das Kleine-Büffel-Volk und verlangen Rache für die Toten und die geraubten Frauen. Sie behaupten, Schwerer Bibers neuer Weg sei der mächtigere und auch sie müßten ihn beschreiten, damit er sie im Kampf nicht vernichtend schlägt. Gewalt gegen Gewalt.«

»Seine Gedanken verbreiten sich also und überschwemmen die Ebenen, ja?« Weißes Kalb wandte den Kopf und richtete ihre scharfen Augen auf Kleiner Tänzer. »Die Idee wird weiterwachsen, mehr und mehr Menschen werden sich in diesen Rausch der Gewalt hineinsteigern.«

»Wenn man gegen Schwerer Biber auf den Kriegspfad geht und seine Krieger besiegt, vielleicht ...«, wandte Hungriger Bulle ein.

»Bah!« Weißes Kalb fuchtelte verächtlich mit den Händen. »Du hast es mit einer Idee zu tun, dagegen hilft kein Kriegspfad. Die Lehre, die Schwerer Biber predigt, muß als Lüge entlarvt werden.

Du kannst nicht gewinnen, wenn du seine jungen Männer in einem Kampf tötest«

»Wie dann?« erkundigte sich Schwarze Krähe.

»Macht.« Sie flüsterte so leise, daß sie kaum zu verstehen war.

»Seine Lehre muß mit einem Traum aus den Köpfen der Menschen hinausgeträumt werden. Wir leben im Zeitalter des Feuers. Jemand muß den Großen Tanz mit dem Feuer tanzen ... die glühenden Kohlen nehmen und mit ihnen eins werden. Das wäre Schwerer Bibers Ende.

Die Menschen brauchen eine neue Lehre, einen neuen Weg. Die Büffel sterben aus. Die Welt wandelt sich, genau wie damals, als die Tiere, die wir heute Monster nennen, für alle Zeit verschwanden.

Menschen jagten die gewaltigen Tiere, bis auch das letzte ausgerottet war – heute machen wir es mit den Büffeln genauso.«

Weißes Kalb sah jedem einzelnen ins Gesicht. »Es stimmt. Schwerer Biber wird mit seiner Lehre alle töten. Seine Leute werden verzweifeln. Vielleicht muß der Büffel ohnehin gehen, ha?

Vielleicht hat der Große Weise im Himmel genau das für seine Vierte Welt geträumt.« Sie schmatzte mit den Lippen. Unverwandt, als spräche sie nur zu ihm, ruhte ihr Blick auf Kleiner Tänzer.

»Aber vielleicht kann ein Traum dem Volk einen neuen Weg zeigen – einen Weg, der den Leuten im Zeitalter des Feuers andere Überlebenschancen aufzeigt als das Töten der Büffel bis zum letzten Tier.«

»Unten in den Ebenen kann man nicht überleben wie das Rothand-Volk in den Bergen«, warf Hungriger Bulle ein. Segolilien, Hagebutten und die anderen Pflanzen wachsen dort nicht. Dort wachsen nur Gras und manchmal Büffelbeeren entlang der Trockenrinnen. Die Leute meines Volkes wollen auch keine Wurzeln essen.

Es sind Büffelmenschen. Sie essen Fleisch.«

»Eben das muß ein Traum verändern.« Weißes Kalb machte mit den Händen entsprechende Gebärden, um die einzelnen Schritte anzudeuten.

»Die einzige Möglichkeit, eine grundlegende Änderung

zu bewirken, besteht darin, daß ein mächtiger Träumer in die Ebenen geht und den Wandel herbeiführt.«

Kleiner Tänzer bekam eine trockene Kehle. *Nein! Oh, das machst du nicht. Nicht schon wieder. Das kannst du nicht machen. Ich bin nicht der Eine! Bei der Seele meiner toten Mutter, ich bin es nicht. Die Macht ist böse, sie fügt den Menschen Schaden zu.* Nie würde er die Worte seiner Mutter vergessen, nie wieder sich mit Geistermächten einlassen.

Langsam erhob er sich. Die Blicke aller richteten sich erwartungsvoll auf ihn, doch er wich zurück und schüttelte den Kopf. Sein Vater hatte die Augen gesenkt und kratzte mit einem Stock in der Erde.

Er zeichnete kurze Striche und durchkreuzte sie.

In Kleiner Tänzers Geist leuchtete das Traumbild des zerklüfteten Grats auf. Sein Vater verwandelte sich unter ihm in Stein. *Wie all die anderen wird auch er mich schließlich im Stich und in den Abgrund stürzen lassen.*

Der Junge wandte sich um und wollte davonlaufen ... plötzlich erstarrte er. Eine Gruppe von Kriegern der Anit'ah kam den Weg herauf, angeführt von dem siegessicher lächelnden Blutbär.

Kleiner Tänzers Herzschlag drohte auszusetzen, als er Reizende Wapiti leichenblaß und ängstlich zitternd vor ihm hergehen sah.

Das unverständliche Kauderwelsch der in der Sprache des Kleinen-Büffel-Volkes geführten Unterhaltung hatte Klappernde Hufe etwas schläfrig gemacht, doch als Blutbär auf die Lichtung hinaustrat, sprang sie, plötzlich hellwach, mit einem Satz auf die Beine.

Blutbär hatte ihre Tochter gefangen!

Sie lief zu ihr, doch Blutbär streckte seinen Speer aus und strich mit dem scharfkantigen Stein der Spitze drohend über ihre Kehle.

Mutig blickte sie in seine zornfunkelnden Augen.

»Was hast du getan, Frau? Führst du das Kleine-Büffel-Volk durch das Land des Rothand-Volkes? Das ist Verrat an deinem Volk.«

»Laß meine Tochter los«, stieß sie unbeeindruckt von der Speerspitze an ihrer Kehle hervor.

Reizende Wapiti wand sich unter seinem derben Griff. Argwöhnisch beobachteten die Krieger, wie sich die Leute des Kleinen-Büffel-Volkes hinter Weißes Kalb versammelten.

»Sie ist eine Frau – und sie gehört mir. Zuerst müssen wir uns allerdings um diese Plünderer kümmern … die Männer werden getötet, die Frauen behalten wir wie sie die unsrigen. Und du kommst mit deiner Tochter zu mir. Ihr werdet bei mir leben.«

»Niemals!« zischte Klappernde Hufe mit zusammengebissenen Zähnen.

In Blutbärs Augen blitzte blanke Wut auf. »Du bist eine schöne Frau, Klappernde Hufe. Obwohl du nicht mehr jung bist, gelingt es dir, mein Interesse zu wecken. Für gewöhnlich heiratet ein Mann nicht die Mutter und die Tochter.«

»Das wagst du nicht!«

Weißes Kalb humpelte nach vorn und lehnte sich auf ihren Stock.

»Für das Rothand-Volk ist das Blutschande! Du wärst ihr Vater!«

»Ich mache meine eigenen Gesetze, ich besitze die Macht. Ich kontrolliere das Wolfsbündel und damit das Rothand-Volk.«

»Was bist du doch für ein beschränkter Dummkopf Nicht einmal das Wolfsbündel gestattet dir, die Sitten des Rothand-Volkes auf deine …«

»Yah!« Mit weitaufgerissenen Augen schlug Weißes Kalb schützend die Hände vor das Gesicht.

Blitzschnell hatte Blutbär Reizende Wapiti beiseite gestoßen, seinen Speer zurückgenommen und sein Körpergewicht auf die Fersen verlagert. Sein Atlatl peitschte bereits für den winzigen Moment vor dem Wurf zurück.

Klappernde Hufe schrie auf. Im selben Augenblick, als sie sich bewegte, merkte sie schon, daß sie zu langsam war. Sie taumelte, verlor fast das Gleichgewicht und versuchte verzweifelt, Blutbärs Arm festzuhalten. Doch sie griff ins Leere.

Blutbär warf triumphierend den Speer mit aller Kraft. Da ertönte ein Aufschrei. Ein klapperndes Geräusch folgte. Hungriger Bulle war von der Seite herbeigesprungen und hatte den Speer, seinen Atlatl als Keule benutzend, aus der Luft heruntergeschlagen. Weißes Kalb rührte sich nicht. Unfähig, das Geschehen zu begreifen, stand sie, gestützt auf ihren Stock, bewegungslos da. Zuerst fiel ihr Blick auf den am Boden liegenden Speer und dann auf Blutbär, der nach sicherem Halt für die Füße tastete und gleichzeitig einen anderen Speer in den Atlatl legte.

»Hört auf!« schrie Klappernde Hufe, die sah, daß sich die muskulösen Arme der anderen Krieger nach hinten bogen, um ihre Atlatls auszubalancieren. Die steinernen Speerspitzen blitzten im hellen Sonnenlicht gefährlich auf. Die Männer zögerten unschlüssig. Hungriger Bulle hob die Arme, um die mit wurfbereiten Speeren vorstoßenden Drei Zehen, Schwarze Krähe und Wiesenlerche aufzuhalten.

»Das ist Irrsinn!« rief Reizende Wapiti und lief zu den Kriegern.

Flehend wandte sie sich an Der das Horn packt. »Was ist denn los mit euch?«

Mit beschwichtigenden Gebärden ging Weißes Kalb gemächlich nach vorn. »Hört auf! Ihr Narren!« Sie drehte sich um und deutete auf Blutbär. »So ist das also. Wolltest du mich töten, bevor wir uns über verschiedene Dinge unterhalten? Und du nennst dich einen Anführer? Du glaubst, dein Verstand reicht aus, um das Wolfsbündel zu schützen? Idiot!«

Wie angewurzelt blieben die Krieger stehen. Unsicher wanderten ihre Blicke von einem zum andern. Da sie ihn schon lange kannte, wußte Klappernde Hufe die leichte Veränderung in Blutbärs Miene sofort zu deuten. Er war unsicher geworden, das Blatt schien sich zu wenden. Er senkte den Speer. Sein Gehirn arbeitete wie rasend, dann glomm das altbekannte gerissene Licht wieder in seinen Augen auf.

»Was hätte ich denn tun sollen, Alte? Woher hätte ich wissen sollen, daß du dich nicht mit diesen da« – er zeigte auf die Leute des Kleinen-Büffel-Volks – »verschworen hast, unser Lager erneut zu überfallen? Du befindest dich wahrlich in seltsamer Gesellschaft.«

»Meinst du Klappernde Hufe?« erkundigte sich Weißes Kalb trocken.

»Du weißt nicht …«

»*Was* weiß ich nicht?« unterbrach er sie feindselig. »Meine Leute wurden bei einem Überfall des Kleinen-Büffel-Volks umgebracht.«

Mit hocherhobenem Kinn wandte er sich um und blickte seine Krieger aus schmalen Augen an. »Woher soll ich wissen, wann der nächste Überfall droht und wer ihn plant?«

»Sicher keine alte Frau, die Träume hat und dem Rothand-Volk Kinder geboren hat.«

»Und sie?« Blutbär wies mit seiner scharfen Speerspitze auf Klappernde Hufe. Sofort schlug Hungriger Bulles Atlatl die Spitze beiseite.

»Das nächste Mal nimmst du deinen Finger, wenn du auf jemanden zeigst. Das ist höflicher«, erklärte Hungriger Bulle gelassen.

»Diese Frau gehört zu *meinen* Leuten. Du riskierst viel, Jäger.«

Hungriger Bulle nickte leicht. »Du auch.« Beide starrten sich in die Augen und nahmen eine drohende Haltung ein.

Klappernde Hufe schielte zu Hungriger Bulle hinüber. Warum setzte er sich für sie ein? Er hätte getötet werden können.

»Jetzt reicht's!« Weißes Kalb drängte sich zwischen die beiden Männer. »Legt eure Speere nieder. Hier wird niemand umgebracht.«

Zögernd senkten die Krieger die Waffen.

»Alte, ich bin der Hüter des Wolfsbündels.« In Blutbärs Gesicht standen gleichermaßen Wut und Enttäuschung. Er duckte sich ein wenig, nun stand ihm Weißes Kalb fast Auge in Auge gegenüber.

»Du hast noch immer nichts dazugelernt, was? Nachdem du Gestutzte Feder umgebracht hast, bist du acht Jahre lang heimatlos herumgewandert. Hast du das vergessen? Und jetzt willst du mich umbringen? Du sehnst dich nach Macht, und dabei spuckst du ihr mitten ins Gesicht! Du tust so, als könnte sie ohne dich nicht existieren.«

Blutbärs Krieger gaben den letzten Rest an Widerstand auf. Unruhig traten sie von einem Bein aufs andere, wechselten unbehagliche Blicke, leckten sich die Lippen und nestelten nervös an ihren Speeren. Nur Der das Horn packt blieb hochaufgerichtet stehen.

Sein Gesicht zeigte Härte, suchend schaute er sich nach Reizende Wapiti um.

Blutbärs Haltung änderte sich. Seine Mundwinkel bebten. »Paß auf, Alte. Treib es nicht zu weit.«

»Ich treibe es noch weiter, Dummkopf.« Mit ihren mageren Fingern griff sie nach dem Ende des Speeres und hob die Spitze bis zum Hohlraum unter ihren Rippen. »Los, stoß zu, Blutbär. Ich mache es dir leicht. Aber bevor du mich tötest, sollten wir vielleicht noch eine kleine Wette abschließen. Vielleicht darüber, wieviel Zeit dir noch bleibt, bis du wieder über die Ebenen streifst, hungrig, zerlumpt, auf der Suche nach einer Schlange oder einer Kröte, damit du etwas zu essen hast?«

Er schluckte.

Klappernde Hufe schlug das Herz bis zum Hals. Sie eilte herbei und drückte die Speerspitze mit der flachen Hand herunter.

Hungriger Bulle nahm die alte Frau bei den Schultern. »Komm, Großmutter. Komm und setz dich. Wir wollen über alles reden.

Solange Schwerer Biber in den Ebenen auf dem Kriegspfad ist, dürfen wir nicht zulassen, daß sich das Rothand-Volk in den Bergen in Splittergruppen aufteilt. Wenn das geschieht, stirbt die ganze Welt.«

Weißes Kalb blickte auf. Ihr wurde bewußt, daß Hungriger Bulle in der Sprache Anit'ah gesprochen hatte. »Du besitzt eine Menge Verstand, mein Junge.« Sie nickte und schmatzte mit den Lippen. »Eine Menge Verstand, wirklich.«

Klappernde Hufe entspannte sich etwas. Sie bemerkte das rasche Lächeln, das Hungriger Bulle ihr schenkte. Sie wandte sich um und sah Reizende Wapiti hinter Kleiner Tänzer stehen. Der Junge hatte einen Speer in seinen Atlatl eingelegt. Der das Horn packt warf ihm zornerfüllte Blicke zu.

Blutbär stolzierte zu einer Felswand hinüber und hängte das Wolfsbündel an eine vorspringende Kante. Hochmütig setzte er sich auf einen herabgestürzten Felsbrocken, umklammerte mit den Händen die Knie und blickte entschlossen auf die Versammelten.

»Dann mal los. Wer sind diese Leute vom Kleinen-Büffel-Volk?

Was haben sie hier zu suchen?«

»Wo ist Zwei Rauchwolken?« erkundigte sich Weißes Kalb bei Reizende Wapiti.

»Er arbeitet an seinem Netz. Ich habe ihm noch einmal einen Armvoll Rinde gebracht. Wahrscheinlich ist er jetzt auf dem Weg hierher. Sicher ahnt er, daß etwas nicht stimmt.«

»Der Berdache ist immer noch hier und verpestet die Luft?« fragte Blutbär gereizt.

Einige der Krieger, darunter Widderhorn und Der nie schwitzt, zuckten unter diesem Sakrileg zusammen. Der das Horn packt wirkte gespannt wie ein gebogener Weidenstock – jederzeit bereit, nach allen Richtungen auszuschlagen.

»Er ist ein Teil meiner Familie«, erwiderte Weißes Kalb unwirsch. Sie zögerte und suchte Kraft durch einen Blick auf das Wolfsbündel, konnte jedoch keinerlei Macht spüren.

Klappernde Hufe bemerkte Kleiner Tänzers angespannten Gesichtsausdruck. Er schien von dem Wolfsbündel wie magisch angezogen zu werden. Seine ausschließliche Konzentration galt dem Bündel. In seinen Augen glitzerten Tränen. Der Junge trat zögernd einen Schritt vor. Sein Mund formte lautlose Worte.

Mit mißtrauisch schiefgelegtem Kopf beobachtete Blutbär den Jungen, der sich nun, Tränen auf den Wangen, Schritt für Schritt näherte. Selbstvergessen streckte er die Hand nach dem Wolfsbündel aus. Blutbär schlug die Hand mit seinem Atlatl brutal nach unten.

Kleiner Tänzer kam zu sich, erstaunt, woher der plötzliche Schlag kam. Er starrte direkt in Blutbärs blutunterlaufene Augen.

»Es ist … kalt«, flüsterte Kleiner Tänzer. »Du bist schuld, daß es kalt ist. Du räucherst es nicht in Balsamgräsern … kümmerst dich nicht richtig darum. Eines Tages wendet es sich gegen dich … genauso wie gegen Schwerer Biber und alle, die es nicht respektieren. Du erdrosselst es.«

Unruhig ließen die Krieger ihre Blicke von Kleiner Tänzer zum Wolfsbündel wandern. Dann wichen sie unwillkürlich einen Schritt zurück. Nur Der das Horn packt rührte sich nicht von der Stelle.

Mit funkelnden Augen starrte er unverwandt auf Kleiner Tänzer.

»Und du bist nur noch einen Herzschlag vom Tod entfernt«, kam Blutbärs drohende Erwiderung.

Grimmig mit den Zähnen mahlend marschierte Hungriger Bulle nach vorn. Klappernde Hufe fing ihn ab und legte ihm instinktiv eine Hand auf die Schulter. Seine schwellenden Muskeln vibrierten, als könne er sich kaum zurückhalten.

Hungriger Bulle warf ihr einen zutiefst besorgten Blick zu. Aber sie schüttelte den Kopf, um die Angst wissend, die er wegen seinem Sohn ausstand. Nein, Blutbär würde dem Jungen nichts tun.

Sie fühlte es.

Die Qual in Kleiner Tänzers Gesicht schien grenzenlos. »Du begreifst nicht. Es wartet. Es wartet auf den Menschen, der es reinigt, es wieder zu einem Ganzen zusammenfügt. Die Macht ist da, sie wartet auf etwas … auf jemanden. Spürst du die Flammen?

Fühlst du …«

Wieder machte er den Versuch, das heilige Bündel zu berühren, und erneut hinderte ihn Blutbär daran.

Plötzlich schien sich das Bündel zu bewegen. Klappernde Hufe glaubte zuerst, einer Sinnestäuschung zu erliegen. Doch dann begann es zu pulsieren und so stark zu hüpfen, daß es sich unvermittelt löste und auf dem Felsen aufschlug.

Kleiner Tänzer taumelte, als habe man ihn geschlagen. Kopfschüttelnd wich er zurück, er sah aus wie betäubt. »Nein«, flüsterte er.

»Nicht ich. *Ich bin nicht der Richtige!*«

Blutbär räusperte sich, froh über die Ablenkung. »Möchte niemand für das Kleine-Büffel-Volk sprechen?«

»Sie sind gekommen, um Weißes Kalb zu sehen.« Klappernde Hufe trat vor. »Sie nahmen mich unterwegs gefangen, behandelten mich aber rücksichtsvoll. Ich glaube nicht, daß sie hier sind, um einen Krieg anzuzetteln.«

Unter Blutbärs mißtrauisch prüfendem Blick kroch ein eiskalt prickelnder Schauer ihr Rückgrat hinauf. *Ob es mir paßt oder nicht,* dachte sie, *mein Leben hat sich verändert. Wie kann ich je wieder mit ihm im selben Lager leben? Welche Folgen hat das für Ein Wurf und Feuchter Regen?*

»Es freut mich zu hören, daß du inzwischen eine Expertin in Sachen Kleines-Büffel-Volk geworden bist.«

»Sie sind hierhergekommen, weil sie nirgendwo anders hingehen können«, fügte Hungriger Bulle eindringlich hinzu, dabei betonte er jedes einzelne Wort.

Höhnisch zog Blutbär die Oberlippe hoch. »Mit dir bin ich noch nicht fertig, Jäger.«

»Ich stehe vor dir, Blutbär.«

Hungriger Bulle stand ganz lässig da, ein leichtes Lächeln umspielte seine Lippen.

Klappernde Hufe warf einen flehenden Blick in Weißes Kalbs Richtung.

Warum sagte sie nichts? Nur sie konnte verhindern, daß … Doch die alte Geisterfrau schien wie aus Stein gemeißelt. Mit brennend loderndem Blick starrte sie Kleiner Tänzer an. Der Junge war auf die Knie gesunken. Mit offenstehendem Mund blickte er wie in Trance auf das Wolfsbündel.

»Weißes Kalb?« Klappernde Hufe streckte die Hand nach ihr aus.

Knisternde Spannung lag in der Luft. Die Leute um Schwarze Krähe bewegten sich unruhig. Die Leute des Rothand-Volkes warteten völlig verwirrt.

Alles hing jetzt von Weißes Kalbs Worten ab, doch die alte Frau sah nur den Jungen. Sie schien vollkommen gefesselt von seinem Anblick.

»*Weißes Kalb!*« zischte sie noch einmal und zerrte die alte Frau am Ärmel.

»Was?« Der Blick ihrer trüben Augen klärte sich. Sie schüttelte sich, als wolle sie ihren Kopf von einem Traum befreien. »Ja? Was ist?«

Mit überheblicher Stimme erinnerte sie Blutbär: »Das Kleine-Büffel-Volk ... wenn du die Güte hättest, etwas dazu zu sagen.

Falls nicht, löse ich das Problem auf meine Weise. Vielleicht begreifst du nicht, welche Mächte hier am Werk sind, Alte, aber die Zukunft des Rothand-Volkes ...«

»Dummkopf!« brauste sie auf und trat einen Schritt vor. »Was weißt *du* von den Mächten, die am Werk sind? Du glaubst, du bist hier wegen Drei Zehen und Schwarze Krähe? Idiot! Dieser Tag ist ein Wendepunkt ... ein Tag genau wie der, an dem Schwerer Biber das Wolfsbündel in den Schmutz geworfen hat. Ha! Und du machst dir Sorgen wegen ein paar Leutchen vom Kleinen-Büffel-Volk?«

»Aber ich ...«

»Halt den Mund, Blutbär. Du bist schon fast am Ende. Oh, dir bleibt nur noch wenig Zeit, dich deinen Illusionen hinzugeben und deine Stellung zu genießen.«

Sie wandte sich ab, reckte den Hals und starrte den nervösen Kriegern des Rothand-Volkes ins Gesicht. »Geht nach Hause. Schwierigkeiten kommen auf uns zu, aber jetzt noch nicht. Noch nicht dieses Jahr.

Der Sturm braut sich draußen auf den Ebenen zusammen. Ihr müßt die Wege bewachen ... aber noch nicht in diesem Winter. Geht.

Verschwindet! Hungriger Bulle hat einige Büffel erlegt. Nehmt mit, was ihr tragen könnt. Meinen Segen für euch.«

Unschlüssig, wie er sich verhalten sollte, blickte Widderhorn von einem zum andern. Hängender Fels packte ihn und zog ihn hinter sich her. Auch die anderen verschwanden nach und nach. Nur Der das Horn packt blieb entschlossen stehen und setzte sich erst nach einem derben Stoß von Hängender Fels in Bewegung.

Weißes Kalb scheuchte sie mit wilden Handbewegungen fort, damit sie sich außer Sicht befanden, bevor Blutbär etwas dagegen unternehmen konnte. Nebenbei fragte sie sich, was wohl diese Enttäuschung im Blick von Der das Horn packt zu bedeuten hatte.

Blutbär stand fassungslos da. Plötzlich dämmerte ihm, was vor sich ging und er holte tief Luft, um loszubrüllen und seine Krieger zurückzurufen. Aber Weißes Kalb schlug ihm mit ihrem Stock so heftig auf das Schienbein, daß er erschrocken in die Höhe sprang und ihm sein Befehl im Hals steckenblieb.

»Was soll das? Willst du wieder einen Narren aus dir machen?« fragte Weißes Kalb.

Schäumend vor Wut blaffte er: »Nimm dich in acht, Alte! Du bist …«

»Bah!« Sie spuckte nach ihm. »Du hattest heute deine Chance.

Hungriger Bulle hat sie dir vermasselt. Wenn du mich mit deinem ersten Wurf getötet hättest, wäre es dir vielleicht gelungen, die Kreise zu verändern und die Welt zu beeinflussen. Aber du hast verloren. Die Macht ist nicht mit dir, Blutbär. Du hast etwas getan, was ich nicht begreife. Du hast die Macht so furchtbar beleidigt, daß sie dich verlassen hat wie einen alten blinden Bullen die Kraft.«

Mit offenem Mund starrte er sie an. Sie schüttelte den Kopf.

»Ich beneide dich nicht. Du bist ein Werkzeug, dessen Leben zu Ende ist. Wie das ausgelaugte Kernstück eines Obsidian. Leider hast du zu viele Finger des Werkzeugmachers abgeschnitten, und das wird Folgen haben. Schon das Zusammensein mit dir versetzt mich in Angst – als ob ich bei einem Gewitter auf einem hohen Gipfel stünde. So eine Art von Angst empfinde ich.«

»Und was ist mit dem Kleinen-Büffel-Volk?« Klappernde Hufe schaute hinüber zum Wald, wo die letzten Leute des Rothand-Volkes gerade verschwanden.

Die Krieger waren froh, Weißes Kalb und dem sich zusammenbrauenden Ärger den Rücken kehren zu können.

»Sie bleiben.« Weißes Kalb seufzte. »Allerdings nicht hier. So viele Leute kann ich nicht um mich haben. Aber ich kenne einen Unterschlupf unten am südlichen Berghang. Zwei Rauchwolken kann sie hinführen.«

Klappernde Hufe warf einen Blick auf ihre Tochter, dann wieder auf Blutbär, der sie mit drohenden Augen beobachtete. Bei diesem Blick hämmerte ihr Herz dumpf. Er würde sie – und Reizende Wapiti – für diesen Tag leiden lassen.

Weißes Kalb klopfte mit ihrem Stock auf den Felsen hinter Blutbär.

»Hast du noch etwas zu sagen?«

Er sah sie mit einem tückischen Lächeln an. »Nein, Alte. Dieses Mal nicht. Aber du wirst dir bald wünschen, mein Speer hätte dich genau ins Herz getroffen.«

Weißes Kalb lachte. Für einen Augenblick schienen die Jahre von ihrem verbrauchten Körper abzufallen.

»Du wirst nie erfahren, was du mir am heutigen Tag gegeben hast, Blutbär. Nie wirst du die Tragweite dessen begreifen, was du ausgelöst hast.«

Wieder lachte sie und klatschte vor Freude in die Hände. Fast tanzend wiegte sie sich vor und zurück.

Blutbär straffte sich und nahm das Wolfsbündel. Ohne einen weiteren Blick drehte er sich um und lief den Pfad hinunter.

Klappernde Hufe atmete erleichtert auf, ihre Knie wurden weich.

Eine starke Hand ergriff ihren Ellenbogen und führte sie zu dem Felsen, auf dem Blutbär gesessen hatte. Sie sah auf und bemerkte die Anteilnahme in Hungriger Bulles Augen.

»Ich danke dir für dein Eingreifen. Es hat viel Mut erfordert.« Sie blinzelte zu ihm hinauf. »Warum bist du für mich eingetreten?«

Er wandte den Blick ab, um den Schmerz in seinen Augen vor ihr zu verbergen. »Du warst tapfer. Du hast für meine Freunde gesprochen.

Einmal, vor langer Zeit, hat sich niemand an meine Seite gestellt ... So etwas wollte ich nicht noch einmal erleben. Ich wollte nicht, daß dein Mann das empfinden muß, was ich an jenem Tag erlitten habe.«

Ohne nachzudenken sagte sie: »Mein Mann ist tot.« Sie legte den Kopf schief und fragte sich, was wohl Ein Wurf dazu sagen würde.

Aber im Grunde wußte sie es. Sie hatte sich in Ein Wurfs Zelt immer außerhalb der Gemeinschaft des Paares befunden.

Er ließ ihr keine Zeit, die Sache richtigzustellen. »Meine Frau auch. Getötet von einem Mann wie Blutbär.«

Verwirrt betrachtete sie sein ernstes Gesicht. Er lächelte schüchtern. Das Leid in seinen Augen schien ihre Seele zu berühren und mit ihrem eigenen Schmerz zu verschmelzen. Erstaunt über diese wundervolle Empfindung mußte sie sich zwingen, die Augen abzuwenden.

Kleiner Tänzer blickte hinauf zu den Sternen. Die beißende Kälte der Nacht fraß sich durch jede Faser seiner Knochen. Die kristallklare Luft brannte in seinen Lungen. Seine Gedanken wirbelten wie Blätter im Herbststurm wild durcheinander. Seine Welt war aus den Fugen geraten, er fühlte sich preisgegeben, als hätte jemand jede schützende Haut vom Dach seines Zeltes genommen. Er fühlte sich wehrlos Dingen ausgesetzt, von denen er sich nicht einmal eine Vorstellung machen konnte.

Verloren in dem Durcheinander der Empfindungen dieses Nachmittags versuchte er, Ordnung in seine Gedanken zu bringen.

Das Wolfsbündel hatte seine Seele verbrannt – genauso wie ein Kochstein seine Hände verbrennen würde bei dem Versuch, ihn ohne Herdstöcke aus dem Feuer zu nehmen. Er hatte die Sehnsucht gefühlt, die Macht, die *Bedrängnis* des Wolfsbündels. In die Erinnerung versunken, schloß er die Augen. Eine Macht hatte ihn umspielt wie die wärmenden Flammen eines Abendfeuers.

Visionen und Erinnerungen schossen ihm in wilder Folge durch den Kopf: *»Nicht mein Sohn …«* Ständig wiederholten sich die Worte seiner Mutter. Weißes Kalbs starker Blick brannte mit ätzender Intensität in ihm. Schwerer Bibers grausames Lächeln durchsickerte jede Pore seines Gehirns, als wäre es heißes Bärenfett. Zwei Rauchwolken schrie gequält auf. Reizende Wapitis Körper wiegte sich lockend. Die tiefen Teiche ihrer Augen versprachen Wunder. Er fühlte die sanfte Berührung ihrer Hände, sein Körper reagierte … Alles wirbelte fort, hinausgepeitscht in den Sturm seines aus den Fugen geratenen Gemüts. Er stürzte in eine Spirale, drehte sich, ohne je die Mitte zu finden. Blutbärs selbstgefälliges Gesicht verhöhnte ihn, eine tödliche Speerspitze bedrohte sein Leben.

Die glühenden Obsidianaugen dieses Mannes bannten seine Seele und jagten einen Schauer durch seine bebenden Eingeweide.

Gleichzeitig rief ihn das Wolfsbündel. Seine Gegenwart war spürbar, schwebte in der Luft wie der zarte Duft von Frühlingsphlox.

Fragile Finger der Erinnerung liebkosten seine Seele. Die vertraute Berührung des Wolfsbündels erinnerte ihn an seine Kindheit. Die wärmende, die wundersame Nähe einer Macht umhüllte ihn. Er glaubte fast, wieder auf seiner Bettstatt zu liegen, Vater und Mutter schliefen hinten im Zelt. Er brauchte nur die Hand auszustrecken, um das verzierte Lederbehältnis zu berühren, hineinzugreifen und das schützende Wolfsfell fühlen zu können.

Instinktiv hob er die Hand und griff danach, doch seine Finger stießen ins Leere. Er öffnete die Augen und sah die pechschwarze Silhouette seiner zupackenden Finger vor dem nächtlichen Himmel.

Über ihm erstreckte sich das Sternennetz in die Unermeßlichkeit der Nacht.

»Das Wolfsbündel«, flüsterte er heiser.

Wie eine Antwort hallte das unheimliche Heulen eines Wolfes durch die Ewigkeit. Der Schrei schwoll an, stieg zu seiner Seele empor und schickte eisige Schauer durch seine bebenden Muskeln. Ein Teil seines Selbst begann mit den schaurigen Rufen in die Unendlichkeit der Nacht zu strömen. Eine grenzenlose Leere breitete sich in ihm aus.

Der Mond kletterte über die Berge und tauchte den Canyon in fahles Licht. Zwischen den geisterhaften Silhouetten der Bäume blitzte der silbrige Schimmer des von Tau benetzten Salbeis auf. Das dürre Gras schien unheilvoll zu wispern.

Kleiner Tänzer fröstelte. Er blickte nach Westen, wo sich die Wolken hoch auftürmten. Das Bild eines Mannes formte sich aus den Wolkengebirgen, Mondlicht leuchtete aus seinen Augen. Der Mann sah ihn an. Kleiner Tänzers Nackenhaare sträubten sich, klirrende Kälte lief prickelnd über seine Haut wie Tausende von Insektenfüßen.

»Was … bist … du?«

»Der Wolfstraum.« Die Worte schienen sich aus der ihn umgebenden Luft gebildet zu haben. *»Die Zeit wird kommen. Du bist noch nicht bereit. Die Kreise haben sich noch nicht gedreht.«*

Er schluckte und starrte mit offenem Mund in die Finsternis. »Ich bin nicht der Richtige«, beharrte er. Sein Herz hämmerte voller Angst gegen seine Rippen.

Aus dem leisen Seufzen der Bäume woben sich die Worte seiner Mutter wie Spinnwebfäden. *»Ich verbiete es.«*

Kleiner Tänzer wimmerte. Die Kraft dieser Worte waren so tief in ihm eingemeißelt wie die alten Petroglyphen in die Wand von Weißes Kalbs Höhle.

»Was ist dein Wunsch, mein Junge?« Diese Worte wurden von einer tieferen Stimme sehr eindringlich gesprochen.

Er sprang auf wie von einer körperlichen Berührung erschreckt.

Ein Schatten bewegte sich. Plötzlich stand der Wolf silbrig-schwarz vor ihm im Mondlicht, riesig, fast so groß wie ein Maultierhirsch, ihn beobachtend, die gelben Augen in seine verwundete Seele bohrend.

»Ich …« Die Worte blieben ihm im Halse stecken.

»Du kennst den Beobachter«, fuhr die Stimme fort. *»Er folgt dir. Du bist an ihn gebunden.«*

Das gewaltige Tier näherte sich mit gesenktem Kopf und geöffnetem Maul. Helles Mondlicht schimmerte zwischen den langen weißen Zähnen hindurch.

Eine schreckliche Furcht pulsierte durch Kleiner Tänzers Adern.

Wie hypnotisiert vom durchdringenden Blick des Wolfes starrte er ihn an. Immer näher kam das Tier, bis es eine Handlänge von ihm entfernt stehenblieb.

»Die Spirale ist beinahe vollendet. Die Kreise ändern sich – beginnen das Gleichgewicht zu verlieren. Du besitzt die Fähigkeit, es mit einem Traum wiederzugewinnen. Macht liegt in dir. Du brauchst dich nicht sofort zu entscheiden. Du hast Zeit, das Leben kennenzulernen … Eines Tages wirst du gerufen. In der Zwischenzeit lebe … und lerne. Wenn die Träume in deinem Geist brennen, bis du an nichts anderes mehr denken kannst, suche Weißes Kalb auf. Sie versteht. Sie wird zuhören … dich lehren.«

Die Wolken in Gestalt eines Mannes flackerten von innen heraus, blitzartig aufflammende Lichter ließen die Gestalt des Mannes in einem unheimlichen Weiß erglühen.

Keuchend wandte Kleiner Tänzer die Augen ab. Als er sich umschaute, war der Wolf in der Nacht verschwunden, nur das schwankende Gras verriet seinen Weg. Mit bebenden Händen strich er über die zertretenen Halme. Fast meinte er, eine leichte Wärme in seinen Fingerspitzen fühlen zu können.

Dumpfes Donnergrollen wälzte sich über die Berge, die ungezügelte Stimme der Macht. Kleiner Tänzer schluckte und drehte sich zu den aufgetürmten Wolken um. Die Form der bedrohlichen Gewitterwolke ähnelte nun dem Kopf eines riesigen Wolfes. Ein weiteres tiefes Donnergrollen hallte als Echo aus den Canyons zurück.

Einen endlos scheinenden Augenblick saß er wie gelähmt. Schlag für Schlag zählte sein Herz die langen Augenblicke, in denen sich der Donner grollend in die Ewigkeit entfernte und seine Seele mit sich trug.

»Eigentlich zu spät im Jahr für ein Gewitter.«

Kreischend sprang Kleiner Tänzer auf.

»Hast du dich erschrocken?« fragte Zwei Rauchwolken, der den Hirschpfad entlanghinkte und sich neben ihm niederließ. Wie ein Schatten folgte ihm Reizende Wapiti. »Eine Macht ist heute nacht freigesetzt. Man kann sie fühlen wie die unheimliche Stille vor einem gewaltigen Sturm.«

Sein Herz schlug noch immer wie eine Trommel.

»Fehlt dir auch nichts?«

»Der Wolf, der Beobachter … hast du ihn gesehen? Riesig … schwarz …«

Zwei Rauchwolken reckte den Hals. »An uns ist kein Wolf vorbeigelaufen. Aber eine Macht ist unterwegs. Die Haut prickelt.

Wenn du schnüffelst, riechst du ihren Duft.«

Kleiner Tänzer ließ den Kopf auf die Knie sinken. Er atmete schwer.

Ein heftiges Zittern durchlief plötzlich seine Muskeln.

Zwei Rauchwolken sprach scheinbar gleichgültig weiter. »Weißes Kalb schickte uns, dich zu suchen. Ich soll Drei Zehen und seine Leute zu einem Lagerplatz führen, den ich kenne. Du kannst mitgehen oder hierbleiben. Die Entscheidung liegt bei dir. Wir haben alle einen aufregenden Tag hinter uns. Hungriger Bulle geht mit. Ich glaube, er möchte ein bißchen Zeit mit seinen Freunden verbringen.«

Kleiner Tänzer versuchte, sein rasendes Herz zu beruhigen.

»Ich könnte wetten, Klappernde Hufe geht mit ihm«, fuhr Zwei Rauchwolken fort. »Vermutlich zieht es sie zur Zeit nicht unbedingt zum Rothand-Volk zurück. Blutbär würde ihr das Leben zur Hölle machen. Weißes Kalb hält es für eine gute Idee, wenn sie deinem Volk vom Leben des Rothand-Volkes erzählt.«

Kleiner Tänzer sog die Backen ein. »Ich möchte nicht hierbleiben.«

Zwei Rauchwolken nickte. Die nächtlichen Schatten verbargen seinen Gesichtsausdruck. »Ich glaube, genau das erwartet sie.« Unsicher schielte Kleiner Tänzer zu seinem alten Freund hinüber.

»Sie hat nicht befohlen, daß ich bleiben soll?«

Langsam schüttelte Zwei Rauchwolken den Kopf. »Ich begreife es nicht, aber sie hat fast darauf gedrängt, daß ihr ... du und Reizende Wapiti, mit den anderen fortgeht. Sie hat sich lächelnd vor- und zurückgewiegt, und ausgesehen hat sie ... also, ich würde sagen, außerordentlich zufrieden.«

Finster blickte Kleiner Tänzer in die Nacht. Er konnte keinen Sinn darin erkennen. Er konnte nicht klar denken. Das Leben drehte sich in wilder Jagd um ihn, war außer Kontrolle geraten, die Eindrücke stürzten kopfüber an ihm vorbei, bevor er noch darüber nachdenken konnte.

»Sie hat noch nicht einmal versucht, Gründe zu finden, die für mein Bleiben sprechen? Sie hat nicht verlangt, ich solle mit ihr über Träume reden?«

»Nein. Sie sagte, du befändest dich jetzt in anderen Händen, nicht mehr in den ihren. Sie sagt, dein Weg sei vorgeschrieben.«

Kleiner Tänzer riß einen Grashalm aus und zwirbelte ihn zwischen den Fingern. »Du kennst sie schon lange, Zwei Rauchwolken. Was, glaubst du, führt sie nun wieder im Schilde?«

Der Berdache zuckte die Achseln. »Sie dachte, sie könnte dich Dinge lehren, die dir vielleicht von Nutzen sein würden, wenn du mit Schwerer Biber zusammentriffst. Sie dachte, sie könnte …«

»Ich habe nicht vor, Schwerer Biber zu begegnen. Ich bin *nicht* ihr Träumer.«

Zwei Rauchwolken antwortete nicht gleich. Er sprach erst nach reiflicher Überlegung. »Ich glaube, mein Freund, das weiß sie. Ich glaube, nach allem, was heute passiert ist, hat sie eingesehen, daß du nicht ihr Träumer bist.«

»Oh?«

Zwei Rauchwolken schluckte, das Geräusch klang laut in der nächtlichen Stille. »Ich glaube.«

»Sprich weiter. Wir sind schon so viele Jahre zusammen, du brauchst dich nicht zu winden wie eine Schlange in einem Sack.«

Zwei Rauchwolken lachte lautlos in sich hinein, aber seine Miene zeigte keine Belustigung. »Vermutlich. Vielleicht solltest du wissen, daß sie irgend etwas vor sich hin gebrabbelt hat.«

Nachdenklich zögernd fuhr er fort. »Sie flüsterte ein paar Worte vor sich hin in dem Glauben, niemand könne sie hören: ›Er gehört mir nicht. Was bin ich doch für eine Närrin. Er hat immer schon dem Wolf gehört.‹«

Wie unter einem Peitschenhieb zuckte Kleiner Tänzer zusammen und blickte ängstlich hinauf zu den Wolken. Eisige

Finger strichen über sein Rückgrat und ließen seinen Körper erschauern.

»Wir haben ihn.« Die tausend Seelen des Wolfsbündels bewegten sich erschöpft, die besorgte Aufregung legte sich.

»Für den Augenblick«, pflichtete Wolfsträumer ihm bei. »Er ist innerlich zerrissen. Gleichzeitig angezogen und abgestoßen. Er widersetzt sich noch.«

»Das ist die Chance. Erneuere mich. Ich will mit meiner Macht helfen. Laß mich die Spiralen zurechtrücken ...«

»Nicht jetzt«, tadelte Wolfsträumer scharf durch den goldenen Dunst der leuchtenden Spiralen. »Du lebst im Jetzt. Blick darüber hinaus. Was wir mit Kleiner Tänzer gewonnen haben, haben wir durch Schwerer Biber verloren. Er plant, das Rothand-Volk zu überfallen.

Je mehr seine Autorität zunimmt, desto gieriger blickt er zu den Bergen hinauf.«

»Du hast darauf gesetzt, daß mit Beginn des Regens sein Ehrgeiz nachlassen würde!«

»Ich verstand seinen triebhaften Hunger nach absoluter Herrschaft nicht.«

»Was hast du sonst noch falsch beurteilt? Die Lage wird zunehmend bedenklicher. Noch ein Fehler ...«

Kapitel 15

Die Rückentragen lagen fertig gepackt im rosafarbenen Morgenlicht.

Blaue Rauchfäden stiegen zwischen den schützenden Fellen vor der Höhle auf und trieben träge über die zackigen grauen Wände der Kalksteinklippe. Weiß schimmernder Reif überzog den Boden. Die Kälte ließ den Atem der Menschen, die letzte Vorbereitungen für den Aufbruch trafen, kondensieren.

Kleiner Tänzer hielt sich beobachtend etwas abseits. Er

fühlte sich seltsam ausgeschlossen. Er hatte kaum geschlafen. Fast die ganze Nacht lag er wach, gepeinigt von den Bruchstücken eines Traums. Endlich war er ein wenig eingedöst. Wieder einmal veränderte sich seine Welt – und er wußte nicht wie noch warum.

Gebückt trat Weißes Kalb unter der Tür durch und humpelte mühsam zu ihm herüber. Zusammengekauert über ihrem Gehstock, richtete sie die Augen unverwandt auf den Boden. Nachdenklich mahlte sie mit ihren zahnlosen Kiefern. Dann hob sie langsam den Kopf und begegnete seinem Blick. Die Ereignisse des vorangegangenen Tages hatten sie offensichtlich noch mehr altern lassen.

»Ich habe mich geirrt«, sagte sie leise. »Ich dachte, du unterlägst meiner Verantwortung.« Sie schüttelte sacht den Kopf. Ihr Blick ließ den seinen nicht los. »Ich wußte, du mußt noch soviel lernen. Ich dachte, mir bliebe nicht mehr viel Zeit. Verstehst du? Ich dachte, ich könnte sterben, bevor ich dir alles beigebracht habe.«

Von allem, was sie hätte sagen können, hatte er dies am wenigsten erwartet. Ihm fehlten die Worte.

Lachend schaute sie hinauf zum Sternennetz. »Er ist es, der Sonnenmann, der Wolfsträumer. Er wird dich ausbilden, Kleiner Tänzer.« Sie lachte rauh, drehte sich ein wenig zur Seite und sah zu den anderen hinüber. »Wie dumm von mir, mein Junge. Aber schließlich – so sind die Menschen. Wir neigen zum Stolz und zur Selbstüberschätzung. Kein Wunder, daß wir die Erste Welt ins Chaos gestürzt haben.«

»Ich verstehe nicht, was du meinst.«

Schnüffelnd hielt sie die Nase in die kalte Luft. »Ich auch nicht.

Ich dachte, meine Rolle sei größer als sie tatsächlich ist. Ha! Es brauchte die gestrige Vision. Da wurde mir alles klar. Oh, ich spiele eine Rolle, das schon. Ich war der Schlüssel für deine Entwicklung und deine Sicherheit. Du weißt, deine richtige Mutter war Klares Wasser – meine Tochter. Ich gebar Hungriger Bulles Vater, damit er ihn zeugt. Hungriger Bulle heiratete Salbeiwurzel, um für dich zu sorgen. Ich wurde gerufen, um dich vor Schwerer Biber zu retten. Ich war da, um dir einen sicheren Ort zu schaffen, an dem du heranwachsen konntest. Sicher habe ich noch ein paar weitere Aufgaben, aber das wird sich mit der Zeit erweisen.«

Er umarmte sie. Überrascht stellte er fest, daß ihm der Abschied schwerfiel. »Ich komme zurück.«

Sie nickte. »O ja, wir sehen einander wieder. Ich glaube, wenn der Winter vorüber ist, sitzt du an meinem Herd. Wir sind aneinandergebunden, mein Junge. Aber vergiß nicht, es geht um die Spiralen, sie sind das Wichtigste von allem ... wichtiger als die Menschen, die du liebst, sogar wichtiger als du selbst.

Wolfsträumer führt dich zu ihnen. Sie sind der Ort der Macht, dort sind seine Träume am stärksten.«

»Was redest du da wieder? Ich begreife gar nichts. Die Spiralen?«

Sie zeigte zur Höhle. »Wie die Spiralen, die in die Felswand gehauen sind. Wie die uralten Spiralen, die an hoch oben gelegenen Orten eingemeißelt sind.«

»Kreise innerhalb von Kreisen.«

»Das ist die Welt, mein Junge. Das ist die Gesamtheit der Schöpfung des Großen Weisen im Himmel.«

»Wirst du hier sicher sein? Es wäre möglich, daß Blutbär zurückkommt.«

Sie winkte ab. »Mir wird nichts zustoßen. Ich habe ein wenig in die Zukunft geschaut. Blutbär wird mich nicht belästigen. Ich habe genug Vorräte, und Feuerholz gibt es hier in Hülle und Fülle.« Seufzend legte sie den Kopf schief. »Es war immer die Macht, verstehst du. Das mußt du dir im Zusammenhang mit Weißes Kalb merken. Ich verließ Großer Fuchs und meinen Sohn, Sieben Füchse, um der Macht auf die hochgelegenen Orte zu folgen. Als ich mich hier niederließ, begegnete ich Gestutzte Feder. Die Macht führte uns zusammen – auf mehr als eine Weise.«

Sie kratzte sich hinter dem Ohr und begann von der Vergangenheit zu erzählen. »Eine Zeitlang verloren wir uns ineinander. Er und ich, sonst gab es nichts. Irgend etwas an der Liebe und der Vereinigung unter den Decken schwächt die in dir wirkende Macht.

Dieses Gefühl löscht den Durst nach Träumen. Ah, es war gut!

Eine Leidenschaft tritt an die Stelle einer anderen. Die körperliche Vereinigung schafft das. Sie erfüllt deinen Kopf mit Entzücken und läßt dich fließen wie in einem Traum. Aber menschliche Liebe schwächt die Macht. Ich gebar meinem Mann Klares Wasser und noch ein zweites Kind. Dieses Kind war eine Totgeburt.

Vielleicht hätte ich damals schon begreifen müssen, aber es dauerte noch eine Welle. Gestutzte Feder aber verstand. Er ließ mich gehen ... er kümmerte sich um deine Mutter.

Es waren immer die hochgelegenen Plätze.« Sie gluckste in sich hinein. »Dort ist die Macht stärker. So wie das Feuerlicht eine Motte in den Tod zieht, so unwiderstehlich zog die Macht mich an.

Sie saugt dich auf, ergreift von dir Besitz, und du verlierst dich selbst in dem Wunder, die andere Welt zu berühren.«

Sie zögerte, schwelgte in der Erinnerung an diesen wundervollen Zustand.

»Ich glaube, die anderen sind soweit.« Er zeigte hinüber zu Zwei Rauchwolken, der seine sperrige Rückentrage und sein Netz bereits aufgehoben hatte. Der Berdache wartete. Die anderen umringten ihn und unterhielten sich leise darüber, was wohl der Weg ins Unbekannte bringen mochte.

Sie schien ihn nicht zu hören, schien noch immer wie ein Adler auf den Schwingen ihres Geistes zu segeln.

»Vermutlich wollte ich einfach nicht begreifen. Ich wünschte, ich hätte deine Träumerin sein dürfen.«

Sie schien nicht ganz bei Verstand zu sein. Ziellos irrten ihre alten Augen umher. Sie flüsterte: »...Kein Träumer. Ein Tänzer.

Feuertänzer.«

Seine Muskeln spannten sich. So hatte ihn der Wolkenmann genannt.

Was hatte das zu bedeuten? »Paß auf dich auf. Wir kommen dich bald besuchen.«

Sie stand unbeweglich da und starrte unentwegt auf einen imaginären Punkt in der Unendlichkeit.

Er wußte nicht, was er machen sollte. Unbeholfen ging er an ihr vorbei zu seiner Rückentrage, die er in der Nähe der Höhle abgelegt hatte.

»Geht es Weißes Kalb gut?« fragte Reizende Wapiti, die eben herankam.

»Ich ... ich denke schon.«

»Ihr fehlt nichts. Ich habe sie schon häufiger in diesem Zustand erlebt.« Zwei Rauchwolken verlagerte sein Gewicht auf sein gesundes Bein. »Vielleicht will sie es so. Vielleicht will sie, daß wir gehen, während sie eine Vision hat.«

Hinkend machte sich Zwei Rauchwolken auf den Weg.

Kleiner Tänzer schaute zurück. Er warf einen letzten Blick auf die alte Frau, die immer noch unbeweglich auf ihren Gehstock gelehnt dastand wie ein geduldiger Reiher. Unendlichkeit leuchtete in ihren umwölkten betagten Augen.

Kleiner Tänzer saß auf einem weit vorragenden Sandsteinfelsen, der sich wie das Rückgrat eines Ungeheuers vom Grat abhob. Von seinem Aussichtspunkt aus blickte er nach Osten und beobachtete das Nahen der Nacht. Das Land tauchte ein in die Dämmerung. Die zerklüfteten, sich nach Norden und Süden erstreckenden Bergkämme warfen lavendelblaue und lederbraune Schatten. Das schwindende Licht ließ die Haine in düsterem Blaugrün aufschimmern, färbte die gelben Streifen aus festgewordenem Schlamm ockerfarben. Hinter dem darin eingebetteten grauen und weißen Schiefer wellte sich das Braun des Graslandes in die von Wolken beschattete, unermeßliche Weite der Ebene, bis hin zu einem dunstigen schwarzgrauen und blauen, mit dem Himmel verschmelzenden Horizont.

Irgendwo dort draußen lauerte Schwerer Biber mit seinem überlegenen, Wissen und Macht ausstrahlenden Lächeln. Die rauchigen Augen unter der vom Kriegsspeer der Anit'ah entstellten Stirn verbargen die Ziele seines niederträchtigen Herzens und seiner bösen Gedanken.

Mit geschlossenen Augen schüttelte Kleiner Tänzer langsam den Kopf, um das Bild zu vertreiben. »Sie brauchen keinen Jungen mit nichtsnutzigen Träumen. Sie brauchen einen Helden – einen wie den Ersten Mann.«

Vor ihm fiel der Grat zu einem steilen, mit Salbei und niedrigen, gelbblühenden Sträuchern getupften Hang ab. Winkelförmige Sandsteinblöcke, herausgebrochen aus der Kante des Bergkamms, lagen über den Hang verstreut. Bluthänflinge mit grauen Kappen huschten mit flinkem Flügelschlag durch den Salbei. Ein Insekt zirpte in der Stille. Das trockene Gras raschelte unheimlich unter dem kalten Hauch des herbstlichen Windes.

Kleiner Tänzer vernahm das leise Knirschen von Steinen. Er drehte sich um und sah Reizende Wapiti graziös den graubraunen Felsen heraufklettern. Vorsichtig setzte sie sich neben ihn. Gemeinsam genossen sie die Aussicht.

»Wieder in Gedanken versunken?«

Er lächelte unsicher, senkte den Blick und sah auf seine schwieligen Hände hinunter. Nervös spielten seine Finger mit dem bröckeligen Sandstein. »Anscheinend.«

Sie rutschte ein wenig näher, zog die langen Beine unter sich und stützte sich auf einem Arm ab. Der Westwind zauste ihr herrlich langes, blauschwarzes Haar. »Zwei Rauchwolken sagt, das liegt an der Macht in dir. Fühlst du sie? Die Macht, meine ich.«

Er suchte nach einer Antwort, ohne zuviel von sich preiszugeben – aber er fand die passenden Worte nicht. »Ich weiß nicht. Ich glaube schon. Ich … ich weiß es nicht.«

»Wie ist das?«

Er warf ihr einen raschen Blick von der Seite zu und bemerkte die aufrichtige Anteilnahme in ihren Augen. »Furchteinflößend.«

»Du bist sehr tapfer.«

»Davon bin ich nicht so überzeugt.«

Sie zuckte mit den Achseln. »Ich glaube, es liegt daran, daß die Menschen das, was sie tun, gezwungenermaßen tun, nur um zu überleben. Ich wundere mich über mich selbst. Vor einer Handvoll Tagen war ich noch glücklich, ich spielte mit Grille und Tangara, wir lachten und machten Unsinn. Jetzt bin ich hier. Die Welt hat sich verändert. Ich bin eine

Frau geworden, und Blutbär wollte mich besitzen. Plötzlich stehe ich mittendrin in diesem Durcheinander und weiß nicht mehr weiter.«

»Macht dir das angst?«

Sie hob den Kopf. Ihre Blicke trafen sich. »Ja.« Ein kaum merkliches Lächeln spielte um ihre Mundwinkel. »Aber ich nehme es, wie es kommt. Ich glaube, ich möchte nicht ... ich möchte nicht viel wissen über Geistermächte. Ich glaube, es gibt sie, und ich nehme es hin.«

»Ich wünschte, es wäre so einfach.«

Sie sah ihn forschend an. »Vielleicht machst du es nur so kompliziert?«

»Vielleicht.«

Ein langes Schweigen folgte. Er genoß ihre Nähe. Wie lange war es her, daß er ganz selbstverständlich mit jemandem hatte reden können?

Wenn sich der Traum, den er oben auf dem Grat geträumt hatte, wiederholte, würde sich dann auch Reizende Wapiti in Stein verwandeln und versuchen, ihn in den Abgrund zu stürzen?

»Ich glaube, meine Mutter und Hungriger Bulle schlafen bald miteinander.«

Ihre simple Feststellung traf ihn wie ein Schock. Mit einem Schlag fühlte er sich wieder hilflos dem Schicksal preisgegeben. Wie sollte er mit dieser neuen Enthüllung fertig werden?

»Aber er ...« *Mutter? Konnte er Salbeiwurzel vergessen? Die Erinnerung an sie einfach auslöschen?*

Als hätte sie seine Gedanken erraten, fragte sie unvermittelt: »Wie lange ist er schon allein? Fast fünf Jahre, nicht wahr?

Er sieht sehr einsam aus.«

Er schluckte und versuchte, seine Gedanken in eine andere Richtung zu lenken. Er konzentrierte sich auf Schwerer Biber, der dort draußen in der unendlichen Ebene seine Herrschaft über das Kleine-Büffel-Volk weiter festigte. »Ja», antwortete er und gab sich Mühe, gleichgültig zu erscheinen. »Eine lange Zeit.« Und Hungriger Bulle lebte ständig allein. Wahrscheinlich war er einsamer als er selbst. Wäre es denn so schrecklich? Wäre es ein Verrat an der Toten, wenn er mit Klappernde Hufe schlief, deren warmherziges Lächeln und deren Schalk in den sanften Augen ihm ebenfalls gefielen?

»Du siehst traurig aus.«

Er schüttelte den Kopf. »Ich weiß nicht. Nein, nicht traurig.

Nur … verloren. Ich verstehe gar nichts mehr. So viel geschieht, und ich bin …«

»Verwirrt?«

Er nickte und blickte sie von der Seite an. Jedesmal, wenn ich mein eigenes Selbst endlich wieder fühle, ändert sich schon wieder alles.«

Sie runzelte die Stirn. »Kann ich dir helfen?«

»Ich weiß nicht.« Mit bitterer Stimme fuhr er fort: »Du wirst es gar nicht wollen. Ich bringe alle Menschen nur in Schwierigkeiten.

Kennst du die Geschichte meiner richtigen Mutter Klares Wasser?«

Sie schrie erschrocken auf und starrte ihn aus großen Augen an.

»Du bist das? Die Geschichte erzählt man sich beim Rothand-Volk. Man sagt, sie habe ein Baby gehabt, das gestorben sei. Zwei Rauchwolken sei verkrüppelt und das Baby gestorben. Weißes Kalb habe nur noch Zwei Rauchwolken retten können.«

»Mir haben sie eine andere Version erzählt. Und kein Mensch sagt mir, wer mein richtiger Vater ist.« Er stützte das Kinn auf die Hände. »Findest du das nicht merkwürdig?«

Sie kaute auf der Unterlippe und blickte hinaus in die Ferne.

»Du weißt es nicht? Wirklich nicht?«

»Nein. Zwei Rauchwolken will es mir nicht sagen.«

»Blutbär.«

Er erstarrte. »Blutbär? Mein …« Angesichts dieses unvorstellbaren Gedankens schüttelte er den Kopf. »Nein. Das kann nicht sein. Das ist unmöglich.«

Sie mied seinen Blick und knetete nervös ihre Hände. »Ich weiß es nicht genau. Er war mit Klares Wasser verheiratet. Schon bald nach der Heirat verließ sie zusammen mit Zwei Rauchwolken das Rothand-Volk.

Es hatte irgend etwas mit einem ihrer Träume zu tun, Daraufhin hat Blutbär seinen Schwiegervater, Gestutzte Feder, umgebracht.«

»Mit dem Weißes Kalb verheiratet war.« Er begriff gar nichts mehr.

Tiefe Enttäuschung und Unsicherheit breitete sich in ihm aus. »Ich weiß nicht ... Warum ist denn gar nichts einfach? Warum verfängt sich alles in endlosen Kreisen?« Er schluckte. Seine Seele folgte den Spuren der Kreise, und er verstand schlagartig, was Weißes Kalb gemeint hatte.

»Was ist los? Du bist ganz blaß geworden.«

»Blut und Mist«, flüsterte er heiser. »Es hört nie auf, oder?«

»Ich verstehe kein Wort.« Sie nahm seine Hand, fühlte die Kälte auf ihrer warmen Haut. »Kleiner Tänzer? Ist alles in Ordnung? Sieh mich an.«

Geistesabwesend drehte er den Kopf, dabei nahm er ein ängstliches Aufblitzen in ihren Augen wahr. Für einen kurzen Augenblick spürte er die tröstende Wärme ihrer Hand. Er lächelte müde.

»Mir fehlt nichts. Wirklich nicht.« Aber seine Seele trieb hilflos dahin, sich windend, heimatlos.

»Dir ist kalt«, sagte sie und schmiegte sich enger an ihn.

Übelkeit regte sich in seiner Magengrube. War dieses Gefühl Bestandteil der Macht? Gehörte es zur Macht, daß er ständig aus dem Gleichgewicht geriet und wie betäubt taumelte? Sicher, er *wußte* nicht mit letzter Bestimmtheit, ob Blutbär tatsächlich sein Vater war. Zwei Rauchwolken wußte es, aber ob er es ihm sagen würde? Falls nicht, bliebe alles im dunkeln, verborgen unter einer weiteren Schicht von Kreisen innerhalb des Kreises, die genau dann auf ihn einstürzen würden, wenn er es am wenigsten erwartete.

Verzweifelt zog er Reizende Wapiti an sich, legte seine Wange an die ihre und genoß die Wirklichkeit ihres Daseins.

Sie existierte. Der lockende Duft ihres Haares stieg ihm verführerisch in die Nase. Etwas Unbekanntes regte sich in ihm, etwas, das er bisher nur mit Träumen in Verbindung gebracht hatte.

Er schob sie ein wenig von sich, so daß er in ihre besorgten Augen blicken konnte.

»Ich kenne mich selbst nicht mehr.«

Sie nickte leicht. »Kann ich dir helfen?«

Irgend etwas an der Liebe und der Vereinigung unter den Dekken schwächt die in dir wirkende Macht. Dieses Gefühl löscht den Durst nach Träumen. Eine Leidenschaft tritt an die Stelle einer anderen.

Er sah in ihre liebevollen Augen. »Hast du schon ...«

Sie lächelte neugierig. »Sprich weiter.«

»Du bist eine Frau.«

»Möchtest du dich mit mir vereinigen?« Wieder schaute sie hinaus in die Ferne; ihre Wangen röteten sich leicht. »Wenn dein Vater meine Mutter heiratet ...« Sie schluckte. »Wäre das ... ich meine, ist das Blutschande?«

Er maß sie mit einem sachlichen Blick. »Hungriger Bulle ist nicht mein Vater. Meine Mutter war Klares Wasser. Du behauptest, mein Vater sei ... sei Blutbär.«

Sie kaute einen Augenblick auf ihrer Unterlippe, dann brach sie in befreites Gelächter aus. »Natürlich! Und er gehört nicht einmal meinem Clan an! Wir sind frei, Kleiner Tänzer. Seit Tagen mache ich mir darüber Sorgen. Aber wir sind frei!«

»Dann dürfen wir?«

»Bei meinem Volk ist es so, daß ein Junge zum Mann wird, sobald er sein erstes Großwild erlegt hat. Du hast einen Büffel getötet.«

Er nickte und wünschte, sein Herz würde nicht gar so sehr hämmern.

»Du hast dich noch nie mit einer Frau gepaart?«

Er schüttelte den Kopf.

»Weißes Kalb wollte nicht, daß ich mich in deiner Nähe aufhalte. Sie glaubte, ich würde die Macht schwächen.«

»Ich weiß.«

»Willst du deshalb mit mir schlafen?«

Er grinste verlegen. »Vielleicht, ein bißchen. Aber ich träume nachts von dir – davon, wie es ist.«

»Und in deinen Träumen vereinigen wir uns?«

Er nickte.

»Und du pflanzt deinen Samen in meinen Leib?«

Wieder nickte er.

Sie lächelte sorglos. »Bei unseren Vettern, dem Weißen-Kranich-Volk, sagt man, ein solcher Traum verwebt die Seelen miteinander. Wenn sich die betreffenden Menschen nicht im Leben vereinen, wird ihre Seele krank vor Sehnsucht, und sie müssen sterben.«

»Jedesmal, wenn ich dich ansehe, wird mir ganz warm ums Herz.«

Kichernd zog sie ihn auf die Füße. »Komm. Wir gehen da hinunter zu den Bäumen. Ich glaube, ich bin bereit, endlich eine richtige Frau zu werden. Und natürlich möchte ich nicht, daß deine Seele krank wird.«

Sie ließ seine Hand nicht los und führte ihn sanft vom Felsen hinunter in das schützende Dunkel der Bäume.

Tangara freute sich, ihn unbemerkt überholt zu haben. Sie sprang auf den Pfad hinunter und versperrte Der das Horn packt den Weg. »Ganz schön beladen. Gehst du auf die Jagd?«

Er stürmte auf sie los und hob in einer mutlosen Geste die Arme.

»Du weißt, eines Tages wirst du auf diese Weise jemanden so furchtbar erschrecken, daß er seinen Speer nach dir wirft.«

»Möchtest du wetten?« Grinsend verschränkte sie die Arme. »Du triffst mich nicht mit deinem Speer, selbst wenn du es wolltest.

Ich bin zwar nicht so stark wie du, dafür aber um so schneller.«

Mißmutig verzog er den Mund und schüttelte den Kopf. »Möglich. Du hast recht, ich gehe auf eine Jagd.«

Ihre Augen wurden schmal.

»Und jetzt laß mich vorbei. Es geht dich gar nichts an, was ich vorhabe.«

Sie nickte, eine leichte Besorgnis regte sich in ihr. »Es geht um Reizende Wapiti, nicht wahr? Du bist hinter ihr her.«

»Vielleicht.«

»Sonst bist du nicht so wortkarg. Du hast irgend etwas vor.«

»Und wenn schon?«

»Liebst du Reizende Wapiti?«

Er stampfte auf den mit grauem Staub bedeckten Boden. »Und wenn?«

Neugierig blickte Tangara ihn an. »Seit du zurück bist, bist du wütend. Du, und Blutbär auch.«

»Laß ihn aus dem Spiel.«

»Das fällt mir schwer. Du erinnerst mich an ihn. Willst du so sein?

Wie er?«

Er bekam einen Wutanfall. »Hör auf! Immer stocherst du in meinen Angelegenheiten herum. Ich habe mir das gefallen lassen, weil wir Freunde sind. Aber jetzt reicht es mir. Ich hole Reizende Wapiti weg von diesem Kleinen-Büffel-Jungen, und damit hat sich's!

Verstehst du? Und jetzt verschwinde!«

Zitternd vor Wut stieß er sie mit den Schultern beiseite.

Tangara starrte hinter seinem breiten Rücken her. Er verfiel sofort in leichten Trab. Kleiner-Büffel-Junge? Der Junge, der bei der Hexe lebte?

Geistesabwesend wickelte sich Tangara eine Haarsträhne um den Finger. Sie nickte. Eine solch brennende Wut hatte sie noch nie an ihm bemerkt, er strahlte etwas Gefährliches aus. Wenn Der das Horn packt den Kleinen-Büffel-Jungen erwischte, brachte er ihn um. Reizende Wapiti würde vielleicht Witwe werden, bevor sie verheiratet war.

Zwei Rauchwolken saß im Schatten eines Baumes und sah den anderen zu. Sie hatten jede Tierhaut, die sie besaßen, unter einer Kiefer ausgelegt. Hungriger Bulle, Drei Zehen und Schwarze Krähe schlugen unter wildem Gefuchtel mit langen Stangen auf die Äste. Ein Regen von süßen, eßbaren Samen und Nadeln prasselte auf die Häute herab.

»Sind das genug?« rief Hungriger Bulle Klappernde Hufe zu.

»Von diesen reicht es«, rief sie zurück. Sie kroch auf Händen und Füßen auf den Häuten herum und prüfte Größe und Qualität der Ernte.

Wie viele Winter waren vergangen, seit Zwei Rauchwolken zum letztenmal diesen Schwung in Hungriger Bulles Stimme vernommen hatte? Wie lange hatte er dieses blitzende Lachen in den sonst so schmerzerfüllten braunen Augen nicht mehr gesehen?

»Zwei Rauchwolken?«

Er reckte den Hals und entdeckte Kleiner Tänzer, der den Felsweg herunterkam. Er hatte oben in den Felsen mit Reizende Wapiti nach Spuren von Ratten gesucht.

Kleiner Tänzer kam heran und ließ sich neben ihm nieder. Seine Hände verkrampften sich in seinem Schoß. Er beobachtete die Männer und Frauen, die nun die Häute an den Ecken hochhoben und die Ernte in einen Ledersack schütteten.

»Ist Blutbär mein richtiger Vater?«

Zwei Rauchwolken erstarrte mitten in einer Bewegung. Verblüfft starrte er den Jungen an. »Wer hat dir das gesagt?« Kleiner Tänzers Lächeln beunruhigte ihn etwas.

»Beim Zusammenleben mit Angehörigen des Rothand-Volkes hört man so manches. Sie kennen die Geschichte. Klares Wasser hat Blutbär geheiratet. Als ihre Blutung ausblieb, ist sie mit dir fortgegangen.«

»Ja, das stimmt.« Er fühlte sich plötzlich alt. »Dann ist Blutbär also mein Vater?«

»Ja.« Zwei Rauchwolken stöhnte auf, der Tadel in Kleiner Tänzers Stimme war unverkennbar.

»Warum hast du es mir nicht längst gesagt? Du bist der Berdache, der Mann, der zwischen den Welten lebt. Ein Berdache versteht und vermittelt. Er kennt beide Seiten.« Eine Pause trat ein. »Und du hast es mir *nicht* gesagt.«

Zwei Rauchwolken blickte den jungen Mann an, der ihm einmal so vorbehaltlos vertraut hatte. »Was hättest du für einen Vorteil davon gehabt? Hätte es die Dinge für Hungriger Bulle leichter gemacht?«

Kleiner Tänzer zog die Nase kraus. Er ließ seinen Blick hinüber zu Hungriger Bulle schweifen, der Drei Zehen wegen einer spöttischen Bemerkung lachend in die Seite knuffte. »Nein. Aber …«

»Aber es mißfällt dir, daß du es von anderer Seite erfahren mußtest.«

»Es ist, als ob … Nun …«

»Als ob man dich betrogen hätte. Als ob ein Händler von dir ein Dutzend fein gegerbter Decken genommen und dir nur einen Haufen wertlosen Plunder dafür gegeben hätte.«

Kleiner Tänzer umschlang die Knie mit den Armen und lehnte sich zurück. »Genau so.«

Leise seufzend brachte Zwei Rauchwolken sein krankes Bein in eine bequemere Lage. »Genau so ist es, stimmt. Aber ich wußte nicht, was ich sonst hätte tun sollen. Inzwischen kennst du Blutbär und hast damit einen weiteren Grund, warum gerade ich dir das niemals hätte sagen können.« Zwei Rauchwolken schüttelte den Kopf. »Mir kam zu Ohren, daß er früher ständig von seinem geraubten Kind gesprochen hat und davon, wie er dieses Kind zurückholen würde. Ist es nicht seltsam, daß er nur das Wolfsbündel genommen hat? Er hat nie nach dir gefragt. Anscheinend glaubt er, daß du tot bist.

An jenem Tag, als er Schwerer Bibers Lager überfallen hat, hätte er mich umbringen können – aber das Wolfsbündel war ihm wichtiger als der Tod des Mannes, mit dem seine Frau davongelaufen ist.«

»Du bist Berdache.«

»Ich bin Berdache … aber ich habe mit Klares Wasser geschlafen. O ja. Sieh mich nicht so an. Ich liebte sie. Ich weiß nicht, vielleicht habe ich sie geliebt wie ein Mann eine Frau liebt.

Vielleicht liebte ich sie wie eine Frau die andere. Das spielt keine Rolle. Alles, was zählt, ist, daß ich sie liebte. Nach Fünf Stürzes Tod habe ich geglaubt, niemals wieder lieben zu können.«

»Liebe ist schon seltsam.«

Zwei Rauchwolken grunzte. »Und das sagst du mir? Ich vermute, in dir wurde im wahrsten Sinn des Wortes ein inneres Feuer entfacht.

Du kannst kaum die Gelegenheit abwarten, um dich in die Büsche zu schleichen und Reizende Wapiti mit deinem Sperma zu füllen.«

Als Erwiderung erhielt er einen erbosten Blick.

»Ach, komm schon, Kleiner Tänzer. Du kannst doch niemanden hinters Licht führen. Drei Zehen und Schwarze Krähe lachen hinter vorgehaltener Hand. Wiesenlerche und Die die Spaß macht fragen sich insgeheim, ob du nicht noch zu jung bist, um zu begreifen, auf was du dich da eingelassen hast – aber da sind wieder die Überzeugungen des Kleinen-Büffel-Volks mit im Spiel. Hungriger Bulle ist so versunken in Klappernde Hufes Umarmung, daß er sich wenig darum kümmert.«

»Und was glaubst du?«

Zwei Rauchwolken wedelte nach einer summenden Fliege und versuchte, sie in der Luft zu fangen. »Ich glaube, du bist älter als deine Jahre. Ich glaube, ich weiß, was Weißes Kalb gesehen hat … ich verstehe, warum sie sich wegen Reizende Wapiti keine Sorgen mehr macht und dich gehen ließ.«

»Und was war der Grund?«

»Weil du nicht anders kannst.« Er begegnete dem flammenden Blick des jungen Mannes und zuckte die Achseln. »Du hast mich nach meiner Meinung gefragt, und ich habe sie dir gesagt.«

»Schon gut«, lenkte Kleiner Tänzer ein. »Aber sie ist so … ich weiß auch nicht. Die Gedanken an sie füllen mein Leben aus. Es ist angenehm, mit ihr zusammenzusein.«

Er hob einen Stein vom Boden auf und warf ihn in die Sträucher. »In ihrer Gegenwart quälen mich keine Sorgen.«

Unten bei den Bäumen trugen die anderen gerade den Packen mit Häuten zu einem anderen Baum hinüber und begannen, sie auszubreiten, um weitere Samen auffangen zu können.

»Glaubst du, wenn du dich gründlich mit Reizende Wapiti

beschäftigst, verschwinden die Probleme mit den Träumen, den Stimmen und Mächten wie eine Wasserpfütze an einem heißen Sommertag?«

»Das wäre schön«, gab er unumwunden zu.

Zwei Rauchwolken prustete los. »Wenn es nur so einfach wäre.«

Eine Weile saßen sie schweigend nebeneinander und sahen den Männern zu, die auf die Äste des Baumes einschlugen. Samen, Zapfen und Nadeln regneten auf die Häute herunter.

»Warum bist du nie zum Rothand-Volk zurückgekehrt? Einmal hast du zu mir gesagt, eines Tages würdest du mir den Grund erzählen.«

Zwei Rauchwolken überlegte kurz. »Ich schwor auf das Wolfsbündel, mich um dich zu kümmern.«

In der Erinnerung an jenen heißen sonnigen Tag lächelte er. Er hatte das Kind im Arm gehalten, während Weißes Kalb irgendwo mit dem Essen herumhantiert hatte. Und er hatte geschworen, sich um das Kind zu kümmern – daß er es auf das Wolfsbündel geschworen hatte, war ihm erst später bewußt geworden.

»War es das wert?« wollte Kleiner Tänzer wissen.

Zwei Rauchwolken erinnerte sich an die Leiden, die Beleidigungen, die Angst vor der Vergewaltigung durch rohe Männer, die mit eiserner Gewalt seine Arme und Beine festhielten, während sie ihn brutal von hinten nahmen. Ihr Gelächter über seine Erniedrigung hallte dumpf in seinem Innern nach. Er erinnerte sich an die Schmerzen der Schläge, zu denen Schwerer Biber die anderen Männer aufgestachelt hatte, und an die letzten Tage, als das Wolfsbündel beleidigt worden war. Er durchlebte noch einmal die Zeit von dem Augenblick, als Salbeiwurzel verflucht worden war bis zur Ankunft von Weißes Kalb. War seit damals irgend etwas leichter geworden?

»Ja«, sprach er nach einigem Überlegen. »Weil ich eine Zeitlang die Macht fühlte.« Sie hatte ihn stets begleitet, ihr Leuchten hatte sich Tag für Tag voller Wärme auf ihn ausgedehnt. Diese Erinnerungen waren ein ganzes Leben an Entsetzen und Schrecken wert.

»Was mich angeht, ich hin froh, daß ich die Macht nicht fühle.«

Bei diesen Worten zuckte Zwei Rauchwolken sichtlich zusammen.

»Sag das nicht.«

»Es stimmt aber.« Kleiner Tänzer stützte sich auf und schlug die Beine übereinander. »Ich habe gefunden, wonach ich suchte. Hier« – seine Handbewegung umfaßte das friedliche Tal – »ist alles, was wir brauchen. Nahrung. Sicherheit. Hier will ich meine Familie aufwachsen sehen. Schwerer Biber ist weit weg in den Ebenen im Osten. Blutbär lebt im Hochland. Welchen Grund sollten sie haben, hierherzukommen und uns zu stören? Nein, ich bin fertig mit Mächten und all dem Verdruß und mit Kreisen und ... und ... Ich bin einfach fertig damit.«

Zwei Rauchwolken lächelte. Leicht ironisch sagte er: »Das Problem mit den Mächten besteht darin, daß du nie etwas genau weißt.« *Wir werden sehen, Junge. Wir werden sehen!* Rasch wechselte er das Thema. »Da wir gerade von deiner Frau sprachen, überläßt du ihr allein die Jagd nach Ratten?«

»Wir haben dort oben ein paar Nester entdeckt. Sie wollte noch weiter suchen.«

»Dann nimmst du wohl am besten deine Feuerstöcke mit hinauf. Du weißt, wie du vorgehen mußt?«

Kleiner Tänzer warf ihm einen mißtrauischen Blick zu. »Was soll daran schwierig sein? Ich mache ein Feuer, und wir stecken die Nester in Brand. Sobald die Ratten herausrennen, ziehen wir ihnen mit der Keule eins über.«

»Du mußt sehr, sehr schnell sein.«

Kleiner Tänzer grinste. »Ich bin schnell wie der Blitz. Und Reizende Wapiti ist eher noch schneller.«

Bei diesen Worten sprang er auf und schlenderte hinüber zu seiner Rückentrage. Während Kleiner Tänzer in seinem Gepäck nach den Feuerstöcken suchte, flüsterte Zwei Rauchwolken vor sich hin: »Hoffentlich hast du recht, kleiner Freund.«

Er beobachtete Kleiner Tänzer, der eben den Hügel hinaufzuklettern begann, ein gescheiter, stolzer junger Mann, der glaubte, es mit der ganzen Welt aufnehmen zu können.

Wild tanzend sprangen die jungen Männer um das Feuer herum. Das Licht der Flammen fing sich auf ihren eingefetteten Körpern und hob die Wölbung ihrer straffen Muskeln hervor. Ihre mit Farbe bemalte Haut glänzte schweißnaß. Das in der Mitte des Lagers brennende Freudenfeuer knackte und prasselte und spie Funkenspiralen hoch hinauf in den mitternächtlichen Himmel. Jenseits des Lagers konnte man die Erhabenheit des Sternennetzes sehen – aber nicht zwischen den Feuern, wo soviel Licht die Nacht erhellte.

Abseits, im Kreis der Zelte stehend, beobachteten die Frauen das Fest. Manche fielen in den Gesang ein, andere sahen mit teilnahmslosen Gesichtern zu. Stumm und unbeteiligt standen sie da, Büffeldecken fest um die Schultern gezogen. Frauen jeder Größe und Gestalt – die Beute zur Erneuerung des Volkes.

Schwerer Biber thronte auf einer weißen Büffeldecke vor allen seinen sieben Frauen. Zwei Steine, Wapitipfiff und Sieben Sonnen saßen neben ihm und beobachteten das festliche Treiben. Vor ihm hatte man einen langen, mit Rabenfedern und Rasseln aus Antilopenhufen geschmückten Pfahl in die Erde gerammt: seine Insignien. Wohin auch immer er sein Zelt verlegte, dort wurde er aufgestellt. Unter dem Kurzhaar-Volk, dem Feuerbüffel-Volk und dem Weißen-Kranich-Volk verbreitete dieser Pfahl Angst.

Der Anlaß für diese Feier, diese Nacht der Lobpreisung, war die Wiedervereinigung des Volkes unter Schwerer Bibers Führung.

Glücklich lächelte er in den Feuerschein und dachte dabei an das strenge Gesicht seiner Mutter. *Ich habe es geschafft, Mutter. Du hattest recht, wie immer. Ich benötigte nur Disziplin – und verzweifelte Menschen, die genau das brauchten, was du mich gelehrt hast. Als meine jungen Männer außer ihrem Leben nichts mehr zu verlieren hatten, vollbrachten sie wahre Wunder. Ich mußte nur den neuen Weg träumen. Mutter, du hast alles deutlich vor dir gesehen.*

Stolz brandete in ihm auf. Die wirbelnden Sprünge der Tänzer reflektierten die berauschende Ekstase in seiner eigenen Brust.

Mit Hilfe seiner Visionen hatte er das Volk neu geformt. Seine jungen Männer hatten sich gegen alle Kriegerhorden behauptet, die ausgeschickt worden waren, um ihn aufzuhalten. Inzwischen hielten sich seine Krieger für unbesiegbar. Schwerer Biber hatte seine aufgehetzten Fanatiker mitten unter Menschen geschickt, die niemals ernsthaft an einen Kriegspfad gedacht, geschweige denn Kämpfe mitgemacht hatten. Gegen seine Amok laufenden jungen Märtyrer, die bereit waren, bis zum letzten Mann zu sterben, konnten sie höchstens symbolischen Widerstand leisten.

Der monotone Schlag der Trommeln und das An- und Abschwellen des Gesangs riß ihn mit. Was hier stattfand, war eine Zeremonie zu Ehren der Vision seiner Mutter, die er in die Tat umgesetzt hatte.

Wenn sie doch nur zusehen könnte, ihm sagen …

Du hast es gesehen, Mutter. Du bist die eigentliche Anführerin.

Ich gebrauchte nur die Stärke, die du mich lehrtest. Er hob ein wenig den Kopf. Wenn er sich seiner Fantasie überließ, konnte er aus dem Singsang die Stimme seiner Mutter heraushören. Der gleichmäßige Rhythmus der dröhnenden Trommeln könnte der Schlag ihres Herzens sein.

»Du hast gute Arbeit geleistet«, gestand ihm Sieben Sonnen zu. »Ich hätte nie geglaubt, daß sich so viele von uns jemals wieder in einem Lager versammeln.«

Die schroffe alte Stimme unterbrach seine Konzentration. Für einen Moment überkam ihn das Bedürfnis, den aufdringlichen alten Mann schroff zurechtzuweisen, doch der kühle Wind der Vernunft ließ seine Wut rasch wieder abebben. Sieben Sonnen mußte auf seiner Seite sein. *Ganz recht, mein Sohn. Laß dir Zeit. Gebrauche deinen Verstand und bring ihn auf deine Seite. Dann kannst du ihn immer noch auf den ihm gebührenden Platz verweisen.*

Genau das hätte sie gesagt.

Schwerer Biber spreizte seine Finger und warf den Kopf in den Nacken, heitere Gelassenheit legte sich über sein flaches Gesicht. »Wir sind die neuen Jäger des Büffellandes. Wie die Wölfe streifen wir umher und nehmen uns, was wir brauchen. Aber mein neuer Weg baut nicht nur auf den blinden

Mut unserer jungen Männer. Siehst du den Krieger dort drüben? Den großen, blaubemalten mit dem Antilopenkopfschmuck?«

»Der dem Feuer am nächsten tanzt?«

»Genau den. Sein Name ist Zwei Blaue Monde. Er ist der älteste Sohn von Feister Hund, dem Häuptling des Kurzhaar-Volkes. Er hat sich mir angeschlossen. Freiwillig bot er sich mir, dem neuen Träumer, an.

Ich setze großes Vertrauen in ihn. Wenn er die Krieger auf dem Kriegspfad anführt, sind sie besonders ehrgeizig, denn sie wollen ihn, den Fremden, unbedingt übertrumpfen.«

»Ich weiß nicht, ob das reicht.«

Sieben Sonnen beugte sich vor und machte eine geringschätzige Gebärde. »Ein Mensch braucht im Leben andere Ziele als Krieg und die Vernichtung der Feinde.«

»Tatsächlich?« Schwerer Biber zog die Augenbrauen hoch. Sieh dich um. Früher gingen wir in Lumpen, hungerten und zogen von einem Lager zum anderen. Viele sind auf der Suche nach den immer seltener werdenden Büffeln gestorben.«

»Wir hatten ein paar gute Jahre. Der Regen kam zurück. Die Herden wurden größer, die Kälber …«

»Aber der Regen könnte wieder ausbleiben.« Schwerer Biber gähnte und überließ seine Seele erneut dem Rhythmus der Trommeln und der zunehmend lauter werdenden Begeisterung seiner Sänger. Wo war die Stimme seiner Mutter? Da, ganz am Rande seines Bewußtseins. »Und wenn der Regen ausbleibt, Sieben Sonnen, sind wir nicht mehr an die alte Übereinkunft gebunden, nur im Land am Moon River zu jagen.

Wir können im Süden am Sand River jagen, im Norden am Big River.

Wir jagen da, wo das Wild ist. Niemand wird uns aufhalten. Und wir jagen mehr als nur Büffel. Wir jagen Menschen. Wenn wir keine Büffel aufspüren und erlegen können, nehmen wir das Fleisch eben denen weg, die mehr Glück hatten und Beute gemacht haben.«

»Und wenn andere das genauso …«

»Das werden sie nicht. Das können sie nicht.« *Mutter wird*

das nicht zulassen. Sie kümmert sich um uns, du zittriger alter Narr!

Du hast sie gekannt. Eigentlich hättest du damals ihre Fähigkeiten erkennen müssen.

Betont langsam schüttelte Sieben Sonnen den Kopf. »Du scheinst dir deiner Sache sehr sicher zu sein, Schwerer Biber.«

Lächelnd winkte der Geisterträumer ab. »Natürlich. Ich träumte den neuen Weg ... und alles trifft ein, wie es mir die Geister gesagt haben. Wir leben in einem neuen Zeitalter, unsere Lebensweise hat sich von Grund auf verändert. Wir haben das Volk von der Verunreinigung befreit.«

»Und was kommt als nächstes?«

»Die anderen Stämme ebenfalls zu reinigen. Ich werde nicht zulassen, daß uns das Kurzhaar-Volk, das Feuerbüffel-Volk oder das Weiße-Kranich-Volk jemals wieder herausfordern. Ihre Macht muß gebrochen werden.

Wir müssen ihre Frauen nehmen, um Familienbande zwischen den Stämmen zu knüpfen.« Fast berauschte er sich an seinen eigenen Worten. Das war der Weg. Er sah die Vereinigung der Stämme unter seiner Führung schon fast vollendet.

»Und das Rothand-Volk? Welchen Plan hast du, um die wilden Männer in den Bergen zu zähmen?«

Schwerer Biber kicherte. »Oh, das Rothand-Volk wird untergehen. Ihr einziger Vorteil besteht darin, daß sie das Land dort oben genau kennen. Sie können uns also nach Belieben in einen Hinterhalt locken. Der Schlüssel zum Sieg heißt: weit vorausdenken. Sobald wir genügend Versorgungslager angelegt und eigens für die Berge ausgebildete Krieger haben, gehen wir hinauf und rotten sie aus.«

Mit finsterem Gesicht saugte Sieben Sonnen an seiner Unterlippe.

»Unter meinen Ältesten gibt es einige, die ...«

»Vergiß sie. Jetzt ist nicht die Zeit, auf das Geschwätz alter Männer und Frauen von einem Ersten Mann oder den Heldenzwillingen zu hören. In unserer neuen Welt gehen wir einen neuen Weg. Ich bin die Legende der neuen Welt, Sieben Sonnen. Dies war die Vision meiner Mutter. Sie konnte in die Zukunft blicken. In ihren Adern rann Macht wie Blut. Ich bin nur der Ausführende ihrer Visionen.«

Das von ihm heraufbeschworene Bild beherrschte ihn vollständig. In seinem Tagtraum wurden die Trommelschläge tatsächlich zu den Schlägen ihres Herzens. Sie war das Volk *geworden.* Mit schräg gelegtem Kopf lauschte er dem Singsang und versuchte, ihre Worte zu verstehen, die an der Grenze seines Bewußtseins schwebten.

Könnte er doch diese letzte Barriere noch durchbrechen.

»Was ist los?« fragte Sieben Sonnen.

Schwerer Biber beachtete ihn nicht.

Völlig in sich versunken versuchte er, die Worte seiner Mutter zu enträtseln.

»Das Wasser der Monster Bone Springs ist versiegt. Wie meine Macht, so siecht auch die Welt dahin. Selbst die Salbeisträucher verdorren. Kannst du nichts unternehmen?» Flehend rief das Wolfsbündel hinauf in das goldene Dunstgespinst. Seine Bitte schickte sich kräuselnde Wellen entlang des silbern-seidigen Wegs der Spiralen.

Undeutlich erklang Wolfsträumers Stimme aus den Spiralen. »Wir haben unsere Grenzen erreicht. Wir müssen warten, hoffen.«

»Und zusehen, wie eine Welt stirbt?«

Kapitel 16

Hungriger Bulle half Zwei Rauchwolken den steilen gewundenen Pfad hinunter. Sie inspizierten den neuen Lagerplatz. Feiner Schneefall setzte ein und bestäubte ihre Köpfe, Schultern und Tragen mit zartem Weiß. Zwischen den Kiefern entlang der Trockenrinnen standen vereinzelt ein paar Wacholderbäume. Die Südhänge waren von Apfel-, Johannisbeer- und Felsenbirnensträuchern grau gesprenkelt.

Rehfährten tüpfelten den Pfad.

Die gegenüberliegende Seite des Canyons wirkte kalt und düster.

Dunkelgrün erhoben sich die konisch zulaufenden Wipfel der Föhren über die dichtstehenden Schierlingstannen. Oben auf dem Kamm im grau-weißen Dunstschleier der Schneeflocken und tiefhängenden Wolken dehnten sich weitläufige winterliche Wiesen.

»Dort oben überwintern Wapitis«, erklärte Zwei Rauchwolken. »Ein guter Platz zum Jagen während der grimmigsten Kälte.«

»Überhaupt ein guter Lagerplatz«, stimmte ihm Klappernde Hufe zu.

»Sieht so aus, als wäre schon lange niemand mehr hier gewesen.«

»Vielleicht.« Zwei Rauchwolken zuckte die Achseln. »Als ich das letzte Mal hier war, war ich noch ein junger Mann. Fünf Stürze, sein Vetter und ich, wir verbrachten den ganzen Winter hier. Der Lagerplatz war recht gut, aber die Mäuse und Packratten trieben uns fast in den Wahnsinn.«

»Seid ihr auch erst im Winter heraufgekommen?« erkundigte sich Klappernde Hufe.

»Nein, früher.« Zwei Rauchwolken zeigte zum Canyon. »Dort haben wir eine Schaffalle gebaut. Das war Schwerarbeit. Mit dem neuen Netz, das Reizende Wapiti und ich geknüpft haben, wird es nicht viel Mühe machen, die Falle wieder in Betrieb zu nehmen. Wenn wir erst einmal ein paar Dickhornschafe erlegt haben, werden wir genug Häute und Fleisch haben, bis die Wapitis herunterkommen.

Vielleicht erbeuten Hungriger Bulle, Drei Zehen und Schwarze Krähe noch ein paar Rehe. Aus deren Häuten könnten wir Schlingen für die Hirsche machen.«

»Wow!« rief Schwarze Krähe. Er hatte konzentriert zugehört und versucht, ein paar der Anit'ah-Worte aufzuschnappen. »Habe ich richtig verstanden? Hat er gesagt, Hirsche mit einer *Schlinge* fangen?« Hungriger Bulle kicherte in sich hinein. »Hier jagt man anders.

Kommt, wir wollen diese Felshöhle suchen.« Er zwinkerte Klappernde Hufe zu. »Vielleicht kannst du mir beibringen, wie man Hirsche mit Schlingen fängt und Schafe jagt?«

Sie grinste ihn an. »Du wirst das schon lernen. Aber beeilt

euch, es wird bald dunkel. Wir sollten zusehen, daß wir diesen Hang mit dem lockeren Geröll hinter uns haben, bevor wir unsere eigenen Füße nicht mehr sehen.«

Hochstehender wilder Roggen – braun geworden unter dem strengen Regiment des Winters – verbarg den Eingang der Höhle unter dem überhängenden Felsen. Hungriger Bulle drückte das Gras beiseite und stellte fest, daß die Höhle etwa dreizehn Schritte in die Tiefe reichte. In der hintersten Ecke, wo der Boden in die Felswand überging, konnte er im schwindenden Licht den Unrat eines großen Packrattennestes erkennen.

»Was die Packratten angeht, könntest du recht haben.«

»Was wir nicht vertreiben können, wird gegessen.« Seufzend schleuderte Klappernde Hufe ihre Rückentrage schwungvoll auf den Boden und massierte sich die schmerzenden Arme.

»He, großer Jäger des Kleinen-Büffel-Volks, wie wär's, wenn du ein Feuer entfachst?«

Drei Zehen half Zwei Rauchwolken das letzte Stück den Hang hinauf in die dunkle Höhle. Nacheinander stapften die anderen müde und fröstelnd herein. Stöhnend warfen sie ihr schweres Gepäck auf die Erde.

»Also das ist nun unser Zuhause?« meinte Schwarze Krähe und klopfte mit den Fingerknöcheln auf die Steinwände. Skeptisch wiegte er den Kopf.

Hungriger Bulle, der in seiner Rückentrage nach Feuerstöcken suchte, blickte auf.

»Beunruhigt dich das?«

Schwarze Krähe nahm Die die Spaß macht bei der Hand. Ihre drei Kinder standen mit riesengroßen, verwunderten Augen bei den Eltern.

»Beunruhigt?« Nachdenklich sah Schwarze Krähe zu, wie Hungriger Bulles geschickte Finger das angekohlte, zugespitzte Ende des kleinen Stocks zum Reiben in die Vertiefung des aus Stein bestehenden Sockels steckten. Heftig atmend begann er die Stöcke rasend schnell zu drehen. Schwarze Krähe fügte hinzu: »Nein, beunruhigt sind wir nicht. Es ist nur alles so neu, das ist alles.

Wir sind … nun ja, wir haben das Gefühl, nicht hierherzugehören. Als ob das eine ganz andere Welt wäre, verstehst du?«

Hungriger Bulle nickte, froh darüber, daß das Blut in seinen eiskalten Armen wieder zu fließen begann. »Ich kenne dieses Gefühl. Nach Salbeiwurzels Tod ging ich umher wie ein Körper ohne Seele.«

Knisterndes Gras kündigte die Ankunft von Reizende Wapiti und Kleiner Tänzer an. Trotz der Kälte und ihrer Erschöpfung nach der langen Wanderung lachten sie mit der Unbekümmertheit der Jugend über irgendeinen nur ihnen verständlichen Scherz.

Die die Spaß machts Zähne klapperten vor Kälte. Endlich entfachte der herumwirbelnde Feuerstock einen feinen Rauchfaden im Zunder.

Hungriger Bulle grinste, als er das rötliche Glimmen sah.

»Hilfst du mir?« fragte er Schwarze Krähe.

Sofort ging Schwarze Krähe zu seiner Trage und holte ein Bündel trockener Reisgrasstengel und zerkleinerter Rinde hervor. Die die Spaß macht kümmerte sich um das Packrattennest und zog lange, dürre Salbeizweige und Mist aus der Masse. Im hinteren Bereich der Höhle erklang ein leises Klatschen, als das verängstigte Nagetier unruhig mit den Hinterbeinen stampfte.

»Glaub mir, es kommt noch schlimmer«, versprach Die die Spaß macht dem kleinen Geschöpf.

Hungriger Bulle schob den glühenden Zunder in Schwarze Krähes Grasbüschel und blies vorsichtig. Ein leuchtend roter Punkt entstand. Rauch stieg in einer dünnen Säule auf. Züngelnde Flammen erwachten zum Leben und begannen gierig, das Gras zu verschlingen.

Nach und nach legten sie Zweige, Stecken und größere Holzscheite darauf, bis schließlich ein loderndes Feuer brannte.

»He, seht euch das an!« Drei Zehen zeigte auf die schräg abfallende Rückwand der Höhle. Davor lag eine Sandsteinplatte, schon vor so langer Zeit losgebrochen, daß sich die Oberseite kaum noch vom Boden abhob. In der Zwischenzeit war die flache Steintafel von dem von der Decke herabfallenden Schmutz und Ruß geschwärzt und verkrustet, jedoch war noch recht gut das Relief der darin eingemeißelten Figuren zu erkennen.

Eine große Spirale beherrschte die Tafel. Drei Zehen trat näher und rieb auf dem Stein, um die Rußschicht zu entfernen. »Blut und Mist«, flüsterte er. »Ein Ungeheuer! Seht! Seht doch, es ist vortrefflich herausgearbeitet. Da ist der bucklige Rücken, die großen Zähne und dieses schwanzartige Ding, das ihm aus der Schnauze wächst!« Mit den Händen scheuerte er auf dem Stein und reinigte ihn vom Ruß. Plötzlich hielt er inne und schaute auf das Bild, das er eben freigelegt hatte.

Ein Mann mit einem Speer, offensichtlich gerade dabei, die tödliche Waffe in die Flanke des Ungeheuers zu werfen, war deutlich erkennbar.

»Weißes Kalb hat immer behauptet, die Menschen früher hätten die Ungeheuer so selbstverständlich erlegt wie wir heutzutage die Büffel.« Hungriger Bulle griff über die um das Feuer kauernden Kinder, die ihre Hände über die wärmenden Flammen hielten, angelte einen brennenden Stecken aus der Glut und schob ihn von der Seite in das Packrattennest.

Mit einem strahlenden Lächeln sah er Klappernde Hufe an. »Ich kann Packratten nicht ausstehen. Nachts nagen sie alles an, was sie erwischen können. Außerdem bringen sie nur Schwierigkeiten mit den Mächten. Mir jedenfalls ging es sehr gut, bis eine Packratte damals vor Jahren meinen Atlatl angefressen hat.«

Beruhigend klopfte sie ihm auf die Schulter. »Dieses Nest liefert uns genug Kohlen für ein, zwei Tage. Ich erschlage die Tiere, sobald sie auf dieser Seite herauskommen.«

Sie versperrte einen Fluchtweg und erhob schlagbereit ihren Stock.

Reizende Wapiti übernahm die andere Seite. Knisternd bahnte sich das Feuer seinen Weg in das Nest.

Drei Zehen schüttelte den Kopf. Seine Aufmerksamkeit galt ausschließlich dem in den Stein gemeißelten Bildwerk. Schwarze Krähe gesellte sich zu ihm.

»Ich weiß nicht, wie lange das schon hier ist.« Zwei Rauchwolken setzte sich auf einen großen Steinbrocken, der schon vor langer Zeit von der Decke gestürzt sein mußte. »Ich sah es zum erstenmal, als ich ein Junge war. Damals war ich ungefähr so alt wie Tanzendes Blatt« – er zeigte auf Schwarze Krähes älteste Tochter – »und schon zu jener Zeit war das Bild alt.«

Drei Zehen machte sich wieder an die Arbeit und reinigte die Sandsteinplatte, so gut es ging. Plötzlich schrie Klappernde Hufe auf und schlug mit ihrem Stock auf einen braunen blitzschnellen Schatten ein. »Hab' ich dich!«

Drei Zehen ließ sich nicht aus der Ruhe bringen. Unbeirrt enthüllte er auf der anderen Seite der Spirale die Abbildungen von zwei Tieren. Es handelte sich offensichtlich um Dickhornschafe, leicht erkennbar an den gebogenen Hörnern. Dann legte er einen Büffel und einen Wapiti frei, beide von Speeren durchbohrt. Eine Anzahl von Rillen auf dem unteren Teil der Steinplatte identifizierte er als Steinfeilen. Auf ihnen wurden die Formen zurechtgeschliffen, die dem Zuhämmern von Steinwerkzeugen dienten. Darüber, verborgen von einer besonders hartnäckigen Rußschicht, legte er eine letzte Figur frei.

»Was ist das?« Neugierig reckte Hungriger Bulle den Hals.

»Ein Wolf«, flüsterte Drei Zehen und wich zurück, als die Umrisse des Tieres klar erkennbar waren. Seht doch! Als ob er lebendig wäre!«

Kleiner Tänzer keuchte. Erschreckt warf Hungriger Bulle einen raschen Blick auf das Gesicht seines Sohnes, aus dessen sonst gesund geröteten Wangen jegliche Farbe gewichen war.

»Der Wolf war der Geisthelfer des Ersten Mannes, als er von unterhalb der Welt kam«, erinnerte Zwei Rauchwolken und rieb seine vor Kälte zitternden Arme. Er nickte langsam. »Wir haben die Felsbilder damals nicht saubergemacht, deshalb kannte ich sie nicht.«

Reizende Wapitis tödlicher Stock erschlug eine weitere vor dem Feuer fliehende Packratte. »Das sind jetzt zwei! Frisches Fleisch für heute abend!«

»He.« Drei Zehen trat grinsend zurück und legte übermütig einen Arm um Wiesenlerche. »Im großen und ganzen scheint das hier kein schlechter Platz zu sein.«

Hungriger Bulle lachte vergnügt in sich hinein, als Klappernde Hufe eine weitere Packratte erwischte. Die Hitze des Feuers begann langsam seine halbgefrorene Kleidung zu durchdringen. »Nein, absolut nicht übel.«

Dann fiel sein Blick auf Kleiner Tänzer. Noch immer blaß, starrte er wie in Trance auf den im tanzenden Feuerschein fast lebendig aussehenden Wolf.

Der das Horn packt beobachtete aus einiger Entfernung Weißes Kalbs Höhle. Außer der alten Frau sah er keine Menschenseele. Er wartete noch zwei Tage, dann war er sicher, daß die anderen nicht mehr kommen würden. Zornig blickte er zum düsteren Himmel hinauf. Weiße flaumige Flocken fielen feucht und schwer auf ihn herab. Sie hatten mit Sicherheit inzwischen jede Spur verwischt. In dem Glauben, das Kleine-Büffel-Volk müsse hier irgendwann wieder auftauchen, hatte er versäumt, nach Fährten zu suchen.

Er hatte vor, dem Kleine-Büffel-Jungen einen Speer in den Leib zu jagen. Das würde ihn ein für allemal lehren, die Finger von der Frau zu lassen, die Der das Horn packt für sich gewählt hatte. Dann stünde ihm endlich niemand mehr im Weg, und er könnte Reizende Wapiti zur Frau nehmen.

Wohin waren sie nur gegangen?

Das alte Mutterschaf trottete vorwärts und verharrte einen Augenblick, um nach hinten zu spähen.

»Langsamer!« rief Klappernde Hufe verhalten, und ihre Stimme erhob sich kaum in der frostklirrenden Luft.

Kleiner Tänzer blieb stehen und bemühte sich, auf dem steilen Abhang nicht den Halt zu verlieren.

Die tiefstehende Sonne schickte ihre Strahlen vom Winterhimmel herab und wärmte die Südseite des Canyons. Hinter den Felsen lagen Schneereste in den Mulden. Grasbüschel, winterdürre Pflanzen und dazwischen ein paar armselige Sträucher fristeten ein kümmerliches Dasein auf dem erodierten Hang.

»Kann nicht glauben, daß man so jagt«, murmelte Hungriger Bulle vor sich hin. Kleiner Tänzer wartete unbeweglich. Mit angehaltenem Atem beobachtete er das Geschehen.

Vor ihnen, ungefähr vier Speerwürfe weit entfernt, blieb die kleine Dickhornschafherde im Gefolge des alten Mutterschafes stehen und blickte zu ihnen herüber.

»Was jetzt?« fragte Kleiner Tänzer.

»Vorwärts«, rief Klappernde Hufe mit ihrer rauhen Stimme. »Aber immer nur ein Stückchen. Wir dürfen sie nicht in Angst versetzen und verscheuchen. Wenn sie durchgehen, laufen sie nicht in die Falle.«

Kleiner Tänzer wiederholte den Befehl und hörte, wie er in der Reihe, die sich den Hang entlangzog, von Mund zu Mund weitergegeben wurde.

Das mit Weiden bestandene, in Schnee gehüllte Flußtal unter ihnen lag in blauem Schatten, abgerundete Schneewälle markierten die Windungen der eisbedeckten Flußufer. Hier und da deutete ein dunkler Fleck die Stellen an, an denen die Strömung zu schnell war und das Wasser nicht gefror. Die Fichten und Föhren schliefen unter einer tiefen Schneedecke. Zwischen den winterkahlen Weiden verliefen kreuz und quer die Fährten von Rehen und Hirschen.

Manche führten zu dem fast frühlingshaft anmutenden, in der Sonne liegenden Südhang.

Kleiner Tänzer blickte hinauf zum winterblauen Himmel und fragte sich verwundert, warum die Farbe in der Zeit der kurzen Tage soviel intensiver zu sein schien als sonst. Ein zartes Wolkenband zierte den Himmel im Osten. Neugierig schnüffelte er in die frische Brise, um zu prüfen, ob er die Schafe riechen könne. Die kalte Luft stach ihm in die Nase.

Unterhalb von ihm bahnte sich Reizende Wapiti umsichtig ihren Weg.

Als spüre sie seine Augen auf sich gerichtet, blickte sie auf. Lächelnd warf sie ihr herrliches, wie schwarzer Bernstein leuchtendes Haar über ihre von einem Fell verhüllten Schultern.

Eine freudige Erregung breitete sich in seiner Brust aus. Endlich konnte er lächeln, lachen, das Leben genießen, wie es jedem Menschen vergönnt sein sollte. Dieses Stückchen Land war das ihre geworden. Hier lebten sie ohne Furcht vor Blutbär, weit weg vom Alptraum Schwerer Biber.

Er machte einen weiteren Schritt und versuchte, seinen mit einem Mokassin bekleideten Fuß im Boden zu verkanten. Kies und Erde prasselten unter seinem Gewicht den Hang hinunter.

»He!« tadelte Hungriger Bulle mit gedämpfter Stimme.

Kleiner Tänzer kicherte belustigt.

Die Schafe vor ihm bewegten sich weiter. Graziös sprang das alte Mutterschaf von Felsen zu Felsen. Die Sonne schien auf sein glänzendes Winterfell. Am Schluß der Herde folgte unsicher zögernd ein alter Bock. Er schien nicht so recht zu wissen, wie er sich verhalten sollte.

»Zeit für Reizende Wapiti, nach vorn und hinauf zu gehen«, entschied Klappernde Hufe.

Von hoch oben, wo Drei Zehen von einem gefährlichen Felsen auf den nächsten kletterte, erklang das Lied eines Rotkehlchens. Ungläubig schüttelte Kleiner Tänzer den Kopf. Der Gesang des Vogels erschien ihm um diese Jahreszeit geradezu unmöglich. Endlich merkte er amüsiert, daß er sich von Drei Zehens hervorragender Imitation hatte täuschen lassen.

Unten winkte Reizende Wapiti und beschleunigte ihren Schritt. Sie ging auf einem Felsenband entlang. Schwarze Krähe und Wiesenlerche hielten mit ihr Schritt und achteten darauf, daß sich die Treiber fast auf gleicher Höhe hielten.

Das alte Mutterschaf trat Erde und Steine los, die mit Gepolter den Hang hinunterkollerten. Die jüngeren Mutterschafe und Lämmer folgten, ängstlich dem lockeren Geröll ausweichend. Als das Leitschaf festen Halt gefunden hatte, blieb es stehen. Es starrte auf den Sattel, wo sich die Falle befand, als würde es die Situation begreifen.

Kleiner Tänzer schluckte und dachte an die schwindenden Fleischvorräte.

»Bitte, Mutter«, flehte er.

Das alte Schaf wandte den Kopf und blickte zu ihm herüber. Selbst über die Entfernung hinweg fühlte er die Intensität des Blickes.

»Bitte, Mutter«, flüsterte er inbrünstig. »Wir brauchen dein Fleisch.«

Die Reihe der Treiber hatte angehalten. Das Mutterschaf warf einen raschen Blick auf die Falle. Es reckte den Hals und spitzte die Ohren hinter den schlanken, gekrümmten Hörnern. Ein Fluchtweg blieb ihm noch. Angestrengt starrte es auf den engen Durchgang, wo es die Treiber seitlich umgehen konnte. Das Tier schien in seiner Entscheidung unschlüssig zu schwanken.

»Bitte, Mutter«, wiederholte Kleiner Tänzer im Flüsterton. Er versuchte, Verbindung mit dem Schaf aufzunehmen, ihm von dem Hunger zu erzählen, den die Menschen ohne das Geschenk seines Fleisches erdulden mußten. Er ballte die Fäuste und versuchte mit all seiner Konzentration, dem Tier dieses Bedürfnis zu übermitteln.

Er verlor völlig das Gefühl für die Zeit. Er spürte nicht einmal den in sein Fleisch schneidenden scharfkantigen Felsen, als er sich auf die Knie sinken ließ und seine Arme flehentlich emporhob.

»Bitte, Mutter.« Der Augenblick des Bewußtseins dehnte sich aus, das Große Eine umhüllte ihn wie Morgennebel die schorfige Rinde der Pappeln im Tal.

»Wir haben Hunger, Mutter. Schenk uns dein Leben. Teile deinen Geist mit dem unsrigen.« Er fühlte die Berührung ihrer Seelen, spürte das pulsierende Herz des Mutterschafes in sich, atmete tief mit den Lungen des Tieres.

»Nähre uns, Mutter.«

Eine Mischung aus Verständnis, Bedauern und Entgegenkommen erfüllte ihn und ergriff völlig von ihm Besitz. Auf vier behenden Beinen drehte er sich um und stürmte den Hang auf. Die ihm ebener erscheinende Welt war farblos geworden und huschte in grauen Schatten an ihm vorbei. Er sah die Welt mit den Augen des Mutterschafes.

Mit seinen Ohren hörte er die anderen Tiere folgen, hörte die kletternden Füße die losen Steine lostreten und über die Felsen poltern. Der Geruch nach Erde, Frost und vermodernden Blätter vermischte sich mit dem der winterlichen Rosenpflanzen und Johannisbeersträucher und dem scharfen Geruch des dürren Grases.

Er genoß die Kraft seiner Beine, als er den Hang hinaufsprang. Er lief auf wundersamen Füßen, fand mit den Hufen sicheren Halt, wo ein Mensch ausgeglitten und gestürzt wäre.

Dann ging er zwischen den beiden Felsen hindurch, bestieg den Grat und lief zwischen die aufgestellten, aus Pechkiefern errichteten Seitenwände der Falle. Seine Muskeln strafften sich. Er sprang in die Falle, die anderen Schafe folgten ihm in blindem Vertrauen.

Hinter ihnen hob sich Zwei Rauchwolkens Netz. Die anderen Mutterschafe und ihre Lämmer begannen unruhig zu blöken. Das alte Mutterschaf wartete, teilte diesen Augenblick mit ihm, unruhig, aber ihn hinnehmend, solange er mit ihm eins war. Nicht einmal das Blöken der Herde, das Prusten des in Angst versetzten Bocks weckte den natürlichen Instinkt.

Das Rufen der Jäger breitete Entsetzen in der Herde aus. Die Tiere begannen panisch zu blöken und ziellos umherzuirren. Das Netz, gehalten von dem verkrüppelten Zwei Rauchwolken und der gewandten Klappernde Hufe, drängte sie vorwärts. Die Menschen erschienen ihm durch die Augen des Schafes seltsam verzerrt, sie sahen furchteinflößend aus. Er zuckte kaum zurück, als sich das Netz über ihn senkte, ein Gewicht, dessen Ursprung das Tier nicht erahnen konnte. Die anderen Schafe standen zitternd da, versuchten zu begreifen, was dieses Gebilde aus Strängen, das nach Menschen und Wacholderrinde roch, ihnen zufügte.

Er verstand, was die Menschen mit den Keulen vorhatten. Das Heben des im Feuer gehärteten Wacholderholzes, diese in einem Bogen niedersausende Bewegung und das hohl klingende Splittern ließ sein ganzes Selbst erschauern. Der penetrante Blutgeruch, der Moschusgeruch, den der Wind herübertrug, vermischte sich mit dem Geruch der Menschen. Nacheinander wurden die Dickhornschafe erschlagen. Unvermeidlich näherte sich der Tod auch ihm.

Plötzlich sah er merkwürdig verzerrt das Gesicht seines Vaters über sich. Er duckte sich angstvoll zusammen, als sich die Keule zum Schlag hinauf in den grauen Himmel erhob und dann pfeifend auf ihn heruntersauste.

Dunkelheit.

Stimmen.

»Er wacht auf. Kleiner Tänzer? Hörst du mich?« Das vertraute Gefühl der Hände – menschlicher Hände – beruhigte ihn. Wärme stieg aus dem Körper auf, der ihn stützte. Stöhnend bewegte er sich, kostete die Empfindungen des Lebendigseins aus, genoß den Schlag seines Herzens in der Brust. Selbst die Kältestarre, die seine Arme und Beine eisig durchdrang, erschien ihm wie eine wundervolle Empfindung. Er schauderte.

Am Leben!

»Was ist passiert? Bist du gestürzt?« Reizende Wapitis besorgte Stimme holte ihn endgültig aus den Tiefen des Unterbewußtseins zurück. Er öffnete die Augen und sah in strahlendes Sonnenlicht. Er blinzelte und merkte, daß sein Kopf auf Reizende Wapitis Schoß gebettet war. Hungriger Bulle beugte sich über ihn und hielt seine Hände. Halb wahnsinnig vor Angst starrten seine Augen forschend in das Gesicht seines Sohnes. Drei Zehen, Schwarze Krähe und Klappernde Hufe hatten sich mit angespannten Mienen um ihn geschart.

»Du hast die Jagd verpaßt.« Hungriger Bulle lachte fast vor Erleichterung. »Du bist gestürzt und ...«

»Nein, ich war dabei«, krächzte er und holte tief Luft. »Das Mutterschaf und ich ... das Große Eine. Wir waren eins. Das Tier wollte die Falle umgehen. Ich flehte es an.«

Die Erinnerung flutete zurück, jeder Schritt, jeder Atemzug und jeder Herzschlag. Das Heben der Keule, der unvermeidliche Tod. Ein kräftiger Schauder schüttelte seinen Körper.

»Wir müssen ihn aufwärmen«, kam Klappernde Hufes Stimme von irgendwoher.

Hände halfen ihm auf, Menschen murmelten zusammenhanglose Worte, er fühlte wie ihm die Kontrolle über seinen Körper entglitt.

»Paß auf, wo du hintrittst.« Verworren drangen die Worte an sein Ohr.

Wieder trieb er in einem Nebel dahin. Ehrfürchtige Scheu ergriff ihn bei dem Gedanken, zusammen mit dem Mutterschaf gestorben zu sein – und es war nicht unangenehm gewesen. Aber was war anschließend vorgefallen? Ein federleichtes Gefühl des Gleitens … Wärme. Das Prasseln eines Feuers. Rauch kitzelte seine Nase. Mit verschwommenen Augen blinzelte er in ein Feuer, das in einem flachen Feuerloch entzündet worden war. Der Geruch gebratenen Fleisches stieg ihm in die Nase. Ein nagendes Hungergefühl breitete sich in ihm aus.

»Und er spricht weiterhin vom Großen Einen?« Er erkannte Zwei Rauchwolkens Stimme. »Ich habe gesehen, wie das Mutterschaf stehenblieb. Ich war mir ganz sicher, daß es in die andere Richtung stürmt und wir die Herde verlieren. Dann prickelte eine Macht in der Luft. Ich weiß es, ich kenne dieses Gefühl, wie das nur einem Berdachen möglich ist. Plötzlich drehte sich das Mutterschaf um und ging geradewegs in die Falle. Es schien nicht einmal Angst zu haben, aber seine Augen … die Art, wie es dastand … als sei es von etwas besessen.«

»Geteilt«, krächzte Kleiner Tänzer. »Geteilt.« Er starrte in die knisternden Flammen und ließ sich mit den Funken treiben.

»Was hältst du von Kleiner Tänzer und seinen Visionen?« fragte Drei Zehen behutsam, während er mit Hungriger Bulle den Steilhang hinaufkletterte. »Du weißt, er ist anders als ein Kind sein … ein Kind? Ich meine, ein Mann. Er hat seinen ersten Büffel getötet, und offensichtlich liegen er und Reizende Wapiti nachts unter gemeinsamen Decken. Aber er ist noch so jung … und gleichzeitig so alt. Du bist sein Vater. Was sagst du dazu?«

Hungriger Bulle stieß eine dampfende Atemwolke aus seinen keuchenden Lungen. Er schüttelte den Kopf, blieb stehen und ließ die Last von seinem Rücken gleiten. Nachdenklich blickte er hinauf in das Gewirr schneebedeckter Äste, die sich in einem wildem Muster über ihnen ineinander verflochten. Die Föhrenstämme hoben sich verwaschen grau vom weißen Schnee ab. Die kreuz und quer liegenden, umgestürzten Stämme waren von feinem Pulverschnee bedeckt.

Er betrachtete die Hirschfährten auf dem knietief verschneiten Pfad, die um einen entwurzelten Stamm herumführten und im dichten Unterholz verschwanden. Wie konnte ein Wapiti einen solch unzugänglichen Weg bewältigen?

Zauberei!

»Ich mache mir Sorgen.« Was hätte er sonst sagen sollen?

»Und Reizende Wapiti?«

Hungriger Bulle zuckte die Achseln und lud sich die Last wieder auf den Rücken. »Er ist ein Mann, alter Freund. Er hat sein erstes Fleisch erbeutet und sich eine Frau genommen. Er hat bewiesen, daß er sie ernähren kann. Er hat die Verantwortung eines Mannes übernommen – und er handelt entsprechend. Er ist stark und klug. Er muß seinen eigenen Weg gehen.«

Drei Zehen zog die in der Kälte laufende Nase hoch. Er blickte den gewundenen Pfad zurück, dem sie den Berg hinauffolgten. Von hier oben sah der Hang noch steiler und gefährlicher aus, als er in Wirklichkeit war. Der Aufstieg war weniger unheimlich als der Abstieg. »In dieser Gegend fühlt man sich sehr eingeengt, man sieht fast nichts. Ich habe das Gefühl, als ob gleich irgendein Ungeheuer zwischen den Bäumen hervorkommen und mich fressen wird.«

Hungriger Bulle kicherte. »Mein merkwürdiger Junge – über den du dir so viele Sorgen machst – könnte dich zurück ins Leben träumen.«

»Glaubst du wirklich?« Drei Zehen schüttelte den Kopf. »Ich weiß nicht, vielleicht hast du ja recht. Weißes Kalb hat immer gesagt, er besitze Macht. Und Zwei Rauchwolken, nun ich dachte immer, er wäre … na ja, eben anders. Aber diese Anit'ah glauben, ein Berdache besäße eine ähnliche Macht wie die Händler …«

»Nicht wie Händler, sondern wie Berdachen.«

»Na gut, die Macht eines Berdachen. So langsam beginne ich, daran zu glauben.« Drei Zehen runzelte die Stirn und saugte laut an seinen Zähnen, bevor er das kehlige Schnarren eines Eichelhähers imitierte. Der Ruf verklang zwischen den düsteren Bäumen, das Piepsen einer kleinen Meise antwortete.

Hungriger Bulle schielte zu einem winzigen Fleck blauen Himmels hinauf, der sich direkt über ihm öffnete. »Ja, ich glaube, Kleiner Tänzer besitzt eine Macht. Nachts, während er schläft, höre ich ihn. Träume suchen ihn heim. Nicht die Träume gewöhnlicher Menschen, sondern Große Träume. Oft wacht er auf ... aber nicht wirklich, verstehst du? Du kannst mit ihm reden, und er antwortet, aber er ist nicht da, nicht *bei* dir in der Höhle.«

»Ich habe es mitgekriegt. Gestern nacht. Du sprachst ihn an, und er antwortete, es sei das Feuer gewesen. Doch das Feuer war in Ordnung. Er hatte die Augen offen, Hungriger Bulle. Ich habe es gesehen – aber ich hatte den Eindruck, als wäre er nicht in seinem Körper.«

»Warst du wach, als ich ihn heute morgen darauf ansprach? Er hat nur geblinzelt, war vollkommen verwirrt.«

»Ja. Mir standen die Haare zu Berge«, brummte Drei Zehen. »Die die Spaß macht ist deswegen ein wenig durcheinander, sie fürchtet sich. Schwarze Krähe hat ihr gesagt, sie solle sich beruhigen, das sei nur eine Entwicklungsphase, Kleiner Tänzer käme schon darüber hinweg.«

»Los, komm weiter. Mir frieren die Füße im Schnee fest, wenn wir noch lange hier herumstehen.« Verzweifelt versuchte er, das Thema zu wechseln. Kleiner Tänzers sonderbares Verhalten setzte ihnen allen zu.

Er folgte der Fährte des Wapitis. Für den Hirsch war dieser Weg hinauf zum Gipfel bestimmt der beste, dacht er, doch schließlich war es ein Unterschied, ob ein vierbeiniger Hirsch einem solch schwierigen Pfad folgte oder ein zweibeiniger Mensch. Jeder lebte eben in seiner eigenen Wirklichkeit.

»Wir werden also einen Wapiti mit einer Schlinge fangen wie ein Kaninchen.« Drei Zehen schnaubte verächtlich und kämpfte sich hinter Hungriger Bulle die Steigung hinauf. »Klingt wirklich verrückt.«

»Warum?« fragte Hungriger Bulle erstaunt. »Du hast gehört, was Klappernde Hufe gesagt hat. Wir müssen nur ...«

»Ich habe nicht alles mitbekommen. Ich versuche immer noch, einen Sinn in dieser nuscheligen Sprache, in der sie sich unterhalten, zu entdecken.«

»Ja, nicht wahr, es hört sich nuschelig an?« Hungriger Bulle kratzte sich mit seiner in einem Fäustling steckenden Hand hinter dem Ohr. »Aber sie behaupten wiederum, wir würden beim Sprechen gackern wie die Waldhühner.«

»Wie Waldhühner?« Drei Zehen explodierte förmlich und schnaubte wütend.

»Das sind vielleicht Zeiten! Wir hören uns beim Sprechen nach allem anderen an, nur nicht nach Waldhühnern.«

»Für sie anscheinend schon.«

»Und was ist mit dir? Du und Klappernde Hufe scheint ganz selig vor Wonne unter den Decken. Bleibt ihr zusammen? Was ist mit diesem Ein Wurf? Kann er dir Ärger machen?«

Hungriger Bulle kletterte über einen umgestürzten Baumstamm. Der Hirsch hatte bereits den Schnee heruntergefegt, als er mit seinem Bauch darübergestreift war. Hilfreich streckte er Drei Zehen die Hand hin.

»Sie sagt, es werde keinen Ärger geben. Sie sagt, beim Rothand-Volk kann eine Frau einen Mann verlassen ... einfach so. Obwohl ich vermute, daß es eine Geste der Höflichkeit wäre, etwas für den ehemaligen Gatten zu tun. Ihm ein paar gute Häute zu geben oder vielleicht etwas Fleisch.

Aber Ein Wurf hat sie mehr oder weniger nur geheiratet, weil sie einen Mann gebraucht hat. Zumindest hat sie mir das gesagt. Ein Wurf liebt seine erste Frau sehr, sie heißt Feuchter Regen.

Klappernde Hufe hat alle beide gern. Sie sagt, sie hätten geholfen, Blutbär zu täuschen, als er hinter Reizende Wapiti her war. Ich finde, das ist schon Grund genug, beide gern zu haben.«

»Ja, das verstehe ich. Meiner Ansicht nach ist jeder in Ordnung, der Blutbär nicht leiden kann.« Drei Zehen machte eine Pause, um Atem zu schöpfen. »Zur Zeit sieht es so aus, als hätten wir kein großes Glück mit Träumern oder Anführern.«

»Mach dir darüber keine Sorgen. Du bist in Sicherheit. Wir fangen von vorn an, lernen neue Dinge und gehen Schwerer Biber aus dem Weg.«

»Und Blutbär?«

»Ich glaube, er wird uns nicht belästigen. Nicht, nachdem sich Weißes Kalb für uns eingesetzt hat.«

»Hm, ich möchte dir zwar nicht die Jagd verderben, aber sie ist nicht mehr so jung, wie ich mir das wünschen würde.«

»Denkst du an eine zweite Ehefrau?«

»Ach, hör auf! Weißes Kalb? Meine Frau? Ich könnte mir eine Menge anderer und angenehmerer Möglichkeiten vorstellen, um Selbstmord zu begehen. Zum Beispiel hinter einem verrückten Büffel herzuschleichen und ihm mit einem stachligen Kaktus auf die Hoden zu hauen. Aber was ist, wenn sie beschließt, ihre Seele schon bald zum Sternennetz hinaufzuschicken? Was machen wir dann? Dann haben wir den Schutz unserer Geisterfrau verloren.«

»Deshalb statten wir dem Rothand-Volk im Frühjahr einen Besuch ab.

Wir gehen als Verwandte von Klappernde Hufe, Reizende Wapiti und Zwei Rauchwolken. Wir besuchen sie, handeln ein wenig mit ihnen und kehren hierher zurück. Klappernde Hufe sagt, im kommenden Frühling werden wir Sternäpfel, Springkrautwurzeln, Zwiebeln, Segolilien, sellerieartige Wurzeln und all die anderen Pflanzen, die hier oben wachsen, ernten. Im Spätsommer und im Herbst gibt es Hagebutten, Johannisbeeren, süße Kiefernsamen, Waldhühner mit einer Halskrause und alle möglichen guten Dinge. Wir müssen vielleicht ein bißchen herumziehen, bis wir reiche Ernte machen – vermutlich ändern sich die Standorte von Jahr zu Jahr –, aber alles in allem erscheinen mir die Aussichten nicht schlecht.«

»Dir schmeckt dieses Zeug? Du willst keine Büffel essen?«

Hungriger Bulle klopfte sich den Bauch. »Sieh es mal so. Ich habe mich daran gewöhnt, an mir hinunterzublicken und meinen Nabel zu sehen – vielleicht ist mein Bauch nicht so rund wie der von Schwarze Krähe, aber immerhin. Seit langer, langer Zeit habe ich nicht mehr Hunger gelitten. Außerdem schmecken diese süßen Wurzeln wunderbar. Gebackene Wurzeln sind einmalig auf der Welt. Ich könnte das für den Rest meines Lebens essen wie du Büffelrückenfleisch.«

»Kommt mir nicht richtig vor, dieses Herumwühlen in der Erde.«

Hungriger Bulle lachte in sich hinein. »Es ist noch nicht einmal ein paar Wochen her, da habe ich dasselbe zu meinem Sohn gesagt.«

»Und was hat deine Meinung geändert?«

»Klappernde Hufe trat in mein Leben. Zum erstenmal seit unendlich langer Zeit schien wieder die Sonne für mich. Bitte, sieh dich um. Es ist schön hier. Der Wind ist nicht so schlimm wie unten in der Ebene. Hier oben zwischen den Felsen gibt es herrliche Farben, Bäume und Blumen. Und wir können Fallen stellen.

Die Schaffalle hat sich gut bewährt. Jetzt sind wir hinter einem Wapiti her. Was gibt es Schöneres für einen Jäger, als zu jagen, hm? Und kein Schwerer Biber träumt uns hier oben in irgendwelche Schwierigkeiten.«

»Aber es ist alles ganz anders als früher.«

»Alles Neue ist anders. Also lerne und genieße es.«

»Wie du von Klappernde Hufe gelernt hast, Schafe in eine Falle zu locken? Blut und Mist, wenn Schwerer Biber das hören könnte! Ein Jäger lernt von einer Frau, wie man jagt.« Lachend schlug er sich auf die Schenkel.

Hungriger Bulle zuckte die Achseln. »Mich stört das nicht. Ich bin glücklich. Ich muß dir sagen, ich dachte, daß ich nie wieder richtig leben würde. Ich sah bereits meine Seele zum Sternennetz hinaufsteigen wie schwarzen Rauch von brennendem Fett. Dann ist Klappernde Hufe gekommen und hat sich warmherzig und rücksichtsvoll um mich gekümmert. Nun sorge ich für sie. Die furchtbare Leere in meinem Herzen, die mich quält, seit Salbeiwurzel umgebracht wurde, wird zwar nie ganz verschwinden, aber ein Teil von mir ist wieder ausgefüllt, und erst seither weiß ich, wie entsetzlich leer ich wirklich war. Ich fühle mich wieder wie ein ganzer Mensch.«

Hungriger Bulle entledigte sich seiner Last und schlang den Gurt seiner Trage über einen brusthohen Baumstamm, den der Wapiti mit einem einzigen Sprung bewältigt hatte. »Hilf mir da hinauf.«

Mit Drei Zehens Hilfe kletterte er auf den Stamm, dann zog er den Freund nach. »Übrigens, deinen Kindern gefällt es hier. Ich habe Zwei Monde, Der viel lacht und Grashüpfer zusammen mit Schwarze Krähes Brut beobachtet. Sie rollten Steine den Hang hinunter und lachten und kreischten dabei, als wollten sie die Geister aufwecken.«

»Ihnen gefällt es, das stimmt. Wir lebten bei Sieben Sonnens Sippe so weit im Osten, daß sie nicht oft Gelegenheit hatten, Steine einen Hang hinunterzurollen. Die Jugend sollte diese Gelegenheit haben.«

»Und Wiesenlerche und Die die Spaß macht sind bestimmt auch lieber hier als in der Ebene. Hier oben ist die Arbeit nicht so schwer.

Im Winter müssen sie nicht so weit gehen, um Feuerholz zu holen.

Wasser gibt es fast überall. Eßbares ist leichter zu finden. Man muß nicht so gewaltige Lasten auf dem Rücken schleppen.«

Sie traten zwischen den Bäumen hervor und stapften auf eine Wiese hinaus. Der verharschte Schnee knirschte unter ihren mühseligen Schritten.

»Ich würde sagen – da drüben.« Drei Zehen deutete auf eine schmale Erdspalte zwischen einer Baumgruppe. In der Nähe des Spaltes waren Vertiefungen von lagernden Hirschen im Schnee zu erkennen. Der Platz stank nach dem üppigen Moschusgeruch der Wapitis.

Markierungs- und Urinflecken färbten den Schnee.

»Ich könnte wetten, sie gehen da hinüber.« Drei Zehen lockerte ein urinverkrustetes Schneestück und roch daran. Er grinste, sein Atem dampfte weiß in der frostigen Luft.

»Glaubst du, die Bäume sind stark genug, um einen in einer Schlinge gefangenen Wapiti zu halten?«

»Glaubst du, dein Seil ist es?« entgegnete Drei Zehen.

»Das werden wir vermutlich bald feststellen.« Hungriger Bulle marschierte über die Lichtung.

»Sag mal, wie gut ist eigentlich der Geruchssinn der Wapitis?« erkundigte sich Drei Zehen. »Kommen sie auch hierher, wenn sie die Anwesenheit von Menschen riechen?«

»Klappernde Hufe meinte, wir sollen auf beiden Seiten des schmalen Durchgangs an die Bäume pinkeln. Sie sagte, Wapitis schnüffeln und hinterlassen dann ihre Markierung über der eines Menschen.«

»Du machst Witze!«

»Das ist kein Witz. Sie erzählte mir, Reizende Wapitis Vater sei immer den gleichen Weg wieder zurückgegangen, wenn er auf Wapitis Jagd gemacht hat. Dabei habe er einmal einen Hirsch beobachtet, der ihm länger als einen halben Tag lang gefolgt ist.«

»Gejagter und Jäger zugleich, ha?« Drei Zehen starrte über seine Schulter auf die dunkle Linie der Bäume.

Hungriger Bulle trat in eine Mulde, die ein lagernder Hirsch in den Schnee gedrückt hatte – und wäre beinahe gestürzt. Unter dem warmen Körper des Tieres war der Schnee gefroren und hatte das Lager mit einer glasigen Eisschicht überzogen. »Ziemlich gefroren, Sie müssen schon eine ganze Weile fort sein.« Er hob ein wenig Kot auf und zerquetschte das Kügelchen zwischen Daumen und Zeigefinger.

Der Durchgang zwischen den Bäumen sah vielversprechend aus. Der Pfad war von den Hirschhufen festgetrampelt.

Hungriger Bulle schob Drei Zehen so hoch in einen der Bäume hinauf, daß er das Ende der Fallenschlinge über einen kräftigen Ast ziehen konnte. Dann kletterte er auch hinauf, und gemeinsam hingen sie die Schlaufe in den richtigen Winkel, so daß der Wapiti mit dem Kopf hineingeraten mußte.

Nachdem sie ihr Werk beendet hatten, klopfte Drei Zehen den Schnee von seinen Fäustlingen. »So sieht also eine Hirschschlinge aus. Ich hätte nicht gedacht, daß ich auch das kann.«

»Du hast auch Schafe mit einer Falle gefangen. Und Kiefernsamen von den Bäumen heruntergeschlagen.«

»Und sie haben mir sogar geschmeckt«, pflichtete ihm Drei Zehen bei. »Ja, ich könnte mir vorstellen, das Leben hier oben irgendwann zu genießen. Aber es ist ein bißchen einsam. Mir fehlen die alten Legenden.« Er runzelte die

Stirn. vielleicht hätten wir Kleiner Tänzer mitnehmen sollen. Er hätte irgendein Zeichen oder so etwas machen können, das die Wapitis stärker anzieht als Urin.«

Hungriger Bulle zuckte die Achseln. Er wollte sich umwenden, erstarrte aber mitten in der Bewegung und klopfte seinem Freund auf die Schulter. Drei Zehen drehte sich ebenfalls um und erschrak.

Der Wolf stand im Schatten der Bäume. Seine Augen brannten seltsam gelb, als glühe ein loderndes Feuer darin.

»Groß, findest du nicht?«

»Ja«, stieß Drei Zehen hervor.

Einen langen Augenblick sahen die zwei Männer und das Tier einander an; dann verschwand wie von Zauberhand der Wolf.

Drei Zehen blinzelte und rieb sich die Augen. »Ich habe nicht einmal gesehen, daß er sich bewegt hat.«

»Ich auch nicht.« Hungriger Bulle lief eine Gänsehaut über den Rücken. »Hast du gesehen, wie … Ach was. Muß das Licht gewesen sein.«

»Du meinst, er hat so geguckt wie der Wolf auf der Felszeichnung in der Höhle?«

Hungriger Bulle nickte. Er starrte noch immer auf die Stelle, an der der Wolf gestanden hatte. »Wie der Wolf in der Höhle. Genau so …«

»Die Büffel sind beunruhigt!« rief das Wolfsbündel »Ich spüre es. Verwirrung, Frustration, Hunger, sie sind halb verrückt. Einer nach dem anderen stirbt. Ihre Angst, auszusterben und in Vergessenheit zu geraten, gefährdet das Gleichgewicht der Spirale.

Sie wissen, ihre Zeit ist noch nicht gekommen. Aber wie sollen sie ihren Tod aufhalten? Die Seele des Landes schreit. Fühlst du den Tod? Fühlst du ihn näher rücken, fühlst du, wie er der Erde Wärme entzieht? Ist das unsere Zukunft? Fühlst du das Antilopenkitz und sein Elend? Durst. Das Land weint. Was können wir tun? Ich werde gepeinigt … sterbe mit dem Land. Durst, Hitze, was können wir ihnen anbieten?«

Müde erklang Wolfsträumers Stimme aus dem goldenen Schimmer der Spirale: »Hoffnung.«

Kapitel 17

»Du siehst bekümmert aus, Mädchen.«

Rasch wich Reizende Wapiti dem Blick der Mutter aus und sah ins Tal hinaus. Das Braun der Hügel des letzten Jahres war zartem Grün gewichen; blaugrün leuchtend hob sich der Salbei von den Sandsteinfelsen ab. Über ihnen spannte sich ein kristallklarer Himmel in die blaue Unendlichkeit, den gerade keimenden Frühling mit tödlicher Trockenheit bedrohend.

»Ich dachte eben an etwas, was mir Zwei Rauchwolken erzählt hat … über Träumer.«

Seufzend setzte sich Klappernde Hufe neben ihre Tochter in die warme Sonne. »Ich habe dich mehr als einmal dabei ertappt, wie dein Blick in die Leere ging. Sobald du dich unbeobachtet fühlst, versinkst du in diesen abwesenden Blick. Möchtest du nicht mit mir darüber reden?«

»Ich dachte, Der das Horn packt würde mein erster Mann sein. Doch dann begegnete ich Kleiner Tänzer. Ich liebe ihn, und das ist ein Gefühl, als würde ein loderndes Feuer in mir brennen. Ich wußte nicht, daß ich einen Mann jemals so lieben könnte. Er ist so … ach, er ist so sanft, und er behandelt mich, als sei ich für ihn das Kostbarste auf der Welt.«

»Das habe ich gemerkt.«

»Andererseits macht er mir angst. Da ist etwas in ihm, das ich nicht mit ihm teilen kann. Etwas, was sich außerhalb meiner Wahrnehmungswelt befindet.«

»Und Zwei Rauchwolken? Du sagtest, er hätte mit dir über Kleiner Tänzer gesprochen.«

Reizende Wapiti biß sich auf die Unterlippe. Zögernd antwortete sie: »Er hat mir einmal gesagt, wie Macht auf einen Menschen einwirkt … daß ein Mensch nur als Werkzeug für ein bestimmtes Ziel dient und dann fallen gelassen wird. Um es mir zu verdeutlichen, benutzte er das Beispiel eines Speeres, der mit großer Sorgfalt angefertigt und erst nach langen Vorbereitungen nach einem Tier geworfen wird. Du weißt, manche Speere verfehlen ihr Ziel und treffen auf einen Felsen. Wenn das passiert, wird die Spitze zertrümmert, der Schaft bricht. Die ganze Arbeit war umsonst. Manchmal gehen sie auch im Schnee oder im hohen Gras verloren, werden einfach vergessen. Sie bleiben liegen, bis sie verrotten.« Dieses Bild war stets lebendig in ihr, verfolgte sie, quälte sie.

»Und du glaubst, die Macht in Kleiner Tänzer ist so stark?«

Sie atmete tief ein und genoß das Gefühl der frischen Luft, die ihre Kehle hinunterglitt und ihre Lungen füllte. Sie kostete diesen Augenblick so lange wie möglich aus. »Ja, Mutter. Ich glaube, er besitzt eine größere Macht als er ahnt. Der Vorfall mit der Schaffalle oben in den Bergen war erst der Anfang. Ich war schon früher beim Fallenstellen dabei. Du weißt genausogut wie ich, daß die Schafe kurz davor waren, in die andere Richtung davonzustürmen.

Er hat sie in die Falle geträumt.

Seit dem Tag beobachte ich Zwei Rauchwolken. Er sitzt hinten in der Höhle, spricht kaum, läßt aber Kleiner Tänzer nicht aus den Augen. Wenn Kleiner Tänzer nachts Träume hat und aufwacht, starrt er auf die Spirale – oder auf den Wolf. Und wenn er diese Träume hat, wache ich auf. Ebenso Zwei Rauchwolken, obwohl er auf der anderen Seite der Höhle schläft. Ich glaube nicht, daß Kleiner Tänzer etwas merkt, aber Zwei Rauchwolken beobachtet ihn unablässig aus schmalen Augen hervor.

Ich habe ihn darauf angesprochen. Er lächelte merkwürdig – als ob es ihm das Herz zerreißen würde – und sagte mir, ein Berdache könne Macht fühlen, denn er lebe im Zwischenraum zwischen den Welten.« Reizende Wapiti zog die Schultern hoch. »Mehr wollte er mir nicht sagen. Er legte mir nur die Hand auf die Schulter wie ein Bruder, der einen beruhigen will, und ging weg.«

Klappernde Hufe legte den Arm um die Schultern der Tochter. »Ja, möglich, daß Kleiner Tänzer magische Macht hat. Aber was mich angeht, soll er auf sich selbst aufpassen. Es ist meine Tochter, die mir Sorgen macht. Was glaubst du? Ist er den Kummer wert?

Wirst du es aushalten?«

Reizende Wapiti blickte in die liebevollen Augen ihrer Mutter.

»Ich ... ich glaube schon. Er wird ein großer Mann werden, Mutter.

Das fühle ich. Vielleicht so groß wie der Erste Mann, der die Menschen von der Ersten Welt in diese Welt geführt hat.«

»Aber die Legenden sagen, daß der Erste Mann die Frauen mied«, erinnerte sie Klappernde Hufe mit hochgezogenen Augenbrauen.

Reizende Wapitis Blick ruhte in der Ferne, wo sich die graubraune Erde und der gelbbraune Fels der Gipfel mit dem tiefblauen Himmel vereinigten. »Wenn er gerufen wird, glaube ich, daß ich darauf vorbereitet bin.«

Sie senkte den Kopf. »Ich kann mich auf diesen Tag vorbereiten. Und wenn es soweit ist, dann wird mich die gemeinsame Zeit mit ihm trösten, oder was meinst du? Wenn du gewußt hättest, was meinem Vater zustößt – daß euch nur so wenig Zeit miteinander bleibt –, wie hättest du dich entschieden? Dich gleich von ihm zurückgezogen?« Klappernde Hufe sah sie nachdenklich an.

»Ich wußte nicht, daß man heutzutage schon in jungen Jahren so erwachsen ist. Als ich in deinem Alter und gerade eben zum erstenmal aus dem Menstruationszelt heraus war, interessierte ich mich für Männer. Ich probierte sie alle aus, lernte, was es mit der Vereinigung auf sich hat. Mein Bestreben war es, meine Freunde so eifersüchtig wie nur möglich zu machen. Ich wollte den bestaussehendsten Mann heiraten. Aber du, du machst dir Sorgen um einen einzigen und was für ein Leben dich an seiner Seite erwartet. Die meisten Mädchen deines Alters sind ausschließlich mit sich selbst beschäftigt und denken nicht so weit voraus.«

Klappernde Hufe verstummte. Eine tiefe Falte grub sich in ihre Stirn.

»Oder liegt es daran, daß du nur einen einzigen Mann gehabt hast? Vielleicht liegt es an deiner mangelnden Erfahrung? Hmm?

Könnte das sein? Du hast dich völlig auf Kleiner Tänzer

fixiert, weil er weit und breit der einzige Mann ist, den du ...«

»Nein.« Entschieden schüttelte sie den Kopf. »Darüber habe ich auch nachgedacht. Ich dachte an all die Dinge, die Tangara, Grille und ich uns in unserer Fantasie ausgemalt hatten. Manchmal liege ich nachts wach, blicke in das Feuer und versuche mir vorzustellen, welche Männer ich haben möchte. Ich meine nicht nur aus unserer Gruppe – sondern vom ganzen Rothand-Volk. Ich habe immer von Der das Horn packt geträumt. Aber verglichen mit Kleiner Tänzers Feuer ist Der das Horn packt lauwarme Asche. Ich mag ihn immer noch, und wenn Kleiner Tänzer mich verläßt, gehe ich vielleicht zu ihm. Aber Kleiner Tänzer ist anders.«

»Jeder ist anders«, erinnerte sie ihre Mutter ironisch.

»Ich meine etwas Bestimmtes. Er ist ... oh, er ist so freundlich.

Man hat ihm sehr weh getan. Sagst du mir, was du siehst, wenn du ihm in die Augen blickst?«

Unbehaglich rutschte Klappernde Hufe hin und her. Sie überlegte einen Moment. »Ja, ich weiß, was du meinst. Ich sehe dasselbe in den Augen seines Vaters. Aber ich kann Hungriger Bulle vertrauen.

Er würde mir nie weh tun. Er ist reif, ein Mann, der sich selbst kennt und weiß, was er vom Leben erwartet. Er hat die Fähigkeit, sich in andere hineinzuversetzen ... was man ihm angetan hat, bürdet er nicht anderen auf. Ich habe Männer gekannt, die genau das tun, nämlich ihren Kummer an anderen auslassen. Blutbär zum Beispiel. Er läßt andere büßen für das, was das Leben ihm angetan hat.«

»Das würde Kleiner Tänzer nie tun. Er würde mir nie weh tun.«

»Nicht absichtlich.« Klappernde Hufe nahm Reizende Wapitis Hände in die ihren. Ihre klaren Augen blickten ihre Tochter eindringlich an. »Ich frage mich aber, wie er sich verhält, wenn die Macht ihn ruft?«

Reizende Wapiti zuckte die Achseln. Sie genoß die Wärme der Hände ihrer Mutter. »Ich glaube, er kennt sich selbst nicht. Ich habe ihn gefragt, aber er behauptet, er sei nicht der Eine, nicht der Richtige. Das wiederholt er ständig.«

»Als müßte er sich selbst davon überzeugen?«

Reizende Wapiti blieb fast das Herz stehen. »Blut und Mist, hoffentlich nicht!« Aber auch wenn die Macht ihn rief, sie hatte sich entschieden. Sie würde jeden Augenblick mit ihm genießen, jedes Lächeln von ihm auf ewig bewahren, und sie würde um ihn kämpfen.

Und wenn sich die Macht als stärker erwies als sie? Dann konnte sie nur noch zum Großen Weisen beten.

»Weißt du« – Klappernde Hufe machte eine Pause und überlegte sich die folgenden Worte genau – »die anderen beginnen sich Sorgen zu machen. Wenn Kleiner Tänzer träumt und diese merkwürdigen Laute ausstößt, weckt er die Kinder. Die die Spaß macht und Wiesenlerche werden langsam unruhig.«

»Sie leben in einem fremden Land, müssen viel Neues lernen. Wir leben alle auf so engem Raum zusammen, und der Winter scheint nie enden zu wollen.«

»Zugegeben, wir gehen uns in dieser kleinen Höhle alle ein wenig auf die Nerven. Aber teilweise liegen die ständigen Spannungen an Kleiner Tänzers sonderbarem Verhalten.« Klappernde Hufe zog die Knie an den Leib. »Ich habe mich ebenfalls ein wenig mit Zwei Rauchwolken unterhalten. Er ist kein Narr; er fühlt, daß es Ärger geben wird.«

Reizende Wapitis Eingeweide verkrampften sich.

»Ah ja, du weißt es auch, nicht wahr, meine Tochter? Du spürst es ebenso.«

»Was ... was hat Zwei Rauchwolken gesagt?«

Klappernde Hufe hob kaum merklich das Kinn und nahm die Hände der Tochter fester in die ihren. »Hör mir zu, Reizende Wapiti, und vergiß nicht, ich will dir niemals weh tun. Weißt du das? Du bist das Kostbarste ...«

»Ja, das weiß ich.«

»Dann weißt du auch, daß ich dir stets ehrlich sage, was meiner Meinung nach das Beste für dich ist. Du mußt nichts tun, was du nicht willst. Ich gebe dir nur einen Rat.«

Reizende Wapiti nickte. Ihr wurde zunehmend unwohl.

»Zwei Rauchwolken glaubt, Kleiner Tänzer sollte zu Weißes Kalb gehen. Warte! Laß mich ausreden. Zwei Rauchwolken meint, Weißes Kalb könnte Kleiner Tänzer helfen, seinen Weg zu finden, jetzt, da die Macht das Verhältnis zwischen den beiden verändert hat. Er glaubt, wenn Kleiner Tänzer weiterhin gegen sich selbst kämpft, wird er seine Seele in zwei Teile reißen. Wenn die Zeit kommt, mußt du ihn gehenlassen.«

Reizende Wapiti schnürte es die Kehle zu, sie fühlte sich wie gelähmt.

»Versprichst du mir, darüber nachzudenken?«

Sie nickte, konnte aber ein qualvolles Aufstöhnen nicht unterdrücken.

Mißmutig lag Blutbär auf dem Rücken und zerrte mit der schwieligen Hand an einem seiner langen Zöpfe. In der anderen Hand hielt er eine Weidengerte und schlug damit auf das schäbig gewordene schützende Fell des Wolfsbündels ein. Mit verkniffener Miene blickte er auf den Talisman seines Volkes. Die Atmosphäre im Zelt drückte ihn nieder. Alles war erstickend, langweilig. Er ärgerte sich über diesen endlosen Winter und wartete sehnsüchtig auf den Frühling und die langen Sommertage.

Das Wolfsbündel hing am Dreifuß und schien das Zelt ebenso zu beherrschen wie den Geist des Rothand-Volkes. Blutbärs Gesicht verfinsterte sich noch mehr. Das Bündel hatte sich verändert, es sah schmuddelig aus und, ja, der Bengel hatte recht gehabt ... *kalt.*

Seit dem Tag, an dem er Weißes Kalbs Lager verlassen hatte, dachte er über die Worte des Jungen nach. Der Bursche schien eine merkwürdige Verbindung zu dem Talisman zu haben. Als der närrische Kleine-Büffel-Bengel sich dem Wolfsbündel näherte, lud sich die Luft mit einer sonderbaren Spannung auf. In einer geraden Linie zwischen Bündel und Junge sitzend, hatte er diese Empfindung überdeutlich verspürt – ein Prickeln, ganz ähnlich dem, wie man es empfand, kurz bevor ein Blitz ein paar Speerwürfe entfernt in einen Bergkamm einschlug.

Und um das Maß vollzumachen, hatte Klappernde Hufe diesen Kleinen-Büffel-Jäger ihm vorgezogen. Wie hieß er doch gleich?

Hungriger Bulle? Der Mann hatte ihn herausgefordert, ihn *herausgefordert,* um die Frau zu kämpfen! Und sie hatte nichts dagegen gehabt. Für diesen Affront mußte der Kerl büßen. Was war Klappernde Hufe doch für eine Frau! Ihr wunderbar stolzes Gesicht, ihr üppiges schwarzes, im Wind flatterndes Haar hatten ihn tief beeindruckt. Was für eine Frau, unbesiegbar und einfallsreich, wenn es darum ging, die Jungfräulichkeit ihrer albernen kleinen Tochter vor Blutbärs hartem Penis zu beschützen.

Aber was bedeutete die Jungfräulichkeit der Tochter schon, verglichen mit der Intelligenz und dem Stolz in den Augen der Mutter?

Jeder Mann konnte ein großäugiges junges Mädchen nach seinem Willen zähmen, aber eine Frau wie Klappernde Hufe? Diese Herausforderung reizte ihn außerordentlich.

Mit tiefem Groll blickte er auf das Wolfsbündel und versetzte ihm einen gemeinen Hieb. Er beobachtete, wie es an den Tragebändern hin und her schwang, den Dreifuß dabei leicht vor- und zurückbewegend. Der vernarbte Stumpf seines kleinen Fingers brannte.

»Und ich hatte schon fast gewonnen. Wenn Klappernde Hufe nicht dazwischengefunkt hätte, hätte ich die Alte aufgespießt und diese Kleinen-Büffel-Flüchtlinge getötet. Ich hätte Klappernde Hufe und ihre Tochter genommen, und diese alte Hexe, Weißes Kalb, stünde mir nicht mehr im Weg.«

Aber in dem Moment, als der Jäger seinen Speer abfing, hatte sich das Blatt rasend schnell gewendet.

»Halt den Mund, Blutbär«, ertönte die Stimme der alten Frau in seinem Kopf. *»Du bist schon fast am Ende. Dir bleibt nur noch wenig Zeit, dich deinen Illusionen hinzugeben und deine Stellung zu genießen. Die Macht ist nicht mit dir…«*

Nie würde er dieses Prickeln in seinem Körper vergessen, als der Junge sich dem Wolfsbündel näherte. Seltsam, wie glasig die Augen des Jungen geworden waren. Aber schließlich waren an jenem Tag viele seltsame Dinge vorgefallen.

Er grübelte weiter und warf sich unruhig auf seiner Lagerstatt herum. Die alte Hexe, Weißes Kalb, war zu mächtig geworden. Ihr Einfluß auf das Rothand-Volk gefiel ihm gar nicht. Es mußte eine Möglichkeit geben, dagegen einzuschreiten.

Und draußen auf den Ebenen wartete das Kleine-Büffel-Volk, das wie ein Sturmwind in die Buffalo Mountains und in das Gebiet des Rothand-Volkes einzufallen drohte.

»Ho-yeh!« brach eine laute Stimme die abendliche Stille. »Bin ich hier im Lager des Rothand-Volkes?«

Höhnisch grinste Blutbär zum Wolfsbündel hinüber. Er griff nach seiner weichen Kalbslederdecke, trat gebückt in die kühle Luft hinaus und hob die Hand, um seine Augen vor der wilden Glut der untergehenden Sonne zu beschirmen, deren Licht gelb über die Schneefelder brannte.

Mühsam stapfte ein Mann durch den Schnee, gebeugt unter einer Trage, die tief auf seinen Hüften auflag. Einige Leute eilten aus den rußgeschwärzten Zelten heraus, um nachzusehen, was los sei. Der Fremde trug den mit grellbunten Federn und baumelnden Rasseln geschmückten Stab eines Händlers.

»Drei Rasseln!« rief Blutbär und machte einen Freudensprung. »Was führt dich so zeitig im Jahr in ein Lager des Rothand-Volkes? Der Schnee auf den Wegen hat kaum zu schmelzen begonnen.«

Umsichtig bahnte sich der schwer atmende Händler den Weg über den festgetretenen Schnee. Mit großer Vorsicht überquerte er das rauhe, scharfkantige Eis und achtete darauf, daß das Gewebe seiner Schneeschuhe nicht zerriß.

»Ich traue den Ebenen nicht mehr. Zu viele seltsame Dinge gehen da vor. Letztes Jahr hörte man von einem Händler aus dem Felsen-Volk, den Kleine-Büffel-Krieger ermordet haben. Einen Händler des Feuerbüffel-Volkes haben sie verprügelt und ihm seine Ware gestohlen. Er wird wohl kaum mit dem Leben davongekommen sein. Dieser neue Träumer, den sie da unten haben, ist völlig unberechenbar. Niemand weiß, was er als nächstes tun wird, geschweige denn, warum er etwas tut.«

Blutbär drehte sich um und klatschte in die Hände. »Grünes Horn!

Schick Tangara mit warmer Brühe in mein Zelt. Leg etwas von dem Reh auf die Kohlen. Drei Rasseln muß etwas essen. Und sag Grille, sie soll noch Holz für mein Feuer bringen.« An den Händler gewandt, fügte er hinzu: »Komm mit in mein Zelt und wärm dich auf. Das Rothand-Volk heißt dich willkommen. Unser Lager ist das deine.«

Die Leute riefen einander, hasteten herbei und schnatterten aufgeregt. Alle wollten die Neuigkeiten hören, die der Händler zu berichten hatte.

Drei Rasseln brachte ein Grinsen zustande, obwohl seine Wangen vor Kälte ganz starr waren. Wo sein dampfender Atem seine Zöpfe gestreift hatte, waren sie mit frostigem Reif überzogen. Im Gegensatz zu der edlen Fuchspelzumrandung seiner Kapuze wirkte der vom Alter graue, abgeschabte Kragen seines pelzverbrämten Mantels äußerst schäbig.

Widderhorn und Der nie schwitzt warteten bereits begierig auf Neuigkeiten vor Blutbärs Tür. Ein Wurf und Feuchter Regen eilten herbei. Sie hielten sich bei den Händen und redeten aufgeregt aufeinander ein. Grünes Horn kam aus ihrem Zelt, ein dampfendes Lendenstück baumelte zwischen ihren schwieligen Fäusten.

»Komm, wärm dich auf.« Blutbär hielt die Türklappe auf und bot Drei Rasseln den Ehrenplatz neben dem Wolfsbündel an. Jemand drückte dem Händler eine Schüssel mit dampfender Brühe in die Hand, die er in gierigen Schlucken trank. Auf einer geschnitzten Holzplatte wurde ihm heißes gebratenes Fleisch gereicht.

Nachdem allen Regeln der Gastfreundschaft Genüge getan war, blickte sich Blutbär in seinem überfüllten Zelt um. Die Älteren saßen dicht gedrängt, Schulter an Schulter, nicht das kleinste bißchen Platz war mehr frei. Erwartungsvolle Mienen und neugierige Augen richteten sich auf Drei Rasseln. Aber sie warteten geduldig, bis er gegessen und getrunken und seine Hände am Feuer aufgewärmt hatte.

»Jetzt erzähl«, Blutbär machte eine auffordernde Gebärde mit der Hand. Drei Rasseln stellte die leere Hornschale vor sich auf den Boden und rülpste höflich und voller Genuß. »Du sagtest, letztes Jahr sei ein Händler des Felsen-Volks getötet worden?«

Ein Stöhnen ging durch die Reihe der Zuhörer, manche schlugen sich vor Entsetzen die Hand vor den Mund.

Drei Rasseln nickte und holte seine Steinpfeife aus dem Gepäck. Er stopfte sie umständlich mit roter Weidenrinde, zerrte ein angekokeltes Stück Holz aus dem Feuer und entzündete daran seine Pfeife. Er paffte und reichte die Pfeife Blutbär, der ebenfalls einen Zug nahm. Danach wanderte die Pfeife von einer Hand zur anderen.

»Was im einzelnen vorgefallen ist, weiß ich nicht. Ich hörte die Geschichte beim Kurzhaar-Volk. Ihr Anführer, Feister Hund, spricht nicht gerade gut über das Kleine-Büffel-Volk – obwohl seine Mutter auch dazugehört.

Wie dem auch sei, der Blitz möge mich treffen, wenn ich es nicht genauso wiedergebe, wie man es mir berichtet hat. Feister Hund erzählte mir, Schwerer Biber würde tatsächlich behaupten, seine Geister hätten ihm Träume geschickt, die besagten, die alte Große Macht sei böse. Und dazu gehört natürlich auch die Macht, die die Händler schützt. Er sagte seinen Plünderern, sie könnten ohne Angst vor unangenehmen Folgen von den Händlern nehmen, was immer sie wollen.

Anscheinend war der Händler des Felsen-Volks – ich kannte ihn unter dem Namen Eichelhäher – nicht bereit, den Kleinen-Büffel-Kriegern seine Ware zu überlassen, sondern er wehrte sich und schlug einem der jungen Männer mit seinem Stab ins Gesicht. Das brachte die Krieger dermaßen auf, daß sie ihn auf der Stelle mit dem Speer durchbohrten, seine Waren an sich nahmen und ihn in der Sonne liegenließen.«

Mißbilligendes Gemurmel erhob sich unter den Älteren, die Gesichter blickten finster drein.

Aus schmalen Augenschlitzen starrte Blutbär in das Feuer.

»Begreift der Dummkopf nicht, daß er damit die Handelswege in die Berge abschneidet? Wie glaubt er, kann er an

Feuerstein vom Knife River herankommen? Oder an den Salzfisch aus dem Süden – diesem Zeug, das du mir einmal zu kosten gegeben hast? Woher sollen die Leute erfahren, was im Lande vor sich geht? Gehen die Händler von nun an westlich an den Bergen vorbei?«

Drei Rasseln zuckte die Achseln. »Ich weiß es nicht. Ehrlich gesagt, westlich der Berge ist die Strecke sehr beschwerlich. Das Land ist stark zerklüftet, gewaltige Sandsteinwände, tiefe Schluchten und immer wieder hoch aufragende Berge machen das Durchkommen zu einer Strapaze. Die Flüsse sind sehr tief und nur unter großen Gefahren zu durchqueren. Es ist schwer, unterwegs an Wasser heranzukommen. Ich kenne auch die Leute kaum, die da hinten leben. Ich weiß nicht einmal, ob sie dem Stab des Händlers Ehre erweisen … niemand dort kennt die Zeichensprache.«

»Können die Händler nicht über die Berge gehen?« fragte Ein Wurf erstaunt und zeigte Richtung Süden. »Als ich ein junger Mann war, ging ich über den Rücken der Berge. Teilweise gibt es dort weite, offene Täler, allerdings führen die Pässe hoch hinauf, und die Pfade laufen oft durch Unterholz und sind schwer zu begehen.

Aber immerhin, es sind Wege.«

Drei Rasseln hatte aufmerksam zugehört und nickte.

»Das wäre ein möglicher Weg. Du hast recht. Und ich weiß nicht, wie ich deine Frage beantworten soll. Ich kann nur für mich selbst sprechen, nicht für die anderen Händler. Ich jedenfalls möchte nicht über die hohen Gipfel gehen. Wahrscheinlich versuche ich einen anderen Weg. Vielleicht im Westen über die Berge und dann weiter auf dem Pfad, der dem Angry White Water River zum Silver River und weiter zum Ozean folgt, dorthin, wo Vater Sonne in die See eintaucht. Angeblich blüht dort der Handel. Aus dieser Gegend kommen Muscheln, Räucherfisch und guter Obsidian.

Mir werden die Büffelebenen fehlen und natürlich die alten Freunde, aber schon heute ist es nicht mehr wie früher. Das Kurzhaar-Volk ist jenseits des Sand River gezogen. Das Felsen-Volk ist beunruhigt, weil das Kurzhaar-Volk Richtung Süden flieht. Manche sagen, sie würden miteinander kämpfen, jeder wolle den anderen aus seinem Land verjagen. Mein Volk, das Weiße-Kranich-Volk, wurde ständig vom Kleine-Büffel-Volk überfallen. Um ihnen aus dem Weg zu gehen, haben wir unsere Jagdgründe weit in den Norden des Big River verlegt. Doch dort oben müssen wir gegen das Masken-Volk kämpfen, das uns nicht in seinem Land haben möchte. Auch das Feuerbüffel-Volk ist überfallen worden, hat aber geschworen, nächstes Jahr Vergeltung zu üben, sobald sich ihre jungen Männer geläutert und ihren Speeren neue Macht eingehaucht haben.

Bei den vielen Überfällen und Kämpfen ist es sicher ein Wagnis, sich allein auf den Stab und die Macht der Händler zu verlassen.

Ich weiß nicht, ob ich das riskieren soll. Würde Schwerer Biber plötzlich sterben und seine Haut zusammenschrumpfen, was, wie die Legenden sagen, mit den Menschen passiert, die einem Händler zu nahe treten, dann würde ich vielleicht wieder über die Ebenen ziehen. Aber obwohl seine Krieger einen Händler getötet haben, ist Schwerer Biber bis heute noch nichts zugestoßen.«

»Vielleicht könntet ihr alle den Weg entlang des Big River nehmen?« fragte Blutbär mit leisem Spott. »Ihr könntet dem Fluß bis zu seinem Zusammentreffen mit dem Father Water folgen und dann weiter bis zum Salzwasser gehen.«

Drei Rasseln lächelte wehmütig. »Das, mein Freund, ist ein langer, langer Weg. Auch kenne ich die Leute am Father Water nicht. Ich habe natürlich Geschichten über sie gehört, seit das Feuerbüffel-Volk dort Decken und Trockenfleisch gegen Fische und Schildkröten und geflochtene Grasmatten eintauscht, aber ich kenne die Sprache nicht und weiß auch nicht, ob sie den Stab des Händlers achten. Nein, ich glaube, ich nehme den Weg westlich des Silver River.«

»Aber werden wir dann noch mit dir tauschen können?« fragte Grünes Horn sorgenvoll.

Drei Rasseln lachte. Er hatte sich aufgewärmt und schälte sich nun umständlich aus seinem Mantel. »Natürlich bringe ich euch weiterhin meine Waren. Euer Lager liegt zwar ein wenig abseits von meinem neuen Weg, trotzdem komme ich bei euch vorbei. Das nächste Mal bringe ich Hornlöffel, Trockenwurzelbrot, Kiefernsamenbrei und eine Menge anderer Dinge mit. Ich weiß noch nicht genau, was auf der Reise alles zusammenkommt.«

»Welchen Weg wirst du genau nehmen?« erkundigte sich Der nie schwitzt und rieb sich die Hakennase.

Drei Rasseln lehnte sich gegen seinen zusammengefalteten Mantel und streckte seine in Mokassins steckenden Füße näher ans Feuer.

Durch die einwirkende Hitze verdampfte das Wasser auf der Biberfellaußenseite des Oberleders. Die im Rauch gehärteten Büffelhautsohlen schienen vollständig von Wasser durchtränkt zu sein.

»Höchstwahrscheinlich folge ich den Bergen südlich der Ebene. Dann wende ich mich Richtung Westen zum Warm Wind Valley und hinauf zum Oberlauf des Angry White Water und weiter nach Westen. Ich kenne die Wege dort nicht genau. Grüner Hammerstein, mein Vetter, ist dort unterwegs, aber er wird nicht vor dem Herbst zurück sein.

Vielleicht warte ich noch ein Jahr und schließe mich ihm zu gegebener Zeit an.«

Blutbär räusperte sich. »Was ist mit Schwerer Biber? Du kennst ihn. Was hältst du von ihm?«

Stirnrunzelnd starrte Drei Rasseln ins Feuer. Er suchte nach den passenden Worten. »Ich glaube, er ist ... nun, mit irgend etwas in Kontakt. Aber ich weiß nicht genau, was für eine Art Macht das ist. Ich kann es nur vermuten. Er verhält sich anders als die Träumer, die ich bisher kennengelernt habe. Er hat nichts gemein mit einer Träumerin wie Weißes Kalb, die mit einer Macht lebt und sowohl ihre guten wie auch ihre schlechten Seiten kennt. Er ... Bitte glaubt nicht, ich sei verrückt geworden, aber meiner Meinung nach hat er sich seine Macht selbst geschaffen. Er hat sie sich ausgedacht, und sie ist wahr geworden.« Drei Rasseln blickte auf, um die Wirkung auf seine Worte zu beobachten. »Ihr wißt, wenn man lange genug an eine Lüge glaubt, beginnt man sie irgendwann für die Wahrheit zu halten.«

Unruhe breitete sich im Zelt aus. Bei der Erwähnung von

Weißes Kalb kam Blutbär die Galle hoch, doch Drei Rasselns Mutmaßung über Schwerer Biber schien ihm durchaus glaubhaft. Schwerer Biber hatte das Wolfsbündel in den Schmutz geworfen. Vielleicht ... »Sicher durchschaut ihn bald jemand«, brummte Grünes Horn. »Jemand wird ihn mit einer wirklichen Macht herausfordern und seine Lügen entlarven. Falls es Lügen sind.«

Drei Rasseln hob die Hände und drehte die Handflächen nach außen.

»Ich weiß es nicht, Großmutter. Als er damit begann, Leute, die gegen ihn waren, zu verfluchen, dachte ich, sicher stellt sich bald jemand gegen ihn und deckt seine Machenschaften auf.

Niemand hat es gewagt, und alle, die er verflucht hat, sind gestorben. Entweder besitzt er wirkliche Macht, oder diese Menschen suchten freiwillig den Tod.«

»Aber der Große Weise im Himmel würde ihn vernichten, wenn er lügt!« widersprach Widderhorn. »Eine Macht läßt sich ebensowenig zum Narren halten wie ein Jäger, dem irgend jemand ein erfrorenes Beutetier zeigt mit der Behauptung, dies sei von ihm erlegte Beute!«

»Möglich«, pflichtete ihm Drei Rasseln bei. »Ich behaupte nicht, die Wege der Macht zu kennen. Ich kann nur sagen, Schwerer Biber beherrscht die Ebenen wie niemand vor ihm. Seine Krieger kontrollieren das Gebiet vom Süden des Sand River bis hinauf zum Norden des Big River. Ist die Jagd schlecht, plündern sie die Menschen, die mehr Glück gehabt und Beute gemacht haben. Sie stehlen, was sie brauchen.«

»Sie haben auch uns überfallen«, grunzte Der nie schwitzt. Sein Blick richtete sich auf eine Speerspitze, die er aus seinem Beutel geholt hatte. »Einmal ist es ihm gelungen, uns zu überraschen, aber wir haben daraus gelernt. Das werden sie nicht noch einmal wagen. Wir kennen die Wege und Pfade hier oben. Sie nicht.«

Drei Rasseln schürzte die Lippen und starrte finster in die Kohlen. Blutbär legte ein weiteres dickes Salbeischeit auf das rotglühende Herdfeuer.

»Vielleicht jetzt noch nicht«, räumte Drei Rasseln ein,

»aber ich würde mich nicht mehr allzu lange darauf verlassen.«

»Wie meinst du das?« fragte Ein Wurf und sah den Händler aufmerksam an.

Drei Rasseln beugte sich vor, um seine äußeren Mokassins abzustreifen. Die nunmehr trockenen Haare des Fells rochen schon leicht angesengt. Während er die Schnürbänder löste, sprach er in sachlichem Tonfall weiter. »Ich glaube, Schwerer Biber will sich den Rücken freihalten. Er ist wie ein Hirsch in der Brunft, dem es gelungen ist, den einen Nebenbuhler zu verdrängen, während er gleichzeitig den anderen im nächsten Tal röhren hört, und das paßt ihm nicht. Jahrelang erzählte man sich, nur Verrückte begeben sich gegen das Rothand-Volk auf den Kriegspfad.«

»Das stimmt«, brummte Widderhorn und schüttelte drohend die Faust.

»Aber das hat sich geändert. Schwerer Biber ist es gelungen, ein Lager des Rothand-Volkes zu überraschen.« Drei Rasseln blickte sich in der Runde um. »Das Weiße-Kranich-Volk hat sich aus verschiedenen Gründen von dem Rothand-Volk abgespalten. Da gab es einige Unstimmigkeiten wegen des Wolfsbündels. Außerdem haben zu viele Menschen in denselben Jagdgründen dasselbe Wild gejagt und nach denselben Wurzeln gegraben. Ein Teil des Weißen-Kranich-Volkes zog nach Norden zum Big River. Damit drängten wir das Kleine-Büffel-Volk nach Süden in die Nähe des Kurzhaar-Volkes. Das haben sie uns nie verziehen. Jahrelang gelang es uns, die ehrgeizigen jungen Männer, die uns das Land wieder wegnehmen wollten, zurückzutreiben. Aber dieses Mal handelte es sich nicht um ehrgeizige junge Männer, sondern um Schwerer Biber – und er tötete und verwundete viele unserer Krieger.«

»*Wir sind* das Rothand-Volk«, erinnerte ihn Blutbär – und wünschte sofort, er hätte den Mund gehalten.

»Richtig.« Drei Rasseln schien sich nicht beleidigt zu fühlen.

»Aber das Rothand-Volk hatte nie mit einem Mann wie Schwerer Biber zu tun. Er hat seine stärksten Gegner vertrieben. Alle hat er eingeschüchtert. Ich glaube, sobald er sich einigermaßen sicher ist, daß ihm kein Rivale mehr auf den Fersen sitzt, wird er hier heraufkommen und so lange kämpfen, bis entweder der eine oder der andere Bulle die Herrschaft über die Herden erobert hat.«

Krampfhaft versuchte Blutbär zu lächeln, aber er brachte nur eine zitternde Grimasse zustande. Unwillkürlich fiel sein Blick auf das Wolfsbündel. Sollte sich tatsächlich alles so entwickeln, wie Drei Rasseln vermutete, konnte er mit Hilfe des Bündels seine Krieger zu äußerster Kampfkraft beflügeln. Die Kämpfe würden sich lange hinziehen, aber er zweifelte nicht daran, daß er letztendlich über Schwerer Biber triumphieren würde.

Ein Kribbeln reizte den Stumpf seines kleinen Fingers.

Schwerbeladen marschierte Schwarze Krähe den steilen Hang hinunter.

Hungriger Bulle erhob sich und legte das weiße Weidenstämmchen auf den Haufen zu den anderen, die er bereits abgeschält und zur Verwendung als Speerschäfte begradigt hatte.

Die Sonne wärmte seinen unterkühlten Körper ein wenig. An schönen Tagen hielten sich die Leute so lange wie möglich draußen auf, um der ständigen Enge in der kleinen Höhle zu entgehen.

Hungriger Bulle ging Schwarze Krähe auf dem rutschigen Pfad entgegen und traf auf halbem Weg mit ihm zusammen. »Schön, daß du wieder zurück, bist. Klappernde Hufe war fast krank vor Sorge.«

»Klappernde Hufe, so? Und meine Frau?«

»Ich glaube, Die die Spaß macht kennt die Gefahren in den Bergen nicht so gut wie Klappernde Hufe. Hast du Glück gehabt? Die Trage sieht ziemlich schwer aus.«

»Drei Stachelschweine – schon abgezogen, natürlich.«

Hungriger Bulle nahm ihm die Last ab und schwang sie sich über die Schulter.

»Ich mußte einfach raus. Ich mußte wenigstens eine Weile allein sein.« Stöhnend richtete sich Schwarze Krähe auf und streckte den Rücken. Mit der behandschuhten Hand rieb er sich den runden Bauch.

»Irgendwas gesehen?«

Schwarze Krähe warf ihm einen raschen Blick von der Seite zu. »Spuren.«

»Spuren ergeben nur eine dünne Brühe. Zum Glück hast du ein paar Stachelschweine entdeckt, die gerade in ihren Spuren standen.

Vermutlich hast du sie nur erlegt, um nachzusehen, wie frisch die Spuren sind.«

»Die Spuren eines Mannes.«

Unvermittelt blieb Hungriger Bulle stehen und drehte sich um. »Frisch?«

»Ungefähr eine Woche alt.« Schwarze Krähe blinzelte in die Sonne.

Frostige Atemwolken ringelten sich um sein Gesicht. Irgend jemand treibt sich hier herum. Ich wüßte zu gern, wie lange ein Jäger der Anit'ah wohl zögern würde, einen von uns, der allein draußen auf der Jagd ist, mit dem Speer zu durchbohren.«

»Sie wissen, daß wir hier sind und daß wir keine Feinde sind.«

Schwarze Krähe zuckte die Achseln. »Als ich meine Beute zerlegte, entdeckte ich eine Stelle, an der er eine Wapitifährte gekreuzt hat. Er hat sie angesehen, ist ihr aber nicht gefolgt, sondern hat seinen Weg fortgesetzt.«

»Eine alte Fährte?«

»Kaum. Den Spuren nach zu urteilen, traf er auf die Fährte, als sie noch frisch war.«

»Blutbär?«

»Oder irgendein anderer. Aber du und ich, wir denken dasselbe. Was immer er jagt, es ist kein Hirsch.«

Die Bäume um ihn herum brannten in einem alles versengenden orange und gelb lodernden Feuer. Prasselnd und brausend explodierten Nadelbäume in einem Flammenmeer. Blendende Lichtzungen leckten hinauf zum nachtschwarzen Himmel, beleuchteten die mächtigen Wolken sich auftürmender Rauchmassen in einem unheimlichen Rot, ein Sprühregen von glühend rubinroten Holzkohlestücken fiel vom Himmel, immer wieder emporgetragen zu dem von rasenden Flammen erfüllten nächtlichen Firmament.

Ein wütend tosender Sturm war entfesselt und gab dem fürchterlichen Inferno mit jeder Sekunde neue Nahrung. Hohe Bäume brüllten auf wie Donner, ihre Stämme splitterten, dampfend und zischend schleuderten sie brennbare Gase in die tobende Flammenwand.

Die Hitze schlug unerbittlich zu. Wie eine gewaltige Faust schmetterte sie ihn auf die versengte Erde und zermalmte ihn.

Inmitten der brüllenden Flammen bewegte sich eine schemenhafte Gestalt. Sie pirschte durch die weiße Asche wie ein Schatten.

Mit klopfendem Herzen erkannte Kleiner Tänzer den Wolf, der sich mühelos aufrichtete und die markanten Ohren spitzte.

»Warum brennst du nicht? Wer bist du?«

»Ich bin der Träumer des Volkes.« In diesem Moment erhob sich eine Flammenwand und brannte ein Bild in die Netzhaut seiner Augen. Er konnte die Gestalt nur noch verschwommen wahrnehmen.

Um seine Augen zu schützen, hob Kleiner Tänzer den Arm. Er schielte darüber hinweg in der Erwartung, den Wolf zu zischender Asche verkohlt zu sehen. Doch da stand ein Mann, hochgewachsen, gutaussehend, seine glänzende, glatte Haut reflektierte das grelle Licht der brennenden Welt.

»Wolf? Was … Wer *bist* du?«

»Ich bin du, Kleiner Tänzer … und nicht du. Ich bin der Traum und die Wirklichkeit. Ich führte dich hierher … und du bist mir gefolgt. Ich bin der, der du eines Tages sein wirst, und der, der du nie sein wirst. Ich bin der Weg, der Geist des Volkes. Ich trank aus dem Herzen des Wolfes. Ich tanzte zwischen den Sternen und unter den Felsen. Ich singe mit den Stürmen der Sonne und höre das Seufzen des Mondes. Ich bin der Wolf, der Hüter des Volkes.«

Angst stieg in Kleiner Tänzer auf. Das Prasseln des Feuers schwoll im Rhythmus der Worte seiner Vision an und wieder ab. Trotz seiner ausgedörrten Kehle versuchte Kleiner Tänzer zu schlucken. Als er sich umwandte, um zu fliehen, begannen rings um ihn peitschende Flammen aufzulodern, stoben um ihn herum und brannten willkürliche Schneisen in die prasselnde Landschaft.

»Wir sind eins, kleiner Freund«, säuselte die sanfte Stimme. »Du siehst, ich stehe im Innern. Ich bin alles, was du bist … und alles, was du nicht bist.«

»Geh weg! Laß mich allein! *Ich bin nicht der Eine!«*

»Weggehen? Und dich allein lassen, damit du verbrennst?« Die Stimme verspottete ihn, verhöhnte ihn mit der Realität, als ob ein Funkenregen Kleiner Tänzers Herz berührt hätte. Aufkreischend sprang er zurück, da spürte er schon einen sengenden Schmerz im Nacken.

»Folge mir. Ich bin dein Weg durch das Feuer. Ich bin dein Weg durch die Macht. Lebe in mir. Tanze den Tanz des Großen Einen, und du wirst dich über die Welt erheben, die dich irreführt. Du mußt dich vorbereiten. Eines Tages mußt du dir selber antworten. Was gibst du für die Macht? Was gibst du für Gerechtigkeit? Was gibst du für den Tanz mit dem Feuer und das Heilen der Verbrennungen? Bist du stark genug?«

»Ich bin nicht der Eine!«

»Ich gebe dir soviel Zeit, wie ich kann, kleiner Freund. Dann, wenn ich nicht mehr länger warten kann, werde ich dich prüfen. In der Zwischenzeit bereite dich vor. Du kannst nicht helfen, nicht als der, der du bist. Du kannst dich nur darauf vorbereiten, wer du einmal sein wirst … und den Tanz der Spirale tanzen. Du kannst dich nur vorbereiten … vorbereiten …«

»Ich bin NICHT der Eine! NICHT DER EINE! NICHT …«

In einer Explosion aus Licht schoß eine Feuersäule empor und traf ihn mitten ins Herz, eins werdend mit der sich windenden Erde verbrannte er zum Skelett … »Kleiner Tänzer!« Reizende Wapitis Schrei durchdrang seinen entsetzlichen Traum wie ein eiskalter Speer.

Schlagartig erwachte er. Keuchend setzte er sich in seinen Schlafdecken auf. Gierig sog er die frische Nachtluft in seine halberstickten Lungen. Die anderen saßen bereits auf ihren Lagern und starrten ihn argwöhnisch an. Die die Spaß macht redete leise und beruhigend auf Mausläufer ein, der aufgewacht war und wie ein Echo Kleiner Tänzers Schreie wiederholt hatte.

»Du hast wieder geträumt«, erklärte ihm Reizende Wapiti und legte eine kühle Hand auf seine schweißnasse Schulter. »Du bist hier bei uns. Wir alle sind hier. Alles ist in Ordnung.«

Erschrocken blickte er in ihre besorgten Augen. Seine Kehle brannte, als befände er sich noch immer im Feuer.

»Schlaf jetzt, mein Sohn«, rief Hungriger Bulle von der Lagerstatt her, die er sich mit Klappernde Hufe teilte.

»Auf eines kannst du wetten!« rief Schwarze Krähe ihm beruhigend zu. »Sollte es eines dieser Traumungeheuer wagen, hier hereinzukommen, wird es Drei Zehen mit seinem Speer aufspießen.«

»He!« schrie Drei Zehen. »Du kannst diese Traumungeheuer selbst aufspießen! Sollte sich eines hier blicken lassen, renne ich schneller davon als eine Antilope mit einer zornigen Wespe unter dem Schwanz.«

Niemand lachte über seinen Scherz.

Reizende Wapiti hielt Kleiner Tänzers Hand ganz fest. Er atmete tief durch und nickte. »Nur ein Traum, weiter nichts. Versucht wieder zu schlafen.«

Wieder bin ich der Außenseiter.

Klappernde Hufe starrte ihre Tochter durchdringend an, ein Blick, der ein geheimes Verständnis zwischen den beiden signalisierte.

Zwei Rauchwolken entging dieser Blick nicht. Aus schmalen Augen beobachtete er von seiner Ecke aus, was vorging. Auf Kleiner Tänzer machte er den Eindruck eines wachsamen räuberischen Lebewesens. Seine Haltung glich der eines Rotluchses, der lauernd vor einem Kaninchenbau saß.

Kleiner Tänzer legte sich zurück und blickte hinauf zur Felsendecke, die im düsteren Rot des langsam verglimmenden Feuers schimmerte.

Reizende Wapiti ließ sich neben ihm nieder, kuschelte sich dicht an seinen Körper und umarmte ihn.

»Ich mache mir Sorgen um dich«, flüsterte sie. »Morgen, Kleiner Tänzer, machen wir beide einen Spaziergang. Wir haben ... Ich glaube, ich weiß, wie man die Träume beenden kann. Morgen sprechen wir darüber.«

»Worüber?«

»Morgen«, versprach ihre angespannte Stimme.

»Heute nacht halte mich ganz fest. Halte mich fest, als wäre es das letzte Mal.«

Er zog sie an sich und streichelte nervös ihre langen schwarzen Zöpfe. »Schsch! Schlaf jetzt. Mach dir keine Sorgen, mir geht es gut.«

Sie umarmte ihn so fest, daß ihre Armmuskeln zitterten. Eine wohltuende Wärme durchströmte ihn und gab ihm neue Kraft. Solange er Reizende Wapiti hatte, ertrug er die Träume. Warum nur hatte ihre Stimme so einsam, so verzweifelt und ängstlich geklungen?

Um das Bild des lodernden Feuers von seiner Netzhaut zu verbannen, starrte er konzentriert zur Decke. Er prägte sich jede Einzelheit des Steins ein, merkte sich, an welcher Stelle der Fels die dickste Rußschicht aufwies.

In der Dunkelheit draußen vor der Höhle heulte ein Wolf. Der langgezogene Ton schnitt wie eine Quarzitklinge in sein Herz.

Er blickte hinüber zur Rückwand der Höhle und schauderte. Über dem Schlafplatz der Kinder brannten die gelben Augen des fast lebendig aussehenden Wolfes und beobachteten ihn.

»Wieviel muß ich noch ertragen? Dieser ... Mensch behandelt mich wie Mist. Mit jedem Mal wächst mein Zorn. Ich werde schwächer, und trotzdem sagst du, ich solle mich nicht wehren! Die Macht schwindet wie die Hitze aus einem Winterzelt, und ich darf nichts tun? Ich könnte ihn zerbrechen, seine Knochen biegen wie Grashalme.

Ich möchte ihm die Seele im Körper versengen! Du weißt es, trotzdem tust du nichts, als ihn mit seinem kleinen Finger zu peinigen!«

»Geduld«, beschwichtigte Wolfsträumer. »Der Junge läuft uns geradewegs ins Netz.«

»Ich habe nicht mehr viel Geduld.«

»Wir sind verzweifelt auf den Jungen angewiesen. Menschen leben mit der Zeit. Ihre Träume beschäftigen sich sowohl mit der Zukunft als auch mit der Vergangenheit.«

»Meine Geduld hat Grenzen. Ich sehe keine Fortschritte bei dem Jungen. Schwerer Biber hat vor, seine Krieger mit dem Tauwetter im Frühling in die Berge zu schicken. Was willst du unternehmen?«

»Ich kenne meine Möglichkeiten. Ein Risiko muß ich noch eingehen.«

»Ein Risiko wie das letzte?«

»Warte ab. Der Beobachter folgt dem Jungen.«

»Ich warte, aber meine Verzweiflung wächst. Ich muß handeln ... oder sterben.«

»Warte ab! Oder du wirst alles zerstören.«

KAPITEL 18

Weißes Kalb humpelte durch den Schnee. Ihre Hüfte schmerzte fürchterlich. Ein großes Bündel Feuerholz hing an dem Tragegurt, der peinigend in die pergamentene Haut ihrer Stirn schnitt. Bei jedem ihrer keuchenden Atemzüge stieß sie weiße Atemwolken aus.

Ihr weißes Haar hing zottelig unter der Fuchsfellkapuze hervor.

Zuerst hatte sie gezögert, in dem steil abfallenden Dickicht aus Schierlingstannen Holz zu sammeln. Dieser Steilhang erhöhte das Risiko eines Sturzes, ebenso das ineinander verwobene Gewirr aus umgestürzten Bäumen. In ihrem Alter und allein bedeutete ein gebrochenes Bein im Winter den sicheren Tod – aber ohne Feuerholz erfror sie.

Sie blieb stehen und verzog unter Schmerzen das Gesicht. Ihre Beine zitterten vor Erschöpfung.

»Bin zu alt ... viel zu alt ... für solche Unternehmungen.«

Sie schluckte, beugte sich vor und stützte sich mit ihren vogelkrallenähnlichen Händen auf die dürren Knie, um den Rücken zu entlasten. Dann befreite sie sich von ihrer Trage und gönnte ihrem schwachen und schmerzenden Körper eine Pause.

Sie hatte kaum erkannt, um wieviel leichter ihr Leben gewesen war, solange Kleiner Tänzer nur Holz und Wasser geschleppt hatte. Und was war es für ein Vergnügen gewesen, sich am nächtlichen Feuer mit Zwei Rauchwolken zu unterhalten. Stundenlang konnte sie in Gesellschaft des Berdachen sitzen und in den Erinnerungen an die Vergangenheit schwelgen. In der Erinnerung wurden die Verstorbenen wieder lebendig, und Weißes Kalb hatte sich oft gefragt, ob in dem Moment des Vergessens und die Verbindung zwischen dieser Welt und dem Sternennetz abbrach. Aber die Geister halfen ihr nicht bei der Beantwortung dieser Frage.

Das einsame Leben einer wandernden Träumerin quälte sie zeitweise ebenso wie ihr immer mehr verfallender Körper.

Resigniert aufseufzend nahm sie ihre Last nach einer Weile wieder auf und setzte vorsichtig ihren Weg den Pfad hinunter fort. Die Wapitis hatten diese Route im Winter häufig benutzt und eine deutliche Spur getreten. Trotz des inzwischen verharschten Frühlingsschnees war das Gehen in den Spuren nicht ganz so beschwerlich wie es hätte sein können. Die sonnigen Tage des Frühlings ließen den Schnee, locker und pulverig im Winter, schmelzen und wieder gefrieren, dann legte sich neuer nasser Frühlingsschnee auf das alte Eis, das aber nie hart genug fror, um das Gewicht eines Menschen zu tragen.

Immer wieder brach ihr Fuß durch dieses dünne Eis, und fluchend kämpfte sie sich aus der sumpfigen Feuchtigkeit heraus. Auch Schneeschuhe halfen kaum, denn an freiliegenden Stellen verblies der Wind den Schnee und ließ knorrige Äste, Steine und Wurzeln hervorstehen, die das Gewebe der Schneeschuhe durchbohren oder die Weidenverstrebungen zerschneiden konnten.

»Ich hasse den Frühling«, murrte sie in den beißendkalten

Frühlingswind. »Im tiefsten Winter liegt grimmige Kälte auf dem Land, und damit hat sich's. Aber im Frühjahr? Was soll's, wenn die Luft wärmer ist? Dafür ist es feuchter ... und es bläst die ganze Zeit ein hartnäckiger Wind. Mit Einbruch der Dunkelheit fällt schlagartig die Temperatur. In welcher Verfassung soll man bei einem solchen Wetter sein? Da ziehe ich allemal einen Blizzard in der tiefsten Eiseskälte vor.«

Auf bebenden Beinen brachte sie die letzte Wegbiegung hinter sich.

Sie legte erneut eine kleine Rast ein, um Atem zu schöpfen und ihrem hämmernden Herzen eine Ruhepause zu gönnen. Als sie aufblickte, sah sie eine dünne Rauchfahne aus ihrer sich in die graue überhängende Kalksteinklippe schmiegenden Höhle aufsteigen.

»Wer ...« Verblüfft mobilisierte sie die letzten Reserven ihres erschöpften Körpers und zwang ihren alten Beinen den energischen Schritt längst vergangener Tage auf.

»Ho-yeh!« rief sie. »Willkommen! Wer ist da?«

Ihre Überraschung steigerte sich ins Unermeßliche, als Kleiner Tänzer das Türfell zurückschlug und heraustrat. Lächelnd eilte er auf sie zu und nahm ihr die Last ab. Er hob die Trage mit einer Hand hoch und schwang sie auf seinen Rücken, als wäre sie leicht wie eine Feder. Ihre Augen wurden schmal – eine gehässige Bemerkung lag ihr auf der Zunge. Kraft schien immer an die Jugend verschwendet zu werden – und die war zu dumm, um zu wissen, was sie daran hatte.

»Danke«, keuchte sie. »Puh. Laß mich erst einmal verschnaufen, dann begrüße ich dich.«

Mit schräg gelegtem Kopf musterte er sie prüfend. »Ich habe überlegt, ob ich dich suchen sollte, aber dann dachte ich, du wärst oben in den Bergen. Du weißt schon, dort, wo du den Steinkreis mit den Linien aufgeschichtet hast. Ich wollte dich nicht bei deinen Träumen stören.«

Ächzend und keuchend humpelte sie das letzte Stück bis zur Tür.

Sie bückte sich hindurch und watschelte zu ihren Felldecken.

Obwohl ihre Augen von dem hellen Schnee und dem grellen Sonnenlicht noch geblendet waren und sie fast nichts sehen konnte, fand sie den Weg ohne Zögern im Dunkeln. Grunzend und mit knackenden Gelenken ließ sie sich nieder. Sie seufzte und starrte abwesend in das prasselnde Feuer. »Du hättest meinen Spuren folgen sollen. Es hat nicht mehr viel gefehlt und ich hätte aufgegeben. Ich war so erschöpft, daß ich es kaum bis zurück geschafft habe.«

Er legte ihr Holzbündel auf einen bereits vorhandenen riesigen Stoß, der – jedenfalls in Weißes Kalbs Augen – der Menge eines komplett abgeholzten Waldes entsprach.

Lässig deutete er auf den gewaltigen Stapel. »Mir fiel auf, daß dir das Holz ausgegangen ist, deshalb habe ich ein paar Scheit geholt.«

»Trägst du inzwischen den Namen eines Mannes?«

Er schüttelte den Kopf und zuckte unsicher mit den Achseln. »Nein.

Ich habe nie ... Also, es wurde einfach nie gemacht. Weißt du, irgendwie ist es nicht mehr so wichtig.«

Sie grinste ihn an. »Wenn ich nicht befürchten müßte, auf der Stelle tot umzufallen, würde ich jetzt aufstehen und dich umarmen.«

Besorgnis zeigte sich auf seinem Gesicht. »Du fühlst dich nicht wohl?«

Ihre Lungen schmerzten erbärmlich, und sie bekam einen Hustenanfall. Mit einer überheblichen Geste winkte sie ab. »Nein, nein, mein Junge. Es ist nur ... na, das Alter, verstehst du?

Anscheinend muß ich mich jeden Tag etwas mehr mit der Tatsache auseinandersetzen, daß ich nicht ewig lebe.«

»Noch bist du da«, antwortete er schlicht.

»Meinst du?«

»Du bist viel zu bösartig, um zu sterben.«

Sie lachte in sich hinein und mußte wieder husten. Er wartete, bis sie sich beruhigt hatte, dann fügte er hinzu: »Früher hast du nicht soviel gehustet.«

»Diesen Husten habe ich nur, wenn ich mir zuviel zugemutet habe.«

Ihre zahnlosen Kiefer arbeiteten. »Hat den Anschein, als wäre der Wald immer weiter entfernt. Schlag das Türfell zurück und laß Licht herein. Es ist warm genug, wir werden nicht frieren.

Außerdem tut ein bißchen frische Luft gut.«

»Du solltest dein Lager woanders aufschlagen. Ich habe mich umgesehen und festgestellt, daß die Bäume drüben im Tal schon ziemlich geplündert sind. Die unteren Äste sind fast alle weg.

Auch die Äste der umgestürzten Bäume sind fast alle abgerissen und als Feuerholz geholt worden. Nur noch die dicken Stämme sind da.«

Sie zuckte die Achseln. »Mir gefällt es hier.«

»Reichen deine Essensvorräte?«

»Haben sie dich hergeschickt, um mich auszuhorchen?«

Er grinste sie an, seine Lippen kräuselten sich vergnügt. »Nicht direkt. Natürlich haben sie von dir gesprochen. Zwei Rauchwolken ist fast krank vor Sorge um dich.« Er verstummte, ein boshaftes Leuchten funkelte in seinen Augen. »Vielleicht hat er damit ganz recht.«

Sie knurrte ihn an, ihre Augen verengten sich böse. »Also, warum bist du nun *tatsächlich* gekommen? Nur, damit ich mich elend fühle?

Was ist, sitz nicht rum wie ein Pilz auf einem alten Baumstamm, erzähl mir was. Was gibt es Neues? Warum bist du hier? Hast du sonst niemanden, den du belästigen kannst?«

Er warf noch ein paar Zweige in das Feuer, während sie ihre Mokassins auszog und auf die Steine in der Nähe der glühenden Kohlen stellte. Das Trocknen der aus sorgfältig geräuchertem und hervorragend gegerbtem Leder gefertigten Mokassins mußte richtig gemacht werden. Wurde die Fußbekleidung zu heiß, trieb die Hitze sämtliche, das Wasser abhaltende Öle und Fette hinaus, und die Schuhe liefen ein, wurden hart oder bekamen Risse.

»Ich könnte viele Leute belästigen.« Schlagartig hörte er auf zu grinsen. »Wie schon gesagt, die anderen möchten gerne wissen, ob du allein zurechtkommst. Wir haben ...«

»Geht es ihnen gut? Niemand krank oder verletzt? Du bist

nicht hier, um meine Hilfe für die Heilung einer Krankheit in Anspruch zu nehmen?«

»Nein, allen geht es gut. Aber wir haben uns Sorgen um dich gemacht. Mehr als einmal wurde davon gesprochen, jemanden zu dir zu schicken.« Mit einem Augenzwinkern fügte er hinzu: »Vielleicht wollten wir uns überzeugen, daß du noch nicht erfroren bist.«

»Bah! Da könnt ihr lange warten!«

Ohne auf ihren Ausbruch einzugehen, fuhr er fort: »Ich bin so eine Art Freiwilliger.«

Bei diesen Worten hob sie lebhaft den Kopf. »Freiwilliger? Du? Ich dachte immer, du kannst mich nicht ausstehen.« *Und du verbirgst etwas vor mir. Nein, da steckt mehr dahinter. Nur was?*

Er wich ihrem Blick aus. »Das stimmt nicht, ich mag dich. Du hast mich nur ständig wegen der Macht bedrängt. Immer schienst du zu wissen, wann ich geträumt habe. Du wolltest, daß ich mehr bin als ich selbst sein wollte. Das ist alles. Ich haßte weder dich noch sonst irgend jemanden.«

Lügner! Die alte Heftigkeit kehrte zurück. »Warum hast du beschlossen, mich zu besuchen? Suchen dich die Träume immer noch heim?«

Ah, das ist es! Sieh mal an, wie er sich windet, wie eine Packratte in einem Schlangennest!

Er nickte. Plötzlich unruhig geworden, rieb er sich die Hände. »Du weißt, ich bin kein Träumer. Ich möchte nicht wieder in all das verwickelt werden.«

»Gut. Mach dir keine Sorgen. Du bist nicht *mein* Träumer.« Sie drehte die auf den Steinen trocknenden Mokassins um und sah zu, wie aus den warmen Häuten der Dampf aufstieg.

»Gut.«

»Aber es geht um die Träume, nicht wahr? Deshalb bist du den ganzen Weg zu mir gekommen.«

Schweigend starrte er in das Feuer, ein feines Kräuseln umspielte seine Lippen. Nachdenklich runzelte er die Stirn.

Sie senkte die Stimme und fügte freundlich hinzu: »Ich möchte dich nicht wieder bedrängen. Ich ... also, ich habe damals einen Fehler gemacht. Bin ganz falsch mit dir umgegangen. Das wurde mir an jenem Tag bewußt, als Blutbär hier ankam und einen Krieg anfangen wollte. Damals wurde mir alles klar.« Sie machte eine Gebärde, als wolle sie etwas beiseite fegen. »Erzähl mir einfach, was los ist. Wenn ich kann, helfe ich dir. Ich kann auch nur zuhören, wenn dir das lieber ist.«

Nach kurzem Zögern stieß er fast stotternd hervor: »Es sind die Träume. Außer Zwei Rauchwolken mache ich alle anderen verrückt damit. Hungriger Bulle sagt, es sei, als befände man sich während eines Gewitters auf einem hohen Gipfel und wisse nicht, wie man sich vor dem Blitz retten könne.«

»Eine Macht löst ein solches Gefühl aus.«

»Die Träume kommen und gehen … aber einer kehrt immer wieder.

Ich bin allein inmitten eines Waldbrands. Und ein Geisterwolf geht durch die Flammen hindurch und verwandelt sich in einen Mann. Er spricht zu mir in Rätseln, die ich nicht begreife. Irgendwas von alles und nichts sein, und beides zugleich. Nach diesem Traum zittere ich tagelang. Es sind auch andere merkwürdige Dinge vorgefallen … eine Art gelebte Träume. Einmal haben wir Dickhornschafe in eine Falle getrieben und ich … ich verlor mich in einem Schaf. Jedenfalls nehme ich an, du würdest das so nennen.« Er schluckte vernehmlich und wechselte das Thema. »Zwei Rauchwolken und Reizende Wapiti machen sich Sorgen. Ich glaube, alle machen sich Sorgen. Ich sehe es in ihren Augen. Sie wissen, ich habe Träume – aber sie begreifen nicht, worum es geht. Die die Spaß macht und Wiesenlerche sind unruhig wegen der Kinder. Ich weiß nicht, warum, ich tue ihnen doch nichts. Reizende Wapiti und Zwei Rauchwolken meinten, ich solle zu dir gehen.«

Sie zog die Augenbrauen hoch. »Reizende Wapiti?«

Er zappelte hin und her. »Wir sind verheiratet.«

Seufzend rieb sie sich die Stirn, um dort, wo der Tragegurt eingeschnitten hatte, die Durchblutung wieder anzuregen. Ihr trockenes Lachen überraschte ihn. »Die Kreise, mein Junge.« Sie schüttelte den Kopf. »Verheiratet, eh? Da bleibt mir nur, dir mehr Glück zu wünschen, als ich damit hatte.«

»Ich bin glücklich. Sie weiß, daß die Träume mir Kummer bereiten.«

»Gut, das macht das Ganze leichter.« Sie griff in einen Lederbeutel und holte ein Stück getrocknetes Segolilienbrot hervor und warf es ihm zu. »Hoffentlich begreift Reizende Wapiti, in was sie sich da hat verwickeln lassen. Sieh mich nicht so an. Ich weiß, wovon ich spreche. Ich wurde für meine beiden Männer zur Last, für Großer Fuchs und Gestutzte Feder. Wenn ich so darüber nachdenke, dann wußte ich nicht, was ich tat, als ich Großer Fuchs heiratete. Das war das erste Mal. Ich war jung – gut, nicht so jung wie du heute, aber immerhin jung. Ich dachte, ich lasse mich nieder und lebe wie ein normaler Mensch. Ich dachte, ich könnte die Träume ignorieren.«

»Und das ging nicht?« Abwesend kaute er auf dem Brot, unter seiner glatten Haut sah sie das Mahlen der Kiefer. Unbewußt wanderte sein Blick zu der auf der Rückwand eingemeißelten und vom Sonnenlicht erhellten Spirale.

»Nein. Nie.« Sie lachte schon bei der bloßen Vorstellung.

»Irgendwie sind wir Menschen anders beschaffen. Ich meine nicht, daß wir anders sind als die Tiere in bezug auf das, was unsere Bestimmung ist. Jede Kreatur hat eine Aufgabe, die zu ihrem Bedürfnis wird. Nimm zum Beispiel einen Biber. Er baut mit einem Haufen Weidenzweigen, die er herunterreißt und in den Schlamm steckt, einen Damm und staut das Wasser. Er muß ständig draußen herumkriechen und Bäume zernagen – selbst Fichten, wenn keine anderen da sind. So hat ihn der Große Weise im Himmel erschaffen. Wir Menschen suchen die Gesellschaft anderer Menschen, die Männer und Frauen wollen sich miteinander paaren. Ich hatte auch dieses Bedürfnis und dachte, mit der Vereinigung könnte ich die Träume überwinden. Aber es ging nicht.«

Sie lächelte wehmütig. »Eine Zeitlang ging es gut. Du kannst dich sicher für eine gewisse Zeit in Reizende Wapiti verlieren. Alles ist neu und wundervoll – besonders die Vereinigung. Ach ja, die Paarung ...« Für einen Augenblick verlor sie sich in Erinnerungen. Seufzend kehrte sie zum Thema zurück.

»Das Problem ist, daß es sich nicht miteinander verträgt. Die Lockung des Traums konkurriert mit der Lockung des Menschen, den du liebst. Und beides kannst du nicht haben.« Sie drohte ihm mit dem Finger. »Du brauchst mich gar nicht so spöttisch anzusehen. Ich meine, was ich sage. Beides geht *nicht*. Du brauchst mir nicht zu glauben, das bleibt dir überlassen. Du wirst es ohnehin eines Tages selbst merken.«

»Möglich.«

Sie bückte sich und massierte vor dem wärmenden Feuer ihre Zehen. »Ich weiß nicht, warum es der Große Weise im Himmel so eingerichtet hat, daß die jungen Leute die Erfahrung der Alten nicht annehmen. Vermutlich ist das nur eine weitere Abwandlung des ursprünglichen Universums.«

»Wovon sprichst du?«

»Von den Kreisen. Hmm? Oh, ich meine die Art und Weise, wie jeder Mensch bestimmte Dinge lernt. Die Wahrheiten, wenn du so willst ... die Gesetze, nach denen die Welt funktioniert. Wenn Menschen alt werden, haben sie alles, was sie im Laufe eines langen Lebens gelernt haben, in ihrem Gehirn, aber sie können den jungen Männern und Frauen ihr Weltsicht nicht verständlich machen. Die jungen Leute müssen sich ins Leben werfen und ihre eigenen Erfahrungen machen. Sie müssen die bleibenden Wahrheiten selbst herausfinden, genau wie früher die Alten. Verdammt unrationell – es sei denn, ich habe dabei etwas Wichtiges übersehen.

Sechs Zähne, der alte Geistermann, der mich unterrichtet hat, pflegte sich zu fragen, ob nicht alle Menschen ein und dieselbe Person sind, die das Leben nur auf verschiedene Arten lebt.«

Ist es tatsächlich so? Als ich den Jungen bei mir hatte, fand ich keinen Zugang zu ihm. Und jetzt, nachdem er fortgegangen ist und sich auf eigene Füße gestellt hat, dringe ich zu ihm durch.

Ist das die Lektion, die ich noch lernen muß? Vielleicht ist das die Spirale des Lehrens, daß man Wissen nicht erzwingen kann – nur vorenthalten. Aber was hat das zu bedeuten?

»Das ergibt überhaupt keinen Sinn. Wie sollten wir dasselbe Leben auf unterschiedliche Weise in verschiedenen Körpern leben?«

»Illusion.«

»Was? Illusion? Ich begreife nicht … Das ist verrückt.«

»Die ganze Welt ist verrückt.« Sie setzte sich kerzengerade auf und zeigte mit dem Finger auf ihn. »Sag mir, Kleiner Tänzer, was ist wirklich? Die Welt? Diese eine Welt hier?« Sie machte eine umfassende Geste, mit der sie die ganze Höhle einschloß, und klopfte mit den Knöcheln an die Felswand. Oder … sind Träume die Wirklichkeit?«

»Diese Höhle ist die Wirklichkeit.« Er verschränkte die Arme und streckte die Beine aus. Als ob er seinen Standpunkt bekräftigen wollte, hämmerte er mit den Fersen auf die festgetretene Erde.

»Woher weißt du das?«

»Ganz einfach. Wenn ich eine von diesen Kohlen nehme und damit an deiner Fußsohle reibe, schreist und heulst du.«

Lachend klatschte sie in die Hände. »Tatsächlich? Oder *glaubst* du nur, ich würde heulen? Hmm? Vielleicht ist alles, was dich umgibt, dein Traum von der Welt, wie sie wirklich beschaffen ist?«

»Wenn ich also etwas anderes glaube, glaubst du mir nicht?«

»Was ist, wenn mein Glaube davon abhängt, wie stark dein Glaube ist? Kannst du ganz sicher sein, daß ich schreie und heule, wenn du mich verbrennst? Kannst du dir sicher sein, daß nicht ein kleiner Teil deines Verstandes dir sagt, ich verbrenne sie und sie wird heulen, weil ich es an ihrer Stelle tun würde? Vielleicht ist das die geteilte Realität, hmm? Du glaubst, ich empfinde ebenso wie du … und deshalb ist das für dich die Wahrheit.«

»Stimmt es denn nicht?«

»Darum geht es nicht.« Wieder stieß sie mit dem Finger nach ihm. »Wir sprechen davon, woher du weißt, was du zu wissen glaubst.«

»Aber ich kann dich *fühlen,* dich berühren, dich hören … und jetzt, gegen Ende des Winters, auch riechen!«

»Das glaubst du. Aber sag mir, bin ich immer so? Was geschieht, wenn du mich nicht sehen, fühlen und riechen kannst? Vielleicht existiere ich gar nicht, wenn du durch diese Türklappe hinausgehst, hmm? Vielleicht existieren Zwei Rauchwolken, Reizende Wapiti und Hungriger Bulle nicht, bevor du nicht wieder zurückkehrst und sie genau so vorfindest, wie du es erwartest. Vielleicht sind wir alle ein Teil *deiner* Vorstellung von der Wirklichkeit.«

»Sie existieren sehr wohl!« brüllte er. »Das weiß ich. Wenn ich zurückkomme, hat Drei Zehen in der Zwischenzeit ein paar neue Speerspitzen gemacht. Vater hat bestimmt einige Hirsche erlegt. Alle werden sie da sein, wenn ich zurückkomme.«

»Sicher. Aber du kannst nicht beweisen, daß sie auch gerade jetzt da sind. Oder siehst du deine Leute?«

Bestürzt schüttelte er den Kopf. »Nein. Aber es ist selbstverständlich, daß sie leben und ihr Tagwerk verrichten. Sie müssen existieren! Sonst … sonst …«

»Genau, sonst. Wie du siehst, hast du keine Möglichkeit, dir selbst zu beweisen, daß dein Vater tatsächlich existiert. Du kannst dir diese Welt selbst errichtet haben. Du bist der einzige Mensch, der *weiß*, daß diese Welt für dich real ist. Und du kannst mir nicht beweisen, daß sie auf die Weise existiert, wie du das glaubst.«

Er sperrte Mund und Augen auf. »Stell dir vor, ich nehme meinen Speer und durchbohre dich. Du wirst ihn spüren – und daran sterben.«

»Werde ich das tatsächlich?« Sie lehnte sich zurück und verschränkte die Arme. »Oder bin ich nur ein Teil deines Traumes?

Vielleicht stellst du dir nur vor, daß ich den Speer spüren und sterben würde. Verstehst du, *du* kannst mir nicht beweisen, daß *ich* wirklich existiere.«

Verwirrt schüttelte er den Kopf.

»Ach, Kleiner Tänzer. Der alte Sechs Zähne hat mir vor langer Zeit erzählt, das Leben sei das Große Geheimnis und wir könnten nur in unserem eigenen Innern glauben, daß das, was wir sehen, Wirklichkeit ist. Ich kann dir nicht beweisen, daß du wirklich bist. Ich kann nicht beweisen, daß dieses Feuer real ist – und nicht nur ein Bestandteil des Traumes. Sicher, es wird mich verbrennen, wenn ich in die Glut fasse, aber ist der Schmerz real?

Oder nur eine Vorstellung? Eine Illusion?«

»Der Schmerz ist real.«

Sie schürzte die braunen Lippen. »Das eben frage ich mich. Sechs Zähne erzählte mir, er habe einmal einen Träumer mit dem Feuer tanzen sehen. In den alten Legenden, die ihr jungen Bengels gar nicht mehr kennt, heißt es, die alten Träumer lernten diesen Tanz vom Ersten Mann – und sie tanzten mit dem Feuer.«

Er wurde blaß, widersprach aber rasch: »Das kann viel bedeuten. Vielleicht schwenkten sie ein bißchen Glut mit Stöcken herum und …«

»Nein«, beharrte sie ernst. »Mit dem Gedächtnis ist das so eine Sache – es verändert sich wie ein Traum. Die Erinnerung selbst ist eine Illusion. Aber ich erinnere mich so deutlich an Sechs Zähne, erinnere mich an den Blick seiner Augen, die wie Wasserperlen kristallen in der Frühlingssonne leuchteten. Er hatte es gesehen. Er sagte, der Träumer tanzte mit den Kohlen in den Händen. Er tanzte barfuß im Feuer und hat sich nicht verbrannt. Nach Sechs Zähnes Erklärung zieht sich der Träumer in das Große Eine zurück, der Traum wird zur Realität und die Welt zur Illusion.«

»Was mich angeht, ich vertraue lieber auf eine scharfe Speerspitze«, fügte er hinzu. »Überleg doch mal. Ständig verletze ich mich. Ich schneide mich an einem Feuerstein und merke es nicht gleich. Kurze Zeit später sehe ich das Blut und frage mich, wie das passiert ist. Wenn ich mir die Welt nur einbilde, wie du vermutest, würde ich mich doch nicht der Illusion hingeben, mich selbst zu verletzen. Das ergibt keinen Sinn.«

»Sofern dich nicht die Stein-Träume verletzen.«

»Die Stein …«

Unter halbgeschlossenen Lidern hindurch beobachtete sie ihn. »Du glaubst nicht, daß die Welt, die dich umgibt, träumt? Woher weißt du, daß du nicht nur durch die Illusion eines Steines existierst?

Oder einer Fledermaus? Oder vielleicht der eines Baumes? Was ist, wenn sich irgendwo eine Maus in ihrem Mauseloch zusammenrollt und in eben diesem Augenblick deine Gedanken und deine Erfahrungen träumt? Kannst du mir zweifelsfrei beweisen, daß du nicht Teil von irgend jemand ... der Traum bist?«

Er sprang auf die Füße und drehte sich mit ausgebreiteten Armen im Kreis. Abrupt blieb er stehen und blickte sie an.

»Hier, siehst du. Ich habe gerade eben beschlossen, mich im Kreis zu drehen. *Ich* habe beschlossen, aufzustehen und mich zu drehen. Ich.« Er zeigte auf seinen Kopf. Hier drin, im Kopf. *Ich* dachte, ich will das tun.«

Sie faltete die Hände und legte den Kopf schief. »So? Oder gab dir, wer auch immer dich träumt, dir diese Idee ein? Spreche ich mit Kleiner Tänzer? Oder mit dem Träumer durch die Illusion Kleiner Tänzer?«

Zornesröte stieg ihm ins Gesicht. »Ich bin *ich!* Das ist doch verrückt! Wie soll ich dir beweisen, daß ich ich bin? Was ich auch sage, du behauptest, es sei geträumt. Ich würde mir das nur ausdenken, oder jemand anders denkt es sich für mich aus. Ich ...«

»Ganz meine Meinung!« rief sie und klatschte in die Hände.

Er machte einen niedergeschlagenen Eindruck. »Wie kannst du an irgend etwas glauben? Warum sprichst du überhaupt mit einem anderen Menschen? Ignoriere mich. Ich bin nicht real.«

Sie zwinkerte ihm zu. »Aus welchem Grund auch immer wir hier sind, lebendig und lebend, es steckt eine Absicht, ein Ziel, dahinter.

Was macht es also, wenn wir nur Träume sind? Unter den gegenwärtigen Umständen spiel das Spiel zu Ende. Übrigens lohnt es sich in den meisten Fällen, die Illusion zu akzeptieren.«

»Ich halte das für verrückt.« Aber er sah verunsichert aus. Eine tiefe Falte hatte sich in seine Stirn gegraben.

»Vielleicht«, flüsterte sie und stützte ihr Kinn auf die Hände.

Einen Augenblick verlor sie sich in den Bildern des Wunders, daß ein Mann mit dem Feuer tanzen konnte. Wie machte er das? Blinzelnd blickte sie auf und sah die belustigte Ungläubigkeit in Kleiner Tänzers Augen.

»Überlegst du, ob du nicht existierst?« fragte er spöttisch.

»Nein, ich dachte darüber nach, wie man mit dem Feuer tanzt.«

»Haut besteht aus Wasser. Selbst wenn du nicht existierst, ist es unmöglich«, erwiderte Kleiner Tänzer.

»Viele Dinge werden nur deshalb nicht versucht, weil man sie für unmöglich hält. Würde man an das Unmögliche glauben ...« Sie griff nach einem Stück Holz und stocherte nachdenklich im Feuer. »Wie würde die Welt aussehen, wenn die Menschen an das Unmögliche glaubten? Überleg mal, was wir vollbringen könnten.«

Mühselig kämpften sie sich den steilen Pfad hinauf auf den Bergkamm. Oben angekommen, drangen die eisigen Finger des Windes durch ihre Felle, durchbohrten ihr Fleisch wie mit Obsidian bewehrte Speere und ließen das Innerste ihrer Seelen erschauern.

Von diesem hohen Gipfel hatten sie einen ungehinderten Blick über das Land bis zum endlos weit entfernten Horizont.

Mit ihrem Gehstock zeigte Weißes Kalb auf eine Reihe von Steinen.

»Diese Linie im Steinkreis bedeutet, daß die schlimmste Kälte vorüber ist. Wenn dort die Sonne aufgeht, befinden wir uns schon auf halbem Weg zur Sommersonnenwende.«

Kleiner Tänzer schritt um den äußeren Steinkreis herum und betrachtete interessiert die inneren, in einer Linie angeordneten Steine. Nur deren graue Spitzen ragten aus den Schneeverwehungen hervor, die bereits zu schmelzen begannen, da sich Vater Sonne am Himmel auf einen nördlicheren Weg begeben hatte.

»Wie hast du das festgestellt?« schrie er gegen den Sturm an.

»Zeit, mein Junge.« Sie gackerte wie ein Waldhuhn. »Ich habe den Himmel beobachtet, Vater Sonnes Weg und das Sternennetz, das sich über die Erde spannt. Alles ist Teil der Kreise. Wenn du an dieser Stelle stehst und auf diese Linie hinunterschaust, wirst du feststellen, daß an dem Tag, an dem die Sonne über diesen Stein hinausgeht, Mitsommer ist. Die Tage werden kürzer, bis fast nach dem Beginn der großen Kälte. Am kürzesten Tag schließlich kommt die Sonne über diesen Stein dort drüben.«

Er ging um den Steinkreis herum und betrachtete jeden der nach einem bestimmten Schema ausgelegten Steine. Du weißt also immer, wann die Jahreszeiten wechseln? Ich wußte nicht, daß es so einfach ist.«

»Bah!« Sie winkte ab. Ihre Röcke flatterten im Wind. »Das meiste Wissen über das Funktionieren der Welt bekommt man durch Beobachtung. Ein Beispiel. Wo ist Norden? Zeig es mir.«

Er gehorchte und zeigte auf den seiner Meinung nach im Norden liegenden Berg.

Sie humpelte um den Kreis herum und stocherte im Schnee nach einer Steinreihe. »Da. Stell dich hierher. Von hier aus blickst du genau nach Norden.«

»Und wie machst du das?«

»Das war das Einfachste von der Welt. Ich saß hier oben und markierte die Stelle, an der die Sterne am Horizont auftauchen.

Später markierte ich, wo sie untergingen. Wenn man jede Nacht am selben Platz sitzt und die Wege der Sterne markiert, befindet sich Norden genau in der Mitte. Auf diese Weise kannst du beweisen, daß der Polarstern tatsächlich auch der Polarstern ist. Muß ein herrliches Gefühl von Macht sein, sich des Nachts nicht wie all die anderen Sterne zu bewegen.«

»Entweder das, oder er ist tot.«

»Möglich, aber das bezweifle ich. Er funkelt genauso hell wie alle anderen. Er bewegt sich nur nicht.« Mit ihrem Gehstock klopfte sie auf die Steine. »Ja, man muß nur lange genug beobachten, dann bekommt man heraus, wie die Dinge funktionieren. Natürlich habe ich noch nicht herausgefunden, was die Sonne zum Brennen bringt.

Holz kann es nicht sein, da oben ist kein Rauch zu sehen. Außerdem ist das Licht zu hell. Ist dir das auch schon aufgefallen? Es ist nicht wie Feuerlicht, es hat nicht diesen gelben Farbton.

Und dann der Mond. Was immer ihn zum Brennen bringt, es erzeugt keine Hitze – und auch da ist kein Rauch zu sehen.«

»Du hast einmal gesagt, alles habe einen eigenen Geist.«

Sie nickte. »Ja. Geistermacht liegt in allen Dingen, du brauchst nur deine Seele zu öffnen, dann fühlst du es. Natürlich haben Tiere eine Seele, aber auch Bäume und Berge und Flüsse und die Wolken am Himmel. Um uns herum pulsiert und pocht es ständig. Leider werfen die Menschen stets Schlamm in die klaren Wasser ihres Lebens, um sie zu verschmutzen. Sie sind nicht glücklich, wenn sie nicht in schmutzigem Wasser schwimmen, sie wollen weder sehen, wohin sie treiben, noch wie der Fluß aussieht.«

Er lachte, obwohl er trotz seines warmen Schaffellumhangs am ganzen Körper zitterte. Sie bemerkte es und schlang die Arme um ihren Leib. Komm, gehen wir wieder hinunter. Ich bin durchgefroren bis auf die Knochen.«

»Nein, dir ist nicht kalt. Das ist nur Illusion!« neckte er sie.

Auf dem steilen Pfad hielt er ihre Hand fest, um sie sicher über die gefährlichen Schattenbereiche zu geleiten, in denen sich Eis gebildet hatte. Unter ihren Schritten gerieten Steine ins Rollen.

»Wie lange hast du gebraucht, um diesen Kreis dort oben zu bauen?«

»Ein paar Jahre. Manchmal war der Himmel im Sommer so bewölkt, daß ich noch ein Jahr warten mußte, bis ich die Steine richtig anordnen konnte. Aber im Winter ist es noch schwerer. Nebel, Kälte und Eis haben meine Willen hart auf die Probe gestellt.«

»Wie bist du darauf gekommen, den Sternenkreis zu errichten? Hast du davon geträumt? Oder ist es dir einfach so eingefallen?«

Sie schüttelte den Kopf. Zitternd vor Kälte waren sie endlich am Fuß des Pfades angelangt. Der Schnee knirschte unter ihren Mokassins.

»Mist und Fliegen, nein. Ich sah einmal einen solchen Kreis auf einer Spitzkuppe oberhalb des Big River, als ich mit Gestutzte Feder Verwandte beim Weißen-Kranich-Volk besuchte.« Sie verstummte und ließ das Erlebnis in der Erinnerung noch einmal an sich vorüberziehen. »Ich erinnere mich, daß ich eines Nachts auf den Hügel ging, weil das Weiße-Kranich-Volk glaubte, es sei der Platz einer Macht. Ich legte mich zwischen den Steinspeichen des Kreises nieder und hatte einen wunderbaren Traum. Erst in der Morgendämmerung bin ich aufgewacht. Als die Sonne aufging, stand ich auf und rollte meine Schlafdecken zusammen. In diesem Moment fiel mir eine Steinreihe auf, die genau auf die rote Mitte der Sonne zeigte. Das machte mich nachdenklich. Ich beobachtete den Sternenkreis. An jedem Tag unseres Aufenthaltes beobachtete ich den Sonnenauf- und -untergang. Ich beobachtete die Bahn der Sonne.

Nein, es ist mir nicht einfach so eingefallen. Ich glaube nicht, daß einem vieles in der Welt einfach so einfällt. Das ist die Schönheit der Spirale. Alles entsteht und geschieht immer wieder.

Wie das Leben. Ein Baby wird geboren, lernt laufen, sprechen und spielen und wächst zu einem jungen Menschen heran, der erwachsen zu werden lernt. Ein Penis entdeckt eine Vagina, und wieder wird ein Baby geboren, das laufen und sprechen lernt. Alles beginnt von vorn. Kreise innerhalb von Kreisen, aber alle miteinander durch die Spirale verbunden.«

Er antwortete nicht gleich, sondern schlug auf einen von der Schneelast herabgedrückten Ast ein. »Und wie paßt deiner Meinung nach Schwerer Biber in das Ganze?«

Weißes Kalb ging weiter, ihr Gesicht nahm einen ernsten Ausdruck an. »Das Problem mit Schwerer Biber ist, daß er Macht entdeckt hat, ohne zu wissen, wie.«

»Vor Jahren hast du zu mir gesagt, er sei ein Lügner, er habe sich seine Macht selbst eingeredet.«

»Das ist der Punkt. Verstehst du, er hat sie sich eingeredet. Denk mal darüber nach. Ich weiß, dir ist die Vorstellung verhaßt, die Welt sei eine Illusion, aber ziehe es einmal in Betracht, denn das ist das Geheimnis seiner Stärke. Schwerer Bibers Macht lebt in den Köpfen der anderen.«

Unvermittelt blieb Kleiner Tänzer stehen. Er drehte sich auf dem Absatz um. »Ha?«

Sie warf ihm einen raschen, wissenden Seitenblick zu, eine Spur von Befriedigung umspielte ihren Mund. »Du hast richtig verstanden.

Seine Macht besteht in den Köpfen anderer Menschen. Sie glauben an ihn. Wenn du so willst, träumen sie die Realität seiner Macht – und alles ist Illusion.«

»Illusion?«

»Im Vergleich zum Großen Einen.«

»Und wenn das Große Eine auch nur eine Illusion ist?«

»Dann ist es die äußerste, die allerletzte aller Illusionen. Aber sie funktioniert. Du hast mir von der Falle für die Dickhornschafe erzählt und davon, wie du die Antilopen in die Falle deiner Mutter geträumt und das Volk mit Nahrung versorgt hast. Du hast mir von den Träumen erzählt, aber was *ich* dir nie erzählt habe, ist, daß deine Traumverbindung zum Großen Einen damals so mächtig gewesen ist, daß ich sie mit dir geteilt habe.«

Er starrte sie an. »Du ...«

Sie machte eine wegwerfende Handbewegung. »O ja. Ich fühlte dich und deinen Hunger. Genau wie die Antilopen ... und das Dickhornschaf.

Wenn das Große Eine eine Illusion ist, dann ist es die mächtigste aller Illusionen. Erinnere dich, wie wir uns darüber stritten, ob du mir deine Existenz tatsächlich beweisen kannst. Ich wußte, daß du existierst, weil wir diesen Traum geteilt haben. Und aus demselben Grund weißt du, daß die Antilopen und die Dickhornschafe existieren. Du warst eins mit ihnen.«

Langsam begann er zu verstehen. Eine Ahnung des ungeheuren Wissens durchdrang die Tiefen seiner Seele. Einen endlos langen Augenblick verharrte er gedankenversunken.

Die Bruchstücke der Erkenntnis begannen sich zu einem Mosaik zusammenzufügen. Geistesabwesend nickte er. Er hob den Blick von dem verharschten, eisigen Schnee und wollte sie noch etwas fragen, aber sie war schon weitergehumpelt.

Innerlich jubelnd trat er nach einem Salbeistrauch, dann eilte er hinter ihr her.

Gedankenverloren reichte Reizende Wapiti Zwei Rauchwolken eine Schüssel mit dampfendem Schafeintopf. Nachdem sie ihn versorgt hatte, setzte sie sich mit untergeschlagenen Beinen auf den Steinwall vor der Höhle. Unbewußt schweifte ihr Blick hinüber zu dem Weg, der vom Gipfel herunterführte.

»Wartest du noch immer auf ihn?«

»Ja.« Bei dem Gedanken, er könne für immer fort bleiben, fühlte sie einen stechenden Schmerz in der Brust.

»Er wird zurückkommen«, entgegnete Zwei Rauchwolken und schlürfte die heiße Brühe.

»Er wird zurückkommen«, erklang wie ein Echo Klappernde Hufes Stimme. Sie saß ein wenig abseits und flocht aus Gras einen Korb.

Reizende Wapiti hatte diesen von Sorge erfüllten Klang in der Stimme der Mutter nicht vergessen. Obwohl damals noch ein Kind, erinnerte sie sich nur zu gut an diese beruhigende Behauptung, die sie Nacht für Nacht im Zelt ihres Vaters gehört hatte, als dieser im Winter auf die Jagd gegangen war. Erst als Widderhorn den Leichnam nach der Schneeschmelze entdeckt hatte, endete die ewige Wiederholung dieses Satzes.

Wie so oft in diesen Tagen glitt ihr ängstlicher Blick über jede Unebenheit und jede Biegung des Weges, der sich zwischen den Felsen, Salbeisträuchern und dem Dickicht hinaufschlängelte.

»Er mußte fort«, rief sie sich in Erinnerung und versuchte, nicht daran zu denken, was geschehen sein könnte. In den dunklen Wäldern bedeutete ein gebrochenes Bein einen entsetzlichen Tod. Ein unvorsichtiger Schritt auf einem Geröllhang, ein Fehltritt auf einem vereisten Pfad ... *Nein, das darfst du nicht einmal denken.*

»Ja«, erklang Zwei Rauchwolkens besänftigende Stimme. »Er mußte gehen. Er mußte nachsehen, wie es Weißes Kalb geht. Außerdem glaube ich, die Träume ... Er mußte mit Weißes Kalb darüber sprechen. Nach all ihren Kämpfen in den letzten Jahren brauchen sie Zeit, um in Ruhe miteinander reden zu können.«

Sie konnte ihm nicht widersprechen. Wie viele Nächte hatte sich Kleiner Tänzer unruhig herumgeworfen, wie oft hatte er wach gelegen und entrückt auf das Gesicht des Wolfes auf der Höhlenwand gestarrt? Sogar hier in der Sonne spürte sie den Blick des Wolfsbildes in ihrem Rücken. Manchmal, wenn sie über Kleiner Tänzers unruhigen Schlaf gewacht und aufgeblickt hatte, hätte sie schwören können, daß die Augen des Wolfes in der Nacht gelb leuchteten.

Seit er fort war, hatten sich die Spannungen gelegt. Die Leute fuhren sich nicht mehr wegen jeder Kleinigkeit an, hatten keinen Grund mehr zur Furcht vor Geisterträumen. Das Lachen war in die Höhle zurückgekehrt. Die Leute vom Kleinen-Büffel-Volk lernten Anit'ah und das Rothand-Volk lernte von ihnen deren Sprache.

Geschichten wurden in beiden Sprachen erzählt – ein großer Fortschritt. Und diese Normalisierung des Lebens hatte nur Kleiner Tänzers Abwesenheit in Gang gebracht.

Die Erinnerung an den letzten Tag mit ihm blieb ihr unvergeßlich.

»Du mußt fortgehen. Du mußt mit Weißes Kalb reden.«

»Ich mag sie nicht. Sie bedrängt mich immer.«

»Bitte«, flehte sie ihn an. »Sonst reißen uns die Träume auseinander.

Zwei Rauchwolken weiß Bescheid. Geh, frag ihn. Ich liebe dich, Kleiner Tänzer. Wenn schon nicht deinetwegen oder wegen der anderen, tu es für mich. Bitte.«

Und er war gegangen. Die ganze Zeit über hatte er gewußt, daß er gehen wollte, sich aber geweigert, der Wahrheit ins Auge zu blicken.

»Aber warum bleibt er so lange weg?« Die Frage, die sie

sich selbst nicht zu stellen wagte, rutschte ihr ungewollt heraus.

Knirschende Schritte näherten sich, eine warme Hand legte sich auf ihre Schulter. »Es ist noch nicht so lange her, Tochter«, sagte ihre Mutter beruhigend.

»Fast drei Monde.«

»Das Wetter war schlecht. Vielleicht hat ihn Weißes Kalb noch gebraucht. Möglicherweise ist sie verletzt oder krank. Man kann nie wissen.«

Reizende Wapiti nickte langsam. Die gräßliche Erinnerung an den seltsam aufgedunsenen Körper ihres Vaters stand ihr wieder vor Augen. Zuerst hatte sie nicht glauben können, daß dieses schrecklich verunstaltete Gesicht mit den zurückgezogenen, die Zähne entblößenden Lippen das ihres Vaters war. Sie erkannte ihn damals nur an seiner Kleidung. Der Kiefer hing schräg unter leeren Augenhöhlen, aus denen sie einmal seine sanften braunen Augen so liebevoll angesehen hatten. Würde auch Kleiner Tänzer in einem solch grauenhaften Zustand gefunden werden?

Kleiner Tänzer trat vor die Tür und sah blinzelnd in das graue Morgenlicht.

Hinter ihm schob Weißes Kalb das Türfell beiseite, drückte die Hände in ihr Kreuz und streckte sich. »Sieht nach gutem Wanderwetter aus. Paß auf die Schneeüberhänge auf, wenn du über die Wasserscheide gehst. In dieser Jahreszeit ist der Untergrund manchmal recht tückisch. Man weiß nie, was gefroren ist. Die lockeren Schneebretter sind schnell losgetreten.«

»Ich kann ganz gut auf mich aufpassen.«

Weißes Kalbs zahnlose Kiefer arbeiteten. Mit funkelnden Augen sah sie zu ihm auf. »Und bestelle Reizende Wapiti meine besten Grüße.

Ich weiß nicht, was du ihr erzählst. Wahrscheinlich, daß du dich mit einer Frau herumgetrieben hast, die alt genug ist, um deine Großmutter zu sein.«

»*Ur*-Großmutter«, verbesserte Kleiner Tänzer.

»Habe ich alle deine Fragen beantwortet?«

»Ich glaube schon. Alle, bis auf die, die den einen Traum betreffen.«

»Den mit dem Wolf im brennenden Wald?«

Er nickte und wich ihrem Blick aus.

Sie schmatzte mit den Lippen. »Ja, stimmt. Genieße die Zeit mit Reizende Wapiti, solange sie dir vergönnt ist.«

Er legte den Kopf schief und starrte auf sie hinunter. »Der Wolfsmann sagte, ich hätte Zeit. Außerdem« – er lächelte versonnen – »kann mich keine Macht zu etwas treiben, was ich nicht sein will. Genauer gesagt, was ich völlig *ablehne* zu sein.«

»Willst du darauf wetten?« fragte sie trocken.

Er nickte sachlich. »Ich habe es meiner Mutter versprochen.

Jedesmal, wenn du von Macht sprichst, höre ich ihre Worte.«

»Deine Mutter war Klares Wasser.«

»Meine Mutter war Salbeiwurzel – ach übrigens, denk mal darüber nach, wie die Macht mit Klares Wasser umgesprungen ist.«

Weißes Kalb grinste ihn an. »Das Problem mit der Macht ist, mein Junge, daß wir Sterblichen stets nur ein winziges Stück der Spirale überblicken.«

Er gab ihr einen liebevollen Klaps auf den Rücken. »Und ich möchte noch nicht einmal soviel davon zu sehen bekommen.«

»Mach, daß du zu deiner Frau kommst. Ihr Bett ist schon lange leer. Wenn sie so leidenschaftlich ist wie ich in ihrem Alter, zerrt sie dich unter die Decken, bevor du noch deine Rückentrage abgenommen hast.«

Amüsiert den Kopf schüttelnd, umarmte er sie zum Abschied.

»Dank für die Gespräche … ich habe viel gelernt.«

»Und ich danke dir für das Feuerholz. Komm wieder, wenn du Lust dazu hast. Schick auch Hungriger Bulle und die anderen her. Ich mag die ganze Bande und habe gerne Gesellschaft.«

Winkend machte er sich auf den Weg.

Während sich seine vom Schlaf noch steifen Muskeln erwärmten, versuchte er Ordnung in seine wirren Gedanken zu bringen.

Wenigstens ein Gerüst hatte er sich geschaffen, ein Mittel gefunden zum Verständnis der Träume und der Wege der Macht – und, so hoffte er, eine Lösung, den ihm von ihr gestellten Fallen zu entgehen.

Der sich durch das Unterholz schlängelnde Weg gabelte sich. Der eine führte hinunter zum Clear River, der andere wand sich zwischen den Bäumen hindurch zum Grat hinauf und folgte dem Wildwechsel der Wapitis. Er entschied sich für den Bergpfad, den Weg der Wapitis – ihm gefiel die Symbolik, führte ihn doch sein Weg zu Reizende Wapiti.

Nach den monatelangen Gesprächen mit der alten Träumerin und nach all dem, was er aus ihren Worten erfahren hatte, glaubte er, die Träume mit seinem Alltagsleben in Einklang bringen zu können.

Außerdem lag noch eine Woche Wanderzeit vor ihm, während der er noch einmal über alles nachdenken, die zwischen ihm und Weißes Kalb strittigen Fragen noch einmal überdenken und herausfinden konnte, wie er sich gegen die Übermacht der Träume am besten zur Wehr setzte, um ein glückliches Leben mit seiner Frau führen zu können. Es würde sich alles regeln.

Sie behauptet, ein Mensch könne nicht beides haben. Mutter, ich höre deine Warnung. Dein Sohn wird nie das tun, was Schwerer Biber dir und anderen angetan hat. Niemand wird sich meinetwegen elend fühlen. Ich entscheide mich für meine Frau. Die Träume, der Wolf und das Gespenst des Ersten Mannes sollen ihrer Wege gehen.

Zum erstenmal seit Salbeiwurzels Tod und der Beleidigung des Wolfsbündels fühlte er sich völlig zufrieden und im Einklang mit sich selbst.

Lauthals lachend wanderte er den Weg entlang. Voller Freude bestaunte er das glühende Feuer der zwischen den Wolken aufgehenden Sonne.

Eine Bewegung im Schatten der Bäume erregte seine Aufmerksamkeit; in der Hoffnung einen Wapiti zu entdecken, blickte er erwartungsvoll hinüber. Ein dunkler Schatten glitt zwischen den tiefhängenden Ästen der Bäume hindurch.

Rotwild?

Eine bedrohliche Vorahnung beschlich Kleiner Tänzer, als er das Tier undeutlich über eine grasbewachsene kleine Lichtung huschen sah. Die großen gelben Augen des riesigen Wolfes brannten glühend zu ihm herüber – der Beobachter!

Kleiner Tänzer war wie gelähmt. Sein Hals war so zugeschnürt, daß er fürchtete, ersticken zu müssen.

»Geh zurück!« Drohend hob er seinen Speer. »Geh zurück und sage dem Ersten Mann, ich bin nicht sein Träumer! Du und er ... ihr könnt keinen Träumer aus mir machen, wenn ich das nicht will! Hast du mich verstanden?«

Der Wolf rührte sich nicht von der Stelle.

»Ich bin Kleiner Tänzer ... und ich gehöre niemandem, nur mir selbst!«

Der Wolf senkte den Kopf, seine Nase glitt über den harten Schnee als habe er einen Geruch aufgenommen, doch seine wachsamen Augen blieben auf Kleiner Tänzer gerichtet.

»Verschwinde!« Noch einmal drohte er mit seinen Speeren zum Waldrand hinüber.

Der Wolf drehte sich um.

Mit gesenktem Kopf und hängendem Schwanz schlich er lautlos zwischen die Bäume und verschwand.

Mit einem triumphierenden Grinsen schlug Kleiner Tänzer rhythmisch die Speerschäfte gegeneinander und summte ein Lied dazu. Er ging leichtfüßig, fast tanzend den Weg entlang. Bilder von Reizende Wapiti und seinem Sieg über den Wolf wirbelten durch seinen Kopf.

Plötzlich bemerkte er die dunklen Wolken, die dem Sonnenaufgang seine lodernde Kraft genommen hatten.

Als er den Grat erreichte, blickte er prüfend zum westlichen Horizont. Die schwarze Wolkenbank, die sich dort zusammenballte, beunruhigte ihn.

Freudig erregt trat Der das Horn packt auf den Pfad und straffte die Beinmuskeln. Der sorgfältig gearbeitete Speer lag wurfbereit im Haken des Atlatls. Er schätzte die Entfernung, visierte sein Ziel mitten auf Kleiner Tänzers breitem Rücken genau an. Der unbedacht sorglose Junge blickte nur nach vorn. Aus dieser Entfernung konnte Der das Horn packt ihn nicht verfehlen.

»Für Reizende Wapiti«, flüsterte er fast lautlos. Ein triumphierendes Prickeln schoß heiß durch sein Herz, ein grimmiges Lächeln umspielte seine Lippen.

Er streckte den Arm zum Wurf, seine kräftigen Muskeln strafften sich – und er fiel fast auf den Rücken. Jemand zerrte von hinten heftig an seinem Atlatl.

Der Schrei blieb ihm im Halse stecken, als er sich zu fangen versuchte und herumwirbelte, um seinem Angreifer ins Gesicht zu sehen.

Tangara!

Sie legte einen Finger auf die Lippen und bedeutete ihm mit einer Gebärde, sich leise zurückzuziehen. Leichtfüßig sprang sie in das dichte Unterholz.

Rasend vor Wut folgte er ihr. Im Schutz der Föhren stieß er hervor:

»Ich kann es nicht *glauben!* Du! Was für ein Wahnsinn, du ...«

»Schsch!« Sie warf ihm einen mißbilligenden Blick zu und reckte den Hals, um den Weg besser überblicken zu können.

Zitternd vor Zorn setzte er sich. »Dieses Mal bist du zu weit gegangen! Dieses Mal ...«

»Dummkopf!« zischte sie. »Komm schon, wir müssen miteinander reden.«

Sie führte ihn quer durch das Unterholz immer weiter weg vom Pfad.

Mit Leichtigkeit schwang sie sich über einen umgestürzten Baumstamm, während er das Hindernis nur mit mühsamem Klettern überwand.

Endlich hatten sie sich weit genug vom Pfad entfernt.

Sie blieb stehen und wirbelte herum, die Hände in die biegsame Taille gestemmt. »Setz dich!«

»Du gehst zu ...«

»Setz dich!« Mit ausgestrecktem Finger stieß sie ihn an.

Verblüfft ließ er sich auf das Moospolster fallen, sie setzte sich ihm gegenüber.

»Ich habe dich vor dem größten Fehler deines Lebens bewahrt.«

»Größter Fehler meines Lebens! Fast hätte ich ...«

»Dich ruiniert!« Tangara schüttelte den Kopf, ihre Augen blitzten.

»Was glaubst du eigentlich? Du tötest ihn, und Reizende Wapiti fällt dir in die Arme? Du hast weniger Verstand als ein brünftiger Bulle!«

Sprachlos starrte Der das Horn packt sie an.

»Hör zu«, erklärte sie und breitete die Arme aus. »Reizende Wapiti liebt ihn. Ja ... sie *liebt* ihn.«

»Woher weißt du das?«

»Ich habe sie beobachtet. Du hast zu hoch oben in den Bergen gesucht. Sie sind unten in einer Höhle am Südende eines der Canyons.«

»Ich wußte, eines Tages geht er zu Weißes Kalb zurück.«

»Reizende Wapiti liebt ihn. Und wenn du den Mann tötest, den sie liebt, was dann? Glaubst du, sie würde dich überhaupt auch nur noch ansehen? Sie würde dich für den Rest deines Lebens hassen!«

»Wie sollte sie denn erfahren, wer ihn umgebracht hat?«

»Wie sie es denn erfahren sollte?« Tangara lachte. »Wer sonst außer dir ist den ganzen Winter im Wald herumgestreunt wie ein Narr? Du bist der einzige, dummes Kalb! Daher würde sie es erfahren. In jedem Lager des Rothand-Volkes wird darüber gesprochen, Vermutungen werden angestellt.«

Sogar für seinen von Wut und Verwirrung vernebelten Verstand ergab das einen Sinn.

»Ja, endlich begreifst du.« Sie grinste ihn an. »Hör zu, wir sind schon lange befreundet. Ich kann nicht zusehen, wie du zwei Leben zerstörst, nur weil dein Penis deinen Verstand ausschaltet.«

»Woher weißt du so gut Bescheid, Mädchen!«

Ihre Augen blitzten vergnügt. »Vielleicht bin ich ein wenig sonderbar. Aber ich beobachte. Ich beobachte alles – Tiere,

Menschen. Ich weiß, warum Menschen so handeln, wie sie es tun. Während die meisten Menschen sich ständig mit ihren eigenen Problemen beschäftigen, beobachte ich die anderen. Dabei erfahre ich die Beweggründe für ihr Verhalten.«

Er überlegte, was er als nächstes untenehmen sollte. Sein erster Impuls war davonzulaufen. Grinsend stieß sie ihn an und störte ihn bei seiner Überlegung.

»Außerdem bin ich seit drei Monaten kein ›Mädchen‹ mehr.«

»Aber …«

»Nein, ich war nicht im Menstruationszelt. Schließlich bin ich Tangara. Als ich die ersten Anzeichen bemerkte, ging ich in den Wald. Wenn ich dazu bereit bin, sollen sie meinetwegen um mich herumschwänzeln und mich bemalen. Aber noch ist es nicht soweit.«

Verblüfft schüttelte er den Kopf. »Aber das ist das bedeutendste Ereignis im Leben einer Frau. Es ist etwas Besonderes!«

»Und ich bin Tangara. Ich bin auf meine Art etwas Besonderes.«

»Machst du dir keine Sorgen wegen Blutbär?«

»Blutbär?« Sie kicherte. »Das wird eine hübsche Jagd geben, wenn er mich fangen will. Nein, sofort nach der Zeremonie verschwinde ich. Ich glaube, die meisten Leute erwarten gar nichts anderes von mir. Sogar Mutter hat ihre Meckerei aufgegeben.«

Der das Horn packt rieb sich mit der kalten Hand das Gesicht. »Du meinst, ich soll auf Reizende Wapiti verzichten?«

»Natürlich. Du bist ohnehin nicht der Richtige für sie. Sie will mehr, als du ihr geben kannst. Sie hat zu viele Tagträume. Du brauchst eher eine praktische Frau.«

»Ah so? Und an wen hast du gedacht?«

»An Grille. Sie stirbt vor Liebe nach dir. Dauernd marschiert sie um das Lager und blickt suchend die Wege entlang. Sie stirbt fast vor Sehnsucht. Sie hat dich immer geliebt. Aber du warst immer unerreichbar für sie.«

»Grille?«

»Ja, Grille. Du treibst dich hier draußen herum und zerstörst dein Leben, und das von Reizende Wapiti und Grille dazu! Wenn du Reizende Wapitis Geliebten umbringst, wäre das für Grille entsetzlich.«

»Aber sie ist noch ein Mädchen!«

»Du warst für alle anderen blind, weil du bisher nur Augen für Reizende Wapitis Körper gehabt hast.«

»Was soll das? Bist du etwa eifersüchtig, weil ich Reizende Wapiti will?«

Tangara warf ihm einen kühlen Blick zu. »Ich glaube kaum, daß ich mich mit dir paaren würde. Zum einen würden die Älteren über Blutschande munkeln. Wir sind Verwandte zweiten Grades.

Außerdem wäre ich nicht die richtige Frau für dich. Es hat Spaß gemacht, einander Streiche zu spielen, aber du brauchst eine Frau, die immer zu Hause sitzt. Du kennst mich. Du weißt, wie gerne ich in den Wald gehe. Kannst du dir mich als deine Frau vorstellen?«

Er schüttelte den Kopf.

Besorgt blickte sie hinauf zu den sich bedrohlich zusammenballenden Wolken. »Da braut sich ein schlimmer Sturm zusammen, wir sollten Schutz suchen. Ich kenne einen Platz hier ganz in der Nähe. Wir zünden ein Feuer an und machen es uns gemütlich. Ich habe genügend Trockenfleisch für uns beide dabei. Wir werden eine Menge Zeit zum Reden haben.«

Sie sprang auf die Füße und ging neben ihm her durch den Wald.

Hatte sie recht? Hätte ihn Reizende Wapiti gehaßt, wenn er den Kleine-Büffel-Jungen getötet hätte?

War er wirklich ein *so* großer Narr gewesen?

»Ich hoffe, Reizende Wapitis Mann hat soviel Verstand und sieht sich rechtzeitig nach einem Unterschlupf um«, murmelte Tangara.

Schnee. Aus dem undurchsichtigen Grau des Himmels taumelten Windgespenstern gleich Massen von Schneeflocken herab. Halb so groß wie die Hand einer Frau herabwirbelnd, häuften sie sich auf das Land, ließen über den Salbeisträuchern kleine Hügel wachsen und bildeten auf den Felsen dicke Mützen, die mit steigender Schneehöhe zu gewaltig anmutenden Pilzen wurden. Hungriger Bulle und seine Mitbewohner kauerten sich in der Höhle zusammen und lauschten auf die gegen die Türhäute prasselnden Flocken.

»Eine Menge Schnee«, brach Drei Zehen das bedrückte Schweigen.

»Und er kommt sehr spät.« Er begann wie eine Wiesenlerche zu pfeifen, als könne er damit das Ende des Sturmes herbeizaubern und das monotone Warten beenden.

»Ich erinnere euch nur ungern daran, aber unser Holzvorrat ist nicht gerade üppig.« Schwarze Krähe kratzte sich hinter dem Ohr.

Er ging zum Eingang und zog die Türbehänge auseinander, gerade so weit, daß ein Streifen graues Licht in die Höhle fiel. Er reckte den Hals und blickte prüfend in die wirbelnden Schneeflocken. Rasch ließ er die Türhäute wieder zufallen.

»Ich bin nicht dran«, brummte Hungriger Bulle.

»Faulpelz!« tadelte Klappernde Hufe. »Die die Spaß macht? Wiesenlerche?

Wir zähen Frauen können ja draußen herumstolpern, Nässe und Kälte werden uns nichts anhaben, unsere zarten Männer dagegen werden einen Schnupfen bekommen und zittern und frösteln.«

»Männer sind körperlich wirklich sehr zart besaitet«, pflichtete ihr Die die Spaß macht bei. Mit einem diabolischen Funkeln in den Augen betrachtete sie ihren Mann.

»Auch sind wir schon das letzte Mal hinausgegangen und sind es also gewohnt.« Wiesenlerche schürzte die Lippen und beugte sich über ihre Näharbeit. Im hinteren Bereich der Höhle stritten sich die Kinder in einem wilden, lauten Spiel. Sie krochen durch die Betten und hielten einander an den Beinen fest.

Wiesenlerche schüttelte den Kopf. »Ich hätte mich auch gewundert, wenn das das einzige Mal gewesen wäre, wo ich für meinen schwachen Mann einspringen mußte. Er muß sich schonen, sonst könnte er sich ja überanstrengen. Es wäre ein großes Wunder, wenn er sich dazu aufraffen würde. Eher trägt mich ein weißer Büffel auf seinem Rücken zu einem Besuch zum Sternennetz hinauf.« Sie legte ihre Ahle und die durchgefädelte Sehne beiseite und griff seufzend nach ihrem Schaffellumhang.

»Schon gut!« Förmlich explodierend sprang Drei Zehen auf die Füße.

»Wir holen Holz! Vielleicht diese große umgestürzte Föhre drüben in der Schlucht. Sie liegt sowieso mitten im Weg.«

»Tolle Idee!« Hungriger Bulle verschränkte die Arme vor der Brust.

»Du hackst sie entzwei und sagst uns Bescheid, sobald du fertig bist. Wir transportieren sie dann ab.«

»Wie wäre es mit einem etwas weniger ehrgeizigen Ziel? Vielleicht ein paar Bündel Kleinholz?« schlug Schwarze Krähe vor und blickte Drei Zehen mit hochgezogenen Augenbrauen an.

Drei Zehen warf sich schwungvoll ein Schaffell um die Schultern und zog eine Fuchspelzkapuze über den Kopf. »Mal sehen. Kommt ihr zwei Jäger mit auf die Jagd? Oder seid ihr schon verrückt genug, um bei diesem Haufen Waldhühnern herumzusitzen?«

»Ah, was bringen wir nicht alles für Opfer für den Familienfrieden!« Hungriger Bulle schlug Schwarze Krähe auf die Schulter und trat gebückt in den Sturm hinaus.

Zwei Rauchwolken lachte in sich hinein. Er saß an die Rückwand der Höhle gelehnt und nähte aus einem Stück seines unvergleichlich gegerbten Leders ein Paar neue Mokassins.

Klappernde Hufe trat nach einem hochaufgetürmten Deckenbündel.

»He! Mädchen! Wach auf!«

Die Pelze bewegten sich und Reizende Wapitis verschlafenes Gesicht lugte unter der Fellmasse hervor. »Ha?«

»Wir haben gerade die Männer nach draußen geschickt, um Holz zu holen. Wenn sie damit zurückkommen, möchten wir aus den Wurzeln, die wir noch vor dem Sturm geholt haben, eine Mahlzeit zubereiten. Du weißt, was du zu tun hast. Mach eine tiefe Grube für das Feuer und koche sie gut.«

Gähnend rieb sich Reizende Wapiti die Augen. »Schneit es immer noch?«

»Wie seit Jahren nicht mehr.«

»Kleiner Tänzer ist nicht gekommen?«

»Also«, antwortete ihre Mutter begütigend, »du möchtest doch wohl nicht, daß er bei diesem Wetter unterwegs ist. Denk an all die Gefahren. Man kann den Untergrund kaum richtig einschätzen. Ein einziger Fehltritt ... Und dann das Eis und der verharschte Schnee, der ... Nun, du möchtest ihn doch bestimmt in Sicherheit wissen, meine Tochter.« Klappernde Hufe wich dem Blick ihrer Tochter aus und beschäftigte sich angelegentlich mit dem Saum ihres Kleides.

»Solange der Sturm dauert, bleibt er sicher bei Weißes Kalb«, warf Die die Spaß macht ein. »Sie würde ihn nie bei einem solchen Unwetter gehen lassen. So ist Weißes Kalb nun einmal. Sie weiß Bescheid. Eine Frau wird nicht so alt, ohne zumindest ein paar Dinge zu wissen.«

»Sie kennt sich mit dem Wetter sehr gut aus«, pflichtete ihr Zwei Rauchwolken bei. Er legte die Mokassins beiseite und kramte in seiner Gräsersammlung herum, als wäre ihm gerade eine Idee gekommen. Er hob einen Halm nach dem anderen hoch und blickte im schwachen Licht jeden einzelnen prüfend an. Sein wettergegerbtes Gesicht wirkte äußerst erstaunt.

Reizende Wapiti schüttelte ihr zerwühltes Haar und entnahm ihrer Rückentrage einen aus einem Rehschulterblatt gefertigten langzähnigen Kamm. Zuerst entwirrte sie die verfilzten Knoten, dann kämmte sie das Haar zu einer langen, seidig schimmernden Fülle und flocht es zu Zöpfen. Nachdem sie die Bettdecken zusammengerollt und verstaut hatte, ging sie hinaus in das Unwetter. Sie folgte dem Pfad bis zu den Weiden, um sich zu erleichtern.

Sorgenvoll sah ihr Klappernde Hufe nach. Sie preßte eine geballte Faust gegen die Stirn. »Beim Ersten Mann, ich hoffe, er kommt zurück. Sie ist zu jung, um das durchzustehen, was ich durchmachen mußte.« Ihr Gesicht sah unendlich müde aus. »Ich hatte sie – und Feuchter Regen. Aber sie ist noch so jung.«

Wiesenlerche legte ihr beruhigend eine Hand auf die Schulter. »Es kommt, wie's kommt.« Sie schüttelte den Kopf. »Ich weiß auch nicht. Nach allem, was Kleiner Tänzer schon überstanden hat, glaube ich nicht, daß ihn die Geister gerade jetzt verlassen.«

»Wildkirsche hat immer gesagt, er werde einmal große Dinge vollbringen«, erinnerte sich Die die Spaß macht. »Ich vertraue auf Wildkirsche.«

»Ich kenne ihn am längsten.« Zwei Rauchwolken seufzte. »Und ich glaube auch nicht, daß ihn die Macht im Stich läßt. Ich weiß zwar nicht, was sie mit Kleiner Tänzer vorhat, aber seine Träume sind schon zu weit gediehen.« Lächelnd zwinkerte er Klappernde Hufe zu. »Und du kennst dich aus mit Berdachen. Du weißt, wir fühlen die Dinge.«

Die Kinder kicherten und quietschten bei ihrem Spiel unter den Decken. »He, ihr kleinen Frettchen, gebt Ruhe. Hier leben Menschen, keine Otternbande.« Die die Spaß macht schlug mit einer Art Dreschflegel auf den Deckenberg.

»Die Macht?« Klappernde Hufe schüttelte den Kopf. »Schon der bloße Gedanke daran beunruhigt mich. Warum nur?«

»Weil du zu lange mit uns zusammen bist ...«, sagte Wiesenlerche halb im Spaß. »Und wir waren vorher zu lange mit Schwerer Biber zusammen!«

»Wir müssen abwarten.« Zwei Rauchwolken legte seine Grashalme zurück in den Lederbehälter. »Die Macht wählt ihre eigene Zeit und ihren eigenen Ort. Sie handelt, sobald sie die Zeit für gekommen hält.«

»Wie beruhigend«, brummte Klappernde Hufe trocken. »Sie ist *meine* Tochter.«

Zwei Rauchwolken sagte nun nichts mehr. Er senkte die Augen, faltete die Hände über seinem Bauch und dachte über seine Gräsersammlung nach.

Die Türbehänge teilten sich und Reizende Wapiti trat ein. Sie schüttelte den Schnee aus dem Haar und ging wortlos zu dem Lederbeutel, in dem die erst vor kurzem geholten Wurzeln aufbewahrt wurden. Nachdem sie über die rangelnden Kinder hinweggestiegen war und den Mahlstein geholt hatte, scheuerte sie mit einer Handvoll hartem Gras den Schmutz von der Oberfläche der Wurzeln. Dann nahm sie den Mörser, um die dicken Wurzeln vor dem Mahlen zu zerstampfen. Das monotone Raspeln und Schlagen des Mörsers hallte hohl von den Wänden des Raumes zurück.

Während sie arbeitete, hing sie mit angespanntem Gesicht ihren Gedanken nach.

Sie bearbeitete die holzigen Wurzeln wütend mit dem Mahlstein, als könne sie sich dadurch an der Welt, die ihr so viel zumutete, rächen.

Nur Zwei Rauchwolken bemerkte die Träne, die ihr langsam über die Wange rollte.

Kleiner Tänzer kauerte zitternd vor Kälte in der Wurzelmulde eines umgestürzten Baumes. Über ihm streckten sich die dünnen Enden der Wurzeln wie knochige Finger in den stürmischen Himmel hinauf. Wo die Wurzeln dicker wurden, hielten sie in den Zwischenräumen Steine, Erde und anderen Schutt umklammert. Das so entstandene Dach bot ein wenig Schutz vor dem endlosen Tanz der Schneeflocken.

Er blinzelte und schlang die Arme noch enger um seinen Körper. Er fror erbärmlich und fühlte einen bohrenden Schmerz in seinen Schläfen. Dumm, idiotisch … von allen törichten Kraftakten, die er jemals vollbracht hatte, war das mit Abstand der dümmste. Er hätte es besser wissen müssen. Nie hätte er in einem solchen Sturm weitergehen dürfen. Er hätte sofort umkehren und zu Weißes Kalb zurücklaufen oder in einem selbstgebauten Unterschlupf an wärmendem Feuer abwarten müssen.

Nichts dergleichen hatte er getan. Lockende Bilder von Reizende Wapitis Gesicht hatten ihn weitergedrängt. Begierige Gedanken an ihren Körper, heiß an den seinen gepreßt, hatten ihn in den Sturm getrieben, ihn auf einem Pfad weitergehen lassen, den er erst zweimal gegangen war. Eine Zeitlang hatte er sich eingeredet, dies sei lediglich einer der üblichen Frühjahrsstürme – naß, wild und schnell vorbei –, der seine Schneelast abladen und gleich weiter hinaus auf die Ebenen im Osten brausen würde. Statt dessen hingen diese Wolken über den Bergen wie ein geduldiger Rotluchs, der auf ein in die Ecke getriebenes Kaninchen lauert.

Schließlich war er auf den Grat hinaufgestiegen in der Annahme, dort habe der Wind den Schnee weggeblasen, so daß er besser vorankommen könne. Doch der Grat hatte ihn genarrt. Er war auf den Überhang einer Schneewächte getreten und nichts befand sich unter ihm, was sein Gewicht hätte tragen können. Er erinnerte sich an das Schlingern in seinem Magen, an seine hilflos wedelnden Arme und den Sturz ...

Wie lange hatte er wohl bewußtlos im Schnee gelegen? Zum Glück war er bald wieder zu sich gekommen. Blinzelnd war er erwacht und hatte den beißenden Frost auf den Händen und im Gesicht gefühlt.

Er blickte sich um. Ein greller Schmerz marterte sein Gehirn, auf seiner Wange brannte ein von geronnenem Blut verschorfter Schnitt.

Etwas Blut war auch in den Schnee getropft und gefroren. Seine Speere waren verschwunden, ebenso seine Rückentrage. Jetzt konnte er nur auch auf ein Wunder hoffen.

Stöhnend blickte er zwischen den Wurzeln hindurch zum bedrohlich düsteren Himmel. Die dunklen Wolken ließen ihren endlos scheinenden Vorrat an riesigen Flocken durch die Luft tanzen.

Leise raunend fielen die weißen Schneekristalle auf die Erde.

»Muß mich ... mich bewegen. Warm machen.«

Er biß die Zähne zusammen, um nicht laut aufzuschreien, und kam taumelnd auf die Füße. Ein pulsierendes Stechen in seinem Bein gemahnte ihn schmerzhaft an den harten Sturz. Es schien nichts gebrochen zu sein, aber sein Oberschenkel war so dick geschwollen, daß sich seine Jagdhosen ausbeulten. Fast brach er wieder zusammen, seine Füße waren völlig taub.

Unkontrolliert zitternd, die Arme fest auf die Brust gepreßt, stolperte er vorwärts. Er mußte sich bewegen, um warm zu werden, gleichgültig, welch fürchterliche Qualen ihm sein Bein bei jedem Schritt bereitete. Wie lange war es her, daß er etwas anderes gegessen hatte als Schnee? Wie lange würde es dauern, bis sein Körper völlig erschöpft war und keine Wärme mehr erzeugen konnte?

Er blinzelte stumpfsinnig, wankte über die vom Schnee glitschig gewordenen Wurzeln einer Föhre und schrie auf, als sich eine eisige Schneelast über ihn ergoß. Seine Arme arbeiteten wie Keulen. Wie besessen kämpfte er sich durch den Schnee und taumelte erschöpft weiter.

Plötzlich begann sich die Welt zu drehen, und er stürzte mit dem Gesicht voran in den Schnee. Mit schlotternden Gliedern richtete er sich auf Händen und Füßen wieder auf. Die Kälte hielt ihn umklammert wie die mächtigen Kiefer eines Bären einen Wapitiknochen.

Die Umgebung verschwamm vor seinen Augen, ihm war, als blicke er durch einen Schleier silberner Tränen.

Wo bin ich? Wohin gehe ich? Warum bin ich hier draußen? Wo ist das Lager? Ich bin … verloren … verloren … Reizende Wapiti? Ein schluchzender Schrei stieg ihm in die Kehle. Die schmelzenden Schneereste in seiner Kapuze krochen wie Finger aus Eis seinen Rücken hinab.

Fast bewußtlos zwang er sich wieder auf die Beine, stolperte drei Schritte weiter und fiel erneut auf das Gesicht.

Trotz der Schmerzen und der Erschöpfung kämpfte er sich noch einmal hoch.

Langsam begann ein Gefühl der Wärme durch seine tauben Hände und Füße zu strömen – eine köstliche Wärme. Er wurde unendlich müde. Wenn er sich doch nur für einen Moment hinlegen könnte … schlafen … nur einen Moment …

Das rot-orangene Licht des Feuers warf tanzende Schatten auf die unregelmäßige Oberfläche der Felswände.

Keuchend richtete sich Reizende Wapiti in ihrem Bett auf.

»Was ist los?« fragte Zwei Rauchwolken, der das Feuer in dem mit süßlich riechenden Wurzeln gefüllten Herdloch bewachte.

Reizende Wapiti versuchte, ruhig zu atmen. Ihr hübsches Gesicht zeigte reinste Panik. »Ich …« Sie vergrub den Kopf in den Händen.

Zwei Rauchwolken erhob sich und schleppte sich vorsichtig, um die Schlafenden nicht zu stören, mit seinem verkrüppelten Bein zu ihr hinüber und ließ sich auf ihrem Bett nieder. Er legte einen Arm um die Schultern der leise schluchzenden jungen Frau.

»Schsch. Na, was ist los? Nun komm schon. Hier ist der alte Zwei Rauchwolken. Sag mir, was los ist. Ein Traum?«

Sie schnüffelte, wischte sich die Tränen ab und nickte.

»Ganz ruhig. Du bist in Sicherheit. Du bist in der Höhle, es ist warm, und du bist umgeben von Menschen, die dich lieben. Was hat dir Angst eingejagt? Was war das für ein schrecklicher Traum.«

Sie sah auf. Ihre verzweifelten Augen hielten seinem Blick stand.

»K-Kleiner Tänzer«, stöhnte sie. Er ist … O nein … er ist tot.« Und wieder brach sie in Tränen aus. Zwei Rauchwolken öffnete den Mund, um etwas zu sagen, zog es aber vor, zu schweigen. Er hielt sie fest und tätschelte ihr beruhigend den Rücken. Voller Unbehagen fiel sein Blick auf das in den Fels gemeißelte Wolfsbild.

Eine Macht war heute nacht unterwegs. Er spürte ihre Nähe fast körperlich und empfand dieses seltsame Ziehen, denselben heftigen, ruckartigen Schmerz wie in der Nacht, als das Wolfsbündel geschändet worden war.

Ihm blieb fast das Herz stehen. Er hätte schwören können, daß die Augen des Wolfes einen winzigen Augenblick lang geleuchtet hatten. Und es war ein Aufleuchten des Triumphs gewesen.

»So knapp«, flüsterte das Wolfsbündel. »Wir hängen an einem seidenen Faden. Mußt du so gefährlich mit den Leidenschaften der jungen Leute spielen?«

»Das Mädchen Tangara hat eigenmächtig gehandelt. Ich hob all meine Kraft für den Sturm auf. Hoffen wir, daß es reicht. Ich mußte dazu die Spirale aus dem Gleichgewicht werfen.« Wolfsträumer

klang erschöpft. »Vielleicht habe ich Zeit gewonnen. Vielleicht kann ich Kleiner Tänzer erreichen. Der Beobachter ist bereit.«

»Vielleicht hast du uns auch schon verurteilt.«

»Von nun an bleibt alles dem eigenen freien Willen überlassen. Dem Willen von Schwerer Biber … und dem des Jungen.«

Kapitel 19

Schwerer Biber starrte wütend auf die Schneeflocken, die unaufhörlich auf das Lager herabfielen und alles unter sich begruben. Von den Buffalo Mountains herunter blies ein eisiger Wind. Er heulte um die vorstehenden Felsen der langen, scharfen Bergkämme, tobte über die Ebenen und stürzte über das Salbeidickicht herein, wo er kleine, rautenförmige Verwehungen bildete. Die Gegend bot ein gespenstisches Bild zu dieser Jahreszeit.

Er leckte sich die Lippen, schmeckte die kalten Flocken und fühlte die Kristalle gegen seine Haut schlagen. Mit zusammengekniffenen Augen starrte er fassungslos in den Sturm. Noch nie hatte er erlebt, daß ein solcher Sturm so spät im Frühjahr über die Ebenen hereingebrochen war. Noch nie hatte er gesehen, daß Buchweizen, Phlox und Götterblumen auf den Stengeln erfroren. Selbst in den wildesten Geschichten, die man ihm in seiner Jugend erzählt hatte, war so etwas noch nie vorgekommen.

Er machte sich Gedanken über das Schicksal seiner Krieger, die er hinauf zum Clear River und über die Red Wall geschickt hatte, um den Weg in das Land der Anit'ah auszukundschaften. Normalerweise hätte der Schnee inzwischen geschmolzen und die Wege frei sein müssen. Dann wären die Anit'ah, noch erschöpft vom Winter, ein leichtes Fressen für seine jungen Männer gewesen.

Nicht alle Männer waren bei dem Kundschaftertrupp dabei. Viele befanden sich auf der Jagd nach Büffeln. Sie hofften, bei den Jungtierherden reichlich Beute zu machen und vielleicht zusätzlich eine Antilope erlegen zu können. Um diese Jahreszeit entfernten sich die Mutterkühe von den großen Herden. Sie sonderten sich ab und suchten im Salbeidickicht nach geeigneten, von Kojoten nur schwer aufzuspürenden Plätzen zum Gebären ihrer Kälber. Die Neugeborenen mußten vor den Raubtieren gut versteckt werden.

Wie mochte es den jungen Männern draußen ergehen? Erst eine Handvoll von ihnen war ins Lager zurückgekehrt, mit erfrorenen Füßen und schweren Erfrierungen in den Gesichtern. Sie hatten sich kaum noch auf den Beinen halten können. Das erfrorene Fleisch der Männer, die er behandelt hatte, war schwarz geworden. Daß es möglich war, Eis in Gliedmaßen lebender Menschen zu ertasten, entsetzte ihn. Und was war mit denen, die nicht zurückgekommen waren? Sie hatten das Lager in leichter Jagdkleidung verlassen und nur das Nötigste mitgenommen. Schließlich hatte ein Jäger keinen Lastenhund dabei.

Der Wind riß ihn fast um, versuchte, ihn zurückzudrängen, peitschte ihm den Mantel um die Beine und zerrte an seiner fuchspelzverbrämten Kapuze.

Sein gleichmütiges Gesicht verriet keine Gemütsregung. Mit zusammengekniffenen Augen suchte er die Buffalo Mountains ab. Dort lebten die Menschen, die ihm noch immer widerstanden. Aber schon bald würde er in diese Bergregion mit den saftigen, grünen Wiesen hinaufgehen. Er mußte, es blieb ihm nichts anderes übrig. Die Trockenheit war zurückgekommen, der Regen immer seltener geworden.

Die Büffel waren fast schon wieder so selten wie in jenem Jahr, als er Salbeiwurzel verflucht und die Macht der Älteren im Volk gebrochen hatte. Dieses Mal brauchte er unbedingt die Jagdgründe dieser Anit'ah. Gelang es ihm nicht, ein neues Jagdrevier für seine Leute zu finden und bekam er nicht genügend Fleisch von den Stämmen des Kurzhaar-Volkes, des Weißen-Kranich-Volkes und dem Feuerbüffel-Volk, würden die Leute beginnen, an seiner großen Vision zu zweifeln.

»Träumer können getötet werden,« flüsterte er in den Wind. »Aber nur Träumer ohne Fantasie müssen sich deswegen Sorgen machen.«

Tief atmete er die eisige Luft ein. Stirnrunzelnd blickte er hinaus in den Sturm. Wo waren seine jungen Männer? Befanden sie sich in Sicherheit? Oder lagen sie irgendwo dort draußen, tot, erfroren, die blicklosen Augen zugeweht vom Schnee, die steifen, aus den Schneewehen ragenden Finger in den tobenden Wind gekrallt?

Illusion. Das Leben, die Welt, alles nur eine Erschaffung der Illusion. Er träumte ...

... Versank in der Wärme, wie eine Feder in der Luft ließ er sich treiben, vor- und zurückgleitend, sich im Dunst niederlassend.

»Deine Seele könnte die meine sein. Sie ist am Rande deines Körpers angelangt, bereit zum Geistwerden und Aufsteigen zum Sternennetz. Was ist dein Wunsch, Kleiner Tänzer?

Willst du deine Frau wiedersehen? Möchtest du Kinder zeugen?

Willst du, daß deine Leute den Wegen des falschen Träumers folgen? Willst du das Wolfsbündel dem Tod überlassen? Warum willst du das tun? Warum willst du die verzweifelten Schreie der Spirale nicht hören? Die Schreie der Kreise? Die Schreie deiner Leute?«

Kleiner Tänzer glitt im Dunst dahin und genoß ein Gefühl der Erleichterung, wissend, daß seine Leiden nun weit hinter ihm lagen – jenseits der dunstigen Wärme, die seine müde Seele besänftigte. »Es ist so schön hier ... so schön ...«

»Was du fühlst, ist die Welt des Todes. Deine Seele balanciert an der Grenze.«

Etwas Weiches, Sanftes, wie eine riesige menschliche Hand, hielt seinen Sturz auf, wiegte ihn, während die dunstige Wärme ihn umhüllte wie Wolken die Berggipfel.

»Was ist geschehen? Wo bin ich?«

Aus den warmen Dunstschwaden formte sich das Bild eines Mannes, dessen schimmerndes Gesicht von innen heraus zu leuchten schien. Über seiner ebenmäßigen Nase funkelten schwarze, tiefgründige Augen, die ihn mitfühlend anblickten.

Kleiner Tänzer verschlug es den Atem; noch nie hatte er einen so schönen Mann mit so einfühlsamen Augen gesehen. Noch nie war er von einer Macht dermaßen gefesselt gewesen. »Wer bist du?«

Der Mann lachte. Bei diesem Laut kräuselte sich der Dunst, Schwaden bewegten sich mal hierhin, mal dorthin, wie er es bei gelehrigen Elritzen im Moon River gesehen hatte. Unter seinem Lachen schien die Luft zum Leben zu erwachen, und Kleiner Tänzers Seele begann zu prickeln.

»Ich bin Wolfsträumer, der Mann, den ihr den Ersten Mann nennt. Ich habe mich entschieden, früher einmal – jetzt mußt du dich entscheiden. Vielleicht war in jenen lang zurückliegenden Tagen die Entscheidung weniger schwierig als heute.«

»Warum bin ich hier?«

»Du stirbst, Kleiner Tänzer. Dein Körper erfriert, und deine Seele entfernt sich.«

Der ihn einhüllende warme Dunst verwandelte sich für einen Augenblick in windgepeitschte Schneeflocken. Dicht unter sich erkannte er die Umrisse seines Körpers wie einen Hügel im Schnee, bereits mit der sich bildenden Schneewehe verschmelzend.

»Du siehst, die Wahl liegt bei dir. Lebe, und dir bleibt noch ein wenig Zeit mit deiner Reizende Wapiti.« Das Bild veränderte sich, und Kleiner Tänzer blickte hinunter in die Vertrautheit von Hungriger Bulles Höhle. Er sah Reizende Wapiti in unruhigem Schlaf. Zwei Rauchwolken starrte zu ihm herauf, als könne er ihn sehen.

Sein Blick kehrte zurück zu Reizende Wapiti, und die Liebe wallte in ihm auf. Er versuchte, sich ihre zarten Gesichtszüge einzuprägen, die feinen Linien ihrer weichen Wangen und ihrer kräftigen Kiefer. Den üppigen Reichtum ihrer langen Haare, die sich über die Decken ausbreiteten und ihre auffallende Schönheit einrahmten.

»Ich gebe dir soviel Zeit, wie ich kann. Die Spirale vollendet sich. Ich habe Schwerer Biber erst einmal festgenagelt. Eine Weile kann ich deine Leute noch schützen, dir ein wenig Zeit geben.

Du bist noch so jung, aber Klares Wasser hat sich damals sehr lange widersetzt. Sie konnte den Gedanken nicht ertragen, sich von Blutbär berühren zu lassen.«

»Blutbär? Er ist tatsächlich mein Vater?«

»Du brauchtest seine Kraft, seinen unbeugsamen Mut – man könnte es auch Unbesonnenheit und Rücksichtslosigkeit nennen. Oh, ich habe mir sehr viele Gedanken über dich und dein Leben gemacht. Ich habe dir gegeben, was ich konnte – außer dem Willen, das zu tun, was getan werden muß.«

»Dem Willen?«

»Ja. Der Große Weise im Himmel – der Schöpfer – erschuf das Universum absichtlich so. Die Kreise der Sterne, der Welten und der Insekten, ja sogar der Sandkörner können ihren eigenen Weg gehen. Der Schöpfer erlaubte den freien Willen, damit sich die Dinge wandeln können. Was du wahrzunehmen wünschst, wird dasein.

Du schaffst dir die Welt, die dich umgibt, selbst. Was würdest du sagen, wenn ich behaupte, das, was aussieht wie fester Stein, sei nur leerer Raum?«

»Die Welt als Illusion?«

»Weißes Kalb hat dir die Wahrheit gesagt – nur begreift sie die Tragweite ihrer Erkenntnis noch nicht. Die daraus entstehenden Muster sind faszinierend, drehen sich, verändern sich ständig.

Das wahre Wesen des Universums ist wie ein sich zusammenbrauender Sturm. Es ist so schwierig, diesen Sturm zu ignorieren, sich des Beobachtens zu enthalten, sich nicht zu fragen ...«

Der Wolfsträumer lächelte gedankenverloren. Ein dumpfer Schmerz erfüllte seine Augen, deren Macht Kleiner Tänzer in Tränen ausbrechen ließ.

»Ich bin nicht perfekt, kleiner Freund – nichts an der Schöpfung ist perfekt. Auch ich habe meine Fehler. Ich ... Ich habe zuviel Liebe in meinem Geist. Auf ihre Weise ist zuviel Liebe ebenso schrecklich wie zuviel Haß. Beide Gefühle verletzen. Würde alles in Harmonie existieren, würde sich nichts verändern. Das Universum würde stagnieren – und sterben.

Aber du mußt dich schnell entscheiden. Wählst du das Leben? Oder den Tod? Entscheidest du dich für das Leben, halte ich bis zuletzt zu dir. Ich lasse dir soviel Freude, wie ich kann. Aber wir brauchen dich – alle brauchen dich. Schwerer Bibers falscher Weg hat die Spirale aus dem Gleichgewicht geworfen.«

Wolfsträumer freundliches Lächeln wurde ernst. *»Eigenartig, wie mächtig die Idee eines einzelnen werden kann ... wie sie* *das Denken so vieler Menschen verändern kann, bis das Gebilde des Universums ins Wanken gerät. Du jedoch kannst es wieder in seine Balance zurückbringen. Du kannst eine Begegnung mit Schwerer Biber herbeiführen und ihn als falschen Träumer entlarven. Danach kann die Spirale wieder ihre ursprüngliche Gestalt annehmen. Beim letzten Mal verloren wir das Mammut, das Kamel, das Pferd und das Faultier. Ich möchte dieses Mal nicht den Büffel und die Antilope verlieren.«*

»Und wenn ich mich für den Tod entscheide?«

»Dann ist das dein Wille. Ich will dich nicht belügen, mein Freund. Der Tod ist der leichtere Weg. Es ist schöner, hinauf zum Sternennetz zu gleiten, zu Salbeiwurzel, Reiher, Klares Wasser, Tanzende Füchsin und den vielen anderen. Sie singen, tanzen und jagen dort mit den anderen Seelen und beobachten das Universum mit all seinen Wundern.«

Eine andere Stimme flüsterte durch den Dunst. *»Und ich werde mit dir sterben.«*

»Wer war das?«

»Das Wolfsbündel. Euer beider Schicksal ist miteinander verbunden. Seine Macht ist im Schwinden. Entscheidest du dich für das Leben, mußt du Blutbär das Wolfsbündel wegnehmen. Vielleicht mußt du ihn töten. Bist du stärker als dein Vater? Hast du soviel Kraft?«

Kleiner Tänzer blickte in Wolfsträumers freundliche Augen. »Ich weiß es nicht.« Er konnte nicht lügen … sich selbst nichts vormachen, auch dem Wolfsträumer nicht.

»Wenn du das Leben wählst, wirst du es herausfinden. Eines kommt hinzu: Ich kann dir deinen Sieg nicht versprechen. Erinnerst du dich an den freien Willen? Wie der Stein die Grundlage der Erde ist, so ist der Wille die Grundlage des Universums.«

In seinem Kopf begann es wieder auf den durch seine Gespräche mit Weißes Kalb vorgegebenen Bahnen zu arbeiten. »Und wenn ich mich für das Leben entscheide, welchen Preis muß ich dafür bezahlen?«

In Wolfsträumers Augen schimmerten aufsteigende Tränen, so schmerzlich war es ihm, Kleiner Tänzer anzusehen. *»Du mußt alles, was dir lieb ist, aufgeben. Hast du den Weg eines wahren Träumers einmal eingeschlagen, gibt es kein Zurück mehr.*

Weißes Kalb hat dir die Wahrheit gesagt. Du kannst nicht beides haben.«

»Und wenn ich sterbe? Was dann? Was geschieht mit Reizende Wapiti und meinem Vater? Du hast mir gesagt, das Wolfsbündel würde mit mir sterben – und auch der Büffel. Aber was ist mit den Menschen, die ich liebe?«

In Wolfsträumers Miene spiegelte sich Besorgnis. *»Ein Geist sieht nur einen Teil der Zukunft – und nicht jeder Wille handelt, wie wir es vorhersehen. Doch in diesem Fall bin ich sicher, daß sie fliehen und einen sicheren Ort an den Ufern des westlichen Meeres finden werden.«*

Kleiner Tänzer schwebte auf Wolfsträumers Hand und blickte in seine sanften Augen. Erinnerungen gingen ihm durch den Kopf. Die Worte seiner Mutter hallten in ihm wider, beherrschten sein Denken. Schwerer Bibers hochmütiges Lächeln wurde gegenwärtig, und er erlebte noch einmal den Augenblick, als der Schamane mit erhobener Keule vortrat, um ihm den Schädel zu zertrümmern. Vor seinem inneren Auge bildete sich für den Bruchteil einer Sekunde Weißes Kalbs ärgerliches Gesicht, dann verwandelte es sich in Reizende Wapitis angsterfüllte Züge.

Die Spirale in der Höhle erschien vor ihm und pulsierte voller Leben. Mit einem furchtbaren Aufschlag fiel das Wolfsbündel vom nächtlichen Himmel und ließ die Welt erbeben. In der darauf folgenden Stille hörte er das Echo von Schwerer Bibers Trommeln, die Salbeiwurzels Tod verkündeten. Tod … Sie saß angelehnt an der von der Sonne ausgebleichten Astgabel einer umgestürzten Pappel.

Fliegen wanderten über ihr Gesicht, stiegen auf, schwebten über ihren aufgeschnittenen Handgelenken und saugten gierig an ihrem Blut. Die toten Augen der Mutter brannten mit Macht und versengten seine tiefste Seele.

»Ich will leben.« Er brachte die Worte kaum heraus. Seine Kehle war wie zugeschnürt. Aber gib mir soviel Zeit, wie du kannst.«

»Das wird den Schmerz nur verschlimmern, wenn die Zeit kommt.«

»Ich weiß.«

Wolfsträumer nickte. »*Ich werde zu dir kommen. Ich werde dich aufsuchen ... wie jetzt ... und wir werden miteinander reden. Ich muß dich einige Dinge lehren.*«

Nach einer Pause fragte er: »*Warum hast du dich für das Leben entschieden?*«

Er blickte in Wolfsträumers Augen. »Vielleicht ... vielleicht geht es mir wie dir ... ich liebe zu sehr.«

»*Der Wolf wird dich retten. Er nimmt dich mit in seine Höhle und wärmt deinen Körper. Er wird dich begleiten, dich bewachen, für deine Sicherheit und die deiner Familie sorgen, solange ich es gestatten kann. Er ist mein Versprechen an dich.*«

Der Dunst geriet in Bewegung, wirbelte Wolfsträumer hinweg. Als wäre Kleiner Tänzer in einen Teich gesprungen, so hob sich sein Körper, drehte sich, leicht wiegend in der Dünung. Die tröstliche Wärme begann ihn zu verlassen, Kälte durchströmte ihn, sickerte bis ins Mark seiner Knochen. Mit jedem Herzschlag wurde er mehr von dumpfem Schmerz und grauenvoller Angst gepeinigt. Eine hämmernd pulsierende Qual brannte in seinen Schläfen.

Sich der scharfkantigen Felsen bewußt werdend, die in seinen Körper schnitten, wimmerte er schmerzvoll auf. Er versuchte, sich zu bewegen, doch der Schnee hielt ihn umklammert. Lähmende Kälte peinigte sein zerschundenes Fleisch, der warme dahintreibende Dunst des Todes verflüchtigte sich in einer erbärmlichen Wirklichkeit. Sterbend lag er auf dem Boden, das Licht zog sich zurück und Dunkelheit senkte sich über das Land.

Blinzelnd hob er den Kopf, seine Lider waren eisverkrustet. Das Zittern hatte aufgehört, ein sicheres Zeichen, daß auch das letzte bißchen Wärme seinen Körper verlassen hatte. Der Tod war so nah.

Plötzlich löste sich aus dem Weiß eine schwarze Gestalt, schlich näher heran und umkreiste ihn unsicher.

»Wolf!« Der fremde Klang seiner krächzenden Stimme erschreckte ihn.

Das große schwarze Tier beschnüffelte sein Gesicht, die Barthaare waren kaum zu spüren, als sie über seine gefühllose Haut strichen.

Kleiner Tänzer mobilisierte seine allerletzten Reserven und setzte sich schwankend auf. Sein ganzer Körper bestand aus einem einzigen, stechenden Schmerz. Unter größten Qualen richtete er sich auf allen vieren auf.

Fast wäre er wieder umgefallen. Doch im letzten Moment streckte er die Arme aus und klammerte sich für einen Moment an den Wolf. Beinahe erwartete er, das Tier würde herumfahren und nach ihm schnappen. Aber der Wolf verhielt sich still. Kleiner Tänzer bewegte sich kriechend auf einen umgestürzten Baumstamm zu und schaffte es, sich daran hochzuziehen und auf die Beine zu kommen.

Verbissen kämpfte er sich Schritt für Schritt vorwärts, das riesige Tier immer in Sichtweite. Das Grau des Waldes wurde zu düsterem Schwarz, als blicke er durch ein Loch in die Unendlichkeit des Universums. Er taumelte und stolperte im Halbschlaf weiter, sein betäubter Geist gaukelte ihm Wolfsträumers Bild vor.

»Will nicht sterben«, flüsterte er. »Will nicht ...«

Er stürzte. Der Aufprall erschütterte seinen leidenden Körper.

Kalt, so entsetzlich kalt. Erschöpft kämpfte er sich hoch, kämpfte ... Dann verlor er das Bewußtsein.

Reizende Wapiti saß auf einem ungemütlich harten, scharfkantigen Findling. Vom Hang aus konnte sie das ganze Tal von den Buffalo Mountains bis hinunter zu den weit entfernten Spitzkuppen überblicken. Ein Gipfel verbarg den fernen Horizont. Sie erinnerte sich an den Abend, den sie mit Kleiner Tänzer hier oben verbracht hatte – sie hatte lange neben ihm gesessen und sich schließlich mit ihm vereinigt. Niemals in ihrem Leben würde sie den kummervollen Blick seiner Augen vergessen, als er auf die Ebene hinausgesehen hatte. Die schmerzliche Vorahnung dessen, was er zurücklassen mußte, und größte Verwirrung hatte sich in seinem Gesicht gespiegelt. Was für ein grausames Vermächtnis!

Inzwischen schmolzen die letzten Schneereste auf den Nordhängen.

Das weißschäumende Wasser des Baches riß Geröll und Erde mit sich, spritzte und stürzte krachend um die Biegungen des breiten Tales.

Die Weiden waren in der warmen Sonne zum Leben erwacht und zeigten ihr erstes zartes Grün. Über ihr sproß das Gras mit saftigen Halmspitzen durch die braunen Büschel der letztjährigen Vegetation. Neues Leben und Farbe waren in die Bergwelt zurückgekehrt, doch nicht einmal die zarten gelben Köpfchen der Butterblumen und die purpurroten Götterblumen brachten Farbe in die Düsterkeit ihrer Gedanken – ihr Herz war von einem öden Grau erfüllt.

Auch die fröhlichen Gesänge der Bluthänflinge und das Schilpen der Sperlingsschwärme konnten ihren Kummer nicht durchdringen. Die sehnsuchtsvolle Erinnerung an Kleiner Tänzer war übermächtig, erfüllte ihr ganzes Leben. Seine Stimme, sein Gesicht, die Art und Weise, wie sein Lächeln sich von Ernsthaftigkeit bis zur Respektlosigkeit veränderte, alles war so gegenwärtig und doch so weit entfernt. Ihr Körper prickelte unter seinen Liebkosungen.

Ihre Lenden sehnten sich nach ihm. Mit ihm war das Leuchten aus ihrem Leben verschwunden. Die Welt war düster geworden.

Sie wagte nicht daran zu denken, wie sein Körper jetzt, nachdem der Schnee geschmolzen war, aussehen mußte. Sie hatte ihren Vater gesehen, eine grauenvolle Gewißheit überkam sie.

»Hier also steckst du.«

Sie hatte ihn nicht kommen hören.

»Darf ich mich zu dir setzen?«

Sie zuckte die Achseln und blickte teilnahmslos auf.

Grunzend und darauf achtend, daß er sein lahmes Bein ausstrecken konnte, ließ sich Zwei Rauchwolken nieder. Er zog sein gesundes Knie an und umfaßte es mit den Armen. »Endlich hat sich der Frühling durchgesetzt. Ich dachte schon, wir verbringen den Rest unseres Lebens damit, uns gegenseitig anzustarren. Ist dir aufgefallen, wie schnell alle in den letzten Tagen verschwunden sind? Das kommt davon, wenn man zu lange mit zu vielen Menschen auf so engem Raum zusammengepfercht ist.«

Sie blieb stumm.

»Ich glaube, sobald die anderen wieder zurück sind, ziehen wir weiter auf die Westseite. Ich kenne dort ein paar herrliche Plätze mit einer fantastischen Aussicht. Du kannst die ganze Ebene überblicken, ungefähr ... ach, ich weiß es nicht genau, ich würde sagen, vier Tagesmärsche, bis zu den Bergen auf der anderen Seite. Dort wächst gutes Gras. Und eine Menge Segolilien und Springkraut. Auch die Yampas sind ganz hübsch dick. Wir können uns eines dieser Täler aussuchen, die sich in die Deckschicht der Felsen eingegraben haben. Dort gibt es eine Menge Höhlen, die Leute müßten sich nicht so zusammendrängen wie hier. Noch einen Winter mit den vielen Kindern unter einem Dach und ich werde mir die Pulsadern mit einem stumpfen Quarzit aufschneiden.«

Sie versuchte, den Kloß im Hals hinunterzuschlucken und wünschte, sie hätte antworten können – aber in ihrem Kummer fielen ihr keine passenden Worte ein.

»Dort gibt's auch eine Menge Holz. Wir müßten nicht so lange herumlaufen wie dieses Jahr, bis wir ein paar Bündel zusammenhaben. Ich kenne auch einige hervorragende Schaffallen.

Unten auf der Ebene gibt es normalerweise Büffel, aber es ist eine wahnsinnige Schlepperei, das Fleisch in die Höhlen hinaufzutransportieren.«

Ihr Blick folgte dem Flug eines rotschwänzigen, auf einer Luftströmung tanzenden Falken. Nicht mehr lange, und die Backenhörnchen würden herauskommen, wachsam und argwöhnisch den Jagdflug des Falken beobachtend. Bis dahin begnügte sich der Falke damit, Jagd auf unvorsichtige Eichhörnchen oder Wildkaninchen zu machen.

»Weißt du«, fügte Zwei Rauchwolken freundlich hinzu. »Ich würde zu gerne wissen, was in dir vorgeht. Ich kann ihn dir nicht zurückbringen; diese Art von Macht besitzen Berdachen nicht. Aber vielleicht könnten wir miteinander reden. Es könnte seinem Geist eine angenehmere Ruhe verschaffen.«

Sie sackte in sich zusammen wie eine welkende Blume, ihr Kinn begann unkontrolliert zu zittern. Großer Weiser im Himmel, *mußte* es so furchtbar weh tun?

»Mein ganzes Leben habe ich mich um ihn gekümmert.« Zwei Rauchwolken schüttelte den Kopf, das Grau in seinen Zöpfen schimmerte in der Sonne wie Silber. »Ich kann es nicht fassen. Ich hatte mich daran gewöhnt, die Verbindung zwischen dem Wolfsbündel und Kleiner Tänzer zu fühlen. Das Gefühl einer magischen Macht, verstehst du?«

Sie griff nach seiner Hand und genoß die Wärme seiner Haut unter ihren Fingern.

»Es ist meine Schuld«, setzte Zwei Rauchwolken hinzu. »Ich habe beim Wolfsbündel und bei Kleiner Tänzer versagt. Ich hätte in jener Nacht wieder aufstehen müssen ... und einen Speer mitten durch Schwerer Biber treiben sollen. Vielleicht hätten sie mich deswegen umgebracht, aber vorher hätte ich die Beleidigung mit Schwerer Bibers Blut abwaschen können. Salbeiwurzel hätte dafür gesorgt, daß der Junge das Wolfsbündel bekommt. Vielleicht hätte ich uns alle vor diesem Schicksal bewahren können.«

»Es ist nicht deine Schuld«, stieß sie hervor. »Zwei Rauchwolken, du hast getan, was du konntest. Niemand kann wissen, was die Zukunft bringt. Die Menschen können nicht mehr tun, als ihr Bestes zu versuchen.«

»Möglich. Die Zukunft kennen wir nicht, aber die Vergangenheit bleibt ewig. Wie fühlst du dich? Was sagt dein Herz?«

Sie musterte ihn und bemerkte die leidvollen Linien, die sich tief in sein Gesicht gegraben hatten. Das ständige Zukken um seine Augen und das graugewordene Haar ließen vermuten, Zwei Rauchwolken habe bereits die Schwelle zum hohen Alter überschritten. Doch tatsächlich war er nur ein, zwei Jahre älter als Klappernde Hufe.

Hatte ihn das Leben so schlecht behandelt? Ein tiefes Mitgefühl mit dem alten Berdachen überkam sie.

Sie umarmte ihn, vergrub ihren Kopf an seiner Brust und ließ den Tränen freien Lauf. Diese hilflos liebevolle Geste schenkte auch ihm etwas Trost. Er hielt sie lange fest, ihre heißen Tränen benetzten sein mit Federn geschmücktes Hemd.

»Wir sind vielleicht ein Paar, was?« murmelte er und strich ihr sanft über das Haar.

»Ihm ist dasselbe zugestoßen wie meinem Vater«, murmelte sie und richtete sich auf. Sie starrte in die Ferne und beobachtete wieder den Falken, der sich langsam mit dem Wind treiben ließ. »Jetzt weiß ich, was meine Mutter damals empfunden hat. Haben wir etwas falsch gemacht? Haben wir irgendwann irgendwelche Geister beleidigt? Was? Ich habe nichts weiter getan, als ihn zu lieben.«

Zwei Rauchwolken holte tief Luft. Es liegt nicht an dir. Er ist von der Macht für eine bestimmte Aufgabe ausgesucht worden.

Erinnerst du dich? Ich sagte es dir eines Tages oben in Weißes Kalbs Höhle. Ich wußte nicht, daß es auf diese Weise geschehen sollte.«

»Die anderen behaupten immer noch, er werde zurückkommen.«

Zwei Rauchwolken schlug nach einer lästigen Fliege. »Ich möchte das auch gerne glauben. Aber ich verlasse mich auf deinen Traum.

Ich dachte, ich ... ich würde fühlen, wenn er geht. Einem Berdachen gelingt es zuweilen, die Seele eines Menschen zu spüren.«

»Wenigstens kann mir niemand meine Erinnerungen nehmen. Mist und Fliegen, ich wußte, ich muß ihn mit den Träumen teilen. Das hätte ich ertragen. Zumindest hätte ich einen Teil seiner Zeit mit ihm verbracht. Aber der Tod ... das ist eine Trennung für immer.«

»Nun komm schon. Ich bringe dich zur Höhle zurück. Ich habe heute morgen ein paar süße Brote gebacken. Sie müßten inzwischen fertig sein. Ich wette, sie dampfen und sind so heiß und süß, daß deine Zähne beim Hineinbeißen weh tun.«

Auffordernd stand er vor ihr. Sie zögerte noch. »Ich weiß nicht.

Vielleicht sollte ich ...«

»Mädchen, du hast seit Tagen nichts gegessen. Komm schon. Wenn die schrecklichen Zeiten, die Zwei Rauchwolken schon hat durchmachen müssen, für etwas gut waren, dann dafür, daß er dabei eines gelernt hat: Zuerst kommt das Essen. Man muß bei Kräften bleiben.«

Sie reichten sich die Hände und machten sich auf den Weg. Langsam stiegen sie den Hang hinauf. An manchen Stellen war der Matsch noch glitschig und heimtückisch, doch sie half ihm, die schwer begehbaren Stellen zu überwinden.

Als sie den Aufstieg geschafft hatten, konnten sie auf das Lager blicken. Wie abgewetzt und schäbig sahen doch die Türbehänge nach dem langen Winter aus. Die Höhle, um deren Eingang der gelbe Sandstein völlig verschmutzt war, wirkte abstoßend auf Reizende Wapiti. Die matschigen Trampelpfade zwischen den Weiden und an den Hängen entlang verstärkten den wenig einladenden Eindruck noch.

Ich kann nie mehr hierher zurückkehren. Ein schmerzhaftes Aufstöhnen von Zwei Rauchwolken, der mit seinem verkrüppelten Bein gegen einen Felsen gestoßen war, unterbrach ihre kummervollen Gedanken.

»Sieh mal! Da kommt jemand.« Zwei Rauchwolken. wies mit seinem Arm den Hang hinauf.

Sie folgte seinem Blick und sah jemanden mit einem großen schwarzen Hund näher kommen.

»Sieht aus, als hätte er eine harte Reise hinter sich. Taumelt mehr, als daß er geht. Er ...«

Ohne noch eine Sekunde zu überlegen, rannte sie den Hügel hinauf.

Das rasche Laufen und die unglaubliche Freude raubten ihr fast den Atem. Der Ankömmling lächelte schwach. Ein fürchterlicher, verschorfter Schnitt zog sich über seine Wange. Seine Kleidung, schmutzig und schlammverdreckt, hing nur noch in Lumpen an seinem Körper.

Der riesige schwarze Hund, der aussah wie ein Wolf, starrte sie aus wachsamen gelben Augen an.

»Ich bin zurück«, sagte er mit rauher Stimme.

Erlöst aufschluchzend warf sie sich in seine Arme.

III

DIE HERAUSFORDERUNG DES MANNES

»Wo bist du!« rief Wolfsträumer aus dem schimmernden Gold der Spiralen.

»Tod ... alles stirbt«, klagte das Wolfsbündel.

»Die Zeit ist gekommen.«

»Hörst du ihr Flehen? Hörst du die letzten Schreie des Leidens?«

»Wolfsbündel, die Zeit ist gekommen.«

»Vielleicht ... *zu spät ...«*

Kapitel 20

Der heiße Wind aus Nordwesten sog das letzte bißchen Feuchtigkeit aus dem kargen, ausgedörrten Land, das selbst der Winter gemieden hatte. Auf seinem Höhepunkt hatte er sich mit feinem Schneestaub niederzulassen versucht, sich aber so rasch wieder verflüchtigt wie das wehmütige Lächeln eines alten Mannes.

Die Anzahl der Regenschauer in diesem Jahr konnte man an einer Hand abzählen – und das waren Wolkenbrüche gewesen, die gleich in die tiefen Rinnen abflossen oder zu schnell von der heißen Luft aufgesogen wurden, um in der beinharten Erde versickern zu können.

Wo früher einmal Büffel gegrast hatten, peitschten Wirbelwinde gelbweiße Staubfahnen von dem vertrockneten Boden hinauf zum Himmel und bedeckten die Welt mit einer feinen Staubschicht. Manche Leute behaupteten, hier seien die unglücklichen Geister der Verstorbenen am Werk.

Die alten und kranken Büffel brachen auf den langen Wanderungen von einem Wasserloch zum anderen zu Tode erschöpft zusammen. Die ausgemergelten Kühe brachten häufig Frühgeburten zur Welt, deren kleine Kadaver die Fährten rissiger Hufe auf der staubbedeckten, von der Sonne hart und trocken gebackenen Erde säumten. Die stetig sterbenden Herden verfolgend, lauerten Truthahngeier und Raben auf ihre Chance. Wenn die gierigen Wölfe ihre Beute blutig und angenagt zurückließen, waren die Kojoten an der Reihe. Sobald diese mit prall gefüllten Bäuchen davonschlichen, kam die Stunde der Vögel, und waren diese fertig, taten sich noch die Nagetiere an den ausgebleichten Knochen gütlich. Es blieb nicht einmal mehr genug übrig für die glänzenden Schmeißfliegen.

In dieser Zeit schien nur der Wind von ewiger Dauer. Unentwegt zerrte er an den Seelen der Menschen und Tiere, wirbelte Sand und Staub empor, trieb mit brutaler Kraft den groben Kies vor sich her und füllte damit jede Ritze und Spalte. Die hinter den Hügeln liegenden Senken dampften im Staub, während die völlig erodierten Felsböden der dem Wind zugekehrten Seiten jeglicher Vegetation beraubt waren. Nur vereinzelt tauchte das vom Sand kahl geschmirgelte Gerippe eines Salbeistrauchs auf. Fiel Regen auf die nackten Felsen und steinigen Böden, lief er sofort in die Trockenrinnen der Flußbette, die noch mehr der sterbenden Erde auf den langen Weg zum Meer mitnahmen. Das Wasser der Flüsse war schlammig. Sogar die zähen Antilopen zögerten, davon zu trinken.

Draußen auf den Ebenen, stets durchgeschüttelt vom Wind, immer schmutzig von dem durch die Luft wirbelnden Staub und Sand, blickte das Volk müde zum Himmel hinauf und verfolgte den Kreislauf des Tages vom blutroten Sonnenaufgang zum flammenden Sonnenuntergang.

Ständig suchten sehnsüchtige Augen den Horizont im Westen nach Gewitterwolken ab, die niemals kamen. Beim Essen bissen die Zähne auf Sand. Kehrten die jungen Männer von der Jagd zurück – meist mit leeren Händen – wandten sich die Gesichter der Menschen hilfesuchend ihrem Geisterträumer zu.

Schwerer Biber trat aus dem Lager heraus, das geschützt im Windschatten einer mit einzelnen Salbeisträuchern getupften Felsklippe über den braunen Wassern des Moon River lag. Er kreuzte die Arme vor der Brust und betrachtete die im Westen untergehende Sonne. An diesem Tag leuchtete ihr rotes Auge wie eine klaffende, grausige Wunde durch die staubschwere Luft. Hoch oben in den Buffalo Mountains schimmerte ein mächtiger Felsturm in den roten Strahlen der Abendsonne. Obwohl so weit entfernt, konnte Schwerer Biber die zurückweichende Schneegrenze auf den hohen Gipfeln erkennen. Wie üblich – gleichgültig, wie trocken die Ebenen waren – hatte es in den Bergen geschneit. Nach der Schneeschmelze wurden die Pflanzen grün und die Büffel fett.

»Dieses Jahr«, versprach er. »Dieses Jahr kommen wir, Anit'ah. Mit allen unseren jungen Männern übernehmen wir eure Berge. Ich bin der neue Weg. Ihr könnt der Vision meiner Mutter nicht trotzen.

Ich bin der neue Träumer aller Menschen. Ich bin der, der sie von der Verunreinigung befreit.«

Die Zeit war gekommen; er hatte keine andere Wahl. Nahm er mit seinen entmutigten Kriegern nicht das Land der Anit'ah ein, würde das Volk hungern. Ein hungerndes Volk konnte auf den Gedanken kommen, sein Geisterträumer habe es auf den falschen Weg geführt. Schon zu viele flüsterten hinter vorgehaltener Hand, Schwerer Bibers Macht beginne zu schwinden, in der Erinnerung zu versinken wie der Regen, der niemals kam.

Gelang es ihm nicht, Zwei Steine, Sieben Sonnen und Wapitipfiff durch das Gewicht und die Größe seiner Macht in Schach zu halten, würde eines nicht allzu fernen Tages ein Speer Schwerer Bibers Eingeweide durchbohren und ein anderer Mann würde seinen Platz einnehmen ... und seine unfruchtbaren Frauen.

Und wenn dieser Mann mit Schwerer Bibers Frauen einen Sohn zeugte, wäre dies eine noch schrecklichere Demütigung.

»Bereitet euch vor, Anit'ah. Dieses Jahr kommen wir. Wir haben nichts mehr zu verlieren.« *Mutter, sogar von bösen Geistern besessen zu sein wäre besser, als zu scheitern.*

Reizende Wapitis Waden schmerzten, Seitenstechen quälte sie und jeder Muskel in ihrem Kreuz und Becken schrie nach Erleichterung.

Trotzdem konnte sie sich nicht erinnern, je glücklicher gewesen zu sein.

Nicht jeder Tag ließ sich so gut an wie dieser. Reizende Wapiti folgte dem Pfad, der auf dem über den Canyon überhängenden Felsenband entlangführte. Hinter ihr im Osten erhoben sich schneebedeckt und gleißend weiß vor dem kristallblauen Himmelsgewölbe die hohen Gipfel. Der Frühling war ins Land gezogen – ein weiterer Kreis hatte sich geschlossen, ein neuer begann.

Ihre Rückenschmerzen und das Ziehen in den Beinmuskeln tapfer ignorierend, lächelte sie fröhlich in die Welt. Abgesehen von den Strapazen war ihre größte Sorge, der Boden ihrer Rückentrage könnte reißen. Sie war schon zeitig hinausgegangen, um Wurzeln auszugraben. Schon nach einer Stunde Arbeit mit ihrem kräftigen Grabestock aus Wildkirschenholz hatte sie auf dem im Winter vom Schnee getränkten Hang einen Sack voller Wurzeln und jungem Grünzeug zusammen. Als sie stehenblieb, um ein paar frische Schafgarben zu pflücken, hörte sie ein Rascheln.

Eine Hirschkuh trat mit aufgestellten Ohren aus dem Wacholdergebüsch, neugierig, welcher Störenfried sie bei ihrem Morgenschläfchen unterbrochen hatte. Welch ein Glückstag!

Ohne zu zögern, griff Reizende Wapiti nach ihrem mit schönen Federn befiederten Speer und schleuderte ihn dem Tier tief in die Brust. Entsetzt sprang die Hirschkuh in die Höhe, drehte sich panisch im Kreis und konnte sich gerade noch fünfzig Schritte weiterschleppen, bis ihre Knie nachgaben und einknickten. Taumelnd kam sie wieder auf die Beine, fiel erneut zu Boden, kämpfte sich noch einmal hoch und stürzte wieder hin.

Reizende Wapiti verharrte wachsam und abwartend. Nur ein Narr würde zu einem verwundeten Tier eilen, denn es bestand stets die Gefahr, daß sich das Opfer zu einer letzten verzweifelten Panikreaktion aufbäumte und wild drauflos stürmte. So ereigneten sich zahlreiche Unfälle, oder die Jäger verloren ihr tödlich verwundetes Wild. In einem solchen Moment konnte sich der Geist des verwundeten Tieres an den Jäger heranpirschen, ihn belauern, anderes Wild verjagen und ihm jegliches Jagdglück vereiteln.

Reizende Wapiti stand so unbeweglich wie ein vom Blitz getroffener toter Baum und beobachtete, wie die Kuh verblutete. Die Flanken des Tieres vibrierten stärker und stärker, während seine durchbohrten Lungen das Blut herauspumpten.

Endlich sank der Kopf zu Boden. Schicksalsergeben legte die Hirschkuh das Kinn auf die steinige Erde. Ein paarmal entrang sich ihrer Kehle noch ein laut rasselndes Seufzen, Blut tropfte aus ihren Nüstern und tränkte die trockene Erde.

Erst als Reizende Wapiti keine Bewegung des Tieres mehr wahrnahm, näherte sie sich vorsichtig. Bei der Hirschkuh angekommen, merkte sie, daß der Geist des Tieres den Körper bereits verlassen hatte.

Ehrfürchtig sagte Reizende Wapiti die Gebete auf und sang die Seele zum Himmel hinauf. Inbrünstig bat sie darum, die Seele des Wildes solle mit dem Wind laufen und mit den Sternen tanzen. Demütig dankte sie der Hirschkuh für das Geschenk ihres Lebens und erklärte ihr, wie wichtig ihr Fleisch für sie und ihre Familie sei. Dann richtete sie sich auf, hob einen Huf hoch und drehte das Tier um.

Nicht einmal Hungriger Bulle wäre ein besserer Fang geglückt!

Sie holte ihr Werkzeug zum Zerlegen der Tiere aus dem an ihrer Taille hängenden Beutel und schnitt blitzschnell das glänzend weiße Bauchfell auf. Mit ihrem Quarzithackmesser trennte sie die Rippen vom Brustbein. Sie reinigte das Herz von geronnenem Blut und schnitt es aus dem zähen Fleisch heraus. Als nächstes entnahm sie die Luftröhre. Die Leber, die Nieren und einen Fötus – eine ganz besondere Delikatesse für das abendliche Festmahl – steckte sie in einen Beutel. Anschließend halbierte sie den Kadaver und nahm etliche Wurzeln aus der Rückentrage, um Platz zu schaffen für die Organe und die Hinterbeine. Den Rest des Fleisches legte sie zum Abkühlen auf Wacholderzweige.

Erst nach dem Zerlegen entnahm sie den Pansen und die Eingeweide.

Sie drehte die Innenseite des Pansens nach außen, rollte die Därme auf und legte sie hinein, damit sie feucht blieben und die Fliegen nicht herankamen. Vor Einbruch der Dunkelheit würde sie mit Kleiner Tänzer noch einmal herkommen und die restlichen Wurzeln und das Fleisch holen.

Bei der Erinnerung an die Ereignisse dieses Tages rötete sich ihr Gesicht vor Freude. Sie grinste breit und sang fast lautlos ein Lied – ein nutzloser Versuch, die Qualen zu vergessen, die ihr die schwere Last zufügte. Noch immer machte sie sich Sorgen, daß die Rückentrage der Belastung nicht standhalten könnte. Sie hatte die Tragriemen selbst genäht und die besten Sehnen verwendet, außerdem das meiste Leder doppelt genommen. Aber jetzt schleppte sie annähernd die Hälfte ihres eigenen Gewichts. Nicht einmal die beste Trage konnte das lange ohne Schaden überstehen.

Aber sie *mußte* zurück. Die Milch in ihren Brüsten bereitete ihr zusätzliche Schmerzen zu der Pein in Muskeln und Knochen. Sie spürte bereits die austretende Feuchtigkeit und roch den Moschusgeruch der Milch.

»Ho-yeh!« Der Ruf erklang hinter ihr.

Langsam drehte sie sich um und beschattete mit der Hand die Augen.

Ein rasch ausschreitender Mann eilte den Weg herunter.

»Ho-yeh!« antwortete sie und versuchte, die Gestalt zu erkennen.

»Beeil dich! Ich bin schwer bepackt!« Mit Hilfe ihres Grabestocks das Gleichgewicht haltend, machte sie sich wieder auf den Weg.

Sie hörte den Mann näherkommen. Seine schweren Schritte knirschten auf dem Sandsteingeröll, das verstreut auf dem Felsenpfad lag.

»Wer bist du?« rief sie.

»Ich bin Widderhorn, ein Krieger des Rothand-Volkes, und ich könnte wetten, die Vorderseite dieses gewaltigen Packens ist Reizende Wapiti, ebenfalls eine Angehörige der Rothand und zu allem Überfluß auch noch meine Cousine.«

Reizende Wapiti biß sich auf die Unterlippe. Sie wußte nur zu gut, was er wollte. Sie hatte gehofft, Blutbär wäre nicht so dumm, noch einmal jemanden herzuschicken. Sie hatte gehofft, alles wäre vorbei, weggeblasen wie der Staub vom Westwind.

»Ho-yeh, Widderhorn. Willkommen in Hungriger Bulles Lager. Du hast dir genau die richtige Zeit ausgesucht. Ich habe frisches Wild in der Trage und Wurzeln – wenn auch zufällig mit Blut vollgesogene.«

Er lachte. »Ich habe es mir angesehen. Du hast die Spuren zwar gut verwischt, aber es sah nach einem einzigen einwandfreien Wurf aus. Wie weit hast du den Speer geworfen?«

»Ungefähr zwanzig Schritte.« Sie grinste, obwohl seine Gegenwart sie bedrückte; auf so einen Wurf konnte man nicht alle Tage stolz sein. »Beim Zerlegen sah ich, daß der Speer die Lunge durchbohrt hat.«

Näher kommend bot er ihr an: »Soll ich dir etwas abnehmen? Vielleicht die Hinterbeine? Ich sehe die Fesselgelenke, sie stehen oben heraus.«

»Nicht nötig«, schnaubte sie. »Wir sind fast da.«

Der Weg gabelte sich. Die weniger begangene Route nach rechts führte auf den überhängenden Felsbändern weiter. Der andere Pfad schwenkte nach links ab und führte durch einen Riß im Sandstein hinunter. Reizende Wapiti verlangsamte ihre Schritte und setzte ihre Füße aufgrund langer Erfahrung mit großer Sicherheit.

»Habe gehört, du hast wieder ein Baby bekommen. Einen Jungen diesmal?«

Ihr Gesicht verfinsterte sich, denn ihre Rückenlast scheuerte an den Felsen entlang, die den engen Durchgang zu beiden Seiten säumten. *Bitte, scheuert nicht die Tragegurte durch!* »Nein, zu Hungriger Bulles Bestürzung ist Kleiner Tänzer wieder Vater einer Tochter geworden.«

»Hmm. Ich wette, du hast dir deswegen einiges anhören müssen.«

Sie ging den Weg oben auf dem Hügel weiter, wo sich fächerartige Pflanzen unterhalb des gelbbraunen Sandsteins ausbreiteten.

Felsenbirnen und Salbei raschelten unter ihren Mokassins, Gestrüpp und Sträucher streiften ihren Rock und kratzten laut an der Rückentrage. Liebevolle Wärme stieg in ihr auf. »Nein, nicht von Kleiner Tänzer. Für ihn ist jedes Kind ein Geschenk, eine ganz besondere Gabe, die er voller Dankbarkeit entgegennimmt … auf die Weise, wie die meisten Menschen einen Sonnenaufgang und einen Sonnenuntergang betrachten. Man weiß nie, wann man den letzten gesehen hat.«

Er grunzte nur.

Der Gedanke an die Zukunft legte sich um ihr Herz wie ein an einem winterklaren Tag eiskaltes Spinnennetz. Ja, sie wußte, warum er gekommen war. Die lähmende Sorge beeinträchtigte die Freude über die mit einem Wurf erlegte Beute und den Reichtum in ihrer Rückentrage.

»Ist das eure Höhle?« Er umging ein Dickicht und zeigte auf den Eingang.

»Eine weiter unten. Diese Höhle da gehört Drei Zehen und Wiesenlerche.« Während sie sprach, stürmte Grashüpfer den Hang herauf.

»Was hast du erlegt? Wer ist da gekommen?« verlangte Grashüpfer zu wissen. Aufgeregt trat er von einem Bein aufs andere und starrte Widderhorn aus großen Augen an.

»Das ist Widderhorn, ein Krieger des Rothand-Volkes. Er möchte mit Hungriger Bulle und den anderen Männern sprechen.«

»Damit sie in den Krieg ziehen gegen das Kleine-Büffel-Volk?«

Seine Aufregung wuchs. »Hat Blutbär nicht schon letztes Jahr jemanden heraufgeschickt und Hungriger Bulle und mein Vater haben ihm ausrichten lassen, sie würden nicht gegen ihre Verwandten kämpfen und ...«

»Ja, ja, aber das war letztes Jahr.« Spielerisch stieß sie ihn mit ihrem Gehstock an. »Geh zu deinem Vater und den anderen und sag ihnen, Widderhorn wäre gekommen. Mach schon. Wir werden ihn festlich bewirten, bis sein Bauch platzt und schicken ihn dann glücklich und voller guter Erinnerungen nach Hause.«

Grashüpfer grinste, hüpfend und springend stürmte er den Weg entlang. Vor ihrer Höhle sah sie den großen schwarzen Wolf sitzen.

Wie immer lief ihr bei seinem Anblick eine Gänsehaut über den Rücken.

»Ich helfe dir mit der Trage«, bot ihr Widderhorn noch einmal an.

Vorsichtig vermied er das Thema, mit dem Grashüpfer herausgeplatzt war wie ein überreifer Kürbis.

»Von hier ab wird der Weg besser. Wir sind fast zu Hause.« *Und ich will so wenig wie möglich in deiner Schuld stehen.*

Als sie sich der Höhle näherten, die sie mit Kleiner Tänzer bewohnte, hörte sie das zornige Geschrei eines Babys. »Dieses Geräusch, das dir in den Ohren weh tut, das ist die Jüngste. Kleiner Tänzer mag der beste Vater der Welt sein, aber aus irgendeinem Grund machen seine Brustwarzen die Kleinen nicht glücklich.«

Widderhorn lächelte höflich und reichte ihr die Hand. Rasch stiegen sie den Erdwall vor der Höhle hinauf. Der große schwarze Wolf schlich auf die andere Seite des Walls und schnüffelte in den Wind. Wachsam prüfte er die Luft. Stöhnend bückte sie sich unter ihrer Last und schlüpfte aus dem Stirngurt. »He, mein fauler Mann!

Komm, sieh dir an, was deine Frau geleistet hat, während du mit den Kindern Unsinn machst!«

Gähnend schlug Kleiner Tänzer das Türleder zurück. »Rehgelenke!« murmelte er verschlafen und versuchte blinzelnd, vollends wach zu werden. Wie konnte er bei dem Geschrei der Kleinen nur schlafen? Er nickte Widderhorn zu.

»Blutbär möchte also wieder einmal Krieger, ha?«

»Das Kleine-Büffel-Volk hat bereits Kundschafter in die Berge geschickt. Mehr als früher. Nun, sie lernen dazu. Wir haben drei Frauen und ein paar Kinder verloren. Ein paar Feinde haben wir gefangengenommen, andere sind entkommen. Der das Horn packt und einige andere erwischten sie in einer Schlucht und rollten von oben Felsen auf sie herab. Die Überlebenden haben sie mit Speeren gespickt und aufgeschlitzt. Sie hängen jetzt in Stücken an Lederriemen über dem alten Pfad zum Clear River.«

Kleiner Tänzer nickte. In seinem Gesicht zuckte es, was die Narbe auf seiner Wange betonte. »Setz dich. Im Freien ist es schöner als drinnen. Hast du Durst?«

»Wasser wäre herrlich. Es ist ein weiter Weg von der letzten Quelle bis hierher.«

»Oben am Monster Rock?«

»Heißt er so wegen der eingemeißelten Abbildungen?«

Kleiner Tänzer nickte und griff nach einem Beutel aus Büffeldarm, der innen am Türleder hing. »Ich glaube, ursprünglich sah man Männer darauf, die Speere auf die Ungeheuer warfen, aber jetzt sind die Abbildungen kaum noch zu erkennen, selbst wenn die Lichtverhältnisse sehr gut sind. Vermutlich ist das ein Beweis dafür, daß auch Fels nicht ewig von Bestand ist.«

Widderhorn nahm den Wassersack und trank gierig.

»Wie geht es Weißes Kalb?«

»Sie ist unsterblich.« Widderhorn wischte sich den Mund ab und reichte den Darmsack zurück. »Sie hat sich bestimmt nicht verändert seit dem letzten Winter. Du besuchst sie doch jedes Jahr. Je dünner und schwächer ihr Körper wird, um so schärfer wird ihr Verstand. Blutbär legte mit einigen Kriegern eine Rast bei ihr ein, und sie machte sich dauernd über ihn lustig, bis er sie voller Empörung verließ. Dabei murmelte er, er hätte sie schon längst umbringen sollen. Sie lachte nur gackernd und gab es ihm zurück. Dem Rothand-Volk gefällt das. Die meisten Krieger können es kaum erwarten, nach Hause zu kommen und die Geschichte zu erzählen.«

»Ich traue Blutbär nicht, wenn es um Weißes Kalb geht. Vermutlich will sie trotz dieser Kleine-Büffel-Krieger, die durch die Gegend streifen, ihr Lager nicht woanders aufschlagen. Oder was meinst du?«

»Ich bezweifle es. Sie sagte, die würden sie nicht ernsthaft belästigen. Und falls doch, würde sie ihnen schon zeigen, was eine echte Verfluchung bedeutet.«

»Es wäre für alle das beste, wenn das Kleine-Büffel-Volk ungehindert in die Ebenen zurückkehren könnte.«

»Möglich.« Widderhorn setzte sich gemütlich hin, und Reizende Wapiti trat gebückt in die Höhle. Nachdem sie den Säugling vom Wiegenbrett befreit hatte, ließ sie eine Schulter aus dem Kleid gleiten und ging wieder hinaus. Das Baby saugte hungrig an ihrer rechten Brust.

Erleichtert ließ sie sich nieder, dehnte seufzend den schmerzenden Rücken und genoß das Nachlassen der Schmerzen in ihren Hüften.

»Wir müssen noch einmal zurück und den Rest der Wurzeln und der Hirschkuh holen. Ich habe Zweige und Äste über den Kopf des Tieres gelegt, damit die Raben und Elstern nicht an die Augen herankommen. Die schmecken deinem Vater besonders gut.«

Kleiner Tänzer schenkte ihr ein liebevolles Lächeln. »Ein guter Wurf?«

»Ein einziger.« Sie strahlte. »Ich habe auch schon für ihren Geist gesungen.«

»Gut. Zuerst soll es sich Widderhorn gemütlich machen und sich ganz wie zu Hause fühlen. Anschließend zeigst du mir den Weg, und ich hole die zweite Ladung.«

»Wiesenlerche könnte sich um die Kleine kümmern.« Sie zeigte auf den Säugling. »Deine andere Tochter ist während meiner Abwesenheit nicht zufällig von einem Bären gefressen worden?«

»Sie ist bei Schwarze Krähe und ärgert zur Abwechslung dort die Leute.« Er runzelte die Stirn. »Ich frage mich, ob sie nicht zu sehr ihrer Mutter nachschlägt.«

Sie stieß mit ihrem Grabestock nach ihm und neckte ihn, bis er schreiend kapitulierte und auf allen vieren wegkroch.

Widderhorn lachte herzlich. »Es ist schön, fröhliche Menschen zu sehen.« Er holte tief Luft und zog ein muskulöses Bein vor die Brust. »Bei dem Rothand-Volk herrscht soviel Kummer und Sorge. Ich glaube, wir haben das Lachen verlernt.«

Reizende Wapiti legte den Kopf schief. »Wir hier auf der Westseite der Berge erfahren nur wenig. Steht es wirklich so schlimm?«

Widderhorn senkte die Augen. »Eine der Frauen, die bei dem Überfall, von dem ich dir erzählt habe, getötet wurde … also, ihr Name war Feuchter Regen.«

Reizende Wapitis Brust durchzuckte ein schmerzhafter Stich.

»Also, was gedenkst du, ihm zu sagen?« verlangte Reizende Wapiti unterwegs zu wissen.

Kleiner Tänzer schürzte die Lippen und warf einen raschen Blick zum Himmel hinauf, um die Zeit bis zum Einbruch der Dunkelheit abzuschätzen. »Was ich immer zu ihnen sage. Es ist ihr Krieg. Bevor Schwerer Biber nicht hier auftaucht, brauche ich ihm nicht gegenüberzutreten. Und wenn ich zuvor eine Warnung bekomme, verschwinden wir schleunigst, bevor er hier ist.«

»Du bist beunruhigt wegen des Traums, stimmt's?«

Er nickte langsam, wie es seine Art war. Sein Blick wanderte hinüber zu dem riesigen schwarzen Wolf, der mit heraushängender Zunge und stets wachsamen gelben Augen ruhig neben ihnen hertrottete. Der Traum war gegenwärtig fast wie schwindlig machender Dunst. An jenem bitterkalten Wintertag war er in der Höhle des Wolfes wieder zu Bewußtsein gekommen und hatte sich sofort an die Entscheidung erinnert, die er traf, während seine Seele in Wolfsträumers Hand ruhte. Er hatte das Leben gewählt – und damit das Leid – und nicht die süßen Wunder des Todes.

Wie vom Ersten Mann vorhergesagt, hatte ihn der Wolf in sein Versteck gezerrt und vor dem Erfrieren gerettet. Das Tier hatte sich um seinen Körper zusammengerollt. Seine Lebenswärme war in ihn eingesickert wie Frühlingsregen durch ungegerbte Mokassins.

Auch auf dem mühsamen Marsch zu Zwei Rauchwolkens Höhle hatte ihn das Tier nicht im Stich gelassen. Auf seinem verletzten, geschwollenen Bein einherhumpelnd, ernährte er sich in dieser Zeit von Hagebutten, die zwischen den teilweise geschmolzenen Schneeverwehungen zum Vorschein kamen und von seinem Anteil an der Beute des Wolfes. Zusätzlich pflückte er aus dem Schnee herausschauende Götterblumen. Als er sich dem Lager näherte, machte er sich aus dem Zweig eines abgestorbenen Wacholderstrauches einen provisorischen Grabestock und grub nach Wurzeln, deren üppigsüßes Mark er roh verzehrte. Nach unsäglichen Strapazen war er schließlich im Lager angekommen.

Dort hatten ihn die Träume nicht mehr geplagt. Erst im nächsten Winter suchten sie ihn wieder heim, und der Wolf begann unruhig zu werden. Das Tier gab ihm zu verstehen, es sei Zeit, sich auf den Weg zu Weißes Kalb zu machen. Jedes Jahr war er seitdem mitten in der schlimmsten Winterkälte zu ihr gegangen, hatte die eisigen Nächte in langen Gesprächen mit der alten Frau verbracht, sich die alten Geschichten angehört, mit ihr über den Lauf der Welt gesprochen und über die Monster Bone Springs, die beinahe weggeschwemmt worden wären.

Die Welt veränderte sich – und er lebte in den Tag hinein, hoffte jeden Tag aufs neue, unbehelligt zu bleiben und mit der Veränderung nicht fortgerissen zu werden.

»Ich habe mich an jenem Tag in den Bergen entschieden«, erklärte er.

»Wolfsträumer versprach mir, mir soviel Zeit zu geben, wie er kann. In diesem Blizzard damals ist die Hälfte von Schwerer Bibers mordlüsternen Kriegern erfroren. Das verschaffte uns Zeit, das Leben ein wenig zu genießen.«

Er wandte sich um und suchte Reizende Wapitis Blick. Die Liebe, die er darin sah, ließ sein Herz überströmen. »Hör zu, ich habe mein Versprechen gegeben. Letzten Endes aber liegt es allein an mir.

Ich weiß das, und Wolfsträumer und du wißt es auch. Wir leben von einem Tag zum anderen, erinnerst du dich?«

Sie zwang sich zu einem Lächeln und nickte bejahend. Ganz dicht trat sie an ihn heran, umarmte ihn, und die Kraft ihrer Arme raubte ihm fast den Atem. »Ich liebe dich, Tänzer. Verlaß mich nicht.«

Das größte Leid seines Lebens rührte daher, daß er ihr nie sagen durfte: *»Ich werde dich nie verlassen.«*

Tangara hastete keuchend und mit brennenden Lungen zwischen den Bäumen hindurch. Der Feind war wie aus dem Nichts gekommen. Eben noch hatte sie auf dem Bauch gelegen, das Kinn auf die Hände gestützt, und Grille zugesehen, wie sie ihr jüngstes Baby stillte. Im nächsten Augenblick waren Krieger des Kleine-Büffel-Volkes schreiend und Speere schleudernd aus dem Wald herausgestürmt.

Ein wahnsinniger Tumult war im Lager ausgebrochen. Sie war aufgesprungen, hatte ihren Atlatl an sich gerissen und wollte gerade eine Speerspitze einlegen, als sie Grilles gellenden Schrei hörte.

Ein hochgewachsener Mann hatte ihre Freundin von hinten an den Haaren gepackt und Grilles Genick nach hinten gebogen. Tangara hatte instinktiv reagiert. Sie schlug mit ihrem Atlatl auf den Mann ein und zerschmetterte ihm das Gesicht. Er taumelte rückwärts, und sie rammte ihm einen

Speer in den Bauch. Rasch hatte sie Grille bei der Hand genommen und sie in Todesangst mit sich gezerrt, das wütende Kreischen der Krieger im Nacken.

Inzwischen waren sie ein gutes Stück vom Lager entfernt. Tangara sprang zur Seite und warf sich hinter eine mächtige Föhre. Grille stolperte keuchend und jammernd – den winzigen Sohn von Der das Horn packt in den Armen – hinter ihr her.

Tangara versuchte, ihre stechenden Lungen zu beruhigen. Vorsichtig kroch sie hinter dem Baum hervor und spähte den Weg hinunter, Nichts rührte sich.

Dankbar für die Verschnaufpause sank Grille auf die Knie, ihr Baby wimmerte leise. Vom Kummer überwältigt, schloß sie die Augen. Japsend schnappte sie nach Luft, Schweißtropfen liefen über ihr hochrotes Gesicht. »Was ... jetzt?«

Auch Tangara rang nach Luft. »Ich weiß es nicht. Zurück können wir auf keinen Fall.«

»Aber ... wohin sonst?«

»Warte. Ich weiß. Reizende Wapitis ... Lager. Du kennst ... den Weg?« stieß Tangara zwischen keuchenden Atemzügen hervor.

»Auf der Westseite ... hinunter. Wo der ... große Canyon ... sich in das Tal ... einschneidet?«

»Ja. Da gehst du hin. Nimm die anderen mit ... wen du entdeckst ... unterwegs ... geht da hin.«

»Was ist mit dir?«

Tangaras Eingeweide befanden sich in Aufruhr, aber wenigstens bekam sie wieder Luft. »Sieh mal, du hast ein Kind. Du bist mit Der das Horn packt verheiratet. Ich, ich bin immer noch frei. Wofür es auch immer gut gewesen sein soll, jedenfalls kann der Samen eines Mannes genausogut auf nackten Fels fallen wie in mich.«

»Tangara, bitte. Sprich nicht so. Du bist die schönste Frau des Rothand-Volkes. Du kannst jeden Mann haben, den du willst ...«

»Pst! Was ist los mit dir? Gerade eben wurde das Lager überfallen, und du willst dich mit mir über einen Mann für mich und Kinder unterhalten? Verschwinde! Aber schnell!

Geh zu dem Bergpfad hinauf, westlich von hier quer zum Tal. Von dort aus mußt du nur noch flußabwärts gehen.«

»Was ist mit dir?«

Tangara zwinkerte ihrer Freundin zu. »Ich schleiche zurück. Jemand muß feststellen, was passiert ist. Meine Jagdwaffen sind auch noch dort. Außerdem ist Der das Horn packt mit den anderen Männern draußen. Sie müssen wissen, wohin du gegangen bist. Ich muß den Leuten sagen, sie sollen zu Klappernde Hufe und Reizende Wapiti gehen. Wer außer mir sollte das tun? Wer sollte es Der das Horn packt sagen?«

Grille blieb keine andere Wahl, ergeben nickte sie. »Gut. Ich bringe das Baby zu Reizende Wapiti. Aber ...« Sie streckte die Hand aus und berührte Tangaras Arm.

»Aber was?«

»Sei vorsichtig.«

»Du kennst mich. Nicht einmal Rauch bewegt sich so lautlos durch den Wald wie Tangara.«

Grille schüttelte den Kopf. »Ich weiß, du bist eine gute Jägerin und streifst lieber draußen herum, als in einem Zelt zu sitzen.

Aber Tangara, sei vorsichtig. Ich habe so ein schreckliches Gefühl, das ist alles.«

Tangara lächelte ihr aufmunternd zu. »Versuch so schnell wie möglich zu Reizende Wapiti zu kommen. Sie wird sich um dich kümmern.«

Entschlossen stand sie auf und machte sich auf den Rückweg zum Lager. Besorgt fragte sie sich, wer wohl getötet worden war.

In Gedanken versunken, pirschte sie sich voran. Warum war sie so anders als die anderen jungen Frauen? Kein Wunder, daß kein Mann, mit dem sie geschlafen hatte, ein Kind mit ihr gezeugt hatte. Sie rannte viel zuviel herum, um den Samen in sich zu behalten.

Sie blickte an ihrem gertenschlanken Körper hinunter. Keine Unze Fett polsterte ihr muskulöses Fleisch. Nein, sie besaß nicht die Kraft eines Mannes, aber eine ganz besondere Geschicklichkeit und Schnelligkeit, und das verschaffte ihr einen leichten Vorteil.

Kein Mann des Rothand-Volkes konnte einen Speer so treffsicher ins Ziel werfen wie sie. Sie hatte den richtigen Blick dafür, und ihre Begabung für die Jagd schien angeboren zu sein – eine magische Macht, die ihr ganz allein gehörte.

Plötzlich waren sie da. Vier Männer sprangen von den Bäumen herunter und versuchten, sie zu packen. Wie konnten sie in so kurzer Zeit schon so weit gekommen sein? Und warum hatten sie sie entdeckt? Sie hatte versucht, sich so lautlos zu bewegen wie der Rauch und wie ein Jäger auf die geringste Bewegung geachtet. Und wie hatte sie vor Grille geprahlt! Instinktiv wirbelte sie herum, aber der einzige Fluchtweg führte in die Richtung, in der sich Grille befand. Rasch duckte sie sich unter einem Arm und stürmte zur Seite – zu spät. Kräftige Arme packten sie um die Taille. Der brutale Griff riß sie von den Beinen.

Sie kämpfte und hatte sich schon fast befreit, als ein anderer Krieger sie wieder zu fassen bekam. Sich windend blickte sie in das unbekannte Gesicht eines Feindes. Der Mann grinste sie an, ein gieriges Licht loderte in seinen Augen.

Die die Spaß macht beugte sich über den Mahlstein und genoß das Gefühl des schweren Mörsers in ihrer Hand. Bei jedem Schlag spannten sich die Muskeln ihrer Unterarme und wölbten sich eindrucksvoll. Das *Klack-klack, klack-klack* des Mörsers auf Stein klang hohl und rhythmisch durch die Höhle. Sie mahlte die süßen Kiefernsamen des letzten Jahres zu einer feinen Paste.

Mit geschickten Händen schaufelte sie den Brei in einen aus Gras geflochtenen Korb. Anschließend griff sie nach den letzten, noch unverarbeiteten Samen. Mit einem Stakkato von Schlägen hieb sie sie mit der Hackseite des Mörsers flach, dann begann wieder der Rhythmus des Mahlens.

»Schwer zu glauben, wie sich die Dinge geändert haben«, meinte Schwarze Krähe und kratzte seinen dicken Bauch. Er schielte hinunter auf die vor ihm aufgestapelten, sorgfältig zugeschnittenen Rohlederstreifen, die er später zu langen Seilen für eine Wapitifalle zusammenflechten wollte.

Die die Spaß macht nickte, verzog kurz das Gesicht und

wandte sich wieder ihrer Arbeit zu. »Beim besten Willen hätte ich nie gedacht, daß einmal die Anit'ah kommen würden und *dich* auffordern, gegen unser Volk zu kämpfen – und das gleich noch zweimal hintereinander.«

»Die Dinge haben sich geändert.« Er zögerte und legte den Kopf in den Nacken, sein auffallend großer Adamsapfel stand dadurch noch mehr hervor. Prüfend blickte er hinauf zum Nachmittagshimmel und überlegte. »Weißt du, immer stand Kleiner Tänzer im Mittelpunkt aller Schwierigkeiten – im Grunde ist es so ähnlich wie bei einer Hundemeute, da konzentriert sich der ganze Ärger auch meist auf einen einzigen jungen Hund. Das nächste Mal sollte ich mir meine Freunde sorgfältiger aussuchen.«

Sie lachte sarkastisch. »Oh?«

Er warf ihr einen seltsamen Blick zu. »Gefällt dir unser Leben?

Dieses ewige Herumziehen, in Höhlen zwischen den Felsen zu hausen wie die Packratten? Und hier gibt es kaum Büffel.«

»Dummkopf«, schalt sie liebevoll, ein warmes Licht leuchtete in ihren Augen. »Sieh dich doch um. Dieser Ort ist herrlich. Im Unterschied zu den Ebenen, wo es nur im Frühjahr grün und sonst das ganze Jahr über braun ist, siehst du hier Farben in Hülle und Fülle. Das Land verändert sich ständig mit dem Stand der Sonne.

Noch nie habe ich es so warm gehabt wie in einer Felshöhle.

Vielleicht ist Bruder Packratte gescheiter als du glaubst, ha? Und wann haben wir das letzte Mal Hunger gelitten?«

»Aber wir essen Samen und Wurzeln und solches Zeug!«

»Ah-ha, und Hirsche, Dickhornschafe, Rehe, Eselhasen, Bären und ... ja, sogar gelegentlich einen Büffel. Erinnere dich, Schwarze Krähe. Denk mal scharf nach und versuch dich zu erinnern, *wie viele* Büffel wir in den letzten Jahren bei unserem Volk gegessen haben.« Sie fuchtelte mit dem Mörser zu ihm herüber.

Er machte ein einfältiges Gesicht und zuckte mit den Achseln. »Na ja, mag schon sein, daß wir damals ein bißchen Hunger hatten.«

»Und wenn wir bei unserem Volk geblieben wären und Schwerer Biber hätte uns wider Erwarten nicht zum Tode verflucht? Was wäre dann?

Dann würdest du jetzt zu denen gehören, die in die Berge hinaufziehen und sich auf den Kriegspfad gegen die schrecklichen Anit'ah begeben. Denk mal darüber nach. Und überleg doch. Wir leben auf der anderen Seite der Berge. Das heißt, wir sind noch eine Weile in Sicherheit.«

Sie verstummte und starrte nachdenklich nach Westen, wo langsam die Sonne versank.

»Und noch eines, mein lieber Mann, wenn sich hier die Dinge ändern, marschieren wir durch die große Senke dort unten. Vielleicht entdecken wir hinter der nächsten Bergkette einen Ort, wo es sich zu leben lohnt.«

»Und wenn es dort zum Krieg kommt?«

»Wir ziehen so lange weiter, bis wir einen Ort finden, an dem es keinen Krieg gibt. Was brauchen wir schon? Eine Unterkunft, die Schutz vor Regen und Schnee bietet? Tiere und Pflanzen, um uns zu ernähren und Kleidung daraus zu nähen? Fällt dir sonst noch etwas ein?«

»Menschen, mit denen man reden kann.«

Sie zwinkerte ihm zu. »Hungriger Bulle, Drei Zehen und Wiesenlerche gehen dir auf die Nerven und ...«

»Nein, aber ich würde gerne einmal andere Gesichter sehen, ein paar neue Witze hören.« Er blickte finster auf die Flechtarbeit in seinen Händen. »Mir fehlen die Geschichten der Händler, die von ihren Erlebnissen unterwegs berichten. Wir sind von allem abgeschnitten. Das stört mich.«

Sie nickte. Ihre schwieligen Hände verharrten mitten in der Arbeit. Sie erinnerte sich an die alten Zeiten. »Ja, ich gebe zu, das vermisse ich auch.« Einen Augenblick saßen sie schweigend beisammen, doch dann schüttelte Die die Spaß macht vehement den Kopf. »Wie dem auch sei, um nichts in der Welt möchte ich wieder zurück, Salbeiwurzels Schicksal war grausam genug.«

Sie streckte den Arm aus und legte eine weiß bestäubte Hand auf das Knie ihres Mannes. »Du weißt, mein lieber Mann, zu manchen Zeiten ändert sich die Welt. Vielleicht hätten wir etwas dagegen tun können, wenn wir gewußt hätten, wie weit Schwerer Biber geht. Aber wir wußten es nicht, und selbst als ich anfing, mir Fragen zu stellen, und Wildkirsche versuchte, mich aufzurütteln, konnte ich einfach nicht glauben, was auf uns zukam.

Aber das ist Vergangenheit. Der Büffel ist der Falle entkommen.«

»Der Falle entkommen und auf und davon!« Zärtlich legte er seine Hand auf die ihre. »Und wir haben kräftige, gesunde Kinder, die in kein Kriegsgeschrei ausbrechen. Die Welt hat sich also verändert? Und wir haben das beste Stück davon abbekommen, findest du nicht auch?«

»Und was ist mit den Anit'ah?«

Er nickte und schielte hinüber zu Klappernde Hufe, die sich ein Stück entfernt mit Widderhorn unterhielt. »Wir können nicht gegen unser Volk kämpfen. Gleichgültig, was Schwerer Biber ihnen antut.

Es sind unsere Verwandten.«

»Und wenn Blutbär in den nächsten Tagen kommt und uns dazu auffordert?«

»Dann gehen wir weg, Frau. Wir ziehen weiter und sehen uns einmal die Berge hinter der großen Senke an.«

Widderhorn hätte sich keinen besseren Zeitpunkt für seine Reise aussuchen können. Zum erstenmal in diesem Jahr stieg am Abend die Wärme aus der großen Ebene herauf. Eine angenehm trockene Brise wehte über die Canyons. Der zarte Duft von Salbei, Wacholder und Föhren vermischte sich mit dem Wohlgeruch von blühendem Phlox, Butterblumen und gelben Glockenblumen.

Zum Festmahl hatten sie vor Hungriger Bulles geräumiger Höhle ein großes prasselndes Feuer entzündet. Der ausgeprägte Bogen des überhängenden Sandsteins reflektierte das Licht der tanzenden Flammen in gelb-bronzenen Farbtönen. Die Schatten des auf den Randfelsen wachsenden Wacholders malten unheimlich zuckende Gestalten in den Hintergrund. Die Schattenmuster schienen sich im Rhythmus der redenden und lachenden Menschen zu heben und zu senken.

Über den Feiernden erstreckte sich der nächtliche Himmel in seiner Endlosigkeit. Jeder einzelne Lichtpunkt des Sternennetzes funkelte mit strahlender Leuchtkraft, schimmerte tanzend durch die samtweiche Nachtluft.

Plaudernd und scherzend saß Hungriger Bulles Sippe um das Feuer.

Diese Nacht versprach Gutes und Schlechtes. Widderhorn war mit bösen Neuigkeiten gekommen – und Klappernde Hufe hatte aus Trauer bereits ihr Haar kurz geschnitten. Reizende Wapiti hatte sich nicht nur die Haare abgeschnitten, sondern trug auch ihre schäbigsten Kleider.

Sie würde sie nicht wechseln, bis nicht wenigstens ein Mond vorüber war. Bei dem Rothand-Volk war es üblich, die Trauer über den Tod einer Mutter – und sei es einer Schwiegermutter – stets öffentlich zu bekunden.

Nach dem Essen sprachen sie über Blutbärs Wunsch nach der Entsendung von Kriegern.

Kleiner Tänzer hatte sich in den Hintergrund gesetzt. So konnte er alles sehen und hören, sich aber weitgehend aus den Gesprächen heraushalten. Im Augenblick genoß er nur diese eine Nacht. Er beobachtete das Spiel des Feuerscheins auf Reizende Wapitis schönem Gesicht. Es tat ihm leid um ihre schöne, üppige Haarpracht. Wie würde es sein, sie am Abend zu lieben und nicht diese weiche Fülle um sich zu spüren?

Seine jüngste Tochter schlief in Reizende Wapitis Armen. Der Mund in ihrem, runden Gesichtchen – zahnlos und rosa – war leicht geöffnet, sie hatte die winzigen Hände zu Fäusten geballt und hielt die Augen fest geschlossen. Sie sah sehr angespannt aus.

Nur für Säuglinge – und vielleicht für ihn – bedeutete Schlaf Schwerarbeit.

Er betrachtete seine älteste Tochter – sie hatte einen Finger in den Mund gesteckt, ihr Gesicht war schmutzig und rußverschmiert.

Mit großen Augen sah sie Grashüpfer bei dem Versuch zu, ein Steinwerkzeug herzustellen. Tanzendes Blatt, Schwarze Krähes zweite Tochter, kniete daneben und gab ihm in spöttischem Ton Ratschläge – sehr zu Grashüpfers offensichtlichem Mißvergnügen.

Das klackende Geräusch seiner ungeschickten Bemühungen bildete den Hintergrund zum an- und abschwellenden Stimmengemurmel der Erwachsenen.

Wiesenlerche und Die die Spaß macht kauerten dicht am Feuer und stocherten vorsichtig mit ihren Grabestöcken nach dem Fleisch, das unter einer Erdschicht in einem Bett aus glühenden Kohlen lag. Das im eigenen Saft schmorende Fleisch hatten sie in Springkrautblätter eingewickelt und zur Verbesserung des Geschmacks mit einer sellerieartigen Wurzel und Schafgarbenblättern belegt. Schon ein am offenen Feuer gebratenes ungeborenes Kitz war eine unvorstellbare Delikatesse – aber auf diese Weise zubereitet? Allein schon bei dem Gedanken lief Kleiner Tänzer das Wasser im Munde zusammen.

Wiesenlerche behielt argwöhnisch Drei Zehen im Auge, der Widderhorn mit auffallendem Interesse zuhörte. Der Jäger hatte immer noch Mühe, jedes Wort in der Zunge der Anit'ah zu verstehen, obwohl er im Laufe der Jahre viel dazu gelernt hatte. Schwarze Krähe nickte nur hin und wieder und rauchte Weidenrinde in seiner Tonpfeife. Klappernde Hufe überwachte das Bratloch, in dem die Kiefernsamenpastetchen rösteten, die Die die Spaß macht am Nachmittag zubereitet hatte. Der süße Geruch begann bereits durch die isolierende Erdschicht nach außen zu dringen und schwängerte verlockend die Luft.

Zwei Rauchwolken, inzwischen noch mehr gealtert, hatte sich bequem zurückgelehnt und sein verkrüppeltes Bein ausgestreckt. Mit Hilfe eines kleinen Steins preßte er gerade eine Knochenahle durch eine Wapitihaut, die er gegerbt und in der richtigen Größe für eine Jacke zugeschnitten hatte. Nun arbeitete er daran, den Saum der Jacke mit doppelten Stichen zu vernähen. Obwohl er sich scheinbar völlig auf seine Arbeit konzentrierte, entging seinen interessierten Ohren kein einziges von Widderhorns Worten. Nur ein sehr aufmerksamer Beobachter konnte das zeitweilige Aufblitzen in seinen Augen wahrnehmen, wenn Widderhorn von diesem oder jenem Ereignis berichtete.

Bei jeder Erwähnung Blutbärs straffte sich Zwei Rauchwolkens runzliges Gesicht fast unmerklich.

Hinter dem Kreis der um das Feuer Versammelten entdeckte Kleiner Tänzer von Zeit zu Zeit den Schatten des Wolfes. Das Tier streifte stetig und wachsam durch die Salbeisträucher. Seine Verbindung zu ihm – inzwischen waren sie schon sehr vertraut – schien niemals schwächer zu werden. Beide warteten sie, wissend, daß dieser Tag einmal hatte kommen müssen. Die Menschen beobachteten den Wolf mißtrauisch, der sich durch sie nicht weiter stören ließ. Instinktiv hatten die Leute begriffen, daß er nicht einfach ein Tier am falschen Platz war, sondern daß mehr dahinterstecken mußte. In den vergangenen Jahren hatte Kleiner Tänzer einen besonderen Status erlangt. Selbst Hungriger Bulle behandelte ihn mit großem Respekt und war ihm gegenüber immer etwas verlegen.

Die Leute wußten nicht so recht, was sie von seinen alljährlichen Winterbesuchen bei Weißes Kalb halten sollten. Es war gut, Geistermacht um sich zu haben – aber gleichzeitig auch nervenaufreibend.

Kleiner Tänzer hatte sich einen eigenen magischen Steinkreis auf der dem Wind ausgesetzten Plattform über dem Canyon errichtet. Dort war er immer zu finden, sobald die Sonne herauskam. Er prüfte die Anordnung seiner aus Stein gelegten Reihen, die den Kreis in verschiedene Abschnitte einteilten.

Voller Ehrfurcht schauten die Leute ihn an, wenn er ihnen mit ruhiger Stimme erklärte, daß ein ganz bestimmter Tag der längste des Jahres war, oder daß der Winter nur noch einen Mond dauerte.

Wer sich verletzte, kam zu ihm. Die Leute erwarteten von ihm, daß er gebrochene Beine kurierte, Schnitt- und Brandwunden sowie Zahnschmerzen heilte.

Sein Blick fiel auf Hungriger Bulle. Der Anführer der kleinen Gruppe lief auf und ab, half beim Kochen, legte Holz nach und witzelte mit Widderhorn. Zwischendurch neckte Hungriger Bulle Grashüpfer wegen seines groben Steinschabers und schalt ihn wegen der vielen Schnittwunden in seinen Händen.

»Du siehst glücklich aus, lieber Mann.« Reizende Wapiti kam zu ihm und verschränkte ihre schlanken Finger mit den seinen.

»Es ist eine schöne Nacht.« Er atmete tief ein, genoß die Gerüche nach Pflanzen und Essen und den vertrauten scharfen Geruch des Salbeifeuers. Unwillkürlich suchte er den Geisterschatten des Wolfes in der Dunkelheit, konnte aber außer den hochragenden Zweigen des Salbeis und dessen weißgrünen Blättern nichts entdecken. Trotzdem fühlte er die Anwesenheit des Tieres, die wartend und wachend über ihm schwebte.

Ja, du bist da. Wolfsträumer hätte dich nicht zu schicken brauchen. Ich traf meine Entscheidung damals im Schnee. Ich weiß, was kommt – aber ich muß mich nicht darüber freuen.

In diesem Augenblick sah er den Wolf. Er konnte nur den Kopf erkennen. Die Augen des Tieres brannten lodernd in der Dunkelheit, fingen das Licht des Feuers ein und reflektierten es.

Der Wolf sah genauso aus wie sein Abbild auf der alten Felszeichnung in Zwei Rauchwolkens Höhle auf der Südseite der Berge.

Inzwischen konnte er bei solchen Gedanken den Weg der Spirale deutlich verfolgen. Viele Nächte hatte er wach gelegen und darüber nachgedacht, wie er gezwungenermaßen zu dem geworden war, der er heute war, und wohin sein Weg ihn möglicherweise noch führen würde. Er fühlte sich elend, hilflos; aber was hatte Widerstand ihm je eingebracht? Wie qualvoll war die Erinnerung an jenen Tag, als Wildkirsche versucht hatte, mit seiner Mutter über Macht zu sprechen – schon damals war er nichts weiter gewesen als eine Feder im Geisterwind. Seit dieser Zeit trieb er durch Böen und Strudel, den Launen dieser Macht hilflos ausgeliefert, während seine Freunde wie freie Vögel ohne Einschränkung hierhin und dorthin stürmen konnten.

Er sah eine gewisse Ironie darin, daß sie sich dessen nicht bewußt waren. Prüfend betrachtete er Hungriger Bulle – den Mann, der niemals mit Geistermacht in Berührung hatte kommen wollen, den Mann, den man von seinem Volk weggerissen hatte und der schließlich zögernd die Führung dieser zusammengewürfelten Flüchtlingsgruppe übernommen hatte. Hungriger Bulle, der so vom Leben herumgetrieben schien, konnte gehen, wohin er wollte, nichts ahnend von der unendlichen Freiheit seiner Wahlmöglichkeiten.

Niemand machte sich etwas daraus, daß Kleiner Tänzer – dessen magische Kräfte die Menschen zu verehren begonnen hatten – ein Gefangener des Geisterwindes war, der Macht preisgegeben, die ihn dorthin wehen würde, wohin sie wollte.

Die Dinge können sich ändern. Wolfsträumer macht sich Sorgen wegen des freien Willens. Vielleicht wird Schwerer Biber umgebracht.

Vielleicht durchbohrt ihn ein Anit'ah mit einem Speer oder eine Krankheit rafft ihn dahin. Vielleicht muß ich mein Leben hier gar nicht aufgeben! Ich könnte fliehen!

Ein Hoffnungsschimmer, scharf wie der Splitter eines feuerbehandelten Hornsteins, durchzuckte brennend seine Brust.

Leidenschaftlich umklammerte er Reizende Wapitis Hand – und betete mit ganzer Seele darum, ein Loch möge sich im Netz des Schicksals öffnen, durch das er in die Freiheit schlüpfen konnte.

»He.« Heftig zerrte sie an ihrer Hand. »Du brichst mir fast die Knochen!«

»Es tut mir leid, ich war … gerade …« Rasch ließ er ihre Hand los. Sie blickte ihn ernsthaft an, ein schüchternes Lächeln umspielte ihren Mund.

»Wieder in Gedanken verloren?«

Er nickte – das vertraute Verlangen pulsierte in seinem Blut. Wie sollte er je darauf verzichten? Wie sollte er dieser Frau und seinen Kindern den Rücken kehren und fortgehen können? Der bloße Gedanke zerriß ihm das Herz.

Hungriger Bulles lautstarke Ankündigung lenkte ihn ab. »Ich erkläre dieses Essen für fertig!« Er blickte hinauf zum nächtlichen Himmel und hob die Arme hoch über den Kopf. »Hört mich an, ihr Geister! Wir rufen euch, damit ihr die Hirschkuhmutter sicher in den Himmel des Sternennetzes geleitet. Holt ihr ungeborenes Kitz und gebt ihm einen Ehrenplatz. Von ihnen empfangen wir Leben. Auch unsere Körper werden eines Tages sterben und zur Erdenmutter zurückkehren. Von uns werden sich die Würmer ernähren und Bruder Kojote. Unser Fleisch wird die Pflanzen nähren, die das Wild nähren. Vielleicht werden an jenem Tag Hirschkuhmutter und ihr Kitz für unseren sicheren Weg hinauf zum Sternennetz beten.«

Kleiner Tänzer fiel in das Gebet ein. Sie sangen die Hirschkuh und das Kitz zu den Sternen hinauf und dankten den Pflanzen für ihre Freigebigkeit. Alle empfanden die Harmonie der Spirale des Lebens.

Und darum wirst du den Menschen, die du liebst, den Rücken kehren.

Weil du weißt, wo dein Platz ist. Weil du deine Verantwortung kennst. Du bist der Hebel, der die Spirale wieder an die richtige Stelle bewegt.

»Aber kann das nicht ein anderer tun?« fragte er fast lautlos.

Kapitel 21

Der Geschmack warmen Blutes in ihrem Mund verlieh Tangara neue Kraft. Blut pumpte Leben, Kraft und Stärke durch die Adern eines Menschen. Ihr Blut, ihr Leben, nährte sie mit ihrer eigenen Stärke … ein innerer Kreislauf.

Wieder biß sie sich fest auf die Lippen, um mit dem Schmerz ihren aus tiefster Kehle heraufdrängenden Schrei zu unterdrücken. Sie mußte alles tun, um sich am Schreien zu hindern, am Eingeständnis des Schmerzes oder der Wirklichkeit dessen, was noch mit ihr geschah. Jedesmal, wenn sie sich wieder ganz fest in die Innenseite des Mundes biß, sickerte noch mehr Blut über ihre kaputten Lippen, stärkte ihre Kraft und erhielt sie am Leben.

Sie hielt die Augen geschlossen. Sie weigerte sich zu sehen, was sie wehrlos über sich ergehen lassen mußte. Augen konnte man schließen – ein kleiner Trost. Die Ohren jedoch hörten. Ihr Körper fühlte, und der Schmerz hielt an, dumpf und peinigend. Das Eindringen und die Bewegungen der Männer in ihr bereiteten ihr nicht mehr diese furchtbaren Schmerzen. Inzwischen hatten die glitschigen Flüssigkeiten die Qualen zu einem brennenden Reiben gelindert. Wo sie gebissen worden war, hielt der Schmerz an, zusätzlich gereizt durch die vom Schweiß salzige Haut, die über die Wunden scheuerte.

Sie spürte, wie der stöhnend auf ihr liegende Krieger erstarrte, wie sein Organ in ihr pulsierte. Sie schluckte und genoß den Geschmack des Blutes in ihrem Mund. Sie sog Kraft aus ihrem Leben.

Erschlafft blieb er auf ihr liegen, während die anderen in ihrer gutturalen Sprache miteinander quasselten.

Wie lange sollte das noch dauern? Hatten sie noch immer nicht genug? Krampfhaft hielt sie die Augen geschlossen und preßte die blutigen Lippen an ihre Zähne. Sie fühlte, daß er aufstand, kühle Luft strich über ihre schweißdampfende Brust und ihren gepeinigten Bauch.

War das der letzte gewesen? War das der ... Ein anderer Körper legte sich auf ihren und trieb ihr mit seinem Gewicht die Luft aus den Lungen. Die anderen ließen ihre Arme und Beine los, anscheinend überzeugt, ihr Widerstand sei gebrochen.

Als er in sie stieß, biß sie sich erneut auf die Lippen.

Irgendwann hatte sie nicht mehr mitgezählt. Aber so viele waren es gar nicht gewesen. Es waren höchstens sieben, die sie gefangengenommen hatten. Nur sieben. Aber diese sieben waren jung, gierig, alle hatten diesen lüsternen Blick in den Augen.

Er fügte ihr ebenfalls große Schmerzen zu, aber sie machte sich Mut mit dem Geschmack ihres eigenen Blutes. Sie bekämpfte den von ihm verursachten Schmerz, indem *sie* sich selbst einen noch größeren Schmerz zufügte.

Ich werde leben. Ich schwöre, ich werde leben und es euch allen heimzahlen. Wieder schluckte sie. Sie existierte nur noch dank der Kraft, die sie aus sich selbst sog.

Endlich lag er erschöpft auf ihr. Unter seinem Gewicht fast

erstickend, wartete sie darauf, daß er sich erhob. Durch schmale Augenschlitze sah sie, daß sich die anderen hingesetzt hatten und miteinander palaverten. Ihre Gesichter waren von Ermattung gezeichnet, die Augen stumpf, die muskulösen Schultern schlaff.

Doch sie hielten ihre Waffen kampfbereit umklammert. Das Lager war dunkel, ein Feuer hätte das Rothand-Volk auf die Eindringlinge aufmerksam machen können.

Sie lag ganz still. Unfähig sich zu bewegen, spürte sie, wie der Krieger über ihr schlaff wurde und einschlief. Lag er auch so auf seiner Frau zu Hause? War das seine Schwäche? Sie öffnete die Augen. Vorsichtig blickte sie sich in der Dunkelheit suchend nach einem Gegenstand um, der ihr von Nutzen hätte sein können.

Irgend jemand rief. Rasch schloß sie wieder die Augen. Sie hörte Schritte im Gras, spürte, wie der Mann auf ihr durch den derben Tritt seines Anführers erwachte.

Der Mann erhob sich, und der Fuß stieß nach ihr. Sie blickte auf und sah ihn auf eine Decke zeigen. In der Abendkühle wurde der Männerschweiß auf ihrer Haut eiskalt. Sie unterdrückte ein Stöhnen und setzte sich auf. Sie wußte, am nächsten Tag würden die Schmerzen kaum auszuhalten sein.

Der Anführer sprach in ärgerlichem Tonfall und zeigte wieder auf seine Lagerstatt. Sie rührte sich nicht.

Zur Strafe für ihren Ungehorsam trat er sie mit aller Kraft in die Seite. Dieses Mal konnte sie einen gequälten Schrei nicht unterdrücken. Wie betäubt kroch sie hinüber zu der Decke und rollte sich zu einer Kugel zusammen. Sie preßte ihre Knie gegen die verletzten brennenden Brüste. Ihr hochgewachsener Aufpasser, dessen schwarze Zöpfe über die muskulösen Schultern fielen, stand gelassen vor ihr.

Aus einem Bündel holte er Lederriemen und bedeutete ihr, sie solle die Beine ausstrecken. Sie gehorchte und wartete.

Zufrieden legte er seine Speere beiseite und kniete nieder, um sie zu fesseln.

In diesem Moment kam Leben in sie, geschöpft aus der Kraft ihres eigenen Blutes. Sie riß die Speere an sich, sprang auf die Füße, wirbelte herum und trieb mit der ganzen Kraft ihrer Wut die Steinspitze in sein Fleisch. Aufbrüllend wich er zurück. In einer sinnlosen Gebärde griff er nach dem befiederten Schaft, der zwischen seinen Rippen herausragte.

Sie legte einen Speer in den Atlatl und erkannte sofort, daß sie die männliche Waffe anders ausbalancieren mußte als sonst. Sie warf blitzschnell einen Speer in den nächsten Mann, drehte sich um und stürmte zwischen den Bäumen hindurch in die sichere Dunkelheit.

Wutentbrannt schrien sie hinter ihr her. Krampfhaft hielt sie die Speere umklammert und jagte zwischen den Bäumen hindurch. Zum Schutz vor den peitschenden Ästen, die auf ihre nackte Haut einschlugen, hielt sie den Kopf gesenkt. Die tiefhängenden Zweige erforderten ihre ganze Aufmerksamkeit, so daß sie ein wenig von der panischen Angst abgelenkt wurde. In wilder Flucht rannte sie in die Nacht hinaus.

Die spitzen Steine stachen schmerzhaft in ihre Füße. Ihre ungeschützten Zehen schrammten gegen vorstehende Wurzeln, Felsen und umgestürzte Baumstämme. Ihre Lungen pumpten, ihr Körper brannte. Sie bestand nur noch aus Schmerz und Panik.

Erschöpft taumelnd kam sie zur Besinnung. Die Todesangst war vorüber. Sie konnten ihre Spur nicht vor dem Morgengrauen verfolgen. Ihren Lauf verlangsamend, achtete sie erstmals bewußt auf die Umgebung. Müde trottete sie auf eine Lichtung hinaus, um sich am Sternennetz zu orientieren. Sie bestimmte die ungefähre Richtung, marschierte weiter und kletterte auf einen Grat, um über die zerklüftete Landschaft zu blicken. Von hier konnte sie den Cloud Peak sehen. Nun wußte sie, wo sie sich befand. Gar nicht *so* weit entfernt von Blutbärs Lager – falls er es trotz der Überfälle nicht verlegt hatte. Noch näher war es zu Weißes Kalb.

Sie wandte sich um, sah unter sich das Tal des Clear River und änderte die Richtung. Für ihren weiteren Weg wählte sie die Pfade über die Felsen und über die als dicker Teppich unter den Bäumen liegenden Tannennadeln. Dort konnten ihre nackten Füße keine Spuren hinterlassen – solange sie nicht zu sehr bluteten.

Zwei Speere hielt sie noch in den Händen.

»Eines weiß ich genau. Wenn wir das Kleine-Büffel-Volk nicht aufhalten, dann seid ihr auch hier nicht mehr sicher.« Widderhorn sah einen nach dem anderen an. »Ich weiß, ihr alle seid vor dem Geistermann, diesem Schweren Biber, und dem von ihm verkündeten neuen Weg geflohen. Nur weil auch eure Verwandten unter seinen Kriegern sind, heißt das nicht, daß sie euch nicht aufspießen. Ich kann nicht beurteilen, was in Menschen vorgeht und warum sie so handeln, aber nach meinen Erfahrungen könnte ich wetten, sie werden besonders gerne solche Menschen umbringen, die den Mut und die Kraft hatten, sie zu verlassen.«

Drei Zehen schürzte die Lippen. Eine tiefe Falte grub sich in seine Stirn. Nachdenklich starrte er auf seine Füße hinunter.

Schwarze Krähe fing Die die Spaß machts strengen Blick auf und räusperte sich. »Widderhorn, alles, was du sagst, stimmt. Wir streiten das gar nicht ab. Er breitete die Arme aus. Ich spreche mit dir von Gastgeber zu Gast. Setz dich einen Augenblick lang in meine Höhle. Betrachte die Welt mit meinen Augen. Wir kamen auf Geheiß von Weißes Kalb hierher. Sie sagte uns, wenn wir nicht wissen, wohin wir uns wenden sollen, sollen wir zu ihr kommen. Das haben wir getan. Dorthin kam Blutbär mit seinen Kriegern – du warst auch dabei – und wollte uns töten.«

»Und ich habe mich, wie viele andere auch, dafür entschuldigt. Du darfst nicht vergessen, was damals für Zeiten waren.«

»Das vergessen wir auch nicht.« Schwarze Krähe zog an seinem Zopf und überlegte sich seine nächsten Worte. »Aber seit damals ist vieles geschehen. Klappernde Hufe und Reizende Wapiti sind gekommen und leben mit uns. Wir haben viele Sitten und Gebräuche des Rothand-Volkes übernommen. Aus uns ist etwas anderes geworden – wir sind ein neues Volk, keine Anit'ah, keine Kleine-Büffel-Leute. Wir sind, wer wir sind, wenn auch nicht sehr viele.«

»Und was wollt ihr machen, wenn Schwerer Biber kommt?« Widderhorn verschränkte die Arme vor der Brust.

Hungriger Bulle zeigte nach Westen. »Dann gehen wir zu

diesen Bergen hinüber. Vielleicht finden wir einen Ort, wo die Menschen nicht auf den Kriegspfad gehen. Dann können wir leben, wie es uns gefällt.«

»Dort drüben leben die Fischesser.« Widderhorns Mund zuckte.

»Möchtet ihr zum Fischesser werden?«

»Früher einmal wäre ich lieber gestorben, bevor ich Wurzeln und Blätter gegessen hätte.« Hungriger Bulle lächelte schief. »Essen ist Essen, mein Freund. Solange eine Mahlzeit das Blut und die Knochen bei Kräften hält, kann die Seele auf sich selbst aufpassen.«

»Ich bin ganz Hungriger Bulles Meinung«, pflichtete ihm Wiesenlerche bei. »Ich begreife nicht, was gegenwärtig vor sich geht. Mir genügt die Tatsache, daß meine Kinder bedroht sind. Ich kenne Schwerer Biber. Ich bin mit ihm aufgewachsen. Vielleicht hätte ich etwas unternehmen können, um ihn aufzuhalten. Vielleicht hätte er dann auch mich verflucht. Ich weiß es nicht. Ich weiß nur, wenn in eurem närrischen Krieg getötet wird, kann ich meine Familie nicht ernähren und nicht kleiden.«

Seufzend hob Drei Zehen die Hände. »Ja, ja, ich möchte in den Krieg. Was sonst? Ich möchte Schwerer Biber mit meinem Speer aufspießen. Seht doch, was er uns angetan hat! Überall nichts als Ärger und Verdruß – und immer hat Schwerer Biber damit zu tun!« Er blickte sich in der Runde um. »Mir gefällt der Gedanke auch nicht, auf Seiten der Rothand zu kämpfen. Ihre Leute haben meinen Vater umgebracht.«

»Und dein Vater hat mehr als einen Menschen vom Rothand-Volk getötet«, erinnerte ihn Klappernde Hufe, die offensichtlich an Feuchter Regen dachte.

»Das ist der springende Punkt«, stimmte ihr Die die Spaß macht zu.

»Andererseits, Klappernde Hufe, sitzen wir hier beisammen. Wir sind etwas Neues, ein neues Volk, aus zwei alten Völkern entstanden. Deine Verwandten haben meine Verwandten umgebracht, und meine die deinen. Trotzdem leben wir glücklich zusammen, machen unsere Späßchen miteinander, arbeiten und essen gemeinsam.

Du kümmerst dich um meine Kinder, wenn ich mit Schwarze Krähe auf die Jagd gehe, und ich öffne dir mein Lager, als wärst du meine Schwester.« Sie schüttelte den Kopf und machte mit den Händen eine Geste, die »nie mehr« bedeutete. »Nein, ich glaube, wenn wir uns in diesen Krieg verwickeln lassen, führt das nur zu neuen Schwierigkeiten, zu zwiespältigen Gefühlen, Verletzungen, Zorn und Streit unter uns allen hier.«

Reizende Wapiti räusperte sich. »Widderhorn, was wird Blutbär tun, wenn wir uns raushalten? Wird er wütend herkommen und versuchen, uns umzubringen? Ich kenne Schwerer Biber nicht, aber Blutbär ist auch nicht gerade ein sehr umgänglicher Mensch. Er ist unberechenbar. Bei ihm weiß man von einem Tag zum anderen nicht, was er vorhat. Du bist mein Vetter und warst der beste Freund meines Vaters. Sag es mir mit der ganzen Ehrlichkeit deines Herzens.«

Widderhorn rieb sich die Augen. »Ich glaube nicht, daß Blutbär herkommen wird. Zumindest nicht, bevor das Rothand-Volk das Kleine-Büffel-Volk aus den Bergen vertrieben haben wird. Und falls wir verlieren? Nun, ich glaube kaum, daß Blutbär unter den Leuten sein wird, die aus den Bergen fliehen. Ich glaube, lieber wird er sterben.«

Klappernde Hufe nickte bestätigend. »Ich sage, wir halten uns aus diesem Wahnsinn heraus.« Sie blickte Die die Spaß macht an. »Es tut mir leid, daß ich in einem solchen Ton gesprochen habe.«

Die die Spaß macht zwinkerte ihr zu. »Du bist in Trauer. Hast du morgen Zeit? Schneidest du mir mein Haar ab? Ich möchte deine Trauer mit dir teilen.«

Klappernde Hufe, die stets unerschütterlich und gefaßt wirkende Frau, nickte langsam. Ihre Unterlippe bebte, und sie wandte rasch die Augen ab.

»Kleiner Tänzer?« erkundigte sich Hungriger Bulle. »Hast du nichts dazu zu sagen?«

Er schüttelte den Kopf. »Ich richte mich nach euch.«

»Wir können nicht auf den Kriegspfad gehen.« Hungriger Bulle faßte die Meinung aller Angehörigen seiner Gruppe zusammen. »Wir dürfen nicht das Risiko eingehen, unsere

Verwandten zu töten. Das würde die neuen Familien, die wir hier gegründet haben, spalten. Wenn Blutbär wütend ist und an uns Vergeltung üben möchte, dann bitte ich dich, Widderhorn, als tapferen und ehrenwerten Krieger, uns Nachricht zu schicken. In diesem Fall ziehen wir sofort weiter und lassen uns irgendwo anders nieder, vielleicht im Tal der Warmen Winde.«

»Ich sorge dafür, daß ihr verständigt werdet.« Widderhorn lächelte wehmütig.

»Und sollte das Kleine-Büffel-Volk uns vertreiben und ich überlebe und bin willkommen, möchte ich gerne meine Frauen mitbringen und bei euch leben.«

»Für dich wird immer Platz bei uns sein. Du kannst deine Familie zu uns bringen, wann immer du willst. Unsere Herzen und unsere Lager stehen dir stets offen. Hoffen wir, daß es nicht zum Äußersten kommt.«

Blutbär starrte hinauf in den Nachthimmel. Wie so oft in letzter Zeit konnte er auch in dieser Nacht nicht schlafen. Ruhelos wanderte er im dunklen Lager umher, pirschte verdächtigen Schatten nach, starrte in die Dunkelheit hinaus und fragte sich, was wohl als nächstes geschehen werde.

Das Kleine-Büffel-Volk strömte in Scharen über die Pfade und Wege der Buffalo Mountains. Was Schwerer Biber schon vor Jahren geplant hatte, jetzt hatte er es in die Tat umgesetzt. Der überraschend hereingebrochene Blizzard, der vor fünf Jahren das Land heimgesucht hatte, hatte unter dem Kleinen-Büffel-Volk verheerenden Schaden angerichtet. Viele waren erfroren – und in der Zwischenzeit hatte das Weiße-Kranich-Volk und das Kurzhaar-Volk zurückgeschlagen und versucht, die Macht des Kleinen-Büffel-Volks zu brechen.

Schwerer Bibers mühevoll aufgebautes Lebenswerk geriet ins Wanken – sein Bündnis mit den Sippen zerbrach beinahe unter diesem Druck.

Trotzdem gelang es ihm, die Oberhand zu behalten, und er drängte seine Feinde in den Ebenen zurück. Nun wandte er seine Aufmerksamkeit wieder den ihm noch immer trotzenden Rothand-Volk in den Bergen zu und versuchte, sie aus ihren ergiebigen Jagdgründen zu vertreiben.

Die Feinde sind so zahlreich! Nachdenklich ließ Blutbär seinen Blick über das Sternennetz schweifen. Die Nacht lag kühl über dem Land. Er sog den angenehmen Duft der Föhren und Kiefern tief in seine Lungen. Insekten zirpten und schwirrten. Das Land lebte, pulsierte mit den Menschen in dieser Stunde der Not.

Den Jahren, in denen er als Ausgestoßener hatte herumwandern müssen, verdankte er Fähigkeiten, die ihn nahezu unbesiegbar machten. Er konnte wie der Schatten eines Adlers zwischen den Bäumen hindurchhuschen, sich in die feindlichen Lager einschleichen und einen nach dem anderen umbringen, aber er konnte mit seinen Kriegern nicht überall gleichzeitig sein. Was er und seine Männer des Rothand-Volkes mit List und Tapferkeit erreichten, gelang dem Kleinen-Büffel-Volk nur durch die Menge ihrer Leute. Woher kamen sie bloß alle?

Etwas war mit dem Rothand-Volk geschehen, der Funke der Begeisterung war in ihren Augen und Herzen erloschen. Finster blickte er hinauf zum Himmel. Woran lag es nur? Gleichgültig, wie sehr er seine Leute ermahnte, es schien, als würde der innere Kern des Widerstands, der einmal ihre besondere Stärke ausgemacht hatte, langsam verfaulen. Er konnte schimpfen, beten, tanzen und singen. Er konnte machen, was er wollte. Selbst wenn er mit seinen Kriegern nach triumphalen Siegen blutbesudelt zurückkehrte, schienen sie schwach und müde. Gleichgültig, was er versuchte – ob er Körperteile von Feinden an den Wegen aufhängte oder ihre Herzen in die Feuer warf –, nichts schien den ermattenden Geist seiner Krieger zu berühren. Warum? Wie konnte er sie neu begeistern? Welcher Ansporn konnte sie dazu bringen, den Kampf unter das Kleine-Büffel-Volk zu tragen, anstatt gebannt darauf zu warten, daß die Feinde zu ihnen kamen?

»Wir werden vernichtet«, flüsterte er und starrte zu den Sternen hinauf. »Wie Rauch vom Wind werden wir weggeblasen. Nur die Felsen werden sich einmal an den Namen des Rothand-Volkes erinnern.«

Dieser Gedanke versetzte ihn in wahnsinnige Wut. Zornentbrannt wandte er die Augen vom Himmel ab und überblickte sein Lager.

Seine Krieger, sechs Männer und zwei Frauen, erwarteten den nächsten Vorstoß des Feindes auf dem Weg oberhalb des Clear River.

Schwerer Biber mußte versuchen, dort durchzukommen. Diese Vermutung lag nahe, besonders deswegen, weil eine große Anzahl Krieger bereits versucht hatte, den steilen Pfad auf der Nordseite des Berges heraufzusteigen.

Nur ein Dummkopf würde keinen zweiten Angriff auf der Rückseite der Flanke versuchen.

Der Zorn hinterließ einen bitteren Nachgeschmack in seinem Mund.

Während er über sein weiteres Vorgehen nachgrübelte, fiel sein Blick auf das Wolfsbündel auf dem Dreifuß in der Mitte der Lichtung. Das Leder war spröde geworden und blätterte ab; die merkwürdigen Linien, die sorgfältig auf die Haut gezeichnet worden waren, waren verblaßt, teilweise sogar vollständig abgewetzt.

Äußerst armselig, dachte er, genauso armselig wie die Hoffnungen des Rothand-Volkes.

Boshaft schlug er mit dem Handrücken nach dem Bündel. Unter dem heftigen Hieb rollte es ins Gras.

Vollkommen sinnlos, dachte er und starrte in die Dunkelheit. Er war froh, daß seine Krieger nicht aufgewacht waren. Er hob das Wolfsbündel auf, legte es wieder auf den Dreifuß und vergewisserte sich noch einmal, daß ihn niemand beobachtet hatte.

Er massierte den Stumpf seines plötzlich wieder schmerzenden kleinen Fingers. Welch albernes Symbol für ein sterbendes Volk – kein Wunder, daß sie keinen Krieg gewinnen konnten, nicht mit einem so albernen Talisman wie dem Wolfsbündel. Wenn sie doch nur etwas Mächtiges hätten, einen Grizzlyschädel vielleicht oder … Er zuckte zusammen, erschrocken über den schlagartig heftig stechenden Schmerz in seinem kleinen Finger. Von all den Dummheiten, die er Zeit seines Lebens begangen hatte, war das Abschneiden der

Fingerkuppe die größte gewesen! Der reine Wahnsinn! Es hatte ihm nichts weiter eingebracht als Schmerzen.

»Hilf mir! Die Zeit ist gekommen, Feuertänzer. Hilf mir! HILF MIR!« Die Stimme donnerte in seinem Schädel, zerschmetterte den Traum in splitternde Fragmente, sprengte seinen Geist, wie der Blitz einen bröckelnden Sandstein in Tausende von Teilen zerplatzen läßt.

Voller Angst schrie Kleiner Tänzer auf und kämpfte sich aus seinen Decken. Sein Magen rebellierte. Er mußte sich entsetzlich übergeben und versuchte, tief durchzuatmen, um gegen den Übelkeit erregenden Geschmack in Mund und Nase anzukämpfen. Wieder zuckte sein Magen unter heftigen Krämpfen zusammen.

Fest schlang er die Arme um seinen Oberkörper. Ein rasendes Schwindelgefühl ergriff ihn, ließ ihn glauben, die Welt bräche auseinander. Benommen stützte er sich auf einer Hand ab, mit der anderen umklammerte er seine wunde Kehle.

»Was ist los?«

Undeutlich drang Reizende Wapitis Stimme durch das laute Dröhnen in seinen Ohren.

Endlich bekamen seine stechenden Lungen wieder Luft. Bei dem Geruch seines Erbrochenen würgte er erneut. Sein Körper verfiel in krampfhafte Zuckungen.

Irgendein Teil seines außer Kontrolle geratenen Geistes erkannte das Geräusch von Reizende Wapitis Scharren, als sie die Asche schürte und das Feuer mit zerkleinerter Rinde und Zunder wieder zum Leben erweckte. Das erste Aufflackern der Flammen schnitt ihm unerwartet plötzlich und schmerzhaft in die empfindlichen Augen.

»Kleiner Tänzer?«

Sie legte ihm den Arm um die Schultern, hielt ihn fest, ihn wärmend und seinen zitternden Körper besänftigend. »Kalt«, flüsterte er, »so kalt.« Das Gewicht ihres auf seinen Schultern ruhenden Armes ließ ihn fast zusammenbrechen. Beinahe wäre er in das Erbrochene auf dem Boden gestürzt. Seit damals, als er fast erfroren wäre, hatte er keine so durchdringende Eiseskälte mehr empfunden. Ihm war, als bliese der Winterwind direkt durch seine ausgehöhlte Seele hindurch.

»Du bist schrecklich heiß«, sagte Reizende Wapiti besorgt. »Fieber. Kleiner Tänzer, du hast …«

»Nein, kein Fieber«, brachte er zwischen klappernden Zähnen heraus. »Macht. Das Wolfsbündel.« Kopfschüttelnd versuchte er, gegen die ihn quälenden Schauder anzukämpfen. »Das letztemal hatte ich dieses Gefühl als … das Wolfsbündel …«

»Still. Sprich nicht weiter.«

»Es ruft. Ich hörte es rufen, die Worte sind in meinem Geist eingebrannt. ›*Hilf mir*‹, rief es.«

Ihre Unterlippe begann zu zittern. Ihre Augen glitzerten, als müsse sie gleich anfangen zu weinen. »Nein«, flüsterte sie entsetzt. *»Nein.«*

Er brachte es fertig zu schlucken. Beinahe mußte er sich wieder übergeben, sein leerer Magen hatte sich noch immer nicht beruhigt.

»Komm, komm wieder ins Bett. Du mußt dich unter die Decken legen.

Du holst dir sonst eine Erkältung … Wir sprechen morgen darüber.«

Er ließ sich auf das Bett helfen. Das fortwährende Zittern seines Körpers entzog ihm jegliche Kraft zum Widerstand. »Heilige Bündel können sterben, das weißt du. Man kann sie töten wie einen Menschen. Tot … kalt …«

»Still jetzt. Schlaf.«

Er blinzelte. Ihm war, als ob er die Augen unter Wasser geöffnet hätte und in die verschwommen schimmernde Welt über dem Wasserspiegel hinaufblicken würde.

Reizende Wapiti hastete geschäftig hin und her, wischte das Erbrochene auf, trug es hinaus in die Nacht und warf es weg.

Erst als sie sich wieder neben ihn legte und ihren von der Kälte der Nacht ausgekühlten Körper an den seinen preßte, konnte er sich ein wenig entspannen. Sie schmiegte sich eng an ihn, das reale Gefühl ihres festen Fleisches beschwichtigte ihn.

Kleiner Tänzer, dessen rasendes Herz sich zu beruhigen begann, sah hinüber zu den Türhäuten. Verblüfft erblickte er vor dem Hintergrund des zwischen den nicht vollständig zugezogenen Türbehängen silbrig leuchtenden Sternennetzes die unverwechselbare Silhouette. Der Wolf starrte ihn an.

Selbst durch die Dunkelheit fühlte er, wie sich der Blick der gelben Augen in die seinen brannte.

»Das Wolfsbündel«, flüsterte er unglücklich. *»Es rief mich.«*

Weißes Kalb schrie auf und erwachte schlagartig. Sie versuchte, den Atem anzuhalten, trotzdem würgte es sie. Ihr Herz raste, ihre zitternden Glieder gebärdeten sich, als hätten sie einen anstrengenden Gewaltmarsch hinter sich. Die Übelkeit löste Magenkrämpfe aus. Ihr Kopf schmerzte, als hätte ihn eine Steinaxt gespalten.

Was war passiert? Ein Traum? Sie hatte das Gefühl, als hätte sie einen Schlag in den Magen bekommen – und das Zittern hörte und hörte nicht auf. Kalter Schweiß rann über ihre runzlige Haut.

Fröstelnd setzte sie sich auf und zog ihre Decke wie einen Umhang fest um sich. Stöhnend vor Anstrengung hinkte sie hinüber zum Feuerloch und stocherte in der Asche nach Glutresten. Als sie eine noch leicht glühende Kohle entdeckte, legte sie Zunder darauf und blies, bis eine kleine Flamme hochzüngelte. Sie legte Brennmaterial nach und entfachte ein loderndes Feuer. Dankbar für die Wärme streckte sie die Hände aus, doch die Kälte ihres Fleisches wurde nicht gelindert. Die Kälte strömte aus ihrem Inneren.

Sie sah hinauf zu der Spirale an der Wand. »Ist die Zeit gekommen?

Ist das der Grund?«

Aus einem Beutel nahm sie Salbei, befeuchtete ihn und warf ihn in die Kohlen. Aufrecht stehend ließ sie die Decke von ihren mageren Schultern gleiten. Nackt trat sie in den dampfenden, in Schwaden vom Feuer aufsteigenden Rauch und ließ sich von ihm einhüllen. Sie reinigte sich bis in die tiefste Seele. Salbei, der Lebensspender, sickerte in jede einzelne Pore.

Im Dämmerlicht blickte sie an ihrem Körper hinunter auf die flachen, wie leere Beutel herunterhängenden Brüste. Ihr Bauch war abgesackt, die Haut an Armen und Beinen schlaff und runzlig. Die hageren, aus ihren Schultern vorstehenden Knochen bildeten tiefe Löcher. Das in kurzen Zöpfen über ihre Schultern hängende Haar schimmerte weiß. Die einmal schwarz leuchtende Matte ihres Schamhaares hatte sich in ein spärliches weißes Büschel verwandelt, das sie unter dem hängenden Bauch kaum noch sehen konnte.

»Wahrhaftig, du bist alt geworden, Grüne Weide.« Sie kicherte und erinnerte sich an ihre erste Menstruation. Wie stolz war sie gewesen, eine Frau zu sein. Aber sie hatte ein weiteres Jahr gebraucht, um Großer Fuchs so weit zu bringen, daß er die Decken mit ihr teilte. Die Paarung war schwierig, wenn eine Frau in dem Ruf stand, seltsam zu sein und mit den Geistern sprechen zu können. Außerdem machten sich die Männer die absonderlichsten Vorstellungen darüber, was der Geschlechtsakt mit einer Hexe bei ihren allerheiligsten Penissen bewirken könne.

Ihre ungewöhnliche Schönheit hatte es den Männern noch schwerer gemacht. Bis zu dem Jahr, in dem Großer Fuchs sie endlich nahm, kämpften die Männer gegen sich selbst: Das Verlangen nach ihrem prallen jungen Fleisch kämpfte gegen die Angst vor ihren Träumen und der Macht, mit der sie offensichtlich ganz selbstverständlich umging. Schließlich hatte sie Großer Fuchs, voller Manneskraft und Stolz, daß nicht einmal die Angst vor einer magischen Macht ihn abhalten könne, zu sich ins Bett genommen. Noch bevor die anderen sich dazu durchringen konnten, es auch einmal mit ihr zu versuchen, hatte sie ein Kind empfangen.

»Großer Fuchs.« Sie sprach seinen Namen voller Wehmut aus, erinnerte sich an seine vortrefflich modellierten Muskeln, an sein Lachen und seine Fröhlichkeit. Ah, wenn je ein Mann für die Leidenschaft einer jungen Frau geschaffen worden war, dann er.

Doch auch abgesehen davon, war er ein außergewöhnlicher Mann gewesen – und jede Minute wert, die sie mit ihm verbracht hatte.

Dann war die Macht gekommen und hatte sich in ihr Inneres gedrängt, mit noch mehr Kraft und Vitalität als Großer Fuchs. Auf dieselbe Weise, wie er ihren Körper besessen und zu dem seinen gemacht hatte, hatte die Macht von ihrer Seele Besitz ergriffen – und die Seele konnte sich nicht verweigern wie der Körper.

Sie hatte ihren Mann verlassen und war den Weg gegangen, der sie schließlich hierher in diese Höhle geführt hatte. Ihre Kenntnis über die Wege der Geistermächte hatte sie von Sechs Zähne erworben. Nach dem Tod des alten Mannes hatte sie ihn auf den Hügel hinaufgeschleppt, seinen Leichnam in eine Felsspalte geschoben und diese verschlossen, um die räuberischen Tiere fernzuhalten.

Als sie zum erstenmal merkte, daß Gestutzte Feder hinter ihr her sah, war ihre Schönheit noch nicht geschwunden. Er verlor sich vollkommen in den Wundern und Geheimnissen ihres Körpers. Was sie mit Großer Fuchs nicht hatte teilen können – all die Gedanken über Mächte und Träume –, darüber konnte sie mit Gestutzte Feder reden.

Sie hatten das Lager geteilt und wieder hatte sie ein Kind empfangen. Aber im Unterschied zu Großer Fuchs hatte Gestutzte Feder Verständnis dafür aufgebracht, daß sie ihn verließ. Er fühlte die Macht des Traumes und wußte um die Beeinträchtigung, die durch die sexuelle Vereinigung entstand.

»Gestutzte Feder«, flüsterte sie zärtlich. »Du warst Balsam für meine Seele.« Sie beugte sich vor und legte noch etwas feuchten Salbei auf das Feuer. Tief inhalierte sie den dampfenden Wohlgeruch und atmete langsam aus, um ihre Lungen zu reinigen.

»So ist der Kreis also fast geschlossen. Sieh dich an, Weißes Kalb. Sieh, was am Ende deines langen Lebens aus dir geworden ist.« Sie versuchte, die Dinge in das richtige Verhältnis zu rücken. Welchen Sinn konnte eine alte Träumerin in ihrem Leben finden? Die Kinder, die sie geboren, die Träume, die sie geträumt, die Lektionen, die sie gelehrt hatte? Was machte ihr Leben lebenswert? Die Empfindungen? Die Gedanken? Die Handlungen?

Sie hob die Hände zur Spirale hinauf und lehnte sich über

das Feuer. Brennend fühlte sie die Hitze auf ihren Oberschenkeln.

Angeregt von der pulsierenden Hitze und dem reinigenden Salbei, wallte das Feuer der Begierde in ihr auf.

Sie gab sich diesem Vergnügen hin, starrte unentwegt auf die Spirale und schloß die Augen, sah sie im Geiste vor sich. Kreise über Kreise, einer in den anderen führend, sich niemals berührend.

Leben, wundersames Leben.

Das Geräusch der sich teilenden Türfelle schreckte sie nicht auf. Noch einmal atmete sie tief den Salbeigeruch ein und wieder aus. Sie schluckte und öffnete die Augen, verlor sich für einen Augenblick wieder in der Spirale. Erst dann wandte sie sich um.

Das Mädchen starrte sie aus weit aufgerissenen Augen angstvoll an.

Auch sie war nackt. In der Hand hielt sie einen Atlatl mit wurfbereit eingelegtem Speer. Ihrem blutbesudelten, mit Prellungen übersäten Körper war übel mitgespielt worden. Zitternd vor Kälte stand sie da. Die Beine waren zerkratzt, die mißhandelten Brüste hoben und senkten sich unter ihren keuchenden Atemzügen. Ihr straffer, muskulöser Bauch ließ darauf schließen, daß ihre Hüften noch nie die Last eines Kindes getragen hatten.

Weißes Kalb richtete ihre Aufmerksamkeit auf das Gesicht des Mädchens. Hinter dem Entsetzen und der Angst in ihren schwarzen, wie die eines Pumaweibchens blitzenden Augen lag die Kraft einer ungeheuren Wut. Ihre schönen Wangenknochen betonten die gerade Nase. Über herrlich geschwungenen Augenbrauen erhob sich eine hohe klare Stirn. Das Kinn war kräftig. Allerdings war ihre Unterlippe derart angeschwollen, daß ihr Mund jegliche Proportion verloren hatte.

»Komm näher, Kind.« Weißes Kalb trat einen Schritt vom Feuer zurück, holte noch ein paar Scheite Feuerholz und legte sie auf die Kohlen.

»Komm her, komm und wärme dich. Du siehst aus, als könntest du ein bißchen Wärme brauchen.«

Schüchtern trat die junge Frau näher. Mißtrauisch beäugte

sie die alte Frau. »Warum bist du auf … warum schläfst du nicht um diese Zeit?«

Weißes Kalb lachte trocken. Sie betrachtete das mißhandelte Fleisch, die Streifen auf der Innenseite der Mädchenschenkel.

»Vielleicht sind heute nacht mehr Menschen auf den Beinen, als du auch nur ahnst. Vielleicht habe ich dich erwartet.« *Ja, die Spirale hat sich gedreht. Das Ende naht.*

Die junge Frau straffte sich und duckte sich leicht, als setze sie zum Sprung an. Der argwöhnische, gehetzte Blick beherrschte wieder ihre Augen.

»Ach, nun komm schon. Du bist nicht in Gefahr. Heute nacht wirkt eine Macht.« Sie deutete auf die Spirale. »Diese Nacht bedeutet das Ende vieler Dinge – und den Beginn vieler anderer. Es ist eine Nacht des Wandels … die Mächte verlagern sich. Du bist ohnehin nicht in der Verfassung, noch weiter fliehen zu können, deshalb kannst du dich ebensogut entspannen und für diese Nacht hier Zuflucht suchen.«

Sie streckte die Hand aus und griff nach der eiskalten Hand der jungen Frau. Das Blut auf dieser Hand stammte nicht von ihr. Hatte sie aus Vergeltung getötet? Die Speere, die sie bei sich trug, gehörten einem Jäger des Kleine-Büffel-Volkes – und sie gehörte offensichtlich zum Rothand-Volk. Man hatte sie also vergewaltigt.

»Komm, stell dich über das Feuer. Genauso, wie du es eben bei mir gesehen hast.«

»Du bist Weißes Kalb – die Hexe?«

»Wer nennt mich eine Hexe? Ah, Blutbär. Natürlich. Armer Narr.«

»Warum soll ich mich über das Feuer beugen?«

»Weil da eine Windung der Spirale ist.« Sie deutete auf die Felswand. »Gerade als du kamst, stand ich in der Hitze, badete im Dampf des Salbeis und stellte mir Fragen über das Leben. Ich dachte darüber nach, wer ich gewesen bin und was ich getan habe.«

Sie führte die noch immer zögernde Frau zum Feuer und zeigte ihr, wie sie sich über das Feuer lehnen sollte. Anschließend warf sie feuchten Salbei in die Flammen, die Dampfwolken stiegen in schwadenartigen Säulen empor.

»Ich starrte auf die Spirale und dachte an all das, was sie symbolisiert, daran, wie sich das Leben zu einem Kreis vollendet, wie eins zum andern führt, miteinander verbunden, jedoch immer voneinander getrennt.« Sie kaute auf der Unterlippe und beobachtete, wie die junge Frau die Augen schloß, als der warme Dampf sie einhüllte.

»Verstehst du, wo du nun stehst, stand auch ich einmal. Wie du das Blut eines anderen, der dir Unrecht zugefügt hat, an deiner Hand hast, so war es bei mir. Vielleicht ist das der Weg der Spirale, hmm? Vielleicht begreifen wir die großzügige Gabe des Lebens erst, wenn sich uns seine Zerbrechlichkeit und sein Leid offenbart.«

Die junge Frau öffnete die Augen und starrte auf die Spirale. »Ich bin keine Hexe.« Und urplötzlich wurde ihr die Bedeutung der Spirale bewußt: Anfang und Ende.

»Ich auch nicht«, entgegnete Weißes Kalb seufzend. Ja, darum war sie in dieser Nacht aufgewacht. Ein Übergang fand statt. »Von nun an bist du die Mutter des Volkes, auch wenn dir das noch nicht bewußt ist. Seltsam, als ich zu Sechs Zähne kam, wollte ich bleiben und mich reinigen. Ich hatte nur einen Grabestock aus Wildkirschenholz bei mir.«

»Und was hast du mit deinem Grabestock gemacht, alte Frau?« Weißes Kalb kicherte. »Er lehnt da drüben an der Wand. Inzwischen benutze ich ihn als Gehstock.«

»Aus Kriegsspeeren wird kein Gehstock.«

»Nein, vermutlich hast du recht. Aber die Macht wählt nach ihren jeweiligen Bedürfnissen aus. Als die Macht mich rief, benötigte sie einen Traum. Mit dir – nun, die Speere sprechen für sich selbst.« Weißes Kalb starrte in leidenschaftliche Augen. Sie hielt dem brennenden Blick stand und fühlte, wie sich ihre Macht mit der dieser unbeugsamen Frau vereinte. »Ein Träumer kommt, Tangara.«

»Woher weißt du meinen Namen?«

»Ich weiß vieles. Hör zu. Ein Träumer kommt. Er kommt, um Frieden zwischen dem Kleine-Büffel-Volk und dem Rothand-Volk herbeizuführen.

Ich kann nicht alles sehen; diese Macht besitze ich nicht, sosehr ich sie mir auch wünschte. Ich hatte sie nie, verstehst du. Oh, beachte mich gar nicht. Ich habe wieder einmal mit mir selbst gesprochen. Du mußt dich um das Rothand-Volk kümmern. Ich kann dir nicht sagen, was du machen mußt, aber die Leute werden auf dich hören.

Du wiederum mußt auf den Träumer hören.«

»Ich bin mir im Augenblick gar nicht sicher, ob ich überhaupt je wieder auf einen Mann höre. Nicht nach allem, was …«

»Er ist nicht irgendein Mann.« Weißes Kalb massierte die eiskalte Haut der jungen Frau und umging dabei die Verletzungen. Tangaras Durchblutung mußte angeregt werden. »Du wärst gar nicht so weit gekommen, wenn nicht etwas tief in deinem Innern dich getrieben hätte. Irgendeine Kraft, die in deinem Blut fließt.«

Weißes Kalb bemerkte das Aufleuchten in Tangaras Augen, das leichte Beben der Lippen. »Mag sein.«

»Mag sein, vielleicht auch nicht. Dies ist ein Zeitalter der Kraft und Stärke. Was wiederum nicht bedeutet, daß es ein Zeitalter der Dummheit ist – trotz allem, was Blutbär allen glauben machen möchte.«

»Er ist ein großer Krieger.«

»Er ist ein Dummkopf!«

»So? Ich habe ihn töten sehen. Ich habe die Körper der Toten gesehen, die er …«

»Er hat das Wolfsbündel so weit getrieben, daß es das Rothand-Volk verlassen hat! Warum glaubst du stecken wir in so großen Schwierigkeiten? Warum glaubst du bist du dort draußen vergewaltigt worden? Warum streift das Kleine-Büffel-Volk in den Bergen herum und erobert das Land des Rothand-Volkes? Warum verändert sich die Spirale?«

Die schwarzen Augen Tangaras schleuderten Blitze. »Wovon sprichst du? Das Wolfsbündel ist überall wo Blutbär ist.«

»Und wie sieht es aus, hmm? Sag es mir, Tangara. Was sieht man in diesen Tagen in Blutbärs Augen? Sieht man den Blick eines Mannes, der mit sich selbst im reinen ist? Oder den eines Mannes, der in eine Verzweiflung getrieben wird, die er nicht versteht?«

Sie runzelte die Stirn und stöhnte. Durch die Bewegung brannten die Abschürfungen in ihrem Gesicht. »Die meiste Zeit verbringt er damit, seinen kleinen Finger zu reiben. Er sieht besorgt aus. Aber das liegt daran, daß das Kleine-Büffel-Volk …«

»Das liegt daran, daß er sterben wird.«

Tangara drehte sich um und starrte sie ungläubig an. »Der Krieger ist noch nicht geboren, der einen Speer durch Blutbär jagen kann!«

»Der Krieger ist geboren«, widersprach Weißes Kalb müde. »Der Krieger weiß es bloß noch nicht.«

»Wovon sprichst du jetzt wieder?«

»Bleib ganz ruhig stehen. Ich mache etwas Wasser heiß und wasche die Wunden aus. Am meisten beunruhigen mich die Bißwunden auf deinen Brüsten. Wenn die vereitern, wird dir das von Herzen leid tun.«

Tangara beobachtete sie mißtrauisch. Inzwischen hatte sich ihr Zittern etwas gelegt, doch ihre zerschundene Haut war stark gerötet.

Weißes Kalb reinigte die Wunden des Mädchens und fühlte die Schmerzen, die sie ihr dabei zufügen mußte, fast am eigenen Leib.

Aber auf Tangaras Gesicht zeigte sich trotz der Qualen, die sie aushalten mußte, keine Regung.

»Wie schon gesagt, du besitzt eine große innere Stärke.« Sie runzelte die Stirn. »Vielleicht hat diese Eigenschaft mir immer gefehlt.

Ah, gut, dies ist ein Zeitalter der Helden.«

»Ich begreife noch immer nicht, wovon du redest.«

Weißes Kalb holte eine Decke und reichte sie Tangara, die unruhig herumzappelte und sich schließlich vom Feuer entfernte. Ein feiner Schweißfilm hatte sich auf ihren muskulösen Beinen und ihrem Bauch gebildet.

Weißes Kalb tat diese Worte mit einer verächtlichen Handbewegung ab. »Das ist auch nicht nötig. Jedenfalls jetzt noch nicht. Du darfst nur nicht vergessen, dem Träumer zu vertrauen. Du bist die Kraft und die Stärke des Rothand-Volkes. Begreifst du?«

»Dem Träumer vertrauen?« Der Versuch eines Lächelns ließ sie vor Schmerz zusammenzucken.

»Vertraue dem Träumer«, betonte Weißes Kalb mit größtem Nachdruck.

Sie legte den Kopf schief. »Sag mir, Tangara, bist du stark genug? Kannst du …«

Tangara drückte die scharfe Spitze ihres Speeres leicht an Weißes Kalbs Kehle und sah ihr mit einem zu allem entschlossenen Blick in die Augen. »Ich habe zwei der schleimigen Maden getötet, die mich vergewaltigt haben, Alte. Erzähl mir nichts von Stärke. Sie dachten, ich wäre ein gebrochenes Wrack, doch ich tötete und entkam ihnen und so wahr mir das Wolfsbündel helfe, diese Tat wird das Kleine-Büffel-Volk bereuen!«

Weißes Kalb achtete nicht auf die Berührung der messerscharfen Steinspitze. »Das ist Leidenschaft, Rachedurst. Jeder kann sich in eine derartige Wut hineinsteigern und einmal über sich selbst hinauswachsen. Ich fragte dich nach Stärke. Kannst du tun, was du tun *mußt?* Kannst du das Gewicht der Verantwortung für das Rothand-Volk auf deinen Schultern tragen? Kannst du die Leute führen, gleichgültig, welchen Preis du dafür bezahlen mußt?«

»Ich habe getötet, oder etwa nicht?«

»Jeder verdammte Idiot kann töten. Kannst du dich für die Sache des Rothand-Volkes aufgeben? Kannst du über deine Rache hinausblicken?

Darum geht es. Ich suche nach wahrer Stärke – nicht nach einem weiteren schwachen Narren wie Blutbär.«

»Du nennst *ihn* einen schwachen Narren?«

Weißes Kalb nickte. Nach dieser Bewegung spürte sie, wie ein Blutstropfen an ihrem Hals hinunterlief. »Er ist nicht besser als Schwerer Biber – nur weniger überzeugend. Auch er weist die Macht schmählich zurück.«

Die Speerspitze wurde zurückgezogen. Tangara schüttelte den Kopf.

»Du überraschst mich. Hätte mich diese Speerspitze am

Hals gekitzelt, ich hätte um mein Leben gefürchtet. Hast du keine Angst, Weißes Kalb?«

Sie wischte sich das Blut ab. »Doch, ich habe Angst. Aber ich fürchte nicht den Tod. Ich erwarte ihn. Ich habe eine Menge Fragen, die ich gerne beantwortet haben möchte. Aber darum geht es jetzt nicht.«

»Du zweifelst an meiner Stärke?« Tangara zog die Augenbrauen hoch.

»Ich könnte die ganze Welt umbringen, alle sollen bezahlen für das, was man mir ...«

»Genau *das* macht mir Sorgen.« Weißes Kalb seufzte tief. »Ich muß wissen, ob du stark genug bist, deine Wut deinem Verstand unterzuordnen. Kannst du das?«

»Verstand? Wut? Wovon sprichst du?«

»Wenn du mich jetzt nicht bald verstehst, dann ... Großer Weiser im Himmel steh uns bei, denn dann wirst du vermutlich das Rothand-Volk umbringen.«

Tangara starrte sie an. Heiß lodernde Wut sprach aus ihren funkelnden Augen.

»Vergiß es. Da ist eine Schüssel mit heißer Brühe. Du mußt ja vor Erschöpfung fast umfallen. Iß und schlaf, und wenn uns noch Zeit bleibt, reden wir morgen früh weiter.«

Kleiner Tänzer hielt sich an einem griffigen vorstehenden Punkt am heißen Felsen fest und zog sich weiter hinauf. Japsend schnappte er nach Luft. Neben ihm fiel eine steile Klippe fast senkrecht hinab. Unten auf dem herabgestürzten Geröll saß beobachtend der Wolf, den Schwanz um die Vorderbeine gelegt.

Die Aussicht von der Klippe vorschlug Kleiner Tänzer fast den Atem. Nicht einmal Adler konnten eine bessere Sicht über die Welt haben. Er konnte weit über die Ebene bis zu den blaugrünen Bergen im Westen blicken. Dort erhoben sich die Gipfel grau und zerklüftet in den majestätisch blauen Himmel hinauf.

Die Ausläufer der Buffalo Mountains erstreckten sich wie die gekrümmten Finger einer Hand ins Land hinaus, gesprenkelt mit Nadelbäumen und Wacholder. Weiter oben breiteten sich dichte Fichtenwälder über die Hänge. Sie sahen aus wie zerfetzte Skalps, aus denen die abgerundeten Gipfel wie kahle Schädel herausragten.

Trotz der wunderbaren Aussicht haderte Kleiner Tänzer mit seinem Schicksal. Wie sollte er mit den bösen Ahnungen und den scharfen Krallen der Angst, die sein Herz umklammert hielten, fertig werden?

Er hatte geglaubt, die Gefahr eines Sturzes, die Möglichkeit eines Fehltritts, eine weitere Herausforderung an seine Kraft könne den nagenden, ihn innerlich zerfressenden Zwiespalt besiegen.

Er konnte nicht fortgehen. Er fühlte den Ruf, fühlte die Anziehungskraft des Wolfsbündels – aber Reizende Wapiti zog ihn weit mehr an. Er würde seinen Kindern nicht mehr in die Augen sehen können, wenn er dem Ruf folgte.

»Ich habe es versprochen«, keuchte er durch zusammengebissene Zähne. »Ich habe mich entschieden!« Unter seiner schweißüberströmten Wange scheuerte der grobe Sandstein sein Fleisch.

Er streckte die Hand nach einem weiteren Halt am Felsen aus.

»Wolfsträumer!« schrie er. »Wo bist du?«

Trotz seiner schmerzhaft blutenden Hände zwang er sich, weiterzuklettern. Seine zerschrammten Finger suchten verzweifelt nach dem nächsten Halt. Er entdeckte einen winzigen Riß im Fels und zog sich daran hoch. Seine Muskeln zitterten unter der Anstrengung.

»Wolfsträumer?«

Sein Fuß fand Halt auf einem Vorsprung und so konnte er sich weiter hinaufstemmen. Mit letzter Kraft zog er sich keuchend auf die Spitze des Felsens hinauf. Schweiß strömte über seine fieberheißen Wangen und malte unregelmäßige Muster auf seine Haut.

Flach auf dem Rücken liegend blickte er hinauf zum Himmel. Das endlose Blau schien ihn lockend in eine Ewigkeit zu rufen, die er nie erreichen konnte, gleichgültig, wie hoch er auch klettern mochte.

Dort, jenseits der Unermeßlichkeit des Himmels, lag das Land der Geister.

»Wolfsträumer?«

Er schloß die Augen und sah die Gesichter seiner Frau und seiner Kinder vor sich. »Ich kann nicht fort, Wolfsträumer. Ich kann sie nicht verlassen. Ich liebe sie zu sehr. Ich bin gerne der Mann, der ich bin. Ich bin kein Held ... bin nicht wie du. Ich bin nur ein Mensch, ein Ehemann und Vater. Wähle jemand anderen, jemanden, der stärker ist und deinen Krieg für dich ausfechten kann.«

Tränen vermischten sich auf seinen Wangen mit den Schweißtropfen.

»Bitte, Wolfsträumer. Suche einen Helden, der dieser Aufgabe gewachsen ist. Ich kann das Wolfsbündel nicht retten. Ich kann Schwerer Biber nicht vernichten. Ich liebe zu sehr. Ich kann nicht kämpfen.«

Doch nur das leidenschaftliche Wispern des Windes antwortete ihm.

Irgendwo weiter unten krächzte ein Rabe – und trug die schmerzende Erinnerung an Schwerer Bibers Fluch herauf zu ihm. Schemenhaft aufblitzende Bilder von Salbeiwurzels Antlitz, ihren zerschnittenen Handgelenken, den aus den Augenhöhlen kriechenden Fliegen jagten eisige Schauer des Grauens durch sein Gemüt.

»*Nicht* ich!«

Er rollte sich herum und sprang auf die Füße. Nun konnte er die abgeplattete Felsspitze, die nicht mehr als vier Schritte nach Osten, Westen, Norden oder Süden erlaubte, genauer betrachten.

Kleine Rosen- und Gänsefußsträucher klammerten sich verzweifelt in die Felsspalten. Auf dem kleinen Plateau lagen von Regen und Wind polierte kopfgroße Geröllsteine.

Plötzlich erstarrte er. Sein Herz begann in dumpfem Stakkato zu hämmern. In die gesamte Felsoberfläche war in mühevoller Arbeit eine lange Spirale gemeißelt worden. Das Werk sah uralt aus, an manchen Stellen verwittert, an anderen deutlich erkennbar.

Teilweise füllte Erde die Rillen aus, kümmerliches Gras hatte darin Wurzeln geschlagen. Er würgte den Kloß im Hals hinunter.

Kopfschüttelnd versuchte er, sich von dem riesigen Bildwerk zurückzuziehen und schrak zusammen, als er plötzlich mit einem Fuß ins Leere trat. Taumelnd bewegte er sich wieder zur Mitte und blickte wie betäubt hinauf in die gleißende Sonne.

Das Gesicht nach Osten gewandt, hob er die Hände.

»Wolfsträumer? Sprich mit mir!«

Unbarmherzig brannte die Sonne auf ihn herab und trocknete seinen Körper aus. Seine Seele flehte, er versuchte, mit ausgestreckten Händen den Himmel zu greifen, einen Blick hinter die Kulissen der Unendlichkeit zu werfen. Als er einen Schritt vortrat, löste sich das Gestrüpp unter seinen Füßen und zerkratzte seine Knöchel.

»Wolfsträumer?«

In seiner seelischen Verzweiflung nahm er das leichte Brennen an seinem Bein zunächst gar nicht wahr. Erst als der Schmerz stärker wurde, sich immer tiefer in seine Muskeln brannte und ihn aufs Äußerste zu peinigen begann, blickte Kleiner Tänzer hinunter.

Entsetzt entdeckte er den dreieckigen Kopf, der sich in sein Bein verbissen hatte und das Gift des Zornes in ihn spritzte. Schwarze, geschlitzte Pupillen starrten feindselig zu ihm herauf, das rautenförmige Muster der Schuppen fing das Sonnenlicht in einem graubraunen Schimmer ein.

Er schrie, stampfte mit dem Fuß auf, riß das Reptil weg und schleuderte es in einen Winkel des Felsens, wo es sich zusammenrollte. Der Schwanz, auf den er getreten war, klapperte wütend.

»Nein!« krächzte er, beugte sich hinunter und starrte entsetzt auf die kleinen Punkte in seiner dunklen Haut. Nein!«

Er geriet in Panik, griff nach seinem Knöchel und stürzte zu Boden. Sein Körper schlug auf harten Fels. Eine lähmende Benommenheit ergriff von ihm Besitz, sein Magen verkrampfte sich.

Er kämpfte gegen den würgenden Brechreiz an.

»Nein!«

Trotz seiner Angst fühlte er, wie die Welt ins Wanken geriet.

Er blinzelte mit glasigen Augen, spürte, wie sich das Gift in ihm ausbreitete und brennend durch seine Adern rann. Hektisch blickte er sich nach etwas um, womit er die Wunden hätte öffnen können, aber er entdeckte nichts – und er konnte sich auch nicht so weit vorbeugen, um das Gift auszusaugen.

Zähneklappernd wischte er sich die Tränen aus den Augen und sah dabei blinzelnd auf die in den Fels gemeißelten Rillen. Er war genau auf die Mitte der Spirale gestürzt. Anfang und Ende – Geburt und Tod.

Er wartete. Die Sonne schien endlos langsam über den Himmel zu wandern. Krank, von Übelkeit gequält, fühlte er, wie sich der Tod unaufhaltsam seinen Weg durch sein hämmerndes, immer weiter anschwellendes Bein hinaufarbeitete. Je weiter sich die Sonne dem Westen zuneigte, desto mehr brannte das Gift in seinen Adern.

Worte bildeten sich in der klaren Luft. Kleiner Tänzer starrte in das gleißende Gewölbe des Himmels hinauf und hörte die Stimme der alten Frau so deutlich, als würde sie direkt neben ihm stehen.

Monster kriechen auf den Bäuchen.
Beißen einen Mann in den Fuß und sehen ihn stürzen.
Beinlos, armlos, Haare aus Schuppen.
Schütteln eine Rassel an ihrem Schwanz.
Zähne aus Gift, Leere schlägt wild,
Macht das Blut schwarz und schwach.

»Wer … wer bist du?«

Der Himmel? Aye, der Himmel.
Bläst heiß und weiß über das Land,
vermengend mit brennenden Zeichen.
Träume die Tiere zu den Sternen, hinweg.
Ihre Körper bleichen auf staubigem Lehm.
Verändere das Land, das das Volk betritt,
Finde einen neuen Weg … oder sie alle sterben.
Erlebe das Gras, die Wurzel, die Beere.

Die Zeit ist knapp, das Leben nicht heiter.
Zermalme und zerstampfe, zerstampfe und zermalme,
während der heiße Wind weht.

»Was willst du?«

Doch nur das Stöhnen des auffrischenden Windes antwortete ihm. Wie ein Rasender streckte sich Kleiner Tänzer nach oben, immer weiter nach oben, hinauf in die blaue Unendlichkeit des Himmels.

Seit Jahren hatte Schwerer Biber keinen so heißen und trockenen Sommer mehr auf sich zukommen sehen wie diesen. Nach dem Höhepunkt der Kälte war kein Schnee mehr gefallen, höchstens ein pulvriger Hauch, der bereits am nächsten Tag wieder geschmolzen war. Nach allen Informationen, die ihm seine Späher zugetragen hatten, hatte es nur oben in den Buffalo Mountains geringfügige Niederschläge gegeben. Als ob sie das wüßten, hatten sich die Büffel zu den höhergelegenen Wiesen aufgemacht und beschenkten nun das Land der Anit'ah mit ihrem Reichtum. Andere Herden hatten sich so weit zerstreut, daß die Jäger häufig nur noch einzelne einsame Tiere aufspürten. Entlang der Flüsse, wo das Wasser die Ufergräser am Leben erhielt, hatten seine Jäger aus dem Hinterhalt heraus viele Tiere töten können. Sie wußten, dies waren die einzig verfügbaren Wasserstellen weit und breit und die Tiere mußten dorthin kommen.

Schwerer Biber folgte mit seinem Hauptlager den von seinen Kriegern angelegten Wegen. Diese verliefen in unregelmäßigen Wendungen, stets der Notwendigkeit gehorchend, genügend Wasserstellen vorzufinden. Das Volk marschierte durch ein vernichtetes Land – kleine Flußtäler hatten sich in die vom Mutterboden beraubte Erde gefressen, doch inzwischen waren auch diese Flüsse meist nur noch mit Staub und Sand gefüllt. Ein fürchterliches Dasein. Selbst die Hunde sahen erbärmlich aus. Sie mühten sich keuchend mit den schweren Lasten ab, die blanken Steine schnitten tief in die Pfoten ihrer zähen Beine.

Schwerer Biber wollte mit den verschiedenen Sippen seines Volkes zusammentreffen. Von Osten her näherte sich Zwei Steine. Die Kundschafter von Sieben Sonnen berichteten, er marschiere südlich der Mündung des Mud River, wo die Nebenflüsse des Big River aus den Buffalo Mountains strömten. Von Süden her wanderte Wapitipfiffs armselige Gruppe langsam vom Sand River herauf. Sie berichteten, Wolken aus Staub würden den ganzen Himmel verdunkeln und die Welt in Finsternis hüllen. Sie hätten bereits begonnen, ihre Hunde zu essen.

Schwerer Biber schielte zu den sich wie eine gewaltige Festung erhebenden Buffalo Mountains hinauf. Dort mußten seine Krieger für ihn einen Sieg erringen – oder er mußte sich einer Herausforderung stellen, die schrecklicher war als der Krieg mit den Anit'ah.

»Die Anit'ah essen Wurzeln und Samen«, sagte Roter Hornstein eines Tages zu ihm. »Vielleicht sollten wir das auch tun. Es wäre besser, als zu hungern.«

Er schlug sie zu Boden und starrte voller Wut auf sie hinunter. Sie preßte ängstlich eine Hand vor den Mund. »Wir sind Männer, keine Wurzelgräber, die im Dreck herumwühlen wie die Anit'ah. Der Große Büffel und der Große Weise im Himmel haben die Büffel zu uns gebracht, damit wir sie essen. Fleisch ist Kraftnahrung, es besitzt magische Macht. Wurzeln würden meine Krieger schwächen.«

Er blickte auf die glitzernden Schneekappen der Buffalo Mountains.

»Nein, wir gehen dahin, wohin uns der Große Büffel im Himmel führt. Dieses Jahr übernehmen wir die Berge.«

Aber die anderen tuschelten schon untereinander; einmal konnte er ihr Flüstern belauschen. *»Die Anit'ah essen Wurzeln – und ich merke nicht, daß ihr Blut davon geschwächt wird!«*

»Ich nehme die Berge ein«, versprach Schwerer Biber unheilschwanger. »Das schwöre ich bei der Seele meiner Mutter und beim Blut, das durch meine Adern fließt. Ich will keine albernen, Wurzeln sammelnden Weiber um mich haben, die die Macht in den Zelten übernehmen, weil sie die Nahrung herbeischaffen. Nein! Kein Mann wird diesen

Frauen untertan sein. Die Frauen dürfen die Läuterung des Volkes keinesfalls zunichte machen. Lieber wird der letzte Mann durch einen Kriegsspeer der Anit'ah sterben!«

Mit geballter Faust drohte er hinüber zu den Bergen.

»Wolfsbündel? Geh ... beeinflusse ihn jetzt! Erfülle ihn mit deinen Bedürfnissen. Handle. Handle sofort!«

Kapitel 22

Weißes Kalb erwachte mit dem Gefühl einer Vorahnung. Die Macht hatte ihren Schlaf gestört und mit ihrem Unterbewußtsein gespielt.

Der letzte Traum jedoch war so mächtig gewesen wie das Leben selbst. Die Bilder verweilten so scharf konturiert und lebensecht, daß sie meinte, sie müsse nur die Hand ausstrecken und könne sie berühren.

Ihre Zeit war endlich gekommen. Sie öffnete die Augen und schaute sich in ihrer gemütlichen Höhle um. An diesem friedlichen Morgen betrachtete sie jedes ihrer vertrauten Besitztümer. Die uralte, in die Rückwand gemeißelte Spirale schien heute den ganzen Raum zu dominieren. Die Morgensonne lugte über die Berge, ein einzelner Sonnenstrahl durchdrang die Türbehänge und fiel auf die Spirale wie ein leuchtender Lichtpfeil.

Weißes Kalb strich ihr Haar zurück. Ihr Mund bewegte sich lautlos, um den schalen Nachgeschmack der Nacht loszuwerden. Stöhnend und mit krachenden Gelenken erhob sie sich von ihrem Lager, ging zum Feuer hinüber und stocherte in der Salbeiasche nach Glut. Nachdem sie Zunder auf die rotglühenden Kohlen gelegt und das Feuer in Gang gebracht hatte, begann sie, die Kochsteine zu erhitzen.

Tangara schlief zugedeckt von einem Deckenberg und streckte einen schlanken Arm darunter heraus. Die Finger ihrer schmalen, schlaff herunterhängenden Hand waren nach innen gekrümmt.

Strähnen ihres schimmernden schwarzen Haares lugten unter den Decken hervor.

Weißes Kalb saugte die schmalen Lippen an ihre zahnlosen Kiefer.

Das Mädchen strahlte eine ungeheure Sehnsucht und Kraft aus.

Merkwürdig, wie die Macht vorging. Tangara, das wilde Mädchen aus den Wäldern, die Jägerin, war auserwählt und in die Spirale gehoben worden.

Inzwischen loderte das Feuer. Während die Steine erhitzt wurden, schabte Weißes Kalb mit einem scharfen Hornsteinsplitter Trockenfleisch in den Kochsack. Anschließend fügte sie Wurzeln, Springkraut und die letzte ihrer kostbaren Zwiebeln hinzu. Ihren letzten kleinen Rest an Ephedra warf sie ebenfalls hinein. Tangara würde es brauchen.

Nun stieg sie über Tangara hinüber und inspizierte die an der Rückwand der Höhle lehnenden Gegenstände. Sie nahm ihren Atlatl und ihre sorgfältig gearbeiteten Speere und überprüfte die Waffen gewissenhaft nach Sprüngen und Rissen im Holz. Nachdem sie kontrolliert hatte, daß die Befiederung der Speere nicht von Nagetieren angefressen worden war, begutachtete sie die Verbindungsstellen der tödlichen Steinspitzen an den Schäften.

Sie schienen unversehrt. Gute Arbeit, eine der besten, die sie je vollbracht hatte. Die Spitzen hatte Drei Zehen angefertigt, der – mit dem handwerklichen Geschick der Leute aus den Ebenen – die herrlichsten Spitzen herstellte, die sie je gesehen hatte. Der Stein blitzte im Morgenlicht auf. Liebkosend strich sie über die Speere, lobpries sie, hob sie an die Lippen und hauchte einen Teil ihrer Seele in sie. Die Wurfgeschosse stellte sie zusammen mit dem Atlatl neben die beiden Speere, die Tangara gehörten.

Sie kehrte zum Feuer zurück. Mit ihren Herdstöcken holte sie die Steine aus den Kohlen und ließ sie in den Kochsack fallen.

Beim Zischen und Brutzeln des Wassers erwachte Tangara schlagartig und setzte sich auf. Verstört blickte sie sich in der Höhle um.

»Wir werden einen Happen essen. Uns bleibt nicht mehr viel Zeit – aber vielleicht reicht sie aus.«

»Das hast du gestern schon gesagt.« Tangara kämmte sich mit ihren langen, schlanken Fingern die üppigen schwarzen Haare.

»Gestern abend dachte ich das, heute morgen weiß ich es. Träume zogen über das Land.«

Tangara nickte und schloß die Augen.

Weißes Kalb war klar, welche Alpträume Tangara in der Nacht gehabt haben mußte. Sie nahm einen ihrer wunderschön geschnitzten Hornlöffel und tauchte ihn in die dampfende Brühe.

»Hier, Mädchen, iß. Iß, soviel du kannst. Du hast heute einen schweren Tag vor dir.«

Beim Aufstehen zuckte Tangara vor Schmerz zusammen. Jede Farbe wich aus ihrem Gesicht.

»Da, nimm das an dich. Kau es, wenn die Schmerzen zu stark werden.« Sie reichte der jungen Frau einen kleinen Beutel. »Darin ist ein Extrakt, den ich aus Weidenrinde herstelle. Man schält die Rinde ab, kocht sie, und nach dem Verdampfen des Wassers kratzt man die Rückstände heraus. Ein gutes Mittel gegen Schmerzen.

Weiden haben viele wundervolle Eigenschaften.«

Steifbeinig versuchte Tangara, ein paar Schritte zu gehen. Sie gab sich große Mühe, keine Miene zu verziehen und keinen Schmerz zu zeigen. Vorsichtig ließ sie sich nieder, nahm eine Schüssel und nippte behutsam an der dampfenden Flüssigkeit. Sie blickte auf.

»Du redest, als ob du genau wüßtest, daß heute etwas Besonderes geschieht.«

Weißes Kalb lächelte abwesend. »Ich träumte ... träumte wie noch nie zuvor. Ich verstehe nicht alles, jedenfalls bis jetzt noch nicht. Aber ich habe das Wolfsbündel gehört. Es flüsterte in meinen Träumen.«

Mißtrauisch schielte Tangara aus den Augenwinkeln zu ihr hinüber.

»Aha, du zweifelst daran. Hat Blutbär euch Zweifeln gelehrt? Kein Wunder, daß Herz und Seele das Rothand-Volk verlassen haben. Das Wolfsbündel hat in meinem Traum geflüstert. Und ich träumte vom Ersten Mann. Ich sah ihn, leuchtend und herrlich. Lächelnd blickte er auf mich herunter, nachdem mir das Wolfsbündel die Botschaft überbracht hatte.«

Tangara leerte die Hornschüssel und ließ ihren Blick umherschweifen.

»Und was war das für eine Botschaft? Was will das Wolfsbündel von dir?«

Lächelnd stützte Weißes Kalb das Kinn auf die schwieligen Fäuste.

»Nicht von mir, Mädchen. Das Wolfsbündel wollte mit dir reden. Es sprach, sag Tangara, sie soll dem Träumer helfen.«

Sie schüttelte den Kopf und erhob sich vorsichtig. »Du wiederholst dich. Hast du etwas zum Anziehen für mich?«

Weißes Kalb seufzte. Stöhnend kam sie auf die Füße. »Bevor du dich anziehst, will ich noch einmal deine Wunden reinigen. Ja, ich wiederhole mich. Stimmt. Die Träume haben mich seit Tagen fast in den Wahnsinn getrieben. Ich wußte einfach nicht, wer du warst.«

Tangara drehte sich um, in ihren funkelnden schwarzen Augen blitzte ein Feuer auf. »Warum ich? Was soll der ganze Unsinn?«

Weißes Kalb holte ihre Medizin und schaute zu der großen schlanken Frau hinauf. »Wenn du dich entscheidest, dem Träumer zu helfen, wirst du Anführerin des Rothand-Volkes werden.«

»Die Anführerin des Rothand-Volkes?«

»Und ein Werkzeug zur Wiederherstellung der Spirale. Gleichgewicht, verstehst du. Das Universum versucht stets, im Gleichgewicht zu bleiben. Doch dich kümmert im Augenblick nur dein Zorn. Im Traum zeigte mir das Wolfsbündel, wie es sein könnte. Wenn … und ich sage, *wenn* du dich entschließt, den Träumer zu unterstützen, dann vernichtest du die Eindringlinge aus dem Kleine-Büffel-Volk. Wenn du dich anders entscheidest, nun ja, wer weiß? Vielleicht erreichen Feuertänzer und Zwei Rauchwolken am Ende auch alleine etwas.«

»Zwei Rauchwolken? Der Berdache?«

Weißes Kalb nickte und begann Tangaras Wunden zu versorgen. »Ich sagte dir doch, die Macht hat damit zu tun.«

»Und was ist mit diesen Waffen neben meinen?«

»Du brauchst sie bald. Darum wollte ich, daß du den Weidenrindenextrakt nimmst. Er lindert deine Schmerzen ...«

»Was meinst du damit, *ich* brauche sie?«

Weißes Kalb beschäftigte sich angelegentlich mit den letzten Bißwunden und Abschürfungen, dann reichte sie ihr ein Kleid aus Schafhaut, ein Meisterstück der Lederbearbeitung aus der Hand von Zwei Rauchwolken.

Tangara zögerte. Bevor sie es anzog, strich sie bewundernd mit den Fingern über das herrliche Leder. Ihre Augen strahlten, als sie es über den Kopf streifte. Dieses unglaublich weiche Leder würde ihr mißhandeltes Fleisch nicht reizen.

»Ich weiß nicht, wie groß deine Füße sind, aber eigentlich müßten dir meine Mokassins passen. Falls nicht, nimmst du meine Winterüberschuhe.«

»Du hast gesagt, ich würde die Waffen brauchen.« Tangara blickte auf, während sie das Schuhwerk behutsam über ihre zerschundenen Füße zog.

»Ja. Das Kleine-Büffel-Volk, die Krieger, die dich gefangengenommen haben, sind auf dem Weg hierher.«

»Was?« Tangara verlor ihre eisige Gelassenheit.

Weißes Kalb grinste boshaft. »Natürlich. Ich habe sie hierher geträumt, verstehst du. Es ist ein Handel mit dem Wolfsbündel. Ich schicke sie zu dir. Aber einer muß entkommen ... um über den Vorfall zu berichten.«

»Was?«

Weißes Kalb seufzte tief. »Wie sonst kann ich dich von meinen Worten überzeugen? Das Wolfsbündel braucht dich ... der Träumer braucht dich.«

»Aber hierher?« Tangaras Panik wuchs.

Weißes Kalb funkelte sie an. »Du – eine Anführerin des Rothand-Volkes? Ha!

Am besten beweist du das erst einmal, Mädchen. Du mußt vier Männer töten.«

»Es sind fünf!«

»Einer muß überleben.«

»Einer?«

Weißes Kalb senkte die Augen. »Sagen wir mal so, das ist meine Bedingung.«

Festes Holz behielt die Umgebung im Auge und folgte Linke Hand, der die Fährte suchte. Sie hatten unwahrscheinliches Glück gehabt, denn sie hatten das Mädchen der Anit'ah bereits aus den Augen verloren, da entdeckten sie zufällig einzelne Spuren auf der staubigen Erde. Die Frau mußte überzeugt gewesen sein, sich weit genug entfernt zu haben, sonst wäre sie vorsichtiger gewesen. Es mußten ihre Spuren sein. Wie viele Frauen liefen schon barfuß herum? Und den schleppenden Schritten nach mußte sie der Erschöpfung nahe sein. Außerdem humpelte sie leicht.

Linke Hand verfiel in einen leichten Trab, deutete hierhin und dorthin auf schwache Markierungen entlang des Pfads. Die Krieger kamen vom Clear Water River herauf. Vor ihnen erhob sich eine grauweiße Kalksteinklippe aus dem dunkelgrünen Gewirr der Bäume.

»Sieh mal!« Harter Speer zeigte auf einen bestimmten Baum. »Da hat jemand Feuerholz gesammelt.«

Festes Holz betrachtete die Äste, von denen Zweige abgerissen worden waren. Befand sich ein Anit'ah-Lager in der Nähe? Er ließ sich ein wenig zurückfallen. Ein Lager des Rothand-Volks zu fünft angreifen?

»Ich weiß nicht, ob das eine gute Idee ist. Wir sind nur fünf, was geschieht, wenn wir …«

»Sie hat Zwei Blaue Monde und Winzige Ameise umgebracht«, beharrte Linke Hand und bemühte sich, leise zu sprechen.

Harter Speer hob die Hände und gebot Schweigen. »Sie tötete unsere Leute – einen unserer größten Krieger. Die meisten Anit'ah-Lager sind klein. Nur wenige Männer halten sich dort auf – und die sind alt.

Ich meine, daß wir zuschlagen sollten. In der entstehenden Verwirrung töten wir die Frau, und wer weiß, vielleicht vertreiben wir sie alle.

Das Glück hat die Anit'ah ohnehin verlassen.«

Linke Hand nickte kurz und wandte seine Aufmerksamkeit wieder dem Pfad zu.

Zähneknirschend und mit einem unguten Gefühl im Bauch folgte Festes Holz wieder der kleinen Gruppe. Linke Hand gab das Zeichen zum Stehenbleiben. Vor ihnen lichteten sich die Bäume zu einer großen Wiese. Festes Holz konnte Lederhäute erkennen, die eine Höhle oder den überhängenden Felsen einer Klippe abschirmten. Sonst gab es keinerlei Anzeichen für ein Lager. Keine kläffenden Hunde, kein Laut brach die Stille. Eine alte Frau saß in der Sonne, die Beine unter den Körper gezogen, das Gesicht der Morgensonne zugewandt.

»Eine alte Frau.« Linke Hand hieß sie mit einem Wink weitergehen.

Festes Holz spürte ein Ziehen in seinem Herzen, das Gefühl einer unguten Vorahnung. Warum? Hatte nicht Schwerer Biber für ihn gesungen und ihm damit Stärke gegeben? Sich mit diesem Gedanken beschwichtigend, folgte Festes Holz den anderen.

Ob die alte Frau wohl allein war? Festes Holz prüfte die Lage. Von hinten konnte sich niemand an sie heranschleichen. Ein Baumgürtel zog sich am Fuß des Kalksteinfelsens entlang, dort konnte sich niemand verbergen. Sofern sich nicht eine Gruppe Krieger in der Höhle versteckt hielt, standen sie einer alten Frau gegenüber und vielleicht dem jungen Mädchen, das nach der Vergewaltigung so rasch getötet hatte.

»Bleibt stehen, Krieger des Volkes!« Der schwache Ruf schwebte in der Luft.

»Gehört sie zu unserem Volk?« erkundigte sich Linke Hand.

»Wer bist du?«

»Ich bin Weißes Kalb. Kommt nicht näher, oder ihr werdet sterben!«

»Die Hexe!« Festes Holz schnappte nach Luft. Sofort erinnerte er sich an den Tag, als Weißes Kalb im Lager aufgetaucht war und den Berdachen und den Jungen direkt vor Schwerer Bibers Nase mitgenommen hatte.

»Eine Hexe?« Linke Hand lachte. »Bist du eine Hexe?«

»Nein. Aber verschwindet. Das ist eure einzige Chance. Sonst werdet ihr sterben.«

Linke Hands Arm fuhr zurück. Sein Körper bewegte sich blitzschnell. Er legte sein ganzes Gewicht in den Wurf. Mit großen Augen beobachtete Festes Holz das schlanke, in der Sonne glänzende Geschoß, das ruhig und fließend wie ein Falke durch die Luft schwebte, aus dem blauen Himmel herabglitt und die Gedärme der alten Frau mit einem leisen Schlag durchbohrte.

»Kommt schon!« schrie Linke Hand. »Suchen wir das Mädchen!«

Und sie stürmten vorwärts.

Festes Holz stolperte hinterher. Seine Augen waren unverwandt auf die alte Frau gerichtet. Sie saß ganz still, ihre zerbrechlichen Finger glitten an dem Schaft entlang, der aus ihren Eingeweiden herausragte.

Ein Speer, aus dem Nichts geschleudert, durchbohrte Linke Hand.

Der Krieger taumelte und fiel entsetzlich wimmernd zu Boden. »Das Mädchen!« kreischte Harter Speer und änderte im Laufen die Richtung, ungeachet der tödlichen Verwundung von Linke Hand.

Die beiden anderen rannten ihm nach. Mit der Geschmeidigkeit eines flüchtenden Rehs duckte sie sich blitzschnell zwischen den Bäumen hindurch und verschwand.

Festes Holz zögerte. Schließlich ging er den sacht abfallenden Hang hinunter zu der alten Frau. Ja, sie war Weißes Kalb.

Sie blickte zu ihm hinauf, ihre schwarzen Augen blitzten.

»So«, krächzte sie. »Ihr habt also Weißes Kalb getötet? Dummköpfe, ihr seid schuld am Tod des Volkes.«

»Schwerer Bibers Krieger sind überall, Hexe. Die Anit'ah fliehen vor uns. Die meisten stellen sich nicht einmal zum Kampf.

Schwerer Bibers Traum vernichtet sie.«

Sie lachte leise in sich hinein, wimmerte jedoch sogleich auf vor Schmerz. »Mit meinem Tod habt ihr zum letztenmal auf die Macht gespuckt.«

»Was redest du da, Hexe? Was weißt du schon von Mächten?«

Weißes Kalb lächelte glücklich, ihre Hände umklammerten den Speerschaft. »Wo sind deine Krieger? Eh? Sieh mal, wohin sie gelaufen sind. Was siehst du?«

Festes Holz wandte den Blick von den funkelnden Augen der alten Frau ab. Er beschattete seine Augen, starrte hinunter in das Tal und sah gerade noch, wie Harter Speer in vollem Lauf in ein Wurfgeschoß hineinrannte. Der Krieger schrie gellend auf und stürzte auf das Gesicht. Schneller Wasserfall, der letzte, der noch auf den Beinen war, kam schlitternd zum Stehen, drehte sich wie ein Wahnsinniger um und sprintete zum Wald hinüber. Der Speer traf ihn, bevor er noch richtig wußte, wie ihm geschah, und bohrte sich in sein Kreuz. Er fiel nach vorn und versuchte, über das Gras in den Schutz des Waldes zu kriechen.

»Du bist der letzte. Lauf los. Lauf, wie du noch nie in deinem Leben gelaufen bist, Junge. Und berichte Schwerer Biber von der neuen Anführerin der Anit'ah. Ihr Name ist Tangara. Und sage Schwerer Biber, der Träumer … *und das Wolfsbündel* kommen zu ihm. Sag es ihm, und sag es dem Volk … sie alle müssen mit dem Feuer tanzen.«

Festes Holz hörte kaum noch ihre letzten Worte. In höchster Panik drehte er sich auf dem Absatz um und rannte über die Wiese. Sein Rücken kribbelte, und seine Haut prickelte, jeden Moment erwartete er den Einschlag einer scharfen Speerspitze.

Im Schutz der Bäume schöpfte er kurz Atem, warf einen Blick über die Schulter und erstarrte. Im klaren blauen Morgen hatte sich vor der Höhle ein Wirbelwind erhoben. Zornig peitschte er das Gras, schleuderte Steine und Staub in die Höhe, wirbelte alles in der klaren, ruhigen Luft herum. Dann wanderte er den Hang hinauf, verharrte genau über der alten Frau, riß ungestüm an ihren Haaren und zerrte heftig an ihren Kleidern. Endlich stieg der Sturm höher und höher und verschwand über der Klippe.

Wie lange? Drei Tage? Vier? Sonnenaufgang und Sonnenuntergang vermischten sich in seinem fiebrigen Geist. Ein stechender Schmerz stieg aus Kleiner Tänzers dick geschwollenem Bein empor, mit jedem Schlag seines Herzens stärker pulsierend.

»Wolfsträumer?« krächzte er.

Nur das leise Flüstern des Windes begleitete sein Flehen.

Im Delirium glaubte er, vertraute Stimmen zu hören, aber er konnte die Worte nicht verstehen. Er hörte Reizende Wapiti und Hungriger Bulle, dazwischen erklang das rasselnde Gackern von Weißes Kalbs trockenem Gelächter.

Er fiel in einen unruhigen Schlaf, und der Traum kam zu ihm. Er war eins mit dem hoch oben in den Lüften segelnden Adler, fühlte die exakten Bewegungen der Flügelmuskeln und der Schwanzfedern. Welch köstliche Freiheit. Er genoß es, mit dem kleinsten Spannen der durch die Luftströmung schwingenden Federn seine Fluglage beliebig zu verändern.

Ein anderes Mal huschte er in der Dunkelheit mit den Packratten umher und lauschte aufmerksam auf das leise Wispern gefährlicher Eulenschwingen. Seine feine Nase schnupperte nach der reichen Süße reifender Grasähren.

»Ich sterbe«, murmelte er und rollte sich zu einer Kugel zusammen wie ein Embryo. Er schwitzte erbärmlich. Die Sonne entzog seinem Körper die letzte Feuchtigkeit. Der Schmerz trieb ihn fast in den Wahnsinn. Alles, was er zu seiner Erlösung tun mußte, war, sich bis zur Felskante zu ziehen und seinen erschöpften Körper über die Kante auf die todbringenden Felsen und Steine unten fallen zu lassen.

Unendlich müde hob er den Kopf und blickte hinunter auf sein Bein; beim Anblick der Schwellung wurde ihm übel. Das Bein war fast doppelt so dick wie sein anderes. Die Haut spannte entsetzlich unter dem Druck und hatte eine gräßliche Farbe angenommen. Als er sie berührte, fühlte sie sich an, als würde sie sofort platzen.

Würgend übergab er sich.

»Ich sterbe.«

»Du lebst.«

Er blickte auf, blinzelte gegen die Sonne und erkannte Wolfsträumers Gesicht, das sich aus goldgesponnenen Sonnenstrahlen herauskristallisierte. Da stand er, hochgewachsen, leuchtend, gebadet in goldenes Licht, auf der Haut die Zeichen der Geisterwelt.

Geräuschlos wie eine Feder ließ sich Wolfsträumer auf einen Felsen nieder. Anmutig kreuzte er die Beine. Er strahlte Gelassenheit aus, saß kerzengerade, die Hände im Schoß. Beim Anblick seines schönen Gesichts, der Zuneigung und Sorge in seinen traurigen Augen, beruhigte sich Kleiner Tänzers Seele. Verwirrung, Angst und Verzweiflung verließen ihn, statt dessen begann ihn eine warme, zärtliche Brise zu liebkosen.

Kleiner Tänzer lächelte. Die furchtbare Last dessen, was er zu sagen hatte, verlor ihre Schrecken – gleichgültig, wozu ihn seine Worte auch verurteilen würden.

»Ich kann nicht dein Träumer sein. Ich kann Reizende Wapiti nicht verlassen … und meine Töchter auch nicht. Ich liebe sie zu sehr.«

Er seufzte. »Ich sollte mich entschuldigen, aber ich glaube nicht, daß ich das kann. Für Liebe muß ich mich nicht schämen. Als du mich gefragt hast, ob ich leben und dein Träumer sein möchte, da wußte ich nicht, wieviel ich …«

»Ich brauche keine Erklärungen.«

Verwundert starrte Kleiner Tänzer auf Wolfsträumer. »Nein? Aber ich … Also ich dachte, wenn man einem Geist ein Versprechen gibt und dieses Versprechen nicht hält, dann geschehen bestimmte Dinge.

Du weißt schon wie in dieser Geschichte von der Frau, die so gern die Macht zu heilen besitzen wollte. Doch als sie diese Macht bekam, mißbrauchte sie sie, um beim Glücksspiel zu gewinnen. Zur Strafe verkrüppelten die Geister ihr ein Bein.«

»Das ist etwas anderes«, erklärte Wolfsträumer mit sanfter Stimme.

»Ich wußte, wie sehr du deine Frau liebst. Ich wußte, die Liebe zu deinen Kindern würde dich überwältigen.«

»Das wußtest du?« Kleiner Tänzer kämpfte gegen die Bewußtlosigkeit an.

Durch seinen Kopf wirbelte der vom Fieber ausgelöste Schwindel.

»Das verstehe ich nicht. Warum hast du mich leben lassen? Warum hast du mir den Wolf geschickt? Warum brachte er mich in seine Höhle? Warum rollte er sich zusammen und wärmte mich mit seinem Körper? Warum hast du all das getan, wo du doch wußtest, ich würde dich vielleicht enttäuschen?«

Das Lächeln wärmte ihn, wie goldene Sonnenstrahlen durchdrang es die Dunkelheit von Bedauern und Leiden.

Wolfsträumers Worte waren wie Balsam. »Ich brauchte gerade deine Menschlichkeit. Von Klares Wasser hast du die Fähigkeit zu träumen. Von Blutbär deine Stärke. Zwei Rauchwolken lehrte dich das Erdulden. Von Hungriger Bulle erhieltest du Verletzlichkeit.

Von Weißes Kalb bekamst du Weisheit. Aber das kostbarste Geschenk machte dir Salbeiwurzel: Sie lehrte dich Menschlichkeit. Sie gab selbstlos, auch im Wissen, was kommen wird.«

»Und das hat sie vernichtet.«

»Es wird auch dich vernichten – am Ende.«

»Warte. Du verstehst mich nicht. *Ich bin nicht der Eine!* Ich sterbe. Und ich verlasse meine Leute nicht. Nicht Reizende Wapiti und nicht meine Töchter, auch nicht Hungriger Bulle, Klappernde Hufe und …«

»Und nicht den Rest der Menschheit, die dich braucht?« Lachend klatschte Wolfsträumer in die Hände. »Ja, das ist gut. Und deine Familie und die Freunde, alle lieben dich, aber genau das brauche ich. Einen liebenswerten Träumer, der stark ist und charismatisch und verletzbar. Du machst das hervorragend, Feuertänzer, ganz hervorragend.«

»Ich heiße Kleiner Tänzer.«

»Du hast nie den Namen eines Mannes bekommen.«

Er starrte hinunter auf den neben ihm liegenden Felsblock. Der Stein war von seinem Schweiß getränkt. Geistesabwesend fuhr er mit dem Finger die gemeißelten Rillen der Spirale entlang. »Nach allem, was ich erlebt habe, schien mir ein anderer Name nicht mehr wichtig zu sein.«

»Ich gebe dir einen neuen Namen. Du bist ein Mann, ein bedeutenderer Mann als der größte Krieger oder der geschickteste Jäger.«

»Aber ich sterbe. Das Gift steckt tief in mir. Ich habe schon häufig Schlangenbisse gesehen. Ich kenne die Zeichen, die Schwärze des Blutes, die Schwellungen, sobald das Gewebe abstirbt.«

»Sag mir, Feuertänzer, warum bist du hier heraufgeklettert?«

»Um dich zu finden.«

»Und warum wolltest du mich finden?«

»Um dir zu sagen, daß ich meine Familie nicht verlassen kann. Daß ich sie viel zu sehr liebe. Daß ich sie nicht alleine lassen kann.«

»Du hättest einfach im Lager bleiben können. Du hättest mich gar nicht zu suchen brauchen.«

»Der Wolf war da und hat mich beobachtet.«

»Hat er dich je bedroht? Hat er je etwas getan, das dich an deine Pflicht erinnert hätte?«

Kleiner Tänzer schloß die Augen und versuchte, nachzudenken, erinnerte sich aber nur an den auf ihn gerichteten Blick in der Nacht, als das Wolfsbündel ihn gerufen hatte. Nein, aber ich dachte ...«

»Ich sagte dir bei unserer ersten Begegnung, freier Wille kann nicht unterdrückt werden. Habe ich dir je zu verstehen gegeben, daß du bestraft wirst, wenn du mich enttäuschst?«

»Nein.«

»Du hättest unbesorgt davonlaufen können. Trotzdem bist du gekommen, obwohl du geglaubt hast, ich würde dich vernichten, wenn ...«

»Ich war es dir schuldig!« Kleiner Tänzer versuchte, sich aufzusetzen. Er keuchte, der Schmerz in seinem pochenden Bein war unerträglich. »Ich kann doch nicht so tun, als wäre damals im Schneesturm nichts vorgefallen.«

»Du bist ein Mann, der sich seiner Verantwortung stellt.«

Wolfsträumer hob sein Gesicht zur Sonne, schloß die Augen und genoß die Wärme.

»Das ändert nichts«, flüsterte Kleiner Tänzer. »Meine

größte Verantwortung gilt meiner Frau … und meinen Kindern. Aber nun scheint ohnehin die Klapperschlange ihren eigenen freien Willen durchgesetzt zu haben. Vermutlich ist dadurch alles andere hinfällig.

Ich möchte dir noch eine letzte Frage stellen. Wenn du bitte die Dinge für Reizende Wapiti und meine Töchter etwas leichter machen könntest, ich …«

»Ich habe nicht die Absicht, dich sterben zu lassen, Feuertänzer.

Jetzt noch weniger als vorher.«

Die Welt verschwamm vor seinem Blick, seine Augen hatten unendliche Mühe, sich auf einen Punkt zu konzentrieren. »Was meinst du?«

Wolfsträumer erhob sich wie Rauch und kam näher. Er setzte sich dicht neben Kleiner Tänzers fieberheißen Körper. »Oh, du bist genau in der richtigen Verfassung. Dein Geist wandert, wechselt vom Wirklichen ins Unwirkliche. Seit vier Tagen bist du ohne Nahrung und Wasser. Das ist die heilige Zahl. Das Schlangengift hat deine Widerstandskräfte noch weiter verringert. Die Tore deines Geistes stehen offen, die Schwellen sind gesenkt. Du schwankst am Rande deines Selbst, bereit, das Große Eine zu berühren. Ich mußte dazu früher einmal Pilze essen – wie auch du eines Tages zu einem anderen Gift greifen wirst. Jetzt ist es an der Zeit, dich zu lehren, wie du den Traum mit dem Großen Einen träumst.«

»Obwohl ich dir gesagt habe, ich könne meine Familie nicht im Stich lassen?«

»Ich weiß, du liebst sie, Feuertänzer, aber ich gebe dir etwas noch Mächtigeres als die Liebe. Ich gebe dir den Großen Traum. Ich gebe dir das Große Eine. Damit wirst du die Spirale wieder ins Gleichgewicht tanzen. Du wirst eins mit dem Feuer, mit der Luft und dem Wasser … mit der Erdenmutter. Alles hat Verbindung zum Großen Einen. Sogar deine Familie.

Komm, nimm meine Hand. Gemeinsam tanzen wir den Tanz des Giftes. Du wirst sehen, es ist nur Illusion.«

»Dann hatte Weißes Kalb recht?«

»Mehr, als sie selbst ahnte.«

Kleiner Tänzer wimmerte vor Qual, schnappte nach Luft und versuchte, die ihn umwirbelnde Realität zu besänftigen. Er streckte die Hand aus nach dem Mann aus Licht. Seine Hände griffen in einen leuchtenden Blitz ...

Flach auf dem Rücken liegend erwachte er und blickte hinauf in den nächtlichen Himmel. Ein furchtbarer Durst brannte mit der Heftigkeit eines Fiebers in ihm. Die Zunge kratzte in seinem Mund wie ein Stück trockenes Leder.

Ächzend zwang er sich, sich aufzusetzen. Verwundert blickte er sich um und versuchte sich zu erinnern, wo er war. Er lehnte an einem Felsblock.

»Was ist passiert?« Der Klang seiner eigenen Stimme erschreckte ihn.

Langsam begann er sich zu erinnern. Er war auf den Felsen geklettert, um Wolfsträumer zu finden. Eine Schlange hatte ihn gebissen. Wie ein Wahnsinniger tastete er sein Bein ab, doch er fühlte nur die Vertrautheit festen Fleisches. Er sah sich um, entdeckte jedoch nichts Ungewöhnliches in der Dunkelheit.

Die Erinnerung an Wolfsträumer wärmte seinen Geist. Er hatte mit dem Wolfsträumer getanzt, war eins mit ihm geworden. Gemeinsam trieben sie dahin wie der Wind, tanzten mit dem Pulsschlag des Universums, tanzten und sangen im Einklang mit dem Rhythmus des Schöpfers. Aufgesogen von der wirbelnden Schönheit der ineinander verwobenen Sterne hörten sie die Lieder der entfernten Sonne und genossen den Pulsschlag des Lebens. Er hatte die wahre Freiheit kennengelernt. Seine Seele war leicht geworden. Die Erinnerung haftete in ihm wie die reiche Süße lebenspendenden Honigs.

Das bißchen Fleisch, aus dem sich Kleiner Tänzer zusammensetzte, hatte er hinter sich gelassen. Sein Körper war nichts weiter als ein Stückchen Materie, eine Verbindung von Gewebe, die in die Irre führte. Die Herrlichkeit des Großen Einen leuchtete in seiner Erinnerung. Er versank so vollkommen in diesem Gedanken, daß er kaum merkte, wie die Sonne am östlichen Horizont aufging.

Konnte er das wiederholen? Könnte er noch einmal den Tanz mit dem Großen Einen tanzen, sich ohne Wolfsträumer in einen Traum träumen? Wieder fühlte er den Ruf, verzweifelt, sehnsüchtig, wie eine vom Wind herbeigewehte Melodie.

»Das Wolfsbündel.«

Er kroch zum Rand des Felsens und blickte hinunter. Der Geist des Steins unter ihm lebte und nahm ihm jede Angst vor dem Abstieg.

Mit vor Anstrengung zitternden Muskeln suchte er Halt für die Füße, klammerte sich mit brennenden Fingern in die scharfen Ritzen im Fels und kletterte Stück für Stück hinunter.

Zuerst mußte er dafür sorgen, daß sich das Wolfsbündel erholte.

Ähnlich wie schon früher fühlte er in den Tiefen seines Geistes die Qual des heiligen Bündels, doch dieses Mal nahm er sie bewußt in sich auf. Er wußte, was zu tun war. Das lange Warten hatte ein Ende. So wenig Zeit blieb noch. Er mußte das Wolfsbündel holen und seine Macht wiederherstellen – und er mußte noch soviel lernen.

Leise wimmernd wegen der Schmerzen in seinem Knie hinkte Zwei Rauchwolken den beschwerlichen Weg vom Erosionsgraben herauf. Je älter er wurde, desto schlimmer wurde das Leiden. Seine Hand umklammerte ein zartes Büschel Reisgras. Die Samenhülsen, reif und kurz vor dem Platzen, schwankten beim Gehen.

Er blieb kurz stehen, um wieder zu Atem zu kommen, dann stapfte er zu einem großen flachen Findling, setzte sich nieder und zog die Lederrolle mit seiner Grassammlung aus seinem Gürtel. Er entrollte den langen Lederstreifen und betrachtete die verschiedenen Gräser, die er während langer Jahre gesammelt hatte. Natürlich besaß er schon eine Menge Reisgras. Bewundernd blickte er auf die zerbrechliche Schönheit dieses Naturgeschenks.

Über ihm krächzte ein Rabe und zog Kreise, als ob er ihn einer beiläufigen Überprüfung unterziehen wolle. Silbern blinkend erhob sich ein Grashüpfer mit klickenden Flügeln in das schimmernde Licht. Ein lebendiger Sommer, voll von den Geräuschen der Insekten und den wundervollen Liedern der Vögel.

Zwei Rauchwolken ließ sich die Sonne ins Gesicht brennen. Ein Tag wie dieser machte das Leben lebenswert. Die Wärme entschädigte ihn für die Stürme, die über das Land hinweggetobt waren und seinem üblen Knie noch mehr Schmerzen gebracht hatten. Dieser Tag belohnte ihn für die Zeiten, in denen er in durchnäßter Kleidung im Regen bibberte oder sich unter froststarren Felldecken zusammenkauerte.

Geistesabwesend hob er einen abgeschliffenen Kieselstein auf. Er zermalmte damit eine Samenhülse des Reisgrases, starrte auf die plattgedrückte Saat und die winzigen Härchen. Er zerquetschte noch eine Hülse und noch eine. Seine Aufregung wuchs.

»Du dummer alter Narr!« Er blinzelte. Endlich begannen sich die einzelnen Stücke seines langen Suchens zu einem Ganzen zusammenzufügen. Hier lag die Antwort – nach all den Jahren, in denen er die verschiedensten Samen gekaut, Grashalme zerrieben und stundenlang Schößlinge gezupft hatte, um die süßen Stengel zu knabbern. Nein, Menschen konnten nicht das ganze Gras essen, aber die Samen – ja, die Samen –, die waren eßbar.

Sein Herz drohte vor Freude zu zerspringen, und eine Träne lief ihm über die runzligen Wangen. Er hatte nie daran gedacht, die Samen zu sammeln – sie waren der kleinste Bestandteil der Pflanzen. Wie viele Male hatte er die Stengel gepflückt und die Samen achtlos herausfallen und sich auf dem Boden verteilen lassen? Doch gleichgültig, wie klein die Samen waren, es waren auf jeden Fall sehr viele. Gras wuchs überall!

Er blickte sich um, überall konnte er die nickenden Köpfchen des sich aussamenden Grases sehen. In diesem Augenblick nahm er eine Bewegung wahr. Der schwarze Wolf trottete, gefolgt von Kleiner Tänzer, aus dem Wacholdergestrüpp.

Zwei Rauchwolken lachte in sich hinein. »He, komm her! Ich habe etwas entdeckt!

Ich habe das Geheimnis des Grases ergründet! Sieh her! Es sind die Samen! *Es sind die Samen!*«

Kleiner Tänzer stolperte näher. Er ging wie ein Mann in einem Traum. Der Wolf lief, hechelnd in der Hitze, flink neben ihm her.

Erst als Kleiner Tänzer herangekommen war, bemerkte Zwei Rauchwolken die Veränderung in dessen Gesicht. Ekstase schlich sich in sein Herz. »Kleiner Tänzer?«

Das vertraute Gesicht hatte sich gewandelt; sogar die Narbe auf seiner Wange schien deutlicher hervorzutreten, sie schien wie von innen heraus zu leuchten.

»Du hast das Geheimnis entdeckt?«

Zwei Rauchwolken nickte. Freudig erregt nahm er den seltsamen Glanz in den Augen des entrückt wirkenden jungen Mannes wahr. »Es sind die Samen.« Er verstummte. »Wir können die Samen sammeln. In einem Korb, wie wir es mit den Beeren machen und ... Kleiner Tänzer, was ist passiert?«

»Ich träumte mit dem Ersten Mann.« Kleiner Tänzers Stimme klang, als käme sie aus weiter Ferne. »Er fand mich oben auf dem Felsen.

Gemeinsam träumten wir ... und Zwei Rauchwolken, es war so schön ... so schön.« Versunken in seine wunderbare Erinnerung lächelte er.

War es schließlich doch noch geschehen? Kleiner Tänzer hatte die Macht entdeckt. »Und Reizende Wapiti? Was ist mit ihr?«

Kleiner Tänzer lächelte. Bei diesem Lächeln leuchtete die Seele des alten Mannes. »Wolfsträumer wird sie beschützen. Ich bat ihn ... bat ihn, euch alle zu beschützen.«

»Was ist mit dir?«

Kleiner Tänzer streckte die Hände aus und berührte die Schultern des Berdachen. Zwei Rauchwolken zuckte unter der Berührung zusammen, ein Kribbeln durchströmte ihn. Er verlor sich in den Tiefen der braunen Augen, die ihn gedankenvoll anstarrten. »Zwei Rauchwolken, ich verstehe jetzt. Du hast so viel gegeben, und niemand hat das begriffen. Hast du wirklich das Geheimnis des Grases entdeckt?«

»Ja. Man muß die Samen sammeln. Sie sind klein – aber es gibt sie überall. Es sind nicht die Halme, verstehst du, sondern die *Samen.* Die sind wichtig. Und – und die ganze Zeit lag mir alles vor Augen! Wir müssen die Samen zu einer Art Brei mahlen, wie wir es mit den Wurzeln machen.«

»Und du hast diese hier gekostet?«

»Na ja, bis jetzt noch nicht. Aber das tue ich noch. Ich wette, sie schmecken wunderbar!«

Kleiner Tänzer schloß die Augen und legte den Kopf in den Nacken.

»Sammelst du ein paar? Für mich? Die ersten ... würdest du mir die ersten mitgeben?«

Zwei Rauchwolken blieb fast das Herz stehen. »Mitgeben? Gehst du träumen?«

Kleiner Tänzer wurde blaß, die Macht in seinen Augen wurde schwächer. »Ich muß fort. Das Wolfsbündel braucht mich. Es ist Zeit, alter Freund. Die Spirale hat sich gedreht. Aber ich weiß nicht, wie ich ...«

»Dort herrscht *Krieg!*«

Kleiner Tänzer lächelte unsicher. »Vielleicht geht er jetzt zu Ende. Vielleicht kann ich ihn mit einem Traum wegträumen.«

»Du kannst unmöglich dieses ganze Kleine-Büffel-Volk wegträumen, und Blutbär ...«

»Er ist mein Vater. Kreise, Zwei Rauchwolken, alles bewegt sich in Kreisen – sogar die Spirale.« Die Hände, so leicht auf den Schultern des alten Mannes, hoben sich. »Vertraue mir dein Geheimnis des Grases an. Trotz der Sorge, die ich in deinen Augen sehe, Zwei Rauchwolken, ist dein Herz zum Bersten mit Glück gefüllt. Das Leuchten in deinen Augen ist für mich wie ein wärmendes Feuer in einer eisigen Nacht.«

Kleiner Tänzers Lächeln verriet Unentschlossenheit, und er blickte, verloren in sich selbst, beiseite.

»Was ist mit dir geschehen?« verlangte Zwei Rauchwolken zu wissen.

»Du hast dich völlig verändert. Kommt das von der Macht?«

Kleiner Tänzer schien unsicher zu zögern. »Ich ... ich weiß nicht, was ich sagen soll. Die Menschen ... Reizende Wapiti ... sie ...« Er streckte die Hände aus, ein flehender Ausdruck zeigte sich auf seinem Gesicht. »Zwei Rauchwolken, ich träumte mit dem Ersten Mann. Ich sah die Illusion all dessen.« Mit den Händen machte er eine Gebärde, die die ganze Welt umfaßte. Er hob die Hände und blickte sie voller Ehrfurcht an. »Wir berührten uns, Er und ich, und wir tanzten, träumten und sangen. Gemeinsam teilten wir das Große Eine ... die Harmonie von ... von ... von allen Dingen.«

Zwei Rauchwolken hörte zu und nickte. »Sprich weiter.«

Ungeachtet der scharfkantigen Steine sank Kleiner Tänzer auf die Knie. »Aber ich ... das Große Eine, ein einziges Wunder ... die Seele singt und tanzt und ... und ...« Stammelnd verstummte er, die Erinnerung zauberte ein strahlendes Leuchten auf sein Gesicht. Es ist ...«

Zwei Rauchwolken ergriff die Hände des jungen Mannes und zog ihn auf die Beine. »Erzähl es mir. Erzähl mir vom Wolfsträumer und dem Großen Einen. Erzähl mir alles.«

Wieder trat der gequälte Ausdruck auf Kleiner Tänzers Antlitz. »Es ist herrlich, wie das Kreisen der Sterne und das Strahlen des Lichts und das Schweben einer Schneeflocke und das Gleiten von flaumigem Gefieder. Und die Seele ist im Einklang mit dem Pulsschlag der Macht, ist eins damit und atmet in ihr.« Seine Augen blickten klar. »Verstehst du?«

Zwei Rauchwolken runzelte die Stirn. Er hielt Kleiner Tänzer ganz fest bei den Händen. »So ungefähr. Zumindest glaube ich das. Das Wolfsbündel schickte mir einmal ein Kribbeln durch meinen Körper.

Mir war, als fühlte ich eine riesige Höhle, aber meine Fingerspitzen konnten nur die Ränder ertasten.«

»Ich fiel hindurch und kam wieder zurück, die Innenseite nach außen zum Licht gekehrt.« Kleiner Tänzer ballte die Fäuste und öffnete sie wieder. »Aber ich ... ich ...«

»Ja?«

»Ich kann es dir nicht sagen. Nicht mit Worten, die einen

Sinn ergeben. Ich kann nicht sagen, wie es ist, sich im Großen Geheimnis zu verlieren, im Traum des Schöpfers. Worte können es nicht beschreiben.« Er gestikulierte leidenschaftlich. »Es kommt mir vor, als ob ich einem Felsen einen Orgasmus beschreiben müßte.«

Zwei Rauchwolken lachte über Kleiner Tänzers Vergleich, doch innerlich erschrak er.

»Lach nicht«, protestierte Kleiner Tänzer. Er marschierte nervös auf und ab. »Wie soll ich es den Leuten erklären? Wie mache ich es ihnen begreiflich?« Er hämmerte sich mit den Fäusten gegen die Schläfen. »Zwei Rauchwolken, ich kann mich nicht mehr einfügen. Ich war jenseits dieser Welt, träumte im Großen Einen, hörte das Lied der Sterne. Ich fühlte, *fühlte* die Seele Gottes! Verstehst du denn nicht? Wie kann ich mich hinsetzen und mich über die Jagd unterhalten … oder wie groß die Segolilien diese Jahr sind … oder über einen bedeutungslosen Scherz lachen … oder …« Er schüttelte wie rasend den Kopf. »Nichts davon bedeutet mir noch etwas. Begreifst du nicht? Ich fühle mich wie ein Erwachsener – und die Welt, die mich umgibt, ist bewohnt von lauter Kindern.

Keines ihrer Probleme ist von Bedeutung.« Er senkte den Kopf.

»Aber sie sind da, natürlich. Nur, alles ist Illusion. Die Existenz hier auf dieser Erde … Jeder einzelne von uns hat eine andere Wirklichkeit auf dieser Erde … Wir alle setzen sie zu einem Ganzen zusammen. Aber wie soll ich ihnen das erklären?«

Zwei Rauchwolken seufzte und schlug sich klatschend mit den Händen auf die Knie. Ich verstehe dich.«

»Nein, das kannst du nicht. Nicht, solange du nicht mit dem Großen Einen geträumt, getanzt …«

»Ich meinte nicht deinen Traum.«

Kleiner Tänzer starrte ihn verständnislos an.

Zwei Rauchwolken holte tief Luft. Er genoß das Gefühl des Lebens, das Gefühl, zum ersten Mal etwas zu verstehen. »Ich habe mich immer gefragt, warum gerade ich ausgewählt wurde. Warum ich, ein Berdache, mit deinem Leben verbunden worden bin.«

»Ich begreife nicht.«

»Das dachte ich mir. Es ist alles noch zu neu für dich. Du bist verloren, zappelst in einem tiefen Fluß neuer Erfahrungen, der dich so rasch mitreißt, daß du zu ertrinken fürchtest. Bei dem Rothand-Volk wird ein Berdache besonders geschätzt. Man nennt uns Vermittler, lebend in den Welten von Mann und Frau. Aber wir leben gleichzeitig noch in zwei anderen Welten, der Welt der Macht und der Welt dieser Erde. Klares Wasser wandte sich an mich, weil ich ihre Träume verstand. Sie konnte mir sagen, was sie sah, und ich konnte ihr helfen zu begreifen.

Ich kann mich erinnern, wie es war, als die Träume von Blutbär sie zu peinigen begannen. Sie verstand den darin verborgenen Sinn nicht, begriff nicht, warum sie sich mit ihm vereinigen sollte. Er war schon damals ein gewalttätiger Mann. Er mußte ihr weh tun, um den Geschlechtsakt zu genießen und seinen Samen in sie zu ergießen. Ich konnte es auch nicht begreifen, aber es steckte eine Macht dahinter, und diese wollte ich nicht verspotten. Als sein Samen in ihr wuchs, änderten sich ihre Träume. Klares Wasser kam zu mir und erzählte mir, sie müsse das Wolfsbündel stehlen, und wir beide müßten fort.«

In Erinnerungen versunken lächelte Zwei Rauchwolken zu Kleiner Tänzer hinauf. »Eine Macht war am Werk, und ich ging natürlich mit. Ich konnte den Rand fühlen – wie ich es dir eben schon geschildert habe. Ah, diese Tage damals, Kleiner Tänzer. Klares Wasser und ich, wir wanderten gemeinsam – und die Macht schwoll an und ab, sie umströmte uns.

Dann wurdest du geboren. Wir waren unendlich glücklich. Das war das erste Mal, daß ich das Wolfsbündel bei einer Geburt benutzt habe. Es war das allererste Mal, daß ich seinen Pulsschlag in meiner Hand fühlte, und ich konnte die Höhle, das Große Eine, spüren, gerade jenseits meiner Reichweite. Was war das für eine wundervolle Sache! Du kannst dir mein Entsetzen vorstellen, als der Büffel deine Mutter aufspießte und mich zum Krüppel trat. Welchen Sinn soll diese Tragödie gehabt haben? Warum mich diesen schweren Weg gehen lassen und mich dann auf diese Weise niederwerfen?

Eine Nacht nach meiner Rettung durch Weißes Kalb schwor ich, dich zu beschützen – und dummerweise schwor ich auf das Wolfsbündel.

Dieser Schwur band mich für immer an dich.«

»Du hast dich aufopfernd um mich gekümmert. Ich habe dir nie dafür gedankt.«

»Ich habe meine Pflicht noch nicht erfüllt. Jetzt, an diesem Punkt in deinem Leben, werde ich dir noch nützlich sein können.« Er lächelte, fühlte die Richtigkeit seiner Worte. Voller Ehrfurcht spürte er die Macht in seiner Reichweite.

Kleiner Tänzer fuhr sich mit der Zunge über die Lippen und blickte ihn fragend an.

»Ein Berdache lebt zwischen den Kreisen – Mann und Frau, Erde und Macht. Darauf war ich vorbereitet. Du konntest darüber hinaus blicken. Wenn sich ein Mann quält, weil seine Frau mit einem anderen schläft, kümmert dich sein Kummer? Sich wegen so etwas zu quälen, ist dumm in deinen Augen. Für dich existiert nur das Große Eine. Du warst jenseits von ich und du, jenseits der Unterscheidung von diesem und jenem in der Welt. Die Macht wählte mich für diesen einen Augenblick. Ich bin deine Brücke, Kleiner Tänzer. Durch mich bleibst du in Berührung mit dieser Welt, die du eine Illusion nennst. Ich kann dir deinen Weg erleichtern, dich lehren und dich verstehen, und gleichzeitig verstehe ich auch die Menschen, mit denen du zu tun hast. Darum wurde ich ausgewählt. Jetzt erst begreife ich. Erst jetzt verstehe ich, warum ich an diesen Platz geführt wurde, warum ich mich auf diesen Felsen gesetzt habe. Vielleicht blieb mir deshalb bis zum heutigen Tag das Geheimnis des Grases verschlossen. Der Kreis ist vollendet.«

»Aber was soll ich machen?«

»Träume, Kleiner Tänzer. Das sollst du. Träumen. Du träumst den wahrhaft neuen Weg des Volkes. Du träumst die Spirale zurück ins Gleichgewicht. Den Rest überlasse mir. Ich bin dazu geschaffen worden, so wie ein Handwerker eine Hornschale formt und schnitzt.

Ich war ein Narr. Ich diene dir bis zum Ende – und damit erfüllt sich mein Wunsch. Ich komme mit dem Großen Einen in Berührung.« Er lächelte zur Morgensonne hinauf und hob die Hände. »Ich danke dir für diesen Tag, Großer Weiser im Himmel. Ich danke dir für dieses Wunder. Ich danke dir für das Licht der Erkenntnis. Ich, Zwei Rauchwolken, danke dir, daß du mich endlich sehen läßt.«

Reizende Wapiti saß oberhalb des Wegs und starrte hinüber zu den Gipfeln. In dieser Richtung war Kleiner Tänzer verschwunden. Wie lange würde es dieses Mal dauern? Zwischen den schwieligen Händen rieb sie lange Streifen aus Wacholderrinde, die sie mit einer großen Quarzitklinge vom Stamm alter Bäume geschält hatte. Sie riß die behaarte Rinde in Fasern und zerquetschte sie. Aus diesem Material stellte sie einen Saugstoff für das Hinterteil ihres Säuglings her. Säuglinge verbrauchten eine unglaubliche Menge dieses Feuchtigkeit aufsaugenden Stoffes.

Unruhig nagte sie an ihrer Unterlippe. Mit einem raschen Blick vergewisserte sie sich, daß das Baby friedlich in seinem Wiegenbrett schlief. Eine Drossel ließ sich auf einem Baumstumpf nieder und trällerte ihr Lied hinaus in die warme Morgenluft.

Von weitem sah Reizende Wapiti Zwei Rauchwolken in seinem typisch pendelnden Gang näher hinken, dann erkannte sie auch Kleiner Tänzer und die magere Gestalt des schwarzen Wolfes. Kleiner Tänzer bewegte sich merkwürdig fahrig, das kannte sie gar nicht an ihm.

Er wirkte benommen. Beunruhigt sprang sie auf und eilte den Ankömmlingen entgegen.

Zwei Rauchwolken rief ihr etwas zu und bemühte sich, ihre Aufmerksamkeit auf sich zu lenken, aber sie hatte bereits das seltsame Leuchten in Kleiner Tänzers Gesicht wahrgenommen.

Zwei Rauchwolken versuchte, sie in die Arme zu nehmen, doch sie entwand sich seinen Händen und warf sich an Kleiner Tänzers Brust.

In ihrer wahnsinnigen Sorge entging ihr, wie unbeholfen

er sie festhielt. Erst als sich sein Körper versteifte und er vor ihr zurückwich, suchte sie in seinem Gesicht nach einem Hinweis für sein merkwürdiges Verhalten.

»Kleiner Tänzer, alles in Ordnung?«

»Mir geht es gut«, antwortete er mit spürbarem Unbehagen. Das vertraute liebevolle Leuchten in seinen Augen lag im Wettstreit mit etwas anderem, etwas Mächtigem und Furchterregendem. »Ich habe geträumt ... das Große Eine berührt.«

»Reizende Wapiti?« Zwei Rauchwolken legte ihr eine Hand auf die Schulter. »Reizende Wapiti, er war in der Geisterwelt. Er träumte zusammen mit dem Ersten Mann.«

Verwundert über sein eigenartiges Lächeln starrte sie ihn an.

»Kleiner Tänzer?«

Mit beiden Händen umfaßte er ihr Gesicht. In diesem Augenblick lächelte er nur für sie, und ihre Seele jauchzte. »Reizende Wapiti, meine wunderbare Reizende Wapiti.« Tränen strömten über sein Gesicht, er umarmte sie ganz fest und drückte sie an seine Brust. »Ich begreife. Auch du hast mich vieles gelehrt. Darum bist du zu mir gekommen. Ohne dich hätte ich niemals alle Wege der Liebe verstehen können. Ich hätte niemals soviel von den Menschen verstehen gelernt, warum sie so sind, wie sie sind.«

Verwirrt schüttelte sie den Kopf. Sie war glücklich, daß er sie festhielt. Gleichzeitig stieg eine unbestimmte Furcht in ihr auf, als könne ihrem Leben etwas Kostbares entgleiten.

»Hört zu«, sagte Kleiner Tänzer, trat einen Schritt zurück und nahm sie und Zwei Rauchwolken bei der Hand. »Ich muß mich vorbereiten. Ich habe nicht mehr viel Zeit.«

»Zeit wofür?« verlangte sie zu wissen. Aber Kleiner Tänzer ging bereits weiter. Er blieb nur kurz stehen, um das Gesicht seines Babys zu streicheln, dann eilte er mit raschen Schritten den Weg hinunter. Als sie das Wiegenbrett vom Baum loshakte, bemerkte sie, daß Zwei Rauchwolken sie mit einer Mischung aus Sorge und Qual nachdenklich musterte.

»Es ist Zeit«, sagte er sanft. »Er muß fort.«

Kapitel 23

Tangara rannte. Die durch ihre Lungen pumpende Luft versetzte sie in Hochstimmung. Das Gefühl der Kraft in ihren Beinmuskeln, von ungeahnten Reserven, begeisterte sie bei ihrem eleganten Lauf.

Endlich hatte sie ihren Platz im Leben gefunden. Früher hatte man sie wegen ihrer seltsamen Art oft gehänselt. Jetzt würde sich die Bedeutung ihrer Besessenheit für die Jagd und die Tiere erweisen.

Sie tanzte förmlich zwischen den Bäumen hindurch, sprang leichtfüßig über kleine Felsen und im Weg liegende Stämme. Schnell und geräuschlos wie ein Wapiti, lobte sie sich selbst. Niemand konnte mit Tangara Schritt halten, wenn sie wie ein tanzender Speer zwischen den Bäumen hindurchsauste. Die Männer brachen durch den Wald wie Büffel, die sich verirrt hatten. Hier, das Herz der Berge, war Tangaras Element.

Während des Laufens klapperten die Speere in ihrer Hand. Weißes Kalbs Speere – das Vermächtnis der Macht und ihres Mutes.

»Jetzt ist es vollendet«, hatte Weißes Kalb geflüstert, als Tangara den müden Kopf der alten Frau auf ihren Schoß bettete.

Weißes Kalbs Haut sah fahl aus und zeichnete überdeutlich die Linien ihres Schädels nach.

»Weißes Kalb?«

»Schweig!« Die alte Frau machte eine verächtliche Handbewegung.

»Es dauert nicht mehr lang. Meine Macht wird dich begleiten, Mädchen. Nutze sie gut. Aber versprich mir, dich dem Träumer anzuschließen. Er kommt, ich spüre ihn bereits. Fühle ihn mit den Rändern meines Bewußtseins. Die Macht ruft.«

»Als ich den Wirbelwind sah, bekam ich Angst.«

»War ganz hübsch, eh? Wüßte zu gern, ob ich das fertiggebracht habe … oder ob es nur Zufall war. Würde zu gerne ihre Gesichter sehen, wenn ihnen der närrische Krieger erzählt … erzählt …«

»Ruhig. Ruh dich aus, Weißes Kalb.«

»Der Träumer kommt. Der Träumer …« Die Augen der alten Frau brachen.

Nun lief Tangara ungestüm vorwärts, getrieben vom Zorn und vom unbedingten Willen, so viele Speere wie möglich in das Kleine-Büffel-Volk zu bohren. Erst wenn der letzte von ihnen an seinem Blut erstickt war, erst wenn die Berge von ihren übelriechenden Füßen befreit waren, würde sie Ruhe finden.

Erst wenn die Sonne über dem letzten ihrer von Raben zerhackten und von Kojoten zerfetzten Körper unterging, würde sie wieder lächeln können.

»Also ein Träumer wird kommen?« Sie blickte den Pfad hinunter. »Das bedeutet Tod, Kleines-Büffel-Volk. Und ich bringe ihn euch.«

Die Stimmen drangen nur schwach zwischen den Bäumen hindurch an ihr Ohr. Tangara verlangsamte ihren Schritt und schlich lautlos wie ein Schatten weiter. Geschmeidig bahnte sie sich ihren Weg zwischen den dicht stehenden Föhren hindurch. Bald wurden die Schreie lauter – sie konnte feststellen, woher sie kamen.

Geduckt huschte sie am Rande einer Wiese entlang und erhaschte einen Blick auf einige sich im Gras bewegende Männer. Vor ihr erhob sich eine Felsengruppe, die von wenigen Männern des Rothand-Volkes verteidigt wurde. Einige der feindlichen Krieger umkreisten die Felsen, schrien und schüttelten die Fäuste. Sie tanzten zu Ehren ihrer Macht, bevor sie ihre Speere in die Felsen hinauf schleuderten.

Die klare Luft trug die Stimme von Der nie schwitzt zu ihr, der beherzt oben auf dem Felsen stand. »Kommt und sterbt, ihr Kleinen Büffel! Ihr mögt uns töten, wir aber jagen die Seelen eurer Toten über die Grenzen des Sternennetzes hinaus!«

Unter einem Gebrüll von Beleidigungen katapultierten die Angreifer ihre todbringenden Speere nach oben.

Tangaras Zorn brach sich Bahn. Wütend stürmte sie auf die Lichtung hinaus und rannte über das Gras, einen Speer wurfbereit in den ausbalancierten Atlatl gelegt. Pochend und vibrierend schien Weißes Kalbs Seele durch die Speerwerferin zu pulsieren. Die Macht durchströmte sie und elektrisierte ihr Herz. Sie brach mitten unter die Feinde und trieb einen Speer in den Rücken eines Mannes, der sich eben zum Wurf gegen die Verteidiger anschickte.

Tangara schrie aus den Tiefen ihrer aufgewühlten Seele. Sie war dicht genug am Feind, um einen anderen Krieger mit ihrem Speer zu durchbohren. In ihrem Innern erhob sich ein Lied des Triumphes, erklang im Echo mit dem Zorn und der Macht ihrer Seele. Ein Geist ergriff von ihr Besitz, tanzte mit ihren Speeren, verwandelte sie in einen Wirbelwind des Todes.

Wie in einem Dunstschleier drehte sie sich blitzschnell in alle Richtungen und sang ihre Speere in die Körper ihrer Feinde. Ein Mann ging zum Angriff über, doch sein Speer prallte harmlos an dem Atlatl ab, den sie zuvor einem kräftigen Kleine-Büffel-Krieger aus dem Gürtel gezogen und ihm damit den Schädel eingeschlagen hatte. Die anderen liefen verwirrt über die Lichtung. Ein Speer verfehlte sie um Haaresbreite und bohrte sich in einen der Kleine-Büffel-Krieger.

Die Macht durchströmte ihre Adern, verlieh ihr die Kraft und Behendigkeit, den tödlichen Speeren tanzend zu entgehen und dennoch dicht am Feind zu bleiben. Sie führte Stiche und Hiebe aus, ohne sich die geringste Blöße zu geben. Sie brachte Blut und sprang leichtfüßig beiseite. Ein Tumult brach aus. Die Feinde stürzten wütend auf sie zu. Sie konnten ihre tödlichen Wurfgeschosse nicht schleudern, da sie sich sonst gegenseitig durchbohrt hätten. Um sie herum und durch sie hindurch tanzte Tangara ihren todbringenden Tanz. Ihr Lied dröhnte in den Ohren des Feindes, übertönte dessen Schreie und stiftete heillose Verwirrung.

In panischen Schrecken versetzt, gab sich der Feind geschlagen und floh. Kopflos rannten die Kleine-Büffel-Krieger davon. Tangara verfolgte sie. Der nie schwitzt und einige andere Krieger des Rothand-Volkes schlossen sich ihr an, hoben die von den Feinden zurückgelassenen Speere auf und schleuderten sie in die Rücken der Flüchtenden.

Die übrigen Krieger des Rothand-Volkes setzten den Versprengten nach und jagten sie vom Pfad herunter in das Dickicht, wo sie einen nach dem anderen aufspießten. Als ihnen die Speere ausgingen, schlugen sie ihnen mit den Atlatls die Schädel ein.

Tangara rang nach Luft. Ihr letztes Opfer lag stöhnend zu ihren Füßen. Sie bückte sich und hob einen großen Stein auf. Der Mann blickte voller Angst auf, ein leises Wimmern kam über seine Lippen. Er schüttelte den Kopf und sah sie flehend an.

Doch sie kannte kein Erbarmen. Mit aller Kraft schmetterte sie den Stein auf seinen Kopf. Das knackende Geräusch brechender Knochen hallte durch den Wald.

Schweigend stand sie da. Eine unheimliche Ruhe breitete sich aus, nicht einmal das Keckern eines Eichhörnchens brach die Stille. Ein leiser Wind strich seufzend durch die Bäume. Stumm starrte sie auf den toten Krieger.

Sie drehte sich um und trat langsam auf die Lichtung hinaus.

Immer wieder blieb sie stehen, zog Speere aus den Leichen und trieb die scharfen Spitzen in die Herzen der wimmernden und um Gnade flehenden Verwundeten.

Sie beobachtete Der nie schwitzt und seine Krieger, die lachend, Freudensprünge vollführend und einander anerkennend auf die Schultern klopfend zwischen den Bäumen hervorkamen. Sie blickten auf die Toten und verstummten. Ehrfürchtige Blicke streiften Tangara.

Unbeweglich stand sie mit gespreizten Beinen über dem Körper eines toten Kriegers. Nacheinander sah sie alle Krieger des Rothand-Volkes an. Langsam beugte sie sich vor und tauchte eine Hand in das Blut des Feindes. Dann richtete sie sich auf und hob ihre blutbesudelte Hand der Sonne entgegen.

»Wir waren einmal das Rothand-Volk. Unter Blutbärs Führung verloren wir das Anrecht auf diesen Namen.« Bei diesen Worten schlug sie sich mit der blutigen Hand gegen die Brust. Die gerinnende Flüssigkeit sickerte in Zwei Rauchwolkens wunderschön gegerbtes Leder. »Jetzt haben wir dieses Anrecht wieder erlangt!«

Reizende Wapiti schlug mit ihrem Grabestock auf das Gras ein. Die Samen flogen nach allen Richtungen, die wenigsten landeten in ihrem Sammelkorb.

Hungriger Bulle bemerkte ihre Wut und zögerte kurz, dann ging er entschlossen zu ihr hinüber.

Sie kauerte auf den Knien und hielt den Kopf gesenkt. Aus Trauer hatte sie ihr Haar kurz geschnitten, es reichte ihr gerade noch bis zum Nacken. Dumpf hallte das Hämmern ihres Herzens im Abgrund ihrer Seele. Sie spürte kaum Hungriger Bulles Hand auf ihrer Schulter.

»Wir haben es immer gewußt«, sagte er freundlich.

Sie schüttelte den Kopf. »Nicht so. Ich hätte nie gedacht, daß es so ist.« Tränen brannten in ihren Augen und verschleierten ihren Blick. »Die letzte Nacht. Er wollte mich nicht einmal berühren. Er schob mich weg. Sagte, er könne nicht ... nicht mit dem Traum.«

Schniefend wischte sie sich die Nase. »Ich kenne ihn nicht mehr. Ich komme nicht mehr an ihn heran. Er ist ein Fremder für mich.«

Hungriger Bulle ließ sich neben ihr nieder und schloß sie fest in die Arme. »Er hat die Macht entdeckt. Es ist etwas, das über uns hinausgeht. Zwei Rauchwolken hat mir gesagt ...«

»Zwei Rauchwolken! *Zwei Rauchwolken!* Sonst höre ich gar nichts mehr! Ist Zwei Rauchwolken der einzige, der noch mit ihm reden kann? Ich ... ich hasse ihn! Ich hasse das alles. Vielleicht wäre es besser, er ginge mit dem Berdachen fort! Er kann ja seine Decken mit ihm teilen!«

»Sei still. Du meinst ja gar nicht, was du da sagst.« Das Unbehagen in Hungriger Bulles sanfter Stimme war unüberhörbar. »Du bist nur zornig. Vollkommen durcheinander. Zwei Rauchwolken war immer überaus freundlich zu uns. Er hat uns gelehrt, hier zu leben.

Als du deine Babys bekommen hast, saß er die ganze Nacht bei dir und hat sich um dich gekümmert. Es war Zwei Rauchwolken, der dich gepflegt hat, als es dir schlechtging. Er liebt dich von ganzem Herzen. Wenn er gehört hätte, was du eben gesagt hast, hättest du einen Teil seiner Seele vernichtet. Es ist nicht seine Schuld.«

Sie funkelte ihn an und fühlte sich nur noch elender, weil sie wußte, daß er recht hatte.

»Eines Tages ist alles vorbei.«

Sie schüttelte den Kopf. »Es freut mich, daß du das glaubst. Aber ich spüre die Veränderung. Sie breitet sich in ihm aus wie Eiter in einem verwundeten Reh.«

Hungriger Bulle seufzte. »Dafür wurde er geboren. Nie habe ich mir vorgestellt, daß es so sein würde. Ich habe nie etwas von den Mächten verstanden und deshalb immer versucht, ihnen aus dem Weg zu gehen. Vielleicht hat ihn Weißes Kalb deshalb bei mir gelassen.

Vielleicht mußte er unter solchen Umständen aufwachsen.«

Sie blickte zu ihm auf und war böse, weil Hungriger Bulle soviel mehr Zeit mit seinem Sohn hatte zubringen dürfen als sie. Beschämt über ihre neidvollen Gedanken wandte sie den Kopf ab.

»Ich verstehe dich. Ich liebe ihn auch.« Hungriger Bulle hob resigniert die Schultern. »Ich hatte meine eigenen Sorgen. Als ich für ihn hätte dasein sollen, verschloß ich mein Herz. Ich habe zu lange um Salbeiwurzel getrauert und in Selbstmitleid geschwelgt, anstatt auf seine Bedürfnisse einzugehen. Ich bin weggelaufen und habe mich nur um mich selbst gekümmert.« Er verstummte. »Mit dir hat er die glücklichste Zeit seines Lebens verbracht, das weiß ich.«

»Warum merke ich dann nichts davon?«

»Weil der Schmerz noch zu frisch ist. Außerdem bist du selbst schuld. Du leidest schon heute an Dingen, die in der Zukunft vielleicht einmal kommen.«

»Ich sehe nicht, daß sich irgend etwas bessert. Er sitzt nur noch da oben auf dem Berg mit diesem verfluchten Wolf. Wenn ich hinaufgehe und mit ihm sprechen will, ist er völlig weggetreten … Er träumt den ganzen Tag. Er ißt kaum. Er möchte mit niemandem sprechen, außer mit Zwei Rauchwolken. Das macht mich noch verrückt.«

»Zwei Rauchwolken sagt, sie würden das Wolfsbündel holen.«

»Ich weiß.«

»Es ist Macht, Reizende Wapiti. So ist das nun einmal. Wir haben keine Kontrolle darüber. Wenn ein Baum im Wald umstürzt, geht es über unsere Kräfte, ihn wieder aufzurichten. Macht ist Teil der Welt wie der Wind, der die Bäume umwirft. Ist sie einmal da, geht sie nicht wieder.«

»Wenn ein Baum im Sturm umstürzt, ist er tot.«

»Vielleicht ist das ein schlechter Vergleich, denn dies ist eine gute Macht. Er ist nicht tot.«

»Er könnte es ebensogut sein.«

Mit einem schwieligen Finger hob Hungriger Bulle ihr Kinn hoch und blickte suchend in ihre Augen. »Wenn du ihm die Macht austreiben könntest und wüßtest, du ruinierst damit sein Leben – so, als würdest du ihm ein Bein abtrennen –, würdest du es trotzdem tun?«

Sie starrte ihn an. »Nein.«

»Bist du nicht dankbar, wenn er glücklich ist? Ist nicht das die wahre Bedeutung von Liebe, sich über das Glück des anderen zu freuen? Und was auch geschieht, du hast die Mädchen. Dir gehörte sein Lächeln und seine ganze Liebe. Nun gehört er der Welt und muß sein Wissen überall verbreiten. Zwei Rauchwolken glaubt, Kleiner Tänzer könne die Dinge verändern und den Krieg beenden. Ist das nicht ein Opfer wert?«

Sie zögerte lange, wohl wissend, daß sie wehrlos ihrem Schicksal ausgeliefert war. »Vermutlich.« *Und ich weiß, er muß es tun. Ihn aufzuhalten, brächte ihn um. Ich wußte nur nicht, wie furchtbar weh es tut.*

Lächelnd zwinkerte er ihr zu. »Nun komm schon. Füllen wir diese Körbe und warten wir ab, ob es etwas damit auf sich hat, aus Gras Nahrung zu gewinnen.«

»Da kommt jemand!«

Der Ruf lenkte Schwerer Bibers Aufmerksamkeit von den auf der wunderschönen Haut einer Büffelkuh ausgelegten Federn und Knochen ab. Auch Sieben Sonnen blickte neugierig herüber. Er massierte seine Handgelenke, die mit zunehmendem Alter immer steifer wurden und ihm Qualen bereiteten.

»Bestimmt gute Nachrichten. Die Anit'ah fliehen und verstecken sich im Wald.«

Sieben Sonnens Augen wurden schmal. »Man muß kein Geisterträumer sein, um das zu wissen. Wenn ich mich in die Lage der Anit'ah versetze, was würde ich tun, wenn ein ganzes Volk über mein Land herfällt?«

Schwerer Biber gestattete sich ein arrogantes Lächeln. *Du wagst es nicht, meine Macht offen herauszufordern, Sieben Sonnen. Dafür ist sie zu weit gediehen.* »Du kannst dich in die Lage von wem immer du willst versetzen, lieber Freund. Aber vergiß nicht, in welcher du dich befindest.« Er genoß es zu sehen, wie Sieben Sonnens ausgeprägte Gesichtszüge angstvoll erstarrten. Der alte Mann hätte sich am liebsten in Stein verwandelt.

Aufgeregtes Geschwätz erklang.

»Ich glaube, ich kümmere mich einmal um diese neuerliche Störung.«

Mühsam kam Schwerer Biber auf die Beine. Er hatte beträchtlich zugenommen und war von seiner Massigkeit und Schwerfälligkeit irritiert.

Er bückte sich unter der Tür durch, richtete sich kerzengerade auf und betrachtete die vor ihm liegenden Berge, auf die sich die blutrote untergehende Sonne herabsenkte. Er ließ seinen Blick von den im Wind rauschenden Pappeln zu dem Wacholder- und Salbeidickicht hinter dem Lager hinüberschweifen. Weiter hinten erhob sich die Red Wall in brennendem Scharlachrot – die Farbe des von ihr reflektierten Sonnenuntergangs tat den Augen fast weh. Das breite grüne Tal vor der roten Felswand erstreckte sich in einem herrlichen Smaragdgrün. Üppiges Gras, soweit das Auge reichte. Den Blick zum Horizont im Westen versperrten hochaufragende Berge. Die Hänge waren von biegsamen Kiefern und Wacholder gesprenkelt. Ein schmaler Spalt markierte den zur Flußgabelung des Clear River steil abfallenden Canyon.

Hier, wo einmal die Lager der Anit'ah gewesen waren, ragten nun die Zelte des Volkes zum glühende Sommerhitze versprechenden Himmel hinauf. Das hinter dem Lager beginnende Dickicht aus Wacholder und riesigem Salbei knisterte und raschelte vor Dürre.

Jetzt wurde das Geplapper lauter. In das Durcheinander mischte sich das Jaulen von Hunden und das Wimmern weinender Frauen.

Beunruhigt lenkte Schwerer Biber seine Schritte zu dem Tumult. Hinter einem Zelt erblickte er eine Menschenansammlung, die sich um einen Krieger scharte. Festes Holz! Er erkannte den jungen Mann sofort.

Der Kopf des Kriegers hing müde herab, sein Bein war verletzt. Mit schmerzverzerrtem Gesicht blickte er auf, als Schwerer Biber hinzutrat. Der Geisterträumer rückte seinen weißen Büffelumhang majestätisch auf seinen Schultern zurecht und fragte barsch: »Was ist passiert?«

Festes Holz schluckte krampfhaft und hob den Kopf. Rasende Schmerzen verzerrten sein bleiches Gesicht. Seine Kleidung war schweißgetränkt und glänzte schimmernd auf seiner blassen Haut.

Schwerer Biber betrachtete ihn genauer und entdeckte die Verletzungen am Bein des jungen Mannes, in denen sich schillernde Fliegen tummelten.

»Geisterträumer.« Festes Holz würgte das Wort förmlich aus seiner trockenen Kehle und erschauerte.

»Gebt ihm Wasser. Legt ihn auf eine Decke, damit er sich ausruhen kann. Jemand soll ihm etwas zu essen bringen.«

Schwerer Biber beobachtete, wie Festes Holz in ein Zelt getragen und auf eine hastig herbeigeholte Decke gelegt wurde. Nachdem er mit Wasser und Essen versorgt war, scharten sich die Leute wieder dicht um ihn, bis Schwerer Biber ihnen befahl, sich zurückzuziehen.

Das Wort »Träumer« hallte wie ein Echo in seinem Kopf nach.

»Du bist in Sicherheit. Erzähl, was vorgefallen ist.«

Festes Holz blickte auf. Ein seltsames Licht flackerte in seinen Augen. »Wir nahmen eine Anit'ah-Frau gefangen. Sie ist entflohen und tötete Zwei Blaue Monde und Winzige Ameise. Wir verfolgten ihre Spur und kamen zu einem Felsüberhang. Die Anit'ah leben häufig in solchen Überhängen oder Höhlen. Eine alte Frau saß davor. Sie sagte, wir sollten verschwinden oder wir würden sterben. Linke Hand hat sie mit einem Speer durchbohrt. Ich ging hin, um nach der alten Frau zu sehen. Sie war nicht tot. Es war …«

»Ja, ja, nun sag schon.«

»Es war die alte Hexe … Weißes Kalb.«

Ein Laut des Schreckens erhob sich unter den Umstehenden.

Schwerer Biber verzog das Gesicht und machte eine geringschätzige Handbewegung. »Macht euch keine Sorgen. Ich habe sie schon vor langer Zeit zum Sterben verflucht. Sie besaß viel Macht. Nur Krieger, die ich persönlich gesegnet habe, konnten sie töten.« Er lächelte träge und drehte sich um. »Ihr seht, mein Volk, nicht einmal eine mächtige Hexe kann Schwerer Bibers Träumen standhalten.«

»Dann solltest du dich beim Träumen lieber mehr anstrengen«, stieß Festes Holz hervor.

»Sie ist nicht gestorben?« Schwerer Biber wandte sich um und funkelte den jungen Krieger an. Er legte seine ganze Bosheit und Gehässigkeit in diesen Blick.

Festes Holz maß ihn mit einem finsteren Blick. »Sie ist tot … glaube ich jedenfalls.«

»Du *glaubst?*«

Festes Holz schluckte. Sein mit Schweißperlen bedeckter Adamsapfel hüpfte. »Ich bin nicht lange genug geblieben, um das festzustellen.

Plötzlich tauchte die Anit'ah-Frau auf und tötete Linke Hand, Schneller Wasserfall und die beiden anderen. Triumphierend sagte die alte Frau zu mir, wir hätten den Tod über unser Volk gebracht.

Sie sagte: ›Narr! Mit meinem Tod habt ihr zum letzten Mal auf die Macht gespuckt.‹«

Schwerer Biber kicherte amüsiert. »Du willst uns also weismachen, eine einzige Frau habe alle diese tapferen Krieger getötet?« Er lachte und beobachtete, wie seine Geringschätzigkeit auf die versammelten Menschen wirkte. Ihre gesamte Aufmerksamkeit richtete sich wieder auf ihn. »*Narr* ist die richtige Bezeichnung!« Er schüttelte den Kopf. »Festes

Holz, jetzt erzähl uns mal die Wahrheit. Ihr seid auf einen Trupp Anit'ah-Krieger gestoßen und habt gekämpft, nicht wahr? Du hast Angst bekommen und bist davongelaufen, nicht wahr?«

Brennender Haß loderte in Festes Holz' Augen. »Du nennst *mich* einen Feigling? Dann hör zu, Schwerer Biber. Ihr alle da, hört gut zu!«

»Es reicht.« Schwerer Biber unterdrückte ein Gähnen. »Ich glaube, wir alle kennen die Wahrheit.«

»Du hörst mich an, Schwerer Biber! *Hör zu!*« Festes Holz zwang sich unter Qualen, aufzustehen. Die Wunde brach wieder auf, und frisches Blut lief an seinem Bein hinab.

Das war nun wirklich zuviel. Schwerer Biber winkte zwei alte Männer herbei. »Kümmert euch um ihn. Er muß ausruhen. Er hat Fieber.«

»Weißes Kalb sagte zu mir: ›Du bist der letzte. Lauf los. Lauf, wie du noch nie in deinem Leben gelaufen bist, Junge. Sag Schwerer Biber, die Anit'ah hätten eine neue Anführerin. Ihr Name ist Tangara. Und sag Schwerer Biber auch, ein Träumer ... und das Wolfsbündel kämen zu ihm. Sag ihm und dem ganzen Volk, sie alle müssen mit dem Feuer tanzen!‹« Schwerer Biber trat zwei Schritte vor, dann blieb er abrupt stehen und brach in Gelächter aus. »Was soll das? Eine Frau? Eine *Frau?*

Du erwartest allen Ernstes von mir ... und von allen diesen Leuten, daß wir glauben, eine Frau würde meine Krieger aus den Bergen verjagen?«

Festes Holz streckte seine zitternden Hände aus, seine Augen flehten. »Du weigerst dich, mich ausreden zu lassen und beschuldigst *mich* der Feigheit. Aber es geht weiter. Ich lief von Weißes Kalb weg und dachte, sie wäre eben närrisch. Doch unterwegs stieß ich auf Der der Kraft hat. Er hatte die Anit'ah zwischen den Felsen in eine Falle gelockt. Ich wollte wissen, ob etwas an dem Geschwätz von Weißes Kalb dran ist. Ich tötete einen der Anit'ah und wollte gerade mit den anderen Kriegern gegen ihre Verteidigungsstellung anstürmen, da erschien dieselbe Frau mitten unter unseren Kriegern. Sie tötete sie rechts und links. Speere schienen von ihr abzuprallen wie nichts. Sie sang und tanzte und lächelte ganz merkwürdig, während …«

»*Genug jetzt!*« brüllte Schwerer Biber und fuchtelte abwehrend mit den Händen.

»Wir hören uns diese Geschichte an, wenn Der der Kraft hat mit seinen Kriegern …«

»Da kannst du lange warten«, schrie Festes Holz. »Er ist tot! Die meisten seiner Krieger sind tot. Diese Frau verlieh den Anit'ah ein mutiges Herz, sie stürmten von den Felsen herunter und griffen uns an. Wir konnten sie nicht aufhalten! Sie kamen und kamen, bis wir flohen. Verstehst du, Schwerer Biber? *Wir alle sind geflohen!*«

Schwerer Biber schüttelte den Kopf. »Angeführt von einer Frau?« Er schmatzte nachdenklich mit den Lippen und machte ein ungläubiges Gesicht. »Bringt ihn weg. Er ist nicht bei Verstand. Das sind Fieberfantasien.«

Festes Holz hob sein blutbesudeltes Hemd hoch und entblößte seine Wunden. »Du weißt so viel, Schwerer Biber. Du hast Wunden aller Art gesehen. Sieh her. Du kennst den Unterschied zwischen den Wunden eines Fliehenden und denen eines Angreifers. Ich erhielt diese Wunden im Kampf Mann gegen Mann.«

»Versteht ihr nun?« Schwerer Biber zeigte auf den schwerverletzten Krieger. »Kein Wunder, daß er fantasiert. Armer Kerl. Bringt ihn weg. Später gehe ich zu ihm und singe für ihn. Ich werde versuchen, ihm seinen Verstand wiederzugeben.«

Festes Holz schnaubte verächtlich. Langsam ließ er sich zu Boden sinken. »Und ich will euch noch etwas erzählen. Ich sah, wie sich Weißes Kalbs Geist hoch in die Luft hinauf erhob. Ihr Geist rief einen Wirbelwind herbei und ritt darauf in den Himmel.

Vielleicht habe ich mich wie ein Feigling verhalten.« Festes Holz mahlte mit den Kiefern. »Aber nach allem, was ich gesehen habe, hoffe ich für dich, Schwerer Biber, daß du mit dem Feuer tanzen kannst. Ich kenne die Wahrheit. Ich sah sie in Weißes Kalbs Augen.«

Schwerer Bibers Augen verengten sich zu schmalen Schlitzen. »Es wäre gut für dich, wenn du die Wahrheit sprichst, Junge, denn wenn du lügst, nur um das Volk in Angst und Schrecken zu versetzen und deine Feigheit zu vertuschen, dann erwartet dich ein weitaus schrecklicheres Schicksal als der Tod durch einen Speer der Anit'ah!«

Rücksichtslos den Kreis der ihn aufmerksam beobachtenden Menschen durchbrechend stapfte er davon.

Die Feuer glühten in der Nacht wie rubinrote Augen. Über jedem der mit glühenden Kohlen angefüllten Feuerlöcher lag eine dünne Sandsteinplatte. In der trockenen Hitze auf den Steinplatten brieten die zu einem Brei gemahlenen und zu Pastetchen geformten Grassamen. Im roten Schein der Herdfeuer stiegen feine Rauchschwaden auf und erfüllten die Luft mit einem herrlich aromatischen Duft. Endlich fühlte sich Zwei Rauchwolken der Lösung des Problems, das ihn jahrelang beschäftigt hatte, sehr nahe. Während er aufmerksam ein Feuer nach dem anderen beobachtete, versuchte er zuzuhören, was Grille und die anderen sich erzählten.

Seit dem gestrigen Morgen begannen die Leute herbeizuströmen. Sie erzählten vom Krieg in den Bergen. Sie kamen allein, zu zweit oder in Gruppen bis zu fünf, mit Hunden und Rückentragen. Frauen und Kinder, Alte und Jugendliche, die noch zu jung zum Kämpfen waren, alle hatten eine ähnliche Geschichte zu berichten, von überraschend angegriffenen Lagern, von vergeblicher Gegenwehr und Flucht.

Nun saßen alle beisammen und unterhielten sich gedämpft mit Klappernde Hufe und Hungriger Bulle. Wiesenlerche und Schwarze Krähe hörten etwas abseits sitzend zu. Drei Zehen und Die die Spaß macht hoben Kochsteine aus einem Feuerloch und ließen sie in einen Kochsack aus Wapitipansen fallen, um eine Wurzelbrühe zu erhitzen.

Feuerlicht tanzte über die müden Gesichter. Einige der Flüchtlinge starrten erschöpft und teilnahmslos in die Flammen, andere wieder saßen nervös mit den Fingern spielend da und sahen in Hoffnungslosigkeit versunken hinaus in die Nacht oder hinüber zum Felsüberhang, auf dem sich das Licht fing. Nichts interessierte sie. Alle hier versammelten

Menschen schienen durch Leid und Verlust miteinander verbunden. Ein zugrunde gerichtetes Volk, verloren, unfähig zu begreifen, was mit ihm geschah.

Zwei Rauchwolken warf einen raschen Blick auf Kleiner Tänzer. Der Träumer schien nur mit halbem Ohr zuzuhören. Seine Augen konzentrierten sich auf einen Punkt jenseits der Feuer, als würden sich aus der Nacht dort draußen wundervolle Formen herauskristallisieren. Der große Wolf saß mit aufgestellten Ohren neben ihm und beobachtete die Hunde, die in der Umgebung des Lagers herumschnüffelten. Auch sie schienen wie ihre Herren verwirrt und eingeschüchtert zu sein und hüteten sich, den Wolf herauszufordern.

Traurig preßte Reizende Wapiti ihr jüngstes Kind an die Brust.

Dann und wann wanderte ihr Blick hinüber zu den Flüchtlingen, zu Grille, die einmal ihre Freundin gewesen war, und zu den anderen, mit denen sie einmal in einem Lager zusammengelebt hatte, doch immer wieder blickte sie verzweifelt auf ihren in einer anderen Welt lebenden Mann. Zwei Rauchwolken spürte ihre Verlorenheit und ihre Enttäuschung.

Klappernde Hufe kümmerte sich um die Verteilung der heißen Brühe an die hungrigen Besucher. Hungriger Bulle hörte aufmerksam zu und hielt sich höflich mit seinen Fragen zurück, solange die Gäste aßen. Sein mageres Gesicht sah nachdenklich aus. Gedankenversunken strich er sich über das Kinn.

Endlich stellte Grille ihre Schüssel beiseite und rülpste laut und lange, um ihrer Zufriedenheit Ausdruck zu verleihen. Sie faltete die Hände in ihrem Schoß, sah zu Klappernde Hufe und – ein wenig mißtrauisch – zu Hungriger Bulle hinüber. »Wir sind hergekommen, weil Tangara es befohlen hat. Wie geht es weiter?«

Hungriger Bulle erhob sich und stand sofort im Mittelpunkt der allgemeinen Aufmerksamkeit. »Ich habe deine Worte gehört. Ich habe auch das Mißtrauen in deinen Augen gesehen. Ich möchte dir sagen, ihr seid uns willkommen. Ich glaube, wir bekommen euch für die Zeit eures Aufenthalts satt. Zwei Rauchwolken hat das Geheimnis des Grases enthüllt, das bedeutet eine neue Nahrungsquelle. Gras wächst überall.«

»Und was ist mit deinen Verbindungen zum Kleine-Büffel-Volk?« Ein Wurf, der bisher am Rande des Lagers gesessen hatte, erhob sich.

Trauer stand in seinen im Feuerlicht glänzenden Augen.

Hungriger Bulle machte eine Geste der Resignation. »Wir gehören nicht mehr zum Kleine-Büffel-Volk. Wir sind andere geworden, eine neue Sippe… weder Kleine-Büffel-Volk noch Rothand-Volk. Auch wir sind vor Schwerer Biber und seinen Träumen geflohen.«

»Er ist kein Träumer«, flüsterte Kleiner Tänzer. »Er gehört nicht zum Großen Einen. Er hat die Spirale verfälscht.«

Aller Augen wandten sich ihm zu. Neugier vermischte sich mit Argwohn.

»Wie ich eben sagte, Ein Wurf, wir sind anders. Wir haben keine Bindung mehr an unsere früheren Verwandten. Ihr seid uns willkommen. Unser Lager ist das eure, solange ihr wollt. Unsere Kinder und eure Kinder spielen bereits zusammen, sie kommen gut miteinander aus. Ich glaube, wir sollten von den Kindern lernen.«

Ein Wurf sah Hungriger Bulle durchdringend an. »Und wenn das Kleine-Büffel-Volk den Berg dort herunterkommt?«

Hungriger Bulle deutete nach Westen. »Dann gehen wir fort. Die Fischesser leben jenseits der Ebene und nur …«

»Das Kleine-Büffel-Volk jagt in dieser Ebene.«

»Aber die Büffel sind verschwunden«, entgegnete Hungriger Bulle.

»Nur noch ein oder zwei kleine Herden leben dort unten. Während der Trockenheit sind sie entlang des Mountain Sheep River weitergezogen. Als ich noch ein kleiner Junge war, habe ich auch dort gejagt. Ich weiß, dort wächst das Gras, aus dem Zwei Rauchwolken das Essen zubereitet hat, in großen Mengen. Und im Süden liegt das Warm Wind Basin. Jenseits der Berge liegen weitere Gebirge. Irgendwo werden wir einen Platz für unsere Leute finden.«

»Die Gebeine meines Großvaters liegen hier«, setzte Ein Wurf hinzu. »Du verlangst von mir, diesen Ort zu verlassen?«

Hungriger Bulle schüttelte den Kopf. »Nein. Ich sage dir nur, was unsere Leute machen werden, wenn Schwerer Biber den Krieg auch hierherträgt. Wir sind keine Krieger. Wir sind Jäger und Pflanzensammler, weiter nichts.«

Kleiner Tänzer stand auf. »Ihr werdet die Berge nicht verlassen.

Morgen hole ich das Wolfsbündel zurück. Die Zeit des Feuers ist gekommen. Die Spirale hat sich vollendet. Ich gehe und tanze mit dem Großen Einen, um die Kreise wiederherzustellen. Die Spirale wird in ihren ursprünglichen Zustand zurückversetzt. Schwerer Biber muß einem mächtigeren Traum gegenübertreten als dem seinen. Das Feuer muß sich seinen Weg bahnen. Die Zeit ist gekommen.«

Er lächelte. Es sah aus, als wende sich sein Lächeln an etwas in seinem Innern. Langsam hob er die Hände zum nächtlichen Himmel.

Die Leute beobachteten ihn mit weit aufgerissenen Augen. Kein Wort fiel. Der Wolf erhob sich und folgte Kleiner Tänzer, der langsam in die Dunkelheit hinausging und den Weg zu den Felsen einschlug.

»Ah!« Ein Wurf atmete hörbar aus. »Es stimmt also? Er *ist* ein Träumer?«

Reizende Wapiti hielt es nicht mehr aus. Sie sprang auf und floh in ihre Höhle. Grille eilte ihr nach, um sie zu trösten.

Seufzend erhob sich Zwei Rauchwolken. »Er ist ein Träumer. Ein Träumer wie ihn das Rothand-Volk seit vielen Jahren nicht mehr gekannt hat.« Er holte tief Luft, dann erzählte er von Klares Wasser und dem Wolfsbündel. Mit überlegt gewählten Worten berichtete er von Kleiner Tänzers Leben, vom Fluch Schwerer Bibers, von Weißes Kalbs Unterweisungen, von Träumen und Enttäuschungen. Schließlich sprach er von der Vision.

»Kleiner Tänzer wollte einen hochgelegenen Ort aufsuchen und bestieg einen Berg. Dort oben biß ihn eine Schlange, und sein Bein schwoll furchtbar an. Vier Tage wartete er, sterbend, bis Wolfsträumer aus dem Sonnenlicht erschien.«

»Du bist dir da ganz sicher?« erkundigte sich Ein Wurf.

Zwei Rauchwolken nickte. »Ich bin Berdache. Ich spürte die Macht in seinen Worten. Gemeinsam träumten Kleiner Tänzer und der Erste Mann das Gift aus seinem Bein. Du kannst die roten, entzündeten Punkte des Bisses noch immer an seinem Knöchel sehen. Ich selbst hörte das Wolfsbündel rufen. Kleiner Tänzer hat sich verändert. Er träumte den Großen Tanz. Er sagte mir, das Rothand-Volk folgte einem neuen Anführer – einem Krieger, der die Stärke des Kleine-Büffel-Volkes brechen wird. Sobald dies geschieht, wird Kleiner Tänzer Schwerer Biber gegenübertreten und die Spiralen zurückträumen, damit die Welt nicht an Trockenheit zugrunde geht und unsere Brüder, die Büffel und Antilopen, nicht bis zur Ausrottung gejagt werden, wie es unsere Ahnen mit den Ungeheuern gemacht haben.«

»Dann ...« Hungriger Bulles Gesicht zuckte. »Dann gehst du mit meinem Sohn fort?«

Zwei Rauchwolken trat zu Hungriger Bulle und legte ihm eine Hand auf die Schulter. Intuitiv fühlte er das unsagbare Leid des Mannes. »Wir gehen schon bald.«

»Ich packe noch heute nacht meine Sachen zusammen. Ich begleite euch.«

»Nein.«

»Aber er ist mein Sohn!«

»Hungriger Bulle, lieber alter Freund. Er ist nicht dein Sohn. Du hast ihn lediglich aufgezogen und ihn geliebt. Er ist das Kind der Macht. Von nun an wird ihn die Macht leiten. Du wolltest dich immer von der Macht fernhalten. Hier liegt deine Verantwortung.« Zwei Rauchwolken umschloß mit einer Gebärde die anderen Leute. »Diese Menschen brauchen einen Anführer. Sie brauchen dich. Lager müssen aufgeschlagen, Nahrung muß gesammelt werden. In den nächsten Wochen treffen weitere Leute aus dem Rothand-Volk ein. Du mußt sie alle über den Winter bringen.«

Verblüfft schüttelte Hungriger Bulle den Kopf. »Aber

wenn die Stärke des Kleine-Büffel-Volks gebrochen wird, wenn Schwerer Biber … ich begreife das alles nicht.«

»Doch, du begreifst sehr gut, mein Freund. Während des Krieges wurden keine Vorräte angelegt. Die Lager sind zerstört. Kleiner Tänzer hat mir nicht alles erzählt, aber genug, damit ich euch sagen kann, daß das Rothand-Volk dieses Jahr in den hochgelegenen Lagern hungern wird. Es muß herunterkommen. Die Macht geht ihre eigenen Wege. Das Gras enthüllte mir sein Geheimnis aus einem bestimmten Grund, deshalb sind wir hier. Vertraue deinem alten Freund Zwei Rauchwolken.«

Hungriger Bulle leckte sich die Lippen, Falten der Verzweiflung gruben sich in seine Stirn.

»Aber mein Sohn …«

»Ich werde mich um ihn kümmern. Mein ganzes Leben lang habe ich mich auf diese Reise vorbereitet. Wir tun unser Bestes.«

Hungriger Bulle wußte darauf nichts mehr zu erwidern und schwieg.

»Jetzt wollen wir die Kuchen probieren, die wir aus gemahlenen Samen gemacht haben. Aus dem Gras nehmen wir von nun an unser Leben.«

Hungriger Bulle ballte die Fäuste. Er rührte sich nicht von der Stelle. Wie betäubt starrte er in die Dunkelheit.

Er saß ganz still, hatte die Augen geschlossen. Panik wuchs in seinem Innern. Das Große Eine lag vor ihm, gerade außerhalb seiner Reichweite.

Die Nacht pulsierte im Einklang mit dem Großen Einen, das alles ihn Umgebende umhüllte und durchströmte.

Insekten schwirrten mit surrenden Flügeln durch die Luft, in der Ferne heulte ein Kojote. Der Nachtwind seufzte leise im Wacholder.

Kühl berührte die nächtliche Brise sein heißes Gesicht. Die um das Feuer versammelten Gesichter schwebten neu und aufregend an den Grenzen seines Bewußtseins. Gleichzeitig drückte der Felsen heftig in sein Fleisch, sein Magen verlangte lautstark nach etwas Eßbarem.

Feuertänzer kämpfte gegen seine Gedanken, gegen die Worte und Bilder an, die ihn bedrängten und ablenkten. Das Wolfsbündel lockte, seine Macht schwand rasch, Tropfen für Tropfen wie Wasser aus einem löcherigen Sack.

Ich komme! rief Feuertänzer und versuchte, einen Weg durch seine wirren Gefühle zu finden. Vor ihm erschien der bis zum äußersten gequälte Blick von Reizende Wapiti und zerstörte sein Streben nach Ruhe.

Ich tue ihr weh, es ist meine Schuld, daß sie so traurig ist. Wie kann ich nur einem Menschen, den ich liebe, soviel Leid zufügen?

Sie zu verletzen, schmerzt mich selbst am meisten. WARUM TUE ICH MIR DAS AN ... DEN MENSCHEN, DIE ICH LIEBE?

Die Verbindung, gerade noch greifbar nahe, verschwand wie Nebel in der Sonne. Das Große Eine blieb schwebend, flüchtig wie eine Rauchspirale, die man riechen, aber nicht fühlen kann. Es lockte, seine Macht schimmerte verführerisch und unwiderstehlich. Wie ein Rasender streckte er die Hände aus, doch er griff ins Nichts.

Der Weg schien so klar und einfach, als Wolfsträumer mit ihm getanzt hatte.

Er hatte die donnernde Stille erlebt, die Einheit und gleichzeitig die Disharmonie. Er hatte die himmlische Herrlichkeit gesehen. Der Ruf verstärkte sich, zog ihn an wie der Fluß einen dürstenden Mann.

Doch das Wasser zog sich immer weiter zurück, blieb immer gerade außerhalb der Reichweite seiner Fingerspitzen.

Es war so leicht! Ich nahm Wolfsträumers Hand und ging hinüber.

Warum kann ich es jetzt nicht? Warum komme ich so nahe heran – nur um alles wieder in der Illusion zu verlieren?

Er versuchte, seinen Kopf frei zu machen, die Irritationen der Illusion aus seinen Gedanken zu verbannen. Die Konzentration brachte Stille, Ruhe, erweiterte Geist und Seele, ließ ihn die Welt um sich herum vergessen. Wieder näherte sich das Große Eine schwebend. Seine Süße liebkoste seine tiefste Seele wie die strahlende Wärme eines Feuers in einer kalten Nacht. Er suchte die Flammen, dehnte sich aus und bemühte sich, sie zu umfassen.

Gelächter durchdrang die Stille und trug die Gefühle anderer Menschen zu ihm herüber. Das Bild zerbrach.

Seine innere Panik wuchs. Das Große Eine lag so nah – und unerreichbar fern.

Die Schwelle zu überschreiten war leicht. Ich habe es getan. Ich kann es wieder tun. Laß dich fallen, gleite mit dem Großen Einen.

Er stellte sich Wolfsträumers Hand in der seinen vor. Fest umschlossen seine Finger das Nichts, bis seine Muskeln zu zittern begannen. Der Schmerz beeinträchtigte seine Konzentration. *Nein, so nicht. Das ist der falsche Weg. Wieder eine Illusion, die dich in eine Falle lockt.*

Im Geiste hörte er eine Stimme. »Die Zeit ist gekommen. Du mußt träumen. Du mußt. Du mußt …« Krampfhaft hielt er die Augen geschlossen. Die Verzweiflung brannte in seiner Brust. »Und wenn ich nicht kann?« Die Panik zog eine brennende Spur und bahnte sich den Weg in die Freiheit. Er brach in Tränen aus.

Der Morgen warf einen schmutzig-gelben Dunstschleier über die undurchdringliche Wand der Berge im Osten. Die mächtigen, unzugänglichen Felsklippen erhoben sich majestätisch in das fahle Licht. Eine gigantische, unregelmäßig zerklüftete schwarze Wand verbarg die aufsteigende Sonne.

Dunkel wie meine Seele, dachte Reizende Wapiti.

Sie kletterte das letzte Stück des steilen Pfads hinauf und trat hinaus auf den Felsvorsprung. Zahlreiche Menschen hatten sich bereits versammelt. Unbehaglich fröstelnd standen sie in der kühlen Morgenluft. Ihre Gestalten hoben sich deutlich von den Umrissen der Wacholdersträucher ab. Kleiner Tänzer saß mit gekreuzten Beinen da, die Hände im Schoß, das Gesicht nach Osten gewandt, die Augen waren geschlossen, seine Miene ausdruckslos.

Steine knirschten auf den Felsen unter ihren Füßen. Ganz im Gegensatz zu ihrer sonstigen natürlichen Anmut bewegte sich Reizende Wapiti äußerst unbeholfen. Grille, ebenfalls übermüdet nach dieser schlaflosen Nacht, schlurfte hinter ihr her. Die beiden hatten anstatt zu schlafen über die Liebe, das Leben und das Leid gesprochen. Gab es außer diesen Dingen noch etwas auf der Welt?

Reizende Wapitis Herz hämmerte dumpf. Sie blieb stehen und blickte wehmütig auf ihren Mann. Sehnsüchtig erinnerte sie sich an sein Lächeln, an seine Scherze und an seine kleinen Eigenheiten. Hatte es so kommen müssen?

Er ist die Hoffnung der Menschen – des Rothand-Volkes und des Kleine-Büffel-Volkes. Er muß gehen. Er ist der Krieger der Macht und kämpft für seine Welt. Sie schüttelte den Kopf und erinnerte sich an Zwei Rauchwolkens lange zurückliegende Warnungen. Grilles Berichte über Angst und Tod hatten ihrem Wissen Nachdruck verliehen, daß seine Zeit gekommen war. *Ich muß ihn gehenlassen.*

Ich muß ihn freigeben. Aber warum schmerzt es so unerträglich?

Als hätte er diese Worte gehört, öffnete Kleiner Tänzer die Augen, wandte sich um und sah sie an. Er stand auf und kam näher. Wie von Zauberhand erschien der Wolf an seiner Seite und folgte ihm. Als ihr Mann neben ihr stand, schien die Welt um sie herum nicht mehr zu existieren. Die unermeßliche Qual und Verzweiflung in seinem Gesicht zerschnitt ihre mühsam bewahrte Fassung mit der Schärfe einer Obsidianklinge.

Was quälte ihn so? Welches Entsetzen peinigte ihn? Die in ihr errichtete Mauer der Abwehr zerbrach. Sie schlang die Arme um ihn und hielt ihn fest. Er legte seine Arme um sie.

»Es tut mir so leid«, flüsterte er ihr ins Ohr. »Eines Tages wirst du verstehen.«

»Vielleicht verstehe ich schon jetzt. Geh, Kleiner Tänzer. Träume die Welt zurück in ihre ursprüngliche Lage. Ich singe für dich. Ich bete. Für dich würde ich alles tun … Beim Großen Weisen, ich bin so stolz auf dich, daß es schon weh tut.«

»Ich liebe dich. Ich werde dich immer lieben. Vielleicht gibt mir diese Liebe Kraft für meinen Traum. Ich mußte die Liebe kennenlernen. Ich mußte bereit sein, alles aufzugeben. Du hast mir das größte Geschenk gemacht.«

»Wir warten auf dich. Deine Töchter, ich, wir alle. Komm zurück.«

»Wenn ich kann.«

Sanft machte er sich von ihr frei.

Mit tränenlosen Augen blickte sie in sein schmerzerfülltes Gesicht. Langsam schüttelte sie den Kopf. »Ich werde auf dich warten. Solange es dauert. Immer und ewig.«

Sein zärtliches Lächeln liebkoste ihre frierende Seele.

Er trat zurück und wandte sich Grille zu, in deren Armen seine jüngste Tochter schlief. Er berührte die Stirn des kleinen Mädchens so zärtlich wie die Frühlingsbrise eine Kitzhaut. Ein verzücktes Lächeln umspielte den Mund seiner Tochter, und sie gluckste leise.

Anschließend ging Kleiner Tänzer zu seiner ältesten Tochter, die unsicher an ihrem Daumen lutschte.

»Wirst du artig sein? Wirst du auf deine Mutter achten und ebenso schön werden wie sie?«

Sie nickte und warf sich in seine Arme. »Geh nicht! Verlaß mich nicht!«

»Ich muß, mein Kleines. Die Macht ruft.« Er bückte sich und küßte sie auf den Kopf. Ihre Tränen versiegten, ein Lächeln erschien auf ihrem Gesicht.

»Das ist gut.«

»Das ist die Macht, mein Kleines. Nimm sie mit dir.«

Eine Träne lief über seine Wange. »Es ist so furchtbar schwer.«

Reizende Wapitis Magen verkrampfte sich, als hätte man sie in den Bauch getreten.

»Komm«, sagte Zwei Rauchwolken leise und trat zu ihm. »Wir haben einen langen Weg vor uns.«

Sich schweigend in das Unvermeidliche fügend, sah Reizende Wapiti Zwei Rauchwolken und Kleiner Tänzer nach, die den Weg Richtung Osten einschlugen.

»Solange es auch dauert«, flüsterte sie.

Sie bemerkte kaum ihre Tochter, die ihre Hand umklammert hielt und sich an ihr Bein schmiegte. Ihre Augen füllten sich mit Tränen. Er entschwand ihrem Blick in einem silbrig schimmernden Nebel.

Kapitel 24

Tangara beobachtete den Sonnenuntergang. Ein herrlich loderndes Orange stieg in den Wolken auf und ließ sie im Licht des sterbenden Tages aufleuchten. Das Tiefblau des Himmels hatte sich grell verfärbt. Die blutroten Lichtstrahlen schossen aus dem imposanten Himmel herunter und schienen das Land in Flammen zu setzen.

»Eine Welt in Flammen«, sagte sie nachdenklich. Sie mußte sich zwingen, ihre Augen von diesem Wunder abzuwenden, aber es galt, die Umgebung zu überprüfen. Der Feind konnte überall sein, hinter jedem Baum konnte er lauern. Bevor das letzte Tageslicht verlöscht, mußten eventuelle Feinde entdeckt sein. Ein Überraschungsangriff durfte nicht passieren. In den letzten Wochen hatte Tangara die stetig wachsende Zahl ihrer Gefolgsleute erfolgreich geführt. Sie hatten die Spuren des Feindes entdeckt, ihn in Hinterhalte gelockt und die herumstreifenden Kleine-Büffel-Krieger auseinandergetrieben. Gleichzeitig zogen sich mehr und mehr Leute des Rothand-Volkes zu Klappernde Hufe und in die anderen Lager auf der Westseite der Berge zurück.

In den unter ihr liegenden Felsen richteten sich ihre Krieger für die Nacht ein. Um unentdeckt zu bleiben, schirmten sie die Kochfeuer sorgfältig ab. Wachen lagen die ganze Nacht draußen auf der Lauer, um im Notfall sofort Alarm schlagen zu können.

Sie wandte ihre Aufmerksamkeit wieder dem einmaligen Schauspiel am Himmel zu. Insgeheim fürchtete sie, das Rothand-Volk hätte den Kampf bereits verloren. Trotz ihres unbestreitbaren Mutes und der neuen Zuversicht, die sie in ihren Kriegern geweckt hatte, waren sie so wenige gegen so viele Feinde.

Trotzdem, sie würde nicht aufgeben. Dieses Land gehörte dem Rothand-Volk. Geistesabwesend strichen ihre langen Finger über den Atlatl. Sie fühlte seine Macht und wußte, Weißes Kalbs Seele lag wahrhaft in dieser Waffe. Wenn sie kämpfte, tanzte und sang sie diese Macht hervor. Mit ihr im Bunde blieb sie unbesiegbar. Ihre kühnen Heldentaten hatten mehr als einen Kampf entschieden. Wohin sie auch tanzte, folgten ihr ihre Krieger. Ihre scheinbare Unverletzbarkeit stachelte ihren Mut zu rasender Leidenschaft auf.

Speere umschwirrten sie, ohne sie zu berühren. Der Feind stand fassungslos da. Ungläubig mußte er mit ansehen, wie eine Frau den Kleine-Büffel-Kriegern die Schädel zerschmetterte oder ihnen ihre eigenen Speere in die Körper trieb. Um eine Kriegskeule zu schaffen, die genau auf ihre Kraft zugeschnitten war, hatte Tangara mit großer Sorgfalt einen mächtigen Stein ausgewählt und am Schaft des Atlatls befestigt, den sie Zwei Blaue Monde abgenommen hatte. Diese Keule konnte sie hervorragend ausbalancieren. Sie hatte damit schon zahllose Feinde erschlagen.

Ihr Ruhm hatte sich rasch verbreitet, und immer mehr Krieger des Rothand-Volkes schlossen sich ihr an.

Unverwandt blickte sie zum Himmel hinauf. Die brennenden Wolken röteten sich in der tiefer sinkenden Sonne noch stärker. »Meine Welt ist verrückt geworden. Die Wut brennt wie Feuer in mir und treibt mich an. Das Kleine-Büffel-Volk spürt meinen Zorn – das Brennen von Tangaras Seele.«

Ohne nachzudenken, hob sie die Hände zu den sich auftürmenden Wolken, die grellrote Blitze in den Himmel schossen. Täuschten sie ihre Augen oder formte sich aus den Wolkengebilden tatsächlich die Gestalt eines Mannes, der sie mit funkelnden Augen anstarrte?

»Gib mir die Wut und die Kraft, das Kleine-Büffel-Volk aus meinem Land zu vertreiben. Hör mich an, Erster Mann. Erhöre Tangaras Flehen. Gib mir die Waffe in die Hand, mit der ich diese Bestien aus dem Land des Rothand-Volkes jagen kann!«

Leises Donnergrollen rollte über das Land.

Rasch verblaßten die Farben der Wolken, das Grau der Dämmerung senkte sich herab.

Verwundert ließ sie die Arme sinken. Sie drehte sich um. Ihr forschender Blick wanderte das Unterholz entlang. Aufmerksam musterte sie Wiesen und Waldränder. So trocken. Obwohl sich die Wolken zu wahren Gebirgen auftürmten, fiel kein Tropfen Regen. Sie blickte über die langsam im

Dunkeln versinkende Ebene, ein verdorrtes Land. Sogar hier, hoch oben in den Buffalo Mountains, waren die Wälder zundertrocken, und die wenigen Feuer, die sie des Nachts brennen ließen, mußten äußerst gewissenhaft bewacht werden, damit keine Funken auf das dürre Gras oder auf die Äste der nach Wasser dürstenden Bäume fielen.

»Das Land stirbt«, flüsterte sie und ließ sich auf das vor Trockenheit knisternde Gras nieder. »Und das Rothand-Volk stirbt mit seinem Land.«

In den Bergen waren die Büffel zahlreicher geworden. Sie kamen auf der Suche nach Wasser und Weideland von den versengten Ebenen in das Hochland. Aber was würde im Winter sein? Wie sollten Männer und Frauen mitten im Krieg Vorräte sammeln?

Sie schüttelte den Kopf. Mit der Dunkelheit senkte sich auch die Schwermut auf sie herab.

Nachdem sie keine verdächtige Bewegung wahrgenommen hatte, schlang sie das vor der trockenen Kälte der Nacht schützende Fell eng um den Körper und schlängelte sich zwischen den Felsen hindurch zum Lager. Die Wachen und Kundschafter hatten keine Neuigkeiten gemeldet. In dieser Nacht konnten sie in Ruhe und Sicherheit schlafen. Doch gleich am Morgen mußten sie sich wieder auf den Kriegspfad begeben, voller Rachedurst und Wut im Herzen. Wo sie auf die Suche nach Springkraut und Segolilien hätten gehen sollen, jagten sie Menschen.

Erschöpft entspannte sie ihre Muskeln. Ihre Wut verebbte. Grelle Blitze durchzuckten die gewaltigen Wolkenmassen im Westen.

Sie kuschelte sich in ihre Decke, schloß die Augen und gab sich dem Schlaf hin.

Und mit dem Schlaf dem Traum …

Blutbär führte die kleine Gruppe an. Hinter ihm duckten sich die letzten seiner Gefolgsleute unter den zundertrockenen Ästen durch und stiegen vorsichtig über am Boden liegende Baumstämme. Die Mokassins knirschten auf den dürren Nadeln. Die Abenddämmerung senkte sich herab. Nur hin und wieder erhaschten sie durch die dichtstehenden Bäume einen Blick auf den blutroten Sonnenuntergang.

Der das Horn packt und die anderen folgten ihm blind in dem beruhigenden Gefühl, daß er das Wolfsbündel bei sich trug. Selbst nach so vielen Rückschlägen, trotz der vielen Toten und unzähligen Niederlagen blieb ihr Geist dem winzigen Fellbündel treu ergeben.

Dummköpfe! Merkten sie denn nicht, daß dieses lächerliche Ding nicht die geringste Macht besaß? Blutbär drückte das heilige Bündel an seine schweißnasse Brust. Aber ohne dieses Ding hätte er seine Führung längst verloren. Obwohl er der Hüter des Wolfsbündels war, bröckelte seine Macht zusehends. Männer und Frauen warfen ihm bereits verstohlene Seitenblicke zu. Die Skepsis in ihren Augen war nicht mehr zu übersehen.

Er, der größte Krieger des Rothand-Volkes, mußte machtlos dem weiteren Vorrücken des Kleine-Büffel-Volkes zusehen. Immer mehr seiner Krieger setzten sich in den Wald ab und wandten sich nach Süden, um sich dieser neuen Anführerin Tangara anzuschließen. Tangara? Dieses dünne Mädchen, das dauernd in den Canyons herumstreifte und frei wie der Wind über die Wiesen lief? Was verstand sie schon vom Kriegführen? Von den Männern, die mit ihr geschlafen hatten, behaupteten die meisten, sie verhielte sich sehr zurückhaltend. Niemand hatte ihr ein Kind in die muskulösen Lenden gepflanzt. Zugegeben, für eine Frau besaß sie bemerkenswerte Kraft und Ausdauer. Und niemand konnte so anmutig tanzen wie Tangara. Aber sie war schon immer sonderbar gewesen.

Trotz ihres reizvollen Körpers hatte sich Blutbär nie zu ihr hingezogen gefühlt. In ihrer Gegenwart war ihm stets unbehaglich zumute. Welcher Mann wollte schon eine Frau, die sich im Wald geschickter bewegen konnte als er, die einen Speer mit einer solchen Treffsicherheit werfen konnte?

Er grunzte. War das vielleicht das Geheimnis ihrer Kriegskunst?

Die Treffsicherheit ihres Speers?

Er konnte die Herausforderung, die von ihrer zunehmenden Machtposition ausging, nicht länger ignorieren. Blutbärs Unmut wuchs zusehends. Die Gespräche drehten sich immer häufiger um sie, und ein seltsames Leuchten blitzte dabei in den Augen der Menschen auf. Aber das Rothand-Volk hatte keinen besseren Anführer als ihn. Wer sollte sie besser anführen als Blutbär, der jahrelang allein im Land des Feindes überlebt hatte? Wer kannte den Feind und sein Verhalten besser als er?

Es half nichts. Er wußte, wo Tangara lagerte. Er mußte ihr gegenübertreten. Vielleicht mußte er sich mit ihr paaren, um ihr seine Überlegenheit zu beweisen. Danach würde sich ihre Gefolgschaft rasch in alle Winde zerstreuen.

Lächelnd klopfte er im Gehen mit dem Daumen an das Wolfsbündel.

Schwerer Biber schlich im Lager herum und horchte auf das Getuschel der Leute, die sich in die Zelte zurückgezogen hatten.

Was sollte er tun?

Ärgerlich schlug er nach einer Stechmücke, die unablässig um seinen Kopf surrte. Das kristallklare Wasser des Clear River schlängelte sich um die wie Gerippe herausragenden Felsen. Hinter ihm leuchtete die Red Wall grell im Licht der brennendroten Wolken hoch über den Buffalo Mountains. Wie Feuer reflektierten die Berge vor dem unglaublichen Blau des Himmels den rosa, rot, gelb und orange leuchtenden Sonnenuntergang.

Das saftige Gras im Tal war aus Mangel an Regen bereits braun geworden – als hätten sie durch das Aufschlagen ihres Lagers Gräser und Pflanzen zum Tode verurteilt. Einen winzigen Augenblick lang beunruhigte Schwerer Biber dieser Gedanke.

»Brennt es dort?« fragte jemand, aus einem Zelt heraustretend und nach Westen blickend.

»Das ist nur der letzte Sonnenuntergang, den die Anit'ah erleben«, antwortete ein anderer – aber der Scherz brachte niemanden mehr zum Lachen.

Und das war der Kern des Problems. Festes Holz hatte

noch zwei Tage gelebt. Seinen letzten Tag verbrachte er im Delirium und fantasierte von der Hexe Weißes Kalb, deren Prophezeiung Unruhe unter dem Volk verbreitete.

Schwerer Biber hatte an dem fiebernden Körper des jungen Kriegers gesungen. Der aus der Lende des Mannes sickernde Eiter hatte ihn mit Ekel erfüllt. Der Gestank war furchtbar gewesen, es roch nach durchlöchertem Gedärm und Verwesung. Obwohl sie Festes Holz in einer einzeln stehenden Hütte am Rande des Lagers untergebracht hatten, waren seine Schreie und seine unheilverkündenden Warnungen die ganze Nacht in den Zelten zu hören gewesen.

»Weißes Kalb«, murmelte Schwerer Biber fast lautlos. »Macht immer noch Ärger, selbst im Tod noch.«

Wieder schlug er eine Stechmücke tot und wünschte, er könnte mit derselben Leichtigkeit die im Lager kursierenden und seine Autorität untergrabenden Gerüchte aus der Welt schaffen. Mit einem boshaften Grinsen zermalmte er das tote Insekt zwischen den Fingern.

Obwohl er versichert hatte, Festes Holz sei von einem bösen Geist besessen, zweifelten die Leute daran. Die Nachricht von einer furchtbaren Kriegerin in den Bergen hatte sich verbreitet. Sie hörten Geschichten von in Stücke geschnittenen Kriegern, von der wilden Flucht vor der Grausamkeit und Macht der Kriegerin. Schon hatte er bei einigen Frauen ein seltsames Funkeln in den Augen bemerkt, eine gewisse Auflehnung. Mehr als eine hatte wegen respektloser Bemerkungen blutig geschlagen werden müssen.

Wie konnte er die Herrschaft über die Lage zurückgewinnen?

»Mutter?« Er blickte hinauf zum Himmel. »Was würdest du an meiner Stelle tun? Was rätst du mir?«

Nur die Stille antwortete.

Erinnerungen an die Große Lobpreisung gingen ihm durch den Kopf.

An das Dröhnen der Trommeln, das Singen der Leute. Wenn ihn nur seine Wortgewandtheit nicht im Stich ließ! Damals war alles viel einfacher gewesen – niemand hatte das Volk herausgefordert, und niemand hatte sich gegen ihn aufgelehnt. Zwar sah er immer noch Respekt in ihren Augen, aber dahinter versteckt lag etwas Neues: Zweifel.

Warum ausgerechnet jetzt? Das Fleisch kam in einem endlos scheinenden Strom von den Bergen herab. Frauen und Jugendliche hatten mehr als genug Vorräte für den Winter zubereitet. Seine Krieger plünderten erfolgreich das Land der Anit'ah. Im Grunde könnte er seine Männer zurückrufen und kleine Lager errichten lassen, von denen aus sie die letzten Büffelherden an den großen Flüssen erlegen konnten. Er könnte sich auf seiner Macht ausruhen, die Vision seiner Mutter genießen.

Die Büffel mußten früher oder später in die Ebenen zurückkommen, denn er hatte das Volk vom verderblichen Einfluß der Frauen gereinigt. Sicher erkannte der Große Büffel im Himmel ihre Demut.

Bestimmt beendete er bald die Trockenheit und gab seinen Kindern ihre Fruchtbarkeit zurück. Es würde so lange Büffel geben, wie das Volk makellos blieb. Er glaubte fest an die Worte seiner Mutter.

Warum sich also weiterhin mit den Anit'ah auseinandersetzen? fragte ihn die Stimme der Vernunft.

»Weil sie uns im Wege stehen. Uns das Land verweigern, das uns gehört. Weil sie mir zu *trotzen* wagen!« Er schüttelte die geballte Faust hinüber zu den Bergen.

Die Trommeln der Großen Lobpreisung dröhnten in seiner Erinnerung und hämmerten die Botschaft von der Einheit und der Macht des Volkes in seine Ohren. Damals waren sie eine Gemeinschaft gewesen, unbefleckt von den bösen Prophezeiungen einer sterbenden Hexe.

Er blieb stehen, starrte in das Feuer der Wolken und erinnerte sich an die riesigen Freudenfeuer der Großen Lobpreisung, die sogar das Licht des Sternennetzes überstrahlt hatten.

»Ja. Eine Große Lobpreisung. Das wäre eine Möglichkeit, sich von der Besudelung durch Festes Holz' vom Bösen besessene Seele zu reinigen.«

Er lächelte zum Himmel hinauf, dankbar für das Zeichen, das seine Mutter ihm geschickt hatte. Er konnte die Macht des Volkes wieder stärken, es wieder zu einer Einheit machen. Gemeinsam würden sie den Schmutz von Festes Holz' üblem Geschwätz wegtanzen und damit auch die Prophezeiung der Hexe Weißes Kalb.

Er ballte die plumpen Finger zur Faust und hieb sich in die ausgestreckte Handfläche. Er hörte bereits die Trommeln, fühlte die Macht der tanzenden Menschen. Die Frauen mußte er natürlich wieder auf den ihnen zustehenden Platz verweisen.

Die Lobpreisung würde seine Macht erneuern. Und vielleicht, aber nur vielleicht, würde er endlich die Worte seiner Mutter verstehen, wenn er sich gründlich reinigte, schwitzte und fastete.

»Ich danke dir, Mutter«, flüsterte er hinauf zu den verblassenden Farben der Wolken. Natürlich brauchte er noch eine, gewisse Zeit der Vorbereitung. Er konnte die Krieger nicht sofort aus den Bergen zurückrufen. Das würde die Anit'ah nur ermutigen. Aber wenn er Boten hinausschickte, die den Kriegern mitteilten, das Volk tanze eine Große Lobpreisung, vielleicht würde das ihren Kampfgeist stärken und das Ende der Anit'ah beschleunigen.

Feuertänzer und Zwei Rauchwolken gingen den Weg zwischen den Felsen hinter Weißes Kalbs Höhle hinauf. Plötzlich vernahmen sie hinter sich einen merkwürdigen Laut. Der riesige schwarze Wolf winselte leise. An den Flanken des Tieres traten die Muskeln deutlich hervor. Warnend richtete es seinen durchdringenden Blick auf Feuertänzer. Warum? Was wußte das Tier?

Der Horizont im Westen leuchtete in strahlendem Licht. Der Sonnenuntergang setzte die Wolken in Brand. Oben auf dem Bergkamm angekommen, blieben sie stehen.

War es Einbildung oder kristallisierte sich tatsächlich die Gestalt eines Mannes aus der sich gewaltig auftürmenden Gewitterwolke? Zwei Rauchwolken überlief eine Gänsehaut; das Gefühl der Macht erfüllte die Luft.

Er blickte hinauf zu dem strahlend leuchtenden Himmel in das schimmernde Gesicht, das sich aus den Wolkenbergen gebildet hatte.

In stetig wachsender Angst eilten sie weiter. Feuertänzer sprach kaum ein Wort.

Als sie Weißes Kalbs Höhle verlassen vorgefunden und Blutflecken auf der Erde entdeckt hatten, packte sie eine unheilvolle Vorahnung. Hier oben auf dem Grat wurde daraus Gewißheit.

Zwei Rauchwolken und Feuertänzer blickten entsetzt auf das Bild, das sich ihnen bot. Sie lag auf dem Rücken, angestrahlt von den zinnoberroten Farbschattierungen der flammenden Wolken. Die Kojoten und Raben waren schon am Werk gewesen. Wo die Raben den Darm entleert hatten, beschmutzten weiße Kotflecken ihre Kleidung.

Von Gesicht und Händen war das Fleisch weggefressen. Aus den Gedärmen ihres aufgehackten und zerfleischten Körpers ragte der tödliche Speerschaft zum Himmel hinauf.

»Nein!« Der Schrei brach aus Feuertänzers Kehle.

Ein gähnender Abgrund öffnete sich in Zwei Rauchwolkens Seele. Er hinkte weiter – den Schmerz in seinem verkrüppelten Bein nahm er nicht mehr wahr. Am Rande des Steinkreises blieb er stehen. Jemand hatte Weißes Kalbs Kopf mit dem Gesicht nach Westen auf den mittleren Steinhügel gebettet, damit sie die untergehende Sonne betrachten konnte. Graue Haarsträhnen umflatterten den angenagten Schädel.

Sie mußte seit einigen Tagen tot sein. Ihre gebleckten Kiefer glitzerten im blutroten Licht. Die leeren Augenhöhlen starrten blicklos in den Sonnenuntergang.

Zwei Rauchwolken schwankte. Er roch den Gestank von Verwesung und Rabenkot. Ihm war, als würde seine Seele in tausend Stücke gerissen und vom Wind davongetragen.

Feuertänzer trat neben ihn. Die ungeheure Trauer auf seinem Gesicht versetzte Zwei Rauchwolken einen weiteren Schlag. Der schwarze Wolf winselte, ein schriller, ungewohnter Ton lag in seiner klagenden Stimme.

»Ich dachte, das Volk tötet seine eigenen Leute nicht.« Zwei Rauchwolken mußte in seiner Erschütterung einfach irgend etwas sagen.

»Es hat seinen Weg verloren«, flüsterte Feuertänzer. »Und andere müssen dafür bezahlen.«

»Dafür wird das Volk bezahlen müssen«, knirschte Zwei Rauchwolken.

»Am Ende werden sie alle bezahlen. Du träumst sie alle weg, unter den Boden, damit sie für immer und ewig in der Dunkelheit eingeschlossen sind.«

Schwer legte sich Feuertänzers Hand auf Zwei Rauchwolkens Schulter. Die sanfte Stimme glättete die Wogen seines aufgewühlten Gemüts.

»Tötest du Kinder, wenn sie Dummheiten machen? Vernichtest du sie, wenn sie keine Eltern haben?«

Zwei Rauchwolken schloß die Augen. Er versuchte, die Vergangenheit zu verdrängen und den Geruch des Todes zu ignorieren. »Sind wir das denn? Eltern, meine ich?«

»Möglich. Vielleicht wäre Lehrer das bessere Wort dafür.«

Blinzelnd versuchte Zwei Rauchwolken, seinen in Tränen verschwimmenden Blick zu klären. Ehrfürchtig sah er Feuertänzer an. Der Mann stand angesichts des Verlustes völlig erstarrt da.

Ein unglaublicher Kummer lag auf seinem von Leid gezeichneten Gesicht. Ein Teil von Feuertänzer schien mit Weißes Kalb gestorben zu sein.

»Ich kam hierher, um mit ihr zu reden. Ich dachte, sie könnte mir weiterhelfen. Ich ...« Er schüttelte den Kopf. »Der Weg zum Großen Einen ist so schwer – es ist so hart, zu versagen. Einmal lag ich sterbend im Schnee, und ich wurde frei. Ein anderes Mal lag ich wegen eines Schlangenbisses im Sterben, und die Schranken meiner Seele senkten sich und ließen mich das Große Eine träumen. Doch beide Male hatte ich einen Führer. Verstehst du? *Ich hatte einen Führer!*«

Feuertänzer schlug die Augen nieder, seine Schultern fielen müde herab. »Was ist, wenn ich es nicht träumen kann? Was, wenn mich die Illusion gefangenhält? Ich bin ... so unsicher.«

»Du hast auf Weißes Kalb gezählt?«

»Sie wußte so viel.«

»Als sich ihre Seele befreite, verließ etwas sehr Wertvolles diese Welt.« Ein Kloß schnürte Zwei Rauchwolken die Kehle zu. »Sie war meine Freundin. Von allen Menschen, die ich kannte, verstand sie mich am besten.«

»Leid ist eine Illusion«, erklärte Feuertänzer tonlos. »Nur eine Illusion.«

»Und wenn sie dich ergreift, während du träumst?«

»Dann kann uns das alle töten.« Er wandte sich ab und ging müde zum Pfad zurück, der ins Tal hinunterführte. Plötzlich sank er auf die Knie und schlug die Hände vor das Gesicht. »Ich fühle mich unendlich verloren.«

»Aber du hast das Große Eine geträumt.«

Bei diesen Worten krümmte sich Feuertänzer wie unter einem Schlag zusammen. »Ich habe geträumt. Ja, ich habe das Große Eine geträumt. Aber Zwei Rauchwolken, warum glaubst du, saß ich ständig oben auf dem Berg? Ich habe es versucht und versucht und versucht.

Ich schaffe es nicht allein. Begreifst du das nicht?

Stell dir einen Berg vor, der hoch vor dir aufragt. Oben auf seinem Gipfel siehst du ein Feuer brennen. Du stehst im Dunkeln, siehst nur das Licht des Feuers, aber du siehst die Wege nicht, die hinaufführen. Du beginnst aufzusteigen und triffst auf Felsen, die dir den Weg versperren. Du gehst zurück und beginnst von neuem mit dem Aufstieg, doch diesmal blockieren umgestürzte Bäume deinen Weg. Trotzdem gelangst du höher und höher, immer näher zum Licht.

Dann, wenn das ersehnte Feuer in greifbare Nähe gerückt zu sein scheint, tut sich ein Abgrund vor dir auf, den zu überbrücken dir unmöglich ist. Ich habe den Gipfel mit dem Licht noch nie erreicht.

Am schlimmsten ist die Kälte am Fuß des Berges. Ich möchte das Feuer spüren, seine Wärme fühlen. Dieses Verlangen treibt mich an.

Meine Verzweiflung wächst ins Unermeßliche. Je mehr ich mich danach sehne, um so unüberwindbarer wird der Abgrund zwischen mir und dem Licht, um so unmöglicher wird das Erreichen des Gipfels.

Die Leute glauben, um den Tanz des Großen Einen zu tanzen, genüge es, die Flügel auszubreiten und darüber hinwegzufliegen – aber man muß gehen, Schritt für Schritt den Weg der Illusion bewältigen.

Und ich habe den Weg noch nicht gefunden. Im Lager, da waren Reizende Wapiti, meine Töchter oder Hungriger Bulle ... irgend etwas hat mich dort immer blockiert. Sogar meine eigenen Zweifel.«

»Aber du hast das Große Eine geträumt!«

»Ja!« schrie er. »Wolfsträumer kam zu mir. Ich mußte fast sterben, um die Schwelle zu überwinden. Verstehst du denn nicht? Ich selbst bin mein schlimmster Feind! Nicht Schwerer Biber oder Blutbär ... *ich* bin es, den ich bezwingen muß!«

»Vielleicht kommt Wolfsträumer zu dir, wenn er sieht, daß du ihn brauchst. Eine Macht kann nicht einfach ihr Werkzeug beiseite werfen wie eine ungeschickte alte Frau einen Steinsplitter, an dem sie sich geschnitten hat ...«

»Aber ich muß es alleine schaffen.« Seine Augen glänzten wie im Fieber. Er sah Zwei Rauchwolken verzweifelt an. »Nenn es meinetwegen ein Gefühl, aber es geht nicht nur um Wolfsträumer oder die Macht oder um das, was diese will. Es geht um mich. *Ich* bin wichtig. *Ich* muß die Spirale in ihre Ausgangslage zurückträumen. Das fühle ich so deutlich wie im Wald den Blick eines Grizzlybären im Rücken. Ich muß den Weg zum Großen Einen allein finden. Es steckt in mir drin. Mein freier Wille – wenn du es so nennen möchtest.«

»Du hast das Wolfsbündel vergessen.«

»Wie setze ich es ein? Ich fühle es, aber es ist das gleiche wie mit dem Großen Einen. Es schwebt dort draußen, eingehüllt in Geistermacht, und es stirbt. Seit dem Tag, an dem Schwerer Biber es in die Dunkelheit geworfen hat, stirbt es. Vielleicht hat es bereits zuviel von seiner Macht eingebüßt und ist gerade noch so stark wie ein alter Mann, der keinen Speer mehr schleudern kann.«

»Und was dann?«

Ratlos zuckte Feuertänzer die Achseln. »Dann weiß ich auch nicht weiter.« Mit leerem Blick starrte er in die untergehende Sonne.

»In den letzten Tagen verfolgten mich Bilder – ich sehe die Liebe in Reizende Wapitis Augen. Ich sehne mich danach, meine Töchter zu umarmen, sie spielen zu sehen. Ich möchte Hungriger Bulles Lachen über Schwarze Krähes Witze hören, mich an Drei Zehens Vogelstimmenimitationen erfreuen.

Wenn ich von heute an die Augen schließe, werde ich immer Weißes Kalbs Leiche erblicken, und das Leid wird sich immer tiefer in mein Innerstes fressen. Weißt du, was das bedeutet? Was ist, wenn ich es nicht schaffe, meinen Willen zu kontrollieren und den Weg in der mir zur Verfügung stehenden Zeit zu finden? Was dann? Ich weiß, ich kann mit dem Großen Einen tanzen, ohne unterzugehen.

Aber kann ich den Berg dann besteigen, wenn ich es muß? *Ich brauche mehr Zeit!*«

Tangara erwachte vor Sonnenaufgang. Sie lag zusammengerollt unter ihrer Decke, und ihr Körper war so erschöpft als habe sie die ganze Nacht gekämpft. Schrecklicher Durst quälte sie. Mit der Zunge fuhr sie sich über die aufgesprungenen Lippen. Der unangenehme Geschmack in ihrem Mund widerte sie an. Sie schnitt eine Grimasse.

Flammen. Das Bild des Traumes begleitete sie. Geistermacht war gekommen. Sie konnte die magische Anziehungskraft der Wolken während des letzten Sonnenuntergangs nicht vergessen. Mit steifen Muskeln setzte sie sich auf und blickte hinaus in die Morgendämmerung. Ja, es könnte gehen. Der Traum hatte ihr den richtigen Weg gewiesen. Ihr Magen knurrte. Sie rieb sich den Schlaf aus den Augen und stand auf, schüttelte rasch ihre Decke aus, legte sie sich um die Schultern und nahm ihren Beutel.

Sie setzte sich auf einen Felsen und beobachtete den anbrechenden Tag. Die Luft war klar und kühl. Eine leichte Brise stieg aus dem Canyon herauf. Genüßlich sog sie den Geruch nach Föhren und trockenem Gras ein.

»Nur jemand, den rasende Wut antreibt, kann tun, was ich tun muß.«

Noch einmal durchlebte sie den Traum und sah den vor

ihr liegenden Weg. Sie mußte sich nur ins Gedächtnis zurückrufen, welch entsetzliche Qualen ihr die Kleine-Büffel-Krieger zugefügt hatten, und ihr unbändiger Zorn flammte erneut auf.

Sie beobachtete, wie sich die Sonne über die Berggipfel erhob und die Wiesen mit goldenem Licht überflutete. Von den Kochfeuern kräuselte sich bereits feiner Rauch empor und verflüchtigte sich zwischen den Bäumen.

Im Vertrauen darauf, daß kein Feind in der Nähe lauerte, ging Tangara den steilen Hang hinunter. Sie blieb stehen, streifte ein wenig Föhrenrinde von einem Stamm und hob eine Handvoll Nadeln auf. Nachdenklich zerkrümelte sie die Nadeln in der Faust. Sie wußte, was sie zu tun hatte.

Im Lager angekommen, begrüßte sie ihre Krieger mit munteren Zurufen. Ein Gefühl nie gekannter Freiheit durchdrang ihre Seele wie die belebende Frische eines Frühlingswindes.

»Widderhorn? Du und Hängender Fels, ihr müßt etwas für mich erledigen. Beeilt euch. Jeder von euch geht in eine andere Richtung.«

»Wie viele Leute brauchen wir?« Widderhorn trottete heran und ging neben ihr in die Hocke.

»So wenig wie möglich. Ich hatte heute nacht oben auf dem Berg einen Traum. Ich weiß, wie wir überleben können.«

Sie grinste, als sie das Funkeln in seinen Augen sah. »Einen Traum? Einen richtigen Traum von einer Macht?«

Sie nickte, tief in ihrem Innern spürte sie dies mit unerschütterlicher Gewißheit. »Den Traum einer Macht. Eine Botschaft aus der Geisterwelt.«

Widderhorn kratzte sich hinter dem Ohr und nickte. »Was müssen wir tun?«

Mit flinken Fingern begann sie auf dem Boden ihre Strategie aufzuzeichnen.

»Blutbär!«

Der Ruf kam von rechts. Er drehte sich um und entdeckte Warmer Wind hinter einem am Boden liegenden Baumstamm. Der Krieger hatte einen Speer wurfbereit in den Atlatl eingelegt, die anderen Speere hielt er griffbereit in der Hand.

»Warmer Wind? Warum versteckst du dich?«

Grinsend kam der junge Mann aus dem Unterholz hervor. »Du bringst das Wolfsbündel. Wir sind wieder ein Ganzes! Du fragst, was ich hier mache? Ich bewache den Pfad. Wärt ihr eine Horde feindlicher Krieger gewesen, hätte ich den letzten in der Reihe getötet und wäre zwischen den Bäumen verborgen zum Lager gerannt. Dahinten ist ein von Wapitis getretener Pfad. Ich hätte unsere Krieger gewarnt.

Während der Feind im Wald herumgeirrt und hinter meinem Schatten hergewesen wäre, hätten wir ihm am Eingang des Canyons dort oben einen Hinterhalt gelegt.«

Blutbär lächelte humorlos. »Aus deinen Worten schließe ich, daß sich Tangaras Lager da vorn befindet.« Er blickte sich um und entdeckte den schmalen, zwischen den Bäumen verborgenen Pfad. Das Licht des Nachmittags fiel schräg durch die Äste der dicht stehenden Föhren.

Warmer Wind nickte. »Das ist ein hervorragender Platz. Von dort aus können wir die Wege nach Norden kontrollieren. Jeder, der nach Norden will, muß hier durch. Weiter östlich kommt man in das Labyrinth der steil abfallenden Schluchten. Weiter westlich wären die hohen Gipfel zu überwinden. Wenn der Feind nach Norden will, muß er durch diesen Engpaß hier.«

»Was ist mit dem Süden?«

Überheblich zuckte Warmer Wind die Achseln.

»Die meisten der Lager dort sind geplündert. Die Leute sind zu Klappernde Hufe und dieser seltsamen Sippe geflüchtet, mit der sie zusammenlebt.«

»Du meinst diese Leute vom Kleine-Büffel-Volk?«

»Weißes Kalb hat sie gern gehabt. Und Zwei Rauchwolken schloß sich ihnen freiwillig an. Tangara hat alle, die nicht kämpfen können, dorthin geschickt. Sie leben auf der Westseite – auf der anderen Seite der Berge.«

Blutbär nickte. »Ich kann also Tangaras Lager nicht verfehlen?«

»Nein, du mußt einfach geradeaus weitergehen. Am Ende des Canyons siehst du einen markanten Felsen. Dort ist es. Wir übersehen fast die ganze Gegend. Heute morgen hat Tangara zwei Männer weggeschickt. Anscheinend hat sie etwas vor. Sie hat uns aber nicht gesagt, was, nur daß wir in vier Tagen Bescheid wüßten. Sie hatte anscheinend heute nacht einen Geistertraum oben auf dem Berg. Ich habe sie noch nie zuvor so glücklich gesehen.«

»Ich verstehe.«

»Und Der nie schwitzt ging mit einem Trupp hinaus, um ein paar Kleine-Büffel-Krieger zu vertreiben. Die trauen sich tatsächlich, vor unseren Augen Büffel zu jagen. Da es nur sechs oder sieben Krieger waren, müßten unsere Leute bald zurück sein. Der nie schwitzt nahm zehn Männer und Frauen mit.«

»Frauen?«

Warmer Wind grinste. »Du darfst nicht vergessen, Tangara ist unsere Anführerin. Frauen sind gute Kämpferinnen. Sie können zwar nicht so schnell laufen wie ein Mann und auch die Speere nicht so weit werfen, aber sie wollen lieber tot sein, als von den Kleine-Büffel-Kriegern gefangengenommen werden. Du wärst überrascht, wenn du sehen würdest, was eine vor Wut rasende Frau mit einer Keule zustande bringt. In einem solchen Moment scheint es den Frauen gleichgültig zu sein, ob es sich um ein Schaf in einer Falle handelt oder um einen verwundeten feindlichen Krieger.«

»Tangara ist deine Anführerin?« In Blutbär regte sich Jähzorn.

Warmer Wind zwinkerte kaum merklich und straffte sich. Blutbärs Krieger traten unbehaglich von einem Bein aufs andere. »Das mußt du mit Tangara aushandeln.«

»Du kommst nicht mit uns?«

»Nein. Auf keinen Fall lasse ich diesen Pfad unbewacht. Das könnte Menschenleben kosten.«

Blutbär starrte den Mann aus schmalen Augen an. Er bemerkte nicht die kleinste Unsicherheit in dem harten Blick. Die Dinge waren ihm weiter aus der Hand geglitten, als er gedacht hatte. Anstatt sich dem Gespött auszusetzen, hätte er schon beim ersten Gerücht von Tangaras zunehmendem Einfluß eingreifen sollen.

Aber wer hätte vermutet, wieviel in diesem mageren Mädchen steckt?

»Gut. Bewache den Pfad. Ich rede später mit dir.«

Warmer Wind nickte und fügte hinzu: »Ich möchte die Sache nicht auf die Spitze treiben, Blutbär. Du bist zwar der Hüter des heiligen Bündels, dennoch muß ich dich bitten, dich von der Vernunft und nicht von Gefühlen leiten zu lassen. Sie können dich nur zu unbedachten Handlungen hinreißen und eine Menge Ärger heraufbeschwören.«

»Oh?« Blutbär wirbelte herum. Seine Augen strahlten eine gefährliche Ruhe aus.

Warmer Wind ließ sich nicht einschüchtern. Er nahm eine gleichgültige Haltung ein. »Du hast mich verstanden, Blutbär. Und vergiß nicht, Tangara hat mehr als einem von uns das Leben gerettet – und mir ist das meine besonders lieb. Sie hielt uns zusammen und zeigte uns einen Weg, wie wir diese Plünderer wenigstens für den Augenblick aufhalten können. Wenn du jetzt Ärger machst, spaltest du das Rothand-Volk, und das zu einer Zeit, wo wir alle zusammenhalten müssen.

Tangara hat nie ein böses Wort über dich gesagt. Sobald das Thema auf deine Führung kam, sprach sie von etwas anderem. Sie ermahnt uns, nicht miteinander zu streiten. Denk daran, wenn du nachher mit ihr und den Leuten im Lager verhandelst.«

Der Sarkasmus in Blutbärs Stimme war unverkennbar. »Ich danke dir für deine Fürsorge und Hingabe an das Volk, Warmer Wind. Ich schätze das wirklich sehr und werde deinen Rat befolgen.« Und schon eilte er den Pfad hinunter, das unwillige Gemurmel seiner Gefolgsleute hallte dröhnend in seinen Ohren.

Hatten sie vergessen, wer das Wolfsbündel dem Kleine-Büffel-Volk entrissen hatte? Er war Blutbär, der größte Krieger unter ihnen, der Mann, der das Kleine-Büffel-Volk wieder und wieder aus den Bergen vertrieben hatte! Er war es gewesen, der das Rothand-Volk durch das Wolfsbündel wieder vereint hatte. Unter seiner Führung war es gelungen, Drei Rasseln und die anderen Händler dazu zu bewegen, mit ihren Waren vom westlichen Meer wieder in die Berge zu kommen.

War seine Führung wirklich so schlecht gewesen?

Ärgerlich hämmerte er mit dem Daumen gegen das Wolfsbündel. Das Gefühl kommenden Ärgers verstärkte sich.

Als die Sonne hinter dem Horizont versank und sich die Schatten der Berge über das Land breiteten, entdeckte der Trupp das Lager Tangaras. Selbstbewußt führte Blutbär seine Leute über die Lichtung. Dürres Gras raschelte unter ihren Mokassins. Vor einem gewaltigen Felsen blieb er stehen und stemmte die Hände in die Hüften. Widerwillig mußte er zugeben, daß Tangara den Lagerplatz gut gewählt hatte. Kein Zweifel, sollte das Lager überfallen werden, konnte die erste Angriffswelle von nur wenigen Verteidigern aufgehalten werden, während sich die anderen Krieger rasch auf die umliegenden Felsen verteilten. Er kannte diesen Ort von früher, als er in diesem Gebiet gejagt hatte. Dunkel erinnerte er sich an die auf der anderen Seite hinunterführenden Pfade. Ein perfekter Platz. Tangara konnte nicht abgeschnitten werden.

Er betrat das Lager, und plötzlich tauchten die Krieger – Männer und Frauen – auf. Sie standen vor ihm wie aus dem Erdboden gewachsen. Lächelnd riefen sie den Ankömmlingen Begrüßungsworte zu.

Blutbärs Wut erreichte fast ihren Siedepunkt. Diese Krieger wirkten nicht im entferntesten wie verzweifelte Verteidiger. Sie waren wohlgenährt und strahlten Zuversicht und Selbstsicherheit aus. Aber wie würde es ihnen ergehen, wenn sich die grausame Faust des Winters über den Bergen schloß und sie keinerlei Vorräte hatten?

Die Feuer waren hervorragend abgeschirmt. Ein verwundeter Krieger, Geborstener Fels, lag mit einem Breiumschlag auf einer bösen Oberschenkelwunde vor einem Zelt.

Tangara hatte sich auf einem der Findlinge aufgebaut. »Blutbär!

Wir freuen uns, dich zu sehen. Fühl dich wie zu Hause und setz dich. Heute versuchte nur eine einzige übermütige Horde der Kleine-Büffel-Krieger uns herauszufordern. Der nie schwitzt hat sie verjagt und mindestens einen von ihnen getötet.

Wahrscheinlich rennen sie vor Entsetzen immer noch.«

Blutbär schielte zu ihr hinauf. Er spürte sofort die Ausstrahlung ihrer unangefochtenen Autorität. Vom Felsen aus erscholl ihre Stimme weit. Nun wußte jeder im Lager, daß er und seine Leute willkommen waren.

»Komm herunter, Tangara. Wir müssen miteinander reden.«

»Du siehst eine Möglichkeit, noch mehr Feinde zu vernichten? Wir sind glücklich, dich und deine Männer bei uns zu haben. Noch mehr Speere, die das Blut des Feindes trinken!« Wie ein Blitz verschwand sie und ließ ihn verblüfft stehen.

Grübelnd wartete er. Tangaras Krieger umringten ihn und seine Gefolgsleute und erkundigten sich nach Neuigkeiten. Sie wollten hören, wie es ihren Verwandten ging und wer verwundet worden war.

Seine Leute hatten sich unter die anderen gemischt und hörten sich Berichte von Kämpfen und Siegen an. Das leidenschaftliche Feuer in den Augen von Tangaras Kriegern schien ansteckend zu wirken.

Jemand hob heiße Steine aus der Glut und warf sie in den über lodernden Flammen hängenden Kochsack. Ein anderer brachte einen mit Quellwasser gefüllten Pansen und hängte ihn an einen Dreifuß.

Mit finsterem Blick wandte er sich. Er hatte ihren Auftritt verpaßt.

Geschmeidig und mächtig stand sie bereits da, eingehüllt in ein herrlich gearbeitetes Kleid. Sie legte den Kopf schief und grinste triumphierend.

»Mit dem Wolfsbündel können wir nicht mehr verlieren. Ich danke dir für dein Kommen. Wir können immer Krieger brauchen. In ein paar Tagen schicke ich dich mit ein paar Leuten nach Süden. Sicher weißt du …«

»Du hast mir keine Befehle zu erteilen.« Er richtete einen Finger auf sie. »Ich bin der Anführer des Rothand-Volkes.«

Sie straffte sich, ihre Augen wurden schmal. Schlagartig herrschte Schweigen. Sie blickte in die Runde der plötzlich still gewordenen Leute und nickte. »Gut. Sprechen wir über unsere Meinungsverschiedenheiten. Es steht zuviel auf dem Spiel. Wir dürfen nicht in Zank und Streit verfallen. Setz dich, ich werde dich von unseren Möglichkeiten, so, wie ich sie im Augenblick sehe, unterrichten. Du sagst mir deine Meinung. Ich würde niemals einen Mann zu etwas zwingen, wogegen sein Geist rebelliert.«

Die Umstehenden nickten zustimmend.

Blutbär versuchte sich, gewarnt von einer Ahnung in seinem Unterbewußtsein, mit aller Kraft zu beherrschen.

»Wir können uns keinen Ärger untereinander leisten«, erklärte Tangara vernünftig. »Es reicht, wenn wir gegen den Feind kämpfen müssen. Du, Blutbär, mußt tun, was du für richtig hältst.«

Er holte tief Luft, blickte auf und merkte, daß alle Augen auf ihn gerichtet waren. »Ich bin der rechtmäßige Anführer des Rothand-Volkes. Ich bin der Hüter des Wolfsbündels!« Er hob es hoch, damit alle es sehen konnten. »Jetzt bin ich hier, und ich werde die Kämpfe gegen den Feind anführen.«

Tangara hob die Arme und ließ sie wieder laut klatschend auf die Hüften fallen. »Schön. Aber ich führe meine Leute weiterhin auf meine Weise. Ich kann nicht erwarten, daß du meine Befehle befolgst, aber du wiederum kannst nicht erwarten, daß ich die deinen hinnehme.«

»Dir wird nichts anderes übrigbleiben.«

Sie schüttelte den Kopf. Unter den umstehenden Kriegern erhob sich Gemurmel. »Nein, Blutbär. Ich habe meine eigene Macht erlangt.

Weißes Kalb sagte mir …«

»Die Hexe des Kleinen-Büffel-Volks? Was sagte sie dir?«

»Daß ich die neue Anführerin des Rothand-Volkes werde.« Sie stellte sich mit verschränkten Armen vor ihn hin. Ihr Gesicht war ausdruckslos.

»Du hast anscheinend das Wolfsbündel vergessen.«

Sie schüttelte den Kopf. »Ich habe das Wolfsbündel nie vergessen. Habe ich dir nicht gesagt, daß ein Träumer kommt?«

»Ein Träumer?« Blutbär lachte aus vollem Hals. »Was denn für ein Träumer?«

»Das weiß ich nicht.« Sie trat näher und blickte zum Wolfsbündel hinauf. »Es ist ein Mann.«

»Und das stört dich?«

»Richtig, das stört mich.« Der Zorn funkelte hell in ihren Augen.

»Ich diene keinem Mann. Dieser Tag – falls es ihn je gegeben hat – ist ein für allemal vorbei. Ich kenne meinen Weg.«

Blutbär streckte den Arm aus und nahm ihre Hand in die seine. Er quetschte sie mit aller Kraft, so lange, bis sie aufstöhnte. Er blickte in ihre zornglühenden Augen und fügte hinzu: »Vielleicht sprechen wir drüben unter den Bäumen weiter, eh? Vielleicht teilst du heute nacht mein Lager mit mir?« Er verstärkte den Druck seiner Finger.

»Sei kein Narr«, zischte sie zwischen zusammengepreßten Zähnen hervor. »Du ziehst dir den Zorn aller zu.«

Alle Männer und Frauen waren bereits aufgestanden und hantierten mit ihren Speeren. Unsicherheit stand in ihren Augen.

Mit leiser Stimme setzte er hinzu: »Wenn du tatsächlich der Meinung bist, wir dürften das Volk nicht spalten, dann komm mit mir hinüber zu den Bäumen.«

Im Geist ging er seinen Plan durch. Er hatte noch immer das Wolfsbündel. Sie mußte nur ja sagen, dann konnte ihn niemand der Vergewaltigung bezichtigen. Aber er mußte seine überlegene Stärke demonstrieren.

In ihren Augen wetteiferte unbeherrschte Wut mit Schmerz. Langsam schüttelte sie den Kopf. »Vorher bringe ich dich um.«

Er lachte und schleuderte sie zu Boden. Seine Kraft übertraf die ihre bei weitem. »Und du nennst dich eine Kriegerin, Frau?«

Ihre Augen blitzten. Sie massierte sich die gequetschte Hand und ließ sich Zeit. Erst nach einer Weile winkte sie ihre Krieger heran. »Wie viele Lager hast du gerettet, Blutbär?«

Er sah sich um und blickte in die zornigen Augen der Leute. Wenn er jetzt nichts unternahm, hatte sie gewonnen. Er lächelte in die Runde. »Es ist seit langer Zeit Brauch beim Rothand-Volk, daß der Hüter des Wolfsbündels einige Vorrechte genießt. Jetzt nehme ich diese Frau, Tangara, zu meiner Ehefrau.«

»Du machst *was?*« Tangara sprang auf.

»Was ich eben getan habe – manch einer wird sich gewundert haben, was dahinter steckt –, war eine Prüfung deiner Hingabe an das Rothand-Volk. Ja, ich will dich zur Frau.«

»Das ist Wahnsinn! Zuerst ziehst du mich in Zweifel. Dann …« Ihr Gesicht verriet größte Verwirrung.

»Nenn mir eine Frau, der diese Ehre ebenso gebührt wie dir, Tangara.« Er klopfte auf das Wolfsbündel. »Gemeinsam werden du und ich …«

»Niemals!«

»Fragen wir die Leute.« Er drehte sich um, bevor sie auch nur etwas sagen konnte. »Wie ist es? Wäre es euch nicht recht, wenn wir zusammenarbeiten? Wäre es euch nicht recht, wenn sich die Führung vereint …«

»Niemals!« beharrte sie und kam auf ihn zu. »Du faßt mich niemals an! Niemals bekommst du mich auf dein Lager!«

»Und *so* führst du die Leute? Du trennst sie vom Hüter des Wolfsbündels? Vielleicht, Tangara, läßt du dich von deinen Gefühlen täuschen. Ich bat dich, mich zu heiraten, mit mir zur Hüterin des Wolfsbündels zu werden. Und du weist diese Ehre zurück? Du trittst das Vertrauen des Volkes in den Schmutz?«

In die Enge getrieben, blickte sie sich um. Sie versuchte herauszufinden, wo und wann sie ihren Vorteil verloren hatte und bemerkte die ratlosen Mienen der Menschen, für die dieser Antrag nichts Bedrohliches an sich hatte.

Haßerfüllt starrte sie ihn an. Er genoß ihre offensichtliche Unsicherheit. Ja, jetzt hatte er sie in der Falle. Einfach köstlich! Er hatte seine Macht nicht verloren. Noch immer konnte er die Leute manipulieren. Sie würde ihn abweisen – er las es in ihren Augen –, doch damit würde sie ihre Position untergraben.

Zugegeben, die seine wurde dadurch nicht gefestigt, aber immerhin hatte er die Katastrophe erst einmal abgewendet.

»Du weißt« – ihre Stimme klang beinahe wehmütig – »damit ist es dir wieder gelungen, einen Keil zwischen die Leute des Rothand-Volkes zu treiben. Du hast zerstört, was ich mühsam aufgebaut habe.«

In gespielter Unschuld hob er die Hände. »Ich bin nur gekommen, um eine Frau zu heiraten, die des Wolfsbündels würdig ist. Es stimmt, ich mußte dich zuerst einer unangenehmen Prüfung unterziehen. Ich mußte wissen, ob du stark genug bist. Du hast die Prüfung bestanden. Wenn du nun mir, und damit deinem Volk, den Rücken kehrst, nun ja, ich kann mir nicht vorstellen, daß du …«

»Du … *du Made!*«

Er ging ein sinnloses und überflüssiges Risiko ein und schlug ihr ins Gesicht. Die Leute schrien auf. Doch kein Speer bohrte sich in seinen Rücken, und er wußte, für den Augenblick war er der Sieger.

Sei vorsichtig, Dummkopf! Ein paar von diesen Idioten verdanken ihr das Leben. Leg dich ins Zeug, bevor sie sich wieder fängt.

Setze das Wolfsbündel gegen sie ein!

»Das also ist deine *ehrliche* Meinung. Der Hüter des Wolfsbündels ist eine Made?« Er blickte sich um und stellte fest, daß Tangara wie gelähmt war. Sie konnte nicht reagieren. Sie nahm ihre Hand von den Lippen und starrte sprachlos auf das herabtropfende Blut.

»Seht selbst, mein Volk. Sie hat euch begeistert. Sie ist gerissen, ja, das stimmt. Aber sie hat die Macht des Wolfsbündels beleidigt – dürfen wir uns von so einer Person führen lassen?« *So ist es gut, spiele mit ihrer dummen Anhänglichkeit an das Wolfsbündel Darauf läßt sich aufbauen!* Er hielt das heilige Bündel hoch und bewegte es im Feuerschein hin und her.

Beim Anblick des Wolfsbündels schmolz der Widerstand in den Augen der Leute sichtlich. Für einen solch entscheidenden Moment hätte er es ein wenig aufpolieren, vielleicht ein bißchen neue Farbe auf das abgestoßene, schäbige Fell auftragen sollen. Noch immer zögerten einige. Unsicher blickten sie von Tangara zum Wolfsbündel, das er noch immer hoch über seinen Kopf hielt.

»Laßt euch nicht täuschen!« schrie Tangara, die sich wieder in der Gewalt hatte.

»Wer unter euch noch zögert«, fuhr Blutbär fort, »der sollte gut nachdenken. Warum ist das Wolfsbündel jahrelang bei mir geblieben?

Hmm? Heilige Bündel besitzen Macht.« *Zumindest glaubt ihr das, ihr Dummköpfe.* »Gibt es jemanden unter euch, der seine Treue zum Wolfsbündel um Tangaras Führungsanspruch willen leugnet?«

Jetzt *hatte* er sie! Die letzten Zaudernden leckten sich unsicher die Lippen oder senkten verwirrt die Augen.

»Denkt nach!« rief Tangara. »Vergeßt nicht, was wir erreicht haben! Du, Fetter Hirsch, du, Hohe Föhre, du, Grüne Schlange, erinnert ihr euch, wie oft ich den Verlauf eines Kampfes noch herumgerissen habe? Wer tanzte mit der Macht und jagte das Kleine-Büffel-Volk davon? Kehrt ihr dieser Macht den Rücken?« Sie drehte sich im Kreis, ein Feuer loderte in ihren Augen. »Ich frage dich, Blutbär, wie viele Angehörige des Kleine-Büffel-Volkes hast du im letzten Jahr aus diesem Land vertrieben? Zähl sie auf!«

»Mehr, als du dir vorstellen kannst«, erwiderte er selbstgefällig.

»Sag mir eins, Tangara. Was glaubst du, wer dir diese Macht geträumt hat? Hmm? Kam sie einfach so durch die Luft?«

»Weißes Kalb!« schrie sie trotzig und hob deren alten Atlatl hoch.

»Weißes Kalb?« Er lachte und stemmte die Hände in die Hüften. »Ist dir niemals in den Sinn gekommen, daß der Grund für deine Siege, für deinen sogenannten Tanz im Kampf, vielleicht der sein könnte, daß ich – ja, *ich,* dir mit Hilfe des Wolfsbündels die Kraft dazu *gegeben* habe?«

Mit offenem Mund schüttelte sie ungläubig den Kopf.

Benutze es! Benutze es jetzt! Noch einmal hob er das Wolfsbündel hoch in die Luft und drehte sich langsam. »Ja! *Ich* tat das! Ihre Macht, ihre Stärke kommt vom Wolfsbündel! Überlegt doch, Leute!

Denkt gut nach! Was ist die Macht, die uns unsere Ahnen hinterlassen haben? Was ist die Macht des Ersten Mannes? *Dies hier!*« Er schüttelte das Wolfsbündel in der geballten Faust. »Und damit habe ich all euren Mut für euch geträumt.«

Er wandte sich Tangara zu und sah in ihren Augen, daß ihre Gefühle über ihren Verstand zu triumphieren begannen. Er mußte sie nur noch ein wenig reizen, dann würde sie ihn angreifen und ihm die Rechtfertigung liefern, sie ein für allemal zu vernichten. Er mußte so weit gehen, daß ihr Jähzorn die Oberhand gewann und ihre unkontrollierten Gefühle aus ihr herausbrachen.

»Deshalb bin ich gekommen, Leute. Ich mußte erkennen, daß Tangara nicht imstande ist, euch zu führen. Sie beschäftigt sich zu sehr mit ihrer Selbsttäuschung über die Macht – sie besitzt nicht die überlegene Kontrolle, die ein Anführer haben sollte. Das Wolfsbündel sagte mir, sie täusche sich selbst und rede sich etwas ein. Sie war *falsch* gegenüber dem Wolfsbündel! Sie weigerte sich, die Quelle ihrer Macht anzuerkennen und behauptete, sie verdanke die Macht irgendeiner Hexe – die *zum Feind gehörte!* Und nun spuckt sie auf den Willen des Wolfsbündels! Aber ich sah. Ich hörte die Stimme des Wolfsbündels. Es sagte mir, ich müsse das Rothand-Volk retten, bevor es zu spät ist!«

Tangara sammelte all ihre Kraft zu einem Sprung. Ein wahnsinniges Glitzern glomm in ihren Augen. Ihre schlanken Finger umklammerten den Griff ihrer Kriegskeule.

Muß die Zeit genau berechnen. Muß mich ducken, damit sie das Wolfsbündel trifft. Dann hat sie sich selbst vernichtet. Danach wird es niemand mehr wagen, mich herauszufordern! Er funkelte sie triumphierend an. Ihre Wut hatte endgültig über ihre Vernunft gesiegt.

»Ja, das sagt mir das Wolfsbündel! Ich höre seine Stimme auch jetzt in diesem Moment!« Wieder hob er das heilige Bündel hoch und zwar bewußt so, daß ihr Hieb es unweigerlich treffen mußte.

»*Lügner!*« erklang eine Stimme aus der Dunkelheit.

Tangara erstarrte. Ihr Blick schweifte hinüber zu den abendlichen Schatten.

Kapitel 25

Unfähig, sich zu bewegen und sich auf Blutbär zu stürzen, beobachtete Tangara die Näherkommenden. Eine ältere Frau – nein, ein Berdache – humpelte in den Lichtkreis des Feuers. Ein nervöser junger Mann – Reizende Wapitis Ehemann aus dem Kleine-Büffel-Volk – folgte ihm. Er blickte unentwegt auf das Wolfsbündel und sah aus, als litte er Qualen. Ein feiner Schweißfilm glänzte auf seiner Haut, seine Augen leuchteten wie im Fieber. Hinter ihnen trottete ein riesiger schwarzer Wolf her, dessen furchterregende gelbe Augen jeden einzelnen abschätzend anstarrten. Das Tier blieb vor Blutbär stehen und fixierte ihn mit angelegten Ohren.

»*Lügner!*« wiederholte der junge Mann mit fester Stimme. »*Weißt du nicht, was du getan hast?* Wie oft hast du im Namen des Wolfsbündels gelogen? Wie oft hast du …«

»Kleiner Tänzer.« Mit geschwellter Brust stolzierte Blutbär auf den jungen Mann zu.

»Und natürlich der unvermeidliche Zwei Rauchwolken. Dieses Mal seid ihr zu weit gegangen. Was soll das?

Seid ihr hergekommen, um uns auszuspionieren? Wollt ihr herausfinden, wie viele wir sind? Wollt ihr dem Kleine-Büffel-Volk diese Information überbringen?«

Zwei Rauchwolken sah ihn mit einer Miene an, als habe er etwas Fauliges gegessen. »Das einzige, was ich bis heute nicht begreife, ist, warum dich das heilige Bündel noch nicht umgebracht hat.«

»Gib es mir.« Kleiner Tänzer streckte die zitternden Hände aus.

»Vielleicht rettest du dir damit das Leben. Spürst du nicht, wie seine Macht zunimmt, wie sie wächst?«

Blutbär brach in schallendes Gelächter aus und hüpfte von einem Bein aufs andere. »Mein Leben retten? Du hochmütiger kleiner Narr!

Das Wolfsbündel ist *die* Macht des Rothand-Volkes! Oder hast du vielleicht vergessen, wo ich es aufgefunden habe? In *deinem* Zelt in *Schwerer Bibers* Lager!«

»Und du hast es – und damit das Rothand-Volk – in jener Nacht beinahe umgebracht, als du es vom Dreifuß gepeitscht hast. Es hat nur gewartet. Auf mich gewartet.«

»Gepeitscht?« flüsterte jemand ungläubig. Unruhig scharten sich die Leute um Tangara.

»Und warum sollte es gerade auf dich warten?« Blutbär grinste höhnisch. Mit dem Wolfsbündel auf dem Arm wich er einen Schritt zurück. Er zuckte kurz zusammen und rieb den Stumpf seines kleinen Fingers an seinem Hemd.

»Weil er dein Sohn ist, Blutbär«, erklärte Zwei Rauchwolken in das entsetzte Schweigen. »Dein Sohn … und der Sohn von Klares Wasser.«

»Mein …« Blutbär starrte ihn mit offenstehendem Mund an.

»Du hast dich nie nach ihm erkundigt. Es hat dich nie interessiert, ob ich das Kind am Leben erhalten konnte. Es war einfacher zu erzählen, das Kind sei gestorben. Weißes Kalb wußte Bescheid. Hungriger Bulle weiß es. Ebenso Klappernde Hufe und Reizende Wapiti und all die anderen, die jetzt bei ihnen sind. Seht ihn euch an.« Zwei Rauchwolken deutete auf den jungen Mann. Die traurigen Augen des Berdachen blickten auf die wie betäubt dastehenden Menschen. »Und das Unglück ist, daß er heute nacht seinen Vater töten muß.«

»Dieses junge Hündchen? Mich töten? Warum?« wollte Blutbär wissen.

»Weil du ihm nicht geben willst, was rechtmäßig ihm gehört.«

»Merkst du denn nicht, was du angerichtet hast?« Tränen schimmerten in Kleiner Tänzers Augen. »Du hast beinahe seine Macht vernichtet! Fühl es! Es ruft! Die Macht läßt sich nicht unentwegt mißbrauchen. Nicht einmal die Macht des

Wolfsbündels kann das unbeschadet überstehen, was du und Schwerer Biber ihr angetan haben!«

»Du bist nicht mein Sohn.« Blutbär kicherte leise. »Ein Sohn von mir würde nicht weinend daherkommen und das Wolfsbündel haben wollen. Du bist ein Feind. Das Blut des Kleine-Büffel-Volkes fließt in deinen Adern, Junge.«

»Ich muß es an mich nehmen … es retten.« Kleiner Tänzer blickte sich in der Runde um. Er bückte sich und hob Tangaras Kriegskeule auf.

»Du wirst es mir geben. Sofort. Ich *muß* es erneuern – um die Macht zu retten und die Spirale zu träumen.«

»Leg die Keule hin, Junge, oder du wirst es bereuen.« Mit funkelnden Augen duckte sich Blutbär.

Der große schwarze Wolf legte sich auf den Bauch. Mit gesträubtem Fell starrte er Blutbär an. Die bedrohlich zurückgezogenen Lefzen entblößten seine tödlich scharfen Zähne. Unter dem im Feuerlicht glänzenden Fell pulsierten deutlich die kraftvollen Muskeln.

»Er wird dich töten, Blutbär.« Seufzend schüttelte Zwei Rauchwolken den Kopf. »Die Macht ist gegen dich.«

»Nein!« bat Kleiner Tänzer flehentlich. Er blinzelte plötzlich. »Fühlst du es? Fühlst du es denn nicht? Der Zorn, er wird größer.«

Ein tiefes böses Knurren drang aus der Kehle des Wolfes.

»Versuch nicht, irgendwelche Spielchen mit mir zu spielen, Junge!«

Blutbärs Gesicht begann zu zucken.

Die Keule entfiel Kleiner Tänzers kraftlosen Fingern. Er schrie auf und taumelte vorwärts.

Zwei Rauchwolken faßte sich an den Kopf, brach zusammen und preßte die Hände fest auf die Ohren.

»Was soll das?« brüllte Blutbär. »Was sind das für Spiele? Ihr spielt mit mir?« Bösartig trat er gegen Zwei Rauchwolkens verkrüppeltes Knie. Der Berdache schrie laut auf.

»Das ist deine letzte Chance!« beschwor ihn Kleiner Tänzer und sank auf die Knie.

Tangara verspürte plötzlich hämmernde Kopfschmerzen. Sie stöhnte gequält und blickte gehetzt um sich. Blutbär stand fassungslos da, ein merkwürdiger Ausdruck veränderte sein Gesicht. Er grunzte leise und sank langsam in sich zusammen, als habe er die Kontrolle über seine Muskeln verloren. Überraschung und Angst glänzten in seinen Augen.

Der Wolf jaulte leise, als litte auch er Schmerzen.

Mit ausgestreckten Händen rutschte Kleiner Tänzer auf den Knien vorwärts, griff nach dem Wolfsbündel in Blutbärs zitternden Händen und drückte es fest an seine Brust. Sein Gesicht strahlte.

Tangara massierte sich unter den Nachwirkungen der heftigen Kopfschmerzen die Schläfen. Blinzelnd stand sie auf und wankte auf unsicheren Beinen nach vorn.

»Ich ...« Blutbär brachte fast kein Wort heraus. Reglos lag er am Boden und starrte zum Himmel hinauf. *»Ich ... kann ... mich nicht ... bewegen.«*

Sein schmerzendes Knie umklammernd, setzte sich Zwei Rauchwolken leise stöhnend auf.

»Ich kann dir nicht helfen«, flüsterte Kleiner Tänzer und preßte das Wolfsbündel an sich.

»Du selbst hast dir das angetan. Die ganzen Jahre über hat die Macht auf mich gewartet. Ich mußte das Wolfsbündel holen und wieder zu Kräften kommen lassen. Ich – ich war darauf vorbereitet, dich zu töten, falls mir keine andere Wahl bliebe. Schon der bloße Gedanke daran war mir verhaßt – auch wenn du mir nie ein Vater warst wie Hungriger Bulle. Ein Sohn sollte nie der Macht wegen den Vater töten. Klares Wasser wußte das.

Wolfsträumer wußte das. Und ich verstehe es nun auch. Darum brachte man mich zum Kleine-Büffel-Volk. Ich mußte mit dem Wolfsbündel aufwachsen. Ich mußte miterleben, wie Schwerer Biber die Spiralen verändert. Ich mußte den mir vorbestimmten Weg gehen, um Feuertänzer zu werden.«

Er sprach wie geistesabwesend, ein merkwürdiges Leuchten glomm in seinen Augen. »Du hättest Klares Wasser nie das Wolfsbündel überlassen. Du hättest es gestohlen – oder sie umgebracht. Und ich hätte dich töten müssen. Ich hätte ebenso Unrecht getan wie du, Blutbär.«

»Warum kann ich mich nicht bewegen?« Blutbärs Schrei durchdrang die Nacht.

»Gelähmt«, flüsterte der Mann, der sich von nun an Feuertänzer nannte. Seine Augen blickten leer. Sein Geist schien in die Ferne zu schweifen. Abwesend wiegte er sich vor und zurück. Seine Mundwinkel bebten.

Blutbärs Augen irrten hilflos von einem zum anderen, und er flüsterte: »Das Wolfsbündel, es ist ...«

Feuertänzers Kiefer mahlten. Wie in Trance begann er langsam zu sprechen. Die Worte, die aus seinem Mund kamen, waren nicht die seinen. *»Von nun an wirst du leben wie ich. Fühlen wie ich, du Mensch. Während jedes Augenblicks deines Lebens wirst du merken, wie es ist, als Werkzeug zur Irreführung des Volkes benutzt zu werden. Und du sollst wissen, Wolfsträumer, der Erste Mann, hat noch immer die Spitze deines kleinen Fingers. Ein Versprechen – besonders, wenn man es einer Macht gibt – muß gehalten werden, du Mensch. Lebe nun das Leben, das du dir selbst geschaffen hast.*

Fühle die Macht, die dich umgibt. Fühle meine Macht, die nun in den Händen deines Sohnes wächst. Für jede Beleidigung, die du mir zugefügt hast, wirst du bezahlen. So verletzt du dich auch fühlen magst, so sehr du dich in deiner Qual nach dem Tode sehnen magst, du wirst erst an dem Tag sterben, an dem du so vollkommen erschöpft, verbraucht und zerschlagen bist wie ich, Blutbär.«

Feuertänzer gab einen jammernden Laut von sich, ein krampfartiges Zucken schüttelte seinen Körper.

»Was hat das zu bedeuten?« fragte Tangara erstaunt und starrte in Feuertänzers ausdruckslose Augen.

Zwei Rauchwolken hob in ehrfurchtgebietender Gebärde die Hände und spreizte die Finger. »Das Wolfsbündel spricht durch ihn! Wir hören das Wolfsbündel.«

Feuertänzer schluckte vernehmlich. Er sank in sich zusammen. Nach einer Weile kam er zu sich und blickte sich mit trüben Augen um.

»Ich fühle mich nicht sehr wohl. Ich glaube, ich sollte mich ein wenig hinlegen.«

Tangara wandte sich an die Leute, die wie angewurzelt

dastanden und Feuertänzer erschrocken anstarrten. »Jemand soll ihm ein Lager bereitmachen. Beeilt euch!«

»Was ist mit dem Wolfsbündel?« fragte Grüne Schlange. Sie trat näher und legte ein Fell über Feuertänzers bebende Schultern. Ihr Blick verschmolz mit dem des argwöhnischen Wolfes, und sie hielt ängstlich inne.

Tangara war unsicher, wie sie sich entscheiden sollte. Doch bevor sie etwas sagen konnte, antwortete Zwei Rauchwolken: »Es gehört ihm. Er soll es mitnehmen, wenn du ihn zu seinem Lager führst. Der Wolf tut dir nichts.«

Grüne Schlange zögerte und warf einen fragenden Blick auf Tangara.

»Oder möchtest du riskieren, daß dir dasselbe widerfährt wie Blutbär?« fuhr Zwei Rauchwolken fort.

Erschrocken half Grüne Schlange Feuertänzer, der noch immer das Wolfsbündel an sich preßte, zu seinem Lager. Sie berührte ihn dabei so vorsichtig, als müsse sie einen Kaktus festhalten. Der riesige schwarze Wolf folgte lautlos, wich keinen Schritt von der Seite seines Herrn. Den gelben Augen entging nichts.

Erleichtert seufzend wandte sich Tangara an Zwei Rauchwolken.

»Woher weißt du das alles?«

»Ich bin Berdache. Ich lebe zwischen den Welten. Dieser Mann« – und er zeigte auf Feuertänzer – »hat lange gebraucht, bis er kommt. Aber nun hat seine Zeit endlich begonnen.«

»*Warum kann ich mich nicht bewegen?*« heulte Blutbär. Sein Gesicht zuckte, Tränen liefen ihm über die Wangen und hinterließen schmierige Streifen.

»Mein Finger! Er brennt wie Feuer!«

Tangara schluckte und blickte auf den zuckenden Fingerstumpf.

Rasch wandte sie die Augen ab. »Hohe Föhre, Fetter Hirsch, bringt ihn zu Geborstener Fels. Gebt ihm zu essen und zu trinken. Sorgt dafür, daß er es heute nacht warm hat. Jemand soll bei ihm bleiben, mit ihm reden und aufpassen, daß er ruhig bleibt.

Vielleicht ... vielleicht geht es vorüber.«

Zwei Rauchwolken warf ihr einen Blick zu, der das Gegenteil verhieß.

Blutbär wimmerte, als sie ihn hochhoben. Hohe Föhre berührte den Mann sichtlich ungern.

»Und *laßt ihn nicht fallen!*« befahl Tangara, die den Widerwillen sehr wohl bemerkte. Sie wandte sich an Zwei Rauchwolken. »Weißes Kalb sagte, ein Träumer würde kommen.«

Zwei Rauchwolken nickte zu Feuertänzer hinüber, der sich unter den Decken zusammenkauerte. »Er ist da.«

Der wachsame Wolf wandte nun seine ganze Aufmerksamkeit ihr zu.

Sie mußte all ihren Mut zusammennehmen, um weiterzusprechen. »Er scheint noch sehr jung zu sein.«

Zwei Rauchwolken seufzte. »Und gleichzeitig so unglaublich alt.«

»Du sagtest irgend etwas von Spiralen. Weißes Kalb ebenfalls. Was hat das zu bedeuten?«

Fast hätte Zwei Rauchwolken vor Schmerz aufgeschrien. Fest umklammerte er das noch immer unter Blutbärs brutalem Tritt leidende Knie und lehnte sich an die Felswand. »Sieh dich um. Die Welt befindet sich im Wandel. Wir sind hier am letzten Zufluchtsort vor der Trockenheit. Doch auch hierher wird sie kommen. Dies ist ein Zeitalter des Feuers. Du fragst dich, woher Schwerer Biber seine Macht bekommt? Sein Volk hungerte. Die Büffel wurden weniger und weniger. Tritt in solch aussichtsloser Lage ein Mann vor die Leute und behauptet, er wisse die Antwort auf alle Fragen, hören ihm die Menschen zu. Und noch schlimmer, sie schenken seinen Worten Glauben. Erlangt Schwerer Biber die Kontrolle über die Berge, verfügt er über genügend Fleischvorräte, um sein Volk zu ernähren. Bis dahin erlegen seine Jäger noch die allerletzten Büffel in den Ebenen.«

»Und was können wir dagegen unternehmen?« fragte eine Frau.

»Nichts. Nichts, als ihn und seine Leute bekämpfen.«

»Gibt es keine Hoffnung mehr?« erkundigte sich Tangara und stützte das Kinn auf die schwieligen Handflächen. Eine unheimliche Vorahnung bemächtigte sich ihrer. Ja, sie hatte vorhin die Macht gespürt, eine ehrfurchtgebietende Macht, völlig anders als alles, was sie bisher beim Tanz während eines Kampfes erlebt hatte. Der Gedanke an diese Macht ließ ihre Seele erschauern.

»Das habe ich nicht gesagt«, fügte Zwei Rauchwolken nachdenklich hinzu. »Das Weitere bleibt ihm überlassen. Feuertänzer … und dem Wolfsbündel, falls es noch nicht zu spät ist.«

»Erklär mir das.«

Zwei Rauchwolken sah sie aus blutunterlaufenen Augen an. »Er, der Feuertänzer, muß die Spirale in ihre Ausgangsposition zurücktanzen. Er muß die Begegnung mit Schwerer Biber suchen und einen neuen Weg für das Kleine-Büffel-Volk tanzen.«

Sie lachte. »Und da geht er einfach hin und macht das?«

In einer hilflosen Geste hob Zwei Rauchwolken die Hände. »Ich weiß nicht, wie er es machen wird. Ich weiß nicht einmal, ob er es kann. Er ist der Träumer.«

»Und? Reicht das?«

Seine Lippen zitterten. »Nicht einmal ein Träumer ist gefeit gegen einen Speer im Rücken – und er muß mitten in das Lager des Feindes hineingehen und dort tanzen und träumen. Und er muß das Wolfsbündel mitnehmen.«

Tangara brachte kein Wort heraus. Der durchdringende Blick des Wolfes, der sich in ihre Seele brannte wie glühende Kohlen, brachte ihr Herz fast zum Stillstand.

Wie ein Echo hallte die Bitte der sterbenden Weißes Kalb durch ihre verwirrte Seele.

Die Träume verschmolzen ineinander und verfestigten sich schließlich zu einem Zerrbild. Verschwommen auseinandergleitend, teilten sie sich und fügten sich zu einem Bild zusammen. Hungriger Bulle lachte. Salbeiwurzel schimpfte mit ihm, weil er die Jagdspeere seines Vaters angefaßt hatte. Wildkirsche schlug sich auf die Schenkel und schrie empört auf wegen einer angeblichen Beleidigung. Schwerer Biber lächelte, sein Vollmondgesicht wurde noch breiter, die markanten Lippen verzogen sich höhnisch, verächtlich und herausfordernd. Hinter diesen auseinanderdriftenden Bildern erschien Drei Zehen, der unter rhythmischen Klirren seines Hammerwerkzeugs bei der Herstellung einer Steinspitze dünne Splitter vom Stein abschlug. Der mit Steinen wirft packte ihn am Arm. Todesangst erstickte seinen Schrei, als der schwere Steinhammer sich drohend über seinen Schädel hob.

Feuertänzer versuchte, dieses Bild zu verdrängen, kämpfte mit aller Kraft gegen diesen Traum. Dann fühlte er wieder, wie Zwei Rauchwolken das Wolfsbündel entrissen, von kräftigen Händen grausam gepackt und weggeworfen wurde. Während das Wolfsbündel durch die Luft segelte, verspürte er entsetzliche Übelkeit. Bei seiner unsanften Landung im Gras gerieten die Elemente in wilden Aufruhr.

Wie betäubt lag er auf dem Boden, sich der Erde und der pulsierenden Seele des Grases voll bewußt. Die Spirale krümmte sich und erbebte. Zorn! Leidenschaftlicher Zorn erfüllte die Welt und breitete sich aus wie die schäumenden Wellen eines gewaltigen Sees.

Reizende Wapitis Stimme rief ihn und flehte ihn an, zurückzukommen. Seine Töchter weinten vor Angst und Einsamkeit.

Weißes Kalb flüsterte aus dem ihn einhüllenden Dunstschleier. Von Liebe würgend umschlungen wie ein Feigenkaktus von einer Schlange begann jeder Wirbel seines Rückgrats mit gewaltiger Heftigkeit zu brennen. Er wimmerte. Er wußte, er liebte zu sehr. »Komm zurück zu mir … zurück zu mir …« Reizende Wapitis Ruf lockte süß wie Honig aus einer verborgenen Wabe.

»Vater?« erklang die traurige Stimme seiner Tochter. Beim Klang der Sehnsucht in ihrer Stimme schrie er gequält auf. »Laßt mich gehen«, jammerte er im Traum. »Sie braucht mich.«

Feuerzungen flackerten auf und entzündeten den Wald rings um ihn.

Ein tosendes Flammenmeer umgab ihn, Bäume zerbarsten in der Hitze.

Äste verwandelten sich in Fackeln, gelb-orangene Flammensäulen peitschten rötliche Rauchschwaden gegen den Himmel und drohten selbst die Wolken zu ersticken.

»Eine Zeit des Feuers.«

»Er ist zu jung. Sein Verstand verfügt über keinerlei Disziplin. Spürst du seine Verwirrung? Er kann sich nicht frei machen und zum Großen Einen gelangen. Wie kannst du von ihm erwarten, daß er mit dem Feuer tanzt?«

»Uns bleibt keine Zeit mehr. Wir haben keine andere Wahl.«

»Töte Schwerer Biber.«

»Seine Lehren werden nicht mit ihm sterben. Alles muß verändert werden. Und Menschen verändern sich nur durch die Macht des Traumes. Gedanken sind so beschaffen. Sie können nur ersetzt werden – aber niemals vollständig ausgelöscht. Wir müssen uns mit der Macht der menschlichen Seele auseinandersetzen.«

»Falls er dazu stark genug ist.«

»Ja, falls er stark genug ist. Wir haben ihm gegeben, was wir konnten.«

Feuertänzer durchlitt noch einmal dasselbe Gefühl des Fallens wie damals, als er im Schneesturm fast gestorben wäre; ein Dunstschleier erstickte den brennenden Wald, senkte sich auf Feuertänzer herab und hüllte ihn ein wie Nebel an einem frostklirrenden Wintermorgen.

Er wartete, betrachtete konzentriert die ihn umwirbelnden Wolken, aus deren wogender Masse sich Bilder formten. Er kämpfte darum, sie zu erkennen, ein Gesicht vom anderen zu unterscheiden, die ständig wechselnden Muster festzuhalten. Endlich gelang es ihm, Reizende Wapitis liebliche Züge aus dem sich ständig in Bewegung befindlichen Chaos heraufzubeschwören. Aufschreiend streckte er die Hand nach ihr aus, doch der Nebel verwandelte ihr Gesicht in das seiner jüngsten Tochter.

»Illusion.«

Und schon war das Gesicht des Babys wieder verschwunden.

Aus den Wolkenbildern heraus strahlte ihn Weißes Kalb an. Als er verzweifelt nach ihr rief, verschmolz sie mit dem grauen Dunst.

»Illusion«, wiederholte die Stimme. *»Das ganze Leben ist Illusion.*

Erde, Steine, Wasser und Luft sind nur ein dünnes Netz aus Illusion, die ihrem wahren Wesen trotzt.«

»Reizende Wapiti?« rief er. Seine Seele schien ausgewrungen zu werden wie ein Stück nasses, dampfendes Leder.

»Du mußt die Wege der Illusion durchbrechen.«

Wieder verwoben sich mehrere Bilder ineinander. Sein Verstand versuchte, sie zu unterscheiden, bevor sie wieder im alles umhüllenden Nebel verschwanden. Er beobachtete fieberhaft, versuchte, alles in sich aufzunehmen.

»Zu jung«, bekräftigte eine zweite Stimme.

Feuertänzer rollte sich zusammen wie ein Fötus. Verloren, unfähig zu begreifen, versuchte er, den Nebel zu ignorieren. Doch der Nebel durchdrang all seine Sinne, wirbelnd, sich ständig verändernd sog er die Wirklichkeit in sich auf.

»Hier.«

Sein Körper kam zur Ruhe. Er öffnete die Augen und sah das Wolfsbündel vor sich liegen.

»Ich muß erneuert, im Rauch gereinigt, gepriesen und zu einem Ganzen zusammengefügt werden«, sprach es zu ihm. *»Reinige mich.*

Erneuere mich. Zwei Rauchwolken besitzt die Fähigkeit, mir eine neue Schutzhülle zu machen. Mein Inhalt muß gereinigt und wieder zu einem Ganzen zusammengefügt werden. Du hast wenig Zeit.

Erneuere die Macht. Hauche deine Seele in die meine. Der Wolf hat dich lange Zeit begleitet. Sein Leben ist mein Leben. Du bist der Erste Mann. Wenn die Zeit kommt, gibt er sich in deine Hände. Du bist Feuertänzer.

Hör mir zu. Du mußt Zwei Rauchwolken sagen, er muß das Wolfsbündel erneuern. Du mußt …«

Szenerie um Szenerie entfaltete sich der Traum. Feuertänzer schrie vor Entsetzen. Er fühlte, was geschehen mußte, er erlebte es in der Erfahrung dieses Traums.

»Die Zerstörung muß rückgängig gemacht werden … so, wie wir es dir gezeigt haben. Du darfst nicht versagen. Glaube an dich … an deine Macht.«

Feuertänzers Herz hämmerte. Der sich kräuselnde Nebel senkte sich kühlend auf ihn herab. Stück für Stück schwebte er näher, benetzte seine Haut, ließ ihn in tiefen Schlaf sinken, während die Illusionen in der Endlosigkeit zu versinken begannen. Wie aus weiter Ferne hörte er Reizende Wapiti ihm flüsternd ihre Liebe versprechen.

Das ängstliche Weinen seiner Töchter entfernte sich immer weiter. Irgendwo, irgendwo jenseits ...

Zwei Rauchwolken genoß die Sonne, fühlte dankbar die Wohltat ihrer Wärme auf seinem Fleisch und in seinen steifen Gliedern. Außer Feuertänzer hatte in dieser Nacht kaum jemand ein Auge zugetan.

Der Wolf hatte Feuertänzer aufmerksam bewacht und bedrohlich die Lefzen hochgezogen, sobald ihm jemand zu nahe gekommen war.

An diesem Vormittag schien die Luft vollkommen klar zu sein, kein Dunst lag auf den Bergen. Auch die kleinste Spalte in den grauen Gipfeln war zu erkennen. Die Berge schienen so nah, daß er glaubte, nur die Hand ausstrecken zu müssen, um sie berühren zu können. Darüber spannte sich das endlose, von keinem Wölkchen getrübte Blau des Himmels.

Zwei Rauchwolken blickte hinüber zu dem in tiefem Schlummer liegenden Feuertänzer. Welche Macht hatte ihn durchströmt, daß er für das Wolfsbündel sprechen konnte? Welche Macht hatte den überheblichen Blutbär gelähmt? In der Erinnerung an dieses Erlebnis fröstelte Zwei Rauchwolken. Diesen Augenblick würde er sein Leben lang nicht vergessen.

Tangara kletterte von dem Felsen herab, auf dem sie sich mit ihren Kriegern beraten hatte. Einige der jungen Männer schlenderten gestikulierend über die Lichtung. Das Sonnenlicht glänzte und funkelte auf ihren polierten Waffen.

Die junge Frau setzte sich neben Zwei Rauchwolken und sah ebenfalls zu dem schlafenden Feuertänzer hinüber. »Wir müssen bald einen Sonnenschutz über ihn breiten. Ob der Wolf das erlaubt?«

»Ich glaube schon. Als schwarzer Wolf in der prallen Sonne liegen zu müssen, ist bestimmt kein besonderes Vergnügen.«

Tangara rief ein paar ihrer Leute herbei und gab ihnen den Auftrag, sich darum zu kümmern. Niemand schien sich darum zu reißen, doch der Wolf reagierte nicht, als sie einen Sonnenschutz aufstellten.

»Wann wollt ihr mit den Träumen anfangen?« Sie sah ihn neugierig an.

Zwei Rauchwolken zuckte die Achseln. »Frag ihn, er ist der Träumer. Irgendeine Veränderung in Blutbärs Befinden?«

»Nein.« Sich auf die Ellenbogen stützend, lehnte sie sich zurück und streckte die langen Beine aus. »Ich hätte nicht erwartet, daß er so ruhig bleibt. Ich dachte, er würde herumbrüllen und die Leute in den Wahnsinn treiben. Sein innerstes Wesen scheint sich verändert zu haben. Er liegt einfach da, starrt vor sich hin und hat einen entsetzlichen Ausdruck auf dem Gesicht. Er starrt unentwegt vor sich hin. Jeder fürchtet sich vor seinem Anblick.«

»Mit gutem Grund.« Zwei Rauchwolken griff in seinen Beutel und holte ein paar Schmuckstücke heraus, die er auf Mokassins zu nähen gedachte. »Alles, was Feuertänzer gestern abend gesagt hat, entspricht der Wahrheit. Die Macht ist beleidigt worden.«

Prüfend blickte sie ihn an. »Glaubst du wirklich, er kann diese Sache erledigen? Diese Spiralen träumen, meine ich.«

Zwei Rauchwolken zog die Augenbrauen hoch. »Ich weiß es nicht.

Weißes Kalb hat sich ihr Leben lang mit Mächten beschäftigt.

Sie besaß einen scharfen Verstand. Warum also hat die Macht den Jungen gewählt? Warum nicht jemanden, der sich ein ganzes Leben damit beschäftigt hat? Ich weiß es nicht.«

Tangara zögerte. »Meine Krieger haben mir Nachricht gebracht. Das Kleine-Büffel-Volk ist auf der Jagd. Darum verüben sie zur Zeit so wenige Überfälle. Sie legen Fleischvorräte an. Wenn sie eine Beute erlegt haben, schneiden sie das

Fleisch in Streifen, trocknen es und schaffen es zum Hauptlager am Clear River an der Red Wall.«

Zwei Rauchwolken sah sie fragend an. Sie mied seinen Blick und wandte die Augen ab.

»Was glaubst du, Tangara?«

»Ich glaube, sie bereiten eine Zeremonie vor.« Sie überlegte einen Augenblick. Ihre Stirn legte sich in Falten. »Es hat den Anschein, als würden sie sich in den nächsten Tagen zurückziehen, deshalb müssen wir möglichst bald zuschlagen und sie solange in den Bergen festhalten.«

»Und du glaubst, das könnte Auswirkungen auf Feuertänzer haben?«

Nach kurzem Zögern nickte sie. »Ja, könnte sein.« Ihr kühler Blick wurde eindringlich. »Auch ich hatte einen Geistertraum. Du weißt, wenn der Wind am Nachmittag aufkommt, bläst er immer von Westen.«

Zwei Rauchwolken nickte.

»In zwei Tagen legen einige meiner Krieger Feuer im Unterholz.

Ein Teil des Plans besteht darin, dem Feind in den Flammen eine Falle zu stellen. Das Rothand-Volk ist an den Umgang mit Bränden gewöhnt. Wir haben gelernt, mit Waldbränden zu leben. Aber diese Leute aus den Ebenen?« Sie hob die Schultern. »Wenn es uns gelingt, sie in Panik zu versetzen, werden vermutlich etliche von den Flammen eingeschlossen. Die anderen werden sich in alle Richtungen zerstreuen und leicht zu überwältigen sein.«

»Weißt du nicht, wie trocken die Bäume sind? Das Unterholz? Ja, überhaupt die ganze Vegetation?«

Sie nickte. »Doch, natürlich. Eben deshalb bin ich überzeugt, daß der Plan funktioniert. Der Traum sagte mir, warte vier Tage, dann zünde die Feuer an. Wenn der Feind sich zurückzuziehen beginnt, greifen wir an und nageln ihn an einem geeigneten Ort fest. In der letzten Minute verschwinden wir und überlassen sie dem Schicksal in den Flammen. Ich habe bereits ein paar Krieger losgeschickt, die die Feinde in das Unterholz locken sollen. Da gibt es etliche Stellen, an denen kaum ein Durchkommen ist.«

Zwei Rauchwolken verspürte ein Ziehen in seinem Herzen. »Aber natürlich! Er ist der Feuertänzer.«

»Was?«

»Seine Träume. Besonders der eine, in dem die Wälder brennen.

Wir … nun, wir haben nicht mehr viel Zeit.«

Sie legte eine Hand auf seinen Arm. »Nur ein paar meiner Leute sind eingeweiht. Ich habe den Plan geheimgehalten. Geisterträume teilt man nicht jedem mit.«

Er nickte und legte eine Hand auf die ihre. »Ich bin Berdache. Ich verstehe das.«

In diesem Augenblick trat der Wolf aus dem Schatten hervor.

Feuertänzer kroch auf zitternden Händen und Füßen hinter ihm her.

Seine Augen lagen tief in den Höhlen, und auf seinem blassen Gesicht lag ein gehetzter Ausdruck.

»Zwei Rauchwolken? Wir brauchen Balsamgräser. Wir haben viel zu tun.«

Zwei Rauchwolkens Magen verkrampfte sich. »Ich glaube, die Dinge kommen in Bewegung.«

Tangara schluckte und nickte.

Steile Wände erhoben sich auf den drei Seiten der Felsnische. Der rosa-graue Granit reflektierte das Licht der untergehenden Sonne.

Am abendlichen Himmel leuchteten rötlich-orange schattierte Streifen. Eine kleine, von Weiden gesäumte Quelle versickerte plätschernd in der morastigen Erde der Nische. Dicht stehende Föhren, Espen und üppig wucherndes Gras verbargen den Eingang.

Zwei Rauchwolken grunzte und lenkte damit Feuertänzers Aufmerksamkeit auf sich. Die Miene des alten Berdachen wirkte angespannt, Schweißbäche strömten über sein runzliges Gesicht.

Stöhnend vor Erleichterung ließ sich Zwei Rauchwolken nieder und rieb sich leise wimmernd das Knie.

»Ich bin mir nicht sicher, ob ich diesen Pfad jemals wieder

hinunterkomme. Der Tritt, den Blutbär mir versetzt hat, gab mir … na ja, es hat noch nie so weh getan.«

Der schwarze Wolf umrundete den Platz, schnüffelte und markierte sein Revier.

Besorgt wandte sich Feuertänzer um, seine Lippen zuckten.

»Vielleicht verheilt es. Wir haben noch ein bißchen Zeit.« Der drängende Strom der Macht erfüllte ihn, trieb ihn an, hämmerte nachdrücklich fordernd durch seine Schläfen.

»Du bleibst sitzen. Ich baue uns eine Schwitzhütte.« Feuertänzer ließ die Trage von seinem Rücken gleiten, sorgfältig darauf achtend, daß das Wolfsbündel ganz oben lag und nicht von einer Last zerdrückt wurde. Angst erfaßte ihn. Wie hatte Blutbär nur so ein Narr sein können?

Mit einer aus seinem Beutel entnommenen scharfen Steinklinge watete Feuertänzer in den Morast, der die Sickerstelle der Quelle umgab. Für die Seele der Pflanzen singend, schnitt er mit der scharfen Klinge einige Weidenstämmchen ab. Er patschte aus dem Sumpf, entfernte die Blätter, trieb die angespitzten Enden der Weiden in den weichen Boden und krümmte sie in weite Bogen kreuzweise von Ost nach West und Nord nach Süd. Die Bogen band er in der Mitte zusammen, um so ein stabiles Gerüst für die Häute zu erhalten, die die niedrige Kuppel abdecken sollten.

Anschließend rollte er die dünnen Häute aus und legte sie so über den Weidenbogen, daß das Innere des Zeltes hermetisch abgeschlossen war. Er sammelte etliche der unten am Hang liegenden Bruchsteine und schnitt weitere Weiden zur Herstellung von Herdstöcken, mit denen er die heißen Steine anfassen konnte. Dann holte er Feuerstöcke aus seinem Gepäck und drehte sie so rasch und geschickt, daß bald kleine Flammen emporzüngelten. Diese Flammen nährte er, bis er Kohlen auf das prasselnde Feuer legen konnte.

Nun häufte er die Steine zum Erhitzen auf die Kohlen.

Der Wolf saß aufmerksam dabei. Er hatte den Schwanz um die Beine gerollt und beobachtete die Szene.

»Wir haben nichts gegessen«, erinnerte Zwei Rauchwolken.

»Seit Tagen nicht.« Feuertänzer lächelte. Beim Anblick von Weißes Kalbs Leiche war ihm jeglicher Appetit vergangen. Soviel war geschehen. So wenig Zeit blieb – und so viele Zweifel.

Ehrfurchtsvoll hob er das Wolfsbündel auf und legte es an einen sicheren Ort. Er kippte den Inhalt seiner Trage auf den Boden, patschte wieder durch den Morast und füllte einen Beutel mit Wasser. Er hängte den Beutel an einen Dreifuß aus Espenholz, den er in die Schwitzhütte stellte.

Schließlich hob er die Hände zur untergehenden Sonne und zog sich aus. Zwei Rauchwolken erhob sich und warf sein Berdachenkleid ab.

Auch er hob die Hände, schloß die Augen und sprach ein Gebet.

Mit Hilfe der Stöcke trug Feuertänzer die heißen Steine in das Schwitzzelt. Gebückt trat Zwei Rauchwolken durch den Eingang, sorgsam auf die Schonung seines kranken Beins bedacht. Nachdem er die Häute vor die Öffnung gezogen hatte, wurde es im Innern der Hütte stockdunkel.

»Wir müssen uns reinigen. Jede Spur eines Makels muß aus unseren Gedanken und Körpern entfernt werden.« Nach diesen Worten sang Feuertänzer zur Macht des Wolfsbündels, zu den Geistern von Erde und Luft und Wasser. Am Ende seines Gebets goß er aus dem Beutel Wasser auf die Steine. Zischend stiegen Dampfschwaden auf und erfüllten das Zelt mit feuchter Wärme.

Wie aus weiter Entfernung hörte er Reizende Wapiti rufen. Entsetzt verbannte er den Ruf und zwang sich, zu vergessen. Der alte Kampf begann von neuem. Vertraute Bilder, Geräusche und Erinnerungen drängten heran und blockierten sein Gehirn. Er begann zu schwitzen.

Sein Magen knurrte und verlangte nach einer heißen Brühe.

Feuertänzer bemühte sich, all die Bilder aus seinem Kopf zu verbannen und Klarheit in das Chaos zu bringen.

Zwei Rauchwolkens Singsang beruhigte ihn, schuf eine verbindende Kraft, in der sich Feuertänzer entfalten konnte. Er ließ sich mit diesem Lied treiben, wiederholte die Worte und fühlte, wie der Gesang seine Seele streichelte. Viermal goß er Wasser auf die heißen Steine, bis seine Haut kribbelte und seine Lungen keuchten.

Die Zeit schien in der Hitze und Reinheit des Zeltes zu fließen.

Jede Faser seines Körpers begann in das entspannende Gefühl der Einheit zu gleiten. Die Erde pulsierte.

Auch hier, im Innern des Zeltes, fühlte er die Macht des Wolfsbündels.

Von dieser Einheit beglückend durchströmt, seufzte er tief auf und gab sich diesem Augenblick hin.

Er kroch aus dem Zelt. Taumelnd erhob er sich und sog tief die frische Nachtluft ein. Seine Haut prickelte unter der über seinen Körper streichende Brise.

Der Wolf stand wartend da, ein Schatten in der Dunkelheit.

Zwei Rauchwolken kam aus dem Zelt, legte sich in das Gras und holte tief Luft.

Feuertänzer blickte zum Himmel hinauf und hob in einer flehentlichen Geste die Arme zum Sternennetz. »Höre uns. Wir sind gekommen, das Wolfsbündel zu erneuern und wieder zu einem Ganzen zu fügen, was beinahe gestorben wäre. Hilf uns, Großer Weiser im Himmel.

Hilf uns, Wolfsträumer. Wir versuchen zu erneuern, was beleidigt wurde.«

Mit zum Himmel gerichteten Augen wartete er. Eine furchtbare Sorge lastete auf ihm. *Kann ich es? Bin ich stark genug? Was ist, wenn ich versage?* Er konnte die Macht fühlen, abwartend. Unwillkürlich drängte sich die Erinnerung an den zu Boden sinkenden Blutbär auf.

Das Bild des von der Lähmung ergriffenen kräftigen Körpers setzte sich in seinen Gedanken fest. *Ich bin nicht der Eine, der mit Mächten wie dem Wolfsbündel umgehen kann. Weißes Kalb sollte hier sein. Ich bin verloren.*

»Hilf mir«, krächzte er. Eine furchtbare Angst breitete sich in ihm aus.

Leise tappte der Wolf heran, stellte sich vor ihn hin und blickte ihn mit seinen gelben Augen auffordernd an. Das

Tier fiepte, stupste ihn mit der feuchten Schnauze an und zog sich schnaubend wieder zurück. Dann hob der Wolf die Schnauze und schloß die Augen wie im Gebet.

Feuertänzer ergriff seinen Speer. Wie sollte er das tun? Er konnte es nicht. Gequält blickte er auf den Wolf, dessen Gestalt in der Dunkelheit nur schemenhaft erkennbar war. Das Tier wartete darauf, daß er handelte. Der Traum war eindeutig gewesen. Ganz klar hatte er gesehen und gefühlt, was jetzt zu tun war. Abrupt drehte er sich um und stieß dem Wolf mit aller Kraft den Speer tief in die Seite. Das mächtige schwarze Tier taumelte, machte noch einen Schritt und fiel zu Boden. Blut troff aus der Schnauze, als die Lungen in dem aus den verletzten Arterien strömenden Blut ertranken. Die Flanken des Wolfes bebten. Nach einem letzten Aufbäumen seines Körpers brach der Blick seiner gelben Augen.

Feuertänzer schnürte es die Kehle zu, als er fühlte, wie sich die Seele des Tieres vom Körper befreite und zum Sternennetz schwebte.

Sich dankbar an die Wärme des Wolfs im Schneesturm erinnernd, sank er auf die Knie. Mit den Fingern strich er sanft über das glänzende Fell, fühlte das warme Fleisch darunter. Er verdankte dem Wolf – dem Beobachter – sein Leben. Ihm brach fast das Herz vor Kummer.

Verzeih mir. Aber so war es bestimmt. Du hast es gewußt. Er fühlte sich wie ein Verräter, als er auf das tote Tier hinabblickte – durchbohrt von einem ebenso scharfen Schmerz, als hätte er den Speer in sein eigenes Fleisch getrieben. Ein Traumbild blitzte in seinem Kopf auf. Noch einmal durchlebte er den Augenblick, als das Schaf in der Falle saß und die Keule erhoben wurde. Er schüttelte sich und zwang sich, dieses Bild zu verdrängen. Er kannte den Weg des Todes, das Gleiten der Seele in die Freiheit.

Zwei Rauchwolken begann zu singen. Gemeinsam fielen sie in einen monotonen Singsang, fühlten die Seele des Wolfes aufsteigen, die Seele eines altes Tieres, dessen Leben am Ende des Kreises angelangt war.

Feuertänzer öffnete mit der scharfen Speerspitze den Kadaver und schnitt mit zitternden Händen das Herz heraus. Er hob es an die Lippen, trank das heiße Blut und spürte es salzig auf der Zunge. »Ich bin Wolfsträumer … *und ich bin es nicht.*«

Wie die Wärme morgendlicher Sonnenstrahlen durchströmte ihn die Kraft des Wolfes und verlieh seinem verängstigten Geist Zuversicht.

»Was nun?« fragte Zwei Rauchwolken. Seine Stimme schreckte Feuertänzer aus seiner Konzentration auf. Wie im Traum blickte Feuertänzer hinüber zu dem heiligen Bündel, das auf seiner zusammengefalteten Kleidung lag.

»Ein neues Wolfsbündel muß hergestellt werden.« Schweren Herzens beugte er sich vor und machte sich daran, das dicke Fell von dem noch warmen Körper abzuziehen. Ihm war, als müsse er ersticken, als müsse er mit seinen Schultern einen gewaltigen Felsbrocken stützen, der jeden Augenblick auf ihn herabzustürzen drohte.

Vor Anstrengung keuchend gab er das Fell Zwei Rauchwolken.

»Niemand vom Rothand-Volk besitzt deine Kunstfertigkeit. Du mußt es nähen. Es muß um das Bündel passen.«

Vorsichtig nahm Feuertänzer die Balsamgräser und befeuchtete sie.

Er schichtete weiteres Holz auf das Feuer und legte ein Grasbüschel in die Flammen. Wie er es im Traum gesehen hatte, reinigte er seinen Körper viermal in den aufsteigenden Dampfschwaden.

Dann nahm er eine Obsidianklinge und ging hinüber zum Wolfsbündel.

Leise stimmte er das Lied der Rechtmäßigkeit an. Die ihn umwogende Macht trieb ihm den Schweiß auf die Stirn. Sein Mund war trocken, er konnte kaum schlucken. Sein Innerstes war zum Zerreißen gespannt. Zögernd hob er die Klinge. Aus der Dunkelheit beobachteten ihn unsichtbare Augen und jagten Schauder über seinen Rücken. Er holte tief Luft und versuchte, sich zu beruhigen.

Furchterfüllt durchtrennte er die zerschlissene Verschnürung des heiligen Bündels und öffnete es.

War das Donner? Oder nur die Einbildung seines aufgewühlten Geistes?

Die Macht strich an seinen Fingern entlang, kräuselte die Muskeln seiner Arme und seiner Brust, ließ sein Herz tanzen. Eine entsetzliche Erregung durchströmte die Tiefen seiner Seele. Er fühlte sich wie ein Mann, der einer unvermittelt über ihn hereinbrechenden Flut entfliehen mußte.

Sein Körper war schweißgebadet. Mit zitternden Fingern entnahm er nacheinander den Inhalt des heiligen Bündels und breitete ihn vor sich aus. Eine große Bärenklaue, an der noch ein Stückchen schneeweißen Fells hing. Ein Stück geschnitztes Elfenbein mit dem Abbild eines Monsters. Eine große Steinspeerspitze, auf deren Kunstfertigkeit Drei Zehen neidisch gewesen wäre. Sie war lang und lanzettförmig, am unteren Ende ausgekehlt – die Spitze eines Monsterjägers. Als nächstes kam ein Rabenkopf, eingewickelt in Balsamgräser. Ein uralter Blutfleck verklebte Federn und Schnabel.

Eine Meeresmuschel schimmerte im Feuerschein wie ein Opal.

Feuertänzers Hände förderten an einem spröden, teilweise gerissenen Riemen aufgefädelte Wolfszähne zutage. Er traute sich kaum, diesen Fetisch zu berühren. Überaus vorsichtig legte er ihn auf die Balsamgräser und sang und betete zu der Macht, damit sie die Kette wieder zu einem Ganzen zusammenfüge.

Selbst die Nacht schien sich zu verändern, wogte wellenförmig auf und ab. Feuertänzer versuchte, durchzuatmen. Seine Lungen gierten nach Sauerstoff. Blinzelnd blickte er hinaus in die Nacht.

Ehrfurcht erfüllte ihn beim Anblick der Sterne, die auf eine höchst sonderbare Weise pulsierend aufleuchteten.

Zwei Rauchwolken arbeitete mit flinken Fingern. Mit einer Klinge schnitt er das rohe Wolfsfell in Form, das alte Fell diente ihm als Vorlage. Auf Anweisung Feuertänzers räucherte er das Fell in Balsamgräsern und säuberte es mit heiligen Salbeiblättern, die Leben und Glück versprachen, vollkommen durch das Blut.

Nacheinander führte Kleiner Tänzer die Reliquien durch

den Rauch, reinigte sie, erneuerte die immer stärker auf- und abwogende Macht.

Mit größter Sorgfalt reinigte und bearbeitete Zwei Rauchwolken das Material, bis es vollkommen zu sein schien. Er bohrte eine Ahle durch das Wolfsfell und achtete genau darauf, daß es nicht mit dem Boden in Berührung kam. Er lobpries den Faden, den er aus dem Darm des Wolfes gefertigt hatte und begann mit dem komplizierten Doppelstich, der das neue Bündel zusammenhalten sollte.

Feuertänzer beobachtete den Weg der Sterne am nächtlichen Himmel.

Singend fühlte er seine Seele durch die Nacht gleiten.

Machen wir es richtig? Er bot der kühlen Brise sein Gesicht dar und wünschte, leicht atmen zu können. Neben ihm verrichtete Zwei Rauchwolken gewissenhaft seine Arbeit. So saßen sie beieinander, zwei Menschen, zusammengekauert in der Nacht.

Habe ich richtig gehandelt? Feuertänzer schloß die Augen, Verzweiflung stieg in ihm auf *Und wenn nicht? Werde ich ebenso entsetzlich bestraft wie Blutbär?*

Die sich auf allen Seiten erhebenden Felsen schienen ihn fast zu erdrücken. Eine sonderbare Finsternis begann die Sterne zu verdunkeln.

Ranken einer Macht schlängelten sich wie Nebelfinger durch die Nacht. Schwerer Biber träumte, er stünde inmitten seines Lagers. Die Männer und Frauen seines Volkes sangen und klatschten beim Tanzen in die Hände. Die Augen aller blickten ihn bewundernd an. Ihr Lächeln entbot freundliche Wünsche, in ihren Augen lag Anbetung.

»Siehst du, Mutter? Siehst du, was dein Sohn erreicht hat?« Er hob die Hände und hörte sein Volk jauchzen und lobpreisen.

»Ich habe ihnen den neuen Weg gebracht. Sieh sie dir an, stark und mächtig.

Nicht einmal die übermächtigen Anit'ah können sich gegen uns halten.

Ich habe die Welt neu erschaffen, so, wie du dir das gewünscht hättest.«

Das Lager schien zu leuchten. Die Zelte waren mit neuen Häuten bedeckt. Sogar die Hunde sahen wohlgenährt und faul aus.

Vorratsbehälter waren aufgestellt, alle randvoll mit Trockenfleisch. Die Kleidung der Leute war hervorragend gegerbt, mit weißer Lehmfarbe bemalt und in mühseliger Arbeit von den Frauen zu einer geschmeidigen Weichheit verarbeitet worden. Junge Männer stolzierten herum, tanzten zu seinem Ruhm und seiner Ehre.

»Das habe ich geschaffen! Das ist meine neue Macht! Großer Büffel im Himmel, blicke herab auf deine von der Verunreinigung befreiten Kinder. Ich, Schwerer Biber, habe das Volk gereinigt.

Ich habe dies vollbracht.«

Er hob die Hände zum Himmel und ergötzte sich an der blauen Tiefe, aus der heraus ihn der Sonnenmann beobachtete. Er spürte die Wärme seiner lebenspendenden Strahlen.

Er fühlte, wie der Geist seiner Mutter anerkennend auf ihn herabblickte. Außerhalb der Runde sich wiegender und singender Tänzer spielten Kinder. Junge Burschen bewarfen sich kichernd mit aus Gras hergestellten Spielzeugspeeren. Oben auf den Hügeln grasten riesige Büffelherden. Der ganze Ort schien in einem Licht zu erstrahlen, heller als die Sonne selbst.

»Dein Traum, Mutter. Ich habe es ihnen gezeigt. Die mich ausgelacht haben, sind gegangen, bezwungen von den Kriegsspeeren des Volkes. Dies habe ich vollbracht. Sie haben mich verspottet.

Sie haben den Frauen erlaubt, ihre Wege zu beflecken. Doch ich habe gesiegt.«

Er breitete die Arme aus. Die Freude sprengte ihm fast die Brust. Feister Hund von dem Kurzhaar-Volk verlor seine Macht. In den Lagern des Kurzhaar-Volkes sprachen die jungen Männer von Schwerer Biber und der Macht des Kleine-Büffel-Volkes. Das Feuerbüffel-Volk im Osten war überwältigt worden, nachdem es versucht hatte, die Lager entlang des Flusses zu überfallen und wilden Reis und die von den Leuten dort gesammelten Pflanzen zu plündern. Das

Weiße-Kranich-Volk im Norden zog sich immer weiter vom Big River zurück. Ihre Willenskraft war vom Mut seiner Krieger gebrochen worden.

»Ich kontrolliere die Ebenen! Ich kontrolliere die Büffel. Die Geisterwelt hat mich gesegnet. Deshalb segne ich mein Volk.«

Die Tänzer bewunderten ihn noch immer mit strahlenden Gesichtern.

Doch inmitten all der Fröhlichkeit begann sich hinter der Reihe der Tanzenden Wehklagen zu erheben. Zuerst schien es niemand zu bemerken, ihre Aufmerksamkeit galt ihm allein.

Das Klagen schwoll an, wurde immer lauter, und Schwerer Biber runzelte unwillig die Stirn. »Was hat dieses Gejammere zu bedeuten?«

Plötzlich tobte eine Windbö durch das Lager, ließ die Zeltbedeckungen flattern und peitschte Staub und Sand vom festgetretenen Boden auf. Die Tanzenden hielten inne und versuchten, ihre Gesichter vor den aufgewirbelten Sandkörnern zu schützen.

Eine Frau kreischte. Die Tänzer wandten den Blick von ihm ab und schreckten vor etwas Grauenvollem zurück, das nur sie sehen konnten.

»Tanzt weiter!« befahl er und baute sich inmitten des Windes mit vor der Brust gekreuzten Armen vor ihnen auf. Nach den ersten Böen erhob sich ein Sturm, heiß und trokken wie die von einer dicken Glutschicht aufsteigende Hitze.

Die Tänzer kauerten sich zusammen. Ihre Aufmerksamkeit konzentrierte sich nun ausschließlich auf das Klagegeheul.

Dem brennenden Wind trotzend, reckte Schwerer Biber den Kopf, um besser über die Reihe der erstarrten Tänzer sehen zu können.

So plötzlich, wie er gekommen war, legte sich der Wind. Stille senkte sich über das Lager.

»Tanzt!« brüllte er und ignorierte die wie gebannt beobachtenden Leute.

»Was soll das? Tanzt! *Tanzt für mich!*« Er hob eine Faust,

seine Stimme klang donnernd durch die Stille. Zum erstenmal bemerkte er, wie unheilvoll grau der Himmel geworden war.

Wieder drang das unheimliche Wehklagen an seine Ohren. Die Leute kreischten, wichen zurück und flohen in alle Richtungen.

»Bleibt und tanzt!«

Ein tiefes, unheilverkündendes Grollen kam vom Himmel herab.

Aus der leeren Ebene tauchte eine einsame Gestalt auf und schritt auf den Tanzplatz zu, von dem die Leute geflohen waren. Schwerer Biber schluckte. Noch eine Gestalt erschien und noch eine, als ob sie in einer schimmernden Luftspiegelung geboren würden. Die saftigen Hügel ringsum, einmal von kraftstrotzenden Büffeln bevölkert, bedeckte nur noch sonnenverbranntes, kümmerliches Gras.

Eine drückende Stille lastete über dem Land.

Die Gestalten humpelten näher, abgetragene Kleider hingen in Fetzen um ihre Leiber.

»Tanzt!«

Die erbärmlichen Gestalten rückten näher und näher.

»Verschwindet!« Er fuchtelte mit den Armen. »Ich bin der Träumer.

Ich bin Schwerer Biber! Verschwindet, oder ich verfluche euch alle!«

Trotz seiner Warnung kamen sie immer näher heran. Eine noch nie verspürte Angst umklammerte seine Brust. Er blinzelte und verwünschte die erstickende Hitze.

»Tanzende Hirschkuh!« Unfreiwillig drang der Schrei aus seiner Kehle. Die erste der Jammergestalten hatte er erkannt; der Schaft eines tödlichen Speeres ragte in einem seltsamen Winkel aus ihren Innereien. Ihre Augen glitzerten. Ein Baby weinte – und verstummte mit dem Geräusch brechender Knochen, als habe man es gegen einen Felsen geschmettert.

Hinter Tanzende Hirschkuh ging Salbeiwurzel, entsetzlich klaffende Wunden an den Handgelenken, umschwirrt von Fliegen. Selbst im Tod besaß sie noch ihre verführerische Figur und ihren lockenden Hüftschwung. Als dritte kristallisierte sich Wildkirsche aus der Luftspiegelung heraus und hinkte heran.

Weißes Kalb folgte ihr, ein verheißungsvolles Lächeln kräuselte ihre alten Lippen.

Schwerer Biber hob die Arme. »Verschwindet! Das ist *meine* Lobpreisung. Verschwindet! *Verschwindet!*« Doch sie blieben nicht stehen, sondern kamen unaufhaltsam näher. Eine von panischem Schrecken erfüllte, drängende Stimme ertönte in seinem Kopf. *Lauf weg! LAUF!*

Salbeiwurzels Stimme grollte drohend durch die Stille. »*Wir berührten das Wolfsbündel und teilten unsere Seelen mit ihm. Jetzt ist die Macht frei, Schwerer Biber. Schwarze Macht, veränderte Macht. Was hast du geschaffen? Wir kommen ... kommen zu dir.*

Versehen mit der Macht des Wolfsbündels. Es hat nicht vergessen ... und die Zeit naht.«

Wimmernd drehte er sich um und rannte schreiend an den trostlosen Zelten vorbei. Niemand antwortete – nur der alles versengende Wind begann wieder zwischen den verlassenen Zelten zu heulen.

Er fühlte sie näher kommen, *fühlte,* wie seine Verfolger die Hände nach ihm ausstreckten.

Schlagartig wachte er auf. Das Blut rauschte in seinen Adern.

Blinzelnd erwachte Roter Hornstein und starrte ihn aus schläfrigen Augen unverwandt an. Schwerer Biber schlug die Decken zurück, kam taumelnd auf die Füße und zog sein Zeremonienhemd an. Verzweifelt riß er die Türbehänge zur Seite und stolperte hinaus in die kühle Luft. Am Horizont im Osten kündete ein leichtes Grau die Morgendämmerung an. Benommen starrte er auf die Zelte, auf die halbverdursteten Bäume. Alles war ruhig und friedlich. Es war nur ein Traum gewesen. Ein schrecklicher Traum. Ein *richtiger* Geistertraum.

Heute begann die Lobpreisung. Alles würde so sein, wie es sein sollte. Keuchend wischte er sich den Angstschweiß von der fleischigen Stirn. Heftig schnaufend marschierte er durch das Lager. Er freute sich über die räudigen Hunde, die neugierig herankamen und ihn beschnüffelten und sich hastig davonmachten, sobald er nach ihnen trat.

»Es ist alles in Ordnung. Alles wird gutgehen.«

Doch die Angst umklammerte sein Herz wie eine mächtige Faust.

Kapitel 26

Ein heißer, messingfarben leuchtender Tag. Ein weiterer in einer langen Reihe heißer Tage. Die Morgenbrise aus den Canyons wehte den Duft dürrer Gräser und vertrocknender Nadelbäume herauf.

Tangara kämmte sich mit den Fingern das Haar und flocht es zu Zöpfen. Ihre Seele dürstete nach Rache, sie brauchte diesen Kampf.

Was war geschehen? Welche Macht hatte der Träumer erschaffen? Ihr Schlaf war eine einzige Tortur gewesen. Aufblitzende Bilder der Vergewaltigung hatten sie mit Grauen erfüllt. Wieder und wieder stellte sie sich die durch ihre Speere sterbenden Männer vor. Sie hörte das feuchte Schmatzen, wenn sie das Gesicht eines Feindes mit einem schweren Stein zermalmte. Sie schwelgte in ihrem Haß auf die Männer, die sie und ihr Volk vernichten wollten.

Die Erinnerung fachte die Wut aufs neue an. Nicht mehr lange, nur noch der kurze Rhythmus von ein oder zwei Dämmerungen, und sie würde ihrem Zorn freien Lauf lassen, den in ihr aufgewühlten, brennenden Haß abreagieren können. Angriff um Angriff würde sie mit ihren Leuten gegen den Feind führen, ihn in Gruppen zusammentreiben und sichergehen, daß er endgültig vernichtet würde. Schon die Vorfreude bereitete ihrer rachelüsternen Seele Genugtuung.

Das Kleine-Büffel-Volk würde den Tag bereuen, an dem es die Pfade in die Berge heraufgekommen war. Viele Generationen würden von Tangara singen, die das Kleine-Büffel-Volk in die Falle gelockt und ausgelöscht hatte.

Ein grimmiges Lächeln umspielte ihre Lippen.

Ihre Kundschafter hatten ihr berichtet, daß noch immer Kleine-Büffel-Krieger heraufkletterten. Sie schielte zu der Falle hinüber. Steile Felsen umrahmten die Falle auf beiden Seiten. Ihre Krieger warteten gut versteckt im Dickicht der Rosensträucher. Der Feind mußte auf den kleinen freien Platz hinaustreten, erschöpft vom Aufstieg über den sich steil heraufschlängelnden Weg. In diesem Augenblick würde die Falle zuschnappen, und ihre Krieger würden den Feinden den Rückzug abschneiden. Nur ein Fluchtweg stand noch offen – hinein in den Wald.

Dort würden sie die Feinde jagen, immer tiefer zwischen die Bäume hineintreiben und sie ihrem Schicksal überlassen. Ihr Herz raste so fieberhaft wie das eines Jägers, der hinter einer Beute her ist.

Mit jedem Feind, den sie tötete, wurde das in ihrem Herzen schwärende verzweifelte Verlangen, ihnen weh zu tun, so wie sie ihr weh getan hatten, noch stärker genährt. Jedesmal zahlte sie ihnen tausendfach zurück, was sie ihr an jenem furchtbaren Abend zugefügt hatten. Ihr Körper hatte sich erholt, aber ihr Geist weinte und schrie, gequält von peinigenden Träumen wie dem der vergangenen Nacht.

Weißes Kalbs Geist wanderte über das Land, der wissende Blick der alten Frau ruhte auf Tangara.

»Hilf dem Träumer … dem Träumer …« Immer wieder hallten Weißes Kalbs Worte durch Tangaras Kopf.

Ihm helfen? Was wußte sie schon von Träumern? Erschrocken sprang sie auf. Winzige Füße schienen ihren Arm heraufzukrabbeln. Sie dachte, es sei ein Insekt, aber da war nichts. Verblüfft blickte sie auf den in ihrer Hand liegenden Atlatl von Weißes Kalb. Der tödliche Speer war zum Abwurf bereit.

»Warum ich?« fragte sie erstaunt und befeuchtete ihre Lippen.

»Du mußt dem Träumer vertrauen.«

»Der letzte Mann, auf den ich gehört habe, war Blutbär.« Bei der Erinnerung an die Art und Weise, wie er sie ausmanövriert hatte, stieg Zorn in ihr auf. Wie hatte er es nur geschafft, sie dermaßen zu demütigen und in die Knie zu zwingen? Sie schloß die Augen und versuchte, dieses Bild zu vergessen.

Sie mußte hierbleiben und sich versichern, daß ihre Leute rechtzeitig draußen waren – und noch mehr Feinde auf einen Schlag töten könnten. Was ging es sie an, was der Träumer und Zwei Rauchwolken dort im Hochland trieben?

»Bist du stark genug?« Weißes Kalbs Frage löste ein unbehagliches Gefühl in ihr aus.

»Ich bin stark genug – die Niederlage des Kleine-Büffel-Volks wird das beweisen.«

»Das ist Leidenschaft.« Weißes Kalbs Worte erklangen aus den Tiefen ihres Gedächtnisses. *»Kannst du dich zwingen, über deine Wut hinauszublicken?«*

»Dem Träumer vertrauen?« flüsterte sie.

Plötzlich fielen ihr Zwei Rauchwolkens Worte über den Speer im Rücken ein. Nein, nicht einmal ein Träumer war dagegen gefeit.

Aber von welchem verrückten Plan war er da nur besessen? Allein wollten Zwei Rauchwolken und Feuertänzer mitten in Schwerer Bibers Lager hineinmarschieren und träumen? Wer würde ihnen den Rücken von den todbringenden Speeren freihalten?

»Das ist reiner Wahnsinn.« Sie stand und eilte zu Der das Horn packt, der in seinem Versteck kauerte. »Der das Horn packt, weißt du, was du zu tun hast?«

Grinsend blickte der junge Mann sie an. »So viele wie möglich umbringen und die anderen in den Wald hineinjagen.«

»Das ist nicht alles«, setzte sie verzweifelt hinzu. »Ihr müßt unbedingt zusammenbleiben und sie so weit hineintreiben, bis sie nicht mehr aus noch ein wissen. Laßt sie nicht heraus. Und achtet auf den Himmel.«

»Im finstersten Wald?« Er legte den Kopf schief.

»Du weißt doch Bescheid.« Sie blickte den Weg entlang. »Wenn du das Zeichen siehst, lauf. Hol alle deine Leute raus. Folgt dem Winterpfad der Wapitis und rennt wie der Wind. Ihr müßt auch auf versprengte Kleine-Büffel-Krieger achten, damit sie euch nicht überraschen. Schaffst du das?«

»Ja, aber was ist mit ...«

»Ich muß dem Träumer helfen! Vertrau mir.« Und schon lief sie weg.

Sie wußte nun, was Zwei Rauchwolken gemeint hatte.

Widderhorn trat auf den Felsvorsprung hinaus und blickte über die weite Ebene westlich der Buffalo Mountains. Das mit gelblichen und hellgrauen Sprenkeln vermischte Braun des Landes flimmerte in der Sonne. Sein Blick wanderte hinüber auf die andere Seite der Ebene zu den Stinking Water Mountains, wo die brodelnde Erde kochendheißes Wasser hoch in die Luft hinauf schleuderte. Ein Land der Geister, wie manche behaupteten. Die Ferne zog ihn unwiderstehlich an, berührte eine in seiner Seele schlummernde Sehnsucht. Aber selbst ein Adler hätte Mühe, die Distanz in kurzer Zeit zu bewältigen.

Tangara hatte diesen Platz mit unbeirrbarer Sicherheit gewählt. Von hier aus sollte sich das Feuer ausbreiten und tödliche Flammen unter das Kleine-Büffel-Volk tragen.

Ein letztes Mal blickte Widderhorn in die Ferne. Dann drehte er sich entschlossen um, verließ den Felsvorsprung und begann, das dürre Strauchwerk aufzuschichten. Bei der Arbeit bildete sich ein leichter Schweißfilm auf seinem Körper. Schon begann der Westwind heiß über die hinter ihm liegende Ebene zu wehen.

Prüfend blickte er die Bäume an, diese wunderschönen Bäume, deren unversehrte Äste sich im Wind wiegten.

»Ich rette die Welt«, sagte er zu ihnen. »Verzeiht mir.«

Er bückte sich und holte die Feuerstöcke aus seinem Beutel.

Vorsichtig schritt Zwei Rauchwolken voraus. Jedesmal, wenn er über einen im Weg liegenden Baumstamm klettern mußte, biß er die Zähne zusammen. Doch trotzdem er sich zu beherrschen versuchte, entfuhr ihm immer ein unfreiwilliges Stöhnen, sobald er das Gewicht auf sein krankes Bein verlagern mußte.

»Sollen wir ein bißchen ausruhen?« fragte Feuertänzer.

Zwei Rauchwolken schluckte. Der Schmerz war unerträglich. »In diesem Tempo kommen wir nie zum Volk. Schwerer Biber wird an Altersschwäche sterben, bevor wir da sind. Geh vor. Wenn die Macht ruft, kannst du nicht auf einen alten Berdachen warten.«

Feuertänzer lächelte kaum merklich, der losgelöste Blick seiner Augen richtete sich in unbestimmte Fernen. »Nein, mein Freund. Komm, setz dich.«

Dankbar ließ sich Zwei Rauchwolken auf einen Baumstumpf nieder und schnaufte erleichtert.

Feuertänzer griff in seinen Beutel und holte das in den schwarzen Wolfspelz gehüllte Wolfsbündel heraus. Zwei Rauchwolken grub seine Finger in die verrottende Rinde des Baumstumpfes. »Woran denkst du?«

Feuertänzer wickelte das in neuem Glanz erstrahlende Bündel aus.

Die Zeichnungen auf der glatt gezogenen Haut hatten sie mit Wolfsblut sehr genau nachgemalt.

»Wir haben das Wolfsbündel erneuert.«

»*Wir glauben,* das Wolfsbündel erneuert zu haben«, verbesserte ihn Zwei Rauchwolken. Eine prickelnde Vorahnung durchströmte seine Adern. »Wir haben getan, was wir konnten.«

»Und das allein zählt im Umgang mit der Macht«, erwiderte Feuertänzer. »Laß mich für dein Knie singen.«

»Und wenn es nichts hilft? Wenn die Macht noch nicht wieder erneuert ist? Wir wollen nichts überstürzen. So ein bißchen Schmerz ist nicht das Schlimmste auf der Welt. Du wirst schon sehen, ich werde ...«

Doch Feuertänzer schloß die Augen und hob das Wolfsbündel dem Himmel entgegen. Er sang ein monotones Geisterlied. Er rief die Macht, ein gütiger Ausdruck verklärte sein Gesicht. Zwei Rauchwolken schluckte hastig, als sich das Wolfsbündel auf sein Knie senkte.

Er erbebte. Die alten Empfindungen kehrten zurück und stürzten über ihn herein.

Und wenn wir die Macht verändert haben? Er hatte keine Zeit mehr zu überlegen. Die Welt schien kopfüber zu stürzen. Sengendes Feuer schoß Zwei Rauchwolkens Bein hinauf.

Tangara stürmte in die Felsnische. Beim Anblick der Schwitzhütte überkam sie Erleichterung. »Zwei Rauchwolken? Feuertänzer?« Schweigen.

Sie hob die Türklappe und sah nur einen Dreifuß und Steine. Sie bückte sich und befühlte die Steine. Sie waren kalt. Dann ging sie zum Feuer, berührte die Asche mit den Fingern und prüfte die Wärme. Konnte noch nicht allzu lange her sein, daß es ausgegangen war.

Sie blickte sich um und entdeckte den Kadaver des Wolfes.

Abgehäutet lag das Tier auf einer ebenen Stelle an den Felsen gebettet, das Gesicht nach Westen gewandt. Plötzlich verunsichert, schritt sie vorsichtig um das Tier herum und bemerkte die Speerwunde. Ihr fiel auf, daß die Eingeweide sorgsam wieder in den Körper gelegt und der Darm mit unendlicher Hingabe zugenäht worden war.

Eine Blutlache kennzeichnete die Stelle, an der der Wolf gestorben war.

Ihre Kehle war wie zugeschnürt. Sie wich zurück. »Verzeiht mir, Geister«, rief sie und fürchtete sich, ihre Stimme laut zu erheben.

»Ich kam her, um dem Träumer und den Spiralen zu helfen. In eurer Anwesenheit gebe ich euch mein Wort darauf.«

Schritt für Schritt zog sie sich zurück, vorsichtig darauf achtend, nichts in der Umgebung zu stören. Hinter der Felsnische wartete sie, bis sich ihr rasender Herzschlag beruhigte. Sie, Tangara, die mutigste Kriegerin des Rothand-Volkes, zitterte vor Angst.

Sie rief sich zur Ordnung und suchte nach Spuren. Bald entdeckte sie Zwei Rauchwolkens Fährte. Sein hinkender Gang war unverwechselbar. Einen winzigen Augenblick lang umspielte ein erleichtertes Lächeln ihren Mund. Als sie aufblickte, bemerkte sie die vom Wind herabgedrückte und über den Wald nach Osten ziehende gelbbraune Rauchwolke. Sie glitt langsam dahin und schien kaum angefacht zu werden. Niemand aus dem Rothand-Volk hätte sich von dieser harmlos aussehenden Rauchwolke täuschen lassen – ganz besonders nicht in einem so trockenen Jahr wie diesem.

Aufgeregt blickte sie nach Norden und bemerkte eine weitere Rauchsäule. Sie mußte sich beeilen.

Feuer in der Nacht trottete den Pfad hinab, sorgfältig darauf achtend, sich nicht die Knöchel an den Steinen und Felsen aufzuschlagen. Eine seltsame Sache – das Aufsteigen war mühsam, aber das Absteigen sehr viel gefährlicher.

Hinter ihm schlitterte Der mit Steinen wirft über den unebenen Boden.

»He, paß auf. Wenn du hinfällst und dir ein Bein brichst, verpaßt du die Lobpreisung. Ich trage dich bestimmt nicht.«

»Ah-ha, dann sage ich Schwerer Biber, du wolltest dich absetzen und ich wäre hinter dir hergejagt.«

»Über solche Spielchen sind wir hinaus.«

Der mit Steinen wirft grunzte. »Allerdings. Gegen zwei seiner besten Krieger kann er nicht viel unternehmen. Hier oben hängen ganze Kriegergruppen fest und warten auf einen Anit'ah-Speer. Ich weiß nicht, mir ist richtig unheimlich, seit Festes Holz uns diese Geschichte von der Hexe aufgetischt hat.«

»Wir bleiben bei der Version, daß wir heruntergekommen sind, um festzustellen, ob das Fleisch in Sicherheit ist. Wir sagen, wir trauen diesen Jungs nicht, die es ins Tal geschafft haben.«

»Und du glaubst, Schwerer Biber schluckt das?«

»Du hast wohl Angst, was? Das hättest du hier oben haben sollen.«

Mit dem Daumen deutete Feuer in der Nacht über seine Schulter auf die dunkel aufragende Masse der Berge. »Das Ganze war *deine* Idee.«

Der mit Steinen wirft lachte, obwohl ihm überhaupt nicht danach zumute war. »Wie lange waren wir eigentlich hier oben und sind zwischen den Bäumen herumgerannt, ha? Zwei Monde oder drei? Und was ist geschehen? Wir haben ein paar Lager überfallen, ein paar Leute umgebracht und ein paar Frauen genommen. Plötzlich sind die Anit'ah verschwunden. Ich glaube, Linke Hand hatte recht. Sie sind auf die Westseite der Berge geflohen.«

»Ich würde jedenfalls besser schlafen, wenn ich wüßte, daß sie abgehauen sind. Aber es wundert mich, daß wir täglich für mehr und mehr unserer Freunde singen müssen.«

»Wir spähen die Pfade aus.«

»Aber wir können sie nicht halten. Ich weiß nicht. Hier ist alles anders als in den Ebenen. Du kriegst sie nicht dazu, sich dir Mann gegen Mann zu stellen. Sie besitzen nicht die Ehre der Krieger. Sie sind wie die Kojoten, schnüffeln überall herum. Man weiß nie, wann einer seine Tapferkeit entdeckt und heranschleicht und dich in den Hintern zwickt.«

»Sie können diesen Winter nicht überstehen. Wann haben wir ihnen schon Zeit gelassen, ihre albernen Samen einzusammeln? Sie hatten nicht einmal Zeit für die Jagd. Wir brauchen nichts weiter zu tun, als sie ständig unter Druck zu setzen, dann verhungern sie während des Winters.«

»Und wo sind die alten Männer und Frauen? Die sammeln Nahrung, da gehe ich jede Wette ein.«

Feuer in der Nacht verlangsamte seinen Schritt, seine muskulöse Brust hob und senkte sich schwer. »Ich weiß nicht, was los ist. Andererseits glaube ich, die alten Geschichten über verrückte Hunde und Rittersporn fressende Narren sind schon Grund genug, um gegen die Anit'ah zu kämpfen.«

»Ihre Vettern, das Weiße-Kranich-Volk, waren nicht so schwer kleinzukriegen.«

»Ihre Vettern hatten kein Wolfsbündel. Und nicht diese Hexe von einer Kriegerin! Du kannst über sie beim Kampf Mann gegen Mann sagen, was du willst, aber das letzte Mal warf ich drei Speere nach ihr, und ich schwöre dir, sie haben jedesmal ihre Flugbahn verändert.«

»Schwerer Biber wird sie in den nächsten Tagen mit seiner Macht töten.«

»Das hat schon Zwei Blaue Monde versucht, oder hast du das vergessen? Ich bin kaum mit dem Leben davongekommen, als ich das letzte Mal gegen sie gekämpft habe. Zum Glück befand ich mich in der Nähe des Weges. Die anderen haben sie in den Wald hineingejagt, und du weißt, was dann passiert.«

Der mit Steinen wirft schürzte die Lippen. »Vielleicht erlangt sie ihre Kraft durch die Männer, ha? Zapft vor einem Kampf ihren Samen ab? Du weißt, was Schwerer Biber von den Frauen behauptet, daß sie den Männern die Kraft rauben, sie austrocknen.«

Feuer in der Nacht lachte in sich hinein. »Ich würde mich gern öfter auf diese Weise austrocknen lassen. Das ist mit ein Grund, warum ich mich entschieden habe, hinunterzugehen. Drei Monde ohne meine Frau ist zu lang.«

»Weißt du, je länger ich darüber nachdenke, um so weniger überzeugt bin ich von der Ausrede mit dem Fleisch.«

»Warum?«

»Wir sollten ihm erzählen, wir seien gekommen, weil wir mit ihm über eine neue Strategie beraten wollen, wie wir diese Frau schlagen können. Was bedeutet überhaupt der Name Tangara?«

»Das ist so ein roter, gelber und schwarzer Vogel, der oben in den Baumwipfeln lebt.« Der mit Steinen wirft dachte nach und grinste.

»Ja, das gefällt mir. Eine Kriegsstrategie. Schwerer Biber gefällt das bestimmt auch. Wenn wir seinem fetten Ego schmeicheln, das in seinem aufgedunsenen Körper wohnt, singt er bestimmt eigens für uns und segnet uns, damit wir diese Frau umbringen. Und danach brechen die Anit'ah auseinander wie Schilfhalme im Spätherbst.«

»Wenn das so ist, sollten wir besser aufhören, hier wie die Raben auf einer Stange zu sitzen und machen, daß wir herunterkommen.«

»Hast du deine Meinung geändert?«

»Nein, nur eine bessere Geschichte für Schwerer Biber gefunden. Nach all den Jahren, die ich ihn kenne, unterschätze ich ihn nicht. Ich erinnere mich noch gut, was er mit Salbeiwurzel und den anderen gemacht hat. Mit einem solchen Mann will ich mich nicht anlegen.«

»Ich glaube, das ist der richtige Weg.«

Feuertänzer blickte den steilen Pfad hinunter. »Ich weiß nicht.

Was ist, wenn er nicht weitergeht? Dann müssen wir das ganze Stück wieder heraufklettern.«

Zwei Rauchwolken blies die Backen auf und schnaubte. »Ich weiß es nicht mehr. Es ist lange, lange her. Damals war ich noch jung.«

»Was macht dein Knie?«

Zwei Rauchwolken lächelte. »Ich glaube nicht, daß es sich jemals so gut gefühlt hat seit der Zeit, bevor der Büffel darauf herumgetrampelt ist.«

Feuertänzer rieb sich den Nacken. »Du warst bewußtlos, und ich dachte ... nun ja, ich dachte, ich sei verloren. Ich habe kein Vertrauen zu mir.«

»Dann hab Vertrauen zu einem alten Berdachen. Wir nehmen diesen Weg.«

»Und wenn es der falsche ist?«

Zwei Rauchwolken blickte um die nächste Ecke und sah, daß der kurvenreiche Weg zwischen dem fast undurchdringlichen Dickicht der Bäume verschwand. Auf beiden Seiten fielen die Bergwände in steilen Klippen jäh ab. Dort konnten sie unmöglich hinabsteigen. Vor ihnen erstreckte sich die von der brennenden Sonne versengte Ebene.

»Der andere Weg scheint mir nicht besser zu sein. Und wenn wir den Hauptweg nehmen, wirst du wahrscheinlich auf der Spitze eines Kriegsspeeres träumen.«

Gedankenverloren kaute Feuertänzer auf der Unterlippe.

»Fühlst du denn nicht, welcher Weg der richtige ist? Kannst du nicht irgend etwas träumen?« Kaum waren Zwei Rauchwolken diese Worte entschlüpft, wünschte er bereits, sie wären ihm nicht herausgerutscht.

In Feuertänzers Gesicht zuckte es. »Ich – ich weiß nicht. Ich bin so durcheinander.« Er schüttelte den Kopf. »Alles, was ich fühle, ist die Macht. Und sie spricht nicht mit mir, nur ... nur im Traum.«

Zwei Rauchwolken wischte sich den Schweiß vom Gesicht. »Wir nehmen diesen Weg. Da sind weniger Felsen.« Er zeigte hinüber zum Wald.

»Sieh mal. Tangara setzt ihren Plan in die Tat um.« Feuertänzer deutete hinauf zu den Gipfeln.

Zum Schutz vor der blendenden Sonne beschattete Zwei Rauchwolken mit den Händen die Augen. Gelbbraune Rauchschwaden stiegen in der Ferne empor. »Sehen wir zu, daß wir aus den Bergen herauskommen.

So trocken wie es ist, brennt hier alles bald lichterloh.«

»Hoffentlich nicht so wie in meinem Traum, nein, darum bete ich. Nicht so.« Feuertänzer schluckte ängstlich. Schließlich nickte er. »Gut, abwärts ist abwärts.«

Zwei Rauchwolken wollte gerade über die Felskante klettern, zögerte aber, plötzlich unsicher geworden. Die Macht würde ihn nicht vor einem gebrochenen Bein schützen. Und wenn er nicht da war, wer würde das Wolfsbündel halten, während Feuertänzer träumte und mit dem Feuer tanzte?… Falls sie überhaupt lange genug am Leben blieben.

»He!« Der Ruf kam von oben.

Zwei Rauchwolken drehte sich um und entdeckte Tangara. Leichtfüßig die Findlinge umgehend, sprang sie winkend den Abhang herunter.

Müde humpelte Zwei Rauchwolken wieder auf den kleinen Felsvorsprung zurück.

Schweratmend gelangte Tangara unten am Hang an. Ihr Haar war zerzaust, ihre Beine zitterten, und sie schnappte nach Luft.

Anscheinend war sie eine lange Strecke gerannt.

»Nicht … diesen Weg«, keuchte sie. »Das ist eine Sackgasse. Der Weg endet an einer steilen Klippe. Das hätte euch einen halben Tag gekostet. Nur das Rotwild läuft ein Stück auf diesem Pfad, weil da Sträucher wachsen, die die Tiere als Winterfutter fressen.«

Um seine Panik zu verbergen, schloß Feuertänzer die Augen und nickte.

»Warum bist du hier?« fragte Zwei Rauchwolken.

Tangara wandte den Blick ab. Schweratmend hoben und senkten sich ihre Brüste. »Weißes Kalb hat mir etwas gesagt. Ich weiß nicht, warum. Sie sagte, wenn ich euch helfe, könnte ich vielleicht das Rothand-Volk retten.«

»Ein Träumer folgt einem Träumer«, fügte Feuertänzer leise hinzu. »Und der andere Weg?«

»Er ist beschwerlich, aber ich glaube, dort stoßen wir wenigstens nicht auf Kleine-Büffel-Krieger.« Sie klapperte mit den Speeren. »Und falls doch, kannst du sie zum Sternennetz hinauf träumen.«

»Aber warum?« erkundigte sich Zwei Rauchwolken hartnäckig. »Warum ausgerechnet du?«

Sie blickte auf die Ebene hinaus. »Weißes Kalb sagte etwas über das Gleichgewicht und die Spiralen. Alles Dinge, die ich nicht verstand. Sie gab mir einen Teil ihrer Macht. Ich glaube, sie wollte, daß ich Gebrauch davon mache.« Sie schluckte. »Und ich schwor, es zu tun. Ich versprach es den Geistern an dem Ort, an dem ihr die Schwitzhütte aufgestellt und den Wolf getötet habt.

Ich merkte erst zu spät, daß es ein heiliger Ort war. Hoffentlich habe ich die Macht nicht beleidigt.«

Ein abwesendes Lächeln glitt über Feuertänzers Gesicht. Seine Augen blickten ins Nichts. »Hoffen wir, daß keiner von uns die Macht beleidigt hat. Die Zeit ist knapp. Welchen Weg nehmen wir?«

Sie wies mit den Speeren die Richtung. »Da lang.«

Roter Hornstein brachte Schwerer Biber ein gebratenes, auf grünem Weidenholz aufgespießtes Büffelrückenstück. Das Fleisch war, eingewickelt in Springkrautblätter und gespickt mit Schafgarbenschößlingen und Salbei, in einer tiefen Grube gebraten worden, so daß es im eigenen Saft schmorte. Jetzt war das hervorragend zubereitete Fleisch so zart und locker, daß es kaum am Spieß haftete.

»Bring mir eine Schüssel, Frau.« Er warf ihr einen finsteren Blick zu. Der heiße Fleischsaft war ihm über den Arm geflossen und hatte sein bestes Zeremoniengewand bekleckert. Er schnalzte die Tropfen mit den Fingern weg und vergewisserte sich, daß das weiße Büffelleder nicht fleckig geworden war.

Wapitipfiff, Sieben Sonnen und Zwei Steine saßen auf den Ehrenplätzen neben ihm und warteten geduldig, bis die Reihe an sie kam.

In der Mitte des Lagers loderte ein gewaltiges Feuer. Die

Kinder mußten ständig Holz sammeln und herbeitragen, um das Feuer in Gang zu halten. Die Frauen waren abkommandiert worden, herausgestemmte tote Baumstämme in kleine Teile zu zerlegen.

Mitten im Sommer soviel Holz zu verschwenden, grenzte an Frevel, aber zu Beginn des Winters hatten sie ohnehin vor, das Lager zu verlegen, deshalb schien es ohne Belang. Die wenigen Krieger, die zur Bewachung des Lagers geblieben waren, hatten ihren Tanz unterbrochen und legten eine Rast ein. Sie saßen im Schatten der Pappeln, begutachteten lachend ihren Schmuck und die Bemalung ihrer schweißüberströmten Körper und machten sich übereinander lustig.

Die Sänger fuhren mit ihrem monotonen Singsang fort und schlugen die Trommeln dazu. Ihre Stimmen hoben und senkten sich beim Lied des Mädchentanzes. An einer hohen Stange hatte das Volk einen Büffelkopf aufgehängt und gesegnet, damit er über die Tänzer wache.

Adlerfedern steckten in den verfilzten Haaren und flatterten in der Brise.

Den Weg der Sonne symbolisierend, umrundete eine Gruppe von Mädchen das Feuer. Sie drehten sich und hüpften im Rhythmus des Gesanges der alten Männer.

Schwerer Biber beobachtete sie und blickte neiderfüllt auf die kraftvolle Anmut und die ungebändigte Energie. Einen wehmütigen Augenblick lang erinnerte er sich an die Zeit, als er noch ein Junge gewesen war – und alles andere als ein guter Tänzer. Die Jungen hatten ihren eigenen Tanz, der ausgelassenes Springen und Hüpfen verlangte. Warum hatte er niemals eine solche Energie besessen?

Weil ich schon immer anders war, immer schon. Mutter sah es. Sie wußte es.

Wieder erinnerte er sich an den schrecklichen Traum, der ihm die ganzen letzten Tage zu schaffen gemacht hatte.

»Das bedeutet nur, daß du die letzte Bedrohung endlich beseitigen mußt«, beruhigte er sich und schüttelte den Trübsinn ab.

»Was ist?« fragte Wapitipfiff.

»Nichts.« Er legte den Kopf in den Nacken, kaute gewissenhaft und genoß den Geschmack des mageren Fleisches. »Nach Beendigung seiner Arbeit muß sich ein Mann Zeit zum Nachdenken nehmen. Sich daran erinnern, wer er gewesen ist und was er vollbracht hat. Diese Lobpreisung erneuert unseren Geist. Gleichzeitig bekunden wir dem Großen Büffel im Himmel und dem Großen Weisen unseren Respekt, weil sie uns die Kraft gegeben haben, zu tun, was wir tun mußten.«

»Beten wir lieber, daß Regen kommt«, erinnerte ihn Sieben Sonnen.

»Dort oben in den Bergen kann es gar nicht genug Büffel geben, um alle unsere Leute ernähren zu können. Sogar die Anit'ah teilten sich in verschiedene Stämme, als sie zu zahlreich wurden. Damals ist das Weiße-Kranich-Volk in die Ebenen gekommen.«

Schwerer Bibers Augen blitzten zornig auf. Wie lange noch mußte er diesen alten Mann ertragen, dessen Einwände ihn reizten wie ein Dorn in seiner Mokassinsohle? »Vielleicht hast du die Zeichen mißverstanden, alter Freund. Die Trockenheit kam über uns, um uns daran zu erinnern, daß unser Werk noch nicht vollendet ist. Wenn wir die Anit'ah für immer gebrochen und die Berge unter unsere Herrschaft gebracht haben, hört die Trockenheit auf. Wie damals, als wir das Volk geläutert und unsere Feinde vernichtet haben.«

Sieben Sonnen war weise genug, um jetzt zu schweigen.

»Seht!« Einer der im Schatten sitzenden Krieger deutete mit einem mit Farbstoff gefüllten Horn auf eine Dunstfahne über den Bergen. Aller Augen richteten sich darauf.

Schwerer Biber blinzelte in die Sonne, beschattete die Augen mit einer fettigen Hand, unterdrückte aber den Wunsch, sich mit dieser Hand den Schweiß von der Stirn zu wischen. Die fettigen Streifen hätten seine Würde beeinträchtigt.

»Wolken«, sagte er entschieden und sah die alten Männer an. »Ihr seht, wie meine Worte lauteten, so ...«

»Keine Wolken«, verbesserte ihn Wapitipfiff. »Rauch.«

Rauch? Schwerer Biber starrte genauer auf den Dunst. Die gelbliche Tönung war unmißverständlich.

»Vielleicht haben ein paar Krieger ihr Lagerfeuer nicht mehr unter Kontrolle.«

»Oder es ist eine Falle der Anit'ah. Diese Frau, diese Tangara, hat sich vielleicht eine List ausgedacht ...«

»Hör mit diesem Unsinn auf!« Schwerer Biber klatschte in die Hände, um die allgemeine Aufmerksamkeit auf sich zu lenken. »Keine Frau außer meiner Mutter ist imstande, sich eine kluge List auszudenken. Nein, das ist ein Zeichen. Wahrscheinlich haben unsere Krieger irgendeine Möglichkeit gefunden, die Anit'ah endgültig zu vernichten. Glaubt ihr im Ernst, die Anit'ah stecken ihr eigenes Land in Brand? Sie konnten nicht einmal Vorräte für den Winter sammeln. Und hatten sie etwa Zeit zum Jagen?«

»Sie essen auch Pflanzen«, erinnerte ihn Zwei Steine.

»Und Pflanzen brennen.«

»Oder sie wissen etwas über den Winter dort oben, was wir nicht wissen. Es sind geschickte und kluge Leute, das muß man ihnen lassen«, meinte Wapitipfiff.

»Und ihr seid Dummköpfe.« Schwerer Biber starrte zum Rauch hinüber, seine Besorgnis steigerte sich zu Angst. Die Tanzenden hielten mit ihren Bewegungen inne. Die Leute standen aufgeregt flüsternd beisammen und starrten immer wieder zu der Rauchwolke hinüber.

Ich muß dem ein Ende machen, oder diese albernen Schwachköpfe rennen im Kreis herum und jammern vom Untergang. Mühsam kämpfte er sich auf die Beine, ging zum Tanzplatz hinüber und hob die Hände.

»Mein Volk! Feiert die Macht Schwerer Bibers! Die Anit'ah sind schon gebrochen! Der Große Büffel im Himmel hat uns in unserem Kampf einen Verbündeten gesandt! Seht, wessen Land brennt! Seht die Gerechtigkeit des Großen Büffels im Himmel gegenüber denen, die ihm im Weg stehen! Tanzt! Tanzt alle! Fühlt seinen Geist im Tanz und im Gebet! Ruft euren Dank zum Großen Büffel im Himmel hinauf! Dies ist die Wende! Dies ist unser Sieg!«

Die Krieger brüllten vor Begeisterung, liefen in den Tanzkreis und brachen in Freudengeschrei aus, hüpften herum und schwangen drohend ihre Speere.

Das Volk sang und tanzte, Hände streckten sich hinüber zu den Rauchfahnen über den Buffalo Mountains.

Heiße Flammen der Macht züngelten in Schwerer Bibers Brust. Ja, dies war der Weg! Dies war der Traum. Sie tanzten für ihn, hoben gleichzeitig mit ihm die Arme über die Köpfe, jauchzten und lobpriesen ihn. Er trat zurück und beobachtete sie. Fast zersprang ihm die Brust vor Freude.

Sie tanzten für ihn!

Reizende Wapiti trug im Dunkeln einen Korb mit von ihrem Säugling beschmutzter Wacholderrinde den Pfad hinauf. Inzwischen fand sie den Weg blind. Sie trat auf den vorspringenden Felsen und warf den Abfall über die Kante. Am nächsten Morgen würde ihn der Wind mitnehmen.

Ihr Blick fiel auf ein Glühen hoch über den Bergen. Sie erstarrte.

Die Bergkämme dazwischen hoben sich als deutliche Silhouette von den rötlichen Farbschattierungen ab. Grelle Flammen entzündeten den Himmel im Osten. Noch nie hatte sie ein so gewaltiges Feuer gesehen.

Ein Zeitalter des Feuers. Die Worte flüsterten in ihrem Kopf. *Und Kleiner Tänzer ist dort oben!*

»Reizende Wapiti?«

Entsetzt fuhr sie herum. »Grille? Du hast mich erschreckt.«

Ihre Freundin tauchte aus dem Dunkel der Nacht auf, stellte sich neben sie und blickte ebenfalls zu den Bergen hinüber. »Der das Horn packt ist dort oben und kämpft gegen den Feind.«

»Kleiner Tänzer auch. Er ist auf der Suche nach seinem Traum.«

Wieviel konnte sie noch ertragen?

»Hoffentlich ist er in Sicherheit.« Grille schüttelte den Kopf.

»Ich hätte beim Rothand-Volk bleiben und mit ihm kämpfen sollen.«

»Und wer hätte sich um dein Baby gekümmert?«

»Ich hätte den Kleinen herbringen und dalassen können. Meine Großmutter ist schließlich auch hier. Vielleicht hätten auch Klappernde Hufe oder du euch seiner angenommen. Und ich hätte zurückgehen können. Mit einem leichteren Speer werfe ich ebenso tödlich wie ein Mann. Ich muß nur näher ran, das ist alles.«

Reizende Wapiti biß sich auf die Lippen. »Ich könnte gar nichts für Kleiner Tänzer tun. Eine Frau kann ebenso kämpfen, mit einer Keule zuschlagen, einen Speer werfen wie ein Mann, aber ich kann nicht für ihn träumen.«

Grille legte den Arm um ihre Schultern. »Hört das denn nie auf?

Vielleicht ist Tangara tatsächlich so mächtig, wie alle behaupten.

Sie hat die Dinge schon immer von einer anderen Warte aus betrachtet. Vielleicht ist sie die einzig Richtige. Ihr könnte es gelingen, das Rothand-Volk zu retten. Sie kennt den Wald besser als irgend jemand anders.«

»Vielleicht brauchen wir beide«, ergänzte Reizende Wapiti.

»Kleiner Tänzers Macht und … die ihre.« Innerlich schrie sie auf: *Warum kann ich nicht die sein, die ihm hilft?*

»Schwarzer Fels traf heute ein. Er sagt, Tangara wäre eine mächtige Kriegerin geworden. Niemand könne sie in einem Kampf auch nur berühren. Sie habe die Macht von Weißes Kalb bekommen.«

Reizende Wapitis Blick blieb unverwandt auf den Rauch gerichtet.

»Er war dazu ausersehen, mit dem Feuer zu tanzen.«

Sie schluckte, fiel auf die Knie und hob die Arme zum nächtlichen Himmel.

»Nimm ihn, wenn du willst, aber gib ihm Kraft! Hör mich an! Hilf ihm beim Tanz mit dem Feuer. Selbst wenn ich ihn nie wiedersehen darf, du mußt ihm helfen!« Sie ignorierte ihre Tränen. »Für uns alle.«

Wieder blickte sie auf das in den Bergen tobende Inferno. Konnte ein Träumer sogar mit einem solchen Feuer tanzen?

»Nimm alles, nimm alles, was du willst, von mir. Aber hilf ihm.«

Feuertänzer erwachte mitten in der Nacht. Er lag entblößt auf dem Rücken, die drückende, von keinem Windhauch bewegte Luft war zu heiß für Decken. Blinzelnd blickte er nach oben. Das Sternennetz verschwamm in einem Schleier aus Rauch, während die Nacht über den Bergen hochrot erglühte. Neben ihm lag Tangara, in der Dunkelheit nur als undeutlicher Umriß zu erkennen. An seiner anderen Seite schlief Zwei Rauchwolken.

Träume hatten ihn gequält, doch die Bilder hatten sich nicht zu einem Ganzen zusammensetzen lassen. Unruhige Träume für einen unruhigen Schlaf. Wieder war er durch den brennenden Wald gegangen. Jetzt tobte vor seinen Augen die Wirklichkeit.

Ist es mir mißglückt? War diese Prüfung nur eine Warnung für den Fall meines Versagens?

Er erhob sich und blieb regungslos stehen. Ihm fehlte die geisterhafte Gegenwart des Wolfes. Stets distanziert, war das Tier doch zu einem Gefährten in der Einsamkeit geworden. Hatte er eine andere Wahl gehabt, als ihn zu töten? Der Wolf hatte es gewußt.

Seine Seele war im Einklang mit dem Tod gewesen, er war Teil des Wolfsbündels. Nur durch das Opfer des Wolfes konnte die Macht erneuert und gestärkt werden.

Wolf und Mensch, ihre Wege waren seit Urzeiten eng miteinander verbunden. Bruder, Räuber, die nicht nur Büffel, Wapitis und Rehe aßen, sondern auch Beeren, Nagetiere und Mäuse.

Wie die Menschen lebten die Wölfe in sozialen Gemeinschaften.

Wie die Menschen sangen sie zu den Sternen und liebten und versorgten ihre Familien. Aber im Unterschied zu den meisten Menschen teilten sie, vielleicht weniger abgelenkt von Illusionen, ihre Seelen mit dem Großen Einen.

Er kletterte auf einen Felsblock und hob seinen Blick dem rötlichen Himmel entgegen. »Feuertänzer.«

Sie waren an einem Nebenfluß des Clear River entlanggegangen.

Noch nicht einmal einen Tagesmarsch südlich von hier lag

Schwerer Bibers Lager. Morgen um diese Zeit würde er mit Schwerer Biber den Großen Tanz des Feuers getanzt haben – oder tot sein, und seine Seele würde hinauf zum Großen Einen schweben. Erinnerungen an die Empfindung des Todes und die Zufriedenheit seiner Seele tauchten aus der Tiefe seines Bewußtseins auf.

Mit einem Schlag wurde ihm die Endgültigkeit seiner Entscheidung klar. Reizende Wapiti würde allein mit den Töchtern, die er nie würde aufwachsen sehen, zurückbleiben. Niemals würde er von ihren Freuden und Sorgen erfahren, das Entzücken auf ihren Gesichtern sehen oder ihre Tränen trocknen.

»Warum?« fragte er den Nachthimmel. »Warum hast du mir erlaubt, zu lieben? Der Verzicht schmerzt unerträglich.«

Hungriger Bulle würde alt werden, sein Haar würde weiße Strähnen und sein Gesicht Falten bekommen. Er würde sterben, ohne seinen Sohn bei sich zu haben, der sich um ihn kümmerte und ihn zum Sternennetz hinauf sänge, wo er mit Salbeiwurzel zusammentreffen würde.

»Mußtest du ausgerechnet mich wählen?« Unmut regte sich in ihm.

Man hatte ihn hierhin und dorthin gerollt wie einen Reifen, mit dem Kinder spielten. Gefühllose Geister hatten wie die Kinder in ihrem Spiel ihre Speere nach ihm geworfen. Manche trafen, manche blieben zitternd vor ihm in der Erde stecken. Die Geister lachten und machten vor Vergnügen Luftsprünge, wenn sie ihn mit ihren Speeren verletzten oder ihn zu einem mühseligen Umweg zwangen.

Doch trotz seines Unmuts durchdrang ihn die Seligkeit des Großen Einen, zog ihn an wie eine Aster die Biene. Gleichgültig, was geschah, er mußte von diesem Nektar kosten. Er mußte in diese Süße eintauchen. Und darin lag der Schmerz. Im Wissen, daß er den lockenden Farben der Blumen und dem reichen Festmahl, das sie für ihn bereiteten, nicht entsagen konnte. Nein, nicht einmal die Liebe konnte ihn davon abhalten.

Die Macht hatte ihn süchtig gemacht. Das Große Eine zu suchen, war sein einziger Lebenszweck geworden.

Er schloß die Augen, holte tief Luft und verdrängte jeden. Gedanken. Wieder versuchte er, die Schwelle zu überschreiten, suchte nach dem Großen Einen. Schritt für Schritt lenkte er seinen Geist, suchte nach der silberglänzenden Berührung jenseits der Reichweite seines Bewußtseins. Doch je härter er sich dazu zu zwingen versuchte, desto weiter entfernte er sich von seinem Ziel.

Schließlich gestand er sich die Sinnlosigkeit seines Vorhabens ein.

Er öffnete die gepeinigten Augen und blickte zornig in die Nacht. »Und jetzt? Morgen ist der betreffende Tag … und ich kann es nicht.«

Zwischen den Geräuschen der im Nachtwind flüsternden Sträucher und dem Knistern des dürren Grases hörte er plötzlich einen anderen Laut.

Er legte den Kopf schief und lauschte. Deutlich drang das Zischen einer Klapperschlange an sein Ohr. Eine Klapperschlange?

Das Anschwellen der Macht pulsierte immer stärker in der Luft. In seinem Innern erklang der Gesang der fremden Stimme:

Monster kriechen auf den Bäuchen.
Beinlos, armlos, Haare aus Schuppen.
Schütteln eine Rassel an ihrem Schwanz.
Zähne aus Gift, Leere schlägt wild, macht das Blut schwarz und schwach.
Die Schwelle.

Kapitel 27

Tangara schrie: »Hier!«

Zwei Rauchwolken, der durch einen Salbeistrauch lugte, sah Feuertänzer nach vorn fallen und drehte sich um. Er humpelte näher heran und beobachtete Feuertänzer, der vor einem wild um sich peitschenden Reptil kniete.

»Sollen wir sie fangen?« fragte Tangara unsicher.

Feuertänzer befeuchtete seine Lippen und blickte auf. Sein eigenartiger Blick, halb Ehrfurcht, halb Angst, begegnete Zwei Rauchwolkens ängstlichen Augen.

»Ja, fangen wir sie.«

»Warte!« Tangara sprang vor. Zu spät, denn Feuertänzer bot der Schlange die offene Hand an. Seine Hand zitterte. Er biß die Zähne zusammen, seine Miene zeigte unnachgiebige Entschlossenheit.

Zwei Rauchwolken schrie auf, als die Klapperschlange ihre Zähne in Feuertänzers Hand schlug.

»Nein!« Tangara legte entsetzt die Hand auf Feuertänzers Schulter, doch er schüttelte sie mit einem Achselzucken ab und packte die Schlange hinter dem Kopf.

Feuertänzer inspizierte die Wunden. In der Zwischenzeit wand sich die Schlange um seinen Arm. Sie wähnte sich in höchster Gefahr, das *Schisssch* ihrer Rassel klang zornig durch die Stille.

»Was soll das?« Kopfschüttelnd zog sich Tangara zurück. »Du hast vollkommen den Verstand verloren!« Sie drehte sich um und starrte auf die in Rauch gehüllten Berge. Schon begann Asche wie grauer Schnee herabzufallen.

Zwei Rauchwolken warf einen verzweifelten Blick auf die beiden Blutstropfen, die aus der Bißwunde der Giftzähne hervorquollen.

»Das war's«, erklärte Tangara. »Ich gehe zurück.«

»Das darfst du nicht«, flehte Zwei Rauchwolken.

Sie wirbelte herum, ihre Augen sprühten Funken. »Ich bin nicht hergekommen, um in Begleitung eines sich im Delirium befindlichen Verrückten in Schwerer Bibers Lager zu marschieren!«

Zwei Rauchwolken war völlig durcheinander und versuchte verzweifelt, sie zurückzuhalten. »Aber ... du hast gesagt ...«

»Weißes Kalb sagte mir, ich solle dem Träumer vertrauen, meine Wut zum Vorteil des Rothand-Volkes zügeln. Sie hat mir aber nicht gesagt, daß ich ... daß ich auf einen wahnsinnigen Irren aufpassen soll!«

»Die Schwelle«, murmelte Feuertänzer. »Es sticht, es

brennt … alles Illusion. Suche den grauen Nebel, fühle seinen Strudel … Illusion.«

Kopfschüttelnd starrte Tangara ihn an. »Ein *verrückter* Narr!«

»Begleite uns. Ich weiß nicht warum, aber wir brauchen dich. Ich fühle es.«

Tangara stapfte auf und ab. »Ihr mich brauchen? Wozu? Um *ihn* zu tragen, falls er vornüber fällt?«

Zwei Rauchwolken hob die Hände zu einer beruhigenden Gebärde. »Vertrau ihm. Er weiß, was er macht.«

»So? *Er hat absichtlich seine Hand zwischen die Zähne einer Klapperschlange gesteckt!*«

Zwei Rauchwolken gestikulierte wild. »Ja … ja, das hat er schon einmal getan. Ich weiß auch nicht, warum. *Er* ist *der Träumer!*

Vertrau mir. Ich fühle die darin liegende Macht!«

»Die Macht des Wahnsinns.« Kopfschüttelnd nahm sie ihre Speere und schickte sich an, aufzubrechen.

»Warte!« bat Zwei Rauchwolken. »Sagtest du nicht, du hättest es versprochen? An dem heiligen Ort, wo wir das Wolfsbündel erneuert haben?«

Sie blieb stehen und senkte den Kopf. Der Wind zerrte an ihren Zöpfen, ihr schönes Kleid wirkte in diesem rauchgeschwängerten, fahlen Sonnenlicht fast schäbig. Nach kurzem Zögern nickte sie.

Dann blickte sie zum rot geäderten Himmel hinauf und sah das Licht böse durch die Schatten des Rauches einer in Flammen stehenden Welt scheinen. Sie drehte sich um und schielte aus den Augenwinkeln zu ihm hinüber.

»Anscheinend habe ich mich festgelegt. Auf die eine oder andere Weise.«

Zwei Rauchwolken versuchte, tief durchzuatmen, doch der Rauch reizte seine Schleimhäute. »Ja, ich glaube, das trifft auf uns alle zu.

Das ist nun einmal der Weg der Macht. Alles, was wir tun können, ist, ihn zu gehen.«

Tangara wandte sich um. »Und beten, denn wir wissen, es ist Wahnsinn, was wir tun.«

Feuertänzer hob die Augen zum düsteren Himmel. »Die Schwelle.

Bitte, laß mich die Schwelle überschreiten. Wo ist der graue Nebel?

Der Nebel der Illusion?«

»Kommt schon«, befahl Tangara und warf einen geringschätzigen Blick auf den Träumer.

Zwei Rauchwolken zog Feuertänzer auf die Füße. Vorsichtig hielt er sich von der Klapperschlange auf seinem Arm fern.

Schon hörten sie das leise Dröhnen von Schwerer Bibers Trommeln.

Ein verrückter Narr?

Hoffentlich irrte sie sich.

Draußen vor den Wänden seines Zeltes hörte Schwerer Biber den Tanz, den Gesang und die Trommeln des Volkes. Mit der Dämmerung senkte sich grauer Ascheregen auf das Lager herab. Er verfinsterte alles und setzte auf eigenartige Weise die Macht des festlichen Ereignisses herab. Zu dem Gespräch mit den beiden Kriegern hatte er sich in sein Zelt zurückgezogen, damit niemand lauschen konnte.

»Warum traue ich euch nicht?«

Der mit Steinen wirft bedachte Feuer in der Nacht mit einem raschen Seitenblick, bevor er antwortete: »Diese Anit'ah-Frau, diese Tangara, besitzt eine Macht. Wir wußten, du feierst eine Lobpreisung. Keiner unserer Krieger verfügt über mehr Mut als wir, das weißt du. Feuer in der Nacht und ich haben geschworen, diese Tangara umzubringen.«

Schwerer Biber beobachtete sie mißtrauisch aus schmalen Augenschlitzen. Er hörte die halbe Lüge heraus. »Erzählt mir mehr.«

Feuer in der Nacht räusperte sich nervös. »Sie tanzt und singt im Kampf. Ich sah mit eigenen Augen, wie Männer sie mit ihren Speeren anvisierten, doch diese wichen von ihrer Bahn ab und segelten harmlos an ihr vorbei. Festes Holz sagte uns …«

»Ich habe *genug* von Festes Holz und seinen Geschichten!« Schwerer Biber klatschte in die Hände und beendete damit dieses unerfreuliche Thema.

»Wir sind gekommen, um uns segnen zu lassen, damit *du* besondere Macht für uns herbeisingst. Bevor diese Frau Blutbär mit Hilfe seines erbärmlichen Wolfsbündels die Führung entrissen hat, hatten wir das Rothand-Volk praktisch schon geschlagen.«

»Das Wolfsbündel besitzt keinerlei Macht«, erklärte Schwerer Biber ruhig. Es ist eine Verunreinigung. Sollte es mir je wieder unter die Augen kommen, werfe ich es ins Feuer. Das hätte ich gleich tun sollen.«

Und was jetzt? Er ließ die beiden sichtlich beunruhigten Krieger nicht aus den Augen. Wenn schon diese beiden mutigen Kämpfer des unaufhörlichen Kriegs mit den Anit'ah müde waren, wie mochten sich dann erst die anderen fühlen?

»Was ist das für ein Feuer in den Bergen? Was ist die Ursache?«

Feuer in der Nacht schüttelte den Kopf. »Das wissen wir nicht. Es fing an, als wir auf dem Rückweg waren.«

»Kann es ein Feuer von unseren Leuten sein?«

»Möglich.« Der mit Steinen wirft rutschte unbehaglich hin und her.

»Schon früher sind einige unserer Männer unvorsichtig mit dem Feuer umgegangen. Harter Speer hat eines Abends fast einmal das Lager in Brand gesteckt, aber er konnte die Kohlen gerade noch rechtzeitig austreten.«

Ihm kam der erlösende Gedanke. »Sehr gut. Ich gebe euch besondere Macht. Kommt mit.« Er wiegte sich vor und zurück, um genügend Schwung zum Aufstehen zu bekommen. Hochaufgerichtet führte er sie durch das Lager mitten in den Tanzkreis hinein.

Er hob die Hände und rief: »Leute! Heute abend werden wir eine besondere Macht erschaffen! Diese beiden Männer kommen mit unerträglichen Neuigkeiten über *eine Frau!* Ja, eine Frau der Anit'ah behauptet, Macht zu besitzen! In der Zunge der Anit'ah lautet ihr Name Tangara – so heißt ein kleiner bunter Vogel!«

Irgend jemand lachte. Der mit Steinen wirft trat unruhig von einem Bein auf das andere.

»Ich ernenne euch zu Zeugen. Jemand bringe mir ein scharfes Messer.«

Schwerer Biber wandte sich halb um und sah, daß Feuer in der Nacht aschfahl geworden war. Ein alter Mann watschelte heran, ein mit einem Griff versehenes Hornsteinmesser in der Hand.

Schwerer Biber schritt zu dem lodernden Freudenfeuer hinüber und zeigte auf die beiden Krieger. »Vor allen Leuten segne ich euch!«

Er ergriff den Arm des vor Entsetzen zurückzuckenden Der mit Steinen wirft, hob die Klinge und schlitzte den Arm des Mannes auf. Blut schoß heraus.

Anschließend wandte er sich Feuer in der Nacht zu und führte an dessen Arm einen ähnlichen Schnitt aus.

Den mit feierlichen Mienen zuschauenden Leuten erklärte er: »Nun mische ich ihr Blut!« Er preßte die Wunden aufeinander. »So seid ihr durch diesen Eid gebunden. Wenn ihr diese Tangara das nächstemal seht, müßt ihr sie töten!« Er zwang sie, die Arme über das Feuer zu halten. Ein paar Tropfen Blut fielen zischend auf die Kohlen.

»Es ist vollbracht! Ihr Ehrenwort wurde mit dem Rauch zum Himmel geschickt. Es wird vom Großen Büffel im Himmel auf seinen Wert geprüft!« Mit leiserer Stimme fügte er hinzu: »Und wenn ihr sie nicht tötet, sobald ihr sie seht, werdet ihr mit den Stöcken verflucht, wie ich es vor langer Zeit mit Salbeiwurzel gemacht habe. Ihr kennt meine Macht.«

Einen Augenblick lang starrte er in ihre Augen und sah ihre Seelen unter der Macht seiner Worte welken. »Und jetzt, *tanzt!* Tanzt, wie ihr noch nie in eurem Leben getanzt habt!«

Nach diesen Worten drehte er sich um und stolzierte zu seinem Ehrenplatz zurück. Je dunkler es wurde, um so intensiver strahlte von den Bergen der rötliche Schimmer. Feuerzungen leckten über den Himmel im Norden, Süden und Osten.

Ja, sie kannten seine Macht. Er warf finstere Blicke auf die brennenden Berge. Die Flammen hatten die Gipfel überschritten und züngelten unaufhaltsam die Hänge herab. Die Leute blickten wie gebannt hinüber. Der Anblick des Feuers erfüllte sie mit ehrfürchtiger Scheu.

Schwerer Bibers Herz begann zu flattern. Eine ihm unbekannte Macht streifte frei durch das Land. *Mutter? Wo bist du?*

»Sind wir bereit?« fragte Zwei Rauchwolken ruhig, als das von einem großen Feuer erhellte Lager in Sichtweite vor ihnen lag. An ein unentdecktes Betreten war nicht zu denken.

Feuertänzer begann zu schwanken. Seine Hand mit der Bißwunde war geschwollen, die andere Hand hielt die Schlange so fest umklammert, daß Zwei Rauchwolken mehr als einmal dachte, das Tier müsse inzwischen erstickt sein.

Gleichgültig zuckte Tangara die Achseln. »Ich bin bereits so gut wie tot, worauf soll ich mich noch vorbereiten?«

»Die Schwelle«, wimmerte Feuertänzer. »Wo ist die Schwelle?

Grauer Nebel ... grau ... Illusion.«

»Warten wir noch eine Weile«, beschloß Zwei Rauchwolken.

»Feuertänzer, deine Zeit ist gekommen. Träume, mein Junge. *Träume!*«

Die Kraft des heiligen Stechapfels begann pulsierend durch Schwerer Bibers Adern zu strömen und ließ ihn das Flüstern der Macht vernehmen. Vielleicht war es eine Dummheit gewesen, die letzte der kostbaren Pflanzen einzunehmen, aber er mußte jetzt im Augenblick des Triumphs die Stimme seiner Mutter hören.

Er trat in die Mitte des Tanzkreises, losgelöst von seinem Körper imponierte ihm sein stattlicher Schatten vor dem Licht des Feuers. Ruhe gebietend hob er die Hände. Im Bewußtsein der sich wirbelnd um ihn drehenden Macht trug er majestätisch den Kopf hoch.

Sieh her, Mutter. Sprich zu mir.

»Ihr seht meine Macht!« Wieder flackerten Lichtblitze am

pechschwarzen Himmel, genährt von dem sich steigernden Inferno in den Buffalo Mountains, und strahlten die Wolken an.

Gierig wie Atemluft sog er die Hochrufe ein. Sie wuchsen in seinem Innern, füllten ihn an bis zum Platzen.

»*Wir sind das Volk! Wir sind der neue Weg!*« Ihre Lobpreisung überschwemmte seine Seele mit einem Schwall von Stolz. *Mutter, sieh mich an! Sieh, was ich aus deinem Traum gemacht habe!*

»Seht, Leute! Seht, ich verbrenne die Anit'ah!«

Feuerlicht umtanzte den am hohen Pfahl hängenden Büffelkopf. »Wir, das Volk, haben uns erneuert, Bruder Büffel! Laß deine Herden wachsen und nähre deine Brüder.

Niemand kann unseren Weg verändern! Wir haben uns vom verderblichen Einfluß haltloser Frauen gereinigt.«

Die Tänzer jubelten, hüpften und rasselten mit ihren Speeren. Das Leuchten in ihren Augen galt ihm allein. Sie achteten nicht auf das Feuer, sorgten sich nicht um die um ihr Leben kämpfenden Kameraden in den Bergen. Sogar die Frauen schauten ihn eingeschüchtert an und nahmen ohne zu murren ihr Los hin.

»Wer wagt es noch, Schwerer Bibers Macht herauszufordern?«

»Ich.«

Schwerer Biber erstarrte. Er traute seinen Ohren nicht. »Wer?« fragte er aufgebracht. »Wisse, du bist verflucht, wenn du noch einmal sprichst.«

Die Bilder aus seinem Alptraum peitschten wieder durch seinen Kopf. Das Volk wich zurück und bildete eine Gasse. Drei Leute – ein junger Mann, eine verkrüppelte alte Frau und eine große schlanke junge Frau – schritten durch die Reihen.

»Wer seid ihr?«

»Habe ich mich so sehr verändert, Schwerer Biber?« Die alte humpelnde Frau sprach mit der Stimme eines Mannes.

»Zwei Rauchwolken!« Die Erkenntnis durchdrang die schimmernde Süße des durch seine Adern fließenden Stechapfels. »Du bringst den schändlichen Schmutz eines Berdachen an einem solchen Tag zu uns?« Und der junge Mann, warum kam er ihm nur so bekannt vor?

»Ein Träumer ist gekommen«, sagte Zwei Rauchwolken

mit fester Stimme. Er ist gekommen, um die Spirale zu träumen – die du vergessen hast.«

»Und diese … diese *Frau* da?« Er wies auf Tangara.

»Ihr Name ist Tangara. Die größte Kriegerin des Rothand-Volkes. Sie ist zu unserem Geleit mitgekommen.«

»Ein eindrucksvolles Geleit, fürwahr.«

Der junge Mann trat vor. Mit einer geschwollenen Hand hob er eine Klapperschlange hoch. Ein seltsam bekanntes Glimmen in seinen Augen erregte Schwerer Bibers Aufmerksamkeit. Noch nach all den Jahren erinnerte er sich. »Ah – Kleiner Tänzer? Bist du gekommen, um das gleiche Schicksal zu erleiden wie deine Mutter? Oder haben dich die Anit'ah verstoßen?«

Feuertänzers unheimlich klingende Stimme drang klar und weit durch die Nacht. Mit der gesunden Hand hielt er ein Bündel hoch.

Das Wolfsbündel! »Ich bin gekommen, um mit dir zu träumen, Schwerer Biber. Gemeinsam tanzen wir den Großen Tanz der Macht.«

Lächelnd hielt er ihm die Klapperschlange hin. »Komm und tanz mit mir, Schwerer Biber.«

Mit aufgerissenen Augen und Mündern starrten ihn die Leute an.

Ihre Augen glänzten, als ob ein Wunder geschähe. Ihre ungeteilte Aufmerksamkeit galt allein Feuertänzer, der nun einen monotonen Singsang anstimmte und Zwei Rauchwolken das Wolfsbündel reichte.

Im Schein des Feuers tanzte der junge Mann singend auf Schwerer Biber zu. Die Leute verharrten wie gelähmt und beobachteten staunend das unwirkliche Schauspiel.

Die Welt schien mit Feuertänzers Schritten, sich drehend und leuchtend, zu pulsieren. Oder lag das am Stechapfel? Schwerer Biber blinzelte, eine merkwürdige Kälte durchsickerte ihn.

»Wenn du ein wahrer Träumer bist, Schwerer Biber, kannst du mit dem Gift tanzen. Beweise es, so wie ich es bewiesen habe. Es ist nur Illusion.« Die Leute schrien auf, als die Klapperschlange in Feuertänzers Brust biß.

Schwerer Biber schluckte und starrte mit weit aufgerissenen Augen auf die Giftschlange.

»Nein, du bist das Böse.«

Feuertänzer lachte, hüpfte und sprang. »Fühle das Große Eine!

Fühle, wie es uns durchströmt. Fühle die Spiralen! Dies ist die Nacht der Macht.«

Wieder streckte er ihm die Schlange entgegen. Wie ein Rasender schlug Schwerer Biber das Reptil weg, dankbar, daß es sich krümmend und zischend in den Flammen landete.

»Ist das deine Antwort auf den Tanz?« Singend und tanzend wirbelte Feuertänzer um ihn herum.

Schwerer Biber hob die Hände, beschwor all seine Kraft, alles, woran er glaubte. Die Wirkung des Stechapfels intensivierte sich und jagte einen Schauer durch seine Seele.

»Kleiner Tänzer, ich erkläre dich zur Verworfenheit. Du und dein Berdache, ihr seid verflucht. Ihr werdet sterben … sterben unter unerträglichen Qualen!«

»Seht die Macht des Großen Einen!« Feuertänzer zeigte hinauf zum Himmel.

Schwerer Biber folgte dem Fingerzeig und starrte zum Himmel hinauf. Dort, am Horizont im Westen, erhob sich ein Wirbelwind über den Flammen.

Lichtfunken regneten vom dunklen Himmel, stürzten herab, schwebten hierhin und dorthin und erhellten die Dunkelheit.

Eine Stimme in seinem Kopf verhöhnte Schwerer Biber: *»Ich bin das Wolfsbündel. Fühle meine Macht!«*

Spiralen aus Funken und Rauch wirbelten vom nächtlichen Firmament herab und griffen nach Schwerer Biber.

Tangara behielt die Zuschauer aufmerksam im Auge. Ihr Herz pumpte grelle Angst durch ihre Schläfen. War sie tatsächlich dem Tod geweiht? Die Feinde konnten sich jederzeit auf sie stürzen, sie lebendigen Leibes gefangennehmen, sie vergewaltigen und zur Sklavin machen.

»Nie wieder«, flüsterte sie lautlos. Mit vom Haß genährtem Mut schwor sie, einen Speer durch Schwerer Bibers Brust zu jagen, bevor ihr Herz aufhörte zu schlagen.

Als Schwerer Biber mit donnernder Stimme schreckliche Drohungen ausstieß, nahm sie aus den Augenwinkeln eine Bewegung wahr. Zwei Männer näherten sich, vorsichtig und nervös um sich blickend. Ein vertrautes Prickeln lief über ihren Arm. Die beruhigende Gegenwart von Weißes Kalbs Seele spürend, beobachtete sie die fast schwebende Körperhaltung der Männer, deren Muskeln sich zum Wurf strafften. Sie planten, gleichzeitig zu werfen. Je ein Speer für den Berdachen und Feuertänzer. Jetzt galt es zu handeln. Sie mußte schnell sein – so schnell wie noch nie.

Nicht einmal ein Träumer ist gegen einen Speer im Rücken gefeit.

Sie stieß einen geltenden Kriegsruf aus und stürmte schneller als ein Puma mitten in die Menschenmenge hinein. In diesem Moment stürzten die beiden Krieger vor und schleuderten ihre Speere auf Feuertänzer und den Berdachen. Sie stemmte einen Fuß in den Boden.

Blitzschnell schlug sie den ersten Speer zur Seite, drehte sich und hieb den zweiten aus der Luft. Von der Macht ihres Tanzes herumgewirbelt, legte sie ihr tödliches Wurfgeschoß ein. Ihr Arm peitschte mit aller Kraft nach vorn und schickte den Speer zu seinem Ziel, trieb ihn tief in die Brust des Mannes, noch bevor er den zweiten Speer wurfbereit hatte. Sie verlagerte ihr Gewicht gerade rechtzeitig, um einen dritten Speer aus der Luft herunterzuschlagen. Wellen der Trance von Tanz und Macht brandeten gegen ihre Seele.

Ihr gertenschlanker Körper erschauerte erregt unter diesem einzigartigen Gefühl. All ihre Kraft sammelte sich in ihren bis zum Zerreißen gespannten Muskeln, die den todbringenden Speer auf den zweiten Krieger schleuderten. Sie grinste den entsetzten Feind an, der wie gelähmt den Flug des auf ihn zurasenden Wurfgeschosses verfolgte. Flink wandte sie sich um und deckte den Träumer, der mit seiner Macht tanzte.

Ja, dafür war sie geschaffen worden. Keiner der in voller Kriegsbemalung versammelten Krieger rührte sich. Ungläubig starrten sie zuerst auf sie, dann auf die beiden sterbenden Krieger. Der Mund des ersten stand wie zu einem Angstschrei aufgerissen offen, Blut sickerte über seine Lippen, der zweite Krieger starrte entsetzt auf den unter der Wölbung seiner Rippen herausragenden Speerschaft.

In den vom nächtlichen Himmel regnenden Funken stieß Tangara ihren schrillen Kriegsruf aus.

Beim Geräusch der dumpf aufprallenden Speere warf Zwei Rauchwolken einen flüchtigen Blick über die Schulter und sah Der mit Steinen wirft und Feuer in der Nacht zu Boden sinken.

Seufzend hob er das Wolfsbündel hoch. Eine wundervoll gleitende Macht durchströmte das Bündel, übertrug sich auf seinen Körper und schien seine Seele emporzuheben.

»ICH VERFLUCHE DICH!« kreischte Schwerer Biber und stierte auf die beiden sterbenden Krieger.

»Du verfluchst niemanden«, sang Feuertänzer und schritt um das Freudenfeuer. »Deine Macht ist Illusion, Schwerer Biber. Lerne mit mir. Träume mit mir.«

Und er tanzte und sang mit der die Seelen wiegenden Macht. »Ich bin Feuertänzer, gekommen, um den neuen Weg zu träumen. Fühle die Spiralen, fühle das Große Eine, im Wandel begriffen, zu einem Ganzen werdend!«

Schwerer Biber keuchte mit offenem Mund, Zweifel stand in seinen Augen. Er schlug nach einem unsichtbaren Feind. Entsetzt schrie er auf.

»Nein! Laßt mich allein! Ich verfluche dich, Wolfsbündel! *Ich verfluche dich!*« Feuertänzer tanzte um den feisten Mann herum. In seinen Augen strahlte ein von allem Irdischen losgelöstes Licht. Unverwandt fixierte er Schwerer Biber wie eine Schlange einen Vogel. Heiße Funken fielen rotglühend vom pechschwarzen Himmel und setzten das Wacholdergestrüpp hinter dem Lager in Brand.

»Fühle die Macht, Schwerer Biber, fühle das Wolfsbündel. Du bist besessen von ihm. Nimm die Kohlen. Tanze mit ihnen. Tanze mit dem Großen Einen.«

»Nein! Laßt mich in Ruhe!« Tränen rannen aus Schwerer

Bibers fest geschlossenen Augen und zeichneten schmierige Spuren auf sein vor Qual verzerrtes Gesicht.

»Fühle die Macht!« sang Feuertänzer. Er wirbelte vor den Leuten im Kreis. »Tanzt! Tanzt mit mir! Tanzt die Spiralen! Ein neuer Weg ist gekommen. Ein neuer Weg!«

Schwerer Biber stieß einen schrillen Schrei aus. Seine Stimme überschlug sich vor Entsetzen. Sinnlos hämmerte er mit den Fäusten in die Luft, versuchte das Grauen zu vertreiben, das nur er sehen konnte. Torkelnd und kreischend floh er aus dem Lager und stürmte direkt in die hell auflodernden Flammen des brennenden Wacholders. Die Erstarrung der Leute löste sich. Nach und nach begannen sie sich zu bewegen, fielen in das neue Lied von Feuertänzer ein und folgten seinen Tanzschritten.

Aufrecht inmitten des Kreises stehend, hielt Zwei Rauchwolken das Wolfsbündel hoch. Freudentränen strömten über seine Wangen. Seine Seele wiegte sich im Einklang mit dem Großen Einen, dem Gepriesenen, dem Gesegneten Einen.

Wie von Furien gehetzt rannte Schwerer Biber durch das brennende Wacholdergestrüpp. Er stolperte über einen sich in den Flammen windenden Salbeistrauch, strauchelte und fiel. Wimmernd schlug er auf dem Boden auf. Er bedeckte seinen Kopf, um ihn vor dem Funkenregen zu schützen, doch auch die Erde unter ihm schien heiß und feurig zu brodeln. Oder kam dieses Gefühl vom Stechapfel?

Weinend blickte er auf. Die Bäume brannten, orange-gelbe Feuerzungen leckten an ihnen empor, begannen sie lodernd und prasselnd zu verschlingen.

Wacholder- und Salbeisträucher explodierten in gewaltigen Flammenwogen. Blendende Lichtzungen sprangen vom nachtschwarzen Himmel und tauchten die wogenden Rauchmassen in unheimliches Rot.

Ein brüllender Sturm aus flammender Hitze nährte das ungeheure Inferno. Die Stämme mächtiger Bäume zerbarsten unter krachendem Donner, wurden dampfend und zischend verschlungen von einer wilden, rasenden Flammenwand.

In panischer Angst rappelte er sich wieder hoch, doch die Hitze traf ihn wie ein Faustschlag und schmetterte ihn auf die kochende Erde.

»Mutter?«

Inmitten des infernalischen Flammenmeers glaubte er vage, eine Gestalt wahrzunehmen, die sich durch Glut und Asche wie ein Schatten an ihn heranpirschte.

Mit klopfendem Herzen beobachtete Schwerer Biber, wie die Gestalt, scheinbar gefeit gegen Hitze und Feuer, näher kam. Plötzlich wurde die schemenhafte Silhouette deutlicher. Mit Entsetzen erkannte er Kleiner Tänzer.

»Warum brennst du nicht? *Was bist du?*«

»Ich bin der Träumer des Volkes.« Eine Flammenwand fegte herbei und schien die Gestalt zu verschlingen.

Mit einem Arm seine Augen vor der blendenden Glut schützend, schielte Schwerer Biber zu der Stelle hinüber. Doch anstatt Kleiner Tänzer zu schwarzen Knochen verkohlt zu sehen, stand dieser unversehrt vor ihm. Seine glatte Haut reflektierte das grelle Licht der brennenden Welt.

»Was ... wer *bist* du?«

»Ich bin du, Schwerer Biber ... und nicht du. Ich bin Traum und Wirklichkeit. Ich führte dich hierher ... du folgtest mir. Ich bin, der ist ... und nicht ist. Ich bin der Traum, den du geleugnet hast!«

Flammen leckten über Schwerer Bibers Haut, Brandblasen quollen auf und zerplatzten mit einem schmatzenden Geräusch. Entsetzt beobachtete er, wie Kleiner Tänzer mit dem Feuer tanzte.

Als Kleiner Tänzer die Hand nach ihm ausstreckte und sein fettes Fleisch versengte, sprang Schwerer Biber in Panik auf die Füße und stürmte, den Geruch seines verbrannten Fleisches in der Nase, Hals über Kopf mitten in das Feuer. Er atmete tief ein, um zu schreien.

Doch die Hitze der Glut drang zischend in seine schmorenden Lungen. Er stolperte, schlug auf und rollte mit brennenden Haaren und verkohlter Haut in das Feuer. Sein zischend in Flammen aufgehender Körper spürte keine Schmerzen mehr.

Ein letzter, vom Wolfsbündel gesandter Windstoß riß seine zermalmte Seele in tausend Stücke und zerstreute sie in alle Himmelsrichtungen.

»Die Spirale glüht, verändert sich«, rief Wolfsträumer aus dem goldenen Nebel.

»Wir haben unseren Träumer«, sang das Wolfsbündel. Seine Stimme hallte als Echo von den Sternen wider.

»Und wir sind Eins.« Feuertänzer wirbelte im Großen Tanz.

Allein oder in kleinen Gruppen schleppten sie sich die Wege herunter. Einige hinkten, andere trugen die Krieger, die zu schwere Verbrennungen hatten, um gehen zu können. Im Lager verband Zwei Rauchwolken die Verletzten. Er schickte Frauen und Kinder zum Sammeln heilender Pflanzen hinaus, aus denen er Breiumschläge zubereitete. Die Krieger saßen wie betäubt da. Rußgeschwärzt, mit versengten Haaren, starrten sie mit leeren Augen zu den noch immer schwelenden Bergen hinüber.

Tangara beobachtete sie mitleidlos. Sie bewachte das Zelt des Träumers.

Zwei Rauchwolken kam herangehumpelt und setzte sich neben sie. »Ich habe mit vielen Leuten gesprochen. Sie sagen, bei Ausbruch des Feuers seien die Anit'ah verschwunden wie ein Regentropfen von einem heißen Stein.«

Sie nickte. Ein grimmiges Lächeln umspielte ihre Lippen. »Wir *sind* das Rothand-Volk. Die Berge gehören uns.«

»Ja, die Berge gehören uns.«

»Was ist mit Schwerer Biber geschehen?«

Zwei Rauchwolken blickte auf seine schwieligen Hände. »Sie haben ihn gefunden. Dort drüben, wo das Feuer den Wacholder vernichtet hat. Ich begreife immer noch nicht, warum nicht das ganze Lager niedergebrannt ist.«

»Viele merkwürdige Dinge sind in jener Nacht geschehen.«

»Aber warum ist er mitten in das Feuer hineingerannt? Warum?«

Sie sah ihn aus harten Augen an. »Er hat einmal das Wolfsbündel beleidigt, das stimmt doch?«

Zwei Rauchwolken wandte die Augen ab und nickte.

»Es scheint mir angebracht, sehr behutsam mit ihm umzugehen.«

»Wie geht es Feuertänzer?«

»Er ist vor einer Weile aufgewacht.«

»Und du kannst mir etwas zu essen bringen«, drang eine schwache Stimme aus dem Zelt. Feuertänzer trat heraus und blickte zu den Bergen hinüber. Er sah abgezehrt aus, aber seine Augen glänzten, als wäre er nicht von dieser Welt.

Zwei Rauchwolken seufzte. »Ich dachte, Hunger sei nur Illusion.«

»So ist es. Es ist nur so, daß ich diese Illusion noch eine Zeitlang aufrechterhalten muß. Du und ich, mein Freund, müssen diesen Leuten einen neuen Weg zeigen. Von dir müssen sie das Geheimnis des Grases erfahren. Ich muß für sie träumen. Und du mußt die Brücke zwischen uns sein.«

Zwei Rauchwolken nickte, mit dieser Aufgabe war er vertraut. »Und wo willst du das alles tun?«

»Ich dachte an das Warm Wind Basin. Dort leben keine Menschen. Und dein Gras wächst überall. Wenigstens hat Drei Rasseln das gesagt, als er das letzte Mal vorbeikam.«

»Das nimmt für eine Weile den Druck von den Büffeln.«

»Wie die Menschen«, sagte Tangara und zeigte auf die erschöpften Krieger, »benötigen auch die Büffel Zeit, um sich zu erholen.«

Zwei Rauchwolken lachte. »Na ja, so erschöpft scheinen die Leute nicht zu sein. Einer der Krieger wollte schon wieder seine Frau schlagen. Sie wehrte sich und drohte ihm mit seinen eigenen Kriegsspeeren. Als er schrie, er werde sie töten, entgegnete sie, Tangara würde ihn schon aufspießen. Du solltest sie hören. Überall nur Streit. Eine der Frauen besteht darauf, im Rat zu sitzen.

Sieben Sonnen und Wapitipfiff sind einverstanden. Ich glaube, die Krieger haben den Rat der Frauen vermißt.«

Feuertänzer lächelte kaum merklich. »Es tut weh, eine Frau zu vermissen.« Er wandte den Blick ab.

»Deine Zeit wird kommen. Das Volk lernt schnell ...«

Feuertänzer schüttelte den Kopf. »Wer mit dem Großen Einen getanzt hat, kann nicht zurück, Zwei Rauchwolken. Es würde ... nur noch größere Schmerzen bereiten. Sie würde nie verstehen. Ich würde sie nur unglücklich machen. Mein Weg ist ein anderer. Du bist Berdache, du verstehst es.«

Ein langes Schweigen folgte.

»Was ist mit dem Wolfsbündel?«

Er zeigte auf Tangara. »Sie ist die Anführerin des Rothand-Volkes. Es muß bei ihr bleiben.«

»Und wir? Was ist mit uns?«

Feuertänzer lächelte, seine Augen blickten in die Ferne. »Du und ich, wir haben das Große Eine. Wir tanzen mit dem Feuer.«

Epilog

Draußen vor den Türhäuten heulte der Sturm durch den Canyon. Schneeflocken wirbelten wie tanzende Geistererscheinungen durch die Luft. Sogar die Hunde schlichen herein und verkrochen sich ganz hinten in der Höhle aus Angst, man würde sie wieder hinausjagen. In der Mitte brannte ein Feuer und beleuchtete die Gesichter der Kinder, die hingerissen der Geschichte eines Händlers lauschten.

»… Dann kamen Geisterhelfer und brachten Feuertänzer einen Geistertraum. Er sagte ihm, Schwerer Biber habe keine Träume, nur seine Machtgier und sein Ehrgeiz ließen ihn behaupten, er habe Macht. Aber das Volk erkannte den Unterschied nicht. Die Welt wandelte sich, und wessen Worten sollten die Leute Glauben schenken?

Der Wolf kam und sagte zu Feuertänzer, er müsse das Wolfsbündel erneuern. Und er tat, wie ihm geheißen. Und sie tanzten und sangen und teilten gemeinsam die Macht. Mittendrin kam der Erste Mann dazu und tanzte mit ihnen.

›Geh zum Volk‹, sagte der Erste Mann. ›Zeig ihm den neuen Weg und tanze die Spiralen zurück in die ursprüngliche Position, bevor Schwerer Biber sie mit seiner Verdorbenheit aus dem Gleichgewicht brachte.‹

Vier Tage lang tanzten und kämpften sie. Auf einmal nahm Feuertänzer eine Handvoll Feuer und warf die Glut auf die Berge.

Er steckte die Wälder in Brand. Und sie tanzten weiter, während Schwerer Biber einen Fluch nach dem anderen über Feuertänzer verhängte. Aber jedesmal, wenn dieser verflucht wurde, nahm er Feuer und reinigte sich damit von dem Fluch, genauso wie ihr euch Ruß vom Gesicht wischt.

Schließlich sandte Schwerer Biber alle seine Krieger aus, um Feuertänzer töten zu lassen, aber Feuertänzer hatte seine eigene Kriegerin, Tangara, eine Frau aus den Bergen. Er sang die Macht in sie hinein, und sie tötete Schwerer Bibers Krieger einen nach dem anderen.

Endlich hatte Feuertänzer genug von Schwerer Biber und seinen Flüchen, deshalb tanzte er ihn hinauf in die Berge, und als sie sich mitten im Feuer befanden, ließ er Schwerer Biber dort zurück, damit er verbrannte. Und Schwerer Biber ist verbrannt. Wißt ihr, warum?«

»Weil er keine Macht hatte!« antwortete Weiße Steine ernsthaft.

Die Kinder kicherten.

»Genau«, sagte der Händler und breitete die Arme aus. »Darum sagt man zu allen Leuten, sie sollen zu hochgelegenen Plätzen gehen und dort oben träumen. Jeder muß das tun, damit die Spiralen sich nicht verändern, sondern so bleiben, wie der Große Weise im Himmel sie erschaffen hat. Schwerer Biber wollte das Große Eine nach seinem Willen formen. Aber wenn jeder von uns seinen eigenen Weg zur Macht sucht, wird es keinem bösen Menschen mehr gelingen, seine Macht über die der anderen zu stellen.«

»Und was ist mit Feuertänzer geschehen?« erkundigte sich Fleißiger Junge, steckte den Finger in den Mund und sah den Händler aus großen braunen Augen an.

»Als Feuertänzer sah, daß sich das Volk wieder auf den rechten Weg begab und der Große Büffel im Himmel und alle Geister glücklich waren, stieg er auf einen hohen Berggipfel und ritt auf einem Blitz zum Sternennetz hinauf. Genauso war es.«

An ihrem Platz weit hinten in der Höhle blinzelte Reizende Wapiti mit blinden Augen. Ihre Hände waren von Arthritis verkrüppelt und schmerzten bei jedem Wetterwechsel. Alle ihre Zähne waren von Abszessen befallen gewesen und nach und nach ausgefallen.

Schließlich hatte sie sich noch einen Arm gebrochen, den sie nie wieder richtig gebrauchen konnte.

Solange es dauert … Der so lange zurückliegende Schmerz war nie ganz verheilt. Doch wenn auch ihr Augenlicht inzwischen erloschen war, sein Lachen, das Glitzern in seinen Augen blieben in den sonnenbeschienenen Erinnerungen ihres Geistes stets lebendig.

»So also erzählen sie die Geschichte heutzutage«, flüsterte sie. »Vielleicht ist es besser so.«

Sie rollte sich in ihre Decken und spürte den gewohnten Schmerz in den Gelenken. Es war immer dasselbe, wenn es schneite. Heute nacht würde sie von einem großen schwarzen Wolf und einem von Träumen geplagten jungen Mann träumen und von der jungen Frau, die ihn liebte. Und dieses Mal vielleicht, nur vielleicht, ließ sie ihre Seele zu der Macht gehen, die sie rief.

Im Hintergrund hörte sie ihre Ur-Urenkel lachen.